GOLDMANN

Buch

1863, in den letzten Wirren des amerikanischen Bürgerkriegs, treffen in New Orleans zwei Menschen aufeinander, wie man sie sich gegensätzlicher kaum vorstellen kann: Alaina Mac Garen, die temperamentvolle, überaus selbstbewußte und stolze Tochter eines Plantagenbesitzers aus den Südstaaten, und Cole Latimer, ein pflichtbewußter, braver Yankee aus dem Norden.
Gegensätze ziehen sich freilich an: Die leichtsinnige Schöne aus dem Süden verfällt dem etwas steifen, schlaksigen Cole, der als Arzt und Offizier der Nordstaatenarmee zu den verhaßten Besatzungstruppen gehört, ebenso, wie er nach einer leidenschaftlichen Liebesnacht mit Alaina nicht mehr von ihr loskommt.
Aber ungeahnte Schwierigkeiten stehen ihrem Glück im Wege. Durch eine üble Täuschung wird Cole Latimer gezwungen, eine andere zu heiraten. Alaina wird zu Unrecht bezichtigt, an einem Raubüberfall teilgenommen zu haben, und wird von der Nordstaatenarmee steckbrieflich gesucht. Cole Latimer dagegen muß wieder in den Krieg.
Doch die Trennung soll nicht endgültig sein. Alle Intrigen, alle dunklen Machenschaften, die Grausamkeiten des Krieges können nicht verhindern, daß am Ende die Liebe triumphiert, das langersehnte Glück Wirklichkeit wird.

Autorin

Kathleen E. Woodiwiss wurde in Alexandria/Louisiana geboren. Heute lebt sie mit ihrem Mann und ihren drei Söhnen in Minnesota. 1971 schrieb sie ihren ersten Roman. Inzwischen haben ihre Bücher allein in den USA eine Auflage von über zehn Millionen Exemplaren erreicht.

Außer dem vorliegenden Band sind von Kathleen E. Woodiwiss als Goldmann-Taschenbücher erschienen:

Eine Rose im Winter. Roman (8351) · Shanna. Roman (3939) · Wohin der Sturm uns trägt. Roman (6341) · Der Wolf und die Taube. Roman (6404)

Als gebundene Ausgabe:
Geliebter Fremder. Roman (30057)

Kathleen E. Woodiwiss

Wie Staub im Wind

Roman

GOLDMANN VERLAG

Ungekürzte Ausgabe
Aus dem Amerikanischen von Hartmut Zahn
Titel der Originalausgabe: Ashes in the Wind
Originalverlag: Avon Books, New York

Made in Germany · 9. Auflage · 7/87

Umschlagentwurf: Atelier Adolf & Angelika Bachmann, München
Umschlagfoto: Three Lions, New York
Satz: Mohndruck Graphische Betriebe GmbH, Gütersloh
Druck: Elsnerdruck, Berlin
Verlagsnummer: 6503
MV · Herstellung: Sebastian Strohmaier/Voi
ISBN 3-442-06503-8

Erster Teil

1

New Orleans
23. September 1863

Der weite, trübe Fluß schwappte mit trügerischer Trägheit gegen die Uferbefestigungen. Ein schwer beladener Flußdampfer bahnte sich mühsam seinen Weg durch eine Flottille von Kriegsschiffen der Union. Die Hauptmacht der Flotte lag etwa zweihundert Yards weiter in der Mitte des Stromes vor Anker, weitab von der Stadt und ihren bisweilen feindseligen Bewohnern. Gedrungene, häßliche Kanonenboote, deren Decks kaum höher als der Wasserspiegel lagen, suhlten sich wie Schweine inmitten ihrer anmutigeren, seetüchtigen Schwestern, den hochmastigen, schmalhüftigen Fregatten. Von jedem Schiffstyp lagen einige unter Dampf, bereit zum Einsatz, falls die Umstände es gebieten sollten.

Ein bräunlicher Dunst hing über der Stadt. Die feuchtschwüle Hitze lastete auf einem Trupp blaugekleideter Soldaten, der den Raddampfer am Anlegeplatz erwartete. Als das Schiff mit rotierenden Schaufelrädern und Feuer und Rauch speienden, turmhohen Schornsteinen auf sie zukam, wirkte es wie ein geducktes, altersgraues Tier. Immer näher schob es sich heran, bis es schließlich sacht an den niedrigen Kai stieß, dort, wo sich die Hafenstadt und der Mississippi berührten.

Dicke Trossen flogen schlängelnd wie riesige Fühler hinüber. Die Rufe der Hafenarbeiter wurden übertönt vom Ächzen und Quietschen der Flaschenzüge, während sich das Schiff breitseits näher an den Pier schob. In den letzten Augenblicken ihrer Reise hatten die Passagiere ihre Habe ergriffen und drängten nun in Erwartung der Landung vorwärts. Jeder von ihnen schien ein besonderes Ziel im Sinn zu haben und arbeitete darauf hin, doch war es in dem Menschengewimmel unmöglich, eine bestimmte Absicht zu erkennen. Es waren Menschen, die nach schnellem Reichtum gierten, Menschen aus der Gosse, Huren und Glücksritter, die über New Orleans herfielen, um seinen verarmten Bürgern den letzten Rest ihres einstigen Wohlstandes abzupressen und den Yankee-Eroberern die Taschen zu erleichtern. Sobald der Laufsteg eine Brücke zum Land geschlagen hatte, schoben sie sich vorwärts. In ihrer Hast, das Schiff zu verlassen, verteilten sie rücksichtslos Knüffe und stießen sich die Ellenbogen in die Seite, bis sie sich in ihrem Vorankommen durch eine Reihe Unionssoldaten gehindert sahen, die sie auf Armeslänge in Schach hielten. Augenblicklich bildete sich eine zweite Reihe von Soldaten hinter der ersten, dann traten beide Reihen auseinander und bildeten so einen Durchgang vom Frachtdeck bis zum Laufsteg. Das anfänglich ärgerliche Murren der Menge schlug um in bissige Zurufe und mißbilligende Piffe, als eine einzige Reihe abgemagerter, zerlumpter und ungewaschener Soldaten der Südstaaten diesen aus Menschen gebildeten Korridor mit einmütig schlurfendem Schritt passierte, der einzigen Gangart, welche ihnen die Ketten und Fesseln erlaubten.

In der Mitte der einstmals eleganten Treppe zum Promenadendeck stand ein schlanker Junge. Er war dort mit den anderen Passagieren aufgehalten worden. Unter einem weit über die Ohren gezogenen, zerbeulten Schlapphut hervor blickten wachsame Augen aus einem schmuddeligen Gesicht. Die viel zu weite Kleidung betonte noch die Schmächtigkeit seines Körpers, und die schlotternden Hosen wurden um seine schmale Taille von einem groben Strick zusammengehalten. Er trug eine lockere Baumwolljacke und ein bauschiges Hemd, dessen Ärmel um seine dünnen Handgelenke schlackerten, obwohl er sie mehrmals umgekrempelt hatte. Eine große Kiste aus Weidengeflecht stand vor seinen um mehrere Nummern zu großen Stiefeln, deren Spitzen sich nach oben wölbten. Das hagere Gesicht war von der Reise auf Deck rußverschmiert, auf der Nase zeigten sich unter dem Schmutz die ersten Spuren eines Sonnenbrandes. Er war höchstens zwölf Jahre, doch die Entschiedenheit und ruhige Zurück-

haltung seines Auftretens straften seine offensichtliche Jugend Lügen. Im Unterschied zu den anderen Reisenden beobachtete er nachdenklich und mit gerunzelten Brauen, wie seine besiegten Landsleute vom Schiff geführt wurden.
Die Gefangenen wurden an Land von den wartenden Soldaten in Empfang genommen, während an Bord die Soldaten der Nordstaaten hinter ihren Offizieren Tritt faßten und ihnen an Land folgten. Endlich durften auch die anderen Passagiere das Schiff verlassen. Der Junge riß seinen Blick von den schlurfenden Gefangenen los und schickte sich an, die Treppe hinunterzusteigen. Die Kiste war sperrig und schlug wiederholt gegen sein Bein oder verfing sich in der Kleidung von Leuten, die ihm im Wege waren. Er mied die verärgerten Blicke und mühte sich ab, seine Last unter Kontrolle zu halten und so gut es ging voranzukommen.
Hinter ihm entrüstete sich ein Mann, der eine but gekleidete und grell geschminkte Frau am Arm führte, über sein langsames Vorankommen und versuchte, sich an ihm vorbeizudrängen. Sein Drängeln ließ den Jungen straucheln. Die schwere Kiste schlug gegen das Geländer, prallte ab und krachte gegen das Schienbein des Ungeduldigen. Der Mann stieß einen gräßlichen Fluch aus und wirbelte aus halb gekrümmter Stellung herum. Ein Messer blitzte plötzlich in seiner Faust. Erschrocken wich der Junge bis an das Geländer zurück und starrte mit geweiteten Augen auf die lange, schmale Klinge, die drohend auf ihn gerichtet war.
»Gauche cou rouge!« Der Mann sprach Französisch mit starkem *Cajun*-Akzent. Seine Stimme war heiser vor Wut. Schwarze, unstete Augen blitzten aus einem abstoßenden, hochmütigen Gesicht und musterten den Jungen scharf und verächtlich. Seine Wut begann langsam abzuflauen, nachdem er sich davon überzeugt hatte, daß an dem jungen Burschen nichts Bedrohliches war. Mit höhnischer Grimasse richtete er sich auf und war nur einen halben Kopf größer als der Junge. Dann steckte er die Klinge wieder in ihr Versteck unter seinem Überrock.
»He, *buisson poulain,** paß auf mit deinem Plunder! Fast hättest du mein Schienbein ramponiert!«
Die klaren, grauen Augen des Jungen schossen Blitze. Mit zusammengepreßten, blutleeren Lippen stand er da. Allzu gut hatte

*etwa Grünschnabel

er die Anspielung auf seine Herkunft verstanden. Gern hätte er seinem Gegenüber die Gehässigkeit in gleicher Münze heimgezahlt. Verächtlich musterte er die beiden, dann packte er seine Kiste mit festem Griff.
Der Beruf der Frau war offenkundig, und obwohl der Mann einen Mantel aus feinem Brokat trug, verrieten ihn das buntbedruckte Hemd und das rote Halstuch als einen jener zwielichtigen Gesellen, die in der Stadt auftauchten, wenn sie anderswo auf undurchsichtige Weise zu Geld gekommen waren.
Die Dirne ärgerte sich über die verächtliche Grimasse des Jungen. Sie hängte sich bei ihrem Begleiter ein und drückte seinen Arm an ihren ausladenden Busen.
»Los, Jack, verpaß ihm ein paar Maulschellen«, drängte sie. »Bring dem kleinen Bengel bei, sich vor besseren Leuten in acht zu nehmen.«
Gereizt zuckte eine Hand des Mannes hoch, dann starrte er das liederliche Frauenzimmer ungehalten an.
»Jacques heiße ich! Jacques DuBonné! Merk dir das!« herrschte er sie an. »Eines Tages gehört die ganze Stadt mir. Aber jetzt kein Aufsehen erregen, *ma douceur.* Wir werden beobachtet.«
Er wies nach oben, wo der Kapitän des Raddampfers, ein Yankee, an der Reling des Oberdecks lehnte.
»Und präge dir das ein: Wir wollen unsere Yankee-Gastgeber nicht vergrätzen, *ma chère.* Wenn das Bübchen älter wäre, wollte ich ihn mir schon vorknöpfen, aber er ist ja noch naß hinter den Ohren. Er ist die Mühe nicht wert, also vergiß ihn. Gehn wir, ja?«
Das zerlumpte Bürschlein sah die beiden an Land gehen. In seinem rußgeschwärzten Gesicht spiegelte sich Abscheu. Diese Leute waren für ihn schlimmer als die Yankees. Sie hatten den Süden verraten und alles, was er liebte.
Als der Junge sich bewußt wurde, daß der Kapitän auf ihn niederstarrte, blickte er schnell zur Reling hinauf. Im Blick des Kapitäns lag mehr Mitgefühl, als der Junge von einem Yankee entgegenzunehmen bereit war, und er brachte es nicht über sich, eine kleine Geste der Dankbarkeit zu machen. Der Offizier erinnerte ihn schmerzlich an die Niederlage der Konföderierten im Flußdelta. Den schwer auf ihm ruhenden Blick des Mannes konnte er nicht ertragen, so ergriff er seinen Schiffskoffer und eilte die Treppe hinab zum Hauptdeck.
Ein tiefgelegener, ebener Anlegeplatz von einigen Metern Breite

zog sich am Ufer entlang. Von dort aus konnten die unteren Decks der Flußdampfer leicht betreten und beladen werden. Dahinter stieg die Mole steil an bis zur Höhe des großen Lagerhauses. Steinerne Treppen für die Leute und befahrbare Rampen für Fahrzeuge führten hinauf. Als der Junge seine Kiste mühsam zu den nächstgelegenen Stufen schleppte, ratterten gerade einige Fuhrwerke eine angrenzende Rampe hinab. Auf das kurze Kommando eines schwitzenden Sergeanten hin stieg eine Handvoll Soldaten der Nordstaaten ab und ging auf den Raddampfer zu. Beunruhigt äugte der Junge zu den sich nähernden Yankees hinüber, dann zwang er sich, zu Boden zu blicken, und ging vorsichtig und bedächtig weiter. Aber als ihre Schritte näher kamen, stieg seine Furcht. Sie schienen geradewegs auf ihn zuzukommen. Wußten sie Bescheid? Der Kloß in seinem Hals wuchs, bis der erste Soldat, gefolgt von den anderen, geräuschvoll über die Laufplanke schritt. Schnell blickte sich der Junge um und sah, daß jeweils zwei Soldaten eine der schweren, auf Deck gestapelten Kisten anpackten und zu den Fuhrwerken trugen. »Jetzt aber nichts wie weg von den Yankees«, sagte sich der Junge.
Als er oben auf der Mole angekommen war, erblickte er einen riesigen Stapel von Fässern, den er schleunigst zwischen sich und die Soldaten brachte. Dann beeilte er sich, in den Schutz des Lagerhauses zu gelangen. Große schwarze Flecken verunstalteten den mit Kopfstein gepflasterten Hafenplatz. Rauchgeschwärzte Lagerschuppen, teilweise mit neuen Balken instand gesetzt, erinnerten schmerzlich an die Tausende von Baumwollballen und Sirupfässern, die die Bürger von New Orleans in Brand gesteckt hatten, um zu verhindern, daß sie den Siegern in die Hände fielen. Mehr als ein Jahr war vergangen, seit die Stadt sich Farraguts Flotte hatte beugen müssen, und es war für den Jungen kein angenehmer Gedanke, daß er von nun an inmitten der Feinde würde leben müssen.
Schrilles Gelächter lenkte seine Aufmerksamkeit auf eine Mietkutsche, wo Jacques DuBonné gerade seiner Gefährtin beim Einsteigen behilflich war. Als die Kutsche flink aus dem Hafengelände hinausfuhr, blickte der Junge ihr neidvoll hinterher. Er hatte kein Geld, um sich eine solche Fahrt zu leisten, und bis zum Hause seines Onkels war es nicht eben nah. Außerdem würde er unterwegs ganz sicher noch auf viele Yankees stoßen.
Die Allgegenwart der blauen Yankee-Uniformen war geradezu

erdrückend. Er war seit dem Fall von New Orleans nicht in der Stadt gewesen und kam sich vor wie ein Fremdling. Das unablässige geschäftige Treiben am Ufer des Flusses übertraf alles zuvor Dagewesene. Soldaten schleppten Truppenverpflegung in Lagerhäuser und Boote. Es wimmelte von farbigen Hafenarbeitern. Beim Schuften in der dampfenden Hitze floß den Männern der Schweiß in Strömen herab.
Ein unflätiger Fluch ließ den Jungen geschwind zur Seite springen. Abwartend schaute er zu, wie sich ein Sechsergespann starker Pferde mit schaumbedeckten, bebenden Flanken abplackte, ein breites, hoch mit Pulverfässern beladenes Fuhrwerk über das Kopfsteinpflaster des Hafenplatzes zu ziehen. Der Pferdeschinder fluchte noch einmal und schwang seine Peitsche gegen die breiten Rücken der Gäule. Schwere Hufe schlugen Funken aus dem Stein, als sich die Pferde noch härter ins Zeug legten.
In seinem Eifer, dem Gespann aus dem Weg zu gehen, machte der Junge ein paar Schritte rückwärts und befand sich unversehens inmitten eines Grüppchen herumlungernder Unionssoldaten. Er wurde ihrer erst gewahr, als einer von ihnen mit näselnder Stimme ausrief: »He, schau mal an! Ein kleiner Hinterwäldler auf Besuch in der großen Stadt!«
Der junge Südstaatler wandte sich um und starrte halb neugierig, halb haßerfüllt auf die vier. Der Älteste hatte kaum das Mannesalter erreicht, und die Wangen des Jüngsten waren gar noch vom Flaum der Jugend bedeckt. Ihr Anführer stand auf und reichte eine leere Whiskyflasche an einen Kumpan weiter. Die Beine leicht gespreizt, die Daumen in den Gürtel geschoben, schaute er auf das schmächtige Bürschchen herab, das ihn argwöhnisch beäugte.
»Was treibst'n du hier, du Bauernlümmel? Willst dir wohl die großen, bösen Yankees angucken, was?« sagte er frech.
»N-nein, Sir«, stammelte der Junge nervös, mit krächzender, sich auf dem letzten Wort überschlagender Stimme. Bestürzt und verunsichert durch die unerwartete Begegnung blickte er unbehaglich von einem zum andern.
Sie waren mehr als beschwipst. Ihre Uniformen waren in einem traurigen Zustand, und sie schienen auf nichts weiter als auf einen Zeitvertreib aus zu sein, um die Langeweile zu verscheuchen. Der Junge konnte gar nicht vorsichtig genug sein und überlegte, wie er sie sich vom Leibe halten könnte.

»Ich soll hier auf meinen Onkel warten. Er muß gleich da sein«, schwindelte er und schaute sich erwartungsvoll um, als suche er seinen Verwandten.
»Hoho! Der Knabe hat hier 'nen Onkel!« Der Yankee-Soldat grinste über seine Schulter. Dann rammte er einen Finger schmerzhaft in die Schulter des Jungen und zeigte auf ein Maultiergespann in ihrer Nähe. »Könnte er nicht einer von denen da sein?«
Der Junge zog die Krempe des Schlapphutes tiefer in das Gesicht. Er wand sich unter dem schallenden Gelächter der vier Soldaten. »Verzeihung, Sir«, stammelte er und wandte sich zum Gehen.
Im nächsten Augenblick wurde ihm der Hut vom Kopf gerissen und sein in unregelmäßigen Büscheln geschorener, rotbrauner Haarwust kam zum Vorschein. Der Junge warf die Hände über den Kopf, um das Haargestrüpp zu verbergen, und riß den Mund auf, um seiner Empörung freien Lauf zu lassen. Doch besann er sich und preßte die Kinnladen aufeinander. Ärgerlich griff er nach dem Hut, doch nur, um ihn hoch in die Lüfte segeln zu sehen. »Menschenskind«, johlte der Soldat. »Ist das ein Hut!«
Ein anderer Soldat fing ihn auf und betrachtete ihn eingehend. »Du, ich glaub', ich hab' einen Maultiertreiber mit einem besseren Hut gesehen. Vielleicht war das sein Vetter?«
Der Junge rannte zu ihm hin, doch wieder segelte der Hut davon. Er war außer sich. Seine kleine Fäuste waren geballt, vor Wut bleckte er die blendend weißen Zähne. »Ihr blaubäuchigen Flegel!« stieß er mit schriller Stimme hervor. »Gebt mir meinen Hut wieder!«
Der erste Soldat fing den Hut auf. Unter dem lauten Gejohle der anderen stellte er die Kiste aus Korbgeflecht hochkant und setzte sich darauf. Unter seinem Gewicht verbogen sich die dünnen Seitenwände, bis sie zu bersten drohten. Doch das Gelächter des Soldaten verwandelte sich in Schmerzensschreie, als ein gut gezielter Fußtritt sein Schienbein und gleich darauf ein zweiter Tritt sein Knie trafen. Brüllend kam er auf die Füße und packte das schmale Kerlchen grob bei den Schultern.
»Nun hör mal gut zu, du dreckiger Rattenkopf«, knurrte er und schüttelte ihn. Dabei beugte er sich so nahe an den Jungen heran, daß dieser fast an der Whiskyfahne des anderen erstickte. »Ich werd' dir jetzt mal richtig die – –«

»Attenhut!«
Plötzlich war der Junge frei. Rückwärtstaumelnd wäre er fast über die Kiste gestolpert. Er sah den Hut zu Boden fallen. Da rannte er los, riß ihn an sich und stülpte ihn fest über die Ohren. Mit geballten Fäusten wirbelte er herum, bereit zum Kampf. Als er die vier Soldaten erblickte, riß er den Mund vor Staunen weit auf. Sie standen stramm wie Ladestöcke. Die Whiskyflasche zerschellte auf dem Pflaster. Bedrücktes Schweigen folgte. Eine hochgewachsene Gestalt trat in das Blickfeld. Der Mann trug eine tadellose Uniform mit blitzenden Messingknöpfen, glänzenden Litzen an den Aufschlägen der Ärmel und goldenen Epauletten im Range eines Hauptmannes auf den breiten Schultern.
Eine rot-weiße Feldbinde war unterhalb des breiten, schwarzen Pistolengurtes um seine schlanke Taille geschlungen. Über seine zürnenden Brauen war ein Hardee-Hut gezogen. Als der Mann auf sie zuschritt, blitzten gelbe Biesen auf dem blauen Tuch der Hose.
»Alle herhören, Männer!« bellte er scharf. »Ich bin sicher, daß der Feldwebel vom Dienst für euch nützlichere Aufgaben hat, als die Kinder dieser Stadt zu belästigen. Sofort zur Meldung ins Quartier!«
Er betrachtete sie mit strengem Blick, wie sie da standen und stramme Haltung zu bewahren trachteten. Dann befahl er kurz: »Wegtreten!«
Der Offizier sah die vier eilig davontaumeln, dann wandte er sich um. Der Junge blickte in ein von der Sonne gebräuntes Gesicht, aus dem hellblaue Augen leuchteten. Die langen, hellbraunen Koteletten waren sorgfältig gestutzt, über den hohen Backenknochen und dem festen, kantigen Kinn spannte sich die Haut. Die leicht gebogene Nase des Mannes war schmal und wohlgeformt, die vollen Lippen verrieten Großzügigkeit und Wohlwollen, doch lächelten sie in diesem Augenblick nicht. Alles verriet den Berufssoldaten: die kurzangebundene Art, die tadellose Erscheinung, die zackige Haltung. Sein feingeschnittenes Gesicht zeugte von guter Herkunft und hätte auch einem Fürsten oder Staatsoberhaupt angestanden. Die Augen waren von dunklen Wimpern überschattet. Ein furchtsamer Schauer durchlief den Jungen. Diese Augen schienen seine innersten Geheimnisse ergründen zu können.

Während er so das armselige Bürschlein anstarrte, wurde der strenge Ausdruck in des Hauptmanns Gesicht allmählich weicher. Ein Lächeln zuckte um seine Mundwinkel, doch unterdrückte er es sogleich. »Tut mir leid, mein Junge. Diese Männer sind weit weg von zu Hause. Ich fürchte, sie sind ein wenig durcheinander, und deshalb sind ihre Manieren auch nicht gerade die besten.«

Der Junge war von der Gegenwart des Nordstaaten-Offiziers so überwältigt, daß er keine Antwort zustande brachte. Er blickte zur Seite, als der Mann, bei den viel zu großen Stiefeln beginnend, ihn näher betrachtete.

»Und du, Junge? Wartest du auf jemand? Oder bist du von zu Hause ausgerissen?«

Der Junge wand sich unter seinem forschenden Blick. Geflissentlich ignorierte er die Fragen. Seine Augen blickten in die Ferne. Die liederliche, schlotternde Kleidung und die Stiefel mit den verbogenen Spitzen verrieten, wie arm er dran war. Es fiel dem Mann nicht schwer, daraus seine Schlüsse zu ziehen.

»Falls du Arbeit suchst – wir könnten noch jemanden im Lazarett gebrauchen.«

Der Junge wischte sich die Nase mit der Rückseite eines schmutzigen Ärmels und ließ seine Augen höhnisch über die dunkelblaue Uniform wandern. »Ich denk' nicht dran, für die Yankees zu arbeiten!«

Der Offizier lächelte belustigt. »Wir wollen ja nicht, daß du jemand erschießt!«

Die durchscheinend grauen Augen verengten sich vor Haß. »Ich bin doch kein Diener, der den Yankees die Stiefel putzt. Da müssen Sie sich schon nach jemand anderem umsehen, Mister!«

»Wenn du darauf bestehst.« Beiläufig zog der Mann eine lange, dünne Zigarre hervor und ließ sich mit dem Anzünden viel Zeit, bevor er fortfuhr.

»Aber ich frage mich, ob dein ganzer Stolz dir auch den Bauch füllt.«

Der Junge senkte den Blick. Er wußte nur zu gut, daß der nagende Hunger in seinem Bauch keine Ausflüchte zuließ.

»Wann hast du denn das letztemal etwas gegessen?« erkundigte sich der Hauptmann. Nach einem durchdringenden Blick antwortete der Junge scharf:

»Weiß nicht, was Sie das angeht, Blaurock!«

»Wissen deine Eltern, wo du bist?« Der Mann betrachtete den Jungen nachdenklich.
»Die würden sich im Grab drehen, wenn sie's wüßten.«
»So ist das also«, sagte der Offizier verständnisvoll. Er schaute sich um, bis sein Blick auf eine kleine Kneipe am Rande des Hafenplatzes fiel. »Ich wollte gerade einen Bissen essen. Willst du mitkommen?«
Mit kalt glänzenden Augen blickte der Junge zu dem hochgewachsenen Hauptmann auf. »Brauch' kein Almosen.«
Der Yankee zuckte mit den Schultern. »Wenn du willst, betrachte es als eine Anleihe. Du kannst es mir ja zurückgeben, wenn deine Vermögenslage sich bessert.«
»Meine Mutter hat mir beigebracht, mich niemals mit Fremden oder Yankees einzulassen.«
Amüsiert ließ der Offizier ein glucksendes Lachen vernehmen. »Da du mich nun schon mal als Yankee erkannt hast, kann ich mich ja gleich vorstellen: Hauptmann Cole Latimer, dem Lazarett als Wundarzt zugeteilt.«
Als der Junge nun den Offizier von oben bis unten betrachtete, verrieten seine klaren, grauen Augen das ganze Ausmaß seines Mißtrauens. »Hab' noch nie 'nen Knochenflicker gesehen, der jünger als fünfzig war. Wetten, daß Sie mich auf den Arm nehmen wollen?«
»Ich versichere dir, daß ich Arzt bin, und was mein Alter anbelangt, so könnte ich gewiß dein Vater sein.«
»Sie *mein* Vater?« krächzte der Junge wütend. »Der war kein verdammter Yankee und Leuteschinder!«
Ein langer, schlanker Finger schoß vor und verharrte vor des Jungen Gesicht. Fast berührte er die Spitze der schmalen, arroganten Nase. »Jetzt hör mal zu, mein Sohn. Hier gibt es ein paar Leute, die auf deine Art, Titel zu verteilen, nicht sehr freundlich reagieren würden. Ich wette mit dir, daß die dich schon gefügig machen würden. Ich hab' dir aus der Klemme geholfen, aber ich habe nicht vor, für einen heißspornigen Lausejungen die Amme zu spielen. Sieh dich also ein wenig vor mit deinen Manieren!«
Das verschmierte Gesicht des Jungen zuckte vor Ärger. »Ich kann auf mich selbst aufpassen.«
Hauptmann Latimer schaute ungläubig. »So wie du aussiehst, muß sich schon jemand deiner annehmen. Wann hast du dich eigentlich zum letztenmal gewaschen?«

»Sie sind der neugierigste Blaurock, den ich je gesehen habe!«
»Ungezogener kleiner Streuner!« brummte Cole Latimer.
Dann machte er eine beschwichtigende Handbewegung.
»Schnapp deine Kiste und komm mit!«
Zielstrebig ging er auf die Kneipe zu, die er vorher entdeckt hatte, und ließ den Jungen starr vor Staunen zurück. Nach wenigen Schritten rief er, ohne sich umzudrehen, mit scharfer Stimme: »Na los, Junge. Steh da nicht rum und gaffe!«
Der Junge stolperte hinter dem Offizier her. Den Hut fest über den Kopf gestülpt, mühte er sich mit der schweren Kiste ab. Am Eingang des Holzhauses hielt Cole Latimer inne. Der Junge war dicht hinter ihm und wäre ihm beinahe auf die glänzend schwarzen Stiefel getreten, doch blieb er mit einem Ruck stehen, als fragende blaue Augen sich auf ihn richteten.
»Hast du einen Namen?«
Der Junge wand sich unbehaglich, er mied den Blick des anderen.
»Irgendwie heißt du doch, oder?« fragte Latimer mit einem Anflug von Spott in der Stimme.
Ein kurzes, zögerndes Kopfnicken bejahte seine Frage. »Äh, ja . . . , Al, Sir. Al heiße ich.« Dabei nickte er heftig mit dem Kopf.
Der Hauptmann warf seine Zigarre fort und betrachtete den Jungen mit zusammengezogenen Brauen. »Ist irgendwas los mit deiner Zunge?«
»N-nein, Sir«, stammelte Al.
Cole warf einen skeptischen Blick auf den zerbeulten Hut. Dann öffnete er die Tür. »Denk an dein Benehmen und tu den Hut da irgendwohin, aber laß ihn bloß nicht auf dem Kopf.«
Der Junge machte den vergeblichen Versuch zu lächeln. Nach einem kurzen Blick auf den Rücken des Yankees folgte er ihm verdrießlich in das Innere des Hauses. Die stämmige Inhaberin unterbrach ihre Arbeit, um zuzuschauen, wie die beiden den Raum durchquerten und sich an einem kleinen Tisch in der Nähe eines Fensters niederließen. Ihr Gesicht verriet keine Gefühlsregung, als sie die tadellose, adrette Uniform des Yankees und die schlotterige Kleidung des Jungen betrachtete. Dann wandte sie sich wieder mit leicht gerunzelter Stirn der Aufgabe zu, Gemüse zu schneiden. Der Hautpmann nahm den Hut ab. Widerstrebend tat der Junge es ihm nach. Dann rutschte er auf den ihm zugewiese-

nen Stuhl. Latimer glaubte seinen Augen nicht zu trauen, als er den unregelmäßig geschorenen, mahagonibraunen Haarwust des Jungen sah. In seinem Gesicht stand der Ausdruck fast schmerzlichen Mitgefühls. »Wer hat dir so das Haar geschnitten, Junge?« fragte er.

Er bemerkte nicht, wie die Unterlippe des Jungen zitterte, sondern vernahm nur die Antwort, die wie ein Krächzen klang.

»Ich.«

Cole lachte. »Deine wahre Begabung scheint woanders zu liegen.«

Die Antwort darauf war Schweigen. Der Junge wandte sein schmales Gesicht zum Fenster. Die grauen Augen unterdrückten nur mühsam die Tränen. Cole tat so, als merke er nichts, und rief die Wirtin an ihren Tisch. Mit verschränkten Armen stand sie da.

»Heute gibt's Garnelen«, sagte sie mit rauher, schleppender Stimme. »Überbacken oder à la creole. Zum Trinken gibt's Bier, Kaffee, Tee oder Kuhmilch. Was darf's denn sein, Sir?« fragte sie, das letzte Wort dehnend.

Cole schenkte dem anzüglichen Unterton in ihrer Stimme keine Beachtung. Er hatte sich daran gewöhnt, daß die Südstaatler ihn und alle anderen blauuniformierten Soldaten verächtlich behandelten. Er war in New Orleans angekommen, als General Butler Gouverneur der Stadt war. Damals war die Feindseligkeit der Leute noch schlimmer gewesen. Der General hatte versucht, die Stadt wie eine Kaserne zu leiten. Er hatte Befehle und Erlasse ausgegeben und geglaubt, damit alle Probleme lösen zu können. Unfähig, den starrköpfigen Stolz der Leute zu verstehen oder damit fertig zu werden, hatte er kläglich versagt. Tatsächlich stand die Stadt kurz vor einer Revolte, als der General abberufen wurde. Jedoch war er mit seinen Truppen ebenso streng gewesen. Einige Soldaten waren sogar gehenkt worden, weil man sie ertappte, als sie Zivilisten bestahlen. New Orleans war keine Stadt, die leicht in den Griff zu bekommen war, und schon gar nicht von jemand, dem es an Willenskraft ermangelte. Wegen seiner unnachgiebigen Art war Butler auf beiden Seiten unbeliebt, doch hätten die Südstaatler jeden anderen Yankee in seiner Stellung gleichermaßen gehaßt.

»Ich nehme die überbackenen Garnelen und ein kühles Bier«, beschied Cole der Wirtin. »Der Junge kann bestellen, was er will, außer Bier.«

Als die Frau gegangen war, betrachtete der Hauptmann seinen Schützling eingehend. »New Orleans erscheint mir ein ungeeignetes Reiseziel für einen Jungen, der die Yankees so haßt wie du. Hast du hier Verwandte, oder kannst du sonstwo unterkommen?«

»Ich hab' 'nen Onkel hier.«

»Na, dann ist es ja gut. Ich dachte schon, ich müßte mein Quartier mit dir teilen.«

Al verschluckte sich und hustete, bis er wieder sprechen konnte. »Ich schlafe mit keinem Yankee in einem Bett, da könn' Sie sicher sein.«

Der Hauptmann seufzte verdrießlich, dann kam er wieder auf das Thema Arbeit zu sprechen. »Ich nehme an, daß du irgendwie ein bißchen Geld verdienen mußt. Den meisten Leuten geht es hier ziemlich schlecht. Die Armee der Union bietet Leuten wie dir die einzige Möglichkeit, Arbeit zu finden, und da kommt eigentlich nur das Lazarett in Betracht. Es sei denn, du gehst lieber zu den Reinigungskolonnen, um Straßen zu kehren.«

Nur mühsam unterdrückte Al seinen Zorn.

»Kannst du lesen und schreiben?« fuhr der Hauptmann fort.

»Ein bißchen.«

»Was soll das heißen? Kannst du deinen Namen kritzeln oder ein wenig mehr?«

Der Junge funkelte den Offizier wütend an. Mit ausdrucksloser Stimme erwiderte er:

»Mehr, wenn es sein muß.«

»Wir hatten ein paar Schwarze zum Saubermachen im Lazarett, aber sie sind eingezogen worden«, erläuterte Cole. »Invaliden haben wir kaum noch, seit die transportfähigen Verwundeten entweder zu ihren Einheiten verlegt oder auf Genesungsurlaub in den Osten geschafft worden sind.«

»Ich helf' nicht mit, Yankees zu kurieren!« protestierte der Junge hitzig. Tränen verschleierten seine klaren Augen, als er weitersprach. »Ihr alle habt meinen Vater und meinen Bruder umgebracht und mit eurer verdammten Plünderei meine Mutter ins Grab getrieben!«

Cole fühlte Mitleid für den zerlumpten Burschen in sich aufwallen. »Das tut mir leid, Al. Meine Aufgabe besteht darin, Leben zu retten und die Männer zusammenzuflicken, gleich welche Uniform sie tragen.«

»Haha! Ich hab' noch nie 'nen Yankee gesehen, der nicht lieber sengend und plündernd über unsere Ländereien herfällt!«
»Wo kommst du eigentlich her, daß du eine so hohe Meinung von uns hast?« unterbrach ihn der Hautpmann heftig.
»Stromaufwärts.« –
»Stromaufwärts?« In der Stimme des Hauptmanns lag ätzender Spott. »Etwa aus Gettysburg oder Chancellorville? Die Namen sind dir doch geläufig, oder?«
Der Junge biß die Zähne zusammen und senkte den Blick, doch Latimer fuhr mit unvermindertem Spott fort: »Na, aus deiner Antwort könnte man schließen, daß du genauso ein verdammter Blaurock bist wie ich. Waren das vielleicht nicht doch Südstaatler, die sich über euch hergemacht haben? Also wie weit flußaufwärts? Baton Rouge? Vicksburg? Vielleicht Minnesota?«
Die grauen Augen des Jungen schossen Blitze. »Da muß man schon ein blöder Esel sein, um aus Minnesota zu kommen!«
Wieder schoß ein Finger warnend vor und verharrte vor seiner schmalen Nase. »Hab' ich dir nicht gesagt, du sollst auf deine Manieren achten?«
Furchtlos schlug der Junge die Hand beiseite. »Meine Manieren sind in Ordnung, Yankee. Aber Ihre offensichtlich nicht! Hat Ihre Mutter Ihnen nicht beigebracht, daß man nicht mit dem Finger auf Leute zeigt?«
»Nimm dich in acht!« warnte der Offizier fast sanft. »Sonst zieh' ich dir die Hosen stramm und versohl' dir den Hintern!«
Al holte tief Luft und kam halb von seinem Stuhl hoch, dann duckte er sich wie ein wildes Tier vor dem Sprung. In der leuchtenden Tiefe seiner Augen war ein gefährliches Glimmen. »Lassen Sie die Finger von mir, Yankee, sonst hau' ich Ihnen 'ne Beule! Ich lass' mich von 'nem verdammten Yankee nicht verdreschen!«
Angesichts einer solch gräßlichen Drohung stand Cole Latimer auf und beugte sich mit Bedacht so weit vor, bis sein Gesicht nur noch eine Handbreit von dem des Jungen entfernt war. Zwei Augenpaare, ein blaues und ein graues, starrten sich an. Der Blick des Hauptmanns war von granitener Härte. Doch als er schließlich sprach, war seine Stimme leise und sanft: »Du unterstehst dich, Junge?«
Ehe der Junge eine Bewegung machen konnte, wurde ihm der Hut vom zerzausten Schopf gerissen und auf den Tisch ge-

klatscht. Seine grauen Augen weiteten sich angstvoll. Mit unveränderter Stimme fuhr Cole fort: »Setz dich hin und halte den Mund. Sonst verprügele ich dich gleich hier!«
Der Junge schluckte, sein Zorn war verraucht, sein Mut verließ ihn. Schnell setzte er sich hin und äugte mit viel mehr Respekt zu dem Yankee hinüber. Cole ließ sich auf den Stuhl zurücksinken. Nachdem er den Gedemütigten eine Weile betrachtet hatte, sagte er langsam und deutlich: »Ich habe mich nie an Frauen und Kindern vergriffen.« Der Junge saß steif und gerade da, sein Blick ließ nicht vom Gesicht des Hauptmanns. »Aber wenn du es darauf anlegst, könnte ich meine Meinung ändern.«
Der Junge war sich plötzlich seiner selbst nicht mehr so sicher. Unter dem Blick des Mannes schlug er die Augen nieder. Manierlich faltete er die Hände im Schoß und saß in demütigem Schweigen.
»So ist's schon besser.« Cole nickte zustimmend.
»Also wie weit flußaufwärts?«
Die Antwort war kaum vernehmlich: »Ein paar Meilen nördlich von Baton Rouge.«
Hauptmann Latimers Mund verzog sich zu einem nachsichtigen Lächeln, als der Junge beharrlich seinem Blick auswich. »Ich hoffe, daß du in der Zukunft deine Meinung über mich revidieren wirst, Al.« Der Junge blickte auf, er schien ein wenig nachdenklich geworden zu sein, doch als der Hauptmann erklärte: »Meine Heimat ist noch weiter flußaufwärts. Ich bin aus Minnesota« – da spiegelte das Gesicht des Jungen in raschem Wechsel Erstaunen und Verwirrung. Er wurde aus seiner Verlegenheit von der stattlichen Wirtin erlöst, die an ihren Tisch trat und ein riesiges Tablett auf einer Hand balancierte. Ohne jede Umschweife stellte sie dampfende Schüsseln mit überbackenen Garnelen vor sie hin, gefolgt von einem Teller warmer Biskuits und einer Platte voll goldbraun gebratenen Fischs.
Kaum hatte die Frau ihrem Tisch den Rücken zugekehrt, da kaute der Junge schon an einem Stück Fisch und löffelte dazu eifrig die schmackhafte Soße. Cole schaute ihm belustigt eine Weile zu, bis der heißhungrige Knabe den aufmerksamen Blick des Offiziers auf sich spürte. Beklommen ließ er den Bissen sinken und löffelte langsamer. Der Hauptmann ließ ein kurzes, glucksendes Lachen vernehmen, dann wandte er sich eingehend dem köstlichen Mahl zu.

Obschon der Junge anfänglich kräftig zugelangt hatte, schien sein Hunger schnell gestillt. Lustlos stocherte er in dem Rest der Mahlzeit herum, während Cole die Speisen in aller Muße zu sich nahm und jeden Bissen voll auskostete. Als er schließlich geendet hatte, lehnte er sich zurück und wischte sich den Mund mit einer Serviette ab.

»Weißt du, wo dein Onkel wohnt?«

Ein rasches Kopfnicken war die Antwort. Cole erhob sich, warf einige Geldscheine auf den Tisch und griff nach seinem Hut. Er bedeutete dem Jungen, ihm zu folgen. Bereitwillig packte Al seine Kiste und eilte hinter dem großen Mann her durch die Tür nach draußen. Er konnte den Hauptmann schwerlich abweisen, und außerdem war Reiten ja unendlich viel angenehmer als Laufen.

So stolperte er mühsam mit der schweren Kiste und den klobigen Stiefeln hinter seinem Beschützer drein. Der tadellos ausstaffierte Offizier und der ungewaschene Lausebengel ergaben ein seltsames Gespann, wie sie so den Platz überquerten bis zu der Stelle, wo ein großer, hochbeiniger Fuchsschimmel im Schatten angebunden war. Cole ergriff die Zügel. Dann wandte er sich um und betrachtete den schmalen Burschen und seine Bürde. »Glaubst du, du kannst dich und dein Zeug hinter mir im Sattel halten?«

»Na klar. Ich bin von klein auf geritten«, prahlte der Junge ein wenig.

»Dann sitz auf! Ich reiche dir den Koffer hoch.« Cole hielt das Pferd, während der Junge versuchte, in den hohen Steigbügel zu treten, doch als er es geschafft hatte, waren seine Beine zu kurz, um sich in den Sattel zu schwingen.

»Ich denk', du bist von klein auf geritten!« Zu seiner Verblüffung spürte Al, wie eine starke Hand unter sein Gesäß griff und ihn hochhievte. Seine geweiteten grauen Augen hatten einen bekümmerten Ausdruck, als der andere ihn auf das Pferd setzte. Ärgerlich fuhr er herum, eine bissige Bemerkung auf den Lippen. Doch der Hautpmann hob schon die Kiste hoch, plazierte sie vor dem Jungen und sagte leichthein: »Ich schätze, Al, du hattest bisher ein leichtes Leben. Du fühlst dich so weich an wie eine Frau.«

Ohne weiteren Kommentar packte er die Zügel und bestieg das Pferd, indem er ein Bein über das Sattelhorn schwang. Nachdem sie sich zurechtgesetzt hatten, fragte Latimer über die Schulter: »Alles klar?«

Auf Als bestätigendes »Ja!« wendete Cole das Pferd und ritt zum Hafen hinaus. Es war ein prächtiges, wohlgenährtes Pferd, doch war ihm die zusätzliche Last, so leicht sie auch war, ungewohnt. Der Junge war zu stolz, um zuzugeben, daß er seine liebe Mühe damit hatte, die sperrige Kiste auf dem glatten Pferderücken festzuhalten. Gleichzeitig strengte er sich an, jegliche Berührung mit dem Yankee zu vermeiden. All das machte das Pferd unruhig, bis Cole schließlich die Geduld verlor und den Jungen über die Schulter anfuhr: »Setz dich fest auf den Hintern, Al, und halte still! Sonst liegen wir gleich beide auf der Straße!« Darauf langte er nach hinten, packte eine kleine Hand und drückte sie fest an seine Seite. »Da, klammer dich an meiner Jacke fest. Nimm beide Hände und sitz still!«

Zaghaft tat Al wie ihm geheißen und rückte sich zurecht. Das Pferd beruhigte sich etwas, und das Reiten wurde angenehmer. Die Kiste aus Korbgeflecht war zwischen ihnen eingeklemmt und wurde von den Armen des Jungen an ihrem Platz gehalten. Der Junge war zufrieden. Immerhin kam er nicht mit der gehaßten blauen Uniform in Berührung.

2

In der Stadt hatte der Krieg keinen allzu großen Schaden angerichtet. Längs des Flusses hatten die Kämpfe Spuren hinterlassen, doch weiter stadteinwärts schien das Leben ungehindert von den vielen Soldaten aus den Nordstaaten seinen gewohnten Lauf zu nehmen. Kaufläden und schmale Häuser mit reich verzierten Balkonen drängten sich eng aneinander, hinter kunstvoll gearbeiteten Toren aus Schmiedeeisen lagen gepflegte Gärten, Bäume standen in stillen Winkeln.

Als sie eine Weile in der von dem Jungen angezeigten Richtung geritten waren und den »Vieux Carré« hinter sich gelassen hatten, wurden die von kleinen Rasenflächen gesäumten Alleen breiter. Magnolienbäume waren beladen mit großen, wächsernen Blüten. Ihr schwerer Durft vermischte sich mit Jasmin, Lorbeer und Myrte.

Nach einem Stück Weges wurden die Rasenflächen weitläufiger. Unter hohen, moosbewachsenen Eichen standen große Häuser mit langgestreckten, von Säulen getragenen Vorbauten.
Cole blickte über seine Schulter und sagte zweifelnd: »Bist du sicher, daß du weißt, wohin du uns führst, Al? Hier wohnen die reichen Leute.«
»Haha! Von dem Reichtum habt ihr Yankees nicht viel übriggelassen!« Al zuckte mit den Schultern, dann zeigte er mit dem Finger nach vorne. »Ich bin hier schon mal gewesen. Wir müssen noch ein Stück weiter. Da lang!« –
Wenig später wies er auf einen Weg, der durch die Öffnung einer hohen Hecke auf ein aus Ziegeln gebautes Haus von beachtlicher Größe zulief. Der ebenerdige Vorbau war mit einem aus Ziegelsteinen aufgeführten Bogengewölbe überdacht. An einer Ecke der Eingangshalle führte eine gewundene, schmiedeeiserne Treppe hinauf zu einem Balkon mit filigranartig durchbrochenem Geländer, das über die gesamte Breite des Herrenhauses verlief.
Massige Eichen schützten mit ihrem weitausladenden Geäst das Herrenhaus und das seitlich gelegene Kutschhaus vor der heißen Sonne.
Als Cole sein Roß durch das kunstvoll geschmiedete Tor auf den gewundenen, mit Ziegelsteinen gepflasterten Weg lenkte, spürte er, wie in dem Jungen die Spannung wuchs. Er brachte das Pferd vor dem Haus zum Stehen, schwang sich aus dem Sattel und band die Zügel an dem Eisenring eines Pfahles fest. Dann griff er nach oben und nahm Al die Kiste ab. Er hatte sie noch nicht zu Boden gesetzt, da war der Junge schon vom Pferd gesprungen, in Windeseile zur Eingangstür gelaufen und riß heftig an der Klingelschnur. Dem Hauptmann blieb es überlassen, das Gepäck wie ein Diener zu schultern und ihm nachzufolgen.
Al warf einen mißbilligenden Blick über die Schulter, als der Hauptmann zu ihm trat. Ungeduldig klingelte er noch einmal. Aus dem Innern des Hauses waren Schritte zu vernehmen, dann wurde die Tür geöffnet und eine hübsche junge Frau, nur wenig größer als Al, stand vor ihnen. Verwirrt blickte sie auf die beiden. Cole riß den Hut vom Kopf und klemmte ihn unter den Arm. Die Gegenwart eines Yankee-Offiziers war ja schon recht seltsam, aber doch nicht halb so sehr wie die flehentlichen Grimassen des jungen Burschen.

»Madam.« Cole konnte auf dem schönen Gesicht nicht die Spur eines Wiedererkennens entdecken und begann, an der Glaubwürdigkeit von Al zu zweifeln. »Dieser Junge hier behauptet, Sie zu kennen. Stimmt das?«
Erstaunt blickte die Frau auf Al, dann kräuselte sie angewidert die Nase. »Gott behüte, ich glaube doch wohl, daß . . .« Doch plötzlich holte sie tief Luft und rief: »Al-Al-!«
Unter dem beschwörenden Blick des Jungen verschluckte sie den Rest des Namens. Offensichtlich hatte der Junge ihr schnell etwas zugeflüstert.
Nervös blickte sie vom einen zum andern. »Al?« Zaghaft sprach sie den Namen aus und sah sich von dem zustimmenden Nicken des Jungen ermutigt. »Natürlich bist du das, Al! Wir waren auf dich nicht . . . vorbereitet. Mama wird staunen. Ich sage dir, sie wird nicht wissen, wo ihr der Kopf steht, wenn sie dich sieht!«
Darauf blickte die schwarzhaarige Schönheit wieder zu Cole und schenkte ihm ein bezauberndes Lächeln. »Ich hoffe, Al hat sich nicht allzusehr danebenbenommen, Oberst. Mama hat immer gesagt, daß Al seinen eigenen Kopf hat. Man weiß einfach nie, was er im Schilde führt.«
»Hauptmann, Madam«, berichtigte Cole sie höflich. »Hauptmann Cole Latimer.«
Der Junge wies mit dem Daumen über die Schulter und sagte schroff: »Der Onkel Doktor da hat mich vom Schiff bis hierher auf seinem Pferd mitgenommen.«
Die Augen der jungen Frau weiteten sich vor Staunen, als sie ihren Blick von dem Offizier löste und das Pferd erblickte. »Mein Gott, ihr wollt doch nicht sagen, daß ihr zu zweit geritten seid!«
Al hustete vernehmlich und drehte sich halb zu dem Yankee um. »Dies ist meine Kusine Roberta. Roberta Craighugh.«
Cole hatte schon insgeheim ihr schwarzes Haar und die dunklen Augen betrachtet. Ihr pfirsichfarbenes Kleid aus geblümtem Musselin hatte über der vollen Brust einen gewagten Ausschnitt. Als vollendeter Kavalier schlug er die Hacken zusammen und verbeugte sich. »Es ist mir eine Ehre, Ihre Bekanntschaft zu machen, Miss Craighugh.«
Robertas Mutter war Französin. Ihr liebebedürftiges Blut geriet unter dem prüfenden Blick des gutaussehenden Yankee-Offiziers in Wallung. Der Krieg hatte ihr Leben mancher Vergnügungen beraubt, und sie näherte sich dem zweiundzwanzigsten Le-

bensjahr, war also fast schon eine alte Jungfer. Sie war zu der Überzeugung gelangt, daß ein Mädchen ohne männlichen Anhang nutzlos dahinwelkte. Es war ihr, als seien Jahre vergangen, seit ein Mann das letztemal um sie geworben hatte, und sie fand ihr Dasein gräßlich langweilig. Doch die Aussicht auf eine weitere Eroberung ermunterte sie. Was die Sache spannend machte, war, daß sie aus den Reihen der verhaßten Yankees eine verbotene Blume pflücken würde.

»Ich kann nicht behaupten, daß ich mich bisher mit vielen Soldaten der Nordstaaten unterhalten habe, Hauptmann«, sagte sie keck. »Da werden so viele Geschichten über sie erzählt, und doch . . .« Nachdenklich saugte sie an der Spitze eines Fingers. ». . . und doch sehen Sie nicht so aus wie ein Mann, der über Land zieht und arme, wehrlose Frauen ängstigt.«

Seine weißen Zähne blitzten, als Cole sie unbekümmert anlächelte: »Ich tue mein möglichstes, Madam!«

Vor Aufregung errötete Roberta, ihre Gedanken überschlugen sich. Er schien soviel männlicher und selbstsicherer zu sein als jene törichten Jünglinge, die sie mit gestammelten Anträgen überhäuft hatten und dann für die Südstaaten in den Krieg gezogen waren. Es reizte sie nicht, ihre Herzen zu erobern. Da war dieser Yankee schon von anderem Schrot und Korn.

Als habe sie sich seiner plötzlich erinnert, wandte sich Roberta zu Al. »Geh doch schon hinein. Ich bin sicher, daß Dulcie sich freut, dich zu sehen, Al.«

Nur ungern ließ Al sich wegschicken. Besorgt schaute er von seiner Kusine zu dem Yankee. Er hatte diesen eigentümlichen Ausdruck in Robertas Augen schon öfter bei vorangegangenen Besuchen gesehen, und er wußte, daß er ihm – und vielleicht sogar auch dem Hauptmann – nichts Gutes verhieß. Ein Feind, der Roberta den Hof machte – das war, als legte man ein Gewehr verkehrt herum an, und Al würde sich hüten, am falschen Ende zu sein, wenn das Gewehr losging.

Al streckte dem Mann eine Hand entgegen, nachdem er sie an der schmuddeligen Hose abgewischt hatte. »Vielen Dank fürs Mitnehmen. Ich hoff', Sie finden alleine zurück, Hauptmann.« Er machte eine Kopfbewegung zu der Sonne hin, die durch die Bäume schien. »Sieht nach 'n bißchen Regen aus. Schätze, Sie sollten lieber zurückreiten, bevor . . .«

»Unsinn, Al«, unterbrach ihn Roberta. »Wir wollen uns diesem netten Gentleman gegenüber wenigstens für seine Hilfsbereitschaft erkenntlich zeigen. Sicher hat er nach dem langen, ermüdenden Ritt gegen eine kleine Erfrischung nichts einzuwenden.« Sie lächelte Cole gewinnend an. »Möchten Sie nicht hereinkommen, Hauptmann? Im Haus ist es kühler.« Damit öffnete sie weit die Tür und sagte einladend: »Bitte, Herr Hauptmann.«

Als die beiden das Haus betraten, starrte Al ihnen mit zusammengebissenen Zähnen zornig nach. Dann packte er die Kiste und zerrte sie durch die Tür. Dabei stieß er sich den Ellbogen und murmelte einige Worte, die dem Hauptmann bestimmt mißfallen hätten, wenn er sie gehört hätte. Doch glücklicherweise war dessen Aufmerksamkeit ganz auf Roberta gerichtet, als er nach ihr das spärlich möblierte Wohnzimmer betrat.

»Ich bitte Sie um Verständnis dafür, daß dieser Raum so dürftig eingerichtet ist, Hauptmann.« Artig raffte sie ihren weiten Reifrock und setzte sich Cole gegenüber auf ein kleines Sofa, dessen seidener Bezug verblichen war. »Früher ging es uns gut, aber jetzt hat mein Vater nur noch ein kleines Geschäft. Damit müssen wir auskommen, aber wer kann schon die sündhaften Preise bezahlen, die mein Vater zu verlangen gezwungen ist? Stellen Sie sich vor: ein großes Stück Kernseife kostet einen Dollar. Und ich mochte doch die duftenden Seifen aus Paris so gern!«

»Der Krieg verschont eben niemanden«, sagte Cole spöttisch.

»Der Krieg war ja noch auszuhalten, bevor uns dieser gräßliche General Butler vor die Nase gesetzt wurde. Verzeihen Sie meine Offenheit, Hauptmann, aber ich konnte ihn nicht ausstehen.«

»Das ging den meisten Südstaatlern genauso, Miss Craighugh.«

»Schon, aber wenige hatten soviel durchzustehen wie wir. Der garstige Kerl ließ die Lagerhäuser meines Vaters beschlagnahmen, ja sogar die Möbel und Wertsachen wurden konfisziert, bloß weil mein Vater jenen elenden Treueeid nicht leisten wollte. Stellen Sie sich vor, man wollte uns sogar dieses Haus nehmen, doch da gab Daddy nach, weil er Mama und mich in Sicherheit wissen wollte. Als General Butler seinen Männern befahl, die Frauen dieser Stadt weniger höflich zu behandeln, war das für ganz New Orleans eine schlimme Beleidigung. Ich kann mir nicht denken, daß ein Mann wie Sie einem solchen Befehl gehorchen würde.«

Cole kannte den Befehl Nr. 28 auswendig. Immerhin hatten sich die Leute darüber furchtbar aufgeregt. Butler hatte diesen Befehl erlassen, um seine Soldaten vor den Beleidigungen der Frauen von New Orleans zu schützen. Aber der Schuß war nach hinten losgegangen und hatte den Südstaaten eher noch Sympathien eingebracht.

»Ich muß geschehen«, fuhr Roberta fort, »daß ich kaum wagte, das Haus zu verlassen, aus Angst, angepöbelt zu werden. Als General Butler abgelöst wurde, war ich sehr erleichtert. Der neue kommandierende General scheint ja sehr nett zu sein. Ich habe gehört, daß Banks große Bälle gibt und überhaupt viel umgänglicher ist. Waren Sie schon mal auf einem dieser Feste, Hauptmann?«

»Leider nein, Miss Craighugh. Ich hatte im Lazarett zuviel zu tun. Nur selten winkt mir das Glück wie heute. Der General hat heute vormittag das Lazarett inspiziert, und danach konnte ich mir den Rest des Tages freinehmen.«

Während Roberta mit dem Hauptmann plauderte, verhielt sich Al still. Er vermied es, in das Blickfeld des Offiziers zu treten, und versuchte gleichzeitig, Robertas Blick aufzufangen, doch war sie von der Unterhaltung völlig in Anspruch genommen und wollte nicht unterbrochen werden. Schließlich verlor Al die Geduld und ließ die Kiste mit ohrenbetäubendem Krachen auf den Marmorboden fallen.

Roberta fuhr zusammen. »Oh, Al! Du mußt ja furchtbar hungrig sein! Bis zum Mittagessen ist es noch lange hin. Geh und sag Dulcie, sie soll dir etwas zu essen machen.« Lächelnd wandte sie sich zu Cole. »Mein Gott, ich habe mich schon lange nicht so unterhalten. Fast hätte ich meine gute Erziehung vergessen. Wollen Sie nicht bleiben und mit uns essen, Hauptmann Latimer?«

Al fielen vor Staunen fast die Augen aus dem Kopf. Wie konnte Roberta so etwas tun?

Die Einladung kam für Cole überraschend, und er zögerte mit der Antwort.

»Eine Ablehnung kommt gar nicht in Frage, Hauptmann.« Roberta verzog den Mund zu einem gewinnenden Schmollen. Sie war sich ihrer Sache sicher, denn schließlich hatte sie bisher von niemand einen Korb bekommen. »Ich nehme an, daß man Ihnen bisher in New Orleans nicht allzuviel Gastfreundschaft geboten hat.«

»Das kann man unter den gegebenen Umständen auch kaum erwarten«, erwiderte Cole lächelnd.

»Also abgemacht«, freute sich Roberta. »Schließlich haben Sie ja Al heimgebracht. Wir sind also in Ihrer Schuld.«
Da es Al nicht gelingen wollte, Robertas Aufmerksamkeit auf sich zu ziehen, ließ er ein unterdrücktes Schnauben hören und machte sich auf in den rückwärtigen Teil des Hauses. Die Schritte seiner klobigen Stiefel hallten durch die fast leeren Räume. Das Haus war nur noch ein Schatten seiner selbst. All die kleinen Kostbarkeiten waren aus den Vitrinen und Regalen verschwunden, die Wände waren kahl, und auch das geschäftige Treiben der Bediensteten fehlte. Es war Al klar, daß außer Dulcies Familie alle Sklaven fort waren.
Er öffnete die Küchentür und fand die Negerin damit beschäftigt, einen Eintopf zu kochen. Dulcie war eine grobknochige Frau, breitgebaut, aber nicht dick. Sie war einen guten Kopf größer als Al.
Sie ließ vom Karottenschaben ab und fuhr sich mit dem Handrücken über die Braue. Aus den Augenwinkeln erblickte sie den zerzausten Burschen und runzelte ungehalten die Stirn. »Was hast du hier zu suchen, Junge?« fragte sie mißtrauisch. Sie ließ die Karotte fallen, wischte die Hände ärgerlich an der großen, weißen Schürze ab und stand auf. »Wenn du was zum Beißen suchst, dann kommt gefälligst zur Hintertür rein. Komm da bloß nicht durch Masta Angus' Haus gestapft wie irgend so ein großschnäuziger Yankee!«
»Scht!« Al versuchte die Negerin zu beruhigen und gestikulierte in Richtung der vorderen Räume. Er hatte Angst, daß ihre Stimme dort gehört werden könnte. So trat er näher an die erstaunte Dienerin heran und legte eine Hand auf ihren Arm.
»Ich bin's, Dulcie. Al!«
»Law-w-w-sy!« kreischte sie, als sie Al erkannte, daß es im ganzen Haus zu hören war, doch brach ihr Schrei abrupt ab, als der ängstliche Junge ihr eine Hand auf den Mund legte.
Im Wohnzimmer äugte Roberta besorgt zur Küche hin. »Al versteht sich eben besonders gut mit Dulcie«, sagte sie hinter ihrem Fächer hervor mit gezierter Stimme zu dem verwunderten Cole.
Dann zog sie ihn schnell in eine angeregte Unterhaltung, um alle weiteren Fragen zu vermeiden. Die Farbe seiner Uniform hatte sie schon als bedeutungslos abgetan. Er war ein richtiger Mann, und das war alles, was zählte. Das lässige, wohlklingende Timbre seiner Stimme ließ sie erschauern, und ihr gefiel die Art, wie er

sprach und sich bewegte. Sein Benehmen war sanft und von vollendeter Höflichkeit, aber da war etwas an ihm, das keine Respektlosigkeit duldete. Er fühlte sich wohl bei ihr, doch wußte sie, daß er im Kreise von Männern genauso entspannt wäre. Sie hatte ihn kaum kennengelernt und war schon für ihn entflammt. Der Gedanke, endlich wieder heftig umworben zu werden, ließ sie erbeben.

Cole hatte sich schon damit abgefunden, seinen freien Nachmittag vergeudet zu haben, als er den verwahrlosten Jungen auflas, und er konnte kaum glauben, daß der Tag eine so glückliche Wendung erfahren hatte. Hier saß er nun in dem kühlen Salon und plauderte mit einer begehrenswerten Frau. Eine größere Belohnung konnte er wirklich nicht dafür erwarten, daß er einer kleinen Waise geholfen hatte. Bequem lehnte er sich zurück und lauschte Roberta, die munter drauflosschwatzte. Doch wenig später fuhr ratternd eine Kutsche vor, und Roberta unterbrach ihren Wortschwall.

»Verzeihen Sie, Hauptmann, aber ich glaube, meine Eltern sind zurück.«

Sie schickte sich gerade an, in die Eingangshalle zu eilen, da flog die Tür auf und Angus Craighugh, dicht gefolgt von seiner Frau, kam mit großen Schritten hereingestürmt. Angus war ein kleiner, untersetzter Herr von schottischer Herkunft. Er hatte bräunliches Haar, das schon leicht ergraute, und ein breites, gerötetes Gesicht. Leala Craighugh war eine kleine Frau mit fahrigen Bewegungen, deren einstmals schlanke Figur mit den Jahren plump geworden war. Beide schienen verängstigt. Offenbar hatten sie das Pferd mit dem Sattelgeschirr der Nordstaaten-Armee gesehen und waren nun auf das Schlimmste gefaßt.

Roberta hatte keine Zeit mehr, ihren Eltern die Anwesenheit des Hauptmanns außerhalb dessen Hörweite zu erklären. Artig hatte sich Cole mit ihr erhoben und blickte ihnen entgegen. Entgeistert starrten Robertas Eltern ihn an.

»Gibt es Ärger?« verlangte Angus zu wissen. Er warf einen kurzen Blick auf seine Tochter, aber bevor sie ihm antworten konnte, richtete sich sein Zorn schon wieder gegen den Offizier aus den Nordstaaten.

»Sir, es ist nicht ziemlich, daß sich meine Tochter ohne Anstandsdame mit Leuten wie Ihnen unterhält, und noch dazu mit einem Yankee. Wenn Sie Geschäftliches mit mir zu besprechen haben, dann können wir uns in mein Arbeitszimmer begeben, ohne die Damen zu behelligen.«

Cole wollte gerade die Befürchtungen des Mannes zerstreuen, als Roberta dazwischentrat. »Liebster Daddy, dies ist Hauptmann Latimer. Er hat Al im Hafen aufgelesen und war so freundlich, ihn hierher zu bringen.«

Angus blickte sein einziges Kind mit finsterer Miene an. Seine Empörung wich offensichtlicher Verwirrung. »Ihn? Al? Was soll das heißen, Roberta? Ist das wieder eine deiner Narrenpossen?«

»Bitte, Daddy.« Roberte nahm seine Hand und blickte ihn eindringlich aus schwarzen, glänzenden Augen an. »*Er* ist in der Küche und ißt gerade ein wenig. Geh doch hin mit Mama und begrüße ihn.«

In ihrer Verwirrung gaben die Eltern dem Drängen der Tochter nach. Roberta entspannte sich ein wenig, als sie wieder mit Cole allein war. Sie bedachte ihn mit einem hinreißenden Lächeln und wollte gerade etwas über das heiße Wetter sagen, als hinten ein schriller Schrei ertönte, gefolgt von einem Wortgewirr in Französisch.

Wie von einer Tarantel gestochen sprang Roberta auf, doch als sie sah, daß der Hauptmann ihr schon vorauseilte, nahm sie sich zusammen. »Nein! Bitte nicht!« keuchte sie und packte ihn am Arm. Alle weiteren Bemühungen, ihn zurückzuhalten, erübrigten sich mit dem Erscheinen ihres Vaters, der seine Frau stützen mußte und fortwährend ihre Wange tätschelte, während sie einen Schwall unverständlicher Worte ausstieß. Angus beeilte sich, seine Last auf dem kleinen Sofa abzusetzen. Allmählich gelang es ihm, sie zu beruhigen.

»Vielleicht kann ich Ihnen behilflich sein, Sir«, erbot sich Cole und trat näher. »Ich bin Arzt.«

»Nein!« Die Antwort war scharf und bestimmt. Mit einer heftigen Handbewegung wies er Coles Hilfsbereitschaft zurück. Sichtlich um Beherrschung ringend, fuhr er etwas ruhiger fort: »Nein, bitte. Verzeihen Sie. Es ist nur der Schreck. Da war eine Maus.« Er zuckte lahm mit den Achseln.

Cole schien die Ausrede zu glauben und warf einen spitzen Blick zur Tür, wo Al am Rahmen lehnte. Dann nickte er und sagte: »Ich glaube, ich verstehe.«

Roberta rang nervös die Hände und äugte zu Al hinüber. »Al hat sich so verändert. Jeder wäre bei seinem Anblick schockiert.«

Leala hatte ein wenig Haltung zurückgewonnen und mühte sich, aufrecht dazusitzen. Sorgsam mied sie, den Jungen anzuschauen, und versuchte den Anschein von Würde zu wahren.
»Sie müssen uns allen vergeben, Hauptmann«, sagte Angus kurz und bündig. Er wirkte ziemlich angespannt, als er sich dem Arzt zuwandte. »Wir haben nicht oft Offiziere der Nordstaaten zu Besuch und glaubten, es gäbe irgendwelche Probleme. Und als wir dann den ... äh ... Jungen sahen, ich meine Al ...«
Der Junge kam beiläufig in den Raum geschlendert und lächelte sie mit blitzenden, weißen Zähnen aus seinem schmutzigen Gesicht an. Achselzuckend entschuldigte er sich: »Tut mir leid, Onkel Angus, aber ich hab's nicht so mit dem Schreiben, und außerdem hätte ich sowieso keinen Brief schicken können.«
Bei den Worten des Jungen zuckte Angus leicht zusammen, während seine Frau Al entgeistert anstarrte und sich keine seiner Bewegungen entgehen ließ.
»Schon gut, Al«, brachte Angus schließlich heraus. »Das sind harte Zeiten.«
Robertas Lächeln wirkte verkrampft. »Sie finden bestimmt, daß wir uns wie Dummköpfe aufführen, Hauptmann.«
»Beileibe nicht«, versicherte ihr Cole höflich, obwohl er beim Anblick des Jungen kaum seine Belustigung verbergen konnte.
Angus machte ein paar Schritte und stellte sich so, daß Cole den Jungen nicht mehr sehen konnte. »Ich hoffe, Sie glauben uns, wie dankbar wir dafür sind, daß Sie den Jungen zu uns gebracht haben. Kaum auszudenken, was ohne Sie alles hätte passieren können.«
»In der Tat, Sir«, antwortete Cole. »Al raufte sich gerade mit ein paar Soldaten, als ich dazwischentrat.«
»Oh!« Leala rang nach Luft und betätigte heftig ihren Fächer.
Sofort drehte sich Angus nach seiner Frau um. »Alles in Ordnung, Mama?«
»Oui«, sagte sie tapfer. »Es geht schon besser.« Sorgenvoll wandte sich Angus wieder dem Jungen zu: »Du hattest Ärger? Bist du ... in Ordnung?«
»Na klar! Wenn man mich nur gelassen hätte, dann hätte ich die Blauen ganz schön vertrimmt!« prahlte Al und schüttelte seine kleine Faust. Sein Onkel schaute ihn seltsam an. »Na ja«, seufzte er. »Ich bin froh, daß dir nichts passiert ist. Damit ist die Sache ausgestanden.«

Al lächelte verschmitzt. »Noch nicht ganz.« Alle Augen richteten sich auf ihn, und alle, außer dem Hauptmann, hielten den Atem an. Der Bengel grinste breit. »Roberta hat den Doktor zum Essen eingeladen.«

Lealas Fächer fiel klappernd zu Boden. Mit einem verzweifelten Stöhnen sank sie auf das Polster zurück. Ungläubig starrte sie auf ihre Tochter. Angus' Gesicht lief dunkelrot an. Ein langes, peinliches Schweigen folgte.

Schließlich hielt es Cole für besser, sie aus ihrer unangenehmen Lage zu erlösen. »Ich habe später am Abend Dienst im Lazarett, Sir. Ich fürchte, ich kann die Einladung nicht annehmen.«

»Oh, Hauptmann«, maulte Roberta ungeachtet der mißvergnügten Blicke ihrer Eltern. »Wir möchten uns aber für Ihre Hilfe erkenntlich zeigen. Wann sind Sie denn das nächstemal frei?«

Cole amüsierte sich über ihre Beharrlichkeit. »Wenn nichts dazwischenkommt, habe ich nächste Woche den Freitagabend frei.«

»Dann müssen Sie nächsten Freitag bei uns zu Abend essen«, drängte Roberta mit schmeichelnder Stimme, obwohl ihr Vater ein warnendes Grollen hören ließ.

Angesichts der unmißverständlichen Ablehnung ihrer Eltern sagte Cole, zu Angus Craighugh gewandt: »Nur mit Ihrer Erlaubnis, Sir.« Mit stummem Tadel blickte Angus seine Tochter an, doch schließlich blieb ihm nichts anderes übrig, als nachzugeben.

»Natürlich, Sir. Wir wissen es sehr zu schätzen, daß Sie dem Jungen geholfen haben.«

»Es war das geringste, was ich tun konnte«, erwiderte Cole höflich. »Mir schien, es war höchste Zeit, daß sich jemand des Jungen annahm, und ich bin froh, ihn wieder bei seinen Verwandten zu wissen.«

»Haha!« höhnte Al. »Da haben Sie ja eine Göre weniger auf dem Gewissen! Erst macht ihr Blauröcke die Kinder zu Waisen und dann habt ihr noch die Stirn, euch hier auf den Hintern zu setzen, in einem Salon, der von euresgleichen leergeklaut worden ist!«

Leala ließ ein klägliches Wimmern vernehmen. Angus beeilte sich, seiner Frau einen starken Sherry einzuschenken. Mit zitternder Hand ergriff sie das Glas, und erst nachdem sie einen großen Schluck genommen hatte, wies Angus den Jungen zurecht: »Ich bin sicher, daß Hauptmann Latimer damit nichts zu tun hatte.«

»Natürlich nicht«, sagte Roberta mit einem verstohlenen Blick auf Al.
Der Hauptmann war der aufregendste Mensch, dem sie seit der Besetzung von New Orleans begegnet war, und sie würde nicht zulassen, daß man ihr die beste Chance verdarb, seit dieser langweilige Krieg sie gezwungen hatte, wie eine alte Jungfer zu leben. Sie hatte vor, mit aller Raffinesse vorzugehen, um ein Verhältnis anzubahnen, das ihr nur Vorteile bringen konnte. Mit kokett gesenkten Wimpern lächelte sie Cole zu, und ihr Herz schlug schneller, als sie seinen prüfenden Blick auf sich spürte. So hatten die Männer seit eh und je eine hübsche Frau betrachtet. Er war reif für die Ernte.
Angus waren diese Blicke nicht entgangen. Er erstarrte und konnte nicht die ärgerliche Röte seines Gesichtes verbergen, als Cole ihm gerade in die Augen schaute. Mit einem gefälligen Lächeln sagte Cole: »Ihre Tochter ist sehr schön, Sir. Seit langem habe ich mich nicht in so angenehmer und hübscher Gesellschaft befunden.«
Cole konnte das Unbehagen des Vaters wohl verstehen, doch am meisten verblüffte das Verhalten des Jungen. Lange hielt der spöttische Ausdruck der kühlen, grauen Augen Coles forschendem Blick stand. Dann wandte sich der kleine Bursche fast arrogant von ihm ab und schlenderte zu dem Sofa, auf dem Leala saß. Das Sherryglas stand seitlich auf einem Tisch. Al ergriff es, und während seine Augen vor unvermindertem Haß sprühten, prostete er dem Hauptmann voller Verachtung zu und goß den Inhalt des Glases in einem Zug hinunter.
»Al –«, sagte Cole mit verhaltener Stimme, und nur Al konnte darin die versteckte Drohung hören. »Du bereitest deiner Tante Kummer. Es wäre schön, wenn du dich an deine guten Manieren erinnerst. Wenn Damen anwesend sind, sollte ein Gentleman den Hut abnehmen.«
Wieder rang Leala verzweifelt die Hände und blickte furchtsam zu ihrem Gatten hinüber. Sie sah aus, als sei sie einem Weinkrampf nahe.
»Schon gut, Hauptmann«, mischte sich Angus schnell ein, aber Als Hand war schon an der Krempe des verbeulten Hutes. Seine grauen Augen durchbohrten den Yankee wie Dolche, bevor er den Hut vom Kopf riß und ihn wütend quer durch den Raum schleuderte. Angus war starr vor Schreck, seine Stimme drohte

zu versagen. Dann brüllte er, daß die Wände wackelten: »Was zum Teufel hast du da angerichtet?«
Das leise Stöhnen seiner Frau schwoll an zu schrillem Kreischen. Sie warf die Arme hoch und faltete fest die Hände, als erflehe sie Gottes Beistand. »O Angus, Angus, Angus! Was hat sie bloß getan? Oooooh!«
Schnell goß Angus noch ein Glas Sherry ein und hielt es seiner Frau hin. »Komm, Leala, trink!« sagte er bittend und fügte mit seltener Schlagfertigkeit hinzu: »Roberta hat nichts getan, es ist der dumme Junge. Er hat schon wieder sein Haar abgesäbelt.«
Mit grimmig gefurchter Stirn sah er den Jungen an, dann sagte er seitlich zu dem Hauptmann gewandt: »Al hat immer Angst, daß ihn jemand für ein Mädchen halten könnte.«
Sein Neffe schluckte schwer und wandte sich ab, doch Angus sagte in scharfem Ton zu ihm: »Al, ich denke, es wird Zeit, daß du ein Bad nimmst. Du kannst dasselbe Zimmer wie immer haben. Und nimm die Kiste da mit!«
Als der Junge gegangen war, schüttelte er fassungslos den Kopf. »Diese Jugend von heute! Wie soll das bloß noch werden. Vor nichts haben sie Respekt!«
Er fuchtelte mit den Armen und schien drauf und dran, eine Schimpfkanonade loszulassen. »Alles machen sie, wie es ihnen in den Kopf kommt!«
Schnell sagte Cole begütigend: »Im Grunde ist er ein guter Kerl, Sir. Vielleicht ein wenig dickköpfig, stur, schmutzig. Alles wahr! Aber wenn er erst erwachsen ist, wird er bestimmt seinen Mann stehen!«
Erst Monate später sollte Cole begreifen, warum ihn Angus Craighugh in diesem Augenblick so gequält anstarrte.

3

Al setzte die Kiste auf dem Bett ab und ließ sich müde danebensinken. Auf dem Flußdampfer hatte ein Baumwollballen als Bett herhalten müssen, und es würde wohl für immer ein Rätsel bleiben, wie ein Ding, das anfänglich so weich schien, so hart und unbequem werden konnte. Nach kurzen Stunden unruhigen Schlafes war die Morgenkühle die einzige Erfrischung gewesen.

Während der heißen, schwülen Tage war höchste Wachsamkeit vonnöten, um den ausgeklügelten Plan nicht in letzter Minute wegen einer Unvorsichtigkeit scheitern zu lassen. Doch nun war sogar die kritische Situation mit Roberta ausgestanden und das Spiel war gewonnen.
Al erhob sich und ging zum Fenster. Wie er da so stand und hinausstarrte, wurde die Tür geöffnet und die beiden Töchter von Dulcie schleppten eine kleine Badewanne aus Messing in den Raum. Es war ihnen nicht anzumerken, ob man sie eingeweiht hatte, aber solange der Yankee noch im Hause war, schien es ratsam, jedes weitere Aufsehen zu vermeiden. Während die Mädchen Wasser für ein warmes Bad herbeibrachten, konnten sie sich nicht verkneifen, neugierige Blicke auf den schmalen, abweisenden Rücken des Gastes zu werfen. Nachdem sie Handtücher und Seife bereitgelegt hatten, verließen sie wortlos das Zimmer und schlossen leise die Tür.
Schmuddelige Hände schöpften Wasser, ließen es über ein verschmiertes Gesicht rinnen, ein lustvoller Seufzer entrang sich den müden Lippen. Erfrischt blickten die grauen Augen mit neu erwachter Aufmerksamkeit durch den Raum. Ein paar Möbelstücke waren fort, der Rest war altvertraut. Nach den Entbehrungen der letzten beiden Wochen fühlte sich Al fast wie zu Hause.
Langsam drehte sich die schmale Gestalt zu dem gesprungenen Spiegel hin, der neben der Wanne stand. Das nachdenkliche Gesicht verzog sich zu einem traurigen Lächeln. Als hätten sie sich selbständig gemacht, hoben sich die Hände und schlanke Finger fuhren durch zottiges, dunkelbraunes Haar. Die Stiefel wurden heftig in die Ecke geschleudert, die weiten Hosen fielen herab, flinke Finger öffneten fieberhaft die Knöpfe des fast knielangen Hemdes, bis es zu Boden glitt.
Vor dem Spiegel stand Alaina McGaren. Sie trug einfache, lange Unterhosen mit Kniebund und ein enges Kinderhemdchen, das ihre mädchenhafte Brüste flach auf den Körper preßte. Die Unterwäsche war verschwitzt und schmutzig. Alaina zog sie schnell aus und warf sie zu den anderen Sachen, dann holte sie befreit tief Luft. Der Spiegel verriet ihr, wie sehr das vergangene Jahr mit all seinen Entbehrungen an ihr gezehrt hatte, doch obwohl sie nicht gerne daran erinnert wurde, wie verhungert sie aussah, konnte sie sich nicht beklagen. Immerhin hatte ihr das bei der Verkleidung sehr genützt. Sie war siebzehn Jahre alt. Dennoch

hatte sie es geschafft, den Yankees ein grünes Bürschchen vorzuspielen. Hauptmann Latimer hatte nicht den leisesten Verdacht geschöpft.
Mit leichtem Ärger erinnerte sich Alaina daran, mit welch herzlicher Wärme Roberta den Hauptmann empfangen hatte. Dieser Flirt machte es fast sicher, daß Cole Latimer die Craighughs erneut besuchen würde. Für Alaina bedeutete das, daß sie unversehens gezwungen sein könnte, mit ihrem Versteckspiel weiterzumachen.
Außerdem mußte sie an das Problem der Arbeit denken. Nachdem sie die Armut der Craighughs gesehen hatte, wollte sie ihnen nicht auch noch auf die Tasche fallen. Sie war fest entschlossen, für sich selbst zu sorgen, aber es stimmte, was der Hauptmann gesagt hatte. Nur wenige Zivilisten konnten es sich leisten, ihr einen Lohn zu zahlen. Außerdem: wo gab es für eine Frau, nach der gefahndet wurde, ein sichereres Versteck als bei der Unions-Armee? Der Gedanke beflügelte ihre Phantasie und ließ sie nicht mehr los.
Alaina betrachtete ihr Spiegelbild eingehender. Wie lange könnte sie in dem Yankee-Spital einen Jungen spielen? War etwas an ihrem Gesicht, das sie verraten könnte? Die schmale, kecke Nase mit dem hellroten Sonnenbrand und das hagere, etwas kantige Gesicht mit den hohen Backenknochen mochten für einen Jungen ja noch durchgehen, so zart und fein sie auch waren. Auch die funkelnden grauen Augen unter den seidigen schwarzen Wimpern ließen nichts befürchten. Aber der Mund! Er war zu weich, zu rosig, zu feingeschnitten! Das war bestimmt nicht der Mund eines Jungen!
Spielerisch spitzte Alaina die Lippen, machte Grimassen, preßte den Mund fest zusammen und lächelte ihrem Spiegelbild zu. »Das ist's!« dachte sie. »Wenn ich meine Lippen fest aufeinanderpresse, könnte es klappen.«
Alaina prüfte ihr Aussehen gründlich, um ganz sicherzugehen. Allen Bemühungen ihrer Mutter zum Trotz war sie während ihrer frühen Jugend ein rechter Wildfang gewesen.
Danach kamen Jahre, die ihr bei magerer Kost und schwerer Arbeit ein Übermaß an Verantwortung aufbürdeten. All dies hatte zwar Alainas Entwicklung zu einer jungen Frau verlangsamt, doch hatte sich die Natur mit unendlicher Geduld ihren Weg gebahnt. In diesen Zeiten ging es darum, zu überleben. Da war kein

Platz für Mädchenträume. Mit einer Nüchternheit, die aus der Not geboren war, wandte sich Alaina der Aufgabe zu, ihre Rolle als Junge so vollendet wie möglich zu spielen. Sie verschwendete keinen Gedanken daran, daß eines Tages ein Mann beim Anblick eben dieses Gesichtes, das ihr jetzt so hinderlich erschien, alle seine guten Vorsätze vergessen könnte.

Alaina horchte auf, als die Haustür geöffnet und gleich wieder geschlossen wurde. Durch die heruntergelassenen Jalousien der hohen Balkontüren spähte sie auf die Rasenfläche vor dem Haus. Hauptmann Latimer kam in ihr Blickfeld. Während er auf sein Pferd zutrat, setzte er den Hut auf. Widerwillig mußte sich Alaina eingestehen, daß er blendend aussah und als Mann eine außergewöhnliche Figur abgab. Die hochgewachsene Gestalt, der aufrechte Gang und der hagere, kraftvolle Körper verliehen seiner Uniform eine Würde und Kleidsamkeit, die nur wenige Männer zuwege brachten. Aber er war ein Yankee, und das war in Alainas Augen ein unverzeihlicher Makel. Ohne Bedauern verscheuchte sie jeden Gedanken an ihn und wandte sich wieder ihrem Bade zu. Mochte Roberta noch so für ihn schwärmen – von ihr konnte man das wirklich nicht behaupten. Sie fand ihn ebenso unannehmbar wie jenen hochnäsigen Leutnant, der in Briar Hill damit gedroht hatte, sie als Spionin hängen zu lassen. In der Tat: käme die Wahrheit an den Tag, dann würde wohl auch Hauptmann Latimer danach trachten, ihr ein solches Ende zu bereiten.

Alaina ließ sich in die Wanne sinken und begann, sich abzuschrubben. Kräftig massierte sie die hausgemachte Seife in ihren verunstalteten Haarschopf. Schweren Herzens hatte sie in einer alten Scheune am Fluß ihre lange, sanft gewellte Haarpracht abgeschnitten. Sie konnte einfach nicht das Risiko eingehen, daß ihr der Wind mitten in einer Menschenmenge den Hut vom Kopf blies und sie verriet.

Wie harmlos alles begonnen hatte! Anfangs hatten die Soldaten nur Nahrung und Unterkunft verlangt. Sie blieben ein, zwei Nächte und zogen dann weiter. Pflichtschuldigst hatte ihre Mutter sie aufgenommen. Nach dem Tode ihrer Mutte hatte Alaina es genauso gehalten. Sie hoffte, daß irgendwo eine andere Frau ihrem Bruder Jason, dem einzigen männlichen Überlebenden der Familie McGaren in Louisiana, die gleiche Freundlichkeit erwies. Banks und seine räuberischen Horden hatten nach der Einnahme von Alexandria herzlich wenig übriggelassen, doch selbst nachdem die Yankees Briar Hill verwüstet hatten, hatte Alaina nicht aufgegeben und auch das Wenigste noch geteilt. Aber dann war vor ungefähr zwei Wochen ein junger Soldat in der Scheune gestorben und hatte ihr eine Botschaft für General Richard Taylor anvertraut. Es schien ihr eine leichte Aufgabe, sie im Feldlager der Konföderierten abzuliefern, doch sollte ihr diese Tat großes Unglück bringen. Der älteste Sohn ihrer Nachbarn war ihr heimlich bis zum Lager der konföderierten Armee und zurück gefolgt. In der Vergangenheit hatte sie wiederholt mit spitzer Zunge seine Annäherungsversuche abgewehrt, doch nun machte er sich wieder an sie heran und schlug ihr vor, ihn zu heiraten. Da sie keine Verwandten mehr hatte, die auf sie aufpaßten, glaubte er, er könne als Herr und Gebieter in das Haus der MacGaren ziehen. Alaina hatte die Pistole ihres Vaters auf ihn gerichtet und ihn aus dem Haus gejagt. Der verschmähte Freier hatte unverzüglich den Yankees die ganze Geschichte hinterbracht und zweifellos für seine »treuen Dienste« ein hübsches Sümmchen kassiert.

Mit Haß im Herzen erinnerte sich Alaina daran, wie der Yankee-Leutnant mit einer Handvoll farbiger Soldaten die Auffahrt zu Briar Hill entlanggeritten kam. Schadenfroh sah er zu, wie seine Männer sie auf ihren Pferden umtänzelten und die Milchkuh davonjagten, die sie gerade in den Stall führen wollte. Doch unter ihren trotzigen Blicken wurde er des Spieles schnell überdrüssig und befahl seinen Männern, die Wirtschaftsgebäude nach Soldaten der Südstaaten zu durchsuchen. Dann hatte er sie mit der Hand am Pistolenhalfter in das Wohnhaus genötigt, die Tür verriegelt und ihr in unaussprechlich obszönen Worten die ehrenrührigsten Anträge gemacht.

Angewidert hatte ihm Alaina kurz und bündig geantwortet, sie heirate ihn an jenem Tage, an dem das Wasser an einem gewissen Örtchen vor lauter Kälte einfrieren würde. Da hatte der galante Leutnant seinen angeborenen Edelmut beiseite geschoben und versucht, sie im Salon mit Gewalt zu nehmen. Auf ihr lautes Schreien flog die Hintertür auf und Saul stürzte in den Raum. Angesichts des wütenden schwarzen Hünen war dem Feigling das Herz in die Hose gerutscht. Wie ein Köter hatte er den Schwanz eingeklemmt und war aus dem Haus geflohen. Er hatte seine Männer um sich gesammelt und beim Davonreiten geschworen, daß er sie mitsamt dem verfluchten schwarzen Sklaven würde hängen sehen.

Noch immer schmerzte es Alaina, daß sie ihr Heim hatte verlassen müssen. Es schien ihr, als seien Jahre vergangen, seit sie rasch ein paar Habseligkeiten in den alten Reisekoffer gestopft hatte und hinter Saul auf das einzige in Briar Hill verbliebene Pferd geklettert war, nachdem sie sich in aller Eile als Junge verkleidet hatte. Länger als eine Woche waren sie über Land gezogen und jedesmal in Deckung gegangen, wenn in der Nähe Yankee-Truppen auftauchten. Vom Hunger getrieben, wagten sie es nur in den frühen Morgenstunden, nach Hause zu reiten.

Es geschah in Baton Rouge. Saul wollte gerade mit dem Sack, der ihre gesamte Verpflegung enthielt, eine Straße überqueren, als ihn ein Anruf stoppte. Schnell blickte Alaina sich um und sah, wie der bewußte Leutnant auf Saul zustürzte und seinen Soldaten wild gestikulierend zuschrie, sie sollten den Neger festhalten. Während Saul die Straße hinunterfloh, verdrückte sich Alaine schleunigst in entgegengesetzter Richtung und verlangsamte ihre Schritte erst, als sie sicher war, daß ihr niemand folgte. Sie kletterte auf das Pferd und machte sich aus dem Staub. In jener Nacht hatte sie kein Auge zugemacht, sondern die Straßen nach Saul abgesucht und schließlich unter freiem Himmel kampiert. Saul blieb spurlos verschwunden. Zwei Tage lang war sie noch über Land geirrt und hatte sich von einer Handvoll ungemahlenen Getreides ernährt. Dann hatte sie das Pferd für den Preis der Dampferfahrt verkauft und hatte sich nach New Orleans aufgemacht.

Alaina verscheuchte die Erinnerung an die Ereignisse der jüngsten Vergangenheit. Sie machte ihr Heimweh nur schlimmer. Entschlossen wandte sie sich anderen Dingen zu. Schnell beendete sie ihr Bad und schlüpfte in ein abgetragenes Gewand.

An der Tür wurde leise geklopft. Auf ihr Herein schlüpfte Leala in das Zimmer, auf dem Fuße gefolgt von Angus und Roberta.

»Alaina, mein Kind! Wir konntest du mich so erschrecken!« schalt die ältere Frau zärtlich. Dann küßte sie das Mädchen auf die Stirn. »Und dein Haar! Dein schönes Haar! Fort! Alles fort!«

»Was hat dich dazu gebracht, Briar Hill zu verlassen?« fragte Angus ohne Umschweife. »Als wir zum Begräbnis deiner Mutter da waren, warst du entschlossen zu bleiben. Jason ist doch nicht – – –«

»Nein!« Alaina mochte nicht daran denken, daß er wie ihr anderer Bruder Gavin und ihr Vater umgekommen sein könnte. »Nein«, wiederholte sie ruhiger. »Als die Yankees Alexandria nahmen, verwüsteten sie unsere Felder und rissen die Ställe nieder. Sie verpflichteten unsere Sklaven zum Dienst in der Armee, schlachteten das Vieh, um sich damit die Bäuche vollzustopfen, und nahmen die Pferde mit. Es gelang Saul, einen alten Gaul vor ihnen zu verstecken, aber ich hab' ihn verkauft und bin mit dem Erlös hierher gefahren. Die Yankees haben sogar die Maultiere weggetrieben. Ich weiß nicht, ob sie darauf reiten wollten oder ob sie sie verspeist haben.« Sie ging im Zimmer auf und ab und erzählte die ganze Geschichte. Dabei gestikulierte sie heftig, bisweilen rang sie auch die schmalen Hände, wenn die Erinnerung an das Vorgefallene zu schmerzlich war. »Wer weiß, was mit Saul geschehen ist. Wenn der Leutnant ihn gefangen hat, ist er entweder tot oder im Gefängnis.«
»Aber was hast du denn jetzt vor, mein Liebes?« wollte Roberta mit unschuldig geweiteten Augen wissen.
Angus räusperte sich, und da er keinen anderen Ausweg sah, erklärte er großmütig: »Sie bleibt jetzt natürlich bei uns. Was bleibt ihr denn weiter übrig?«
»Aber Daddy!« flehte Roberta. »Hauptmann Latimer kommt bestimmt wieder. Was soll er von uns halten, wenn er entdeckt, daß Al ein Mädchen ist?«
»Du hättest ihn nicht einladen sollen«, murmelte der Vater mißmutig.
»O Daddy!« lächelte Roberta und zwickte ihn zärtlich in die Wange. »Denk doch, was er alles für uns tun könnte. Ist es nicht an der Zeit, daß wir etwas von den Yankees erhalten, statt alles aufzugeben, was wir besitzen? Haben sie uns etwa nicht schon genug bestohlen? Ein Pfund Butter kostet vier, ein Dutzend Eier fünf Dollar. Wie sollen wir da durchkommen? Seit Monaten habe ich kein neues Kleid bekommen, und jetzt haben wir noch ein weiteres Maul zu stopfen!«
»Roberta!« sagte ihre Mutter empört.
Wenn Alaina noch den leisesten Zweifel gehabt hatte, daß sie Arbeit finden mußte, dann wurde er durch Robertas Roheit zerstreut. »Ich beabsichtige nicht, euch zur Last zu fallen«, verkündete sie. »Hauptmann Latimer hat Arbeit für einen Jungen im Lazarett, und ich werde die Stellung annehmen – als Al!«

»Das wirst du nicht!« Leala war entsetzt. »Nie habe ich so etwas Lächerliches gehört! Stell dir vor! Ein junges, unschuldiges Mädchen, das für die dreckigen Yankees arbeitet! Deine liebe Mutter würde mich im Schlaf heimsuchen, wenn ich einer solchen Verrücktheit zustimmte. Arme Glynis, sie erhoffte so sehnlich, aus dir eine Lady zu machen. Und nun schau dich an! Was ist bloß aus dir geworden, ma petite?« Die Frau brach in Tränen aus. Sie konnte nicht ertragen, was dieser gräßliche Krieg ihrer Nichte zugefügt hatte.

»Aber Mama«, säuselte Roberta und täschelte Leala die Schulter. Blitzschnell hatte sie sich ausgerechnet, daß Alaina ihr als Junge verkleidet keine Konkurrenz machen würde. Zwar war Alaina als Mädchen schon immer etwas zu schlank und knochig gewesen, aber mit ihrem hellen Verstand und ihrer bezaubernden Ungezwungenheit war es ihr immer gelungen, eine Schar von jungen Männern um sich zu versammeln. Roberta konnte den Gedanken nicht ertragen, die Aufmerksamkeiten eines Mannes mit Alaina teilen zu müssen. Als kleine Kusine vom Lande war ihr Alaina ohnehin schon immer etwas zu sehr obenauf gewesen. »Die Yankees werden doch gar nicht wissen, daß es Lainie ist«, sagte sie deshalb zu ihrer Mutter. »Sie werden glauben, es sei einfach ein Junge, nichts weiter. Außerdem spielt sie ihre Rolle so gut, daß es nie herauskommt. Was für eine Chance, den blöden Yankees eins auszuwischen!«

Angus war im stillen einer Meinung mit seiner Frau. Seine Schwester Glynis war oft verzweifelt gewesen, weil Alaina sich geweigert hatte, sittsame Manieren anzunehmen. Das Mädchen hatte sich lieber mit ihren Brüdern gebalgt, und Angus hegte nicht den geringsten Zweifel daran, daß sie reiten und schießen konnte wie ein Mann. Wenn irgend jemand diese Farce beenden konnte, dann nur Alaina selbst.

4

Sinnend stand Alaina am Fenster und blickte hinaus. Regentropfen liefen in langen Bahnen unschlüssig an der Scheibe herab. Es war schon schwierig genug gewesen, das richtige Lazarett zu finden, aber das Warten auf Hauptmann Latimer erwies sich als eine weitaus größere Geduldprobe. Sie begann sich zu fragen, ob sich jemand wirklich die Mühe gemacht hatte, Hauptmann Latimer davon zu unterrichten, daß Al wegen der Arbeit gekommen war. Was konnte ein schmutziger Bengel schon erwarten, der gekommen war, mit einem vielbeschäftigten Arzt zu sprechen? Wäre sie in einem weiten Reifrock und mit einer feschen Haube erschienen, hätte das anders ausgesehen, dessen war sich Alaina sicher.

Man hatte sie in einen Raum geleitet, in dem die Ärzte offenbar ihre freien Stunden verbrachten. Das schmale Ruhebett und das spärliche, schlichte Mobiliar wiesen allerdings darauf hin, daß ihnen zum Ausruhen wenig Zeit blieb.

Draußen im Gang erklangen schnelle Schritte und verstummten unvermittelt vor der Tür des Tagesraumes. Rasch ließ sich Alaina von dem hohen Stuhl gleiten, auf dem sie gekauert hatte, und blickte mit dem Hut in der Hand dem eintretenden Hauptmann Latimer entgegen. Als sie seine grollend zusammengezogenen Brauen erblickte, wurde sie plötzlich gewahr, welche Torheit sie mit ihrem Kommen begangen hatte. Mochte sie von dem Hauptmann denken, was sie wollte – ein Narr war er sicherlich nicht. Wie lange würde sie ihre Maskerade durchhalten können?

Als der Hauptmann den jungen Burschen wiedererkannte, milderte sich seine Verärgerung darüber, daß er von seiner Arbeit abgerufen worden war. Er ging quer durch den Raum zu einer Waschschüssel, streifte den über und über mit Blut beschmierten Kittel ab und warf ihn in einen Korb. Dann erst blickte er den Jungen an.

»Du scheinst seit dem letztenmal ja wirklich ein paar gute Manieren gelernt zu haben«, meinte er ein wenig schroffer als beabsichtigt. Als er die Verwirrung seines Gegenüber bemerkte, zeigte er auf den zerknautschten Hut.

»Ich hab' über die Arbeit nachgedacht, die Sie mir angeboten haben«, begann Alaina höflich, obwohl es in ihrem Inneren kochte, weil sie einen Yankee um etwas bitten mußte. »Und weil mein Onkel nicht noch 'n hungriges Maul füttern kann, hab' ich mir gedacht, ich wäre hier richtig, wenn Sie mich noch brauchen können, Sir.«

»Natürlich können wir dich hier gebrauchen, Al. Du kannst sofort anfangen.« Als er sah, wie der Junge eifrig nickte, lächelte der Hauptmann kurz. »Gut, ich zeige dir, was gemacht werden muß. Dann muß ich wieder an die Arbeit. Ein paar Meilen flußaufwärts ist ein Flußdampfer aus dem Hinterhalt überfallen worden, und die Verwundeten werden gerade hereingebracht. Es scheint, daß sich deine Landsleute schwer damit tun, die Farbe unserer Uniformen zu erkennen. Mehrere Passagiere in Zivil sind unter den Verwundeten.«

Alaina sträubte sich, als hätte man sie gegen den Strich gebürstet. »Diese Zivilisten sind nichts weiter als Rattenpack! Die fahren bloß flußaufwärts, um auf den Plantagen Baumwolle zu klauen, und ihr Blauen setzt euch hin und unternehmt nichts!«

Cole goß plätschernd Wasser in die Porzellanschüssel und sah den Jungen schief an. »Egal was sie sind – es sind immerhin Menschen.«

»Haha! Mal grade so!« schnaubte Alaina verächtlich. »Ich würde wegen denen keine Träne vergießen!«

»Vielleicht sollte ich mich hüten, dich auf die Krankenstationen zu schicken«, sagte Cole, indem er das Hemd abstreifte und kühles Wasser über Gesicht und Schultern goß. Das Sonnenlicht fiel auf ein kleines goldenes Medaillon, das an einer langen Kette um seinen Hals hing. Kleine Lichtflecken tanzten über die Wand. »Ich frage mich, ob du unseren Soldaten nicht mehr weh tun würdest, als sie vertragen können.«

Die grauen Augen wurden schmal. »Solange ich sie nicht auf den Topf bringen muß, mach' ich meine Arbeit, und zwar gut«, versicherte sie ihm. »Da brauchen Sie sich keine Sorgen zu machen. Allerdings –«, sagte sie gedehnt und warf ihm dabei einen schneidenden Blick zu, »wenn Sie glauben, Ihre Leute hätten was von einem Waisenknaben zu befürchten, dann stellen Sie mich lieber nicht ein, Mister.«

Cole lachte laut über die Frechheit des Jungen. Er hatte sich schon davon überzeugt, daß Al ebenso ungehobelt und ehrlich war wie jeder andere Junge. Aber doppelt so schmutzig! »Ich dachte, dein Onkel hätte dir gesagt, du sollst dich waschen!«

Alainas Gesicht zuckte vor Äger. »Zeigen Sie mir, was ich saubermachen soll, und ich mach' mich gleich dran. Aber mich lassen Sie aus dem Spiel! Ein bißchen Dreck hat noch niemandem geschadet.«

Cole grunzte höhnisch. »Ich weiß ja noch nicht einmal, wie du aussiehst unter all der Schmiere.«

»Ist auch nicht notwendig, Yankee. Bloß weil Sie Wasser und

Seife so mögen, soll ich wohl den ganzen Quatsch mitmachen, oder?« Es war Alaina gleichgültig, wie er anzüglich von ihrer speckigen Kleidung zu der Waschschüssel schaute. »Also was gibt's denn in diesem Laden zu tun?« fragte sie bissig. »Sie sagten doch, Sie müßten dann wieder an die Arbeit, stimmt's?«
Cole schlüpfte wieder in sein Hemd und zog einen frischen weißen Kittel an. Dann führte er Al durch acht Krankenstationen und erläuterte in jeder kurz und knapp, was er von ihm erwartete. Die langen Räume waren überfüllt mit Feldbetten, auf denen bis zur Unkenntlichkeit bandagierte Männer lagen. Eine dicke Staubschicht hatte sich zwischen den Betten angesammelt, und altes, gebrauchtes Verbandszeug lag auf dem Fußboden verstreut.
»Wir haben noch nicht über den Lohn gesprochen«, sagte Alaina mit Nachdruck. »Wieviel wollen Sie mir denn zahlen?«
»Das gleiche wie jedem Soldaten«, erwiderte Cole. »Einen Dollar am Tag bei freier Verpflegung.«
»Essen werd' ich hier schon«, stellte Al sachlich fest. »Aber da ich hier nicht schlafe, sagen wir einen Dollar zehn Cents und abgemacht.«
»Das klingt ganz erträglich«, gab Cole halb belustigt zu. »Schau zu, daß du es wert bist.«
Alaina zuckte nichtssagend mit den Achseln. Sie würde sich doch von irgend so einem blasierten Yankee nicht aus der Ruhe bringen lassen. Sobald der Hauptmann fort war, machte sie sich unverzüglich an die Arbeit. An der Wasserpumpe füllte sie einen Eimer und schabte dünne, große Flocken Laugenseife hinein. Mit einem schweren Besen fuhr sie in jede Ecke, unter alle Betten und Schränke und kehrte haufenweise Abfälle und Schmutz hervor. Die meisten Soldaten achteten nicht auf ihre Geschäftigkeit. Zu sehr waren sie in der bohrenden Langeweile ihrer Schmerzen befangen, als daß sie für den mit fest zusammengekniffenen Lippen arbeitenden Burschen ein Auge gehabt hätten. Nur manchmal machte einer der Soldaten den Versuch, mit dem Jungen ein paar Worte zu wechseln, aber da es Al ebensowenig nach Späßen zumute war wie den anderen, trafen diese Versuche auf grimmiges Schweigen, und Al machte sich schnell woanders zu schaffen.
Am Ende des Tages waren zwei Krankenstationen gesäubert. Mit wunden Knien und Händen, die von der scharfen Seife brannten,

betrachtete Alaina ihr Tagewerk. Noch sechs Stationen, sagte sie sich bedrückt, aber sie müßten auf morgen warten. Der Abend dämmerte schon und es war Zeit zum Aufbruch. Nur ungern wollte sie auf ihrem Heimweg durch die nächtlichen Straßen gehen.

Als sie müde und zerschlagen daheim ankam, wartete Roberta an der Hintertür auf sie. Ihre Kusine war sorgfältig frisiert und trug ein schickes Kleid aus minzgrünem Musselin. Schmerzlich wurde sich Alaina ihrer eigenen Schäbigkeit bewußt. Morgens hatte sie vor Verlassen des Hauses ein Gemisch aus Schmutz, Fett und Wasser in ihr Haar gerieben, um die rotbraun glänzenden Locken zu verbergen. Nun verlangte es sie sehnlichst danach, die klebrige Schmiere herauszuwaschen. Als sie an Roberta vorbeiging, verbarg sie ihre geröteten Hände mit den abgebrochenen Fingernägeln. Die geräumige, einst wohlgefüllte Speisekammer neben dem Küchenherd war in diesen Zeiten der Not in eine Badekammer für die ganze Familie verwandelt worden. Dort verbrachte Alaina einen großen Teil des Abends, statt mit den Craighughs zu Abend zu essen. Gemächlich wusch sie ihr Haar, reinigte und pflegte die Fingernägel, bestrich ihre Hände mit einer milden Salbe. Wenn sie schon wochenlang einen Jungen spielen mußte, dann wollte sie sich wenigstens diesen kleinen Luxus erlauben. Wo die Ermahnungen ihrer Mutter versagt hatten, da begann der Zwang, Jungenkleider zu tragen, Wirkung zu zeigen: Alaina sehnte sich danach, eine kleine Lady zu sein.

Am fünften Arbeitstag begann Alaina von vorne und säuberte die beiden ersten Krankenstationen, aber diesmal ging ihr die Arbeit rasch von der Hand: es gab viel weniger Schmutz und Abfälle. Sie stellte leere Blechdosen als Mülleimer auf, und die Soldaten gewöhnten sich nach und nach daran, sie zu benutzen. Aus lauter Langeweile waren ihr sogar einige Soldaten bei der Arbeit behilflich.

Alaina war nicht sehr erbaut, als Hauptmann Latimer beim Mittagessen seinen Teller nahm und sich an ihren Tisch setzte. Abweisend blickte sie zu den anderen Tischen des Speiseraumes. »Was ist los? Gibt's keinen anderen freien Tisch?« Sie waren allein.

»Entschuldige, Al, aber ich wußte nicht, daß du mit Vorliebe alleine speist«, sagte der Hauptmann trocken, machte aber keine Anstalten zu gehen.

»Was glauben Sie wohl, warum ich immer so spät hierher komme?« fragte Al gehässig. »Ich setz' mich nicht mit jedem an einen Tisch! Da kommt einem ja das Essen hoch!«
»Hör auf mit dem Gejammer und iß!« befahl Cole streng. »Wenn du dich nicht mehr um das Essen kümmerst, wirst du nicht viel größer als jetzt.« Mit dem Finger wies er auf einen Lederbeutel neben Als Teller.
»Und was ist da drin?«
»Was geht Sie das an?«
Cole zuckte lässig mit den Schultern. »Nun ja, ich schätze, ich bin einfach neugierig. Aber ich möchte wetten, daß da keine Sachen zum Umziehen drin sind. Ich hab' dich noch nie in anderer Kleidung gesehen.«
»Wenn Sie's unbedingt wissen wollen: es sind Eßsachen!« knurrte Al. »Was dagegen?«
Cole winkte ab. Er nahm einen Schluck Kaffee und zog dann unter seinem weißen Kittel einen bräunlichen Umschlag hervor, der ein amtliches Siegel hatte. Er schob ihn über den Tisch vor Alaina. Sie sah, daß ihr Name darauf stand.
»Was soll das?« fragte sie mißtrauisch.
»Dein Wochenlohn.«
Sie riß das Kuvert auf und zählte das Geld. »Aber das sind ja sieben Dollar!«
»Der Zahlmeister hat den Betrag aufgerundet. Du hast es verdient.« Er beobachtete, wie Al das Geld sorgsam in ein verwaschenes Taschentuch knüpfte. Nachdenklich widmete sich Cole für eine Weile dem Essen, dann fragte er: »Was wirst du denn mit all dem Geld anfangen? Neue Kleidung kaufen?«
»Die Hälfte kriegt Onkel Angus als Kostgeld, und von dem Rest will ich soviel wie möglich sparen«, stellte Alaina sachlich fest.
»Wenn du noch etwas dazuverdienen willst: Ich habe Quartier in den Pontalba Apartments genommen und bräuchte jemand, der dort unter der Woche saubermacht, während ich im Dienst bin.«
»Wenn Sie meinen, daß Sie mir trauen können –«, sagte Al spitz.
»Also willst du nun die Arbeit übernehmen oder nicht?« fragte Cole ungeduldig.
»Und was ist das für 'n Dingsbums, wo Sie da wohnen?«
»Ein Appartement.« Cole erklärte ihm, was das ist. »Es liegt direkt am Jackson Square. Du weißt doch, wo das ist, nicht wahr?«
»Klar«, nickte Al. »Und wie komm' ich da rein?«

»Mit einem Schlüssel«, antwortete Cole sarkastisch, langte in die Tasche und reichte ihn Al. »Alles soll genauso sauber sein wie hier im Spital. Dafür bekommst du drei Dollar die Woche.«
»Drei Dollar die Woche?« wiederholte Alaina verblüfft. »Sind Sie reich oder so?«
»Für dich reicht's.«
»Ist ja sowieso egal«, sagte Alaina achselzuckend. »Ich mach' Ihr Appartement sauber, und klauen tu' ich auch nichts.«
»Das habe ich auch nicht anders erwartet. Möchtest du einen Vorschuß?«
»Ich kann warten. Außerdem heben Sie besser Ihre Moneten auf für den Fall, daß General Taylor New Orleans nimmt. Dann haben Sie wenigstens was in der Tasche, wenn die Johnnies Sie schnappen.«
»Darüber mache ich mir Sorgen, wenn es soweit ist«, erwiderte der Hauptmann. »Falls es je so weit kommt.«
Alaina stand auf und zupfte an ihren Hosenträgern. »Ich muß jetzt wieder an die Arbeit. Kann nicht sagen, daß mir das Gespräch mit Ihnen Spaß gemacht hat!«
Cole konnte ein Lächeln nicht unterdrücken, als das Bürschchen davonstapfte. Manchmal war der kleine Knilch einfach nicht auszustehen, aber da war auch etwas an ihm, das man einfach liebhaben mußte. Natürlich konnte Cole nicht ahnen, was das war.

Die Zeit verstrich, und mit jedem Tag wurde Roberta ruheloser und ungeduldiger. Immer wieder prüfte sie, ob ihr feinstes Abendkleid auch nicht den kleinsten Makel aufwies. Nie hatte sich ein Paradiesvogel so sorgfältig aufgeputzt wie Roberta. Alles sollte vollkommen sein. Einen Abend vor des Hauptmanns Besuch schalt sie Dulcie, weil das Speisezimmer und der Salon seit zwei Tagen nicht abgestaubt worden waren. Als ob es nichts Wichtigeres gäbe, als das ganze Haus für einen Yankee zu wienern, brummelte Dulcie verstimmt.
Am Morgen des großen Tages schlummerte Roberta noch friedlich hinter sorgsam zugezogenen Gardinen, als Alaina mißmutig den alten Gaul ihres Onkels aus dem Stall zog. Störrisch wie er war, konnte sie Ol' Tar nur mit Mühe dazu bewegen, in einen leichten Trott zu fallen.
Es war noch früh am Morgen, als Alaina am Lazarett ankam. Ein

ganzer Treck von Ambulanzwagen war vorgefahren, und Helfer luden zahllose Verwundete aus. Alaina konnte sich denken, was vorgefallen war. Zwar war der Mississippi seit Mitte Juli für die Schiffe der Union offen und Baton Rouge wurde als sicher angesehen, doch rekrutierte General Taylor im oberen Louisiana Männer und machte sich durch einen ständigen Guerillakrieg gegen die Außenposten der Unionsarmee bemerkbar.
Sie sah Hauptmann Latimer das letztemal an diesem Morgen, als er die Verwundeten aussortierte und entschied, wer von ihnen ein paar Stunden oder gar Tage warten konnte.
Davon gab es nur wenige, denn nur die schwer Verwundeten wurden in das Lazarett geschickt. Der Rest wurde gleich in Feldlazaretten nahe der Front behandelt.
Während des gesamten Vormittags mied Alaina die Nähe der Operationsräume. Es roch immer stärker nach Chloroform. Es wollte ihr nicht in den Kopf, wie der Hauptmann es schaffen wollte, heute abend Robertas strahlender Gast zu sein. Doch da sie sich entschlossen hatte, dem Diner nicht beizuwohnen, wollte sie abwarten und später mehr darüber erfahren.
Am späten Nachmittag wurde ihre Arbeit immer schwieriger, denn sie konnte sich nicht länger um die Krankenstationen drükken, wo die neu eingelieferten Verwundeten behandelt wurden. Immer öfter mußte sie beim Anblick einer offenen, stark blutenden Wunde den Blick abwenden, und der Gestank fauligen, verrottenden Fleisches verursachte ihr Übelkeit. Doch als ein Mann mit einem eiternden Beinstumpf hereingetragen wurde, hielt sie es nicht länger aus. Krampfhaft würgend floh sie mit der Hand vor dem Mund durch die nächste Tür ins Freie. Unglücklicherweise hatte sich Cole gerade zu diesem Zeitpunkt eine Verschnaufpause von seinen schweren Pflichten gegönnt und wurde Zeuge ihrer Erniedrigung, als sie hinter einem Busch ihr Mittagessen von sich gab. In ihrer Qual brachte sie es nicht über sich, ihm in die Augen zu blicken, doch nahm sie dankbar das Taschentuch, das er in einen Wassertrog getaucht hatte.
»Geht's jetzt besser?« fragte er mitfühlend.
Alaina fühlte sich in ihrem Stolz verletzt. Nur schwer konnte sie es dem Hauptmann nachsehen, daß er sie in ihrem elenden Zustand beobachtet hatte.
»Ich krieg' noch drei Dollar von Ihnen, Yankee!«
»Aber sicher!« Cole mußte grinsen. Er zählte die Geldscheine ab

und reichte sie Al mit gespieltem Eifer. »Beim Saubermachen stellst du dich ja wirklich gut an, aber zum Arzt würdest du wohl kaum taugen. Noch nie habe ich jemand gesehen, dem so schnell schlecht wird.«

»Haben Sie was daran auszusetzen, wie ich Ihr Appartement geputzt hab'?« fragte Al ärgerlich.

Cole schüttelte den Kopf. »Nein.«

»Dann behalten Sie bitte Ihre Kommentare für sich, Mister.« Damit stiefelte Al in das Lazarett zurück. Am liebsten hätte sie dem Hauptmann gesagt, er solle sich jemand anderen suchen, aber andererseits war das Geld so leicht verdient, denn Latimer war so ordentlich wie er aussah. Drei Dollar waren zu viel Geld, um es aus Stolz auszuschlagen.

Für den Rest des Nachmittages gefiel sich Alaina darin, dem Hauptmann aus dem Weg zu gehen. Rache war süß, auch wenn sie noch so klein war.

Als sie spät am Abend auf dem klapperigen Ol' Tar daheim ankam, führte sie den alten Gaul in den Stall, warf ihm etwas Heu und Hafer vor und löschte die Stallaterne. Dann begab sie sich in die Küche, um auf dem Herd heißes Wasser für ein Bad zu bereiten.

Mit geschlossenen Augen lag sie in der Wanne und ließ die Wärme wohlig in ihre ermatteten Glieder strömen, als plötzlich heftig am Türknauf gerüttelt wurde. Schnell griff sie nach einem Handtuch.

Roberta hielt es nicht einmal für nötig anzuklopfen, sondern trat einfach ein. Sie trug ein prächtiges Hausgewand aus rotem Crêpe de Chine. Als sie ihre Augen gegen das Licht der Lampe mit den Händen beschattete, fielen die weiten Ärmel zurück und feine weiße, um ihre Handgelenke geraffte Spitze kam zum Vorschein.

»Ich hab' dich kommen gehört.«

Bescheiden hielt Alaina das leinene Handtuch vor die Brust. Sie wollte sich nicht mit Robertas runden Formen messen.

Rastlos ging ihre Kusine in der Enge des Badekämmerchens auf und ab. »Du kannst dir nicht vorstellen, was für einen Tag ich verbracht habe! Schrecklich, einfach schrecklich! Ich sag' dir, Lainie, Darling, ich weiß nicht, wo das alles noch hinführen soll!«

Alaina machte sich auf ein längeres Gespräch gefaßt, und obwohl sie mit der Störung durchaus nicht einverstanden war, sagte sie

gelassen im Plauderton: »Das klingt ja wirklich schlimm, Robbie. Ich dachte, du hattest heute abend einen Gast?«
»Eben nicht!« Ärgerlich wirbelte Roberta herum. »O verflixt! Ich wünschte, diese verdammten Yankees machten bald Schluß mit ihrem Krieg!«
»Ich glaube, sie tun ihr Bestes«, erwiderte Alaina gereizt. Manchmal fragte sie sich, zu wem Roberta eigentlich hielt. Bisher hatte sie sich immer nur lauthals über die Unannehmlichkeiten beklagt, die ihr der Krieg beschert hatte.
»Je schneller, desto besser, sage ich.« Übellaunig kreuzte Roberta die Arme unter der Brust. »Dann können wir endlich wieder so leben wie früher.«
»Ich glaube, Mister Lincoln hat da andere Vorstellungen«, erinnerte sie Alaina trocken.
»Dieser hausbackene Provinzler!« Roberta kochte. »Mir wird übel bei dem Namen! Das Töten und Morden macht mich ganz krank!«
Mit hochgezogenen Brauen starrte Alaina ihre Kusine an. Roberta hatte sich bisher nie von den Greueln des Krieges betroffen gezeigt. »Wenn du dich so aufregst, dann muß etwas Ernstes dahinterstecken.«
»Ich werd' dir sagen, was mich so aufgebracht hat! Schau dir das hier an!« Aus der Tasche ihres Hauskleides zog sie einen zerknitterten Zettel und wedelte damit vor Alainas Nase herum, ohne ihr Gelegenheit zu geben, den Inhalt zu lesen.
»Aus irgendeinem verdammten Grund konnte Hauptmann Latimer heute abend nicht kommen. Statt dessen hat er das hier geschickt.« Ärgerlich schwenkte sie die Botschaft über ihrem Kopf, daß die Lampe flackerte. »Unvorhersehbare Umstände! Bedauerlicherweise verhindert! Bah! Sollen doch die verfluchten Yankees alle zur Hölle fahren!«
Alainas Bad war spürbar kühler geworden, außerdem fühlte sie sich vom Wasser ganz ausgelaugt. Zwar lag es ihr fern, einen Yankee in Schutz zu nehmen, doch wollte sie Roberta so schnell wie möglich loswerden.
»Flußaufwärts hat es ein Gefecht gegeben, Roberta. Die Ärzte hatten alle Hände voll zu tun, um die Verwundeten zu behandeln. Ich habe den ganzen Tag blutige Bandagen und dreckige Kleidung geschleppt, um wenigstens die Gänge auf den Stationen freizuhalten.«

»Dreckige Kleidung!« Roberta stürzte sich darauf wie ein Geier. »Lainie! Du willst doch nicht sagen, daß du dabei bist, wenn die Männer ausgezogen werden!«
Verstimmt über Robertas Hintergedanken fuhr Alaina sie an: »Ich habe noch nie einen nackten Mann gesehen! Und nenn mich nicht immer Lainie! Du weißt genau, wie ich diesen Namen hasse!«
»Wenn du ›Al‹ standesgemäßer findest – bitte!« sagte Roberta geziert und ließ sich trotz Alainas abweisendem Blick auf einen Hocker neben der Badewanne sinken.
»Was ist denn so höllisch wichtig daran, daß Cole die Leute versorgt? Gibt es da keine anderen Ärzte?«
»Das schon«, gab Alaina zu. »Aber heute wurden alle gebraucht.«
Roberta spürte den wachsenden Ärger ihrer Kusine und wechselte schnell das Thema. »Du mußt eine Menge über Hauptmann Latimer erfahren haben.«
»Ich höre nur, was die anderen Ärzte über ihn sagen.«
»Du hörst ihnen heimlich zu?« Roberta lehnte sich näher zu ihr heran.
Alaina schäumte. »Ach was! Ich bin nicht taub, weiter nichts. Es ist ihnen völlig gleichgültig, ob jemand zuhört.«
»Erzähl mir mehr über Cole«, drängte Roberta. »Ist er reich? Schwerreich?«
»Wie soll ich das wissen?« schnappte Alaina. »Ich weiß nur, daß er es sich leisten kann, mir wöchentlich drei Dollar für das Putzen seines Appartements zu zahlen, und daß es ihm anscheinend nie an Geld fehlt.«
»Du hast mir nie gesagt, daß du sein Appartement saubermachst.« Nachdenklich spitzte Roberta die Lippen. »Ich möchte wetten, daß Daddy davon auch nichts weiß.«
»Ich kann es mir nicht leisten, wegen ein paar Stunden Arbeit auf drei Dollar zu verzichten«, sagte Alaina spröde. »Außerdem ist nichts dabei, weil er nicht da ist, wenn ich hingehe.«
»Du meinst, er läßt dich allein in seinem Appartement?«
»Warum nicht? Ich habe in meinem ganzen Leben noch nie etwas gestohlen.«
»Aber das kann er doch nicht wissen!«
»Immerhin hat er mir einen Schlüssel anvertraut.«
»Einen Schlüssel? Zu Hauptmann Latimers Wohnung?« Robertas Interesse steigerte sich von Sekunde zu Sekunde. »Wie schaffst

du es bloß, all die Arbeit im Lazarett zu machen und dann auch noch seine Wohnung zu putzen?«
»Nach der Arbeit, wenn er Nachtdienst hat. Er wohnt nicht weit vom Lazarett. Für mich ist das kein großer Umweg.«
»Und wo wohnt der Hauptmann?« erkundigte sich Roberta mit süßer Stimme.
Alaina betrachtete sie argwöhnisch.
Mit freundlichem Lächeln warnte Roberta: »Wenn du es mir nicht sagst, Lainie, erzähl' ich Daddy, daß du bei ihm saubermachst. Damit ist er sicher nicht einverstanden. Wer weiß, vielleicht verbietet er es dir.«
»Ich weiß nicht, was du im Schilde führst, Roberta«, entrüstete sich das jüngere Mädchen. »Aber es ist mir gleich. Wenn du Hauptmann Latimer unbedingt haben willst, dann nimm ihn dir doch.«
»Wo wohnt er?« fragte Roberta eifrig.
»Pontalba Apartments«, gab Alaina achselzuckend nach. »Alles andere mußt du den lieben Hauptmann schon selbst fragen.«
»Du bist nicht nett zu mir«, schmollte Roberta. »Immer hast du mich geneckt und bist gehässig gewesen. Jetzt bekommst du, was du verdienst dafür, daß du so gemein bist!«
Roberta druckste noch eine Weile herum, doch als sie merkte, daß ihr Schmollen auf Alaina keinen Eindruck machte, änderte sie ihre Taktik. »Ich frag' Hauptmann Latimer, wenn er herkommt.«
»Herkommt?« Alaina setzte sich steil in der Wanne auf und wand das Handtuch fester um sich. »Du meinst, er kommt hierher –, trotz heute abend?«
Roberta wußte, daß der Schuß gesessen hatte. Sie spielte den Unschuldsengel. »Hab' ich dir das nicht gesagt, Lainie? Er schrieb, er würde alles versuchen, um nächste Woche zu kommen, wenn die Einladung noch gilt.« Ihre Stimme hatte einen leicht befehlenden Unterton: »Also sag ihm, daß wir ihn am Freitag erwarten. Das hat Daddy gesagt!«
Alaina kräuselte ihre Nase und schnupperte, als sei etwas angebrannt. »Was gefällt dir eigentlich an dem Yankee?«
»Alles!« lachte Roberta fröhlich heraus. »Und vor allem ist es ein Weg, um aus diesem elenden Loch rauszukommen!« Mit glänzenden Augen lehnte sie sich vor. Ihre Worte klangen so, als gäbe sie ein eifersüchtig gehütetes Geheimnis preis. »Hab' ich dir

schon gesagt, daß der Brief an mich gerichtet und einfach mit ›Cole‹ unterschrieben war?« Außer sich vor Freude schlang sie die Arme um die Knie und begann, hin und her zu schaukeln.
»So, so«, murmelte Alaina einsilbig. Sie stützte einen Ellbogen auf den Rand der Wanne und lehnte ihr Kinn auf die Handfläche. Sie konnte sich an fünf Fingern abzählen, was danach kam.
»Wie er mich angeschaut hat!« seufzte Roberta mit halbgeschlossenen Augen in seliger Erinnerung. »Und direkt unter Daddys Augen! Du hast es doch auch gesehen, nicht?« Sie achtete nicht auf Alainas perplexen Blick und sprudelte weiter: »Oh, das ist ein Draufgänger, dieser Cole! Aber ich sag' dir, Lainie, diesen langbeinigen Yankee wickele ich mir um den kleinen Finger!« Sie kicherte entzückt und erhob sich. Spielerisch versetzte sie dem spitzenbesetzten Saum ihres Nachthemdes einen kleinen Tritt, bevor sie aus dem Kämmerchen tänzelte.
»Wärest du wohl so freundlich, die Tür zu schließen?« rief ihr Alaina ärgerlich nach.
Lächelnd steckte Roberta den Kopf zur Tür herein. »Um den kleinen Finger!« gurrte sie und krümmte das besagte Glied ihrer Hand. Mit einem gezierten Winken schloß sie die Tür und überließ Alaina endlich ihrem Bade.
Alaina kletterte aus dem kalten Wasser und betrachtete wehmütig ihre zerschundenen Hände. »Ich wickele ihn mir um den kleinen Finger«, äffte sie ihre Kusine nach. Doch plötzlich verzerrte sich ihr Gesicht vor Zorn. Mit nacktem Fuß stampfte sie auf und zischte: »Dieses Miststück von einem Yankee!«

5

Es fiel Alaina nicht allzu schwer, dem vielbeschäftigten Arzt aus dem Weg zu gehen, doch brachten die Dinge es mit sich, daß sie ihm öfter begegnete, als für ihren Seelenfrieden gut war. Zwischen dem Jungen Al und dem Mann Cole herrschte eine gewisse Gereiztheit, und mehr als einmal bekam Alaina seinen beißenden Tadel zu spüren. Obwohl ihr das die Sicherheit gab, daß er ihr Geheimnis noch nicht erraten hatte, fragte sie sich bisweilen, ob er an ihr überhaupt etwas anderes wahrnahm als das verschmierte Gesicht. Denn dagegen richteten sich vor allem seine

Rügen. Er konnte natürlich nicht ahnen, welche Überwindung es sie jeden Morgen kostete, Gesicht und Haar schmutzig zu machen. Sein einziger Ehrgeiz schien darin zu bestehen, den vermeintlichen Lausejungen eines Tages blitzblank und sauber vor sich zu sehen. »Irgendwann bring' ich dir bei, dich anständig zu waschen«, drohte er. »Schau nur dein Haar an! Es starrt vor Schmutz wie Wildschweinborsten!«

»Wetten, daß Sie mit 'nem Stück Seife im Mund geboren wurden«, gab Alaina hitzig zurück. »Ich hab' noch nie jemand gesehen, der so einen Waschfimmel hat wie Sie!«

»Da fragt man sich schon eher, womit du geboren worden bist!« erwiderte Cole ätzend und ging mit großen Schritten davon.

Als der Abend kam, an dem Cole Roberta aufwarten sollte, stahl sich Alaina aus dem Haus. Sie wollte nicht mit den anderen zu Abend essen und die mißbilligenden Blicke des Hauptmanns über sich ergehen lassen. Zudem würde er sich natürlich fragen, warum Onkel Angus ein so schmutziges Kind überhaupt an den Tisch ließ.

Wenn es Alaina schon gelang, der festlichen Abendgesellschaft zu entkommen, so mußte sie sich danach doch alles brühwarm von Roberta berichten lassen. Die ältere Kusine suchte sie so bald wie möglich auf. Es war ihr gleich, daß Alaina gerade beim Einschlafen war, als sie in ihr Zimmer stürzte.

»O Lainie! Das war der aufregendste Abend meines Lebens! Der Vater von Cole ist auch Arzt. Seine Frau starb kurz nach Coles Geburt. Jetzt bin ich auch sicher, daß sie reich sind!«

»Hast du ihn gefragt?« Alaina gähnte verschlafen und kuschelte sich tiefer in die Kissen.

»Natürlich nicht, du Dummkopf! Das wäre doch unerzogen. Aber ich weiß es auch so.«

Roberta lächelte verschlagen. »Cole war im Ausland und wurde im Osten erzogen, wo er und sein Vater Besitz haben, außer ihrem Haus in Minnesota. Ich stelle mir vor, daß Cole das gesamte Vermögen erbt, wenn sein alter Herr stirbt. Er hat ja jetzt schon eigenen Besitz. Sag mir: Welcher Mann ohne Geld kann das von sich behaupten?«

Alaina blickte nachdenklich an die Decke. »Behauptet er das?«

»O Lainie, du gehst mir auf die Nerven!« schimpfte Roberta. »Ich weiß eben, wie man durch geschicktes Fragen jemanden aushorcht.«

»Ich werde ihn fragen, ob er reich ist«, überlegte Alaina laut. »Das ist doch alles, was du wissen willst, oder etwa nicht?«
»Und warum nicht?« verteidigte sich Roberta. »Heutzutage muß ein Mädchen schauen, wo es bleibt. Ich habe es satt, diese alten Fetzen von vor dem Krieg zu tragen. Ich such' mir einen reichen Mann, der es sich leisten kann, mir alle Wünsche von den Augen abzulesen.«
Alaina unterdrückte ein Gähnen.
»Es ist spät, Roberta, und ich bin müde. Den ganzen Abend habe ich unten am Fluß darauf gewartet, daß der Mensch endlich ginge. Können wir nicht ein andermal darüber sprechen? Ich muß morgen mit den Hühnern aufstehen.«
Roberta seufzte, als empfände sie Mitleid für ihre Kusine. »Arme Al! Du hast es wirklich nicht leicht. Aber –«
»Ich weiß! Ich habe es nicht besser verdient!« Zornig schüttelte Alaina das Kissen auf und schlug dann mit ihrer kleinen Faust hinein. »Man könnte meinen, Hauptmann Latimer habe dich geschickt, um mir den Schlaf zu rauben!« Alaina schaffte jetzt alle Krankenstationen in zwei Tagen. Sie putzte und schrubbte, als ginge es nur darum, einem gewissen Hauptmann Latimer zu beweisen, daß sie jeden Cent ihres Lohnes wert war. Die Verwundeten begrüßten Al als willkommene Abwechslung im eintönigen Einerlei ihres Daseins. Kurze Wortwechsel ergaben sich, mal bitter, mal scherzhaft; Fragen nach Herkunft und Familie wurden gestellt. Alaina ermutigte die Schwerverletzten und beflügelte jene, die nicht aufgeben wollten. Sie machte kleine Botengänge für die Verwundeten und brachte ihnen die Post. Der Geruch nach Moder und Verwesung verschwand. Bald roch alles nach Pinienöl und scharfer Seife.
Anfänglich war die schwere Arbeit für Alaina nur ein Gelderwerb gewesen. Doch bald schon wurde daraus ein Gewissenskonflikt. Ihr Herz war bei den kämpfenden Südstaatlern, doch gegen ihren Willen mußte sie sich gestehen, daß sie einige dieser Männer liebgewonnen hatte. Manche waren nur ein, zwei Jahre älter als sie, einige sogar bedeutend jünger. Es waren rechtschaffene Kerle, die ganz wie ihr Vater und ihre Brüder in den Kampf gezogen waren. Hier lagen sie nun in den engen Feldbetten und warteten unter Schmerzen auf ihre Heilung – oder auf den Tod.
In Briar Hall hatte sie allen Yankees den Tod gewünscht. Jetzt erlebte sie erschüttert die letzten Augenblicke der Todgeweihten.

Sie kannte sie! Das waren Menschen! Sie litten Schmerzen! Sie starben! Oft mußte sie sich abwenden, dann wurde sie von heftigem Schluchzen geschüttelt und weinte hemmungslos. Sie stumpfte nicht ab, sondern wurde angesichts des Todes nur verwundbarer.

Anfang November schwor sich Alaina eines Morgens, die Sterbenden zu meiden. Nach reiflicher Überlegung kam sie zu dem Schluß, daß sie nur so ihren Schmerz lindern könnte.

An jenem angenehm milden Novembertag hatte Roberta den Wallach anspannen lassen und war ausgefahren, so daß ihr Vater notgedrungen mit Ol' Tar vorliebnehmen mußte. Alaina machte sich mit dem öffentlichen Pferdewagen auf den beschwerlichen Weg zum Lazarett. Endlich kam sie dort an und hastete an der Wache vorbei.

In der Halle begegnete sie Cole. »Du bist spät dran«, stellte er kurz angebunden fest.

»Das bißchen Geld, das ihr Yankees ausspuckt, reicht ja auch kaum für's Fahrgeld!« rief sie ihm hinterher, als er schon weitereilte. Es lag ihr noch eine bissige Bemerkung auf der Zunge, doch verkniff sie sie sich, als Doktor Mitchell, der Oberstabsarzt, plötzlich aus einem der Krankensäle trat. Er blickte auf den Jungen, dem das Blut in das Gesicht geschossen war, und schaute dann stirnrunzelnd dem davoneilenden Hauptmann nach. »Hast du irgendeine Beschwerde, mein Sohn?« fragte er freundlich.

Alaina schluckte ihren Ärger hinunter. »Nein, Sir.«

»Dann geh wieder an die Arbeit. In der Nacht sind mehrere Krankenwagen angekommen. Alles muß aufgeräumt und sauber sein. Hauptmann Latimer hat viel zuviel zu tun, um mit dir über deinen Lohn zu diskutieren.«

»Ja, Sir.« Mit Oberstabsarzt Mitchell wollte sie sich nicht anlegen. Er war Ire und hatte einen Brustkasten wie ein Bär. Alle hatten großen Respekt vor ihm, doch irgendwie wirkte er gutmütig.

In der Nähe der Operationsräume waren Feldbetten für die Neueingänge aufgestellt worden. Einige der Verwundeten wälzten sich vor Schmerz hin und her, andere schliefen friedlich. Ein wenig abseits lag einer so still, daß Alaina ihn für tot hielt. Seine Augen waren bandagiert, aus dem Mundwinkel tröpfelte Blut in einem dünnen Rinnsal. Ein Laken bedeckte seinen Bauch, um die Fliegen von der Wunde fernzuhalten, die das weiße Tuch langsam rot färbte. Sein Zustand war so bedenklich, daß die Ärzte erst jene Soldaten behandelten, die bessere Überlebenschancen hatten. Der Anblick ließ Alaina zurückweichen. »Nie wieder!« sagte sie sich. »Ich habe genug gesehen!« Entschlossen, ihrem Vorsatz treu zu bleiben, eilte sie dahin, wo sie ihr Putzzeug verwahrte, und machte sich dann in einem Krankensaal zu schaffen, wo sie sicher war, daß niemand mit dem Tode rang.

Doch selbst aus dieser scheinbar sicheren Entfernung hörte sie noch einen schwachen Ruf, ein verzweifeltes Flehen. Eine Zeitlang versuchte sie, nicht zuzuhören. Jemand würde dem Mann schon Wasser bringen. Das war nicht ihre Aufgabe. Nie wieder! Sie packte den Schrubber und arbeitete wie von Sinnen. Aber nichts konnte das schwache, klägliche Rufen übertönen.

»Herrgott noch mal!« fluchte sie unterdrückt und sprang auf die Füße. Sie rannte quer durch die Halle zu dem reglosen Soldaten und erschrak. Doch dann sah sie seine Zunge mühsam über die ausgedörrten, geplatzten Lippen gleiten.

»Warte.« Sie beugte sich nahe an sein Ohr aus Furcht, er könne sie in seinem Schmerz nicht mehr hören.

»Ich hol' dir Wasser.«

Dann lief sie in den Speiseraum, um ein Glas zu suchen. Als sie zurück war, legte sie einen Arm unter seinen Kopf und stützte ihn, damit er an dem Glas nippen konnte, doch plötzlich packte jemand ihr Handgelenk.

»Nicht!« befahl Cole scharf und stellte das Glas beiseite. »So schadest du ihm mehr, als du ihm nützt.« Als er die Verwirrung in ihrem schmutzigen Gesicht bemerkte, wurde seine Stimme sanfter. »Gib einem Mann mit einem Bauchschuß nie zu trinken. Komm, ich zeige dir, wie man es macht.«

Aus einem Schränkchen in der Nähe holte er ein sauberes Tuch, tauchte es in Wasser und befeuchtete damit behutsam die ausgetrockneten Lippen. Dann wiederholte er den Vorgang, doch diesmal tröpfelte er ein wenig Wasser in den Mund des Soldaten. Alaina beobachtete schweigend, wie er dem Mann mit fester und gleichzeitig besänftigender Stimme zuredete.

»Dies hier ist Al. Er bleibt eine Weile bei dir.« Als Alaina abwehrend den Kopf schüttelte, blickte Cole sie finster an und bedeutete ihr zu schweigen.

»Entspanne dich. Gleich nehmen wir uns deiner Wunde an. Der Operationsraum ist gleich frei.«

Cole richtete sich auf und drückte Al das feuchte Tuch in die Hand. »Warte hier auf mich. Falls jemand eine Frage stellt, sage, ich hätte es so befohlen.«
Sie nickte unschlüssig.
»Mach es ihm so bequem wie möglich. Ich bin gleich wieder da.«
Wieder nickte sie. Kaum war der Hauptmann fort, da holte sie eine Kanne mit Wasser und begann, das getrocknete Blut auf der Wange des Soldaten vorsichtig abzuwaschen. Sie wischte mit dem kühlenden Lappen über seine Brauen, reinigte das Gesicht unterhalb des Augenverbandes und verscheuchte die lästigen Fliegen.
»Al?«
Alaina neigte sich näher zu dem kaum vernehmbaren Krächzen.
»Ja, ich bin's«, flüsterte sie.
Der Soldat hatte Mühe, das nächste Wort auszusprechen: »Danke.«
Alaina biß sich auf die zitternden Lippen. Sie empfand so etwas wie Glück und bereute nicht mehr ihre eigene Barmherzigkeit.
Cole wollte gerade in die Offiziersmesse treten, als ihn der Sanitätsfeldwebel anrief. »Eine junge Dame möchte Sie sprechen, Hauptmann, sie wartet im Vorraum.«
»Keine Zeit«, sagte Cole streng.
»Sie sagt, es sei dringend. Behauptet, Sie kann nicht warten.«
Cole verzog das Gesicht. Er fragte sich, wer das wohl sein könne, doch seine Arbeit duldete keinen Aufschub. »Ist sie verletzt?«
Sergeant Grissom grinste. »Das würde ich nicht behaupten!«
»Also ist jemand anders verletzt?«
»Davon hat sie nichts gesagt, Sir!«
»Gut, dann schauen Sie, ob ein anderer Arzt Zeit für sie hat.«
Der Sergeant zog die buschigen Augenbrauen in die Höhe. »Sie will nur zu Ihnen, Sir, und sie wartet schon seit ungefähr einer Stunde.«
Cole seufzte und zog seine Taschenuhr heraus. »Ich habe nur einen Moment Zeit. Sagen Sie der Dame, ich käme gleich.«
Eilig streifte Cole den blutverschmierten Kittel ab. Auch auf der Uniform zeigten sich einige dunkle Flecken. Das war nicht der richtige Aufzug, um vor eine Dame zu treten, aber er hatte keine Wahl. Er knöpfte den oberen Knopf der Uniformbluse zu und schritt schnell durch die Halle.
Roberta erhob sich von einer Bank im Vorraum und lächelte dem

Hauptmann strahlend zu. »Sie scheinen erstaunt, mich hier zu erblicken«, sagte sie mit artig gesenkten Wimpern. »Sicherlich sind Sie befremdet von meinem voreiligen Kommen.«
»Durchaus nicht, Miss Craighugh«, sagte Cole verbindlich, indem er ihre Hand ergriff. »Mir wurde lediglich gesagt, eine Dame warte auf mich. Hätte ich gewußt, wie schön diese Dame ist, dann wäre ich gewiß nicht in dieser Aufmachung erschienen. Aber bitte verstehen Sie, daß ich gerade sehr von meiner Arbeit beansprucht werde.«
»Sie brauchen nicht zu versuchen, mich mit Ihrer gerechten Sache zu beeindrucken, Sir.« Geziert wandte sie den Blick von seiner blutbefleckten Uniform. Ihre Nase kräuselte sich in gespieltem Widerwillen, doch sie wußte, wie gut ihr das stand. Schließlich hatte sie ja jeden Gesichtsausdruck stundenlang vor dem Spiegel geübt.
»Fahren Sie fort, Miss Craighugh«, lächelte Cole beifällig. »Den ganzen Tag habe ich keine so liebliche Stimme gehört wie die ihrige. Die seltenen Augenblicke des Glücks will ich mir durch nichts verderben lassen.«
»Sie sind sehr galant, Hauptmann.« Roberta drehte leicht den Kopf mit dem tüllbesetzten Hut, damit der Hauptmann ausgiebig ihr aristokratisches Profil bewundern konnte. Allzu gut wußte sie, wie schön ihre leicht gebogene Nase, die hohen Wangenknochen und der sinnliche Schwung ihrer roten Lippen waren. »Ich fuhr gerade in der Kutsche vorbei, als ich daran denken mußte, welch harte Arbeit Sie hier leisten. Keine Zeit zum Ausruhen oder gar zu einer mußevollen Mahlzeit. Aber ein Mann muß doch essen, nicht wahr, Hauptmann? Daraus kann man Ihnen doch kaum einen Vorwurf machen. Ich kenne ein nettes kleines Plätzchen im ›Vieux Carré‹, wo die köstlichsten Garnelen serviert werden. Wollen Sie mich dort nicht hinführen, Hauptmann?«
Obwohl sie nur aus Lächeln und schelmischen Blicken zu bestehen schien, stockte ihr doch der Atem in Erwartung seiner Antwort. Die ganze Woche hatte sie insgeheim für dieses Zusammentreffen Pläne geschmiedet, und es wäre für sie eine niederschmetternde Enttäuschung, wenn er jetzt absagte.
»Ich bitte Sie demütigst um Verzeihung, Miss Craighugh, aber ich muß mich um die Verwundeten kümmern. Sonst würde ich Ihnen mit dem allergrößten Vergnügen Gesellschaft leisten.«

Roberta ließ sich ihren Ärger nicht anmerken. Dieser Mann war kein Schuljunge, den sie wie einen Hund an der Leine herumführen konnte und der jeder ihrer Launen gehorchte. Sie machte einen letzten Vorstoß.
»Bis zu uns draußen ist es nur ein kurzer Ritt. Wollen Sie heute abend nicht mit uns speisen?«
Cole lächelte über ihre Hartnäckigkeit.
»Was würde Ihr Vater dazu sagen, Miss Craighugh? Mir will scheinen, er sähe es nicht so gern, daß seine Tochter sich mit einem Yankee abgibt.«
Kokett verzog Roberta den Mund. »Sie wollen mir doch nicht weismachen, Sie gäben viel darauf, was Väter denken, Hauptmann Latimer?«
Cole lachte. Seine glühenden Augen strichen über sie hin. »Im Gegenteil, Miss Craighugh. Ich mache mir Sorgen darüber, was Väter denken. Hinsichtlich Ihrer Einladung möchte ich doch lieber jede Überraschung vermeiden und nicht unangemeldet erscheinen.«
»Da ist jede Sorge überflüssig. Ich weiß, wie ich Daddy anfassen muß. Dulcie kocht heute eine schöne Bouillabaisse, die Sie sich nicht entgehen lassen sollten.« – Ihr Herz machte Sprünge, als er sie anlächelte und lässig sagte: »Wenn nichts dazwischenkommt, habe ich heute abend frei.« –
Roberta suchte Haltung zu bewahren, obwohl sie innerlich jubelte. »Ich freue mich auf heute abend, Hauptmann. Aber jetzt muß ich Sie wirklich wieder Ihren Pflichten überlassen.«
Sie wartete noch kurz ab, ob er dagegen Einspruch erheben würde, doch wieder mußte sie ihre Enttäuschung verbergen, als er einen flüchtigen Blick auf die große Standuhr des Vorzimmers warf.
Als er sie zu der Tür geleitete, legte sie zärtlich ihre Hand auf seinen Arm. »Ich habe Sie lange genug von der Arbeit abgehalten, Hauptmann. Sie verzeihen mir, nicht wahr? Ich verstehe nicht viel von der Arbeit eines Arztes, aber ich nehme an, Sie können nicht einfach nach Belieben kommen und gehen.«
»Ich bin untröstlich«, erwiderte Cole, als er sie zu der Kutsche führte und ihr beim Einsteigen half. »Aber ich versichere Ihnen, daß Sie mir diesen Tag sehr verschönt haben.«
»Also bis heute abend?« murmelte sie sittsam.
»Bis heute abend!« Cole lächelte und salutierte, dann drehte er

sich auf dem Absatz um und ging zum Lazarett zurück, ohne sich noch einmal umzublicken.
Roberta blickte ihm nach. Sie war von dem Gedanken überwältigt, daß diese schlanke Gestalt sie eines Tages durch einen Ballsaal geleiten könnte. Und all das viele Geld! Die Vorstellung ließ sie köstlich erschauern. Mit dem Sonnenschirm klopfte sie an die Rückseite des Kutschbocks.
»Jedidah, fahr vor dem Heimweg am Jackson Square vorbei. Seit einem Monat bin ich sonntags nicht mit der Kutsche gefahren.«
Als sich die Kutsche in Bewegung setzte, entfaltete Roberta den Sonnenschirm, um ihre sorgsam gepflegte Haut vor der Sonne zu schützen. Doch hielt sie ihn so, daß die Soldaten, die auf der Straße stehenblieben, ihre Schönheit bewundern konnten.

6

Major Magruder erwartet Cole an der Treppe. Breitbeinig, mit hinter dem Rücken verschränkten Armen stand er da. Offensichtlich hatte er alles beobachtet. »Da haben Sie ja ein hübsches Frauenzimmer aufgelesen, Hauptmann Latimer.«
»Miss Craighugh«, informierte Cole den Neugierigen mit gehobenen Brauen.
»Südstaatlerin, nehme ich an.«
»Allerdings! Aber sagen Sie nicht Frauenzimmer, wenn Al in der Nähe ist. Sie ist nämlich seine Kusine, und Sie wissen, daß Al einem ganz schön den Kopf zurechtrücken kann.« Cole lächelte bei der Vorstellung, den kurzbeinigen, ziemlich stämmigen Major Auge in Auge mit dem kleinen, drahtigen Al zu sehen.
»Hm!« schnaubte Magruder. »Eine kleine rotznäsige Sumpfratte ist das!«
»Von Sumpfratte nicht die Spur! Er kommt von einer Farm am Oberlauf des Flusses. Seine Eltern hat er im Krieg verloren.«
»Wollen Sie etwa die Rebellen in Schutz nehmen? Jetzt fehlt nur noch, daß Ihnen General Lee leid tut.«
Cole blickte dem Major voll in das Gesicht. »Meine Sympathie gehört allen, die leiden. Deshalb bin ich Arzt geworden. Und mein Berufseid ist mir heilig.«
»Hm!« machte Magruder wieder und folgte Cole in den Tages-

raum. »Ihnen fehlt ein wenig Fronterfahrung, mein Sohn.« Er schaute zu, wie Cole Wasser in eine Schüssel goß und seine Hände bürstete. Dann tauchte er selbst die Hände in das Wasser und fuhr sich vor dem Spiegel durch das ergrauende Haar. »Seit vierzehn Jahren bin ich bei der Armee. War mit dabei unten in Mexiko. Bin acht Jahre lang Leutnant gewesen.« Er warf von der Seite einen Blick auf Coles Rangabzeichen. »Und Sie sind schon nach zwei Jahren Hauptmann.«

Er lehnte sich an die Kommode und verschränkte die Arme, als wolle er Cole eine Mitteilung von großem Tiefsinn machen. »Eure hübschen Gelübde nützen herzlich wenig in der Hitze des Gefechts, wenn ringsherum die Männer fallen. Wo es sich noch lohnt, wird geholfen, dem Rest wird Laudanum verpaßt. Dann legt man sie in den Schatten, und wenn sie später noch am Leben sind, werden sie zusammengeflickt.«

Cole schüttelte abwehrend den Kopf. Er wußte, daß es ihm an Erfahrung im Felde mangelte. Aber er zweifelte daran, daß er im Ernstfall so gefühllos sein würde.

Magruder straffte sich. »Ich habe auf Sie gewartet, um sie einzuladen.« Als Cole mit gelindem Erstaunen zu ihm hochblickte, fügte er achselzuckend hinzu: »Es war Mitchells Idee, nicht meine. Die anderen Ärzte wollen bei ›Sazerac‹ ein bißchen feiern. Sie haben doch von der Niederlage der Südstaaten bei Broad Run gehört, nicht wahr?«

»Niederlage? Hm! Ich habe auch von General Roseys – wie nennen Sie das? – ›taktischem Rückzug‹ bei Chickamauga vernommen.«

»Wir feiern nur Siege«, schnaubte der Major. »Bevor der Krieg zu Ende ist, zahlen wir den verdammten Johnnies alles zehnfach heim.«

»Eines ist sicher«, sagte Cole durch die Hände, während er sich das Gesicht wusch. »Egal, wer gewinnt – es wird noch viel Blutvergießen geben.«

»Sind Sie etwa zimperlich, Hauptmann?« fragte Magruder hämisch.

Cole langte nach einem Handtuch. »Nein, Major. Ich meine nur, daß das alles eine elende Verschwendung ist, das ist alles.«

»Also wollen Sie nicht mit uns feiern?« Magruder lauerte wie ein Habicht auf seine Antwort.

»Der Mann mit den verbundenen Augen kommt gleich in den

Operationsraum. Ich werde sehen, was ich für ihn tun kann, und wenn mir abends noch Zeit bleibt, gehe ich zu Miss Craighugh und ihren Eltern zum Essen.«
»Mit dem Verwundeten verschwenden Sie Ihre Zeit. Der schafft es nicht mehr bis morgen abend. Da gehen Sie lieber gleich früher weg und genießen die Gesellschaft der jungen Lady.«
Cole legte das Handtuch beiseite und zog einen frischen Kittel an. »Wie dem auch sei, Major, ich bin immerhin meinem Eid verpflichtet. Ich kann es doch wenigstens versuchen.«
»Ganz wie Sie meinen, Hauptmann. Aber Sie werden sein Elend nur verschlimmern, bevor er stirbt. Außerdem sind bei der Operation mindestens zwei Ärzte erforderlich.«
Eine Ordonnanz stieß die Tür auf. »Der letzte Patient ist jetzt im OP, Hauptmann, und das Chloroform läuft.«
Cole nickte und sagte zu Magruder gewandt: »Doktor Brooks hat sich bereit erklärt zu assistieren. Er versteht eine ganze Menge von Bauchwunden.«
»Brooks! Aber der gehört doch zur gegnerischen Seite! Passen Sie auf, daß der unserem Soldaten nicht die Kehle aufschlitzt.«
»Er hat den gleichen Eid wie ich geleistet«, sagte Cole mit fester Stimme. »Und er nimmt seinen Beruf genauso ernst wie ich.«
Cole ließ seine Hand auf dem Türgriff ruhen und fuhr nachdenklich fort: »Wissen Sie, er ist nicht unser Gegner. Tatsächlich haben ihm einige Leute die Freundschaft gekündigt, als er sich gegen die Sezession aussprach.« Er öffnete die Tür und sagte im Gehen: »Bitte entschuldigen Sie mich jetzt, aber ich muß mich an die Arbeit machen.«
Übellaunig folgte ihm der Major. Es verstimmte ihn, daß die jungen Tölpel nie einen guten Rat von ihm annehmen wollten. Als er den Jungen erblickte, der sich mit einem nassen Wischtuch in der Nähe des Operationsraumes zu schaffen machte, wurde er noch ärgerlicher. Da wurden gute Dollars der Nordstaaten vergeudet, um solche ungewaschene Brut durchzufüttern. »Schau zu, daß du mit deiner Arbeit vorankommst«, schnauzte Magruder. »Du hast heute schon genug herumgebummelt!«
Cole warf einen Blick zurück und unterdrückte eine bissige Erwiderung. Auf Als fragenden Blick gab er ihm mit dem Kopf ein Zeichen, und der Junge eilte davon.
»Sie scheinen mit Vorliebe verirrte Streuner aufzusammeln«, meinte Magruder abschätzig. »Widerstehen Sie bitte in Zukunft

der Versuchung, sie zu uns zu bringen. Dem kleinen Betteljungen ist nicht zu trauen.«
Cole lächelte nachsichtig. »Das würde ich nicht sagen, Major. Mir war nie davor bange, ihm den Rücken zuzukehren. Außerdem könnte er beim besten Willen nicht viel Schaden anrichten, der kleine Kerl.«
»Ha!« sagte Magruder griesgrämig. »Die Kleinen sind am schlimmsten. Die schlagen dahin, wo es weh tut.«
Cole lachte über den unfreiwilligen Humor des Majors. »Ich werde es mir merken.«
Auf der Treppe erklangen Schritte, und ein weißhaariger Mann erschien. »Alles ist bereit, Doktor Brooks«, verkündete Cole.
Der alte Mann nickte und ergriff seinen abgewetzten schwarzen Arztkoffer. »Führen Sie mich zu dem Mann.« Es vergingen fast drei Stunden, bis der blinde Soldat aus dem Operationsraum getragen wurde. »Vorsichtig«, mahnte Cole die Ordonnanzen. »Er hat mehr Nähte und Stiche als ein Flickenteppich!«
Doktor Brooks trocknete seine Hände. »Glauben Sie, daß er durchkommt?«
Cole seufzte und zog seinen blutigen Kittel aus. »Das wird sich bald zeigen. Jetzt können wir nur beten und hoffen, daß keine Bauchfellentzündung auftritt.«
»Der Junge kann von Glück reden, daß Sie ihn operiert haben. Zu meiner Zeit habe ich weniger begabte und geduldige Chirurgen gesehen.«
Mit einem Achselzucken wies Cole das Kompliment zurück. »Wenn man sich schon die Mühe macht, kann man es auch gleich so gut wie möglich machen.«
Doktor Brooks zog seine Uhr hervor. »Fast sechs. Ich schaue noch mal nach oben und besorge dann etwas zu essen. Ich nehme nicht an, daß ein junger Mann wie Sie mit mir altem Narren zu Abend essen würde?«
»Ich habe diesen Abend schon einer jungen Dame versprochen«, sagte Cole lächelnd.
Brooks lachte glucksend. »Sie wird Ihnen bessere Gesellschaft leisten als ich.« Er ging zur Treppe, doch hielt er noch einmal inne und drehte sich halb zu Cole. »Dieser Junge, der hier herumflitzt und alles saubermacht – würde es Ihnen etwas ausmachen, ihn mit mir zu teilen?«
»Sie meinen Al?«

»Ich weiß nicht, wie er heißt, nicht einmal wie er aussieht. Jedesmal, wenn ich hier vorbeikomme, liegt er auf allen vieren und schrubbt den Boden. Wenn ich ihn an irgend etwas erkennen könnte, dann nur an seinem Hinterteil.«
»Ich weiß nicht recht, aber ich werde es mir überlegen«, versicherte Cole seinem Kollegen.
Brooks nickte verständnisvoll. »Nun gut, wenn Sie sich dafür entscheiden, schicken Sie ihn nach oben.«

Als Cole das Lazarett verließ, erblickte er Al, der auf dem Balken saß, welcher zum Anbinden der Pferde diente. Verwundert blickte der Hauptmann den Jungen an.
»Ich dachte, du seist schon fort. Was machst du hier noch so spät?« Cole blickte über die Rücken der angebundenen Pferde hinweg. »Wo ist denn deine alte Mähre? Sag bloß, sie hat dich abgeworfen!«
»Hab' ihn heute nicht mit«, antwortete Alaina kurz angebunden. »Roberta hat die Kutsche genommen, und Onkel Angus hat Ol' Tar angespannt.«
»Also mußt du allein nach Hause finden.«
»Nicht so schlimm. Ich nehme den nächten Pferdewagen bis zum Geschäft von meinem Onkel. Vielleicht ist er noch da.«
»Und wenn nicht?«
»Jedenfalls habe ich Sie nicht gebeten, mich mitzunehmen«, brauste Alaina auf für den Fall, daß der Hauptmann ihr das anbieten wollte. Sie schreckte allein schon vor dem Gedanken daran zurück. Ohne den trennenden Reisekoffer zwischen sich und ihrem Vordermann könnte der Ritt hinter dem Hauptmann eine heikle Sache werden. Sie fand, daß sie mehr und mehr wie eine erwachsene Frau aussah.
»Worauf wartest du denn hier?«
»Ich habe mich gefragt –.« Es fiel ihr schwer zuzugeben, daß sie sich um einen Yankee sorgte. »Ich habe mich gefragt, ob der Bursche alles gut überstanden hat.«
Cole wendete sein Pferd und starrte auf Al, der schließlich seine Schüchternheit überwand und sagte:
»Ich hab' eben auch meine schwachen Momente.«
Cole lachte leise. »Du erstaunst mich, Al.«
»Er ist doch durch, oder?« Sie beschattete ihre Augen gegen die sinkende Sonne und versuchte, sein Gesicht zu sehen.

»Bobby Johnson hat's geschafft«, bestätigte Cole. »Wenn er die nächsten Tage überlebt, ist er noch einmal davongekommen.«
»Das ist alles, was ich wissen wollte.« Al richtete sich auf, um von dem Balken zu gleiten, aber da rutschten ihr die schweren Stiefel von den Füßen und sie verlor das Gleichgewicht. Gleich darauf landete sie auf ihrem weichen Hinterteil im Staub. Von ihrem Schmerzensschrei wurde Coles Pferd scheu. Aus Angst, von dem Tier zertrampelt zu werden, vergaß Alaina ihre Pein, ließ ihre Stiefel Stiefel sein und sprang geschwind auf ihre Füße. Das war zuviel für Coles Beherschung. Er brach in schallendes Gelächter aus und handelte sich dafür Als Zorn ein.
»Das sollen Sie noch bereuen, Yankee! Sie hätten glatt zugelassen, daß mich Ihr Maultier in Grund und Boden stampft!«
Alaina rieb ihr schmerzendes Hinterteil und verfluchte innerlich, daß sie sogar beim Stöhnen noch ihre Stimme verstellen mußte.
»Das gibt einen Bluterguß«, belehrte Cole sie sachkundig. »Wenn du dich von einem Yankee-Doktor verarzten lassen willst – ich habe da eine Salbe, mit der ich dich einreiben könnte.«
»Nein, Sir«, sagte Alaina mit Nachdruck. »Ich zieh' vor keinem Yankee die Hosen runter!«
Cole war sicher, daß Alainas Stimme weit und breit vernehmbar war. Er seufzte gequält und schloß die Augen. »Jetzt hast du erreicht, daß uns alle anstarren und das Schlimmste denken. Bist du nun zufrieden?«
Al kicherte hocherfreut und hakte die Daumen in den Hosenbund. »Jetzt hab' ich Sie erwischt, was, Yankee? Endlich erwischt! Und wissen Sie was?« Schadenfroh kam Al näher herangeschlendert. »Ich lach' mich tot, wenn Sie gehenkt werden.«
»Major Magruder hat mich vor dir gewarnt«, sagte Cole verdrießlich. »Ich hätte auf ihn hören sollen.«
»Kann schon sein. Ich kann ihn auch nicht ausstehen.«
»Also was ist, willst du mitreiten?« sagte Cole mürrisch. Er fragte sich selbst, warum er sich überhaupt die Mühe machte. »Du kannst bei meiner Wohnung warten, während ich mich umziehe.«
Gereizt verschränkte Al die Arme vor der Brust. »Gehen Sie etwa zu Roberta?«
»Sie hat mich zum Essen eingeladen, wenn du nichts dagegen hast.«
»Das ist mir schnuppe, wen Roberta einlädt. Immer hat sie ir-

gendwelche Spinner um sich herum. Aber glauben Sie ja nicht, daß ich mich mit an den Tisch setze. Ist ja sowieso nicht meiner. Ich esse nur mit Yankees, wenn es sich nicht vermeiden läßt.«
»Willst du nun mitkommen?« fragte Cole ungeduldig.
»Hab' keine Lust, mich von Ihrem Renner durchschütteln zu lassen«, erwiderte sie und rieb sich dabei das Hinterteil.
»Ich wollte zu Hause den Einspänner nehmen«, sagte Cole mit einem Achselzucken. »Aber mache, wie du willst. Jedenfalls könntest du ebensogut Frauenkleidung tragen, so weich bist du. Übrigens –«, er zeigte auf die schmalen nackten Füße, »die meisten Mädchenschuhe wären dir viel zu groß.«
Alaina krümmte ihre schlanken Zehen, sie wußte, daß Cole recht hatte. »Sagten Sie Einspänner? Also gut, ich treff' Sie an Ihrer Wohnung.« Da waren ein paar Pennies zu sparen, und das war heutzutage ein kleines Vermögen, sagte sie sich.
»Wenn du nicht rechtzeitig da bist, fahre ich los.«
Alaina hob ihre Stiefel auf. »Ich werd' da sein, Yankee.«
Sie war nicht nur pünktlich, sondern mußte sogar noch eine Weile warten. So schlenderte sie über den Platz und warf ab und zu einen Blick auf die Fenster von Coles Appartement. Ein paar Soldaten der Nordstaaten kamen vorbei und rempelten sie an. Haßerfüllt starrte sie ihnen nach. Dann drehte sie sich zu dem Standbild von Andrew Jackson und betrachtete voller Ärger die Worte, die General Butler der Inschrift auf dem Sockel hatte hinzufügen lassen: *Die Union muß und wird bewahrt werden.*
»Typisch Yankee«, dachte sie voller Verachtung.
Da ertönte Hufschlag und das Rattern von Kutschrädern. Sie erkannte Cole in dem kleinen Einspänner und lief winkend auf ihn zu. »Ich dachte, du schaffst es nicht«, sagte er, als er das Pferd zügelte.
In der späten Abenddämmerung sah sie sein Gesicht und das milde, gelbliche Leuchten der Uniformknöpfe, in denen sich die Lichter der erleuchteten Wohnungen spiegelten. Es überraschte sie bisweilen, wie gut er aussah. »Ist da auch wirklich Platz für mich?«
Cole zog eine lange, dünne Zigarre aus der Uniformjacke und knöpfte sie gemächlich wieder zu. »Ich glaube«, sagte er, während er ein Zündholz anriß und die Zigarre paffend anzündete, »daß du lernen mußt, deine scharfe Zunge zu beherrschen, ganz besonders, wenn du von anderen Leuten etwas willst.«

Al protestierte aufgebracht. »Aber was soll das? Sie haben mir doch angeboten, mich mitzunehmen. Hab' ich Sie etwa darum gebeten?«
Cole ergriff die Zügel. »Also kommst du nun oder nicht?«
»Warten Sie!« Alaina biß sich auf die Lippen, während Cole sich zurücklehnte und grinste. Schließlich gab sie nach. »Wenn es sein muß! Ich hab' nichts dagegen.«
»Spring auf!« sagte Cole mit einer Kopfbewegung.
Sie machte einen Schritt nach hinten und wollte sich gerade auf die Gepäckablage der Kutsche schwingen, als ihr Cole Einhalt gebot. »Setz dich hierher, wo ich ein Auge auf dich haben kann!« sagte er und schlug mit der Hand auf den Sitz neben sich. »Ich werde zukünftig wohl doch Magruders Rat befolgen.« Widerstrebend ließ sich Alaina auf den Sitz neben ihm gleiten. Nur ungern kam sie ihm so nahe, wenn er so frisch und sauber roch, während ihr Haar den gräßlichen Geruch von ranzigem Fett verströmte. Niedergeschlagen zog sie die Krempe ihres Hutes tief in die Stirn und verharrte während fast der gesamten Fahrt in tiefem Schweigen. Der Unterschied zwischen ihnen beiden wurde ihr zu einer kaum erträglichen Qual, wenn sie einmal davon absah, daß er Yankee war, und daran dachte, daß er ein Mann und sie eine junge Frau war.

7

Der Abend war erfüllt vom Quaken der Frösche und dem Zirpen der Grillen. Eine kühle, träge Brise trieb Gesprächsfetzen, vermischt mit tiefem, vollem Männerlachen, herauf. Die Zweige der riesigen Eichen wiegten sich sacht im Wind. Durch die offene Balkontür von Alainas Schlafzimmer drang der Duft der Lorbeerbüsche. Das weiche, silbrige Licht des Mondes erhellte die zarten, nachdenklichen Züge des Mädchens, wie sie da in der Tür stand. Sie war eine Gefangene in ihrem eigenen Zimmer. Wegen des Yankees da unten im Salon saß sie in der Falle. Und sie war einsam, so schrecklich allein und verloren, daß ein scharfer Schmerz ihre Brust durchzuckte. Nie zuvor hatte sie sich so ausgestoßen gefühlt. Robertas glockenhelles Lachen ließ die Wände des Zimmers um sie zusammenrücken. Gnadenlos drang dieses

Lachen in ihr Gehirn wie bitterer Hohn und verwandelte den Raum in eine Folterkammer.

Alaina lehnte den Kopf an den Rahmen der Tür und blickte mit tränenverhangenen Augen in den großen Spiegel, der in der Mitte des Zimmers stand. Ihr Spiegelbild gab ihr keinen Trost. Doch die einsame Gestalt im silbrigen Glas des Spiegels war trotz des fadenscheinigen Nachtgewandes und der allzu kurzen, sanft gewellten dunklen Haare zweifellos eine junge Frau. Trotz Hauptmann Latimers Anwesenheit im Hause war es Alaina gelungen, in dem Kämmerchen ein Bad zu nehmen. Dann war sie durch das Gebüsch des Gartens geschlüpft und unbemerkt die Außentreppe zu ihrem Zimmer hochgeschlichen.

Alainas Blick wanderte zu dem Schrank, der ihre ärmliche Habe enthielt. Sie empfand ein dumpfes Verlangen nach etwas Hübschem, Weiblichem. Sie wollte als Frau behandelt werden, sie wollte mit mädchenhafter Fröhlichkeit lächeln und lachen dürfen.

Nicht länger wollte sie ihren Blick verhärten und mit gekünstelt tiefer Stimme sprechen, daß ihr die Kehle schmerzte. Und doch mußte sie diese Verkleidungskomödie weiterspielen. An jedem neuen Morgen fiel es ihr schwerer, die lumpige Kleidung anzulegen. Immer abstoßender fand sie es, in die Maske einer fremden Person zu schlüpfen. Diese Maskerade beraubte sie Stück für Stück ihrer Weiblichkeit.

Immer öfter wurde sie im Geiste von der Vorstellung heimgesucht, wie der große, schlanke Hauptmann Latimer am Arm einer in rote Seide gekleideten Frau an ihr vorübereilte. Entzückt und freudestrahlend machte er dieser Frau den Hof und gestand ihr auf Knien seine Liebe. Die Frau legte eine Hand auf seinen schönen Kopf, als wolle sie ihn zum Ritter schlagen. Seine Lippen berührten die schlanken Finger und glitten dann über die weiße Haut ihres nackten Armes. Er küßte volle, rote Lippen – Robertas Lippen. Die Vision löste sich auf.

Alaina wanderte hinaus auf den Balkon. Es verlangte sie nach der Kühle des Abendwindes. Sie wollte nicht mehr an »Al« denken. Nie konnte sie hoffen, eine Frau wie Roberta zu werden, eine Frau, die die Männer anzog, wohin sie auch immer ging. Es war ihr bestimmt, ein magerer, jungenhafter, unattraktiver »Al« zu sein. So qualvoll die Einsicht auch sein mochte – es schien ihre Zukunft zu sein, Fußböden zu schrubben. Roberta hingegen

brauchte bloß hilflos zu lächeln, und schon lag ihr die ganze Welt zu Füßen.
Langsam stieg Alaina die gewundene Balkontreppe hinab, bis sie den Säulengang unten überblicken konnte. Licht drang aus dem Salon und erleuchtete die untersten Stufen. Aus Furcht, gesehen zu werden, ging sie nicht weiter. Am äußeren Ende des Portikus stand eine Bank und mehrere Stühle. Dort hatte sie als Kind mit ihren Brüdern bei ihren seltenen Besuchen gespielt, während Roberta unermüdlich Porzellanpuppen in hübsche Gewänder kleidete und ihnen gekräuselte Hauben aufsetzte.
Robertas Gelächter durchbrach die Stille der Nacht; tief und wohlklingend fiel der Hauptmann in ihr Lachen ein, und auch Onkel Angus ließ widerstrebend ein kehliges Kichern vernehmen.
»Man sollte meinen, Sie seien schon überall gewesen, Hauptmann!« gurrte Roberta. »Wo waren Sie denn am liebsten, außer zu Hause? Vielleicht in Paris?«
Alaina lehnte sich vor und spähte durch das Fenster des Salons. Sie sah, wie Cole galant erwiderte: »Niemand in Paris war so schön wie mein jetziges Gegenüber!«
Alaina hob die Augen zum Himmel. Sie war ernstlich versucht, für seine Seele zu beten. Doch als ihr Onkel sich vernehmlich räusperte, erhob sich der Hauptmann sofort.
»Es ist schon spät«, sagte Cole, indem er wohlerzogen Robertas Hand ergriff, »und sosehr ich auch Ihre bezaubernde Gesellschaft genieße – ich muß nun gehen.«
Er küßte leicht ihre weiche, blasse Hand. Als Alaina das sah, preßte sie schmerzerfüllt ihre eigenen, geröteten Hände zwischen die Knie. Sie war vom Anblick des scheidenden Hauptmanns zu gefangen, als daran zu denken, sich in Sicherheit zu bringen.
»Ich hoffe, Sie kommen bald wieder«, säuselte Roberta verschämt. Sie hängte sich bei Cole ein und geleitete ihn zu der Haustür. Alaina krümmte sich zu einem kleinen Bündel zusammen, als der Hauptmann die Tür öffnete und in das Freie trat. Roberta folgte ihm. Es war so hell, daß Alaina sah, wie sie mit der Hand über seine Brust fuhr und sich dann herausfordernd an ihn lehnte. Ganz eng preßte sie ihren Busen an die blaue Uniform. »Sie kommen doch wieder, nicht wahr?«
Mit brennenden Wangen wurde Alaina gleich darauf Zeugin der

leidenschaftlichen Erwiderung des Hauptmanns. Er riß Roberta an sich und preßte seinen Mund auf ihre Lippen mit einem solchen Feuer, daß Alaina allein vom Zuschauen der Atem verging. Nie zuvor in ihrem Leben hatte sie gesehen, daß ein Mann eine Frau auf diese Weise küßte. Sie fühlte sich als Eindringling, doch zugleich pulsierte eine fremdartige Erregung in ihren Adern. Plötzlich stellte sie sich vor, daß Cole sie so küßte, und es wurde ihr heiß und schwindelig. Als er Robertas Brust berührte, spürte sie ein Kitzeln an ihren eigenen Brüsten, und unter ihrem Nachthemd wurden die Spitzen hart. »Du kommst doch morgen wieder, Cole?« wisperte Roberta inbrünstig. »Du läßt mich hier doch nicht allein herumsitzen, nicht wahr?«
»Ich habe meine Pflicht«, hauchte er, während sein Mund über ihre Wange strich.
»Pflichten?« sagte Roberta mit sanftem Drängen. »Kannst du deine Pflichten nicht eine Weile vergessen, Cole? Ich bin morgen ganz allein zu Hause. Mama geht ins Geschäft und Dulcie muß auf den Markt. Komm doch bitte!« Ihre lilienweiße Hand bedeckte die seine, und sie preßte sich so heftig an ihn, daß ihr Busen fast aus dem Dekolleté quoll. »Wir haben dann den ganzen Nachmittag für uns.«
Es erstaunte Alaina, daß Roberta unter seinen Liebkosungen so zielstrebig bleiben konnte, wo sie selbst doch beim Beobachten schon zitterte wie Espenlaub. Das warme Verlangen, das in ihren Lenden pochte, war ihr fremd, doch mußte sie sich widerstrebend eingestehen, daß sie in seinen Armen schon fast ohnmächtig geworden wäre.
Schritte erklangen in der Halle. Roberta machte sich schnell von Cole los und glättete ihr Haar.
»Ich muß gehen«, wisperte Cole. »Sonst wird dein Vater böse.«
»Ich erwarte dich morgen«, sagte Roberta zärtlich lächelnd.
Als sich Cole von ihr abwandte, meinte er bedauernd: »Es tut mir wirklich leid, Roberta, aber ich kann meine Pflichten nicht vernachlässigen.«
Dann war er fort. Roberta schmollte ihm erzürnt nach, als er davonritt. Sie würde schon dafür sorgen, daß sie allein im Hause überrascht würden und aus dem hitzigen Flirt eine schnelle Heirat entstünde. Sie würde es einzurichten wissen, daß ihre Mutter sie ertappte. Hatte sie nicht gesagt, daß sie morgen nur ein, zwei Stunden ausbleiben wollte?

Roberta summte leise vor sich hin und tänzelte ausgelassen über die Veranda. Sie sah sich schon auf einem dieser großen Militärbälle, die General Banks veranstaltete. Sie trüge das schönste Kleid und würde natürlich von dem bestaussehenden Mann eskortiert.
Plötzlich stockte ihr der Atem.
Erschrocken hielt sie inne beim Anblick der bleichen Erscheinung auf der Treppe, die unvermittelt menschliche Gestalt annahm.
»Was machst du denn hier? Ich dachte, du bist in deinem Zimmer, Al!« zischte sie.
»Alaina heiße ich!« berichtigte Alaina und schickte sich an, barfuß die Treppe hinaufzusteigen. »Willst du dir das bitte endlich merken?«
Voller Haß verzog Roberta das Gesicht. Sie war wütend, daß Alaina gelauscht hatte. »Du hast schon immer mehr nach Al als nach Alaina ausgesehen!«
Bei dieser bissigen Bemerkung wirbelte ihre jüngere Kusine herum und blickte finster auf das umschattete, hämische Gesicht. Dann ging sie weiter und sagte über die Schulter: »Jedenfalls werfe ich mich keinem Yankee in die Arme.«
»Du bist ja nur eifersüchtig!« versetzte Roberta und ging ihr nach. »Du bist eifersüchtig, weil du nie solch einen Mann wie Cole Latimer einfängst, spindeldürr, wie du bist. Der würde ja vor Lachen aus dem Bett fallen!«
Alaina war wie vor den Kopf geschlagen von Robertas grausamen Worten. Sie war fast davon überzeugt, daß ihre Kusine recht hatte.
»Und ich werde dir noch was sagen, Alaina MacGaren«, fuhr Roberta mit erhobener Stimme fort, »ich bringe Cole Latimer so weit, daß er mich heiratet.«
Alaina wandte sich ab, und Roberta lächelte triumphierend, bis ihre kleine Kusine ganz ruhig sagte: »Und wie willst du dich herauswinden, wenn er merkt, daß du nicht mehr Jungfrau bist?«
Roberta stand wie vom Blitz getroffen. Mühsam rang sie nach Luft. »Woher weißt du das?« Ihre Stimme wurde zu einem atemlosen Flüstern: »Woher weißt du das?« wiederholte sie.
Alaina sagte wegwerfend: »Ich habe gehört, wie Chad Williamson damit vor den Chatlerbrüdern geprahlt hat. Die sind jetzt natürlich alle tot, also bin ich wohl die einzige, die davon weiß.«

Drohend ballte Roberta die Fäuste und fuchtelte damit vor Alainas Gesicht herum.
»Wenn du das Cole sagst, verrate ich ihm dein kleines Geheimnis. Das schwöre ich!«
Roberta beruhigte sich ein wenig. Langsam gewann sie ihre Überlegenheit zurück. »Außerdem ist das schon lange her. Ich war erst fünfzehn, und es geschah nur das eine Mal.« Ihr Gesicht verriet Widerwillen. »Ich fand es sowieso nicht schön. All das Gekeuche und Geknutsche! Ich war danach völlig erschöpft. Eine Woche lang konnte ich nicht richtig sitzen.«
»Hauptmann Latimer ist Arzt. Vielleicht merkt er . . .«
Roberta fiel Alaina in das Wort: »Ich denk' mir schon was aus, um ihn hinters Licht zu führen!«
Alaina trat in ihr Zimmer. »Ich glaube, er hat ziemlich viel Erfahrung mit Frauen.«
Roberta stand dicht hinter ihr. »Er wird mir das schon abkaufen, glaube mir!«
Ihre Kusine blickte sie an und meinte gelassen: »Aber erst mußt du ihn dazu bewegen, dich zu heiraten!«
Roberta schnaubte verächtlich. »Das ist so leicht wie ein Fingerschnipsen. Ich habe ihn schon an der Angel, er weiß es bloß noch nicht.«
Nachdenklich nickte Alaina. »Vielleicht kommst du mit deinen Machenschaften durch, ja, es mag sein, daß du ihm sogar im Bett zum Narren hältst. Aber ich frage mich, ob du jemals wirklich glücklich sein wirst, ich meine: *wirklich* glücklich.«
»Rede keinen Unsinn! Natürlich werde ich das sein. Er hat Geld –.«
Alaina lachte abschätzig. »Und du glaubst, das macht glücklich? Eine Frau muß das Bett ihres Gatten mit Freude teilen, ihm Kinder gebären . . .«
»Kinder!! Ich will mir mit der Brut doch nicht meine Figur verderben!«
Fast mitleidig betrachtete Alaina ihre Kusine. »Wenn du einen Mann wirklich liebtest, dann würdest du auch Kinder von ihm wollen.«
»Das sind deine Gefühle! Aber du arme kleine Gans wärst ja schon glücklich, wenn dich ein Mann nur anschaute!«
»Wenn du mich genug gekränkt hast«, murmelte Alaina, unfähig, ihrer Stimme einen festen Klang zu verleihen, »dann würde

ich jetzt gerne schlafen gehen. Ich muß morgen zeitig in das Lazarett.«
»Natürlich! Du mußt dich gut ausruhen, damit du all die Fußböden schrubben kannst. Cole hat gesagt, daß du das ganz ausgezeichnet machst!«
Roberta merkte, daß sie ins Schwarze getroffen hatte, und schloß schwungvoll die Tür hinter sich.
Alaina war allein. Tränen des Zorns quollen aus ihren Augen und rannen die Wangen hinab. Zutiefst verletzt von Robertas Gehässigkeit, löschte sie die Lampe und starrte in der Dunkelheit auf das Mondlicht, das sich in breiten Strahlen in ihr Zimmer ergoß.
Die Beleidigungen hatten sie in ihrem Innersten getroffen, und sie waren um so schrecklicher, als sie selbst schon seit langem die gleichen verzweifelten Gedanken gehegt hatte, und es ihr nicht gelingen wollte, sie von der Hand zu weisen.

8

Der Freitagmorgen bescherte Alaina ein heilloses, aufgeregtes Durcheinander. Sie verschlief, und von da an überstürzten sich die Dinge. Ihre Kehrbesen waren bleischwer wie nie, und sie stolperte rückwärts über einen Eimer schmutzigen Wassers, das sich über sie ergoß, als sie strampelnd auf dem Boden lag. Sie rieb sich den schmerzenden Ellbogen und kam unter leisen Verwünschungen auf die Füße, als sie aus den Augenwinkeln Hauptmann Latimer erblickte, der nachschauen wollte, was all der Lärm bedeutete. Zweifellos wollte er sie mit einer scharfen Zurechtweisung wegen ihrer Ungeschicklichkeit beschämen. Fast hätte sie ihm den Eimer an den Kopf geschleudert. Als er gegangen war, streckte Alaina sich selbst die Zunge heraus und versuchte, das schmutzige Wasser aus ihrer Kleidung zu wringen. Auf seine väterlichen Ermahnungen konnte sie verzichten.
Am späten Vormittag fand sie Zeit, sich nach dem Befinden von Bobby Johnson zu erkundigen. Er stand immer noch unter der Wirkung von einer hohen Dosis Morphium, die während der Heilung seine Schmerzen lindern und ihn selbst beruhigen sollte. Alaina war zufrieden, ihn am Leben zu wissen.

Am frühen Nachmittag zog sie wiederum die mißbilligenden Blicke des Hauptmanns auf sich. Sie polierte gerade die letzte Fensterscheibe, als sie merkte, daß er sie nachdenklich betrachtete, und das paßte ihr ganz gewiß nicht. Natürlich hätte jeder andere Yankee ihre Verkleidung durchschauen können, aber von Hauptmann Latimer konnte sie nur annehmen, daß er sich an ihrer schmutzigen Kleidung stieß. Für alles andere schien er keine Augen zu haben.

So tat sie, als bemerke sie ihn nicht, und arbeitete ruhig weiter, während er auf sie zukam. Als er dicht hinter ihr stehenblieb, fuhr sie herum und sah ihn argwöhnisch an. Ihre Haltung verriet, daß sie auf eine körperliche Züchtigung gefaßt war.

»Keine Angst, ich will dich nicht schlagen«, sagte Cole kurz und bündig. »Jedenfalls noch nicht.«

Alaina wischte sich die Nase am Ärmel ab und begleitete diese Handlung mit einem entsprechenden Schniefen. »Mein Vater hat mich davor gewarnt, einem Blaurock den Rücken zuzukehren.« Spöttisch betrachtete sie Cole von Kopf bis Fuß. »Yan-kee!«

»Das dürfte dir schwerfallen bei all den Unionssoldaten hier«, sagte Cole mit vor Spott triefender Stimme.

»Stimmt, Yankee.« Alaina kramte in der Tasche herum und zerrte einen erbärmlichen Stoffetzen heraus, mit dem sie sich laut die Nase schneuzte. »Hier gibt's ja kaum einen Ort, wo man einem Fremden nicht den Hintern hinstrecken muß.«

»Bist du bald fertig?« fragte Cole ungeduldig. »Ich habe da noch eine Arbeit für dich, obwohl mir das eigentlich gar nicht behagt.«

»Das hätte ich mir denken können«, stöhnte Alaina gespielt. »Entweder regen Sie sich über mein Aussehen auf, oder Sie wollen was von mir. Was ist denn jetzt wieder los? Soll ich noch mehr Yankeedreck aufwischen?« Wie sie das Wort haßte!

Cole lächelte sardonisch. Das ewige Gemecker ging ihm allmählich auf die Nerven, aber da er Als zimperliches Wesen kannte, hielt er ihn eher für einen Maulhelden. Ständig forderte der Junge eine Bestrafung oder ein heftiges Wort heraus. Doch wenn sein Trachten dahin ging, dann sollte er seinen Willen nicht bekommen, dachte Cole bei sich. Er beherrschte sich und überging Als unverschämte Frage.

»Etwas Schlimmeres, fürchte ich.«

Alaina krümmte sich innerlich.

Das war keine leere Drohnung, aber sie gelobte sich, lieber die

Arbeit aufzugeben, als den Raum zu säubern, wo die Ärzte Amputationen vornahmen. Das hielt ihr Magen nicht aus.
»Komm mit!« Cole trat zur Tür und drehte sich nach Alaina um, die unschlüssig stehenblieb. Scharf befahl er: »Na los! Steh da nicht herum!«
Alaina schäumte vor Wut. Der Mann kannte wahrhaftig ihre wunden Stellen! »Ich dachte, Sie gingen heute nachmittag zu Roberta? Was treiben Sie sich also hier noch herum?«
Verwundert zog Cole die Brauen hoch. »Ich glaube, du bist da falsch unterrichtet.«
Alaina zuckte mit den Achseln.
»Gestern waren Sie doch ganz scharf darauf, möglichst schnell zu den Craighughs rauszufahren. Da hab' ich mir gedacht, Sie wollten Roberta so oft wie möglich sehen.«
»Ich bin hier in erster Linie, um nach den Verletzten zu sehen, und nicht, um den Ladies hinterherzulaufen, und wäre das noch so spaßig. Und du –«, sein Blick bohrte sich in Als graue Augen, »du sollst hier saubermachen. Also komm schon!«
Zu Alainas großer Erleichterung gingen sie die Treppe bis zum dritten Stock hinauf, wo man sie vorher nie hingelassen hatte. Es war ein heißer Tag, und hier oben war es noch stickiger. Schweiß drang ihr aus allen Poren, das grobe Baumwollhemd klebte an Schultern und Rücken, und zwischen ihren Brüsten rannen kleine Tropfen herab. Sie mußte sich eisern beherrschen, um sich nicht zu kratzen. Die Hitze machte selbst Cole in seiner tadellosen Uniform und den auf Hochglanz polierten Stiefeln zu schaffen.
In ihren übergroßen Schuhen mühte sich Alaina, mit dem weitausschreitenden Hauptmann Schritt zu halten. Sie folgte ihm durch einen großen Raum. Dann kamen sie in ein Zimmer, in dem ein Sergeant an einem kleinen Schreibtisch saß. Am Ende eines kurzen Korridors stand die Tür halb offen, und dahinter lungerte eine ganze Abteilung Unionssoldaten und spielte Karten. Hinter dem Sergeant stand ein weiterer Soldat vor einer anderen Tür Wache. Die Luft war stickig. Die Uniformjacken der Soldaten waren durchgeschwitzt. Als der Sergeant Hauptmann Latimer und Alaina erblickte, wischte er sich die Brauen mit einem roten Taschentuch, nickte Cole zu und erhob sich, um die bewachte Tür aufzuschließen.
Sie blickten in einen Raum, der doppelt so groß war wie die Kran-

kenzimmer im Erdgeschoß. Er stand voller Betten, auf denen Soldaten der Konföderierten lagen; viele von ihnen trugen noch die graue Uniform mit den unverwechselbaren Abzeichen. Manche lagen ganz ruhig da und starrten trübe an die Decke. Andere wiederum wälzten sich stöhnend auf ihrem Schmerzenslager. Ein junger Soldat, dessen Bett nahe der Tür stand, hustete sich die Lunge aus dem Leib. Als sie eintraten, versuchte er mit zitternden Lippen zu lächeln. Doch ein erneuter Hustenanfall machte den Versuch zunichte. Alaina wußte nur zu gut, daß diese Männer Gefangene waren, die hier auf ihre Genesung warteten, bevor sie in die Gefängnisse von Ship Island und Fort Jackson transportiert wurden.

»Das hier ist Al«, verkündete Cole den Männern. »Er wird euer Quartier aufräumen.« Er griff hinter sich, um den Jungen nach vorne zu ziehen, doch wurde seine Hand wütend beiseite geschlagen.

»Nehmen Sie Ihre Hände von mir!« schnauzte Alaina ihn an. »Lassen Sie mich gefälligst in Ruhe, Yankee. Sonst können Sie was erleben!«

Ein großer, schlaksiger Soldat schüttelte sich vor Lachen. »Oho, Hauptmann, da haben Sie aber ein schönes Früchtchen angeschleppt! Wo haben Sie denn den aufgesammelt?«

»Bei einer Keilerei mit ein paar von unseren Soldaten«, antwortete Cole sachlich. »Mein Irrtum war, zu glauben, daß unsere Leute in der Überzahl waren, aber jetzt weiß ich, daß ich sie vor einem großen Unglück bewahrt habe.«

Hinten aus dem Raum gröhlte ein grobschlächtiger Kerl: »He, Jungchen, warum arbeitest du eigentlich für die Yankees? Hat dir deine Mutter nichts Besseres beigebracht?«

»Sie hat's versucht. Aber man muß ja schließlich auch von was leben«, antwortete ihm Al achselzuckend.

Der Mann lehnte sich auf dem Bett zurück und kratzte bedächtig sein Kinn. »Sieht so aus, als ob sie dich nicht genug füttern. Normalerweise sitzt so 'n kleiner Rotzer wie du noch auf Muttis Schoß. Vielleicht bist du wirklich noch zu jung, um das zu verstehen, aber ehrliche Leute verhungern lieber, als den stinkigen Yankees die Dreckarbeit zu machen.«

Al schlenderte lässig zu dem Mann hinüber und zeigte auf den Unrat, der dort herumlag. »Das da ist kein Yankeedreck, Mister. Das ist euer eigener Mist!«

Drohend richtete sich der Mann auf, doch die grauen Augen blickten ihn unbeirrbar an. Die anderen Soldaten lachten unterdrückt. Mit zorngerötetem Gesicht schnauzte der Mann: »Mach dich an die Arbeit! Sonst versohle ich dir den Hintern mit einem Besenstiel!«
Alainas Blick wanderte wie zufällig zu dem gesunden Bein des Mannes. Das andere hatte eine lange, hölzerne Schiene.
»Versuch's nur, Johnny, wenn du noch 'n Holzbein haben willst!«
Coles Sorge um das Wohlergehen des Jungen wurde durch diesen raschen Wortwechsel restlos zerstreut. Al war wie ein kleiner streitsüchtiger Kampfhahn, der auf Gedeih und Verderb alles auf eine Karte setzte.
Alaina blickte sich um, als ein älterer, vierschrötiger Mann aus einem kleinen Raum am anderen Ende des Krankenzimmers trat. Mit gelindem Entsetzen erkannte sie ihn als Doktor Brooks, den Freund und Hausarzt der Craighughs.
»Hauptmann Latimer!« rief er. »Wenn Sie einen Moment Zeit haben, würde ich Sie gerne um Ihre Meinung bitten.« Der Arzt begab sich an das Bett eines Soldaten und sprach leise mit ihm, dann zog er das Laken zurück, das ihn bedeckte.
Alaina versuchte gar nicht erst zu erkennen, ob der Soldat außer dem Bauchverband noch etwas anderes am Leibe trug. Doch in ihrer Hast, ja nicht zu genau hinzuschauen, drehte sie sich abrupt um und stieß mit dem Hauptmann zusammen.
»Al!« schnappte der und griff nach ihr, damit sie nicht hinfiel. »Was hast du?«
»Ach, das ist bloß die Hitze«, stammelte sie entschuldigend.
»Dann zieh doch die Jacke aus, verdammt noch mal. Du schmorst ja schon im eigenen Saft!« Er machte Anstalten, die oberen Knöpfe ihres Hemdes aufzureißen, als seine Hand mit einem lauten Klatschen weggeschlagen wurde.
»Habe ich Ihnen nicht gesagt: Finger weg!?« Ihre schrille Stimme überschlug sich fast. Ein Stuhl fiel krachend um, und gefolgt von dem Sergeant stürzte die Wache in das Zimmer, bereit, jedweden Aufruhr im Keim zu ersticken. Cole starrte den Jungen ängstlich an und rieb sich die schmerzende Hand. »Warte nur ab, Al«, knirschte er. »Warte nur ab!«
»Ich hab' Sie gewarnt, oder etwa nicht? Fassen Sie mich nicht an! Wenn Sie nicht zuhören, sind Sie selbst schuld.«
»Al!« Coles hagere Wangen zuckten vor Erregung. Seine blauen

Augen waren schmale Schlitze. »Hast du denn überhaupt keine Vorstellung, wie empörend dein Verhalten ist?«

Al hatte nur ein geringschätziges Achselzucken für ihn übrig. So wandte sich Cole schließlich an den Sergeant. »Alles in Ordnung, Sie können gehen. Aber lassen Sie diesen kleinen Heißsporn hier nicht aus den Augen. Der ist imstande und bricht mir nichts, dir nichts noch einen Krieg vom Zaun.«

Nach einem letzten warnenden Blick auf Al eilte Cole davon, um mit Doktor Brooks zu reden. Alaina machte sich daran, das Zimmer aufzuräumen. Sie bückte sich, um einige Gedichtbände aufzuheben, die rings um ein Krankenbett verstreut lagen. »He!« keuchte der Soldat, der auf dem Bett lag. Er war zu geschwächt, um den Kopf vom Kissen zu heben. »Bist du hier aus der Gegend?«

»Vom Oberlauf«, antwortete sie.

»Dann kennst du vielleicht ein Mädchen, das ungefähr zehn Meilen von Alexandria wohnt?« fragte er mit pfeifendem Atem. Seine Augen leuchteten voller Erwartung. »Sie war 'n hübsches kleines Ding, kaum größer als du. Sie gab unserem Haufen manchmal was zu essen.« Er schluckte mühsam. »Und sie ließ uns in der Scheune übernachten. Ich hab' nie ihren Namen erfahren, aber sie hatte da einen großen Schwarzen, dem nichts entging. Er paßte auf sie auf wie ein Schießhund. Sie nannte ihn Saul.«

Alaina wandte sich ab und murmelte: »Die Leute sind da alle weggezogen. Sie ist sicherlich mit den anderen fortgegangen.«

»Schade.« Der Soldat hustete, dann sprach er weiter: »Ich dachte vielleicht, daß . . . wenn der Krieg erst vorbei ist und ich aus dem Gefängnis raus bin, na ja, daß ich mal wieder hinfahre . . . Sie war 'ne richtige kleine Dame. Hat alles mit uns geteilt, dabei hatte sie selber nicht viel. Ich würd' mich irgendwie gern erkenntlich zeigen.«

Alainas Hände zitterten. Da war ein junger Mann, ein Mensch voller Hoffnung, der bald hinter Gefängnismauern verschwinden würde. Wie konnte sie ihm sagen, daß alles, was von jenem Mädchen übriggeblieben war, als magerer, zerzauster Junge vor ihm stand?

Sie fuhr zusammen, als sich eine Hand auf ihre Schulter legte. Voller Scheu blickte sie in das Gesicht von Doktor Brooks. »Du bist also der Bursche, vor dem mich Hauptmann Latimer so ge-

warnt hat«, kicherte er. »Er war schwer dazu zu bewegen, dich hierherzuschicken.«
Er zwinkerte mit seinen freundlichen Augen, als Alaina ihn voll anblickte, doch plötzlich sackte ihm vor Verblüffung das Kinn auf die Brust. »Mein Gott!«
Alaina wußte, daß er sie erkannt hatte. Mit einer Grimasse bedeutete sie ihm wortlos, kein Aufsehen zu erregen. Als Doktor Brooks endlich seine Fassung zurückgewonnen hatte, räusperte er sich unvermittelt und ging zu Cole zurück.
Er ergriff seinen jüngeren Kollegen am Arm und führte ihn zur Tür. »Da war noch eine Sache, die ich mit Ihnen besprechen wollte, Hauptmann. Wir haben kaum noch Morphium . . .« Damit gingen beide hinaus in den Vorraum. Alaina holte tief Luft. Doktor Brooks würde so eifersüchtig über ihr Geheimnis wachen, wie er sich in diesem Krankenzimmer um das Wohlergehen der konföderierten Soldaten kümmerte.
Ein leichter Windhauch strich über Alaina hin und machte ihr plötzlich bewußt, wo sie sich befand. Ihr ging auf, wieviel kühler es hier war als in irgendeinem anderen Krankensaal des Lazaretts. Sie hob den Kopf und erblickte hoch oben eine offene Dachluke.
»Die blöden Yankees haben das noch nicht kapiert«, kicherte der schlaksige Soldat von vorher. »Die haben uns hier eingepfercht, damit wir nicht aus dem Fenster klettern, aber daß dieser der kühlste Raum ist, haben sie nicht gemerkt.«
Doktor Brooks trat wieder in den Raum und blickte sie mit seinen blaßblauen Augen an: »Ich würde gern mit dir ein paar Worte unter vier Augen sprechen, Al, aber mach erst deine Arbeit fertig.«

Am Samstag arbeitete Alaina unter Robertas Aufsicht im Geschäft ihres Onkels. Da sie fast die gesamte Arbeit im Lazarett bis Freitagabend bewältigte, hatte der Hauptmann ihr den Samstag als freien Tag zugestanden. Als Roberta das herausfand, wußte sie es so einzurichten, daß Alaina nichts anderes übrigblieb, als ›freiwillig‹ ihre Dienste anzubieten. Roberta selbst war fast den ganzen Tag damit beschäftigt, Zudringlichkeiten abzuwehren, während sich ihr flinker Verstand der Buchhaltung widmete. Sie saß am Schreibtisch ihres Vaters und freute sich, daß die Yankeesoldaten sich ausschließlich für sie interessierten und achtlos an

dem unscheinbaren Jungen vorbeigingen, der im Laden aufräumte und Staub wischte.
Der Sonntag war dem Kirchgang und der Pflege gutnachbarlicher Beziehungen vorbehalten. Doch konnte Alaina die Craighughs nicht begleiten, da sie nichts hatte, um sich herauszuputzen. Immerhin konnte sie sich auf diese Weise für einige Stunden dem wachsamen Blick Robertas und ihren unablässigen Sticheleien entziehen. Dulcie und ihre Familie gingen in ihre eigene Kirche, und das zog sich meist über den ganzen Tag in die Länge. In diesen Stunden der Muße badete und parfümierte sich Alaina. Sie legte ihr bestes, wenn auch altmodisches Kleid an und genoß es während dieser kurzen Zeitspanne, eine Frau zu sein.
Es war am frühen Nachmittag, als sie aus dem vorderen Fenster blickte und zu ihrem Verdruß Hauptmann Latimer erblickte, der die Auffahrt entlanggeritten kam.
In plötzlicher Panik floh Alaina in ihr Zimmer. Schnell streifte sie Kleid und Schuhe ab und zog die verhaßte Männerhose und das gräßliche Hemd an. Die Stiefel waren lang genug, um ihre bestrumpften Beine zu verbergen. Schnell verrieb sie ein wenig von jenem schmutzigen Gemisch, das sie immer parat hatte, auf ihrem Gesicht. Der alte Hut würde ihr sauberes Haar schon verdekken. Sie zu verschmieren blieb keine Zeit mehr, selbst wenn sie das in diesem Augenblick über sich gebracht hätte.
An der Tür wurde geläutet. Das wiederholte sich nach einem kurzen Abwarten. Alaina hielt den Atem an. Sie hoffte, der Hauptmann ginge bald wieder fort. Endlich hörte sie an seinen Schritten, daß er durch die Vorhalle ging. Sie wartete noch ein Weilchen und zählte unterdessen die Sekunden. Durch die Balkontür konnte sie keine Spur von dem Yankee und seinem Pferd entdekken.
Vorsichtig setzte sie Fuß vor Fuß, um mit den Stiefeln keinen Lärm zu machen, und schlich die Außentreppe hinunter. Um jedes unvermutete Zusammentreffen mit Cole auszuschließen, rannte sie im Garten durch die Büsche zum rückwärtigen Teil des Hauses. Da erblickte sie das Kutschhaus und lief darauf zu. Es kam ihr in den Sinn, schnell Ol' Tar, den alten Kutschgaul, zu satteln und an einem Seitenarm des Flusses hinunterzureiten, wo niemand sie behelligen würde. Als sie gerade durch die weit offene Tür der Stallung laufen wollte, warf sie schnell noch einen Blick über die Schulter zurück. Im nächsten Augenblick prallte

sie mit voller Wucht auf Hauptmann Latimer, der mit den Rükken zu ihr an der Wasserpumpe gestanden hatte. Der Zusammenprall war so heftig, daß er das Gleichgewicht verlor und auf den mit Pferdemist übersäten Boden des Stalles landete.
Starr vor Entsetzen sah Alaina mit an, wie Cole sich abrollte und unter Verwünschungen auf die Füße sprang. Seine Augen schossen Blitze, als er seinen kleinen Angreifer erkannte. Alaina wollte ausreißen, doch blitzschnell packte er ihren Arm.
»Du elende kleine Rotznase!« fluchte er. »Was soll das heißen?«
Schmerzhaft umklammerte seine Hand ihren Arm. Schreckliche Angst überfiel Alaina, als sie daran dachte, daß sie in der Eile vergessen hatte, das Korsett und die weibliche Unterwäsche auszuziehen. Das weiche Hemd verriet die volle Rundung ihrer Brüste, und das Korsett schnürte ihre Taille noch enger zusammen. Wenn er ihren Körper an gewissen Stellen berührte, dann gab es keine Ausrede mehr. In der Bedrängnis nahm sie Zuflucht zu ihrem frechen Mundwerk.
»Nehmen Sie die Finger von mir, Yankee!« kreischte sie. »Sie haben kein Recht, mich anzufassen!«
Hitzig riß sie ihren Arm los. Mit dem letzten Rest an Geistesgegenwart schob sie die Schultern vor und verschränkte die Arme vor der Brust. Langsam wich sie vor Cole Latimer tiefer in den Schatten des Gebäudes zurück. Cole bedauerte ein wenig seine eigene Unbeherrschtheit. »Tut mir leid«, sagte er und klopfte den Staub von seiner Kleidung. »Das Ganze war doch wohl hoffentlich ein Unfall, nicht wahr?«
»Klar«, gab Alaina erleichtert zu. »Ich hab' Sie im Dunkeln nicht gesehen.«
»Wovor bist du eigendlich weggelaufen?« fragte Cole spöttisch. »Du hattest wohl Angst, ich hole dich zum Arbeiten?«
»Ich hab' keine Angst vor der Arbeit«, gab Alaina schnippisch zurück.
»Das mag wohl sein«, lenkte Cole ein. Er knöpfte seine Jacke halb auf, krempelte den Kragen nach innen und wusch sich unter der Pumpe Gesicht und Hände.
»Ich wollte hier nur mein Pferd tränken, bevor ich zurückritt. Ich habe ein paar Stunden frei und dachte, ich könnte Roberta meine Aufwartung machen.«
Er konnte nicht sehen, wie Alaina bei seinen Worten verächtlich das Gesicht verzog, weil er sich gerade vorbeugte, um Wasser auf

seinen Nacken zu spritzen. Nachdem er sich abgetrocknet hatte, zog er die dünnen Reithandschuhe an und blickte suchend nach seinem Hut. Er fahd ihn im Staub vor der Stalltür, klopfte ihn ab und kam zu Alaina zurück.

»Da niemand zu Hause ist, reite ich jetzt zurück. Sag Roberta, daß ich hier war.« Er sah zu, wie der vermeintliche Junge mit seltsam verrenkten Schultern davonging. »Was ist denn los mit dir?« rief er hinterher.

»Mein Arm tut mir weh«, erwiderte Alaina ungehalten mit vorwurfsvoll zusammengekniffenen Augen.

»Wenn ich dir weh getan habe, bitte ich um Verzeihung. Aber du mußt das gleiche tun, weil du mich schließlich über den Haufen gerannt hast.« Abwartend stand er da. Seine hellen blauen Augen glitzerten vor Belustigung.

»Also gut«, war alles, was Alaina herausbrachte. Sie stellte sich vor, mit welchem Vergnügen sie ihm einen Tritt mit dem Stiefel versetzt hätte.

Plötzlich nahm Coles Gesicht einen verdutzten Ausdruck an. Er beugte sich vor und schnüffelte. »Um Himmels willen! Willst du ein Mädchen aus dir machen? Du riechst, als hättest du in einer Wanne von Parfum gebadet.«

Alaina klopfte das Herz bis zum Halse. Verzweifelt suchte sie nach einer Ausrede. »Ach was«, brachte sie schließlich heraus. »Das ist Robertas Schuld. Sie fand, das ich schlecht rieche, und hat mich mit Rosenwasser vollgespritzt.«

Cole kicherte. »Jetzt verstehe ich auch, warum du vor mir davongelaufen bist.« Er ergriff die Zügel, setzte seinen Hut schwungvoll auf und knöpfte die Uniformjacke zu. »Keine Angst, Al, ich sage niemandem etwas davon. Aber an deiner Selle würde ich so nicht im Lazarett erscheinen.«

Alaina blickte ihn nur feindselig an. Dann folgte sie ihm bis vor das Haus, um zu sehen, ob er auch tatsächlich davonritt. Sie kamen gerade um die Ecke, als die Kutsche der Craighughs vorfuhr.

»Schau an! Hauptmann Latimer!« rief Roberta fröhlich und winkte ihm zu. »Was führt Sie denn zu uns?« Ihr Lächeln gefror zu einer Grimasse, als sie Alaina erblickte. »Sagen Sie bloß, Sie sind gekommen, um Al zu sehen!«

Cole reichte ihr galant die Hand beim Aussteigen. »Ich hatte ein paar Stunden frei und hoffte, Sie hier anzutreffen.«

»Ahem!« Angus Craighugh räusperte sich laut und stieg vor seiner Frau aus der Kutsche, um ihr behilflich zu sein. »Ich bedaure, Hauptmann, aber unsere Tochter ist heute zu Hause unabkömmlich.«
»Aber Daddy!« maulte Roberta und wollte widersprechen, doch ein ärgerlicher Blick ihres Vaters ließ sie verstummen. Sie wollte keinen Zank, da sie befürchtete, der Hauptmann könne dann von weiteren Besuchen absehen.
»Wir besuchen heute Freunde, die darauf bestehen, daß Roberta mitkommt.« Das war eine glatte Lüge, darüber war sich Angus Craighugh im klaren, aber heute wollte er sich nicht Robertas Launen beugen. Dieser Yankee kam für ihn als möglicher Schwiegersohn nicht in Betracht. Er ließ seiner Tochter fast alles durchgehen, aber eine Heirat mit diesem Offizier war nun doch entschieden zuviel.
Roberta zwang sich zu einem strahlenden Lächeln. »Ich hoffe, Sie mußten nicht allzu lange warten, Mr. Latimer.« Dagegen konnte ihr Vater nichts einwenden, das wußte sie aus Erfahrung. Es galt vor allem, Zeit zu gewinnen.
»Ich habe mich mit dem da so ausgiebig unterhalten, daß es mir am Ende zuviel war«, meinte Cole mit einem kurzen Lachen.
»Meinen Sie Al?« Roberta war sofort mißtrauisch und warf einen schnellen Blick auf den Jungen. »Was hat er Ihnen denn alles erzählt?«
»Ich bin mir sicher, daß er Ihnen mit Vergnügen alles selbst berichten wird.« Cole unterbrach sich und blickte auf Robertas Vater, der ihm abweisend den Rücken zuwandte. Offenbar hatte die Gastfreundschaft der Craighughs ihre Grenzen. Cole wollte keinen Familienkrach auslösen und sagte deshalb bedauernd: »Ich fürchte, ich muß Sie jetzt verlassen. Ich bin ohnehin schon verspätet.«
Damit schwang er sich in den Sattel und berührte mit dem Finger die Krempe seines Hutes. »Ich verabschiede mich von Ihnen, Miss Craighugh.« Und zu Al gewandt fügte er hinzu: »Dich sehe ich morgen im Lazarett!« Roberta verbarg ihre Enttäuschung und schenkte ihm ein artiges Lächeln.
Als Cole davongeritten war, wartete Roberta, bis ihre Eltern das Haus betreten hatten. Dann ging sie wütend auf Al los. Es kostete sie Mühe, mit leiser Stimme zu sprechen, ihr Tonfall war scharf und anklagend: »Was zum Teufel hast du mit Hauptmann

Latimer angestellt, du kleines Miststück? Wenn du ihm von mir erzählt hast –!«

Alaina spielte die gekränkte Unschuld. »Mein Gott, ich weiß nicht, was in mich gefahren ist!« Sie wußte, wovor sich ihre Kusine fürchtete, und wollte ihre Rache voll auskosten. Sollte Roberta also ruhig noch ein wenig schmoren.

»Alaina MacGaren! Ich reiß' dir jedes Haar einzeln aus!« drohte Roberta, doch ihre Kusine hatte dafür nur ein Achselzucken.

»Das Schlimmste ist ja nicht, was ich gesagt, sondern was ich getan habe.«

Weit riß Roberta die Augen auf, ihre Gedanken überstürzten sich.

Alaina fuhr mit der Zunge über ihre Lippen, als weide sie sich an der Qual ihrer Kusine. »Wir haben uns im Pferdestall gerangelt«, sagte sie beiläufig. »Er mochte sogar mein Parfum!«

»Lainie!« Robertas Stimme überschlug sich fast. »Du willst mich auf den Arm nehmen! Ich weiß es! Wenn du mir nicht sofort alles erzählst, sollst du das bereuen!«

»Oh, beruhige dich doch!« herrschte Alaina sie an. »Du siehst aus, als könntest du jeden Augenblick explodieren. Ich bin doch nur aus Versehen gegen ihn gerannt, daß er flach auf den Bauch geflogen ist!«

»Wehe, wenn das nicht alles ist! Wehe, wenn du mir etwas verschweigst!« drohte Roberta und ließ Alaina stehen.

9

Es war kühler geworden. Die unerträgliche Hitze des Spätherbstes hatte nachgelassen. Alainas Haar war so lang geworden, daß es immer öfter Coles Mißfallen erregte. So überließ sie sich schließlich nach langem Zaudern Lealas Haarschneidekünsten. Die kurze, adrette Frisur erwies sich als ihrem Gesicht sehr zuträglich. Sie hob die Schönheit der großen grauen Augen hervor und betonte die feinen, zerbrechlichen Züge ihres Gesichtes. Wegen der besseren und reichlicheren Kost rundete sich ihr einst federleichtes, gertenschlankes Figürchen allmählich zum Körper einer reifenden jungen Frau. Und dennoch mußte alles so weitergehen wie bisher! Immer unbehaglicher fühlte sie sich in der

schäbigen Kleidung eines Jungen. Aber es gab keinen Ausweg.
Es war Montag. Die Ärzte machten an diesem Tage wie gewöhnlich alle zusammen einen Rundgang durch sämtliche Krankenzimmer. Dabei sollten die Patienten auch Gelegenheit erhalten, ihre Klagen und Beschwerden vorzutragen. Leider hatte Major Magruder bei diesem Rundgang die Angewohnheit, dem General nicht von der Seite zu weichen und mit gezücktem Stift und Notizbuch jenen Männern warnende Blicke zuzuwerfen, die sich allzu unverblümt über das Personal des Lazaretts beklagen wollten. Zudem entschieden die Ärzte auf diesem Inspektionsgang, welche der Patienten das Bett verlassen durften und bedingt diensttauglich geschrieben wurden.
Alaina hatte gerade ihre Arbeit begonnen, als ein Trupp grauuniformierter Soldaten mit rasselnden Fußketten die Treppe herabkam. Doktor Brooks kämpfte unermüdlich darum, die Männer so lange wie möglich im Lazarett zu behalten, bis sie völlig wiederhergestellt waren. Wenn sie zu früh in das Gefängnis abtransportiert wurden, dann kam das in vielen Fällen einem Todesurteil gleich. Mit wehem Herzen schaute Alaina den Soldaten nach. Für die meisten von ihnen war der Krieg vorbei. Wenn es ihnen nicht gelang, aus den schwerbewachten Yankee-Gefängnissen auszubrechen, nahmen sie nie wieder an den Kämpfen teil, sondern mußten mit den unsäglichen Entbehrungen ihres Gefangenendaseins fertig werden.
Als die Soldaten an Alaina vorbeischlurften, grinsten einige von ihnen und sagten ein paar Worte zu ihr. Der bullige Sergeant, mit dem sich Alaina oben im Krankenzimmer angelegt hatte, schüttelte die erhobene Fraust und lächelte dem vermeintlichen Jungen zu:
»Nur Mut, mein Junge! Der Krieg ist noch nicht verloren!« Seine Stimme klang irgendwie hohl, als wolle er sich selber Mut machen.
Alaina suchte nach einer passenden Erwiderung, doch da waren die Gefangenen schon an ihr vorbei, und nur noch das Echo ihrer Schritte mit den rhythmisch rasselnden Ketten war zu vernehmen. Ihre Augen füllten sich mit Tränen, und als sie aufblickte, sah sie, daß Cole sie beobachtete. Grenzenloser Haß gegen den Yankee wallte in ihr auf. Unter den gefesselten Soldaten hätte auch ihr Bruder sein können. Sie haßte diesen Krieg. Sie haßte

die Feinde der Südstaaten. Aber am meisten haßte sie Cole Latimer.
Cole entging der Ausdruck in Als Augen nicht. Er war so klug, nichts zu sagen, denn jedes Wort hätte jetzt nur den Groll des kleinen Kerls verschlimmert. Cole wußte, daß die Zeit alle Wunden heilte.
Doch an diesem Morgen mußte Alaina verbittert noch mit ansehen, wie ein großer Gefangenentransport ankam und die freigewordenen Betten belegte.

Bobby Johnsons Zustand schien sich allmählich zu bessern. Nach und nach wurden die Morphiumdosen herabgesetzt, doch jedesmal, wenn Alaina an seinem Bett stehenblieb, um ein paar Worte mit ihm zu wechseln, drehte der junge Soldat den Kopf auf die Seite und verweigerte jede Antwort.
Draußen tobte der Sturm, als sie ihn eines Morgens fand, wie er sich mit Schreibfeder und Papier abmühte, einen Brief zu schreiben. Sie stellte sich so, daß sie das Ergebnis seiner Bemühungen sehen konnte. Das Papier war mit Tinte bekleckst, die Zeilen liefen bergauf und bergab.
»Das kann ja niemand lesen«, sagte sie. Unvermittelt hörte er zu schreiben auf, zerknüllte langsam das Papier und schleuderte es mit einem verzweifelten Schluchzen an die Wand.
»He, Yankee, richte hier kein Schlamassel an! Du meinst doch wohl nicht, ich hebe das wieder auf?«
Seine Antwort war scharf und voller Bitternis. »Das Schlamassel, das ihr Südstaatler mit mir angerichtet habt, räumt keiner mehr auf!«
»Die Friedhöfe sind voll mit schlimmeren Fällen, und da sind beileibe nicht nur Yankees dabei!«
In untröstlichem Schmerz rollte der Soldat den Kopf von einer Seite auf die andere. »Ich wäre viel lieber tot. Wenn ich jemals nach Hause komme, muß mir meine Frau bis an mein Lebensende das Essen bringen. Das kann ich von Jeannie nicht verlangen! Welche Frau will schon einen Blinden zum Mann haben?«
»Ich glaub', sie wird mächtig froh sein, wenn sie dich erst wieder zu Hause hat, Yankee!«
»Nenn mich nicht immer Yankee!« fuhr er sie an.
»Ist schon gut. Ich weiß, daß du Bobby Johnson heißt. Wir haben uns draußen vor dem Operationssaal schon mal gesehen.«

Nach einem langen Schweigen sagte Bobby: »Bist du das, Al?«
»Jawohl, ich bin's.«
Bobby Johnson machte einen tiefen Seufzer. »Ich glaub', ich hab' zuviel Zeit, um mich selbst zu bemitleiden.«
Alaina starrte auf den jungen Mann hinunter. Es verlangte sie, ihn zu trösten, aber sie füchtete, da in eine Sache hineingezogen zu werden. Schließlich überwand sie ihre Bedenken. »Ich bin im Lesen nicht sonderlich gut, aber manchmal weiß ich nichts Besseres mit mir anzufangen. Soll ich dir manchmal was vorlesen?«
»Das wäre schön.«

Während der nächsten Tage beeilte sich Alaina mit ihrer Arbeit und setzte sich dann für eine Weile auf den Rand von Bobbys Bett, um ihm vorzulesen. Nach einiger Zeit willigte er sogar ein, ihr Briefe an seine Mutter und an seine Frau zu diktieren. Eines Tages, als Alaina ihm gerade die letzte Seite eines kurzen Romans vorgelesen hatte, blickte sie auf und sah einen verstörten Ausdruck auf seinem Gesicht.
»Was ist los?« Hat's dir nicht gefallen?« fragte sie ein wenig enttäuscht.
»Ich fand das sehr schön«, sagte er langsam. »Aber mir ist aufgefallen, daß deine Stimme beim Lesen irgendwie weicher wurde. Ich glaub', du hast 'ne Menge in der Schule mitbekommen, obwohl du das immer abstreitest.«
Alaina lief es eiskalt den Rücken hinunter, ihr Atem stockte. Plötzlich ging ihr auf, wie schlecht sie sich verstellt hatte.
»Ich weiß auch, daß du nicht Al bist.« Seine Hand tastete nach ihrem Handgelenk. »Du bist klein – du bist eine kleine Frau. Ja, das ist's! Du bist ein Mädchen! Wie bist du auf den Namen Al gekommen?«
»Alaina«, flüsterte sie.
»Bist du jung?« Seine Finger glitten tastend über die feinen Knochen ihrer Hand. Diese Hand war abgearbeitet und rauh, aber ganz gewiß nicht die Hand eines älteren Menschen.
»Siebzehn.« Alaina biß sich auf die Lippen und fragte scheu: »Du sagst doch niemand was, oder?«
»Erklär mir, warum alle glauben sollen, du seist ein Junge. Dann kann ich mir meine eigene Meinung bilden.«
Nach einem Moment des Zögern beschloß Alaina, sich der Klugheit des Blinden anzuvertrauen, und erzählte ihm ihre Geschichte

in allen Einzelheiten. »Ich hab' nicht spioniert«, beteuerte sie, als sie geendet hatte. »Aber urteile selbst. Von deiner Meinung hängt jetzt meine Freiheit ab.«

Es folgte ein schrecklicher Augenblick voller ängstlicher Spannung, dann sagte er: »Ich mochte schon immer die Geschichte von Oliver Twist. Willst du mir daraus vorlesen?«

Tränen der Erleichterung schossen in Alainas Augen. Um sich abzulenken, glättete sie die Laken seines Bettes. »Mein Onkel hat das Buch in seinem Arbeitszimmer. Ich bringe es morgen mit.«

Bevor sie ging, sagte sie noch: »Bitte sage Hauptmann Latimer nichts.«

»Nicht, solange ich es nicht für nötig halte«, versicherte er ihr.

Unablässig prasselte der Regen auf die Stadt. Am Samstag schien es für eine Weile, als klare sich der Himmel auf, doch dann brauten sich die dicken Morgennebel zusammen und entluden sich in einem sinnflutlichen Regenguß. Der bleierne Himmel lastete schwer auf den Dächern, und das Kopfsteinpflaster der Straßen verwandelte sich in lehmige Bäche.

Die ganze Woche hatte Alaina sich abgeplackt, um das Lazarett auf Hochglanz zu bringen. Zufrieden betrachtete sie ihr Werk. Alles blinkte und blitzte vor Sauberkeit. Doch da fiel ihr ein, daß der blaßgeäderte Marmorboden in der Eingangshalle vor Schmutz nur so starrte. Kurz entschlossen machte sie sich an die Arbeit.

Als es ihr nach vielem Wischen und Schrubben endlich gelungen war, dem Steinfußboden seine alte Schönheit wiederzugeben, flog plötzlich die große Eingangstür auf. Alaina wurde grob beiseite gestoßen; sie strauchelte über dem Wischtuch und landete unsanft auf ihrem Hinterteil. Mit hochnäsiger Miene schritt Jacques DuBonné an ihr vorbei. Er kümmerte sich keinen Deut darum, daß seine lehmigen Stiefel auf dem glänzenden Marmor große Schlammlachen hinterließen. Er war schon fast an Al vorbei, da drehte er sich um und herrschte sie an: »Wo ist der Dokt . . .« Das letzte Wort blieb ihm im Halse stecken, denn ein Scheuerlappen flog ihm ins Gesicht und wickelte sich um seinen Kopf. Mit einem Ruck riß er den ekligen Lappen vom Gesicht. Das schmutzige Aufwischwasser hatte ihn von Kopf bis Fuß durchnäßt. Prustend und spuckend ließ er eine Hand unter den

Mantel gleiten und riß mit blitzschneller Bewegung ein schmales, langes Klappmesser heraus.
Alaina wich vor ihm zurück. Noch immer hielt sie den Eimer in der Hand. Beim Anblick des Mannes mußte sie unwiderstehlich kichern. Doch da umklammerten sie plötzlich zwei kräftige schwarze Arme von hinten. Sie versuchte sich freizustrampeln und stieß dabei eine Reihe von unflätiger Schimpfworte aus, die einen Maultiertreiber hätten erröten lassen. Mit Händen und Füßen schlug sie um sich, als sich ihr Jacques DuBonné langsam mit gezückter Klinge näherte. Sein Gesicht war zu einer häßlichen Grimasse erstarrt.
»Halt! Was geht da vor?« rief Cole von der Treppe her und eilte auf sie zu. Er hatte das Lazarett gerade verlassen wollen und trug Ausgehuniform. Schnell ließ DuBonné das Messer verschwinden. Der Schwarze machte jedoch keine Anstalten, die Umklammerung zu lockern. Alainas Arme waren von seinem erbarmungslosen Griff wie betäubt. Der Eimer entglitt ihren Fingern und rollte scheppernd über den Boden. Cole blieb dicht vor ihnen stehen. »Loslassen!« befahl er. Der Schwarze starrte ihn an, ohne zu gehorchen. Cole legte die Hand auf das Pistolenfutteral, doch da sagte DuBonné schnell ein paar Worte in einer Alaina unbekannten Sprache. Der riesige Kerl lächelte und breitete die Arme aus. Alaina stürzte schwer zu Boden. Ein Schmerzensschrei entrang sich ihr, mühsam schnappte sie nach Luft. DuBonnés Augen verengten sich zu schmalen Schlitzen, als er sie sich näher anschaute. »Dich kenne ich vom Dampfer her!« fauchte er. »Mit dir habe ich noch ein Hühnchen zu rupfen. Warte nur ab!«
Taumelnd kam Alaina auf die Füße. DuBonné schälte sich aus der klatschnassen Jacke. »Sehen Sie? Ich bin verwundet, Hauptmann! Ich bin gekommen, weil ich ärztliche Hilfe brauche, und dieser elende kleine Sohn einer . . .!« Er stockte mitten im Wort, als Alaina mit geballter Faust auf ihn zuschoß, aber Cole packte sie gerade noch rechtzeitig hinten an der Hose. Dabei mußte er wohl eine Handvoll ihres Hinterteils erwischt haben, denn sie stieß einen schmerzerfüllten Quietscher aus und suchte sich mit aller Macht freizukämpfen.
Aber Cole hatte sie fest im Griff und zog sie zurück. »Du bist hier, um sauberzumachen! Schau nur, was du angerichtet hast!«
»Was meinen Sie wohl, was ich gemacht habe, als dieser blöde

Esel da reinkam? Kann sich der Hornochse etwa nicht die Füße abwischen?«
Ein schneller Blick durch die Eingangshalle belehrte Cole, daß Als Entrüstung nicht ganz von ungefähr kam. Aber als Arzt hatte er sich in erster Linie um den Verletzten zu kümmern. »Lassen Sie mal sehen!« Er zupfte den blutigen Ärmel beiseite und prüfte kurz die Wunde.
»Das sieht ja aus wie ein Säbelhieb!« staunte er und blickte neugierig auf den kleinen Mann herab. »Wo haben Sie den denn her?«
»Bah!« sagte Jacques DuBonné mit einer wegwerfenden Handbewegung. »Ich habe da draußen vor der Stadt ein Haus in Zahlung genommen. Eine gewisse Madame Hawthorne konnte ihre Schulden nicht bezahlen. Die Frau wollte nicht ausziehen und der Sheriff wurde nicht mit ihr fertig, also bin ich selbst hingefahren. Als ich ihr den Räumungsbefehl übergeben wollte, zog sie hinter dem Rücken plötzlich einen Säbel hervor und – zack! – hat sie mir eins verpaßt. Jetzt muß der Sheriff sie verhaften.« Er lachte schadenfroh. »Ich hab's der Alten ganz schön gezeigt!«
»Verdammter Halsabschneider!« brach es aus Alaina hervor, aber ein scharfer Blick von Cole ließ sie verstummen.
»Ich wollte gerade gehen«, sagte Cole brüsk. »Aber auf ein paar Minuten kommt es mir nicht an. Kommen Sie, ich säubere die Wunde und tue ein wenig Jod darauf. Der Schnitt ist nicht tief. Ein einfacher Druckverband wird reichen.«
Alaina machte sich eilig daran, die Spuren des Vorfalls zu beseitigen. Dann verstaute sie ihre Gerätschaften, griff nach ihrem Hut und machte sich davon. Allzu oft schon hatte ihr Hauptmann Latimer mit einer handfesten Bestrafung gedroht. Es war besser, ihm aus dem Weg zu gehen, bevor er die Drohung wahr machte.
Als sie daheim ankam, war sie noch immer sehr verärgert. Sie knallte die Tür hinter sich zu, daß die Scheiben klirrten. Schnurstracks ging sie in die Küche, wo Dulcie am Herd stand und in einem Topf rührte.
»Heute könnte ich glatt ein paar von den verdammten Yankees umlegen!« sagte sie und schleuderte ihre Stiefel in hohem Bogen in eine Ecke.
»Was ist denn in dich gefahren, Kind? Hast wohl noch nicht genug am Hals, was?« brummte Dulcie.

»Ich hab' den ganzen Morgen auf den Knien gelegen und geschrubbt, und dann werd' ich auch noch angemault, in den Hintern gekniffen und bedroht von dem schlackerigen Yankee! Dem würd' ich am liebsten ein Loch in den Bauch schießen!«
Roberta kam wie zufällig in die Küche geschlendert und hörte noch die letzten Worte. »Was ist denn los mit dir, Alaina?« Noch nie hatte sie ihre kleine Kusine so außer sich gesehen.
»Stocksauer bin ich! Falls du überhaupt weißt, was das ist! Außerdem bin ich im Recht. Das würde mir jeder Richter bescheinigen.«
»Was redest du da von Richtern?« schalt Dulcie und stemmte die Arme in die Hüften. »Was hat denn unsere kleine Miss Alaina jetzt schon wieder ausgefressen? Los, sag's mir!«
»Bis jetzt nichts«, erwiderte Alaina schnippisch. Sie nahm eine geschälte Rübe, fuchtelte damit herum und biß hinein. »Aber ihr werdet euch noch umsehen! Ich werde dafür sorgen, daß dieser DuBonné den Tag verflucht, an dem er Mrs. Hawthorne zum erstenmal gesehen hat.«
»Meinst du etwa die alte Dame, die manchmal in Daddys Laden kommt?« fragte Roberta.
Alaina horchte auf. »Du kennst sie?«
»Nun ja, ein wenig, aber sie kommt meist, wenn ich nicht da bin«, wich Roberta aus. Sie war sich nicht sicher, wieviel sie Alaina erzählen sollte.
»Aber du weißt, wo sie wohnt«, drängte Alaina.
»Nicht genau. Irgendwo im Norden an der alten Flußstraße, glaube ich . . .«
Alaina packte ihre Stiefel und zog sie an. »Ich finde sie schon, und wenn ich die ganze Nacht suchen muß!«
»Hör auf, Lainie. Mach keine Verrückheiten!« bat Roberta ängstlich.
Doch Alaina klatschte sich den zerknautschten Hut auf den Kopf und grinste. »Das kommt darauf an, was du verrückt nennst, Robbie. Ich jedenfalls finde es nicht verrückt, ein paar von diesen Erzgaunern abzuknallen.«
Bevor sie das Haus verließ, ging sie zu dem Schrank in ihrem Zimmer und kramte ihres Vaters Armeepistole hervor. Es war ein langläufiger 44er Colt. Die Waffe war fast zu schwer für sie, aber sie konnte sehr gut damit umgehen. Alaina stopfte die Pistole in ihren Lederbeutel und hängte ihn über die Schulter. Eigentlich

hatte sie nicht vor, die Waffe zu benützen, aber sie nahm doch den Pulverbeutel, die Zündkapseln und die Schachtel mit den Kugeln an sich.

Alaina war schon seit über einer Stunde fort, als Cole Latimer bei den Craighughs erschien.
»Oh, Hauptmann Latimer!« strahlte Roberta. »Ich glaubte schon, Sie hätten mich Ärmste ganz vergessen.«
»Tut mir leid, Roberta, aber ich bin nicht zu meinem Vergnügen hier«, stellte er so zartfühlend wie möglich fest.
»Ich würde gern Al sprechen, falls er im Hause ist.«
»Al?« Roberta fiel aus allen Wolken. Nie hätte sie geglaubt, daß Alaina die Aufmerksamkeit des Hauptmanns von ihr ablenken könnte. Doch verbarg sie ihre Verärgerung hinter einem vorwurfsvollen Schmollen und sagte mit züchtig gesenkten Wimpern: »Sie wollen doch nicht sagen, Sie seien nur wegen des ungezogenen Bengels gekommen? Da stehe ich vor Ihnen und glaubte, Sie wollten mich sehen. Ich muß schon sagen!«
»Ich bitte um Verzeihung«, antwortete Cole, »aber der Junge hat heute im Lazarett einen Eimer schmutziges Wasser über einen Mann ausgegossen.«
Diesmal war Robertas Entsetzen nicht gespielt.
»Ich will mit Al nur ein paar Worte wechseln. Ist er da?« beharrte Cole.
»Leider nein, Hauptmann.« Roberta lächelte zögernd. »Er ist vor kurzem weggegangen.«
»Hat er gesagt, wohin? Ich muß die Sache in Ordnung bringen, bevor er am Montag wieder zur Arbeit kommt. Ich kann nicht zulassen, daß so etwas noch einmal geschieht.«
Roberta überlegte schnell, ob es ratsam wäre, Cole alles zu erzählen, oder so zu tun, als wisse sie nichts. Jedenfalls mußte sie sich davor hüten, daß Cole sie beim Schwindeln erwischte.
»Ich sag' Ihnen, Hauptmann, nie habe ich den Jungen so in Rage gesehen. Wirklich, er hat Dulcie und mich zu Tode erschreckt. Er redete irgend so ein dummes Zeug daher, daß er einen gewissen Jacques DuBonné abknallen wolle. Ich schwöre Ihnen, daß er drauf und dran ist, sich großen Ärger einzubrocken.«
Ob er wollte oder nicht – Cole fühlte sich für den Jungen verantwortlich. »Wohin ist Al denn gegangen?«
»Da hinunter, immer den Fluß entlang.« Roberta trat auf die Ve-

randa und wies mit dem Arm in die Richtung. »Sie reiten ungefähr eine Meile, dann geht's eine oder zwei Meilen nach Norden. Sie können das Haus nicht verfehlen, es ist ein altes Holzhaus mit einem steilen Dach.«

Als sich Cole zum Gehen wandte, legte sie eine Hand auf seinen Arm. »Sie sehen sich doch vor, nicht wahr? Al ist ein ziemlich guter Schütze, und er sagte, er würde Ihnen liebend gern ein Loch in den Bauch schießen.«

»Der hitzköpfige kleine Tunichtgut!« stieß Cole zwischen den Zähnen hervor. Hatte DuBonné nicht gesagt, er würde mit dem Sheriff bei Mrs. Hawthorne erscheinen? Alles sah danach aus, daß Al sich da in eine Sache einließ, die ihn teuer zu stehen kommen konnte.

10

Seit geraumer Zeit schon hatte es aufgehört zu regnen, aber die Straßen und Wege waren ein einziger Morast. Alaina bemühte sich verzweifelt, ihren alten Gaul zu einer schnelleren Gangart zu bewegen. Sie hieb mit einer Weidenrute auf Ol' Tar ein, aber alles, was sie damit erreichte, war, daß er in einen kurzen Trab verfiel, der ihr alle Knochen durchrüttelte.

Schließlich ging es nicht mehr weiter, der lehmige Weg war zu Ende. Durch das dichte Gebüsch erhaschte Alaina einen Blick von Mrs. Hawthornes Haus. Zwei Kutschen standen davor. Eine davon war ein eleganter Landauer. Alaina schloß daraus, daß Jacques DuBonné vor ihr angekommen war, und daß die andere Kutsche dem Sheriff gehörte. Sie ließ sich vom Pferd gleiten und schlich barfuß an einer langen Hecke entlang, bis sie durch die Ranken des wilden Weins die Vorderseite des Hauses überblikken konnte. Augenblicklich erkannte sie DuBonné, der offensichtlich sogar Zeit gefunden hatte, sich umzuziehen. Der riesige Neger stand träge an die Kutsche gelehnt. Nicht weit von DuBonné, am Fuße der Außentreppe, stand ein weiterer Mann, der fast so kräftig gebaut war wie der Neger. Das mußte der Sheriff sein.

Oben auf der Treppe stand eine große, weißhaarige Frau von ungefähr sechzig Jahren. Eine stolze Erscheinung, fast hochmütig,

und ihre Hand ruhte mit gebieterischer Gebärde auf dem Knauf eines Säbels. Die Sache brauchte nicht viel Worte: sie würde den Säbel zu benutzen wissen, wenn ihr jemand zu nahe kam.
Geduckt lief Alaina an der Hecke entlang, bis sie zu dem rückwärtigen Teil des Gebäudes gelangte. Dort schlüpfte sie durch eine Lücke in der Hecke und suchte sich einen Platz, wo sie, verborgen hinter niedrigen Büschen, einen guten Überblick hatte und ihr kein Wort entging.
DuBonné fuchtelte mit den Armen und versuchte offensichtlich, den Sheriff zum Handeln zu bewegen:
»Ich sag' Ihnen doch, daß ich alle Papiere habe. Es geht aus ihnen eindeutig hervor, daß ich dieses Haus von der Bank erworben habe!«
Damit zog er ein Bündel Dokumente aus der Rocktasche.
»Sehen Sie her, Sheriff, es ist alles in Ordnung! Deshalb bestehe ich darauf, daß Sie diese Frau sofort festnehmen!«
Der Sheriff hatte es damit nicht so eilig. Bedächtig schob er eine große Prise Kautabak zwischen die Zähne. Das machte DuBonné noch wütender. »Also los, werden Sie jetzt was unternehmen oder nicht?«
»Na ja«, meinte der Sheriff widerstrebend. »Ich wollte ja nur mal hören, was die Dame zu der ganzen Sache zu sagen hat, aber Sie lassen sie ja nicht zu Wort kommen, Mr. Bonny.«
»DuBonné!« berichtigte ihn Jacques zornig. »Was kann die Frau schon groß gegen das hier machen, Sheriff!« Er wedelte mit den Papieren vor des Sheriffs Nase herum. »Ich ersuche Sie, jetzt endlich zu handeln. Anderenfalls muß ich mich an Ihre Vorgesetzten wenden.«
Mißmutig zog der Sheriff den Hut und trat eingeschüchtert an die Treppe heran, auf der die Frau stand. »Tut mir leid, Madam, aber ich muß meine Pflicht tun, ganz wie der Mann da gesagt hat.«
»Natürlich, Sheriff«, antwortete die Frau mit einer Stimme, die rauh und fest und dennoch irgendwie wohlklingend war. »Aber ich frage mich, ob Ihnen DuBonné berichtet hat, wie gut ich mit dem Säbel meines verstorbenen Mannes umzugehen weiß.«
Betrübt schüttelte der Sheriff den Kopf. »Ich würde es vorziehen, wenn sie friedlich wären und einfach mitkämen.«
Stolz erhob die Frau ihr welkes Kinn. »Bei aller Achtung vor Ihnen muß ich das ablehnen. Ich kannte Ihre Mutter gut, sie war

eine großartige Frau, und ich frage mich, was sie dazu sagen würde, wenn sie Sie hier so sehen könnte!«

»Nun, Madam, äh, ich meine . . . ich . . .«, stammelte der Sheriff mit hochrotem Kopf.

»Sie sind dazu da, für Recht und Ordnung zu sorgen«, schrie DuBonné und machte einen Schritt nach vorne. »Ich habe der Bank für dieses Haus eine Menge Geld bezahlt. So lass' ich mich nicht abspeisen! Verhaften Sie die Alte augenblicklich!«

»Was redeten Sie da vorhin von einer Schuld, junger Mann! Ich habe sie vor mehr als sechs Monaten zurückgezahlt«, ließ Mrs. Hawthorne mit unnahbarer Miene verlauten. »Ich habe sogar eine Quittung –.«

»Haha, Quittung! Das haben Sie schon mal gesagt, aber bisher habe ich davon nichts gesehen.«

Die Frau redete weiter, als sei sie nicht unterbrochen worden. »– eine Quittung, von der Bank unterzeichnet und gestempelt, wie es sich gehört.«

»Ach was, das gibt es doch gar nicht!« rief DuBonné und wagte sich noch einen Schritt vor.

»Jedenfalls, Sir«, sagte die alte Dame mit einem unerschütterlichen Lächeln, »werden Sie sich wundern, was passiert, wenn Sie auch nur einen Fuß auf die Treppe setzen.«

DuBonné schüttelte sich vor Zorn. Schnell sagte er einige unverständliche Worte, mit denen der Sheriff und die alte Dame nichts anzufangen wußten, aber Alaina in ihrem Versteck wurde plötzlich daran erinnert, daß DuBonné etwas Ähnliches gesagt hatte, bevor der Schwarze sie im Lazarett von hinten umklammert hatte.

Und genau wie zuvor setzte sich der Neger auf das Kommando hin in Bewegung und pirschte sich seitwärts hinter den Kutschen an die Frau heran, um sie aus dem Hinterhalt zu überwältigen.

Alainas Hand fuhr in den Lederbeutel und zog schnell ihres Vaters Pistole hervor. Mit zittenden Fingern prüfte sie, ob die Waffe geladen war, und legte auf alle Fälle ein neues Zündhütchen ein.

Während der Schwarze sich unbeirrbar immer näher an die Frau heranarbeitete, zankte DuBonné weiter mit ihr herum.

Alaina trat aus den Büschen hervor, stellte sich breitbeinig hin und zielte mit der Pistole auf die Brust des Negers.

Langsam spannte sie den Hahn. Der Mann erstarrte, als er das klickende Geräusch hörte, und ließ seine Augen vorsichtig umherschweifen, bis er die Gefahr entdeckte. Furchtsam verzog er die Augenbrauen. Langsam bildeten sich auf seiner Stirn kleine Schweißperlen, während er den schlanken Burschen mit der großen Pistole wie gebannt anstarrte. Alaina bedeutete ihm mit der Waffe, zu den anderen zu treten. Der große Neger gehorchte widerstandslos. DuBonné sah zuerst nur seinen vermeintlich ungehorsamen Diener und erteilte ihm mit erregter Stimme Befehle in jener unbekannten Sprache. Doch dann trat Alaina vor, und ein atemloses Schweigen breitete sich über die Szene.

Der Sheriff fuhr zu Alaina herum, und sie grüßte ihn gelassen mit einem Kopfnicken. »Tag, alle zusammen!«

»Was soll das heißen?« legte der Sheriff los. »Leg sofort die Kanone weg, bevor sie losgeht, Junge!«

»Das könnte schon passieren, wenn ihr nicht alle ein wenig von der Veranda zurücktretet und Mrs. Hawthorne Luft zum Atmen laßt!«

DuBonné leistete dieser Aufforderung eilig Folge, doch der Sheriff schlug die Warnung in den Wind und setzte einen Fuß auf die unterste Stufe. »Also, Mrs. Hawthorne . . .«

Der Knall der Pistole war ohrenbetäubend. Der Sheriff taumelte ein paar Schritte zurück. Alaina spannte die Waffe sofort wieder, und der Neger, der sich gerade auf sie stürzen wollte, erstarrte mitten im Schritt.

Der Junge mußte den Verstand verloren haben, dachte der Sheriff bei sich. Mit geballter Faust und hochrotem Kopf brüllte er los: »Du verdammter kleiner Bettnässer! Laß sofort das Schießeisen los oder ich versohle dir damit den Hosenboden, bevor ich dich in eine Zelle stecke! Du hast es hier mit dem Gesetz zu tun und . . .« Er brach ab, als Pferdegetrappel und laute Rufe erklangen. Pferd und Reiter kamen geradewegs auf sie zu, und in der besten Manier eines schneidigen Kavallerieoffiziers sprang Cole von seinem tänzelnden Roß. »Was geht hier vor?« verlangte er zu wissen, während er das Tier festband.

»Ich weiß nicht, was Sie das angeht, Mister.« Der Sheriff spuckte einen Strahl schwärzlichbraunen Tabaksaft in das Gras und schaute dem Yankee alles andere als freundlich in das Gesicht. Cole klemmte seine Reithandschuhe in den Gürtel und ließ seine Hand wie zufällig auf dem Pistolenhalfter ruhen.

»Ich darf Sie daran erinnern, daß in dieser Gegend Kriegsrecht

herrscht, Sir! Das heißt: alle Befugnisse ziviler Ämter und Behörden sind aufgehoben. Für alle Amtshandlungen, die ohne Genehmigung des Militärgouverneurs erfolgen, können Sie verantwortlich gemacht werden.«
Der Sheriff fluchte leise und wies auf den Jungen: »Ich bin hier rausgefahren, um als Diener des Gesetzes meine Pflicht zu tun, und da schießt dieser Schlingel auf mich!«
Alaina reagierte auf Coles fragenden Blick mit einem unschuldsvollen Achselzucken: »Ich hätte ohne weiteres ein Loch in ihn schießen können.« Dann zeigte sie mit der Waffe auf den Neger: »Und den da hätte ich auch umlegen können, als er sich von hinten an die arme, alte Frau ranschlich.«
»Leg die Waffe weg, Al«, befahl Cole.
Alaina legte die gespannte Pistole in Reichweite auf das Treppengeländer. Sie schien nicht sehr beeindruckt. Vorerst überließ sie es dem Hauptmann gern, mit der Situation fertig zu werden.
Cole wandte sich um. »Ich frage noch einmal«, mahnte er, »was geht hier vor?«
Mrs. Hawthorne kam dem aufgeregt gestikulierenden DuBonné zuvor und berichtete ihm in kurzen Worten, worum es ging.
Als sie auf die Quittung zu sprechen kam, unterbrach Cole sie: »Kann ich das Papier mal sehen?«
Kühl blickte die alte Dame ihn an. »Warum sollte ich einem Yankee trauen?«
Da mischte sich Alaina ein. »Er ist zwar nur ein Yankee, aber ich glaube, man kann ihm trauen. Auf alle Fälle ist er nicht schlimmer als die anderen.«
»Das klingt ja recht überzeugend, aber kennst du ihn denn so gut, mein Kind?«
»Jedenfalls bin ich kein Freund von dem Kerl da«, erwiderte Alaina mit einem Blick auf DuBonné. »Folglich bin ich auf Ihrer Seite. Den Yankee kenne ich aus dem Lazarett. Er flickt dort die Verletzten zusammen.«
Mrs. Hawthorne überlegte kurz und faßte dann einen Entschluß. Sie griff in den Ausschnitt ihres Mieders, zog ein Papier hervor und reichte es Cole. »Bei meinem Alter hielt ich das für das sicherste Versteck«, erklärte sie.
Es kostete Cole Überwindung, nicht zu lächeln. »Sehr wohl, Madam.« Er entfaltete das Schriftstück und las es prüfend durch. »Die Sache scheint in Ordnung, Sheriff«, meinte er dann und

überflog den Inhalt noch einmal. »Es sieht so aus, als habe sich die Bank geirrt.«
»Nein!« schrie DuBonné und fuchtelte mit seinen Dokumenten. »Ich habe diesen Besitz rechtmäßig erworben!«
»Wenn das stimmt, muß die Bank Ihnen Ihr Geld zurückerstatten, Sir. Aus Mrs. Hawthornes Quittung geht hervor, daß ihr Besitz nicht belastet ist. Das Papier wurde lange vor Ihren Dokumenten ausgefertigt.« Cole wandte sich von ihm ab. »Sheriff! Alles spricht dafür, daß hier ein Irrtum vorliegt.«
DuBonné spuckte Gift und Galle. »Diesmal kommen Sie und der dreckige Lausebengel noch damit durch! Aber warten Sie nur ab! Ich, Jacques DuBonné, werde dafür sorgen, daß die blaue Uniform Ihr Untergang ist!« Der Hauptmann blickte ihn frostig an. »Gewöhnlich ist es meine Aufgabe, Leben zu erhalten, Sir.« Seine Stimme war leise und samtweich. »Aber in besonderen Fällen kann ich schon einmal eine Ausnahme machen.«
DuBonné schwankte zwischen seinen Rachegelüsten und der Einsicht, daß sie im Augenblick fehl am Platze waren. Schließlich zog er sich zu seiner Kutsche zurück. »Montag früh bin ich in der Bank, um diese Sache zu regeln. Danach habe ich ein Wörtchen mit Ihnen zu reden, Monsieur le Capitaine!«
Er gab seinem schwarzen Diener auf dem Kutschbock ein Zeichen, und sie verließen die Stätte ihrer Niederlage.
Cole sagte zu Sheriff Bascombe: »Wenn Mrs. Hawthorne einverstanden ist, lege ich dieses Papier nächste Woche der Bank vor und verlange eine Richtigstellung. Und was den Jungen anbelangt, Sheriff: Bitte verstehen Sie, daß er diese Dame nur beschützen wollte. Er meinte es nicht böse.«
Der Sheriff kratzte sich am Kopf. »Na ja, ich weiß nicht recht . . .«
»Gut!« Cole nahm ihm die Entscheidung ab. »Der Junge arbeitet unter meiner Aufsicht im Lazarett, falls Sie ihn später noch befragen wollen.«
Widerstrebend gab der Sheriff nach. »Also gut. Aber sei in Zukunft vorsichtiger mit dem Schießeisen, Junge!« Er grinste Cole und Mrs. Hawthorne an. »Ich werd' mich um diese Sache kümmern. Mal sehen, was dahintersteckt. Nächstes Mal erscheine ich hier nicht im Schlepptau von diesem DuBonné! Guten Tag!«
Als der Sheriff fort war, sagte Mrs. Hawthorne zu Cole: »Sie können die Quittung haben, Sir, aber unterschreiben Sie mir bitte eine Empfangsbestätigung.«

»Selbstverständlich, Madam. Ich gebe Ihnen dann so schnell wie möglich Bescheid. Und dich«, sagte er zu Al gewandt, »bringe ich jetzt nach Hause, bevor du noch mehr anstellst.«

»Sie glauben wohl, Sie sind mein Schutzengel! Aber ich komme schon alleine klar«, wies Alaina ihn zurecht. »Halten Sie sich lieber aus unserer Familie raus!«

»Das soll nicht deine Sorge sein! Auf alle Fälle reite ich schon vor und sage bei dir zu Hause Bescheid, daß dir nichts zugestoßen ist.« Mit diesen Worten schwang sich Cole auf sein Pferd und ritt davon. Alaina schaute ihm nach, bis er außer Sicht war.

Mrs. Hawthorne riß sie aus ihren Gedanken. »Komm mit herein, mein Kind, und trink eine Tasse Tee mit mir, bevor du zurückreitest. Ich habe selten so netten Besuch. Wie heißt du übrigens?«

»Al.«

»Einfach Al, nichts weiter?« fragte die alte Dame mit einem Stirnrunzeln.

»Der Rest ist nicht wichtig.«

»Das ist Ansichtssache, Kind.«

»Na ja, aber nennen Sie mich erst mal Al.«

»Schon gut, Al«, sagte sie mit seltsamer Betonung des Namens und blickte ihn dabei prüfend an. »Aber sag mal, weshalb bist du eigentlich hierher gekommen? Der Feldweg endet hier, also wolltest du zu mir.«

»Das stimmt«, gab Alaina zu. Dann berichtete sie der alten Dame kurz, was sich zugetragen hatte, und folgte ihr in das Haus. Im Salon setzte sie sich vorsichtig auf den Rand eines Stuhles.

»Wie alt bist du?« fragte Mrs. Hawthorne, als sie Tee einschenkte.

»Alt genug, um einiges zu verstehen und den Rest zu erraten«, erwiderte Alaina abweisend. Beklommen rührte sie in ihrer Teetasse herum. Mrs. Hawthornes prüfender Blick verwirrte sie.

»Ich habe das Gefühl, du machst mir etwas vor, Kind.«

Alaina schluckte schwer. Schließlich brachte sie es fertig, mit gespielter Unschuld zu fragen: »Was meinen Sie damit, Madam?«

»Schau doch bloß deine Kleidung an! Warum läufst du in dieser Maskerade herum und verkleidest dich als Junge?«

Alaina öffnete den Mund, um zu antworten, doch plötzlich begriff sie, was Mrs. Hawthorne da gesagt hatte. Sie war wie vom Donner gerührt. Keines klaren Gedankens fähig, saß sie wie versteinert da. Die alte Dame lächelte nur und kostete von ihrem

Tee. »Mir kannst du nichts vormachen. Vor meiner Heirat war ich Lehrerin an einer Mädchenschule. Da konnte mich niemand lange zum Narren halten.«
Wieder nippte sie an ihrem Tee und nickte. »Du spielst deine Rolle gut, sehr gut sogar. Dein großzügiger Umgang mit Schmutz hat wohl viele Leute getäuscht.« Leicht angewidert kräuselte sie die Nase. »Aber dein Gang und deine ganze Art haben etwas Weiches, Mädchenhaftes. Ein Mann würde sich nicht so vorsichtig mit seiner schmutzigen Kleidung auf einen Stuhl setzen und so behutsam mit einer zerbrechlichen Teetasse umgehen. Also –«, sie lehnte sich vor, aus ihren Augen sprach erwartungsvolle Neugier, »nun erzähle mir mal alles der Reihe nach!«

Die Sonne stand schon tief am Himmel, als Alaina bei den Craighughs ankam. Als sie die Küche betrat, wartete Roberta dort schon mit einem selbstgefälligen, herablassenden Lächeln auf sie. »Wo bist du denn die ganze Zeit gewesen, Lainie? Du hast Hauptmann Latimers Besuch verpaßt!«
»Na und!« antwortete sie unwirsch. »Ich hab' heute genug von seinen Biesenhosen gesehen!«
Roberta lachte und betrachtete eingehend ihre Fingernägel.
»Ich sage dir, Lainie, du hast wirklich nichts Weibliches an dir!«
»Wenn du damit meinst, daß ich mein Bett selber mache, meine Kleidung wasche und meinen Lebensunterhalt verdiene, dann hast du allerdings recht. Wann hast du schon einmal einen Dollar nach Hause gebracht?«
Roberta rümpfte die Nase. »Hm, eine Lady hat andere Pflichten.«
Alaina schnaufte verächtlich. »Wenn du damit Faulenzen und Dickwerden meinst . . .«
»Faul! Dick! Was fällt dir ein!« Robertas großer Busen drohte ihr Leibchen zu sprengen. Doch bevor sie ihrer Entrüstung freien Lauf lassen konnte, wurde die Küchentür heftig zugeschlagen und jeder weitere Kommentar erübrigte sich. Dulcie kicherte am Herd vor sich hin. Roberta warf einen finsteren Blick auf den breiten Rücken der Frau, dann stolzierte sie gekränkt aus der Küche. Als sie an der Salontür vorbeikam, ließ ihr Vater die Zeitung sinken und schaute sie über den Rand seiner Brille an. »Wer war das?«
Roberta blieb in der Tür stehen. »Ach, das war bloß Lainie. Sie ist gerade gekommen.«

Leala blickte von ihrer Stickerei auf. »Manchmal scheint mir, daß Alaina zuviel arbeitet, Angus. Den ganzen Tag war sie wieder unterwegs! Armes Mädchen!«
»Hm!« Angus vertiefte sich wieder in seine Zeitung. »Das tut ihr gut. So lernt sie den Ernst des Lebens kennen.«
Roberta war ein wenig pikiert. »Vielleicht sollte ich mir auch eine Arbeit suchen, Daddy?«
»Nicht du, mein Liebes.« Angus bedachte seine Tochter mit einem väterlichen Lächeln. »Du bist aus anderem Holz geschnitzt, mein Kind.«
Roberta war zufrieden. Müßig zog sie sich in ihr Schlafzimmer zurück und gab sich genüßlich ihren Träumereien von einem Leben an der Seite eines gewissen Yankee-Offiziers hin.

Alaina mied das Haus der Craighughs so gut es ging, sie wollte möglichst allen Konfrontationen mit Roberta aus dem Wege gehen. Das Saubermachen bei Cole hatte sie auf Sonntag nachmittag verschoben. Sie wußte, daß er an jenem Tage bis zum Abend Dienst hatte. Doch kam sie nicht darum herum, Cole im Lazarett aufzusuchen, um ihm zu beichten, daß ihr der Wohnungsschlüssel abhanden gekommen war.
»Schimpfen Sie nicht«, kam sie ihm zuvor. »Ich kann Ihnen sowieso alles vom Gesicht ablesen.«
»Seit gestern hüte ich mich, dir etwas zu sagen«, gab er zurück und reichte ihr seinen Schlüssel. »Es könnte nämlich sein, daß ich dann kein Ende finde.«
Sie blickte ihn an. »Haben Sie sich um den Papierkram von Mrs. Hawthorne gekümmert?«
»Falls du es nicht weißt: die Banken sind sonntags geschlossen!«
»Wie soll ich das wissen? Ich hab' kein Geld, um es auf die Bank zu schleppen!«
»Fängst du schon wieder an zu jammern? Was machst du eigentlich mit dem ganzen Geld? Hast du immer noch nicht genug zusammen, um ein paar neue Sachen zu kaufen?«
»Erst werden diese hier aufgetragen.«
Cole öffnete den Mund zu einer Erwiderung, doch Alaina schnitt ihm das Wort ab:
»Ich muß jetzt weg, wenn ich heute meine Arbeit schaffen will. Sie bezahlen mich nicht dafür, daß ich hier herumstehe und mit Ihnen quatsche.«

»Bleib so lange, bis ich nach Hause komme«, rief Cole ihr nach. »Oder bringe den Schlüssel von meiner Wohnung wieder her.«

Cole wurde beim Mittagessen von Sergeant Grissom unterbrochen, der ihm einen Stapel Briefe überreichte. Er steckte sie ein, um sie später zu lesen. Er war enttäuscht, daß kein Brief von seinem Vater dabei war, aber da fiel sein Blick auf die gestochen klare Handschrift von Oswald James, dem Anwalt und engen Freund der Familie. Das Datum des Briefes war schon zwei Wochen alt. Neugierig riß Cole den Umschlag auf. Eine stählerne Faust preßte sein Herz zusammen, als er die erste Zeile des Schreibens las: »Zu meinem größten Bedauern sehe ich mich gezwungen, Ihnen mitzuteilen, daß Ihr Vater in der Nacht verschieden ist . . .«

Roberta befahl Jedidah, in der Nähe des Jackson Square zu halten und dort auf sie zu warten. Zu Fuß ging sie weiter und schenkte den sie angaffenden Unionssoldaten keinen Blick. Sie hatte anderes im Sinn und war zu keinem Flirt aufgelegt. Heute verfolgte sie ein größeres Wild: einen Yankee-Arzt, um genau zu sein. Den Schlüssel zu seiner Wohnung hatte sie aus Alainas Jacke entwendet. Es war ihr nicht schwergefallen, ihrem Vater die Kutsche zu einer sonntäglichen Ausfahrt abzuschwatzen. Und wenn Cole seine Wohnung betrat, dann würde er sie in so leichter Bekleidung vorfinden, daß er alle eventuellen Bedenken über Bord würfe. Lange hatte Roberta sich diesen Plan zurechtgelegt, jetzt war es Zeit zum Handeln. Selbst die unappetitliche Art, wie Männer ihre Männlichkeit unter Beweis zu stellen pflegten, wollte sie in Kauf nehmen. Wenn Cole erst einmal mit ihr geschlafen hatte, konnte sie immer behaupten, schwanger zu sein. Und wenn er dann nicht dazu stehen wollte, würde ihr Vater schon Mittel und Wege finden, um ihn zu zwingen. Am Vormittag hatte sie sich in nahe gelegenen Geschäften diskret nach seiner Wohnung erkundigt, nachdem er ihren beharrlichen Fragen danach immer geschickt ausgewichen war. In der Tat sah es so aus, daß dem Hauptmann nicht so leicht beizukommen war.
Roberta hörte Schritte hinter sich und verbarg schnell den Schlüssel. Ihre Pläne wurden augenblicklich zunichte gemacht, als sie die dunkle, breitschultrige Gestalt von Cole Latimer auf sich zukommen sah. Mit einem knappen, steifen Lächeln zog er

vor ihr den Hut. Sie ließ sich nicht so schnell entmutigen, sondern erwiderte seinen Blick mit einem verschmitzten Lächeln. »Hauptmann Latimer! Welch Zufall! Gerade hoffte ich Sie zu sehen, wollen Sie mir das glauben?«
»Sie sind nicht wegen Al gekommen?« Er glaubte sich zu erinnern, ihr gesagt zu haben, daß er den ganzen Tag Dienst hatte. Der Oberarzt hatte ihm lediglich den restlichen Tag freigegeben, weil sein Vater gestorben war.
»Al?« fragte Roberta verwirrt. Ihre Pläne gingen schneller in die Brüche, als sie jemals vermutet hätte. »Ich dachte, er sei Angeln gegangen oder dergleichen.«
»Er ist hier«, stellte Cole fest und stieß die Wohnungstür auf. In der Diele standen Als Stiefel, und aus dem Nebenraum war das Geräusch eines emsig betätigten Schrubbers zu vernehmen. Rasch betrat Roberta unaufgefordert die Wohnung. Cole schloß die Tür hinter ihr. »Al!« rief er laut. Ein wütender Quiekser wie von einem kleinen Ferkel antwortete ihm. Das patschende Geräusch nackter Füße war zu hören, und gleich darauf stand Alaina vor ihnen. »Ich dachte, Sie müssen arbeiten!« sagte sie verblüfft. Dann warf sie Roberta einen Blick zu, der alles andere als freundlich war. »Wie ich sehe, sind Sie in Begleitung, Hauptmann. Vielleicht ist es Ihnen lieber, daß ich hier aufhöre und für eine Weile verschwinde?«
»Rede keinen Unsinn!« Cole sah Al finster an, dann trat er auf den Balkon. Mit den Augen suchte er die Straße ab, bis er Robertas Kutsche entdeckte. »Um Ihren guten Ruf nicht zu gefährden, wird Al Sie bis zu der Kutsche geleiten, Roberta.« Als sie ihm widersprechen wollte, hob er schnell die Hand. »Verzeihen Sie meine schlechten Manieren, aber ich habe soeben Nachricht erhalten, daß mein Vater gestorben ist. Ich fürchte, daß ich heute kein unterhaltsamer Gesprächspartner wäre . . .«
»Ihr Vater – tot?«
Cole nickte bestätigend. Roberta schoß durch den Kopf, daß nun niemand mehr zwischen Cole und all dem Geld stand. Alaina berührte Roberta leicht am Arm. »Komm, Robbie, ich glaube, der Hauptmann möchte jetzt allein sein.« Unschlüssig wandte sie sich zu Cole: »Ich komme wieder und mache fertig, was ich angefangen habe. Der Rest kann bis morgen warten.«
Roberta war zutiefst verstimmt, als sie wie ein Schulmädchen aus dem Haus geführt wurde. Alaina verhielt sich schweigsam. Als

die beiden Mädchen an der Kutsche anlangten, wurde Alaina von Jedidah stürmisch begrüßt: »Miss Al! Na, da bin ich aber froh! Ich hab' mich schon gefragt, was ich Masta Angus sage, wenn Miss Roberta was passiert, wo hier doch so viele Yankee-Soldaten rumschwirren!«
»Bring sie heim, Jedidah, und halte nirgends an! Ich komme bald nach.«
»Jawoll, Miss, ich halte nirgendwo an. Haben Sie gehört, Miss Roberta?«
»Du wirst tun, was ich dir sage«, beschied ihn Roberta mürrisch. »Fahre mich jetzt nach Hause, aber schnell!«

11

In New Orleans gingen Gerüchte um, daß Truppen der Südstaaten unter dem Kommando von General Law in einer nächtlichen »Schlacht« von einem Haufen verschreckter Maultiere der Nordstaaten-Armee niedergetrampelt worden waren. Angeblich hielt sich General Grant den Bauch vor Lachen, doch eine spätere, seriösere Verlautbarung besagte, daß die Truppen der Südstaaten schon vor der ›Maultierattacke‹ von den Generälen Smith und Tyndale zurückgeworfen worden waren. Sehr zum Verdruß der Südstaaten war das Hauptquartier der Union außerdem so rücksichtsvoll, die Maultire nachträglich zu Pferden zu ernennen.
Die Stadt war ruhig und fast menschenleer. Die wenigen Gesichter, die Alaina auf ihrem Ritt durch die morgendlichen Straßen erblickte, waren in sich gekehrt und verrieten die Erbitterung über diese erneute Niederlage. Dieses Jahr würde der Süden ein trauriges Weihnachtsfest begehen, trübe wie dieser Montagmorgen.
Im Lazarett wollte sich Alaina sofort in das Krankenzimmer begeben, in dem Bobby Johnson lag, um ihm einen kurzen Besuch abzustatten, doch wurde sie von einer Ordonnanz aufgehalten, die ihr ausrichtete, das Doktor Brooks sie in seinem kleinen Büro im Obergeschoß des Lazaretts zu sprechen wünsche. Sofort ging sie nach oben. Als sie eintrat, erhob sich der Arzt hinter seinem Schreibtisch. »Was ist los, Doc?« fragte ihn Alaina in ihrem jungenhaften Jargon.

»Du kannst jetzt ruhig normal sprechen, niemand hört uns hier zu, Kind. Komm, setz dich her.«
Verwirrt schaute Alaina zu, wie er sich mit fahrigen Händen in seinem Büro zu schaffen machte. Mehrmals setzte er zum Sprechen an. Schließlich ergriff er einen dicken Stapel Papiere und knallte ihn vor Alaina auf den Tisch. Als er sprach, war seine Stimme voller Mitgefühl.
»Wir erhalten das hier jede Woche. Die feindlichen Heere tauschen die Papiere mittels Sonderkurier aus.« Alaina wußte nicht, was sie dazu sagen sollte. Sie senkte die Augen und begann zu lesen:

Konförderierte Staaten von Amerika
Generalstab/Hauptquartier
General Lees Armee in Virginia

Liste der Gefallenen und Vermißten
A. Vollständiges Verzeichnis der
1. Verwundeten
2. Gefallenen
3. Vermißten
4. Fahnenflüchtigen
Anmerkung: gültig für die besetzten Gebiete
von Louisiana, Mississippi und Alabama

Eine kalte Hand griff nach Alainas Herz. Jason! Der einzige Bruder, der ihr verblieben war! Diese Listen hatte sie schon zweimal in den vergangenen Jahren gesehen! Langsam hob sie den Kopf und blickte in Dr. Brooks besorgtes Gesicht. Dann begann sie hastig und mit zusammengebissenen Zähnen in den Papieren zu blättern, bis sie den Buchstaben M fand. Mit dem Finger fuhr sie an der Kolonne der Namen entlang, bis sie fand, was sie befürchtete.

MACGAREN, Jason R.
Im Kampf vermißt, wahrscheinlich gefallen am 4. Okt. 1863.

Die Worte verschwammen vor ihren Augen. 4. Oktober! Das war vor mehr als einem Monat! Jason, großer, starker, geliebter Jason! Sie erinnerte sich daran, wie Gavin heimlich scharfkantige

Steinchen unter den Sattel ihres Pferdes geschmuggelt hatte. Es war Jason gewesen, der sie von dem bockenden Gaul gerissen hatte. Und jetzt sollte auch Jason tot sein!
»Alaina! Alaina!« Dr. Brooks Worte durchbrachen ihre schmerzliche Betäubung. Erst jetzt gewahrte sie, daß der Arzt ihre Hände zwischen den seinen hielt.
»Ist alles in Ordnung mit dir, mein Kind? Du bist ja leichenblaß!«
Alaina nickte abwesend. Sie wunderte sich, daß sie nicht weinen konnte. Heftig warf sie sich in ihrem Stuhl zurück, entzog Dr. Brooks die Hand und wischte die Papiere von ihrem Schoß, daß sie zu Boden flatterten.
»Alaina, gib die Hoffnung nicht auf!« sagte der Arzt streng. »Er ist nur vermißt, nicht tot! Es besteht noch Hoffnung, Kind!«
»Es ist immer dasselbe«, sagte Alaina mit unterdrücktem Schluchzen. »Zuerst heißt es vermißt. Später wird dann offiziell bestätigt, daß er irgendwo begraben liegt.« Sie warf die Hände vor das Gesicht und ließ den Kopf nach vorne sinken. Heftiges Weinen schüttelte sie, in Strömen rannen die Tränen ihre Wangen hinab.
Dr. Brooks tätschelte besänftigend ihre Schulter. Sie lehnte sich an ihn und ließ ihrem Kummer freien Lauf. Sanft hob er sie hoch und geleitete sie zu einer kleinen Couch. Dort blieb er an ihrer Seite sitzen, während sie sich ausweinte. Schließlich beruhigte sie sich ein wenig und fiel kurze Zeit später in tiefen Schlummer.

Als sie erwachte, war es schon spät. Draußen war es inzwischen dunkel geworden. Doktor Brooks erhob sich von seinem Sessel und trat zu ihr. »Willst du jetzt nach Hause, mein Kind?«
Alaina rieb ihre vom Weinen verquollenen und geröteten Augen. Müde nickte sie.
»Ich habe meine Kutsche anspannen lassen, sie wartet auf dich vor der Tür.«
»Nein!« sagte sie heftig. »Ich habe doch Ol' Tar.« Ihre Lippen verzogen sich zu einem zittrigen Lächeln. »Verzeihen Sie mir, Doktor! Aber ein lumpiger Kerl wie ich hat keinen Platz in einem eleganten Einspänner. Jedenfalls vielen Dank für Ihre Freundlichkeit!«
»Wie du meinst.« Der Arzt seufzte tief. Er betrachtete sie lange und ergriff dann ihre Hand. »Du bist schon etwas Besonderes, Alaina MacGaren! Nur wenige junge Frauen könnten ähnliches

wie du ertragen, jedenfalls nicht so tapfer.« Er richtete sich auf. »Aber selbst für einen Jungen ist solch ein Ritt spät in der Nacht nicht ohne Gefahr.«
»Ich passe schon auf mich auf«, beruhigte sie ihn. Dann fragte sie schüchtern: »Ist Hauptmann Latimer noch im Hause?«
»Nein, er ist schon früh am Nachmittag gegangen. Major Magruder ist heute mit ihm aneinandergeraten. Angeblich habe der Schmerz über den Tod seines Vaters Cole Urteilsvermögen als Arzt und sein Können als Chirurg beeinträchtigt.« Doktor Brooks machte eine verärgerte Handbewegung. »Das ist natürlich alles unwahr. Als ich Cole heute zuletzt sah, meinte er, er habe für den Rest des Tages die Nase voll und ginge erst einmal fort.«

Kurze Zeit darauf kletterte Alaina auf Ol' Tars Rücken und lenkte ihn zum Fluß hinunter. Noch wollte sie nicht zum Hause der Craighughs zurückkehren. Einsam und verlassen ritt sie langsam am Wasser entlang. Leise klatschten die Wellen an das Ufer. Doch der Friede trog. Die heftigen Regenfälle hatten den Fluß anschwellen lassen. Rasch schoß der Strom dahin. Jederzeit konnte er über die Ufer treten und sich ein neues Bett suchen, wo vorher trockenes Land gewesen war. Es hatte schon seit einer Weile aufgehört zu regnen. Hell schien der zu drei Vierteln volle Mond durch die jagenden Wolken auf den Fluß und ließ das von kleinen Wellen geriffelte Wasser in Tausenden von Lichtpünktchen erschimmern.
Alaina stieg vom Pferd und setzte sich mit um die Knie verschränkten Armen an das Flußufer. Das Kinn legte sie auf den Unterarm und starrte auf die finsteren Umrisse der Kriegsschiffe in der Ferne. Erneut stieg ohnmächtige Wut in ihr hoch, und ihre Augen füllten sich mit Tränen.
Auf dem dunklen Fluß nahm ein Schatten Form an. Alaina blinzelte und sah, daß ein großer Baumstamm auf sie zutrieb. Ganz in ihrer Nähe blieb er im seichten Wasser hängen, dann drehte er sich schwerfällig in der reißenden Strömung. Plötzlich blitzte ein nackter Arm im Mondlicht. Alaina sprang auf. Das war keine Einbildung! Da versuchte jemand, prustend und Wasser spukkend sich an den Stamm zu klammern!
Schnell schaute sich Alaina um. Sie mußte rasch handeln, sonst trieb der Mann außer Reichweite. Wieder fuhr sein Arm in die

Höhe, und Alaina vernahm ein schwaches Rufen. Dann tauchte der Kopf des Mannes unter Wasser. Eilig riß sich Alaina die schwere Baumwolljacke vom Leibe, rannte bis zur Spitze einer kleinen Landzunge und stürzte sich mit einem Aufklatschen in die Flut. Mit kräftigen Zügen schwamm sie gegen die Strömung an. Ein Wirbel wollte sie unter Wasser ziehen, da holte sie tief Luft und tauchte, bis sie nach Luft ringend hinter dem Stamm wieder an die Oberfläche kam. Mit der Kraft der Verzweiflung griff sie nach dem Mann. Sie packte ihn bei den Haaren und schwamm schräg mit der Strömung auf das Ufer zu. Endlich berührten ihre Füße den schlammigen Grund des Flusses. Sie achtete darauf, daß der Kopf des Mannes immer über Wasser war, und zog ihn keuchend hinter sich her in knietiefes Wasser. Mit letzter Kraft schaffte sie es, ihn an das Ufer zu ziehen. Er hustete und gab unter heftigem Würgen das brackige Wasser von sich, das er geschluckt hatte. Wenigstens war er noch am Leben, sagte sich Alaina erleichtert. Sie drehte sein Gesicht zu sich hin und war wie vom Blitz getroffen. Cole Latimer!!! Alles begann sich um sie zu drehen. Da lag er vor ihr mit bläulich verfärbtem Gesicht, nur mit einer langen Unterhose bekleidet. Sie hatte dem Yankee das Leben gerettet!

Plötzlich hatte Alaina eine Vision. Sie sah ihren Bruder mit verrenkten Gliedern und blicklosen Augen im fahlen Mondlicht liegen. Schluchzend brach sie neben Cole Latimer in die Knie. Sie weinte und heulte, sie knirschte mit den Zähnen und biß sich die Lippen wund. »Du verfluchter, dickschädeliger Yankee!« Ihre Stimme war nur ein Krächzen. »Suchst du dir ausgerechnet eine kalte Nacht wie diese zum Baden aus!« Sie rollte seinen Körper herum, bis er in sich zusammengesunken an dem Baumstamm lehnte. Etwas Dunkles, Klebriges sickerte aus seinem Haar. Sie betastete seine Kopfhaut und stieß auf eine große Beule.

»Da hat dir jemand kräftig einen übergezogen, Yankee. Bist wohl stinkbesoffen gewesen, und das hier mitten im Wald am Fluß. Der helle Wahnsinn! Dabei hast du doch gesagt, du könntest allein auf dich aufpassen.«

Die Frage erhob sich, was sie nun mit ihm anfangen sollte. Seinen Wohnungsschlüssel hatte sie verbummelt, und natürlich hatte er keinen anderen dabei. Außerdem konnte sie wohl kaum mit einem Offizier der Nordstaaten in Unterhosen über den Jackson Square paradieren. Daran war nicht zu denken.

Es fiel ihr nichts anderes ein, als ihn zu den Craighughs zu bringen. Ihr Onkel kam an diesem Tag gewöhnlich erst spät von einer politischen Versammlung heim, manchmal sogar erst im Morgengrauen. Vielleicht gelänge es ihr sogar, Cole in das Haus zu schaffen, ohne daß Roberta etwas merkte. Morgen früh würde es natürlich ein großes Gezeter geben, aber Roberta würde ihren Vater schon besänftigen. Davon verstand sie ja etwas.

Alaina ging zu der Stelle, wo sie Ol' Tar angebunden hatte, und führte ihn zu dem Hauptmann, der jetzt vor Kälte in seiner nassen Unterwäsche schlotterte. Nach einiger Mühe gelang es ihr, ihm ihre Baumwolljacke, das einzige trockene Kleidungsstück weit und breit, anzuziehen. Dabei klapperten ihr selbst die Zähne.

Sie legte seinen Arm um ihre Schulter und brachte ihn auf die Füße. Sein Gewicht ließ sie taumeln, doch irgendwie schaffte sie es, ihn auf den Rücken des Pferdes zu hieven. Cole sank vornüber und umklammerte Ol' Tars Hals. Der Gaul bockte und schlug aus, doch Alaina packte die Zügel, bevor er seine Last abwerfen konnte. Sie stellte sich auf den Baumstamm und kletterte in den Sattel, so daß sie vor Cole zu sitzen kam. Der lehnte sich schwer an ihren Rücken und umklammerte ihre Hüften. Alaina ärgerte sich über solch plumpe Vertraulichkeit, aber wenn sie ihn jetzt zurückstieß, konnte er vom Pferd rutschen und sie bekam ihn nie wieder in den Sattel.

Auf Schleichpfaden und selten benutzten Straßen gelangten sie endlich zum Haus der Craighughs, das in tiefem Dunkel lag. Nur eine Stallaterne glimmte am Kutschhaus. Anscheinend war Roberta schon zu Bett gegangen, und auch die Bediensteten schliefen schon. Ohne weitere Umwege ritt Alaina über den Rasen in den Stall. Noch einmal raffte sie all ihre Kräfte zusammen und zerrte Cole vom Rücken des Pferdes. Als er den vermeintlichen Al erkannte, wollte er etwas sagen, aber sie legte ihm schnell eine Hand auf den Mund. Mit blutunterlaufenen Augen blickte er sie starr an. Alaina schob ihn energisch vor sich her und lehnte ihn nahe der Tür an die Wand.

»Sie sollten sich was schämen! Sich so zu betrinken und dann auch noch eins über den Schädel zu bekommen! Das ist wirklich der Gipfel, Yankee!« Damit ließ sie ihn einfach stehen. Sie führte Ol' Tar an seinen Platz und warf ihm eine Extraration Hafer vor.

Als sie zu der Stelle zurückkam, wo Cole gestanden hatte, war er verschwunden. Fieberhaft suchte sie ihn überall mit den Augen. Wo zum Teufel steckte er? Sie rief leise nach ihm, aber sie bekam keine Antwort.

Als sie an dem Wassertrog vorbeiging, stieß sie im Halbdunkel mit ihm zusammen. Er schwankte und kippte dann gegen sie mit seinem ganzen Gewicht, so daß sie beide das Gleichgewicht verloren und der Länge nach in den Trog stürzten. Cole kam auf Alaina zu liegen. Sie dachte schon, er würde sie ertränken, doch endlich rollte er von ihr herunter. Nach Luft schnappend tauchte sie an die Oberfläche. Sie stieg fluchend aus dem Wasser, packte ihn an den Beinen und zog ihn heraus. Mit einem raschen Blick überzeugte sie sich, daß Robertas Fenster noch dunkel war. Auch in Dulcies Behausung über den Stallungen rührte sich nichts.

Stolpernd und strauchelnd machten sie sich auf den Weg zum hinteren Eingang des Hauses. In der Küche ließ Alaina Cole auf einen Stuhl sinken und lief nach ein paar warmen Decken. Schnell setzte sie noch einen großen Kessel Wasser auf den Herd, dann zog sie Cole vom Stuhl hoch, legte seinen Arm um ihre Schultern und schwankte mit ihm zur Treppe. »Keinen Lärm machen!« zischte sie. »Ich bring' Sie oben in das Gästezimer, da sind Sie in Sicherheit. Im Stall kann ich Sie nicht lassen, sonst glaubt Onkel Angus noch, Sie seien ein Einbrecher, und schießt Ihnen ein Loch in den Bauch.«

Sie mußte Cole die Treppe halb hinauftragen, obwohl er fast doppelt so schwer war wie sie. Doch sie schaffte es mit zusammengebissenen Zähnen unter Aufbietung all ihrer Kräfte. Das Gästezimmer lag am anderen Ende des Flures unweit von Robertas Schlafzimmer, doch in sicherer Entfernung vom Zimmer ihrer Eltern. Der Mond schien so hell, daß Alaina keine Lampe anzündete. Sie fand sich auch so zurecht. Cole sank auf das Bett. Alaina dankte dem Himmel, daß eine Wolke gerade in diesem Augenblick den Mond verdeckte, und zog Cole schnell die nasse Unterhose aus. Nachdem sie ihn zugedeckt hatte, sagte sie mit einem traurigen Lächeln: »Endlich meckern Sie mal nicht an mir herum, Yankee.«

Leise schloß sie die Tür hinter sich. In Windeseile bereitete sie sich in der Küche ein Bad und ließ sich erschöpft in die Wanne sinken. Sie fühlte sich völlig ausgebrannt, alle Kräfte hatten sie verlassen, sie war unempfindlich gegen Kummer und Schmerz.

Langsam massierte sie den Schaum der parfümierten Seife in Haar und Körper. In diesem Augenblick war es ihr gleichgültig, ob Cole ihrem Geheimnis auf die Spur kam oder nicht. Der nächste Morgen schien noch eine Ewigkeit entfernt.
Schließlich stieg sie aus der Wanne, schlüpfte in ihr Nachtgewand und hängte ihre nasse Kleidung an den Herd zum Trocknen. Im Hause herrschte Grabesstille. Sie kämmte ihr Haar und stieg dann mit schmerzenden Gliedern die Treppe hinauf. Hell schien der Mond in ihr Zimmer. Sie schätzte, daß es kurz vor Mitternacht war, aber sie war sich nicht sicher. Wohlig kuschelte sie sich in ihr Bett und fiel gleich darauf in tiefen Schlaf.
Zwei Stunden mußten verstrichen sein, als sie von dem dumpfen Geräusch eines Falles geweckt wurde. Nebenan schien sich jemand auf dem Fußboden zu rollen, gleich darauf fluchte eine männliche Stimme unterdrückt.
»Der Narr weckt noch Roberta auf«, dachte Alaina schreckerfüllt und sprang aus dem Bett. Schnell zog sie das Negligé über ihr Nachthemd und schlich auf Zehenspitzen aus dem Zimmer. Draußen im Flur war niemand zu sehen. Barfuß lief sie zum Gästezimmer und schlüpfte hinein.
Als sie Cole Latimer erblickte, verfluchte sie innerlich die Tatsache, daß sie Frauenkleidung trug. Offensichtlich war er nicht mehr so benommen, wie sie geglaubt hatte. Er stand neben dem Bett und mühte sich ab, die Petroleumlampe anzuzünden. Das Licht des Mondes drang durch die zurückgezogenen Gardinen und erfüllte das Zimmer mit seinem milchigen Licht. Obwohl er noch halb betäubt war, bemerkte Cole doch die Frauengestalt, die am Türrahmen lehnte. Schlagartig ging ihm die Peinlichkeit seiner Lage auf. Jeden Augenblick konnte er sich einem tobenden Ehemann oder einem erzürnten Vater gegenübersehen, der um die Ehre seiner Tochter fürchtete. Im übrigen schien es sich da um ein junges Ding zu handeln.
»Ma'm«, setzte er zu sprechen an und fluchte im stillen über seine schwere Zunge. »Ich fürchte, ich bin ein Eindringling.«
Alaina wußte, daß es kein Entkommen gab. Es ging darum, sich so gut es ging aus der Affäre zu ziehen. Die Craighughs konnten jeden Moment nach Hause kommen. Es war nicht auszudenken, was geschähe, wenn sie einen nackt durch ihr Haus geisternden Yankee antreffen würden. Cole war offensichtlich völlig verwirrt. Alaina nutzte dies aus und faßte schnell einen Plan.

»Sie wollen uns doch nicht schon verlassen, Hauptmann? Sie hatten doch versprochen, die ganze Nacht zu bleiben«, sagte sie mit sanftem, girrendem Lachen. Geschickt spielte sie die lässige Vertraulichkeit der erfahrenen Kurtisane. Ihre Stimme war honigsüß und von sanfter Beherrschtheit. Sie würde ihn in dieser Rolle ebenso leicht täuschen wie als Lausebengel. Doch war sie dankbar dafür, daß sie im Halbdunkel des Raumes nicht viel von Coles nacktem Körper erkennen konnte. Sonst hätte das Spielchen vielleicht doch noch damit geendet, daß sie fassungslos aus dem Zimmer gestürzt wäre.

Cole konnte sich zwar keinen Reim darauf machen, wie er in ein solches Etablissement geraten war, doch schien seinem benommenen Hirn die Lage eindeutig. Er hatte sich bisher den Bordellen aus Rücksicht auf seine Gesundheit ferngehalten, aber mit solch einer hübschen Gespielin verbrachte er schon gern eine Nacht. Lange schon hatte er die Intimität mit einer Frau entbehren müssen. Benommen wie er war, spürte er die Begierde in sich erwachen und schickte sich ohne weiteres Nachdenken in seine Lage. Alaina erinnerte sich an eine Brandyflasche, die ihr Onkel im Schreibtisch versteckt hielt, und holte sie hervor. Wenn er genug tränke, um den Rest der Nacht durchzuschlafen, war viel gewonnen. Als sie an dem Fenster vorbeiging, schien das silbrige Mondlicht durch ihr dünnes Nachthemd. Coles Appetit und Phantasie wurden durch den Anblick der schlanken, doch wohlgerundeten Gestalt nicht wenig angeregt. Seine ausgehungerten Sinne gerieten dabei in Wallung, und er fühlte, wie sich seine Männlichkeit regte.

»Kommen Sie, Hauptmann«, drängte die Frau ihn mit seidenweicher Stimme, »trinken Sie noch ein Glas.« Alaina drückte ihm ein bis zum Rand mit Brandy gefülltes Wasserglas in die Hand und entwand sich ihm flink, als er nach ihr griff. »Zuerst trinken, Hauptmann!« lachte sie neckisch.

Cole nahm einen tiefen Zug.

Alaina legte eine Hand auf seine behaarte Brust und schob ihn sanft zum Bett. »Gehen Sie jetzt wieder ins Bett, Hauptmann, sonst erkälten Sie sich noch.« Cole mühte sich, seinen Blick auf ihr Gesicht zu fixieren, doch dessen Umrisse verschwammen vor seinen Augen.

»Ich muß unten im Haus noch schnell etwas erledigen, dann bin ich gleich wieder da«, sagte Alaina. Sie lächelte insgeheim über

ihre eigene Schlauheit. Sie war sicher, daß er bei ihrer Rückkehr schon friedlich schlummern würde.
Aber das war nicht nach Coles Geschmack. Ihr Duft, ihre weiche Stimme und ihre zarte Gestalt schürten seine Glut, bis er vor Verlangen brannte. Er setzte das Glas ab.
»Also bis gleich, Hauptmann«, drängte Alaina sanft und wandte sich von ihm ab. Cole stolperte hinter ihr her und verfluchte innerlich seinen schwankenden Gang. Alaina hatte schon fast die Tür erreicht, als er ihren Arm packte. Erstaunt schaute sie zu ihm auf und wagte nicht zu sprechen. Wild pochte das Herz in ihrer Brust. Wie ein finsterer Rächer stand er hünengleich über sie gebeugt.
»Einen Kuß will ich«, murmelte er mit schwerer Zunge. »Laß mich nicht zu lange warten. Komm!« Ungestüm riß er sie an sich. »Zeige mir, was du zu bieten hast, dann lasse ich dich gehen.«
Hätte das drängende Verlangen seines Körpers sie nicht auf der Hut sein lassen, dann wäre Alaina seinem Wunsch gern nachgekommen. Aber dieser Mann war viel zu draufgängerisch, als daß sie ihm hätte trauen können. Noch Augenblicke zuvor hatte Alaina geglaubt, etwas von Männern zu verstehen, doch als Cole nun seine Arme um ihre Hüften schlang und sie hart an sich preßte, begriff sie, wie einfältig sie gewesen war. Der Wunsch, sich der fremdartigen Härte seines Körpers zu entziehen, wurde fast übermächtig. Alaina spürte nur zu gut, worauf er hinauswollte, und sie sah keinen Ausweg. Kurz entschlossen stellte sie sich auf die Zehenspitzen und küßte flüchtig seine Lippen. Im geisterhaften Mondlicht sah sie Coles strahlend blaue Augen. Die markigen Züge seines Gesichts wirkten wie aus Stein gehauen. Ein bisher nie gekanntes Gefühl durchströmte sie. Für einen kurzen Augenblick erschauerte sie unter dem Ansturm der Erregung. Nur mit großer Mühe erlangte sie die Fassung wieder. Doch da ergriffen seine Lippen von den ihren Besitz, und sein weicher, zärtlicher Mund entfachte in ihrem Körper eine feurige Glut. Sie schloß die Augen. Als er schließlich von ihr abließ und die Umarmung ein wenig lockerte, glaubte sie, in Ohnmacht zu fallen.
»Sie setzen einem Mädchen ganz schön zu, Hauptmann«, hauchte sie. »Aber ich muß jetzt wirklich gehen.«
Cole ließ sich davon nicht beeindrucken. Ungeduldig zog er sie wieder an sich. Alaina wußte nicht, was sie mit ihren Armen an-

fangen sollte, und so schlang sie sie um seinen muskulösen Nakken.
»Noch einen Kuß«, murmelte er in ihr Ohr. Seine warmen Lippen wanderten über ihren Hals zu ihrer Kehle. »Danach lasse ich dich vielleicht gehen.«
Du Narr! dachte Alaina bei sich voller Erbitterung. Wochenlang hast du mich herumkommandiert und nichts Weibliches an mir entdeckt. Nun, ich werde es dir Dummkopf schon zeigen!
Fast bereitwillig kam sie ihm entgegen. Sie ahnte nicht, welch verheerende Wirkung ihr leichtbekleideter Körper auf ihn hatte. Heftig riß er sie an sich, sein Mund verschlang ihre Lippen in einem heißen, verlangenden Kuß. Mit einer Hand umspannte er ihren Kopf. Er fühlte die weichen Locken ihres seidigen Haares und den Druck ihrer festen, runden Brüste. Trotz seiner Benommenheit verlangte es ihn, diese Frau gründlicher zu erkunden. Alaina war wie betäubt von der Leidenschaft seines Kusses, die Knie zitterten ihr. Seine Zunge fuhr leicht zwischen ihre geöffneten Lippen, drang tief und genüßlich in ihren Mund ein, so daß sie jedes Gefühl für die Wirklichkeit verlor. Alaina konnte nicht länger widerstehen. Bald hätte er genug davon, überlegte sie naiv. Jetzt wollte sie sich nur in seine starken, so lang ersehnten Arme schmiegen. Die Frau in ihr, die sie so lange hatte unterdrücken müssen, war erwacht und gab sich lustvoll den Umarmungen eines Mannes hin, nicht irgendeines Mannes, sondern Cole Latimers. Coles Arme lockerten sich ein wenig, und Alaina lehnte sich an ihn. Seine Lippen strichen über ihre Schläfe. Er machte eine Bewegung, und Alaina merkte plötzlich, daß seine Hände unter dem Negligé waren. Er hatte einfach die Gürtelschleife aufgezogen. Nun trennte sie nur noch das dünne Nachthemd aus Batist. Seine Schenkel rieben sich an ihr, als wäre sie ihm altvertraut, mit den Händen liebkoste er ihren Rücken. Tief zog Alaina die Luft ein und trat einen Schritt zurück, doch bevor sie noch reagieren konnte, umspannten seine Hände ihre Brüste. Sie entwand sich ihm mit einer leichten Drehung und sagte atemlos: »Ihre Angriffslust setzt mich in Erstaunen, Hauptmann Latimer. Nehmen Sie noch einen Drink und dann ins Bett mit Ihnen. Ich bin gleich wieder da, glauben Sie mir.«
Er runzelte die Brauen und lächelte.
»Ich weiß nicht, welches Ihre Pflichten sind, Mädchen, aber sie müssen leider warten.« Sein Blick war plötzlich von granitener

Härte. »Jetzt will ich dich erst einmal haben.« Seine Arme hoben sie auf und sie landeten beide mit Schwung auf dem Bett. Alaina fuhr heftig zusammen, als ihr Nachthemd hochrutschte und ihre Schenkel die glühende Hitze seiner Männlichkeit streiften. Sie rollte sich wie ein Blitz von ihm herunter und kam am Ende des Bettes auf die Füße. Sie wollte fliehen, doch Cole packte mit festem Griff den Saum ihres Gewandes und zog sie zu sich her, daß die Träger des Negligés in ihre Schultern schnitten. Jetzt empfand Alaina Panik. Verzweifelt versuchte sie, sich loszureißen. »Bitte, Hauptmann!« Mühsam verbarg sie die Angst in ihrer Stimme. »Wir haben später noch viel Zeit füreinander!«
Das Nachtgewand glitt von ihrer Schulter, sie war frei. Doch Coles Arm schnellte vor und packte sie oberhalb des Ellenbogens. Nie hätte sie diese Kraft in seinen schlanken, gepflegten Fingern vermutet. Sie drehte und wand sich, aber es gab kein Entkommen. Langsam zog er sie zu sich nieder, mit verkrampften Schenkeln versuchte sie, jede Berührung mit seinem steil aufgerichteten Glied zu vermeiden, das sich durch den dünnen Stoff ihres Nachthemdes bohrte. Sein Kopf tauchte nach unten und seine hungrigen Lippen fanden die weichen Knospen ihrer Brüste. Er riß die Schleife an ihrem Nacken auf, das Hemd klaffte auseinander und enthüllte die ganze Pracht ihres Busens vor seinen Augen. Mit heißen, feuchten Lippen fuhr er über die sanften Hügel. Alaina stockte der Atem, als sein Mund zart mit ihren Brustspitzen spielte. Eine Erregung von erschütternder Gewalt durchzuckte sie, alle Kraft wich aus ihren Gliedern. Schwach ließ sie sich auf ihn sinken. Cole rollte sie unter sich. Er hob etwas den Kopf, starrte in ihre Augen und sagte mit leisem Lächeln: »Jetzt nehme ich dich, mein Fräulein!«
Alaina schüttelte in panischer Angst den Kopf.
»Ich muß gehen«, protestierte sie atemlos. Ihre Worte waren fast ein Schluchzen: »Lassen Sie mich los!«
»Nein, Kleine, kommt nicht in Frage. Schließlich habe ich für diese Nacht bezahlt.«
Seine Worte erfüllten Alaina mit neuer Hoffnung. Hier lag ihre einzige Chance.
»Das ist es ja gerade, Hauptmann«, wisperte sie. »Sie haben nicht bezahlt.« Sie versuchte das Hemd über die Knie zu schieben, aber seine Hand fuhr darunter und liebkoste ihren flachen Bauch. Dabei blickte er sich suchend nach seiner Kleidung um. Nichts! Da

fiel ihm die goldene Kette mit dem Medaillon ein. Er nahm sie ab und streifte sie Alaina über den Kopf. »Hier, nimm! Sie ist dreimal soviel wert wie eine Nacht mit dir!«

»Nein, bitte! Ich kann nicht!« keuchte das Mädchen. »Bitte nicht, Hauptmann!«

»Cole«, murmelte er. Seine Lippen waren dicht über den ihren. Er lächelte und ließ sich auf sie sinken. Alaina war vor Angst ganz von Sinnen, als er ohne Umschweife zur Sache kam. Seine Hüften senkten sich zwischen ihre Schenkel. Weit riß Alaina die Augen auf, als sie die brennende Hitze seines Geschlechts spürte, das sich prall und glatt seinen Weg bahnte zu der innersten Stelle ihres weichen Frauenkörpers.

»Oh!« stöhnte sie mit halberstickter Stimme. Furcht erfüllte sie, als sein Glied mit sanften, aber unnachgiebigem Druck das feste Fleisch ihrer Scham teilte. Alaina bäumte sich unter Cole auf und preßte sich an seine breite Brust. »Cole, bitte! Hör auf!« – Ein stechender Schmerz durchzuckte ihre Lenden. Plötzlich fühlte sie sich ganz von ihm ausgefüllt. Alaina preßte ihr Gesicht an seinen Hals. Tränen schossen ihr in die Augen, und sie biß sich auf die Lippen, bis sie Blut schmeckte. Coles Mund fand den ihren. Lange küßte er sie mit genußvoller Ausdauer, bis der Schmerz langsam verebbte. Er ließ sich Zeit und kostete jeden Augenblick bis zur Neige, und während sie still ineinander verschränkt dalagen, begann in Alaina eine neue, fremdartige Ekstase zu wachsen und zu erblühen, ein unwiderstehliches Pochen, das aus dem Innersten ihres Leibes kam. Sein Zögern erregte ihre Sinne, seine pulsierende Wärme in ihr machte sie heiß; leidenschaftlich erwiderte sie seine brennenden Küsse. Ihre Arme umschlangen ihn, ihre Zunge spielte schüchtern mit der seinen. Sie merkte kaum, daß er sich in ihr zu bewegen begann, alles schien so leicht und mühelos. Doch plötzlich war sie wie von Sinnen, instinktiv bäumte sie sich auf und kam so seiner verzehrenden Leidenschaft entgegen. Jeder seiner kraftvollen, harten Stöße führte ihre Lust zu immer neuen Höhen, bis sie glaubte, es ginge nicht weiter. Doch höher und höher ging der Flug, bis sie sich ganz leicht und frei fühlte und eine schier unerträgliche Freude die ganze Welt um sie herum in Stücke riß. Cole atmete in heftigen Stößen und ihr Herz klopfte zum Zerspringen. So ließen sie sich auf einer großen Woge wilder, ungezügelter Leidenschaft zu immer neuen Gestaden der Lust tragen. Innig miteinander verschmolzen tauchten sie in den rasenden Strudel der Begierde. Cole stöhnte und begrub ihren Mund unter gierigen Küssen. Alle Unschuld fiel von Alaina ab, züngelnde Flammen der Begehrlichkeit loderten in ihrem Leib. Die Liebenden versanken in heller Glut bis in die Tiefe ihrer Seelen, sie brannten lichterloh, als der Sturm ihrer Leidenschaft sie davonriß, bis sie später wie ausgebrannte Schlacke ermattet auf die Erde zurückfielen.

Cole hatte all seine Kräfte verausgabt, sein Geist und sein Körper sehnten sich nach Ruhe. Der Schlaf wollte sich seiner bemächtigen, aber er klammerte sich an diese Augenblicke seliger Ermattung. Doch unbeirrbar trug ihn der Schlummer davon, bis die Welt um ihn versank.

Als die Flut der Erregung in Alaina verebbt war, wurde sie sich bewußt, daß sie an einen warmen, harten Körper geschmiegt lag. Er hatte einen Arm um sie gelegt, und sein ruhiger Atem berührte ihre Stirn.

»Cole?« murmelte sie schläfrig. Plötzlich durchschoß sie im Bruchteil einer Sekunde die Erkenntnis dessen, was geschehen war. Sie, eine stolze Tochter der Südstaaten, hatte mit einem Yankee-Offizier geschlafen!

Ein Aufschrei des Entsetzens entfuhr ihr. Sie schüttelte Coles Arm ab und richtete sich kerzengerade auf. Mit dem Handrücken schlug sie auf seine Schulter, dann rollte sie ihn auf den Rücken, aber alles, was sie aus ihm herausbrachte, war ein unzusammenhängendes Gestammel.

Von ersticktem Schluchzen geschüttelt, raffte Alaina ihr zerrissenes Nachthemd vor der Brust zusammen und hob das Negligé auf. Mit tränenverschleierten Augen blickte sie von der Tür noch einmal auf den Mann, der nackt auf dem Bett ausgestreckt lag. Sie begann bitterlich zu weinen und stürzte aus dem Zimmer. Sie kehrte sich nicht daran, daß sie die Tür halb offen ließ. Ihr Zimmer bot ihr Schutz und Vertrautheit. Tief verkroch sie sich unter die Decken, zu einem menschlichen Knäuel zusammengerollt. Fest drückte sie ein Kissen an beide Ohren und weinte erschöpft ihren Kummer aus. Doch früher, als sie geglaubt hatte, überkam sie der süße Friede des Schlafs.

Roberta war hochgefahren, als ein kurzer Schrei ihren Schlaf durchdrang. Benommen hatte sie die Tür ihres Zimmers geöffnet und in den Flur geschaut. Der blasse Schein von Alainas Nacht-

hemd war kurz zu sehen, dann verschwand das Mädchen weinend in seinem Zimmer. Das gedämpfte Schluchzen ihrer jüngeren Kusine drang zu Roberta und entfachte deren Neugier.
Roberta entzündete eine Lampe und ging zu der halb offenen Tür des Gästezimmers. Sie fuhr sich mit der Hand an die Kehle, als sie die lang ausgestreckte Männergestalt auf dem Bett liegen sah. Das Gesicht war von ihr abgewandt und die behaarte Brust hob und senkte sich in tiefem Schlaf. Der Raum roch nach Brandy, auf dem Nachttisch stand die Karaffe und ein Glas.
Vorsichtig trat Roberta näher, bis sie im Schein der Lampe die kleinen Blutflecken auf dem Bettlaken entdeckte und es ihr wie Schuppen von den Augen fiel. So war das also! Die kleine Göre hatte mit einem Mann geschlafen! Robertas Busen erbebte vor unterdrücktem Gelächter. Doch stand ihr das Herz still vor Schreck, als sie den Schlummernden erkannte. Hauptmann Cole Latimer! Der Schuft! Kalte Wut packte sie. Alaina hatte sie hintergangen und ihn sich genommen. Dieses Flittchen! Sie hat ihn besessen. Und er gehört doch mir! Mir!
Oh, wie sie nach Rache dürstete! Sie wollte Alaina das Gesicht zerkratzen und sie ohrfeigen, bis sie grün und blau war! Fast wäre Roberta in Alainas Zimmer gelaufen, aber die Blutflecken auf dem Laken ließen sie innehalten. Nachdenklich starrte sie darauf, ihre Gedanken überschlugen sich. Das war ihre Chance, um den Hauptmann an die Kette zu legen! Wenn er betrunken war, dann erinnerte er sich vielleicht morgen nicht genau an alles. Aber was, wenn dem nicht so war und er sicht wehrte?
Macht nichts, dachte Roberta bei sich mit einem hämischen Lächeln. Daddy wird es ihm schon zeigen!
Sie löschte das Licht aus und warf ihren Hausmantel achtlos zu Boden. Eng schmiegte sie sich an Coles Brust. Er rührte sich nicht. Robertas Augen glänzten vor Zufriedenheit über ihre eigene Schlauheit. Alaina hatte all ihre Probleme gelöst und sogar noch sichtbare Beweise einstiger Unschuld geliefert.

12

Wütendes Gebrüll riß Cole aus dem Schlaf. Mit rotgeränderten Augen blinzelte er in das dämmerige Zimmer, als ihn plötzlich zwei kräftige Fäuste packten. Überrascht und völlig verwirrt von dem unvermuteten Angriff riß er die Arme hoch, um sich zu verteidigen. Ein glühender Schmerz durchzuckte sein Hirn. Alle erdenklichen Schimpfnamen und Flüche prasselten auf ihn hinab. Durch die Verwünschungen hindurch hörte er das schrille Kreischen einer Frau. Das Getöse spannte seine Nerven bis zum Zerreißen, aber die Tortur war noch nicht zu Ende. Die Finger eines Mannes umklammerten seine Kehle und würgten ihn.

»Nicht, Daddy!« Die weinerliche Stimme der Frau schwoll an. »Hör mich an, Daddy! Bitte!«

Plötzlich hatte Cole das ganze Theater satt. Mit dem Ellenbogen stieß er den Mann von sich.

Angus, der bei der nächtlichen Versammlung tief ins Glas geschaut hatte, taumelte durch den halben Raum und wäre fast gestürzt. Mit vor Wut weit aufgerissenen Augen starrte er Cole an, aber in seinem Kopf war noch ein Fünkchen Verstand. Er verzichtete darauf, den Yankee mit bloßen Händen zu erwürgen. Wozu hatte er eine Pistole, verdammt noch mal!

Cole sah zu, wie er aus dem Zimmer stürzte. Müde ließ er seinen Kopf auf die Kissen sinken. Beide Hände preßte er gegen die schmerzenden Schläfen. Dann betastete er vorsichtig die große Beule auf seinem Kopf. Seine Glieder waren schwer wie Blei, als er den Blick auf Roberta richtete. Sie hatte ihre Nacktheit mit einer Decke verhüllt. Langsam begann es bei Cole zu dämmern. Mit einem Fluch auf den Lippen setzte er sich auf und blickte in die Runde. Das befleckte Laken fiel ihm in die Augen. Was, zum Teufel, hatte er da angestellt?

Er fand keine Zeit zu einer logischen Erklärung, denn Angus Craighugh kam mit einem riesigen Revolver in das Zimmer gestürzt. Einen Schritt vor Cole kam er zum Stehen, mit beiden Händen hielt er die Waffe umklammert.

»Sagen Sie Ihr letztes Gebet!« brüllte Angus. Seine Hose stand offen. »Sie – Sie Kinderschänder!«

»Einen Moment, verdammt noch mal!« bellte Cole. Langsam kam auch er in Fahrt. Er sprang auf die Füße und wickelte das Laken um die Hüften. Er wußte nicht, wie alles zustande gekommen

war, aber eines war sicher: liegend wollte er nicht erschossen werden. Dunkel erinnerte er sich an die Wärme und den Duft eines weiblichen Körpers, und es bedurfte keines anderen Beweises als des Lakens. Aber irgend etwas stimmte da nicht mit Robertas Größe. Mit niedergeschlagenen Augen ließ sie sein durchdringendes Starren über sich ergehen. Da gab er sich geschlagen.
»Nein Angus, das darfst du nicht!« bettelte Leala. »Denk an den guten Ruf unserer Tochter! Heute abend weiß es die ganze Stadt! Und dazu werden dich die Yankees auch noch aufhängen!«
Endlich gelang es Roberta, sich Gehör zu verschaffen. »Er will mich heiraten. Ich liebe ihn.«
Cole schaute sie scharf an. War es möglich, daß er ihr nachts einen solchen Unsinn erzählt hatte?
»Ein Yankee!« schrie Angus mit erneuter Wut.
»Angus, beruhige dich doch!« mahnte die sonst so gefügige Leala. »Denk an deinen Blutdruck! Sonst mußt du wieder eine Woche lang das Bett hüten.«
»Ich liebe ihn, und ich möchte ihn heiraten, Daddy«, beschwor seine Tochter ihn.
Beide Männer starrten Roberta sprachlos an. Nie hatte Angus seiner Tochter einen Wunsch versagt, und auch jetzt ließ er sie nicht im Stich. Wenigstens wollte er dafür sorgen, daß sie unter die Haube kam, auch wenn die Hochzeitsnacht vorverlegt worden war.
»Steigen Sie in Ihre Hosen«, befahl er Cole mit scharfer Stimme. Drohend richtete er die Waffe auf ihn. »Machen Sie sich bereit, der Pfarrer wird gleich da sein.«
Cole blickte sich um, ihm schwirrte der Kopf. Keine Spur von einer Uniform! »Ich fürchte, ich habe nicht die richtige Kleidung für diesen Anlaß.«
Angus' Gesichts wurde purpurrot. »Wo haben Sie sie versteckt?«
»Fragen Sie Ihre Tochter danach«, bedeutete ihm Cole ungerührt.
Dem alten Craighugh traten fast die Augen aus dem Kopf. Zornig blickte er auf seine Tochter, die sich am liebsten in eine Ecke verkrochen hätte und nur unzusammenhängendes Zeug stammelte.
»Als Hosen sind unten in der Kammer«, stellte Leala fest, als sich ihr Gatte um Rat an sie wandte. »Ansonsten bleiben da nur noch deine Kleider.«
»Niemals!« Auf keinen Fall wollte Angus seinen molligen Bauch

und seine kurzen Beinchen mit dem schlanken, hochgewachsenen Körper des Yankees verglichen sehen.
»Al hat bestimmt nichts dagegen«, sagte Leala sanft. Zweifelnd schaute sie den Hauptmann an. »Wenn Jedediah den Pfarrer holt, könnte er doch beim Hauptmann vorbeifahren und passendere Kleidung mitbringen. Al braucht seine Sachen heute morgen.«
»Aber mein Schlüssel ist doch in meiner Kleidung, und die ist weg, Madam.« Cole war nicht in der Stimmung, um so schnell klein beizugeben.
»Laß nur, Mama, ich mach' das schon. Hol du Als Hosen, ich spreche derweil mit Jedediah.«
Mit zusammengezogenen Brauen schaute Cole Roberta nach, wie sie hinter ihrer Mutter das Zimmer verließ. Irgend etwas stimmte da nicht mit ihrem dunklen, schulterlangen Haar. In seinem Hirn rumorte es. War da nicht eine dunkle Grube oder ein Wassertrog gewesen? Er hatte doch mit jemandem gekämpft! Al! Der Stall! Nichts reimte sich zusammen. Er erinnerte sich schwach an eine Frau in der Dunkelheit, voller Glut hatte sie auf seine Leidenschaft geantwortet und ihm unvergeßliche Lust bereitet. Warum konnte er Roberta nicht mit dieser Frau in Einklang bringen?
Leala kam mit Als immer noch feuchten Hosen zurück. Widerwillig nahm Cole sie entgegen.
»Anziehen!« kommandierte Angus.
Cole zwängte sich in die klamme, viel zu enge Hose, die mehr von gewissen Körperteilen zeigte, als sie verbarg.
»Die werden's tun«, meinte Angus und wischte Coles Einwand mit dem Lauf der Waffe beiseite. »Wenn es nach mir geht, sind bei dieser Feier nicht viele Zeugen zugegen, das versichere ich Ihnen, Sir.«
Jedediah gelang es, den nicht eben als besonders flink bekannten Pfarrer Lyman aus dem Bett zu holen und in kürzester Zeit herbeizuschaffen. Vorher mußte er allerdings noch zu den Pontalba Appartements, um Coles Uniform zu holen.
Im Osten dämmerte schon der Tag herauf. Angus konnte die Ankunft des Pfarrers kaum erwarten. In der Zwischenzeit zog Cole seine Galauniform an, die eigentlich besonderen Anlässen vorbehalten war.
Mit starrer Förmlichkeit wurde die Hochzeitsfeier vollzogen, nur Roberta strahlte verzückt. Als der Bund der Ehe geschlossen war,

warf sie sich in Coles Arme und bedachte ihn mit einem langen Kuß. Es war geschafft! Es kümmerte sie nicht länger, mit welchen Mitteln sie ihr Ziel erreicht hatte. Glänzend gelaunt hängte sie sich bei Cole ein und wich nicht mehr von seiner Seite.
Doch ihre Fröhlichkeit wurde jäh von einem lauten Klopfen an der Tür unterbrochen. Dulcie öffnete die Tür, und ein Sergeant der Kavallerie betrat den Salon. Er nickte den Anwesenden kurz zu, doch dann sah er Cole und salutierte zackig.
»Bitte um Vergebung, Hauptmann. Wir haben Befehl, alle Häuser zu durchsuchen. Sympathisanten der Südstaatler sind heute morgen in Uniformen der Union in das Lazarett eingedrungen und haben einige Rebellen befreit.«
Scharf fragte Cole: »Ist irgend jemand verletzt?«
»Ein Sergeant und die Wache. Der Anführer der Bande war als Arzt verkleidet. Er hat nur die Gefangenen mitgenommen, die laufen konnten. Anscheinend sind sie heil davongekommen, Sir.«
»Ich war heute nacht hier und bin auf keine Aufständischen gestoßen, Sergeant. Durchsuchen Sie auf jeden Fall das Kutschhaus und die Stallungen. Vielleicht hält sich da jemand versteckt!«
»Jawohl, Sir!« Verlegen drehte der Sergeant den Hut zwischen den Händen.
»Nun?« fragte Cole.
»Alle Offiziere und Mannschaften sollen sich bei ihren Einheiten zurückmelden, Sir.«
»Tun Sie Ihre Pflicht, Sergeant«, beschied ihm Cole. »Danach reite ich mit Ihnen zurück. Ich habe allerdings kein Pferd.«
Der Mann salutierte, drehte sich auf dem Absatz um und eilte aus dem Raum.
»Das ist ja zum Aus-der-Haut-Fahren!« Ärgerlich stampfte Roberta mit dem Fuß auf. »Frisch getraut, und schon rennst du davon in dieses stinkige Lazarett!«
Cole sah sie an, doch sagte er nichts. Ihr Zorn und ihre Enttäuschung waren verständlich. Aber es herrschte Krieg, und sie tat gut daran, das nicht zu vergessen.
»Mama?« flehte Roberta und wandte sich hilfesuchend an ihre Mutter.
»Laß Hauptmann Latimer gehen, Roberta«, sagte Leala mit fester Stimme.

»Was sagst du dazu, Daddy?« jammerte die Tochter.
Angus sah den Yankee nicht ungern gehen. »Arbeit kommt vor dem Vergnügen. Halte den Hauptmann nicht auf.«
»Oooohhh!« heulte Roberta. »Alle seid ihr gegen mich!« Schluchzend floh sie auf ihr Zimmer. Ihr lautes Weinen war im ganzen Haus zu hören.
Alaina fuhr aus dem Schlaf hoch. Die Männerstimmen und das Auf und Ab vor dem Haus machten sie hellwach. Sie lief zum Fenster und schaute hinaus. Mehrere Yankee-Soldaten waren vor dem Haus abgesessen, ein Sergeant gestikulierte und gab mit bellender Stimme Befehle. Ihr erster Gedanke war, daß Cole herausgefunden hatte, wer sie war, und daß er die Soldaten geholt hatte. Schnell zog sie sich an und verschmierte Haar und Gesicht. Am Fuß der Treppe traf sie auf Dulcie, die ihr einen warnenden Blick zuwarf. Alaina setzte den zerknautschten Hut auf und ging vorsichtig die Treppe hinab. Unten angekommen, lehnte sie sich lässig an den Türrahmen und vermied es, Cole anzublicken.
»Was soll denn der ganze Aufruhr?« fragte sie naiv.
»Halt den Mund!« bellte Angus ungehalten. »Heute morgen hat es hier schon genug Unheil gegeben!«
»Unheil?« erkundigte sich Alaina mit einem Blick auf Coles angespannte Züge. »Was für Unheil? Ich hab' ihn doch nur hergebracht, nachdem . . .«
»Du! Du warst das? Weißt du, was du angerichtet hast?« tobte Angus und sprang von seinem Stuhl auf.
Alaina war völlig verwirrt. »Ich glaube, er war völlig betrunken. Jemand muß ihn überfallen und in den Fluß geworfen haben. Ich hab' ihn rausgefischt. Was sollte ich anderes tun als ihn hierherzubringen.«
»Hättest du ihn doch ersaufen lassen«, stöhnte Angus. »Wenn es dich kleinen Herumtreiber nicht gegeben hätte, dann wäre diese Heirat nie . . .«
»Heirat?« Jetzt begriff Alaina überhaupt nichts mehr.
»Welche Heirat? Etwa Sie?« Sie starrte auf Cole, bei dem Gedanken wurde ihr vor Entsetzen übel.
Lealas Gesicht war vor Verlegenheit gerötet. »Hauptmann Latimer und Roberta wurden heute morgen – öh – zusammen . . . gefunden«, erläuterte sie. »Angus hielt es für seine Pflicht, nach Pfarrer Lyman zu schicken.«
»Mein Gott!« entfuhr es Alaina. Gleich darauf starrte Leala ver-

blüfft auf die leere Tür, in der Alaina noch kurz zuvor gestanden hatte. »Was hat der Junge bloß? Warum läuft er denn davon?« Cole hätte schwören mögen, daß er Tränen in den Augen des Jungen gesehen hatte. »Vielleicht sollte jemand den Jungen über einige Tatsachen des Lebens aufklären. Er wirkt für sein Alter ungewöhnlich naiv.«
Mißbilligend schüttelt der Pfarrer den Kopf. »Das sollte man nicht meinen, wenn man ihn so reden hört.«
»Wir wollen doch verständnisvoll sein«, wandte Leala ein. »Letzte Nacht kam Dr. Brooks und teilte uns mit, daß Als ältester Bruder auf der Vermißtenliste steht und vielleicht gefallen ist. Beide Eltern und der jüngere Bruder sind tot, und jetzt auch das noch! Das Kind hat wirklich zuviel Schmerz und Kummer ertragen müssen.«
Alaina saß in ihrem Zimmer und richtete ihren sowieso schon zerbeulten Hut noch übler zu. Verzweifelt zerknautschte sie ihn zwischen den Händen, am liebsten hätte sie laut losgeheult. Ihr Körper bebte vor unterdrücktem Schluchzen. Robertas enttäuschtes Geweine drang durch die dicken Mauern des Hauses. Es gab keinen Zweifel darüber, was geschehen war. Roberta hatte hitzig geschworen, daß sie Cole heiraten würde. Alaina stöhnte bei dem Gedanken, daß sie Cole ihrer Kusine unwissentlich in die Arme getrieben hatte.

13

Am späten Morgen beendete Alaina in aller Muße ihr Bad. Dulcie hatte sie dabei völlig in Ruhe gelassen, die Köchin war verständlicherweise zurückhaltend und wortkarg, denn ebensowenig wie ihr Herr konnte sie sich mit dem Gedanken befreunden, einen Yankee in der Familie zu haben. Im ganzen Haus herrschte bedrücktes Schweigen. Es war Alaina klar, daß die Geschehnisse der frühen Morgenstunden den Craighughs über alle Gebühr zugesetzt hatten.
Mit einem resignierten Seufzer legte Alaina ihr schwarzes Kleid heraus, dem sie eigentlich schon längst entwachsen war. Sie holte das Hütchen mit dem schwarzen Schleier, die hochhackigen Schuhe und das Leibchen aus dem Schrank.

Am Vortage war Bobby Johnson im Lazarett gestorben, und unsagbare Trauer über den Verlust des Freundes erfüllte sie. Seine Angehörigen konnten nicht zu dem Begräbnis kommen, deshalb hatte sie beschlossen, selbst daran teilzunehmen. An seinem Grabe wollte sie seiner gedenken und zugleich um ihren Bruder trauern.
Sie war so dreist, Jedediah zu befehlen, den schönen Wallach vor die Kutsche der Craighughs zu spannen. Es bestand nur geringe Wahrscheinlichkeit, daß die Familie das Fahrzeug vor der Mittagsstunde benutzte. Mehrere Häuserblocks vor ihrem Ziel ließ sie die Kutsche warten, zog den dunklen Schleier vor das Gesicht und ging den Rest des Weges zu Fuß.
Alaina verhielt den Schritt in der Nähe einer Gräberreihe. Wild begann ihr Herz zu klopfen, als sie Cole Latimer unter den Sargträgern erblickte. Doch tröstete sie sich rasch mit dem Gedanken, daß er sie unter dem schwarzen Schleier sicherlich nicht als die Frau erkennen würde, die er in der Nacht besessen hatte.
Sie biß sich auf die zitternden Lippen und nahm alle Kraft zusammen. Unauffällig mischte sie sich unter die schwarzgekleideten Frauen.
Der Kaplan beendete seine Predigt, und auf ein Kommando von Hauptmann Latimer wurde der Sarg in die Grube hinabgesenkt. Cole wandte sich um, sein Blick schweifte über die Menge. Da gewahrte er plötzlich die zierliche, schlanke Frau in Trauerkleidung. Verwundert schaute Cole zu, wie sich die ranke Gestalt schnell in den Schatten einer mächtigen Eiche zurückzog, während sich der Trauerzug ihr langsam näherte. Etwas an der Frau kam ihm innig vertraut vor, angestrengt suchte er in seinem Gedächtnis; ihre straffe, fast jungenhafte Anmut weckte entfernte Erinnerungen in ihm. Er schickte sich an, einige Worte mir ihr zu wechseln, doch der Kaplan zupfte ihn am Ärmel und schaute ihn vorwurfsvoll an. »Kommen Sie, Hauptmann«, zischte er. »Erst die Pflicht. Danach können Sie immer noch Ihr Beileid aussprechen.«
Alaina stieß einen Seufzer der Erleichterung aus. Aus der Entfernung konnte Cole sie erkennen, aber seinem prüfenden Blick aus nächster Nähe wollte sie sich nicht aussetzen. Nach der Begräbnisfeier verabschiedete sich Cole schnell. Weit vor ihm eilte die schwarzgekleidete Frau den Weg entlang. Einem inneren Zwang gehorchend folgte er ihr mit langen Schritten nach.

Alaina blickte ängstlich über die Schulter zurück und gewahrte mit klopfendem Herzen, daß er sie verfolgte. Als sie das Friedhofstor passierte, lüftete sie den Schleier und begann zu rennen. Sie hattes es so eilig, die Kutsche zu erreichen, daß sie den kleinen, dunkelhaarigen Mann übersah, der ihr den Weg versperrte.
»Mon Dieu!« rief Jacques DuBonné ärgerlich. Der Zusammenprall ließ ihn straucheln. »Passen Sie doch auf!«
Alaina hielt sich den Kopf, ihr schwindelte. Da bemerkte Jacques die zierlichen Rundungen der schwarzgekleideten Frau. Er war betroffen von der Schönheit ihres Gesichtes. Bewundernd wiederholte er seinen Ausruf, frech musterten seine Augen ihre sanften Kurven. Selten traf er so schöne Frauen, deren kleiner Wuchs ihn selbst groß und männlich erscheinen ließen.
»Mademoiselle!« Mit einer Verbeugung zog er seinen flachen Hut. »Gestatten Sie, daß ich mich vorstelle!«
Weiter kam er nicht. Alaina sah, daß Cole sich rasch näherte. Für Jacques DuBonné hatte sie jetzt keine Zeit. Sie sauste an ihm vorbei und verschwand um die Ecke. Atemlos kletterte sie in die Kutsche. »Schnell, Jedediah, fahr los! Hauptmann Latimer ist hinter mir her!«
Die Kutsche bog schleudernd in eine andere Straße ein, als Cole um die Ecke kam. Er sah nur noch das schwarze Hütchen und den wehenden Schleier.
Enttäuscht drehte er sich um und sah sich Jacques DuBonné gegenüber, der ihn mit offenen Mund anstarrte.
»So trifft man sich wieder, Doktor!« Mit dem Kinn wies er auf die davonrasende Kutsche. »Sie kennen ›la petite mademoiselle‹?« sagte er lachend. »In einem scheinen wir uns einig zu sein: sie ist ein verteufelt süßes Ding.«
»Ich nehme an, man hat Ihnen mitgeteilt, daß Mrs. Hawthornes Grundschuld getilgt ist«, erwiderte Cole, ohne auf die Worte des Mannes einzugehen. »Auf der Bank wußte niemand, wie das passieren konnte. Anscheinend ein Versehen.«
Cole paffte an seiner Zigarre. »Aber als ich ein bißchen nachforschte, stieß ich auf eine interessante Sache. In der Bank sind schon öfters ähnliche Dinge geschehen, und immer ging die Angelegenheit zugunsten eines gewissen Jacques DuBonné aus, weil es keine Gegenbeweise gab. Das ist doch merkwürdig, nicht wahr?« Cole schaute dem kleinen Mann gerade in die Augen. »Wenn Mrs. Hawthorne nicht so gut auf ihre Quittung achtgege-

ben hätte, wäre sie aus ihrem Haus vertrieben worden, und Sie hätten es für ein Spottgeld erworben. Natürlich habe ich keine Beweise gegen Sie, aber ich sage Ihnen geradezu ins Gesicht, daß Sie da mit ein bißchen Glück einen guten Freund in der Bank gefunden haben.«

Jacques verzog verächtlich das Gesicht. »Sie sagen es, Monsieur, Sie haben keine Beweise.«

Cole lächelte ihn nur an. Da legte der kleine Mann die Finger an die Hutkrempe, drehte sich abrupt um und stolzierte erzürnt von dannen.

Als er sicher war, daß sie nicht mehr verfolgt wurden, verlangsamte Jedediah die rasende Fahrt der Kutsche. Alaina sank aufatmend in ihren Sitz zurück. Mit geschlossenen Augen versuchte sie, ihr hämmerndes Herz zu beruhigen. Sie hatte begriffen, daß sie immer Coles Neugier erweckte, gleich in welchem Aufzug sie vor ihm erschien. In der Zukunft mußte sie viel vorsichtiger sein, vor allem, wenn sie als Frau gekleidet war.

»Wohin nun, Miz Alaina?«

»Zum Lazarett, Jedediah. Ich möchte mit Dr. Brooks sprechen, bevor Hauptmann Latimer zurück ist.«

Doch als sie am Lazarett ankamen, standen die Kutschen des Trauerzuges schon im Hof. Deshalb gab Alaina dem Kutscher Anweisung, zum Hause von Dr. Brooks zu fahren. Eine grämlich blickende Negerin öffnete ihr und bat sie, im Arbeitszimmer des Arztes zu warten. Als die Mittagsstunde geläutet wurde, fuhr der Zweisitzer des Doktors endlich in den Hof. Mit sorgenvollem Gesicht betrat er das Haus. Überrascht blickte er auf die junge Frau, die ihn erwartete. Zögernd fragte er: »Bist du es, Alaina?«

Ohne zu antworten, nahm Alaina ihr Hütchen ab und schüttelte das seidige, dunkle Haar.

»Guter Gott«, sagte der Doktor mit einem glucksenden Lachen, »du spielst deine Rolle so gut, daß es einem manchmal wirklich schwerfällt, sich daran zu erinnern, daß du eine schöne, junge Frau bist.«

Alaina warf nachlässig Hut und Handschuhe auf einen Stuhl. »Sie sind sehr freundlich, Doktor, aber ehrlich gesagt, habe ich die gleichen Probleme. Diese Jungenrolle zehrt an meinen Nerven.« Ärgerlich erhob sie sich und ging im Zimmer auf und ab. Der Arzt glaubte plötzlich zu verstehen.

»Geht es vielleicht um Hauptmann Latimer? Ich habe vernommen, daß er heute morgen Roberta Craighugh geheiratet hat.«
Alaina warf einen schnellen Blick auf ihn.
»Der Hauptmann selbst hat es heute erwähnt«, meinte Brooks achselzuckend.
Das Mädchen blieb vor dem Fenster stehen und schaute mit traurigen, blicklosen Augen hinaus. »Was soll ich denn machen?« fragte sie mit tonloser Stimme. »Roberta und die anderen Frauen tragen schöne Kleider und haben herrlich langes Haar, aber ich muß in den schmutzigen Klamotten eines Jungen oder als Witwe herumlaufen und mir meine Haare ganz kurz schneiden.« Sie betrachtete ihre geröteten, abgearbeiteten Hände. »Nie darf ich ich selbst sein!«
Der Doktor setzte zu einer Antwort an, doch da kam seine Haushälterin mit Tellern und Schüsseln herein und trug das Mittagsmahl auf. Alaina hatte den ganzen Tag nichts gegessen. Dankbar akzeptierte sie die Einladung des Doktors. Sie überwand ihre Betrübnis und fand sogar einen Teil ihrer jugendlichen Unbekümmertheit wieder. Anmutig setzte sie sich auf den bereitgehaltenen Stuhl und berichtete während des Essen von den Ereignissen des Vorabends. Nur die innige Begebenheit mit Cole erwähnte sie wohlweislich nicht. »Onkel Angus wirft mir vor, daß ich es war, die Hauptmann Latimer in sein Haus gebracht hat. Seitdem bin ich wohl nicht mehr so willkommen in seinem Hause. Ich habe zwar ein wenig Geld zusammengespart, aber mein Lohn im Lazarett reicht nicht aus für Unterkunft und Verpflegung. Eigentlich bin ich gekommen, um Sie zu fragen, ob Sie nicht eine einträglichere Beschäftigung für mich wissen.«
Der Arzt erhob sich und begann, mit von Sorgen zerfurchtem Gesicht hin und her zu gehen. Nervös fuhr er mit der Hand durch sein schütteres weißes Haar. »Alaina«, sagte er schließlich, »ich mußte dich heute morgen im Lazarett schon als Al in Schutz nehmen, weil man dich verdächtigte, du seist an der Befreiung der Gefangenen beteiligt gewesen. Wenn Al jetzt einfach verschwindet, kommt es zu Nachforschungen, und deine wahre Identität wird festgestellt.« Er lehnte sich auf den Tisch und ballte die Fäuste, daß die Knöchel weiß hervortraten. »Mit allem Nachdruck muß ich dir empfehlen, niemandem zu enthüllen, wer du wirklich bist. Auf die Ergreifung einer Alaina MacGaren ist eine Belohnung von zweihundert Dollar ausgesetzt.«

Mit geweiteten Augen hörte Alaina ihm zu, als er fortfuhr: »Es sieht so aus, daß die Gefangenen einen Flußdampfer gekapert haben. Es waren Soldgelder in Höhe von zweihunderttausend Dollar an Bord. Ein halbes Dutzend Männer von der Wachmannschaft wurden umgebracht und der Kapitän gezwungen, flußaufwärts zu fahren. Heute morgen kam der Dampfer leer zurück, und es wurden alle Anstalten getroffen, um die Flüchtigen zu verfolgen.«
»Aber warum –.«
»Eine dunkelhaarige Frau von kleinem Wuchs wartete auf dem gegenüberliegenden Ufer. Einer der Ausbrecher rief etwas zu ihr hinüber und nannte sie dabei angeblich – Alaina MacGaren!«
Alaina war wie versteinert. Der Arzt schwieg lange. Er wollte, daß sie das volle Ausmaß seiner Worte begriff. Schließlich trafen sich ihre Blicke und er sagte: »Du kannst die Maske jetzt nicht fallenlassen, sonst wird Alaina MacGaren gehenkt oder verschwindet für viele Jahre hinter Gefängnismauern. Am sichersten bist du noch als Al bei den Craighughs. Du mußt so weiterarbeiten wie bisher, sonst kann das auch für Angus und Leala schlimme Folgen haben.«
Heftig schüttelte Alaina den Kopf und ballte die Fäuste. Die Rolle, die zu spielen sie gezwungen war, wurde ihr immer verhaßter, aber sie mußte sich eingestehen, daß sie der Logik seiner Ausführungen nichts entgegenzusetzen hatte.

Die Woche verstrich, und immer noch waren alle Truppen der Nordstaaten in Alarmbereitschaft. Auch die frischverheiratete Braut mußte ihre Abende ohne ihren Gatten verbringen. Roberta schäumte vor Wut über diese Grausamkeit und machte alle Beschwichtigungsversuche von Cole lächerlich.
Wenn Roberta wegen der Abwesenheit ihres Ehemannes zürnte, so kochte Angus vor Wut, wenn Alaina im Hause war. Alainas Lage wurde immer gefährlicher. Es wurde in der Stadt davon geredet, daß alle Ausbrecher unweit des verlassenen Flußdampfers tot aufgefunden worden waren. Am Ort des Gemetzels lagen Teile von blauen Uniformen herum, darunter die eines Arztes im Range eines Hauptmanns. Die Frau, die Pferde, das Geld und die Männer waren nicht aufzufinden. Die Spur führte nur bis zu einem undurchdringlichen Sumpf. Zu allem Überfluß fand man Hauptmann Latimers Pferd herrenlos an der Stelle, wo der

Dampfer gekapert worden war. Ein einmütiger Aufschrei ging durch die Reihen der Südstaatler. War Alaina MacGaren noch vor einer Woche als Heldin verherrlicht worden, so brandmarkte man sie nun als elende Verräterin und verdammte sie als gemeine Hure einer Bande von geheimnisvollen Freibeutern und Piraten, die mit unerhörter Grausamkeit den Besitz ehrenwerter Bürger aus beiden Lagern verwüsteten.
Die Belohnung auf ihre Ergreifung wurde auf eintausend Dollar in Gold erhöht. Die Briar-Hill-Plantage wurde beschlagnahmt, und später sollte sie verkauft werden. Bis dahin wurde das Haus mit Brettern vernagelt, um zu vermeiden, daß es aus Haß auf Alaina MacGaren zerstört wurde.
Die Stimmung der Stadt war gespannt. Überall, wo sich die Leute in den Straßen versammelten, war ärgerliches Gemurmel zu hören.
Im Lazarett war es ähnlich, sogar die verwundeten Yankee-Soldaten waren über die gemeine Schlächterei empört. Alaina wollte gerade ihre Arbeit beginnen, als ein bewaffneter Korporal sie ersuchte, ihm zu folgen.
»Warte hier!« befahl er, als sie im dritten Stock vor einer bewachten Tür anlangten, und ging hinein. Nach einer Weile wurde die Tür aufgerissen, und Alaina wurde in den Raum geschoben. Nie zuvor hatte sie so viele blaue Uniformen und blitzendes Messing gesehen. Cole saß am Kopfende eines langen Tisches, sein Gesicht wirkte ernst und gespannt, doch nickte er Alaina ermutigend zu. Neben ihm saß Dr. Brooks. Die Besorgnis über Alainas Vorladung ließ sein Gesicht bleich erscheinen. Es wurde Alaina schmerzlich bewußt, wieviel von ihrem Auftreten in den nächsten Minuten abhing.
Generalstabsarzt Mitchell beugte sich vor. Alaina heftete ihren Blick starr auf seine Rangabzeichen.
»Steh bequem, mein Junge«, sagte Mitchell freundlich. »Du bist hier nicht vor einem Kriegsgericht. Es handelt sich lediglich um eine routinemäßige Befragung.«
Alaina nickte beflissen und kratzte sich am Ohr.
»Mir liegt ein glaubhafter Bericht vor, daß du Hauptmann Latimer in der Nacht des Ausbruchs aus dem Fluß gerettet hast.«
»Jawoll, Sir!« Übereifrig sprudelten die Worte aus ihr hervor. »Ich sah ihn, wie er da unten an der Eisenbahnmole rumpaddelte und sich an einen Baum klammern wollte. Dauernd ging er un-

ter. Da habe ich ihn eben rausgefischt. Wissen Sie, er hatte nur seine Unterhose an, und dann . . .«

»Langsam, Junge«, mahnte der General und lächelte unmerklich. »Wie spät war es denn, als du den Hauptmann im Fluß fandest?«

»Na ja, so ungefähr elf. Die alte Uhr schlug gerade, als ich ihn ins Haus schleppte. Ich meine, er hat mir ja schließlich den Job besorgt, und da wollte ich mit ihm natürlich in seinem Aufzug nicht über den Jackson Square ziehen. Da habe ich ihn eben zu mir nach Hause gebracht.« Al bekräftigte seine Ausführungen mit einem Nicken.

»Und Hauptmann Latimer verbrachte die ganze Nacht im Hause der Craighughs?« Dieser Punkt war für den General von größter Bedeutung.

»O ja, Sir! Sehen Sie, das war ja das Problem! Will sagen, er verbrachte die Nacht mit . . . äh . . . also Onkel Angus nahm seine Pistole und . . ., jedenfalls hatte ihm einer eins über den Schädel gezogen.« Al fuhr sich mit einer unmißverständlichen Geste über die Kehle und schaute beifallheischend auf Cole, der den Kopf in beide Hände gestützt hielt. Die anderen Offiziere blickten betont gelangweilt zur Decke. »Na, jedenfalls hat er da mit meiner Kusine Roberta rumgemacht, Sir, und wissen Sie, ich meine, er war wohl die ganze Nacht bei ihr.«

»Das ist genug, Al.« Verlegen spielte der General mit einem Stapel Papier. »Du kannst jetzt gehen. Danke!«

Der Korporal öffnete vor Alaina die Tür. Erst unten im Tagesraum wurden ihr die Knie weich. Zitternd saß sie eine Zeitlang in einem Sessel und versuchte sich zu fangen. Kaum hatte sie sich wieder an ihre Arbeit gemacht, da stand Cole vor ihr.

»Schätze, daß ich Sie ganz schön in Schwierigkeiten gebracht habe, was?«

»Durchaus nicht«, erwiderte Cole und strich sich mit fahriger Bewegung über das Haar. »Ich hatte ihnen sowieso schon alles berichtet, woran ich mich erinnerte. Sie brauchten nur noch deine Bestätigung.«

»Häh?«

»Gut hast du deine Sache gemacht. Hör mal, pack deine Sachen weg, ich möchte, daß du für mich eine Besorgung machst. Ich weiß noch nicht, wann ich das nächstemal zu Mrs. Hawthorne hinausreite.« Damit zog er einen Briefumschlag aus seinem Jakkett. »Das wird sie sicherlich gebrauchen, damit unser Freund

Jacques ihr nicht noch einmal so zusetzen kann. Glaubst du, daß du das erledigen kannst, ohne verlorenzugehen?«

Alaina fummelte an den Knöpfen ihrer Jacke. »Ich glaube, ich hab' Ihnen doch ganz schön viel Kummer gemacht.«

»Nein, verdammt noch mal!« schnappte Cole. »Daran bin ich selber Schuld. Und halt dich vom Fluß fern! Das nächstemal könnte ich es ernsthaft versuchen!« Bevor er die Halle schnellen Schrittes verließ, rief er ihr noch zu: »Und nimm dir den Rest des Tages frei!«

Das ließ sich Alaine nicht zweimal sagen. Bei Mrs. Hawthorne konnte sie wenigstens ihr Gesicht waschen und sich halbwegs wie ein Mensch gebärden.

14

Mehr denn je fühlte sich Alaina durch ihre Maskerade beengt. Ihr Name war in aller Munde. Die Verunglimpfung ihres Familiennamens lastete schwer auf ihr: Alaina MacGaren, gesucht sowohl von der Union als auch von den Konföderierten. Alle wollten sie hängen sehen. Bestenfalls würde sie nach Ship Island oder Fort Jackson verbannt, aber dahin wurden alle linientreuen Südstaatler gebracht, und es würde ihr dort übel ergehen, weil alle glaubten, sie wäre an der Ermordung der gefangenen Südstaatler beteiligt. Aber sollten doch alle glauben, daß sie eine Abtrünnige war, sagte sie sich trotzig.

Seit mehr als einer Woche verbrachte Cole die Nächte arbeitend im Lazarett. Jeden Abend hatte sich Roberta in den Schlaf geweint und damit den anderen den wohlverdienten Schlummer geraubt. Nach neun Tagen kam Cole zum erstenmal abends heim. Roberta empfing ihn hochbeglückt. »O Cole, mein Liebling, ich habe mir solche Sorgen um dich gemacht.« Triumphierend lächelte sie Alaina zu, die sich gerade in der Küche eine Glas Milch holte. Heute wollte Roberta endlich ihre Hochzeitsnacht nachholen. »Komm, mein Schatz, du mußt ja ganz erschöpft sein.« Eng schmiegte sie sich an ihren Gatten und warf dabei Alaina einen Blick voller Schadenfreude zu.

»Ich will erst noch mein Pferd absatteln.«

»Unsinn, das kann Al machen, er versteht sich darauf.«

Alaina verbrachte eine schlaflose Nacht. Am nächsten Morgen stieg sie zur gewohnten Stunde mit schweren Gliedern die Treppe zur Küche hinab. Zu ihrem Erstaunen saß Cole schon am Küchentisch. Tief in Gedanken versunken rührte er in einer leeren Tasse herum. Alaina konnte dies nicht mit ansehen, hilfsbereit ergriff sie die Kaffeekanne und wollte ihm einschenken. Aus seinen Grübeleien hochfahrend stieß Cole die Tasse um, und die glühendheiße Flüssigkeit ergoß sich über seinen Schoß. Mit einem gellenden Schrei sprang er auf die Füße. »Was hast du mit mir vor, du ungeschickter Trampel? Du willst wohl einen verdammten Eunuchen aus mir machen?!«

Alaina fiel nichts Besseres ein, als einen Eimer kalten Wassers dahin zu schütten, wo es ihn brannte. Cole blieb die Spucke weg. Wütend stierte er auf Al, während Dulcie hinter vorgehaltener Hand kaum ihr Grinsen verbergen konnte. Es geschah schon selten genug, daß man einem Yankee ungestraft eins auswischen konnte.

»Jetzt habe ich aber wirklich die Nase voll von deinen Gefälligkeiten«, grollte Cole und riß seine Uniformjacke auf.

»In Ordnung!« Nun war Alaina auch wütend. »Nächstes Mal laß ich Sie im Fluß ersaufen.«

»Da wäre ich besser dran. Du hast mir meine edelsten Teile verbrannt, verdammt noch mal!« Cole verkniff sich eine bissige Bemerkung und befahl Al: »Geh hoch und frag Roberta nach meinen Satteltaschen, da ist eine Salbe drin.«

Obwohl Alaina das Schlafzimmer der beiden unbedingt meiden wollte, wagte sie nicht zu widersprechen.

Schüchtern klopfte sie an Robertas Tür. »Wer ist da?« fragte eine schläfrige Stimme.

»Ich bin's, Al. Der Hauptmann schickt mich nach seinen Satteltaschen.« Im nächsten Moment wurde die Tür aufgerissen und Roberta stand in einem dünnen, seidenen Gewand vor Alaina. »Warum kommt er nicht selbst?« fragte sie mit mißtrauisch zusammengekniffenen Augen.

Inzwischen saß Cole in der Küche und dachte betrübt über seine Nacht mit Roberta nach. Nach anfänglicher Hingabe war ihm Roberta im Bett nicht allzusehr entgegengekommen, es schien vielmehr, als erfülle es sie mit Abscheu, sich ausgiebiger zu betätigen. Keinesfalls war sie mit jener warmen, sinnbetörenden

Kreatur zu vergleichen, die sich ihm in jener anderen Nacht hingegeben hatte.
Endlich kam Al mit den Satteltaschen zurück. »Da sind sie, Yankee. Jetzt muß ich aber machen, daß ich wegkomme. Ihr Blauröcke bezahlt mich nicht dafür, daß ich herumbummele.«

Nach getaner Arbeit im Lazarett suchte Alaina abends nach einem Vorwand, um ihre Rückkehr zum Haus der Craighughs zu verzögern, und lenkte ihren Gaul Ol' Tar in Richtung auf die alte Uferstraße. Sie hatte fast ihr Ziel erreicht, als hinter ihr lautes Hufgeklapper ertönte. Sie drehte sich im Sattel um und stöhnte laut, als sie Roß und Reiter erkannte. Anscheinend sollte es ihr nicht vergönnt sein, ohne Coles Gesellschaft auszukommen. Sie kehrte ihm den Rücken zu und tat, als bemerke sie ihn nicht. Doch als er neben ihr ritt, wurde es ihr zuviel, und sie herrschte ihn an: »Haben Sie kein Zuhause, Yankee? Was woll'n Sie'n hier?«
»Zuhause?« grunzte Cole mißmutig. »Immerhin habe ich es ja dir zu verdanken, daß ich ein paar Tage kein liebender Gatte sein kann, wenn du verstehst, was ich meine . . .«
Bedrückt senkte Alaina den Kopf. Ihr Unbehagen wuchs, als Cole auf etwas zu sprechen kam, woran sie ungern erinnert wurde. »Sag mal, Al, bist du sicher, daß wir nicht woanders waren, bevor du mich zu den Craighughs brachtest?«
Die Antwort fiel Alaina schwer. »Was meinen Sie denn damit?« fragte sie scheinbar unbeteiligt.
In dem dämmerigen Licht versuchte Cole ihre Züge zu erkennen, aber Alaina hielt das Gesicht abgewandt und fingerte nervös an ihrem Hut herum.
»Sag, wie alt bist du eigentlich? Dreizehn?«
»So ungefähr, Sir.«
»Kennst du dich aus mit den Häusern . . . na ja, äh, wo es leichte Mädchen gibt?«
»Kann sein.« Vor Schreck verschluckte sich Alaina und hustete.
»Mir scheint, ich bin in der Nacht in einem gewesen«, stellte Cole unverblümt fest.
»Da kann ich Sie beruhigen, Yankee, Sie waren in keinem.«
»Bist du sicher?«
»Nicht mit mir! Aber vielleicht waren Sie vorher in einem und sind von den Flittchen da ausgeplündert worden.«

Cole konnte sich damit nicht zufriedengeben. Da war immer noch die Sache mit dem verlorenen Medaillon. Verzweifelt mühte er sich, die Bruchstücke seiner Erinnerung zu ordnen, aber es wollte ihm nicht gelingen.
Als Alaina später am Abend endlich in ihrem Zimmer allein war, entledigte sie sich schleunigst der verhaßten Jungenkleider. Sie stellte sich vor den großen Spiegel, und ihr Blick fiel auf das goldene Medaillon, das zwischen ihren Brüsten hing. Mit zitternden Fingern ergriff sie es und ging näher zur Lampe, um es eingehend zu betrachten. Ein Wappen in Form von zwei geflügelten Raben war darauf eingraviert, sie drehte das Schmuckstück um und las die in das feine, glatte Gold mit zierlicher Schrift geprägten Worte: EIGENTUM VON C. R. LATIMER.
Die Worte brannten sich in ihr Hirn. Was würde geschehen, wenn Roberta in ihrem Zimmer herumschnüffelte und das Medaillon fände? Aber schlimmer noch: was wäre, wenn sie, Alaina, in jener Nacht von Cole ein Kind empfangen hatte? An diesem Medaillon würde Cole seine Vaterschaft erkennen, und das Kind wäre versorgt, während sie im Gefängnis schmachtete. Das war alles, was sie verlangte.

Der späte Sonntagmorgen fand die Familie Craighugh in der Küche. Der Kirchgang in der Frühe war besonders für Roberta, die darauf bestanden hatte, daß Cole sie begleitete, zu einer herben Enttäuschung geworden. Kühl hatten sich alle Freunde und Bekannten von ihr und ihrem Yankee distanziert.
»Da kriegt mich keiner mehr hin!« schäumte sie. »Denen werde ich's zeigen! Wir werden den rauschendsten Ball geben, den die Stadt je gesehen hat, alle Yankees lade ich ein, samt General Banks und Frau!«
Ungerührt blickte Cole auf seine Frau und paffte an seiner Zigarre.
»Schmeiß das stinkige Ding ins Feuer, mir wird ganz übel davon!«
»Übel?« fragte Angus entgeistert und trat in die Küche.
»Bist du etwa schon schwanger?«
Verblüfftes Schweigen folgte seinen Worten, nur auf Coles Gesicht zeichnete sich ein belustigtes Lächeln ab. Alaina umklammerte ihre Kaffeetasse. Um Robertas Zustand machte sie sich keine Sorgen. Aber Cole würde schon das Lachen vergehen,

wenn er den vermeintlichen Al erst mit rundem Bauch vor sich sähe.
»Daddy, du bist so taktlos«, tadelte Roberta ihren Vater. Sie sah, wie Alaina zur Tür ging, und konnte sich nicht enthalten, mit übertriebener Sorge zu fragen: »Aber Al, was ist denn mit dir los? Du siehst so schlapp aus, ist dir etwa auch übel?«

15

Seit Cole zur Familie gehörte, war die Craighughsche Speisekammer immer wohlgefüllt, wie selbst in den besten Zeiten nicht. Selbst Angus wurde etwas umgänglicher angesichts des reichhaltigen Vorrates an Bourbon und Brandy, der seinen Getränkeschrank füllte.
Seit Roberta über das nötige Geld verfügte, bestand ihre einzige Sorge darin, die Modesalons der Stadt nach den extravagantesten Kleidern abzuklappern. Ihre größte Freude war es, damit vor Alaina zu protzen.
In den schlaflosen Nächten fand Alaina bald heraus, daß auch Cole gleich ihr häufig keinen Schlummer fand. Ruhelos durchwanderte er das Haus, als sei er auf der Suche nach etwas, das ihm sein Ehebett nicht bieten konnte. Roberta antwortete auf seine Liebkosungen mit Widerwillen, als wolle sie alles so schnell wie möglich hinter sich bringen. Da war nichts mehr von der Leidenschaft und dem Feuer, an das er sich zu erinnern glaubte.
»Großer Gott, Cole!« hatte Roberta schockiert gekeucht, als seine Zunge zwischen ihre Lippen gefahren war. »Du glaubst doch etwa nicht, daß so eine Lady küßt, oder? Das ist ja widerwärtig!«
Cole war verdutzt. »Aber damals hast du es doch genossen!«
»Ich? Niemals!«
Resigniert wechselte Cole das Thema. »Was ist eigentlich mit dem Medaillon, das ich dir gegeben habe? Du trägst es ja nie!«
»Medaillon?« wiederholte Roberta verständnislos.
Jetzt verstand Cole überhaupt nichts mehr. Irgendwas stimmte da nicht. Er konnte kaum glauben, daß sich ihm Roberta für ein goldenes Anhängsel an den Hals warf, mochte es ihr jetzt noch so

viel Freude bereiten, sein Geld mit vollen Händen auszugeben.
»Du hast es sicher verloren«, meinte Roberta achtlos. »Wenn es hier im Hause ist, werde ich es schon finden.«

Die Militärbehörden der Nordstaaten hatten einen Tag für den Verkauf von Briar Hill festgesetzt. Alaina verbiß sich hartnäckig in den Gedanken, die Plantage zurückzukaufen. Aber wie sollte sie das bei ihren mageren Einkünften bewerkstelligen? In einer Sache jedoch war ihr das Glück hold gewesen: sie war nicht schwanger. Ihre weiblichen Formen waren aber immer schwerer zu verbergen.
Beim morgendlichen Frühstück kam es Cole so vor, als sei Al sehr bedrückt. »Was ist los mit dir, Junge?«
»Ich habe schon ein bißchen vorgearbeitet«, murmelte Alaina hastig, »und ich wollte fragen, ob ich nicht einen Tag freibekommen kann.«
»Was gibt's denn Wichtiges?« fragte Cole stirnrunzelnd. »Sag nichts, ich weiß schon, du willst baden und brauchst den ganzen Tag, um den Dreck runterzukriegen.«
»Ich habe Sachen zu erledigen. Zum Beispiel will ich mir von meinem Ersparten neue Stiefel kaufen.«
»Ich denke, das hast du verdient. Nimm dir den Tag frei.« Damit stand Cole auf. »Ich muß jetzt aber gehen.«

Der junge Bankangestellte blickte auf, als das Geklapper hoher Absätze auf ihn zukam. Der Atem stockte ihm. Vor ihm stand eine so liebliche, schlanke Gestalt, wie sie Männer gewöhnlich nur erträumen. Sie trug die Kleidung einer trauernden Witwe, ein in diesen Jahren leider allzu häufiger Anblick hier im Süden.
»Kann ich Ihnen behilflich sein, Madam?« fragte der Angestellte dienstbeflissen. Er beeilte sich, seiner hübschen Kundin einen Stuhl anzubieten.
»Gern«, erwiderte sein Gegenüber mit seidenweicher Stimme. »Man hat mir gesagt, ich solle mich an Sie wenden. Es geht darum, daß mein verstorbener Vater mir eine kleine Erbschaft hinterlassen hat. Ich habe daran gedacht, mich außerhalb von New Orleans niederzulassen, vielleicht sogar ein Stück flußaufwärts. Viel kann ich nicht anlegen, aber vielleicht kennen Sie ein

geeignetes Objekt, das gerade zum Verkauf steht. Ich hörte da etwas von einer aufgegebenen Plantage unweit Alexandria.«
»O ja, Madam.« Eifrig blätterte der Angestellte in einem Stapel von Papieren. »Da wollen wir doch mal sehen.«
Nach einer Weile meinte er kopfschüttelnd: »Tatsächlich, da wäre etwas für Sie, aber das wird wohl nicht in Frage kommen.«
»Aber warum denn nicht, Sir?« Alaina tat verwirrt. »Ist etwas damit nicht in Ordnung?«
»Das nicht, aber der Besitz gehörte der Familie dieser Verräterin, Alaina MacGaren.«
Alaina war so aufgeregt, daß sie zuerst keine Worte fand. »Wieviel würde denn so etwas kosten? Ist es schrecklich teuer?«
»Das wohl nicht, Madam. Die Yankees lassen den Besitz versteigern. Das Mindestgebot sind nur fünftausend Dollar. Yankee-Dollar, natürlich.«
Alainas Hoffnungen zerstoben. *Nur* fünftausend: Bei ihrem Lohn konnte sie sich gerade den Gartenzaun leisten.
Der Bankangestellte bemerkte ihre Verwirrung nicht. »Die Versteigerung ist auf den 12. April angesetzt, Madam.«
»Vielen Dank, Sir, ich werde das mit meinem Onkel besprechen.« Sie lächelte ihm schwach zu und erhob sich mit zitternden Knien.
Mit wehem Herzen verließ Alaina die Bank. Diese Summe überstieg all ihre Möglichkeiten. Sie kannte nur einen, der vielleicht soviel Geld hatte: Cole Latimer. Aber unter den jetzigen Umständen war er der letzte, den sie um Hilfe bitten konnte.
In Gedanken verloren bemerkte sie nicht den Mann, der ihr vor der Bank in den Weg trat.
»Mademoiselle!« sagte Jacques DuBonné und zog tief den Hut vor ihr.
Als er sich aufrichtete, lächelte er aalglatt. Da war ja die kleine Witwe, hinter der er her war. »So trifft man sich wieder.«
Alaina zog den Schleier vor das Gesicht und wollte schnell an ihm vorbeihuschen, doch er ließ sie nicht gehen.
»Pardon, Mademoiselle.« Mit gespieltem Bedauern breitete er die Arme aus. »Diesmal entkommen Sie mir nicht so leicht. Letztes Mal waren Sie wie vom Erdboden verschwunden.«
Kühl und herablassend fixierte Alaina den Mann. »Ich weiß nicht, was Sie von mir wollen, mein Herr. Aber verschwenden Sie nicht Ihre Zeit. Ich kenne Sie nicht, und wenn es nach mir geht,

bleibt es auch dabei. Wenn Sie mich jetzt bitte durchlassen wollen . . .«

»Komm, ma petite, mach keine Schwierigkeiten. Merkst du nicht, daß ich in dich verliebt bin?« lachte DuBonné frech und ließ sich nicht abweisen. Mit aufdringlicher Vertraulichkeit schlang er einen Arm um ihre schlanke Taille und wollte sie zu seiner Kutsche ziehen. »Wir machen eine schöne Ausfahrt in meiner großen Kutsche, und danach – aauuu!!!«

Er schrie laut, als Alainas spitzer Absatz sich in seinen Fuß bohrte. Als er wieder nach ihr greifen wollte, versetzte Alaina ihm eine schallende Ohrfeige, daß ihm die Ohren klangen. Das war zuviel. So etwas ließ sich Jacques DuBonné von keinem Weib gefallen. Drohend ging er auf Alaina los.

Im nächsten Augenblick wurde er so heftig am Kragen gepackt und zurückgerissen, daß sein Hut in den Staub rollte. Seine Hand fuhr zum Stilett unter der Jacke, doch eine andere, kräftigere Hand bog ihm den Arm auf den Rücken. Er wurde in die Höhe gerissen, daß seine Fußspitzen kaum noch das Pflaster berührten.

Der riesige schwarze Kutscher sprang vom Landauer und wollte sich in das Getümmel stürzen. Als er jedoch in die dunkle Mündung einer 44er Remington blickte, rutschte er wieder langsam und vorsichtig auf seinen Kutschbock.

»Es scheint, Monsieur DuBonné, daß ich Sie immer dann erwische, wenn Sie Frauen und Kinder belästigen.« Damit setzte Cole Latimer das Männchen hart auf das Pflaster.

Der Franzose schüttelte sich und blitzte Cole haßerfüllt an. »Jetzt sind Sie mir schon zum dritten Mal in die Quere gekommen, Capitaine Docteur. Aber diese Rechnung werde ich bald begleichen.« Damit setzte er schwungvoll seinen Hut auf. Ungerührt steckte Cole die Pistole ein, dann tippte er lässig an die Krempe seines Hutes. »Fehlt Ihnen nichts, Madam?« Das Gesicht der Frau war hinter dem dichten Schleier kaum zu erkennen. Unmerklich schüttelte sie den Kopf.

»Fordern Sie von diesem Kerl Genugtuung?«

Wieder ein leises Kopfschütteln.

»Dann betrachte ich die Angelegenheit als erledigt.«

»Ich bin Ihnen unendlich dankbar, Hauptmann«, traute sich Alaina zu antworten.

Die leise, samtweiche Stimme rührte an eine Saite in Coles Ge-

dächtnis. Ehe er darüber nachsinnen konnte, fuhr DuBonné dazwischen: »Geben Sie acht, Docteur. Ich dulde keine Einmischung. Nächstes Mal geht die Sache anders aus.«
»Und Sie, DuBonné, geben lieber auf sich selber acht. Ich weiß aus Erfahrung, daß Schußwunden nicht so leicht heilen wie Säbelhiebe.«
Der Franzose schnaubte höhnisch. »Mir scheint, Monsieur, daß wir in einer Sache beide verloren haben.« Er deutete auf die schlanke Frauengestalt, die die Straße hinabeilte. Hinter Coles Rücken gab er einem großen Mann auf der anderen Straßenseite ein Zeichen. Der Kerl antwortete mit einem schnellen Nicken und eilte der Witwe nach.
Alaina merkte nicht, daß sie verfolgt wurde.

Wochenlang ließ DuBonné das Haus der Craighughs beschatten. Er erfuhr zu seiner Verwunderung, daß Hauptmann Latimer dort wohnte. Dadurch wurden alle seine Pläne, sich der Witwe zu bemächtigen, durchkreuzt. Aber noch verwunderlicher war es, daß die Frau fortan spurlos verschwunden blieb.

16

Der fünfte März war ein Samstag. An diesem kühlen, windigen Tag sollte der neue Gouverneur in sein Amt eingeführt werden. Als die Feierlichkeiten auf dem Lafayette Square vorüber waren, mußten die Bürger der Stadt zu ihrem Leidwesen ein ausschweifendes Fest der in New Orleans zu diesem Anlaß zusammengezogenen Unionstruppen über sich ergehen lassen.

Alaina saß schon frühmorgens in der Küche beim Frühstück und ließ Dulcies aufgeregtes Geschnatter über sich ergehen, die nichts weiter im Kopf hatte als den großen Ball bei General Banks, der heute abend stattfinden sollte.
»Wo ist denn unser Yankee heute, Dulcie? Ist er nicht schon ein bißchen spät dran?«
»Dulcie!« ertönte da Coles Stimme aus der Badekammer. »Sag Jedediah, er soll mir jetzt das heiße Wasser bringen.«
»Der ist nicht da, Mistah Cole.«

»Dann schick Al! Ich habe doch eben seine Stimme gehört.« Alaina richtete sich kerzengerade in ihrem Stuhl auf. »Wenn Sie was brauchen, holen Sie sich's doch selber!«
»Bring mir sofort das Wasser, Al, sonst versohle ich dir deinen Hintern!« bellte Cole wütend.
»Schon gut, schon gut.« Wütend stieß Alaina ihren Stuhl zurück und ging zum Herd. Mit dem Finger prüfte sie, ob das Wasser im Kessel schon heiß war. Plötzlich hatte sie eine glänzende Idee. Sie würde dem Yankee eine Lektion erteilen, nach der er sie nie wieder mit solchen Ansinnen behelligen würde. Sie goß noch ein wenig kaltes Wasser in den Kessel und schleppte ihn dann mit zusammengebissenen Zähnen zur Badekammer.
»Al«, rief Cole. Er war mit seiner Geduld am Ende.
»Ja, ja, ich komme ja schon!« Weit stieß Alaina die Kammertür auf. »Da ha'm Sie Ihr Wasser!«
Bevor Cole noch reagieren konnte, kippte sie ihm den Inhalt des Kessels über den Rücken. Vor Schmerz und Wut brüllte Cole wie ein Stier. Das Mädchen ließ den Kessel fallen und rannte unter schadenfrohem Gelächter davon. Cole sprang aus dem Wasser, wickelte ein Handtuch um seine Hüften und stürzte hinter dem Übeltäter her. »Du elender kleiner Landstreicher! Warte nur, wenn ich dich kriege! Dann werde ich dir endlich zeigen, was ein heißes Bad ist!«
Schnell brachte Alaina den Küchentisch zwischen sich und ihren Verfolger. Um besser laufen zu können, entledigte sie sich der hinderlichen Stiefel und schleuderte sie von sich. Einer verfehlte Cole nur knapp, der andere traf ihn mit voller Wucht am Schienbein.
»Was geht hier vor?« kreischte eine schrille Stimme. Roberta stand in der Küchentür.
»Der Bengel hat mich schon wieder fast verbrüht«, preßte Cole zwischen den Zähnen hervor. »Wenn ich mit ihm fertig bin, braucht er kalte Umschläge!«
»Hör sofort mit dem Unsinn auf, Cole! Ich habe mit dir zu reden. Komm mit nach oben!«
Alaina benutzte die Gelegenheit, um sich aus dem Staub zu machen.
»Wie oft habe ich dir schon gesagt, du sollst die Finger von Al lassen!« tobte Roberta.
»Du scheinst zu übersehen, daß der Bengel im Lazarett arbeitet

und dort zufällig auch mein Arbeitsplatz ist«, entgegnete Cole sarkastisch.
»Mit wem bist du eigentlich verheiratet, mit dem verdammten Lazarett oder mit mir?« fauchte Roberta. »Niemals hast du Zeit für mich, aber mit Al gibst du dich ständig ab!«
»Keine Sorge, meine Liebe«, erwiderte Cole mit unverhohlenem Zynismus. »Nach Washington kommt er nicht mit.«
»Was du nicht sagst! Du würdest doch lieber hierbleiben, als zu Präsident Lincolns engstems Beraterkreis gehören.«
»Mach dir doch nichts vor, Roberta«, antwortete Cole kopfschüttelnd. »Natürlich gehe ich nach Washington. Aber du mußt dir auch darüber im klaren sein, daß ich, wenn der Krieg zu Ende ist, in meine Heimat zurückkehren werde, um meine Praxis neu zu eröffnen.«
»Was? Soll ich mich dort etwa von den Indianern abschlachten lassen? Niemals! Dahin bekommst du mich nur über meine Leiche!«
Verärgert drehte ihr Cole den Rücken zu und schloß geräuschvoll die Tür der Badekammer hinter sich. Er schleuderte das Handtuch in die Ecke und stieg in die Badewanne. Aber Roberta war allzu aufgebracht, um sich so von ihm abspeisen zu lassen, und folgte ihm.
»So leicht kommst du nicht davon, Cole Latimer! Außerdem müssen wir noch über heute abend reden. Ich will auf den Ball gehen!«
»Dann geh doch! Ich hab' jedenfalls zu arbeiten!«
»Dir würde es ja nichts ausmachen, wenn ich mit einem anderen Mann hinginge!« heulte Roberta vor Wut. »Du bist kalt! Gefühllos!«
Sprachlos starrte Cole sie an. »Was soll das heißen?«
»Du bist kalt wie Eis!« beklagte sie sich unter Tränen.
»Nun, meine Liebe, eher schmilzt das Eis im Januar auf dem Minnesota River als du im Bett«, entgegnete Cole ungerührt.
»Was willst du damit sagen?« verlangte Roberta empört zu wissen.
»Roberta, du scheinst mich seit unserer Heirat satt zu haben. Ehrlich gesagt mochte ich dich lieber in der ersten Nacht, nachdem Al mich aus dem Fluß gefischt hatte.«
Entgeistert blickte Roberta ihren Mann an, dann schlug sie ihm mit der flachen Hand klatschend ins Gesicht. »Wie kannst du es

wagen! Nur weil ich nicht wie ein kleines Flittchen mit dir ins Bett steige, nimmst du dir solche Frechheiten heraus. Ich bin eine Dame, Cole Latimer, laß dir das gesagt sein, und eine Dame läßt sich nicht gerne befingern und begrapschen!«

Cole strich mit der Hand über seine gerötete Wange und betrachtete seine Frau verwundert. »Seltsam, aber ich glaube mich erinnern zu können, daß ich dir für deine Liebesdienste ein Geschenk gemacht habe, nämlich ein Medaillon.« Sein Blick streifte den Ausschnitt ihres spitzenbesetzten Nachtgewandes. »Weißt du, Roberta, manchmal glaube ich, daß du zwei gänzlich verschiedene Seiten hast. Wo ist die Frau geblieben, die ich in jener Nacht in den Armen hielt?«

Indigniert richtete sich Roberta zu voller Höhe auf. Mit einem schneidenden Blick drehte sie sich auf dem Absatz um und stolzierte aus dem Raum. Diesmal war sie es, die die Tür krachend ins Schloß warf.

Aufatmend lehnte Cole sich in der Wanne zurück. Diese Frau machte ihm das Leben zur Hölle. Gedankenverloren ergriff er ein Stück Seife und schnupperte daran. Der Duft erweckte in ihm eine undeutliche Erinnerung, die ihn nicht loslassen wollte. Vor seinem inneren Auge nahm eine geisterhafte weibliche Gestalt Form an. Von ihren weichen, verlangenden Lippen perlte schelmisches Gelächter, und sie sagte mit honigsüßer Stimme: ›Aber das ist es ja gerade, Hauptmann, Sie haben noch nicht bezahlt.‹

Cole riß weit die Augen auf. Da war die Stimme wieder! Er mußte wahnsinnig sein! Er hatte das Gesicht der jungen Witwe noch nicht einmal gesehen, und schon träumte er davon, sie in den Armen zu halten.

Seit Roberta die Rolle der Hausherrin übernommen hatte, überhäufte sie Dulcie, die ohnehin schon unter der Last des Haushalts stöhnte, mit allen möglichen Arbeiten und Pflichten. Mit strenger Stimme hatte Roberta die schwarze Haushälterin daran erinnert, daß sie bei ihrer Rückkehr vom Ball ihr Zimmer in einem tadellosen Zustand vorzufinden wünschte. Alaina war selbst totmüde, dennoch bot sie Dulcie ihre Hilfe an. Sie wußte, wie sehr die arme alte Frau überlastet war. Im Zimmer ihrer Kusine herrschte ein wüstes Durcheinander. Kleidungsstücke häuften sich überall, aber zwischen übereinandergetürmten Reifrökken, Seidenstrümpfen und Schuhen war nirgends ein Kleidungs-

stück von Cole zu entdecken. Seine Sachen hingen säuberlich aufgereiht in dem großen Kleiderschrank.
Während draußen ein heftiges Gewitter aufzog, machte sich Alaina an die unerfreuliche Arbeit. Sorgsam faltete sie die luxuriösen Kleider zusammen. Als sie an dem großen Spiegel vorbeikam, wurde ihr schmerzlich bewußt, wie ärmlich sie selbst in ihrem fadenscheinigen Nachtgewand wirkte. Sie mußte daran denken, daß sie noch längst nicht genug Geld zusammenhatte, um Briar Hill zu kaufen. Bisher hatte sie nicht gewagt, an Cole wegen eines Darlehens heranzutreten, weil ihr einfach keine überzeugende Erklärung dafür einfallen wollte, warum »Al« plötzlich so viel Geld brauchte.
Ein Blitz erhellte den nächtlichen Himmel, in Strömen lief der Regen an den Fensterscheiben hinab. Die kleine Uhr auf dem Nachttisch verkündete mit feinem Läuten die Mitternachtsstunde. Bestürzt fragte sich Alaina, wohin die Zeit so schnell geflohen war. Sie mußte nur noch einige Sachen in den Schrank räumen und das Bett ihrer Kusine richten, dann konnte sie selbst endlich schlafen gehen. Doch unvermittelt hielt sie in ihrer Arbeit inne. Hatte sie nicht unten in der Halle Schritte gehört, oder war es nur das Grollen des entfernten Donners? Wie dem auch war, sie entschied, daß es am besten war, sich zu beeilen. Keinesfalls wollte sie von Cole oder Roberta überrascht werden. Schnell schloß sie die Schranktür, aber da hörte sie wieder das Geräusch. Diesmal war es unverkennbar das Knarren des Parkettbodens in der Halle. Jemand näherte sich Robertas Schlafzimmer. Mit klopfendem Herzen huschte Alaina zur Lampe und löschte die Flamme. Tiefes Dunkel erfüllte nun den Raum. Für einen Augenblick war Alaina unschlüssig, wo sie sich verbergen sollte. Dann nahm sie die Lampe und versteckte sich rasch hinter dem Paravent. Doch sie war nicht schnell genug. Cole hatte die Tür schon geöffnet und erhaschte trotz der Finsternis noch einen Blick auf ihr helles Nachtgewand.
»Du bist noch auf?« Seine Stimme klang immer noch leicht gereizt. Wieder zuckte ein Blitz über den Himmel. Vorsichtig spähte Alaina hinter dem Wandschirm hervor. Cole stand am Bett und zog seine durchnäßte Kleidung aus. Dann suchte er mit tastenden Fingern auf dem Nachttisch nach der Lampe. Er fluchte leise vor sich hin, als er sie nicht fand. Aus der Schublade nahm er eine Zigarre und Streichhölzer.

»Wo hast du bloß die Lampe gelassen, Roberta?« grollte er. Als ein Streichholz aufflammte, duckte sich Alaina flink hinter dem Wandschirm. In aller Ruhe setzte Cole seine Zigarre in Brand. »Na komm schon raus, Roberta, mach keine Geschichten, oder bist du krank?« Er wunderte sich über die ungewöhnliche Schweigsamkeit seiner Frau, aber vielleicht schmollte sie noch, weil er nicht mit ihr auf den Ball gegangen war. Dann mußte er sich darauf gefaßt machen, daß sie wieder die ganze Nacht zanken und streiten würde. Er schleuderte seine Zigarre in den Kamin und ging auf den Paravent zu, doch bevor er ihn zusammenschieben konnte, wurde dieser heftig nach vorne gekippt und traf ihn gegen die Brust. Ein bleicher Schatten wollte an ihm vorbeihuschen, doch Coles Arm schoß vor und seine Hand schloß sich um den dünnen Stoff eines Gewandes. »Was ist in dich gefahren, Roberta, verdammt noch mal!« Er achtete nicht des Gestrampels und der Fußtritte. Zu seiner Verwunderung hielt er jedoch plötzlich nur noch das Nachtgewand in den Händen. Alaina taumelte rückwärts gegen das Bett. Sie war jetzt splitternackt. Cole ließ das Nachthemd fallen und stürzte ihr nach. Verzweifelt versuchte Alaina ihm zu entkommen und rannte um das Bett herum. Aber Cole war schneller. Er packte sie und riß sie hart an sich. Die plötzliche Berührung ihrer Körper kam für beide wie ein Schock. Nur kurz preßten sich Alainas weiche, entblößte Brüste an Coles breite, behaarte Brust, dann machte sie sich von ihm frei. Doch dieses kurze Zusammentreffen machte Cole eines klar: Das war nicht Roberta! Dieser Körper war zu zierlich und schlank. Er streckte eine Hand aus und berührte das Haar der Frau. Da fiel es ihm wie Schuppen von den Augen. Das kurze Haar! Der schlanke Körper! Das durfte nicht wahr sein! Seine Augen versuchten, die Dunkelheit zu durchdringen und das Gesicht der Frau zu erkennen. Seine Stimme war nur ein rauhes Flüstern: »Wer, zum Teufel, bist du?«

Ein gleißender Blitz zerriß den Himmel. In seinem Schein erblickte Cole eine junge Frau mit zerzaustem Haar. Zwischen ihren bebenden Brüsten blinkte das Medaillon. Es war Al!

»Al! Großer Gott!«

»Alaina!« hauchte das Mädchen.

»Du! Du warst das in jener Nacht!«

Alaina versuchte wegzulaufen, doch Cole packte sie am Handgelenk. »Wirst du wohl hierbleiben!« herrschte er sie an. Alaina

drehte und wand sich unter seinem Griff, doch er verstärkte nur den Druck seiner Hand und zog sie mit dem freien Arm fest an sich. Panik flackerte in den Augen des Mädchens. »Nein!« keuchte sie. Sie wußte, was er vorhatte. Sie waren ganz allein im Hause, und wenn er sie jetzt wieder nehmen wollte, konnte sie allein ihn nicht aufhalten. »Lassen Sie mich gehen!«
»Nur, wenn du endlich stillhältst. Ich will mit dir reden.« Mit diesen Worten drückte er sie gegen die Wand und lehnte sich mit seinem ganzen Gewicht gegen sie. Die Wärme ihres Körpers durchströmte ihn, und die Spitzen ihrer Brüste brannten auf seiner Haut. Seine Männlichkeit regte sich, und ihre Abwehr steigerte nur sein Begehren. Es fiel Cole schwer, seine gute Erziehung nicht völlig zu vergessen. Feiner Schweiß brach ihm aus.
»Bitte nicht!« stöhnte Alaina gequält. Hart preßte der Mann seine Schenkel an ihren Leib, und es konnte ihr nicht verborgen bleiben, wie stark erregt er war.
Mit einem Ruck gab Cole sie frei.
Er hob das weiße Nachthemd auf und warf es ihr zu. »Zieh dich an!«
Hastig leistete Alaina ihm Folge. Sie zitterte am ganzen Körper. Das Hemd bot ihr nur geringen Schutz.
»Wo ist die Lampe?« fragte Cole scharf. Er ärgerte sich ebenso sehr über sich selbst wie über das Mädchen.
»Hinter dem Wandschirm«, antwortete Alaina mit verzagter Stimme.
»Bleib, wo du bist!« Cole holte die Lampe hervor und zündete sie an. Dann zog er Alaina näher heran, um sie bei Licht zu betrachten. Tränenüberströmt ließ sie seine prüfenden Blicke über sich ergehen. Cole war starr vor Staunen. »Mein Gott! Ich hätte es wissen müssen!«
Das dunkelbraune Haar mit dem rötlichen Schimmer umrahmte die feine Blässe ihres Antlitzes. Ihre Lippen waren weich und sinnlich, die Augen von klarem Grau wurden von dichten schwarzen Wimpern überschattet. Bei all der unverhüllten weiblichen Fülle war das zweifellos doch ›Al‹.
Cole wurde von einem unbezwingbaren Lachen geschüttelt. »Ich hätte dich gleich am ersten Tag in die Wanne stecken sollen.«
»Dummkopf! Narr!« fauchte Alaina, und als seien diese Worte nicht genug: »Yankee!«
Achtlos ließ er diese Beschimpfungen über sich ergehen, griff

unter ihr Kinn und drehte ihr Gesicht zum Licht. »Wie alt bist du?«
Wütend blitzte Alaina ihn an und preßte zwischen den Zähnen hervor: »Fast achtzehn.«
Cole seufzte erleichtert. »Gott sei Dank, ich fürchtete schon, du wärest viel jünger.« Plötzlich ging ihm ein Licht auf. »Alaina!« meinte er stirnrunzelnd. »Etwa Alaina MacGaren?«
»Natürlich! Alaina MacGaren, die Spionin und Mörderin. Gesucht in Nord und Süd. Wieviel steht denn jetzt auf meinen Kopf, zweitausend Dollar? Was werden Sie mit dem ganzen Geld anfangen?« erwiderte das Mädchen und rieb sich den schmerzenden Arm. »Glauben Sie bloß nicht, daß ich vor Ihnen auf die Knie falle, Yankee! Machen Sie, was Sie wollen, aber in meinem Bett werden Sie Ihr Gewissen nicht reinwaschen. Da halten Sie sich lieber an Ihre Auserwählte, mich lassen Sie besser in Ruhe!«
Schluchzend und tränenblind wirbelte sie herum und riß die Tür weit auf. Ihr erschrockener Aufschrei veranlaßte Cole, sich umzublicken. In voller Aufmachung stand Roberta in der Tür, vor Verblüffung riß sie den Mund weit auf. Sekundenlang brachte sie kein Wort heraus. Ihre Augen wanderten über das durchsichtige Nachtgewand der Kusine und verharrten dann auf dem nur dürftig bekleideten Cole.
»Kaum kehrt man euch den Rücken, da seid ihr schon mittendrin in euren schmutzigen kleinen Machenschaften.« Wie ein wütender Stier ging Roberta auf Alaina los, die vor dem geballten Zorn ihrer Kusine zurückwich. »Wer weiß, wie lange ihr beiden schon . . .« Ihre nächsten Worte waren so obszön, daß Cole sich nicht länger beherrschen konnte.
»Roberta! Halt deinen verdammten Mund!«
Roberta war nicht zu bremsen. »Hure!« kreischte sie schrill und schlug Alaina ins Gesicht, daß dieser die Ohren klangen. Bevor Cole dazwischentreten konnte, fuhr Alaina mit geballten Fäusten herum. Die Knöchel ihrer Hand trafen Robertas Kinn mit so großer Wucht, daß diese sich halb um sich selbst drehte und in einem gepolsterten Sessel zusammenbrach. Wohlweislich schloß sie die Augen und verhielt sich still. Sie hatte keine Lust, sich mit ihrer jähzornigen Kusine in einen Kampf einzulassen.
Aus Alainas Mundwinkel sickerte Blut. Als Cole es mit einem feuchten Lappen abtupfen wollte, entriß sie ihm das Tuch und

fuhr ihn an: »Fassen Sie mich nicht an, Yankee! Sie haben schon genug Unheil angerichtet!«
Nach einem letzten, verachtungsvollen Blick auf die zusammengesunkene Roberta raffte sie ihr Nachtgewand zusammen und verließ erhobenen Hauptes den Raum.
Roberta sprang augenblicklich auf und stürzte zum Spiegel. Besorgt betastete sie den deutlich sichtbaren roten Fleck an ihrem Kinn.
»Ohhhh!« jammerte sie, »ich bin auf immer entstellt. Sie hat mein Gesicht ruiniert!« Drohend verengten sich ihe Augen. »Aber das werde ich ihr heimzahlen!«
»Bei einer so erbärmlichen Vorstellung wie gerade eben, meine Liebe«, erwiderte Cole trocken, »solltest du in Zukunft etwas vorsichtiger sein, sonst kommst du hoffnungslos ins Hintertreffen.«
Hochmütig warf Roberta den Kopf zurück. »Lainie war schon immer eifersüchtig auf mich. Sie hat mich immer um meine Schönheit beneidet und jede Gelegenheit benutzt, um mir weh zu tun. Wenn die kleine Hure glaubt, damit durchzukommen . . .«
»Aber wenn sie die Jungfrau in meinem Bett war, und nicht du, Roberta«, lächelte Cole steif, »dann solltest du mit solchen Bezichtigungen nicht so achtlos umgehen. Sie könnten sonst leicht auf dich zurückfallen.«
»Was soll das heißen, Cole? Was hat Lainie dir erzählt, Liebling?« fragte Roberta alarmiert. »Von allen Leuten solltest du doch am besten wissen, daß man mir trauen kann.«
»Wie kann ich mir da sicher sein?« Cole knöpfte sein Hemd auf. »Eins ist sicher: es war Alaina, die ich in jener Nacht liebte, und keine andere. Also war es niemand anders als du, der uns reingelegt hat.«
»Das ist alles erlogen!« Mühsam suchte Roberta Haltung zu bewahren. »Alaina hat dich von Anfang an belogen, außerdem warst du viel zu betrunken, um . . .«
»Irrtum, meine Dame! Ich war vielleicht betrunken, aber ich kann mich an alles erinnern.« Wütend schleuderte Cole seine Stiefel von sich. »Wie sollte ich denn wissen, daß noch eine andere Frau im Haus war? Ich habe mich die ganze Zeit gefragt, warum du so völlig anders bist als das Mädchen, das ich in jener Nacht in den Armen hielt. Aber jetzt ist mir alles klargeworden.«

Roberta wußte nicht, was sie auf seine Worte erwidern sollte. Am meisten fürchtete sie sich davor, daß Cole sie fallenließ. Ohne sein Geld würde sie wieder ihr trübseliges Leben von ehedem führen müssen. Washington konnte sie sich dann aus dem Kopf schlagen.
Bittend streckte sie die Arme nach Cole aus. »Oh, Cole, mein Liebling, ich habe das doch alles nur getan, weil ich dich so liebe. Du kannst dir nicht vorstellen, wie ich mich nach dir gesehnt habe.« Mit einem hilflosen Lächeln setzte sie sich auf seinen Schoß. »Ich war außer mir, als ich bemerkte, daß du mit Lainie geschlafen hattest. Und so einfach wollte ich nicht aufgeben.« Sie ergriff die Hand ihres Gatten und legte sie auf ihre Brust. »Bin ich denn nicht schöner als sie? Bin ich nicht viel weiblicher?«
Als Cole seine Frau anblickte, lag in seinen Augen nicht die Spur von Wärme. »Weißt du, meine Liebe, diese Alaina, die wie ein Junge wirkt, könnte den Mädchen im hiesigen Freudenhaus ein paar Lektionen in Weiblichkeit erteilen.«
In heller Empörung schoß Roberta hoch. Am liebsten hätte sie Cole geohrfeigt, doch sein unverwandter, kalter Blick ließ sie sich eines Besseren besinnen. Es gab andere Mittel, sich einen Mann gefügig zu machen.
»Sie muß sich ja im Bett ganz schön angestrengt haben, daß du dich so gut an sie erinnerst. Aber du hast ja schon immer eine Vorliebe für liederliche Frauenzimmer gehabt.«
»Liederlich!« lachte Cole höhnisch. »Wenn es für eine Lady untragbar ist, in der Hochzeitsnacht ein wenig Spaß zu haben, dann zur Hölle mit allen Ladies! Was immer man über Alaina denken mag – es war sie, die dir den Ehemann an Land gezogen hat. Du hast zwar deine Karte klug ausgespielt, aber den Erfolg hast du deiner Kusine zu verdanken.« Damit stand Cole auf und begann seinen Koffer zu packen.
Bedrücktes Schweigen herrschte im Raum.
Schließlich hielt es Roberta nicht länger aus. »Willst du mich verlassen?«
»Keine Angst, meine Liebe. Du wirst an meinem Arm durch Washington flanieren, ganz wie du es wünschst. Ich werde die Suppe auslöffeln, die ich mir eingebrockt habe.«
»Wo willst du denn hin?«
»General Bank unternimmt einen Feldzug oben am Red River. Bis

jetzt war ich mir noch nicht klar, ob ich mich freiwillig dazu melden sollte, aber jetzt ist mein Entschluß gefaßt.«

»Aber das kann ja Monate dauern! Was soll denn in der Zwischenzeit aus mir werden?«

Cole ergriff seinen Koffer. Gelassen schweifte sein Blick über Robertas Ballkleid. »Du wirst dich in meiner Abwesenheit sicher ganz gut amüsieren.«

»Aber Cole!« sagte Roberta mit weinerlicher Stimme und folgte ihm zur Tür. »Was geschieht, wenn dir etwas zustößt? Solltest du vor deiner Abreise nicht gewisse Vorkehrungen treffen?«

»Wenn du dabei an finanzielle Dinge denkst«, erwiderte Cole eisig, »so sehe ich keinen Grund, dir meine Besitztümer zu überlassen. Du wirst ein angemessenes Auskommen haben. Sollte ich einen Erben haben, wird mein Rechtsanwalt alles für ihn bis zu seiner Volljährigkeit verwalten.«

»Und was ist mit Alaina?«

»Das, meine Liebe, geht dich nichts an«, entgegnete Cole kurz und bündig.

Roberta folgte ihrem Mann bis in die Eingangshalle. »Aber ich bin doch deine Frau!«

Cole ignorierte sie. Als er zur Treppe schritt, blickte er kurz und scheinbar teilnahmslos auf die geschlossene Tür von Alainas Zimmer. Bevor er das Haus verließ, drehte er sich noch einmal zu Roberta um und meinte beiläufig: »Bereite dich innerlich schon mal auf den Umzug nach Minnesota vor.«

Seine Frau stand wie vom Donner gerührt. »Minnesota! Diese gottverlassene Gegend! Das kannst du von einer Frau aus gutem Haus nicht verlangen!«

»Madam, ich verlange überhaupt nichts. Wenn Sie mich dahin begleiten wollen, ist das Ihre Angelegenheit. Mein Entschluß ist jedenfalls gefaßt.«

17

New Orleans lag in tiefem Schlaf, als Cole Latimer seinen Einspänner mit sicherer Hand durch die geisterhafte, unwirkliche Nebellandschaft lenkte. Das Haus der Craighughs lag hinter ihm. Die Stille wurde nur vom Klappern der Pferdehufe und dem Räderrasseln unterbrochen. Fern im Nordwesten zeugte nur noch vereinzeltes Leuchten von dem abziehenden Unwetter. Mit gespannten Zügen versuchte Hauptmann Latimer das graue Dämmerlicht zu durchdringen. Innerlich schalt er sich einen Narren. Wie hatte er nur den Unterschied zwischen den beiden Frauen übersehen können? Sie waren so verschieden wie Ost und West. Oder, wie er sich mit einer hämischen Grimasse eingestehen mußte, wie der Norden und der Süden.

Er hatte nur eine kurze Strecke Weges zurückgelegt, als eine dunkle Gestalt über die Straße huschte. Schemenhaft verschwand sie hinter einer großen Eiche am Wegesrand. Nichts rührte sich, als er näher kam. Um einem Hinterhalt vorzubeugen, brachte Cole seine Kutsche zum Stehen und zog die Pistole. »He da! Komm raus aus deinem Versteck! Laß dich mal bei Licht betrachten!« befahl er mit scharfer Stimme.

Nichts geschah. Da spannte Cole den Hahn seiner Waffe. Das metallische Klicken zerriß die Stille der Nacht. Eben wollte er noch einmal rufen, als mit sichtlichem Widerstreben eine kleine schlanke Gestalt, die ganz in Schwarz gekleidet war, in sein Blickfeld trat. Cole ließ die Pistole sinken, als er die zierliche Witwe erkannte, an der er und Jacques DuBonné so großes Interesse gezeigt hatten.

»Madam, es verwundert mich, Sie in einer solchen Nacht und zu so später Stunde ohne männliche Begleitung anzutreffen. Gestatten Sie mir, daß ich Ihnen meinen Beistand anbiete?«

Der Kopf unter der schwarzen Haube wurde nur verneinend geschüttelt.

»Kann ich Sie vielleicht irgendwo hinbringen?« Wieder war die Antwort nur ein verneinendes Kopfschütteln. Was anderes blieb der vermeintlichen Witwe übrig? Alaina wußte nur zu gut, daß der Hauptmann sie beim ersten gesprochenen Wort erkennen würde. Ständig kreuzte dieser verflixte Yankee ihren Weg.

Inzwischen hatte Cole seine Handschuhe ausgezogen und war aus der Kutsche gestiegen. »Ich gebe Ihnen mein Wort, Madam, daß ich erst dann weiterfahre, wenn ich Sie in Sicherheit weiß.«

Tief innerlich verfluchte Alaina, daß sich wieder einmal alles gegen sie zu kehren schien, als Cole eine Zigarre herauszog und ein Streichholz anriß. In seinem flackernden Lichtschein trat er näher an sie heran und hob ihren Schleier. Beim Anblick von Alainas grauen Augen war er so verblüfft, daß er das Streichholz vergaß

und sich die Finger verbrannte. Unterdrückt fluchend ließ er es fallen.
»Haben Sie sich verbrannt, Hauptmann?« fragte Alaina mit gekünstelter Anteilnahme.
»Allerdings!« entgegnete Cole gereizt und warf seine Zigarre in hohem Bogen fort.
»Wer mit dem Feuer spielt, Hauptmann –«, höhnte sie, »nun, Sie kennen ja das Sprichwort.«
»Da hast du wohl recht«, höhnte Cole. »Aber anscheinend muß ich mich weniger vor brennenden Streichhölzern als vor hergelaufenen Jungen und gewissen Witwen, wie zum Beispiel Alaina McGaren, hüten.«
»Was soll denn das nun wieder heißen?« entgegnete Alaina ungehalten.
»Du hättest mir wenigstens sagen können, was in jener Nacht wirklich geschah. Zeit genug, mich zu warnen, hattest du ja. Dann wäre es nicht zu dieser überstürzten Heirat gekommen«, grollte Cole übellaunig.
»Aber Herr Hauptmann«, säuselte das Mädchen mit boshaftem Lächeln, »Sie schienen doch so versessen auf diese Heirat zu sein. Wie käme ich dazu, zwischen Sie und Ihr Glück zu treten?«
»Verdammtes Weib!« Cole konnte nicht länger an sich halten. »Bist du so einfältig, daß du nicht begreifst, warum ich Roberta geheiratet habe?«
»Können Sie sich nicht ein wenig deutlicher erklären?« gab Alaina schnippisch zurück.
»Das begreifst du sowieso nicht. Also lassen wir das«, meinte Cole resigniert. »Niemand wird das je begreifen.« Irritiert zeigte er auf ihr schwarzes Kleid. »Hast du irgendwelche Sachen gepackt, oder ist das etwa alles?«
Alaina verschwand hinter dem Baum und kam mit ihrem Weidenkorb zurück. Cole verbeugte sich vor ihr und schlug die Hakken zusammen. »Darf ich bitten, Mademoiselle?« Damit nahm er ihr das Gepäckstück aus der Hand. Alaina warf den Kopf in den Nacken und ließ ihn gewähren. Sie konnte auf den Rat und die Hilfe dieses elenden Yankees verzichten, und wenn er so versessen war auf ihre Kiste, dann sollte er sie haben. Sie würde auch so zurechtkommen. Doch da wurde sie unversehens von starken Armen emporgehoben und an eine breite, muskulöse Brust gezogen, an die sie sich nur allzu gut erinnerte.

»Was fällt Ihnen ein!« protestierte sie atemlos. »Lassen Sie mich sofort los! Behandelt man so eine Dame?« Immerhin legte sie einen Arm um Coles Hals. Sie fühlte sich in seinen Armen geborgener, als sie zugeben wollte. »Trotz aller Drohungen hätten Sie das mit Al nicht gemacht.«
»Das mag schon sein«, murmelte Cole gedankenverloren. »Auf jeden Fall gefällst du mir besser als diese Vogelscheuche namens ›Al‹.«
Sein Gesicht war dem ihren sehr nah. Alaina konnte darin lesen wie in einem offenen Buch. Wie er so versonnen vor sich hin lächelte, wurde das Mädchen an Dinge erinnert, die sich in ihr Gedächtnis eingebrannt hatten und sie nicht in Ruhe ließen. Sie erschauerte wohlig und wendete ihr Gesicht ab, um ihr plötzliches Erröten zu verbergen.
»Bitte, Hauptmann!« stammelte sie und war bemüht, sich seinen Armen zu entwinden. »Ich bin es satt, daß Sie immer und ewig an mir herumfingern! Und bitte vergessen Sie nicht, daß Sie verheiratet sind!«
Coles Ärger war verflogen. Etwas unsanft setzte er sie auf den Beifahrersitz seines Einspänners. »Das scheint Sie ja mehr zu beschäftigen als mich selbst, Miss MacGaren!«
Nchdem er Alainas Weidenkorb hinten in der Kutsche verstaut hatte, setzte er sich neben sie. »Sie haben mir noch nicht gesagt, wohin ich Sie fahren soll.«
»Ehrlich gesagt weiß ich nicht, wohin, Hauptmann«, gestand sie. »Viel Geld kann ich für eine Unterkunft nicht ausgeben, das wissen Sie ebenso gut wie ich. Ich hatte daran gedacht, daß ich vielleicht bei Dr. Brooks unterkommen könnte.«
»Ich habe da immer noch meine Wohnung in den Pontalba Apartments. Wenn Sie wollen, können Sie dort während meiner mehrwöchigen Abwesenheit wohnen und in der Zwischenzeit Ihre Angelegenheiten ordnen«, erwiderte Cole ihr ohne Umschweife.
Stolz warf Alaina ihren Kopf zurück. »O ja, Herr Hauptmann! Ich könnte mich dort gemütlich als Ihr Liebchen einrichten und Sie bei Ihrer Rückkehr mit offenen Armen empfangen. Fürwahr, das haben Sie sich schön ausgedacht!«
»Reden Sie keinen Unsinn!« antwortete Cole erzürnt. »Es bedrückt mich, Sie in dieser Notlage zu sehen, zumal ich teilweise selbst daran schuld bin. Meine Wohnung biete ich Ihnen mit den

allerbesten Absichten an.« Wütend biß er auf seine Zigarre, bevor er fortfuhr: »Ich habe wirklich genug von Ihrem Geziere und Gemaule. Sie werden dort wohnen und damit basta.«
Schweigend fuhren sie eine Weile dahin. Allmählich verebbte Coles Zorn. Er paffte an der Zigarre und hing seinen Gedanken nach. Sein kurzes Auflachen ließ Alaina schließlich aus ihren Grübeleien hochfahren. »Ich mußte gerade daran denken, daß in den vergangenen Monaten drei Personen nachhaltig in mein Leben eingegriffen haben. Alle drei habe ich eigentlich nie richtig zu Gesicht bekommen, doch alle waren sie von diesem Krieg gezeichnet: Da war zuerst dieser dahergelaufene Junge, von dem ich glaubte, er benötige meinen Beistand. Dann traf ich auf ein junges Weib, das sich mir unauslöschlich in das Gedächtnis gegraben hat und dessen Gesicht und Gestalt ich seither vergebens suche. Und zu guter Letzt kam dann die Witwe mit ihrem feinen Figürchen und schlug mich in ihren Bann, daß ich ganz einfach nach ihr suchen mußte.« Cole blickte Alaina von der Seite an. »Und jetzt stellt sich heraus, daß alle drei die gleiche Person sind. Sagen Sie, Mis MacGaren, soll ich mich durch diese Erkenntnis bereichert oder ernüchtert fühlen?«
Der grüblerische Ausdruck auf Alainas Gesicht machte einem bittersüßen Lächeln Platz. »Haben Sie etwa noch nie darüber gelesen, Hauptmann, daß der Krieg die Hölle ist?«
Danach sprach keiner der beiden mehr ein Wort. In sich gekehrt fuhren sie durch die menschenleeren Straßen. Nur das stetige Geklapper der Pferdehufe und das Rasseln der Wagenräder auf dem Kopfsteinpflaster waren zu hören. Die Stadt schien ohne Leben. Sogar die Trunkenbolde hatten sich vor der Wucht des Unwetters in einen schützenden Winkel verkrochen.
Vor dem roten Backsteingebäude, in dem er gewohnt hatte, zog Cole die Zügel und brachte das Fahrzeug zum Stehen. Er sprang auf das Pflaster und wollte Alaina beim Aussteigen behilflich sein, doch blieb sie steif und störrisch sitzen.
»Gibt es irgendwelche Probleme, Miss MacGaren?« erkundigte er sich.
Aus kühlen, grauen Augen schaute sie ihn verächtlich an. »Wünschen Sie, daß ich in das Gefängnis von Ship Island gebracht werde, Hauptmann?« fragte sie mit unterdrückter Stimme zurück.
»Durchaus nicht. Ich weiß, daß zumindest ein Teil der gegen Sie

erhobenen Anschuldigungen nicht stichhaltig ist«, entgegnete Cole verwundert.
»Dann muß ich Sie ersuchen, mich nicht bei meinem Namen zu nennen, Sir. Der ist hier ohnehin schon in aller Munde, daß mir angst und bange wird.«
»Aber selbstverständlich, Madam!« Cole verbeugte sich entschuldigend, ein flüchtiges Lächeln umspielte seine Lippen. »Haben Sie hinsichtlich des Namens irgendeine Vorliebe?«
»Durchaus nicht, Sir.«
Als Cole sie zu seiner Wohnungstür geleitete, hätte er gern einen Arm um ihre Schultern gelegt, doch nahm er davon Abstand. Alaina selbst betrat das Appartement mit gemischten Gefühlen. Nicht länger schützte sie die Verkleidung als Al vor seinen Augen, deren Blick sie fast körperlich zu spüren vermeinte. Unbehaglich schaute sie sich um.
»Wie gemütlich Sie es hier haben«, meinte sie dann mit beißendem Spott.
»Vielleicht sollte ich mich an Ihnen dafür schadlos halten, daß Sie mich einer anderen Frau in die Arme getrieben haben«, gab er mit zornig gerunzelter Stirn zurück. »Oder soll ich Ihnen etwa dafür dankbar sein? Sehen sie nicht, wohin Ihre Verschwiegenheit mich geführt hat? Liebes Mädchen, ich wäre besser dran, wenn Sie nicht Ihr Spielchen mit mir getrieben hätten.«
Unsicher schaute sie zu ihm herüber. Er stand da, hochgewachsen und kraftvoll, mit strenger Miene und blitzenden Augen. Bedrückt mußte sie sich eingestehen, daß er recht hatte. Plötzlich fühlte sie sich mutlos und niedergeschlagen.
»Ich werde jetzt gehen«, verkündete Cole. Ihre Furcht besänftigte ihn.
Er brachte ihr Gepäck in das Schlafzimmer und zündete dort eine Lampe an. Alaina stellte sich an das Fußende des Bettes. Nur mit Mühe konnte er sich vom Anblick ihres zauberhaften Gesichtes losreißen. Wie hatte sie ihn nur derart hinters Licht führen können?
»Sie kennen sich hier ja aus«, sagte er bedächtig. »Den Schlüssel lasse ich da. Schließen Sie hinter mir ab.«
»Ja, sicher«, murmelte sie scheu mit gesenktem Blick.
»Alaina!« Ihr Name kam von seinen Lippen wie ein Windhauch, der seufzend durch das Laubwerk der Bäume streicht. Er hob eine Hand, um die seidigen Strähnen ihres Haares zu streicheln,

doch sie wendete sich zornig ab und blitzte ihn an: »Ich habe Ihnen doch gesagt, daß Sie mich nicht anfassen sollen!«
Cole ließ die Hand sinken und atmete tief. »Ich komme in der Frühe zurück und bringe etwas zu essen.«
»Ich brauche Ihre milden Gaben nicht«, murmelte Alaina. »Ich kann für mich selbst sorgen.«
Sein Blick strich wie beiläufig über sie hin. »Das habe ich schon am ersten Tage unserer Bekanntschaft gemerkt, und seitdem dürfte sich nicht allzuviel geändert haben.« An der Tür drehte er sich noch einmal zu ihr um. »Ich komme wieder.«
Als er gegangen war, drehte Alaina schnell den Schlüssel im Schloß um. Lange lehnte sie an der Tür. Der Gedanke, diese Nacht in seiner Wohnung zu bleiben und umgeben von seiner Habe in seinem Bett zu schlafen, war ihr unerträglich. Er gehörte Roberta. Sie selbst hatte kein Anrecht auf ihn.
Sie wußte, was sie zu tun hatte, und machte sich unverzüglich ans Werk. Trotz ihrer Erschöpfung, wollte sie nur so lange bleiben, wie sie brauchte, um ihre Verkleidung zu wechseln. Eilig streifte sie die Kleider vom Leib und schlüpfte in die Jungenkleidung, die sie in dem Weidenkorb mitgebracht hatte. Angewidert erschauerte sie, als sie Gesicht und Arme mit Ruß aus dem Kamin schwärzte. Dann stülpte sie den speckigen Hut auf den Kopf und verließ die Wohnung.

Mrs. Hawthorne hatte es sich zur Gewohnheit gemacht, morgens früh aufzustehen und jeden neuen Tag mit einem kleinen Spaziergang in ihrem Blumengarten zu begrüßen. Als sie an diesem Morgen aus dem Haus trat, erblickte sie zu ihrem Erstaunen die schmächtige Gestalt von Al, der am Geländer der Eingangshalle auf seinem großen Weidenkorb zusammengekauert schlief. Voller Mitgefühl kniete die alte Frau neben Alaina nieder, legte einen Arm um ihre Schulter und schüttelte sie so lange, bis sie blinzelnd die Augen aufschlug.
»Komm schon, mein Kind«, drängte sie sanft und zog das Mädchen auf die Füße. Dann führte Mrs. Hawthorne Alaina zu einem Sofa und deckte sie mit ihrer wollenen Stola zu. »Ruh dich aus, hier bist du in Sicherheit. Zum Frühstück wecke ich dich dann.«

Nach einem herzhaften Frühstück lehnte Alaina sich erfrischt zurück und genoß den starken, heißen Kaffee, den Mrs. Hawthorne extra für sie zubereitet hatte. »Sie hätten mich nicht so lange schlafen lassen sollen. Es ist fast zehn.«

»Die Ruhe hat dir bestimmt gutgetan, Alaina. Aber was hast du mir da über deinen Hauptmann erzählt? Mußt du ihm jetzt etwa aus dem Weg gehen?«

»Ihm am allermeisten!« entfuhr es Alaina heftig. »Ich habe allmählich genug von seinem Getue. Überall läuft er mir über den Weg!«

»Ich verstehe.« Mrs. Hawthorne schenkte dem plötzlich so zornigen und nervösen Mädchen einen langen, nachdenklichen Blick. »Nun ja! Und was willst du jetzt anfangen?«

»Ich will zurück nach Hause und mir Briar Hill noch einmal anschauen, bevor es verkauft wird.« Mehr wollte Alaina von ihren Plänen nicht preisgeben. Ihr Herz krampfte sich zusammen bei dem Gedanken, daß irgendwelche Yankees im Salon ihrer Mutter herumlümmeln würden.

»Aber wie willst du denn da hinkommen, mein Kind?« fragte die alte Dame.

Alaina biß sich auf die Lippen. »Wenn ich es Ihnen sagte, dann könnten die Yankees Sie zum Reden zwingen oder Sie ins Gefängnis werfen, und die Schuld daran will ich nicht auf mich nehmen.«

Ihre Gastgeberin lachte unbekümmert. »Nun hör mir mal zu, mein kleines Fräulein. Soviel Spaß wie jetzt hatte ich seit Jahren nicht mehr. Alles ist so spannend, daß ich kaum abwarten kann, was als nächstes geschieht. Glaubst du im Ernst, ich laß' dich ohne Hilfe davonziehen? Vergiß nicht, daß Doktor Latimer jetzt deine Verkleidung kennt.«

»Und über die Witwe weiß er auch Bescheid. Ich traue dem Kerl glatt zu, daß er mich allein aus Bosheit aufspüren will.«

Besorgt blickte die alte Dame auf die Uhr. »Ich nehme an, daß dein Hauptmann vor Einbruch der Dunkelheit hier auftauchen wird. Wir müssen uns beeilen, wenn du vor seiner Ankunft fort sein willst.«

»Wir?« fragte Alaina verwundert, aber Mrs. Hawthorne machte sich schon eifrig in der Küche zu schaffen. Als sie kurz darauf zurückkam, stellte sie feierlich eine Karaffe mit einer braunen Flüssigkeit mitten auf den Tisch. »Dies ist Walnußtinktur. Damit färbt man Wolle und andere Stoffe, aber es taugt auch für die Haut. Es hält ungefähr ein bis zwei Wochen vor. Mit Öl aus

Baumwollsamen vermischt machen wir damit aus dir eine richtige Mulatin.«
»Das ist doch noch viel gefährlicher. Wenn man mich nun für eine entlaufene Sklavin hält?« Nach allem, was vorgefallen war, war es Alaina nicht zu verdenken, daß sie davor zurückschreckte. Aber Mrs. Hawthorne ließ sich nicht aufhalten. »Ich habe einen Freund drüben in Gretna. Er ist ziemlich wohlhabend. Die Yankees hält er alle für Narren und die Rebellen für Wirrköpfe. Ganz bestimmt hilft er uns.«

Als Cole Latimer Mrs. Hawthornes Haus erreichte, eilte er mit großen Schritten durch die Eingangshalle und hämmerte mit der Faust an die Haustür, bis er im Inneren Schritte vernahm. Mrs. Hawthorne hieß ihn mit einem freundlichen Lächeln willkommen.
»Schau an, Hauptmann Latimer! Was führt Sie zu mir?«
»War Alaina MacGaren bei Ihnen? Ich hatte sie bei mir einquartiert, aber sie ist spurlos verschwunden.«
Mit gespieltem Erstaunen wandte sich die alte Dame Cole zu. »Meine Güte, Hauptmann, was hat sie denn nun schon wieder angestellt?«
Coles Blick verfinsterte sich, als er die Weidenkiste entdeckte, die Alaina einfach hatte stehen lassen. »Wo ist sie? Wo ist sie hin?« brüllte er.
»Das Mädchen ist weg, Hauptmann. Ersparen Sie sich die Suche nach ihr.«
»Wie sah sie denn aus? War sie als Junge oder als Mädchen verkleidet?« verlangte Cole zu wissen.
»Was Sie nicht alles wissen wollen, Hauptmann. Ts, ts! Kein Wunder, daß das Mädchen vor Ihnen die Flucht ergriffen hat«, spöttelte Mrs. Hawthorne.
Cole machte eine ungeduldige Handbewegung. »Ist sie mit dem Pferd oder dem Einspänner fort?«
»Ich glaube, mit dem Pferd.« Die Frau nickte bestätigend. »Aber genausogut könnt es der Einspänner sein. Wußten Sie übrigens, daß sie eine ausgezeichnete Reiterin ist?«
»Daran hege ich nicht den geringsten Zweifel«, gab der Hauptmann zurück. »Aber war sie verkleidet?«
»Nun, ich habe dem Mädchen versprochen, nichts zu verraten, und ich bin eine Frau, die ihr Wort hält.« Um Mrs. Hawthornes

Mundwinkel spielte ein amüsiertes Lächeln. »Sie machen sich ja wirklich große Sorgen um Alaina. Sind Sie mit ihr verwandt?«
»Nur entfernt durch Heirat.« Rastlos ging Cole im Raum auf und ab.
»Spielt sie eine besondere Rolle in Ihrem Leben? Ist sie vielleicht Ihre Geliebte?«
Aufgebracht wirbelte Cole herum. »Das wohl kaum! Bis gestern glaubte ich, sie sei ein Junge.«
»Tja, da bleibt nur eine Möglichkeit: Sie sind in sie verliebt.« Die alte Dame faltete die Hände.
Die Idee schien so abwegig, daß der Hauptmann fast laut losgelacht hätte. »Mrs. Hawthorne –«, setzte er an.
»Warum so förmlich, Herr Hauptmann? Nennen Sie mich ruhig Tally, wie alle anderen auch.«
»Tally.« Cole hielt inne, um seine Gedanken zu ordnen. »Ich bin erst seit einigen Monaten verheiratet, und während dieser ganzen Zeit kannte ich Alaina nur als ›Al‹. Ich fühlte mich einfach für das Mädchen verantwortlich. Hitzköpfig, wie sie ist, steckt sie ständig bis über beide Ohren in Schwierigkeiten. Deshalb möchte ich sie gerne auch in Zukunft beschützen.«
»Aber natürlich, Hauptmann.« Scheinbar arglos lächelte die Frau ihm ins Gesicht. »Und da haben Sie bisher ja auch ganze Arbeit geleistet.«
Als Cole in ihre warmen, braunen Augen schaute, hatte er das deutliche Gefühl, daß Tally Hawthorne gleichzeitig für ihn und gegen ihn war. Damit erübrigte sich für ihn alles weitere Reden. Er ergriff seine Reithandschuhe und ging zur Tür. »Gute Nacht, Tally.«
»Ich wünsche Ihnen wirklich bei der Suche nach Ihrem Mädchen viel Glück, Hauptmann. Aber jetzt gute Nacht!«
Cole öffnete den Mund zu einer Erwiderung, doch Mrs. Hawthorne hantierte schon mit dem Teegeschirr.
Der Hauptmann war entlassen.

18

Hauptmann Cole Latimer wurde der 1. Division des 19. Armeecorps unter General William H. Emory als Feldarzt zugeteilt. Nachdem er im Lazarett seine Arzttasche gepackt hatte, warf er noch einen Blick in den Tagesraum in der Hoffnung, daß ›Al‹ sich anders besonnen hatte und zurückgekehrt war. Aber seine leise Hoffnung wurde zunichte und wich einer großen Enttäuschung. Sein sehnlicher Wunsch wurde ihm nicht erfüllt.
Als er am Schwarzen Brett vorbeikam, riß er beiläufig einen Zettel ab, den er schon vorher bemerkt hatte. Doch erst auf der Fähre nach Gretna fand er einen ruhigen Augenblick, um die Mitteilung zu lesen:

BRIAR HILL
AMTLICH BESCHLAGNAHMT
als Besitz der Verräterin
ALAINA MACGAREN
1500 Morgen, davon ca. 600 Morgen Ackerland (geschätzt)
Haus, Stallungen, Remise in gutem Zustand. Weitere Wirtschaftsgebäude reparaturbedürftig.
Mindestgebot: 5000 US-Dollar
Versteigerungstermin: 12. April 1864

An die Reling gelehnt, starrte Cole in die aufgewühlten Fluten des Stromes. Er war sich völlig sicher, daß Alaina sich schleunigst nach Hause aufgemacht hatte, und sei es auch nur, um einen letzten Blick auf ihr einstiges Heim zu werfen. Die Einheit des Hauptmanns hatte sich nach Cheneyville in Marsch gesetzt, und von dort waren es nur einige Meilen bis Briar Hill. Mit ein wenig Glück könnte er vielleicht einen Abstecher dorthin machen. Eventuell traf er dann sogar mit Alaina zusammen.
In Brashear City angekommen, machte Cole sich auf den Weg zum Feldlazarett. Die Sonne berührte schon die Baumwipfel, als der Quartiermeister ihn in das Zelt einwies, das bisher von Major Magruder bewohnt worden war. Im Lazarett ging es drunter und drüber. Alles lungerte herum und widmete sich irgendwelchen Freizeitbeschäftigungen. Es herrschte eine Atmosphäre wie an einem dienstfreien Sonntag.

Die klare Morgendämmerung des 8. März versprach anhaltend schönes Wetter. Hauptmann Latimer war vor Sonnenaufgang aufgestanden und hatte sich nach einem herzhaften Frühstück zu der Einheit begeben, die ihm unterstellt worden war. Sofort betrat er das Zelt, in dem die Verwaltung untergebracht war, und ließ den Hauptfeldwebel zu sich rufen. Die Inspektion der dreißig Waggons mit Nachschub, Verpflegung und ärztlicher Ausrüstung hatten seinen Zorn erregt. »Wo sind die Frachtlisten für diese Waggons, Hauptfeldwebel?«

»Es gibt keine, Sir«, erwiderte der stämmige Mann lässig. »Major Magruder sagte, es käme nicht so genau darauf an, und so haben wir eben alles eingeladen, was gerade zur Hand war.«

»Sollen wir etwa alle Waggons ausladen, wenn wir etwas suchen? Möchten Sie vielleicht diese Aufgabe übernehmen?« fragte Cole bissig. »Wenn eine einzige Granate in die Wagen einschlägt, können wir zwar ein paar Meilen Sumpf trockenlegen, aber mit dem Verbandszeug für die Verwundeten ist es dann vorbei.«

»Aber, Sir –«, setzte der Feldwebel zu sprechen an, doch ein strenger Blick von Cole ließ ihn verstummen.

»Rufen Sie Ihre Männer zusammen und lassen Sie die Waggons entladen, damit wir etwas Ordnung in dieses Durcheinander bringen«, befahl der Hauptmann und entließ seinen Untergebenen.

Bei Einbruch der Nacht war alles sauber und ordentlich in den Waggons verstaut. Cole saß in seinem Zelt und ordnete den Wust von Papieren, den Major Magruder ihm hinterlassen hatte, als ein Bote mit der Meldung erschien, daß die beiden Divisionen, zu der auch Coles Einheit gehörte, am nächsten Morgen in Marsch gesetzt würden.

Der blutrote Sonnenaufgang war wie ein böses Omen, doch als die Wärme des Tages die Frühnebel auflöste, schwanden auch alle dunklen Vorahnungen. Erst am frühen Nachmittag brach die Truppe das Lager ab und setzte sich in Marsch.

Der zehnte Tag des Feldzuges dämmerte grau und neblig herauf. Der anhaltende Regen der letzten Tage hatte die Gegend in einen knöcheltiefen Morast verwandelt. Das Heer hatte sein Lager in der Nähe des Bayou Teche, einem großen Sumpfgebiet, aufgeschlagen. Der Vormarsch war mühselig gewesen, und Cole war niedergeschlagen. Bei diesem Marschtempo würde er Briar Hill niemals erreichen, solange Alaina noch dort war. Alles schien sich gegen ihn verschworen zu haben. In den folgenden Tagen sank seine Stimmung noch tiefer, denn der Regen strömte pausenlos herab.

Auf die Frau, der alle seine Gedanken galten, fiel der gleiche Regen, während sie mit tränenverschleierten Augen die lange Eichenallee entlang auf das weiße Haus blickte. Die Fensterläden waren geschlossen und die Tür mit Brettern vernagelt.

Alaina war endlich daheim!

Briar Hill! – Die Reise hatte nahezu fünf Tage gedauert.

Kaum eine Handvoll Leute hatte von dem gertenschlangen Mulattenjungen Notiz genommen, der auf dem Bock eines klapperigen Leichenwagens saß. Die gelben Wimpel verrierten, daß das Fuhrwerk ein Opfer des Gelbfiebers beförderte, und bewirkten, daß sich alle Menschen in respektvoller Distanz hielten.

Ein knöchellanger Mantel verbarg Alainas weibliche Formen. Auf dem Kopf trug sie einen großen Zylinderhut, der ihr struppiges Haar vollständig verdeckte. Die Walnußtinktur hatte ihre Haut so nachhaltig gedunkelt, daß sie ohne weiteres als ein junger Sklave gelten konnte, der seinen toten Herrn heimfuhr. Der Leichenwagen gehörte Mrs. Hawthornes Freund, von dem sich herausgestellt hatte, daß er Bestattungsunternehmer war. Humorvoll war er auf die Idee der alten Dame, Alaina mit diesem Vehikel reisen zu lassen, eingegangen und hatte dem Mädchen versichert, daß sie sich wegen der Rückgabe des Gefährts keine Sorgen machen sollte.

Erinnerungen an die letzten Tage auf Briar Hill stiegen in Alaina auf, als sie nun unter dem grünen Laubdach der Allee dahinfuhr. Das war im Frühjahr '63 gewesen. Die Yankees hatten die Ernte vernichtet, das Vieh und die Baumwolle beschlagnahmt, geplündert und gebrandschatzt, wann immer es ihnen in den Sinn kam. Glücklicherweise war Briar Hill dem Feuer nicht zum Opfer gefallen, und Alaina sagte sich, daß all diese Verluste geringfügig waren im Vergleich zu dem, was Hauptmann Latimer ihr genommen hatte. Unauslöschlich war jene Nacht in ihre Seele eingebrannt.

Als das Mädchen vor dem Haus vorfuhr, sprang ihm ein großes rotes Kreuz in die Augen, das auf die Eingangstür gemalt war.

Alainas Mut sank unter der Last der ungerechten Anschuldigungen. Ihre eigenen Leute hatten sie als Verräterin gebrandmarkt und ihr keine Chance zur Verteidigung gelassen. Dieses Kreuz verkündete ihr Urteil: Die Verräterin mußte sterben!
Mit zitternden Knien stieg Alaina vom Kutschbock und umrundete langsam das Haus. Der Hintereingang war nur mit einer Holzplanke verbarrikadiert. Sie warf sich mit der Schulter dagegen, und die Tür gab nach.
Bedrückt wanderte das Mädchen durch die dunklen Räume. Ihre Schritte klangen hohl, und sie bemerkte, daß viele der Möbel fort waren. Das Schlafzimmer ihrer Eltern war fast leer. All die vertrauten Gegenstände von einst waren verschwunden. Kummervoll wandte sich Alaina ab. Das war mehr, als sie ertragen konnte.
Mit schleppenden Schritten stieg sie in ihr Schlafzimmer hinauf. Sie fand es fast genauso vor, wie sie es verlassen hatte. In tiefer Verzweiflung ließ sie sich auf den Rand des Bettes sinken. Sie war todmüde und von übermächtigem Schmerz erfüllt. Ein leises Schluchzen entrang sich ihr, Tränen rannen ihre dunklen gefärbten Wangen hinab. Ihre Hände krallten sich in die Matratze. Doch plötzlich zuckte sie zusammen und richtete sich alarmiert auf. Der Fußboden hinter ihr ächzte unter schweren Schritten. In jäher Furcht sprang Alaina auf, um dem Eindringling die Stirn zu bieten. Als ihr jedoch dämmerte, wer vor ihr stand, war sie sprachlos. Sie glaubte, ihren Augen nicht zu trauen. Aller Kummer war wie fortgeblasen.
»Miz Alaina?« fragte eine vertraute Stimme zaghaft, und ein hünenhafter schwarzer Mann trat zögernd näher. »Kindchen, bist du das?«
»Saul!« Alainas Freudenschrei zerriß die Stille des Hauses. Im nächsten Augenblick warf sie sich in seine bärenstarken Arme. Jetzt weinte sie vor Glück und Erleichterung. »O Saul, ich dachte, du bist tot!«
»Nein«, grinste der Schwarze. »Die Yankees ha'm mich nicht geschnappt, ich hab' sie abgehängt. Dann bin ich wieder hierher. Ich dacht' mir, du kommst wieder zurück.«
»Und ich habe gedacht, du seist tot oder gefangen, also bin ich zu Onkel Angus nach New Orleans.« Lachend wischte sich Alaina die Tränen aus den Augen. »Wo sind denn all die Sachen hin, Saul?«

»Ich habe mich mal 'n bißchen bei den Gilletts umgesehen. Das Pack hat ganze Wagenladungen weggeschleppt. Wenn Mistah Jason zurück ist, werden wir den weißen Strolchen mal unsere Flinte unter die Nase halten. Emmett Gillett, dieses Miststück, posaunt überall herum, daß er dich vertrieben hat. Aber wir werden ihm schon das Maul stopfen, wenn Jason erst wieder da ist.«

Alaina seufzte gequält. »Ich fürchte, Jason kommt nie zurück.«

»O nein!« stöhnte Saul und ließ den Kopf hängen. Tränen glitzerten in seinen Augen.

»Wie hast du dich die ganze Zeit durchgeschlagen?« erkundigte Alaina sich mit schwacher Stimme.

»Ach, ganz gut. Jedesmal, wenn jemand hier rumgeschnüffelt hat, habe ich mich auf dem Dachboden versteckt. Dann kam eines Tages so 'n aufgedonnerter Kerl hierher. Der Yankee, der von uns gesagt hat, wir seien Spione, war auch dabei, außerdem eine Frau mit Hosen und noch ein Mann. Der feine Pinkel sagte, daß er Briar Hill bei der Auktion kaufen wollte. Die anderen gingen in den Wald. Ich bin ihnen nach und habe gesehen, wie sie was einbuddelten. Ich glaube, sie haben einen von den Männern vergraben, weil sie nur zu dritt waren, als sie zurückkamen. Aber ich hatte nicht genug Mumm, um nachzuschauen.«

Die Vorstellung, daß auf Briar Hill ein Mord begangen worden war und der Täter das Gut an sich reißen wollte, verbitterte Alaina. Sie war grimmig entschlossen, das zu verhindern.

»Wir müssen herausfinden, was die Leuten vergraben haben«, sagte sie zu Saul.

»Sie wollen eine Leiche ausgraben, Miz Alaina? Sie liegt schon seit einer ganzen Weile unter der Erde«, staunte der Schwarze.

»Wenn ich meinen Namen von allen Anschuldigungen reinwaschen und Briar Hill zurückhaben will, muß ich vielleicht beweisen, daß jene Leute Mörder sind. Auf jeden Fall gebe ich mich noch längst nicht geschlagen.«

Den Leichenwagen und die Pferde versteckten Saul und Alaina in einem Schuppen. Dort fand Alaina im Heu ein halbes Dutzend Eier. Offensichtlich hatten einige der von den Yankees verscheuchten Hühner den Weg zurückgefunden. Abends bereitete das Mädchen daraus einen großen Eierkuchen, der köstlich schmeckte. Saul steuerte dazu getrocknete Bohnen und einige Scheiben Schinken bei.

Nach dem einfachen, aber schmackhaften Abendessen machten sich die beiden mit Laterne und Schaufel bewaffnet auf, die Stelle im Wald zu suchen, wo die Fremden etwas vergraben hatten. Der Mond stand schon hoch am Nachthimmel, als sie endlich fanden, was sie suchten. Der Waldboden war hier offensichtlich erst vor kurzem umgegraben worden, und die dort wachsenden Eichenschößlinge waren markiert worden, als wollte jemand sichergehen, diese Stelle wiederzufinden.
Widerstrebend machte sich Saul an die Arbeit, während Alaina ihm mit der Laterne leuchtete.
Es waren fast dreiviertel Stunden vergangen, als Sauls Schaufel auf etwas Hartes stieß. Hier lag keine Leiche begraben, sagte er sich, und grub mit verdoppeltem Eifer weiter. Doch seine Begeisterung wurde arg gedämpft, als er nach kurzer Zeit die Überreste einer menschlichen Hand freilegte. Sie hing noch an einem Arm, der über einer großen, eisenbeschlagenen Kiste lag. Entsetzt wich Alaina zurück. Bisher hatte sie sich gesträubt zu glauben, daß in Briar Hill ein Mord geschehen war. Angesichts der niederschmetternden Wahrheit fühlte sie sich schwach und elend. Stumm schaute sie zu, wie der Schwarze die schwere Truhe freischaufelte. Als er sie schließlich vor sie hinstellte, wischte sie mit der Hand die feuchte Erde vom Deckel und hielt die Laterne näher. Die Buchstaben ›U.S.A.‹ kamen zum Vorschein und wiesen die Kiste als Eigentum der Unionsstaaten aus. Voller Neugier und Ungeduld zerrte das Mädchen an dem dikken Draht, der um die Truhe gewickelt war. Der Verschluß war offensichtlich aufgebogen und das Vorhängeschloß abgerissen worden.
»Treten Sie zurück, Miz Alaina!« Mit der scharfen Kante der schweren Schaufel durchschlug Saul den Draht und hob den Deckel auf. Vor Staunen stockte Alaina der Atem. Sie kniete neben Saul nieder. In mehreren Lagen waren säuberlich gebündelte Banknoten der Nordstaaten übereinandergeschichtet. Der Boden der Truhe war mit Geldsäcken bedeckt, die Zwanzig-Dollar-Münzen in Gold enthielten. Das Mädchen zog zwischen den Banknotenbündeln einige Papiere hervor und überflog sie flüchtig. »Das sind Soldgelder, die von Washington nach New Orleans verschifft wurden und für die Truppen von Brigadegeneral T. Kilby Smith bestimmt waren. Es sind mehr als hunderttausend Dollar.«

Alaina stockte, als ihr plötzlich ein Licht aufging. »So muß es sein!« Aufgeregt schwenkte sie die Papiere vor Sauls Nase herum. »Dies sind die Soldgelder, die angeblich von mir in New Orleans gestohlen wurden!«
Alaina kauerte sich hin und nagte gedankenverloren an ihrer Unterlippe. Ihre Augen verengten sich, und besorgt sah Saul den entschlossenen Glanz darin. Was sie da ausbrütete, konnte ihnen beiden künftig viel Kummer bereiten. »Miz Alaina –?« begann er zaghaft, aber ein durchdringender Blick aus ihren grauen Augen ließ ihn verstummen.
»Eins sage ich dir, Saul, wenn Alaina MacGaren als Diebin gehenkt wird, dann soll sich wenigstens niemand anderer an dem vielen Geld erfreuen.«
»Was wollen Sie denn damit anfangen, Miz Alaina?«
»Wir werden es erst mal woanders verstecken, wo wir schneller drankommen, wenn dieser aufgeputzte Kerl zurückkommt und wir abhauen müssen.«
»Und was ist, wenn man uns unterwegs erwischt?« erkundigte sich Saul ängstlich.
»Wir müssen uns eben verteufelt vorsehen, daß uns niemand schnappt.«
Dann scharrten die beiden das Loch wieder zu und hinterließen es sorgfältig getarnt, ganz wie sie es vorgefunden hatten. Fürs erste verstauten sie die Schatztruhe im Stall in einer großen Kiste und bedeckten diese mit alten Pferdegeschirren.

Die untergehende Sonne des 14. März warf ihr fahles Licht auf die lehmig roten Fluten des Stromes. Den östlichen Horizont verdunkelte blaßgrauer Dunst. Ein tiefes, grollendes Geräusch wie rollender Donner kam aus jener Himmelsrichtung, doch waren keine Blitze zu sehen. Lauschend erhoben Alaina und Saul die Köpfe.
»Hörst du das?«
Alaina nickte und starrte angespannt auf die Baumwipfel im Osten.
»Kanonen!« sagte Saul trocken. »Großes Kaliber. So um die zwanzig Meilen von hier.«
»Die Yankees greifen schon wieder Fort De Russy an«, murmelte Alaina.
»Dann kommen sie vielleicht auch hier vorbei und brennen uns

das Dach über'm Kopf ab.« Ängstlich rang der riesige Neger die Hände.
»Nagele das Schild wieder an die Tür, Saul, wo die Yankees ›Zutritt verboten‹ draufgemalt haben.«
Alaina schien finster entschlossen. »Die überlegen es sich bestimmt zweimal, bevor sie ihren eigenen Besitz niederbrennen. Wir verkriechen uns derweil im Geräteschuppen. Wenn die Blauröcke hier auftauchen, sage ich einfach, ich sei mit dir verwandt.«
Am nächsten Tag verstummte der Geschützdonner. Das kleine Fort war gefallen und die Garnison in Gefangenschaft geraten. Am 16. März fuhr eine Flottille von Kriegsschiffen der Nordstaaten den Red River aufwärts und gab dreißig Transportdampfern Geleitschutz, die zwei Divisionen kampferprobter Soldaten unter dem Kommando von General A. J. Smith an Bord hatten. Der Vormarsch der Unionstruppen schien unaufhaltsam. Auf seinem Rückzug hob der Südstaatengeneral Richard Taylor Rekruten aus, wo immer er sie finden konnte. Noch bestand Hoffnung, daß er das Land, in dem er geboren worden war, erfolgreich verteidigen konnte. Alaina hatte ähnliche Sorgen, sie zerbrach sich den Kopf darüber, wie sie ihr Heim vor den plündernden Horden, die stetig näherrückten, schützen sollte. Brandgeruch hing in der Luft und ließ sich selbst von dem anhaltenden Regen nicht vertreiben. In der Nacht frischte der Wind auf und vertrieb die Regenwolken, doch entfachte er auch die großen Brände, die den östlichen Horizont blutrot färbten.
Alaina zog die Decke über den Kopf. Wie sie diesen verdammten Krieg haßte! In ihrem Bemühen, Cole zu entkommen, war sie nur einer noch größeren Gefahr in die Arme gelaufen. Und diesmal stand sie buchstäblich mit dem Rücken an der Wand. Nach Briar Hill gab es keine andere Zuflucht mehr für Alaina MacGaren.
Noch einmal schien sich alles zum Guten zu wenden, als General Kilby Smiths Division nach Norden abzog, doch dann kam der Tag, an dem Saul ganz außer sich in den Schuppen stürmte und schrie: »Sie kommen! Sie kommen!«
Alaina preßte eine zitternde Hand auf ihr pochendes Herz und starrte auf den keuchenden Mann. »Kommen sie in unserer Richtung?« fragte sie mit belegter Stimme.
»In alle Himmelsrichtungen haben sie Patrouillen ausgesandt, Miz Alaina. Eine kommt bestimmt hier vorbei.«

»Wir bleiben hier im Schuppen, bis sie abgezogen sind. Laß uns zu Gott beten, daß sie nicht auf Morden und Brandschatzen aus sind.«

Am 20. März schlug das 19. Armeekorps nördlich von Cheneyville sein Lager auf. Cole richtete es so ein, daß er sich einer berittenen Patrouille anschließen konnte, die die Gegend in der Richtung auskundschaften sollte, in der er Briar Hill vermutete. Sie ritten eine Weile an der Flußniederung entlang und kamen schließlich zu einer Reihe von solide gebauten Holzhäuschen. Die meisten schienen verlassen und waren wohl auch geplündert worden. Überall lagen Hausrat, zerstörte Möbel und Glasscherben herum. Die kleinen, einst so sorgsam gehegten Gärten waren von Unkraut überwuchert. Nur das letzte Häuschen in der Reihe machte den Anschein, bewohnt zu sein. Eine dünne Rauchfahne kringelte sich aus dem Schornstein, und ein großer Farbiger lehnte lässig an einem Verandapfosten. Jenseits der kleinen Häuser führte eine Allee turmhoher Eichen zu einem weißen Herrenhaus von beachtlicher Größe. Am Anfang der Allee erblickte Cole ein zerbrochenes Schild, das an einem Pfahl baumelte. Darauf war in verblichenen Lettern »– Hill« zu lesen.

Durch ein halberblindetes Fenster beobachtete Alaina, wie der kleine Trupp die lehmige Straße entlangritt. Die Patrouille wurde von zwei Offizieren angeführt, die aus der Entfernung kaum voneinander zu unterscheiden waren. Doch einer der beiden war hochgewachsen und saß aufrechter im Sattel. Er ritt eine Stute, die so aussah wie –.

Alaina strengte ihre Augen an, um das Gesicht des Mannes zu erkennen. Mit dem Ärmel wischte sie die verschmierte Fensterscheibe sauber. Der Atem stockte ihr. Hastig preßte sie sich flach an die Wand. Cole Latimer!

In flammenden Lettern erschien sein Name vor ihrem inneren Auge. Wie in aller Welt hatte er erfahren, daß sie hier war? Wie?

Cole hob die Hand zum Zeichen, daß er kurzzeitig von der Patrouille ausscheren wollte, und lenkte sein Pferd in den Hof vor dem Holzhäuschen.

»Gehörst du zu dieser Farm?« fragte er den Schwarzen.

»Früher schon, aber jetzt bin ich frei«, stellte Saul fest.

»Hast du ein Mädchen gesehen, das früher hier wohnte? Eine gewisse Alaina?«

»Die ist schon seit langer Zeit weg, Sir. Nur die Gilletts weiter unten an der Straße sind noch da, alle anderen Weißen sind tot oder weggezogen.«
»Du hast das Mädchen also wirklich nicht gesehen?« beharrte Cole.
»Alle Leute, die hier vorbeikommen, fragen nach ihr, aber meine Antwort ist immer die gleiche«, antwortete Saul mit einem Achselzucken. »Woll'n Sie sich etwa auch die Belohnung verdienen, die auf ihren Kopf ausgesetzt ist, Mistah?«
Cole blickte enttäuscht in die Runde. »Unsinn. Sag ihr, daß Cole Latimer hier war, wenn du sie siehst, und daß ich nicht so leicht aufgebe.«
Mit diesen Worten wendete er sein Pferd und ritt die Allee entlang zu dem Herrenhaus. Beim Anblick des stattlichen Gebäudes konnte er Alainas Haß auf die Yankees nachfühlen. Dies war eine andere Welt. Im Geiste sah er das Mädchen ausgelassen mit ihren Brüdern vor dem Haus herumtollen. Dann schob sich eine andere Vision vor das Bild: tränenerfüllte Augen, ein schlanker, junger Frauenkörper in seinen Armen ... Es schien Cole, als sollte ihn die Erinnerung an sie auf ewig verfolgen. Nie würde er von ihr loskommen, überallhin würde sie ihn im Geiste verfolgen. Als er das große rote Kreuz an der Eingangstür erblickte, wallte Zorn in ihm hoch. Guter Gott! Das Mädchen konnte doch kaum den Anblick von Blut ertragen! Wie konnte man sie da zu einer Mörderin stempeln?
Cole fühlte sich plötzlich traurig und niedergeschlagen. Wie gern hätte er die Familie MacGaren kennengelernt, die ein so faszinierendes Geschöpf wie Alaina hervorgebracht hatte. Aber sie waren alle tot oder in alle Winde zerstreut.
Der Hauptmann wollte gerade sein Pferd wenden und zurückreiten, als sein Blick durch die offene Tür eines Schuppens auf ein seltsames Gefährt fiel. Bei näherem Betrachten erwies es sich als ein Leichenwagen. Cole ließ sich aus dem Sattel gleiten und trat neugierig näher. Er hob den Deckel des Sarges an, der sich im Inneren der Kutsche befand, und war erleichtert, daß er leer war. Die Räder des Fahrzeuges waren von verkrustetem, rotem Schlamm bedeckt. Langsam formte sich in Coles Kopf ein Bild: er sah den Leichenwagen aus dem Dunst auftauchen, auf dem Kutschbock saß ein schlanker Junge. Das war es! Sie hatte sich wieder als Junge verkleidet!

Er schwang sich wieder auf sein Pferd und ritt in gestrecktem Galopp der Patrouille nach. Es war ratsam, sich in Feindesland nicht allzu weit von der Truppe zu entfernen.
Als der Hauptmann an ihrem Versteck vorbeiritt, hielt Alaina den Atem an. Erst als er weit hinten in die Hauptstraße einbog, entspannte sie sich. Sie konnte der Versuchung nicht widerstehen, nach dem Leichenwagen zu schauen. Schon von weitem konnte sie den weißen Zettel sehen, der zwischen der Tür der Kutsche klemmte. Sie faltete ihn auseinander und starrte sekundenlang auf den Handzettel, der den bevorstehenden Verkauf von Briar Hill ankündigte. Der Name der Verräterin Alaina MacGaren prangte darauf in fetten Lettern. Auf der Rückseite stand die handgeschriebene Mitteilung:

»Al: Schaffe schleunigst den frischen Mist beiseite. Es ist unnütze Verschwendung. Wünsche dich bei meiner Rückkehr in N.O. anzutreffen. Es gibt wichtige Dinge zu besprechen. C.L.«

»Was schnüffelt denn der Yankee hier rum, Miz Alaina?« fragte Saul sie. Alaina faltete das Papier zusammen und steckte es in den Ausschnitt ihres Kleides. »Ich schätze, er ist nur auf Alaina MacGaren neugierig wie alle anderen.«
»Aber er sieht viel entschlossener aus«, grunzte der Schwarze. Wortlos nickte das Mädchen. Es sah so aus, als sei dieser Yankee wirklich nicht leicht abzuschütteln.

19

Unabänderlich nahm der Krieg seinen Lauf. Im Osten hatten sich die feindlichen Armeen auf beiden Seiten des Rapidan-Flusses verschanzt und bereiteten sich auf die Frühjahrsoffensive vor. Im Süden gab es keinen Anlaß zu übertriebenem Optimismus. Die Truppen von General Bragg hatten sich auf die andere Seite des Chickamauga-Flusses zurückziehen müssen. Bragg wurde von General Joe Johnson abgelöst, der ein tadelloses Rückzugsgefecht bis Atlanta lieferte. In Louisiana mußte General Dick Taylor widerstrebend seine Truppen vor Banks zurücknehmen und auf Verstärkungen warten.

Auf der anderen Seite verfolgte General Banks das Ziel seines Feldzuges ohne allzu große Eile. Als ehemaliger Politiker zog er es vor, das Ergebnis der Präsidentschaftswahlen am ersten April abzuwarten, und begab sich erst am sechsten Tag des Monats per Schiff nach Alexandria an die Front. Seine Truppen nahmen nach heftigen Kämpfen die Stadt Shreveport ein und zogen sich dann nach Grand Ecore in den Schutz der schweren Schiffsgeschütze von General Porters Flotte zurück. Leider mußten dabei alle Verwundeten, die nicht mehr gehen konnten, den Konföderierten auf Gedeih und Verderb überlassen werden, denn törichterweise war der Rückzug so schnell erfolgt, daß die Ambulanzen und Feldlazarette mit der Armee nicht Schritt halten konnten. Es waren diese besonderen Umstände, die Hauptmann Latimer einem grausamen Geschick auslieferten. Aus dieser Sache sollte er nicht ungeschoren davonkommen. –

Fast drei Wochen lang hatten sich die beiden Bewohner von Briar Hill von Stockfisch, Hühnern, Eiern und Kaninchen ernährt. Beim Gedanken an die geräucherten Schinken in der Speisekammer der Gilletts lief ihnen das Wasser im Munde zusammen, aber davon wurden sie auch nicht satter.

Angewidert rieb Alaina ihr Gesicht mit Walnußtinktur ein, während Saul in der Abenddämmerung zum Sumpf unten am Fluß ging und die Pferde aus ihrem Versteck holte. Nicht weit von den Behausungen der Familie Gillett ließen sie die Gäule am Rande einer kleinen Baumgruppe zurück und gingen den Rest des Weges zu Fuß. Durch dichtes Gebüsch arbeiteten sie sich vorsichtig bis auf wenige Schritte an das Gebäude heran, das den Gilletts als Räucherkammer diente. Emmett Gillett und ein Negerjunge lümmelten davor herum. In ihrem Versteck konnten Alaina und Saul jedes ihrer Worte deutlich verstehen.

»Siehst du, Tater«, brüstete sich Emmett vor dem Negerjungen, »den Yankee da hab' ich ganz alleine eingefangen.« Großspurig tätschelte er bei diesen Worten einen schwarzen Pistolengürtel der Nordstaatenarmee, den er sich eng um die plumpe Taille geschnallt hatte.

»Ach komm, Emmett«, erwiderte der kleine Schwarze, »ich hab' genau gehört, wie du laut nach deinem Papa gerufen hast, als der Yankee heute morgen in dem Boot den Fluß runtergetrieben kam.«

»Du lügst! Ich hab' keine Angst vor den Yankees. Da, schau her!« Emmett hob einen schweren Stock auf, steckte ihn durch einen schmalen Spalt in der Tür und stocherte damit heftig in dem dahinterliegenden Raum herum. »He, Yankee, bist du schon aufgewacht?«

Da wurde im Innern heftig an dem Stock gerissen und Emmett stolperte mit weit aufgerissenen Augen vornüber. Sein Kopf prallte hart gegen die unbehauenen Balken der Tür. Der Knüppel verschwand, und noch bevor Emmett seine Fassung wiedergewinnen konnte, wurde er ihm mit voller Wucht in den Bauch gestoßen, so daß der junge Mann taumelte und rücklings in eine Schmutzlache fiel.

»Mach nur die Tür auf, du Kröte«, krächzte eine rauhe Stimme hinter der Tür, »dann zeige ich dir schon, wie wach ich bin.« In ihrem Versteck legte Alaina eine Hand auf Sauls Arm und flüsterte grimmig: »Wir müssen diesen dummen Yankee da rausholen!«

»Wollen wir nicht lieber auf die Schinken verzichten und ein paar Hühner auftreiben, Miz Alaina?« wisperte Saul zurück.

»Es geht doch nicht um den Schinken.« Alaina merkte, daß Saul nicht begriffen hatte. »Den Yankee müssen wir befreien!«

Inzwischen war Emmett Gillett wütend auf die Füße gesprungen.

»Paß bloß auf, Yankee, sonst schieße ich dir mit deiner eigenen Pistole ein hübsches Loch in den Bauch!«

»Dein Vater hat dir eine Tracht Prügel versprochen, wenn du die Pistole auch nur aus dem Halfter ziehst«, erinnerte ihn Tater.

»Hau ab, du Feigling«, schnauzte Emmet, und der Kleine trollte sich von dannen.

Am Horizont dämmerte schon der neue Tag herauf. Emmett gähnte, er war müde und hatte es satt, alleine Wache zu schieben. Mißmutig ging er vor dem Schuppen auf und ab.

Plötzlich ließ ihn ein leises Geräusch zusammenfahren. »Bist du das, Tater?« fragte er.

Tiefes Schweigen war die Antwort. Achselzuckend wollte Emmett gerade seinen Wachgang wieder aufnehmen, als eine riesige schwarze Gestalt aus der Dunkelheit vor ihm auftauchte. Starke Arme streckten sich nach ihm aus. In heller Panik versuchte Emmett zu fliehen und rannte mit voller Wucht gegen das solide gebaute Räucherhaus. Ächzend sackte er in sich zusammen.

Saul beugte sich über ihn und rollte ihn auf den Rücken. Er war erleichtert, daß der junge Mann nur eine dicke Beule auf der Stirn hatte.

Wie ein Schatten tauchte Alaina an Sauls Seite auf. »He da, wir sind gekommen, Ihnen zu helfen«, zischte sie durch den schmalen Spalt der Tür.

Ohne große Kraftanstrengung nahm Saul den Querbalken weg, der die Tür versperrte, und riß sie weit auf. Cole Latimer kroch auf allen vieren heraus und lehnte sich erschöpft gegen die Außenwand. Inzwischen verfrachteten seine Befreier Emmett Gillett ins Innere des Räucherhauses und nahmen dabei schnell noch einen Schinken mit. Dann legte Saul Coles Arm um seine Schultern, und alle drei verließen die Stätte. Mit einem Zweig verwischte Alaina alle Spuren hinter ihnen. Als sie bei den wartenden Pferden ankamen, hievte Saul den Hauptmann in den Sattel.

Sie ritten über offene Felder und kamen schließlich zu einer großen, duftenden Magnolienhecke, durch die Cole die Umrisse eines weitläufigen, unbeleuchteten Hauses erblickte, das ihm trotz seines Fiebers irgendwie bekannt vorkam.

Saul trug den Hauptmann ins Haus, während Alaina die Pferde versorgte. Als sie zurückkam, hatte der Schwarze schon zwei Kerzen angezündet. Verwirrt blickte Cole auf die beiden, doch als die kleinere der beiden Personen ihren Hut vom Kopf riß und ihr dunkles Haar schüttelte, rief Cole verblüfft: »Alaina!« Erleichterung durchflutete ihn. »Gott sei Dank!« Seine Worte klangen wie ein Dankgebet.

Alainas Gesicht spiegelte tiefen Ernst, als sie den Arm ausstreckte und mit zitternden Fingern seinen Oberschenkel berührte. Coles rechtes Bein war vom Hüftansatz bis zum Knie von einem blutgetränkten Notverband umhüllt. Immer noch sickerte frisches Blut daraus hervor. Die Uniform des Hauptmanns war lehmüberkrustet, als habe er sich tagelang in den Sümpfen herumgetrieben. Er war offensichtlich sehr geschwächt. Mit einem Seufzer glitt Cole zu Boden. Endlich war er in Sicherheit. Lange hatte er gegen die Bewußtlosigkeit angekämpft, nun überließ er sich ihr willig.

Sinnend blickte Alaina auf den Ohnmächtigen. Schließlich sagte sie mit fester Stimme: »Saul, ich glaube, wir bringen den Hauptmann besser ins Bett.«

»Aber Miz Alaina!« Ihr Vorschlag machte den Schwarzen sprachlos. »Ihr Bett ist doch das einzige im ganzen ...«
»Nun mach schon, sonst verblutet er uns noch!«
Ohne weitere Einwände lud sich Saul den verwundeten Yankee auf und trug ihn nach oben in Alainas Schlafzimmer. Vorsichtig legte er ihn auf ihr Bett.
»Laß uns erst nachsehen, wie schlimm die Wunde ist, bevor wir sie säubern.« Alaina zog dem Hauptmann die schlammverkrusteten Stiefel aus, während Saul den Verband behutsam entfernte. Beim Anblick der klaffenden Wunde zog sich dem Mädchen der Magen zusammen. Eine kalte Hand griff nach ihrem Herzen, und sie hatte plötzlich die Vision einer Leichenbahre, auf der unter einem weißen Laken eine leblose Gestalt lag. Ihre Lippen bewegten sich in stillem, inbrüstigem Gebet.
»Ich bin zwar kein Doktor, Miz Alaina«, meinte Saul mit einem prüfenden Blick auf die Wunde, »aber es sieht so schlimm aus, daß wir ihn besser zu jemanden bringen, der ihn richtig verarzten kann.«
»Den Ärzten hier können wir nicht trauen.« Sorgenvoll biß sich Alaina auf die Lippen. »Wir müßten ihn schon in ein Lazarett der Nordstaatenarmee bringen.«
»Vielleicht schaffen wir's bis Alexandria, aber was ist, wenn die Yankees schon abgezogen sind und kein Arzt mehr da ist?«
»Vielleicht hast du recht, Saul«, seufzte das Mädchen mutlos. »Auf jeden Fall können wir heißes Wasser machen und die Wunde auswaschen, dann sehen wir, woran wir sind.«
Damit eilte Alaina in die Küche, machte rasch Feuer und setzte einen großen Kessel Wasser auf den Herd. In den Speiseaufzug lud sie ein Tablett mit Salben und allerlei Gegenständen aus der Hausapotheke ihrer Mutter. Sie legte noch einige leinerne Handtücher und Laken dazu und zog den Aufzug ins obere Stockwerk. Glücklicherweise lag ihr Schlafzimmer genau über der Küche. Als das Wasser heiß war, schleppte sie es über die Treppe nach oben und stellte fest, daß Saul dem Hauptmann inzwischen die schmutzige Kleidung ausgezogen hatte.
Bei ihrem Eintritt bedeckte Saul hastig die Körpermitte des Verletzten.
»Ich wasche ihn jetzt, kümmere du dich um sein Bein«, sagte Alaina knapp.
»Verzeihen Sie, wenn ich frage, Miz Alaina.« Saul war die Sache

sichtlich peinlich. »Warum ist dieser Yankee so verdammt wichtig? Ist das nicht der, der nach Ihnen gesucht hat?«
Alaina war dabei, ein Bettlaken in Streifen zu reißen. »Nun, er ist der Mann von Miss Roberta.«
Sauls Gesicht verriet ungläubiges Staunen. »Miz Roberta hat einen Yankee geheiratet, wo doch Mistah Angus so einen Haß auf die hat?«
»Er haßt sie noch immer, und bei diesem hier hat er sogar allen Grund dazu. Aber laß uns jetzt endlich weitermachen, sonst wird noch die ganze Matratze blutig.«
»Ja, Miz.«
Nur am Sterbebett ihrer Mutter hatte Saul seine kleine Herrin so traurig und bedrückt wie heute gesehen.
»Er hat Fieber«, meinte Alaina nach einer kleinen Weile. Bekümmert beugte sie sich über Coles aschgraues Gesicht. Seine Augen flackerten bisweilen, als befände er sich im Delirium.
›Laß ihn nicht sterben‹, betete sie stumm wieder und wieder, ›laß ihn nicht sterben!‹
Eine Zeitlang arbeiteten die beiden stumm weiter, nur hin und wieder wechselten sie ein Wort. Cole stöhnte und wand sich unter den großen, schwarzen Händen, die sich behutsam an seinem verletzten Bein zu schaffen machten. Seine Muskeln verkrampften sich vor Schmerz, für kurze Zeit tauchte er aus seiner Ohnmacht auf. Mit fiebrigen Augen starrte er auf den kleinen, von zerzaustem Haar umrahmten Kopf, als sich Alaina über ihn beugte und seine muskulösen Arme sowie die behaarte Brust mit warmem Seifenwasser abwusch. Schwach hob er eine Hand, um sie zu berühren. Er murmelte ihren Namen, doch die Anstrengung war zuviel für ihn. Sein Arm fiel zurück, und er sank erneut in die sanfte, dunkle Welt des Vergessens.
Sauls Blick wanderte besorgt von dem Yankee zu seiner Herrin. Mit gerunzelten Brauen wies er auf die Wunde: »Ich möchte wetten, daß da noch etwas in dem Loch drinsteckt. Ich weiß nicht, was es ist, aber wenn es ein Stück Blei ist, muß es raus, sonst kriegt er eine Blutvergiftung.«
Alaina war zutiefst beunruhigt. »Kannst du es nicht rausnehmen?«
»Es ist zu tief drinnen, Miz Alaina, ganz nah am Knochen. Außerdem habe ich nichts, womit ich es entfernen könnte.«
»Hält er bis New Orleans durch?«

»Weiß nicht. Wenn wir sein Bein gut verbinden, schafft er es vielleicht.«
»Bei Tagesanbruch solltest du dich mal in der Gegend umsehen und herausfinden, wo wir am besten durchkommen. In Richtung Süden treffen wir wahrscheinlich weniger Konföderierte.«
Als sie Cole einen festen Verband angelegt hatten, der die Schußwunde zusammendrückte, bezog Alaina das Bett neu. Ihre Bemühungen hatten dem Hauptmann offenbar Erleichterung verschafft. Er schlief jetzt so tief, daß ihn nichts mehr aufweckte. Alaina rasierte seinen dunklen Stoppelbart. Danach sah er wieder fast wie früher aus, und Alaina wurde sich plötzlich seiner Nacktheit bewußt. Im dämmerigen Licht der Lampe hob sich seine gebräunte Haut von dem weißen Laken ab. Seine lange, kräftige Gestalt war von makellosem Wuchs mit breiten Schultern und schmalen Hüften. Hitze stieg Alaina ins Gesicht, als sie sich darüber klar wurde, wie lange ihr Blick auf ihm verweilt hatte. Hastig zog sie ein Bettlaken über ihn.
»Bleib noch eine Weile bei ihm sitzen, Saul. Ich mache uns inzwischen etwas zu essen.« Unter diesem Vorwand schlüpfte sie schnell aus dem Zimmer, ohne Sauls zustimmendes Kopfnicken abzuwarten. Sie lief ziellos in die Nacht hinaus.

20

Cole Latimer lag reglos. Ein leises Geräusch aus der Nähe machte ihm bewußt, daß er aufgewacht war. Es war Tag, und die angenehm weiche Matratze verriet ihm, daß er nackt zwischen sauberen Laken ruhte. Er konnte nicht begreifen, wie er in dieses Zimmer gelangt war. In seinem Bein spürte er noch einen dumpfen, zuckenden Schmerz, doch als er es mit den Fingern berührte, fand er es sauber und sachkundig bandagiert. Langsam öffnete er die Augen, und wie groß war sein Erstaunen, als er feststellte, daß er in einem Himmelbett mit Spitzenbordüren lag.
Eine schlanke Gestalt in Jungenkleidung ging an dem Bett vorüber, und obwohl die Haut des Gesichtes braungefärbt war, hätte Cole dieses Profil überall wiedererkannt.
»Al?« Seine Stimme war nur ein Krächzen.
Schnell eilte Alaina an sein Bett. In ihren Augen lag eine stumme

Frage, als sie besorgt auf ihn niederblickte. »Wie fühlen Sie sich?«
»Kann ich etwas zu trinken bekommen?« flüsterte Cole mühsam.
»Wenn es gestattet ist, Doktor«, neckte sie ihn zärtlich.
Er nickte leicht und lächelte. Mit geschlossenen Augen hörte er, wie sich ihre Schritte entfernten. Als er die Augen wieder aufschlug, stand sie an seinem Bett und betrachtete ihn aufmerksam. Mit Alainas Hilfe trank Cole reichlich und löschte seinen brennenden Durst. Er hatte kein Fieber mehr, aber alle Muskeln seines Körpers schmerzten ihn. Gegen die Pein, die durch sein Bein pulsierte, gab es anscheinend keine Linderung.
»Möchten Sie etwas essen?« fragte das Mädchen. »In der Küche gibt es etwas Suppe und Weizenbrot.«
Cole ließ seinen Kopf auf das Kissen zurücksinken und schenkte Alaina einen prüfenden Blick. »Ist genug für alle da?«
Alaina kicherte verhalten. »Vielleicht haben Sie es noch nicht bemerkt, aber die Gilletts haben beachtlich zu unserem Wohlergehen beigetragen. Aber da sie sich zusammen mit den Yankees unser Vieh angeeignet haben, geschieht es ihnen nur recht, wenn wir uns auch einmal an ihnen schadlos halten.«
»Etwas zu essen könnte ich schon vertragen«, gab Cole zu. »Der Magen knurrt mir schon seit ein paar Tagen ganz fürchterlich.«
Die dicke, mit Schinken und Gemüse gekochte Bohnensuppe wurde heißhungrig von ihm verschlungen. Als Alaina wenig später das leere Tablett abräumte, fühlte er sich gestärkt. Doch jedesmal, wenn er versuchte, das verletzte Bein zu bewegen, wurde er durch einen stechenden Schmerz an seine Lage erinnert.
»Tut es noch weh?« Alainas Gesicht verriet ihr Mitgefühl. Mit dem Finger drückte Cole leicht auf den Verband über der Wunde.
»Ich befürchte, daß ich ein Stück von einer Granate abbekommen habe.«
»Wie konnte das geschehen? Ich dachte, ihr Ärzte arbeitet weit hinter der Front?«
Coles Geschichte bestand aus einer langen Reihe von Enttäuschungen. Nach dem Sieg des ersten und der Niederlage des zweiten Tages war er abkommandiert worden, um die Verwundeten einer weit entfernten Artillerieeinheit zu versorgen, die es arg erwischt hatte. Mit der Hilfe einiger Soldaten hatte er ein paar Fuhrwerke aus dem Sumpf gezogen. Dann hatten sie im Wald versprengte Maultiere eingefangen. Die Verwundeten waren ge-

rade auf die Wagen geladen, als eine Patrouille der Konföderierten auftauchte. Cole hatte den Soldaten befohlen, mit dem Verwundetentransport zu fliehen, und sich selbst hinter einem Schnellfeuergewehr verschanzt. Er hatte den Feind so lange aufgehalten, bis seine Leute einen ausreichenden Vorsprung hatten. Vor der ungewohnten Feuerkraft seiner Waffe waren die Feinde in Deckung gegangen, offensichtlich glaubten sie, einer größeren Einheit gegenüberzustehen. Doch bald hatten sie eine Kanone mit Schrapnellgeschossen in Stellung gebracht und die Lichtung, die Cole verteidigte, damit eingedeckt.
Von diesem Augenblick an konnte Cole sich nur noch vage an die Geschehnisse erinnern. Nach einer letzten Salve hatte er seine Waffe im Stich gelassen. Er wollte sich gerade in den Sattel schwingen, als ein Stapel Pulverfässer in seiner Nähe explodierte. Es war, als ging die ganze Lichtung in die Luft. Cole erinnerte sich noch, wie eine riesige Kiefer auf ihn niederstürzte und er einen heftigen Schlag gegen seinen Schenkel verspürte. Er hatte sich an den Hals seines Pferdes geklammert und war in wildem Galopp durch den Sumpf geritten, während rings um ihn die Schüsse knallten. Später hatte er die Wunde notdürftig verbunden. Danach kamen lange Stunden gleißender Sonne und schwelender Hitze. Er wurde von Stechfliegen und Moskitos geplagt. Der Tag war zur Neige gegangen, ein neuer zog herauf, und die nächste Nacht hatte Cole von Fieber geschüttelt im Schutze einer großen Eiche verbracht, während der Regen auf ihn herabprasselte. An den darauffolgenden Tagen hatte er sein Pferd stetig nach Süden gelenkt mit der Absicht, irgendwann den Red River zu erreichen. Von Fiebervisionen geschüttelt, erreichte er mit Mühe und Not eine Gegend, die ihm irgendwie vertraut erschien. Am Fluß hatte er sein abgehetztes Pferd mit einem kleinen Kahn vertauscht. Er legte sich darin nieder und ließ sich von der sanften Strömung davontragen. Die Sonne brannte auf ihn herab. Seine ausgedörrten Lippen platzten auf, während er halb ohnmächtig dahintrieb. Irgendwann hatten ihn Hände rauh gepackt, und ein blendender Schmerz durchzuckte sein Bein. Als er wieder zu sich kam, befand er sich in der schwülen Hitze des Gillettschen Räucherhauses.
Alaina hatte Cole geduldig zugehört. Als er schließlich endete, schüttelte er den Kopf. »Das Ganze ist konfus, ich bin ziemlich durcheinander.« Er schaute sich um. »Sind wir auf Briar Hill?«

Das Mädchen nickte. »In meinem Zimmer.« Etwas verwirrt von dieser unumwundenen Erklärung beeilte sie sich zu erläutern: »Es ist der einzige Raum, in dem noch ein Bett steht.«
Coles Augen streiften flüchtig über sie hin. »Es geziemt einem Gentleman eigentlich nicht, einer Dame das Bett fortzunehmen, trotzdem bin ich dir sehr dankbar. Seit langem habe ich nicht so gut geschlafen.« Mit einem Blick auf ihre seltsame Aufmachung und das gefärbte Gesicht fragte er dann trocken: »Hast du mein Bein bandagiert?«
»Das war Saul. Ich habe nur Ihre Kleidung ein wenig ausgebessert und Sie gebadet –.« Abrupt hielt sie inne und biß sich auf die Lippen, als Cole sie fragend anschaute. Von Anfang an hatte es ihr nichts ausgemacht, seinen großen Männerkörper zu waschen. Seine Gesundheit hatte ihr viel mehr Sorgen bereitet. Im Krieg ließ man so manche Hemmung fallen. Wenn er nur aufhören wollte, sie so anzublicken!
»Da sieht man, wie die Dinge sich ändern können«, lächelte Cole gelassen. »Ich dachte, es würde genau anders herum kommen.«
»Oft genug haben Sie mir ja gedroht«, erwiderte Alaina. Sie fühlte sich unbehaglich unter seinem beharrlich prüfenden Blick.
»Ich frage mich nur, was dich bewogen hat, mich vor den Gilletts zu retten –.« Insgeheim fragte sich Cole, was er von ihr halten sollte, und ob sie ihn wirklich so haßte, wie sie vorgab.
Die grauen Augen sprühten Funken. »Vielleicht hätte ich es nicht tun sollen, denn Sie sind wirklich der undankbarste, dickköpfigste Yankee, den ich je kennengelernt habe.«
Damit drehte sich Alaina auf dem Absatz um und wollte aus dem Zimmer gehen, doch Cole ergriff ihre Hand und zog sie zurück, daß es kein Widerstreben gab.
»Glaub mir, ich bin dir sehr dankbar. Vielleicht hast du mir schon wieder das Leben gerettet. Wie erleichtert ich war, als ich heute morgen aufwachte –.«
»Es ist Nachmittag«, wies Alaina ihn hochnäsig zurecht. Sie wollte es ihm nicht allzu leichtmachen. Sie löste ihre Hand aus der seinen und schob sie in die Tasche ihres übergroßen Mantels. »Sie haben fast den ganzen Tag verschlafen. Wenn Sie nichts dagegen haben, lasse ich Sie jetzt allein. Ich habe noch andere Dinge zu tun.«
Schnell ging sie fort, ohne sich von ihm noch einmal aufhalten zu lassen. Sie ging in die Küche hinunter. Viele bittere Bemerkun-

gen über den Mann dort oben in ihrem Bett lagen ihr auf der Zunge. Alaina fühlte sich verletzt und versuchte, mit ihren Gefühlen ins reine zu kommen. Warum konnte sie bloß keinen einfachen, gesunden Haß auf diesen Yankee empfinden? Damit hätte sie sich sehr viel wohler gefühlt.

Silbern dämmerte schon der Morgen herauf, als Alaina sich aus dem Haus begab in der Hoffnung, im Hühnerstall ein paar Eier zu finden. Sie hatte einen Beutel voller Proviant für die bevorstehende Reise vorbereitet und kochte alle Eier hart, derer sie habhaft werden konnte. Als sie an der Rückseite des Schuppens anlangte, sah sie am Waldessaum flüchtige Schatten.

»Ich möchte wetten, daß es Emmett ist. Der führt bestimmt nichts Gutes im Schilde«, sagte sie sich und drückte sich eng an die Wand. Bei genauem Hinschauen gewahrte sie jedoch, daß es sich um zwei Reiter handelte. Waren es vielleicht Deserteure? Jedenfalls war von ihnen nichts Gutes zu erwarten.

Schnell kehrte Alaina in das Haus zurück. Saul hatte ihre Pistole mitgenommen, also blieb zu ihrer aller Schutz nur Coles Remington. Die Tür ihres Zimmers stand weit offen. Als sie eintrat, sah sie Cole auf dem Bettrand sitzen. Irgendwie war es ihm gelungen, seine Unterwäsche anzuziehen, und nun bemühte er sich, die Hose darüberzuziehen. Sein bleiches, angespanntes Gesicht war sichtbarer Beweis dafür, daß ihm diese Anstrengung große Schmerzen verursachte.

»Wir haben unerwünschten Besuch«, klärte das Mädchen ihn mit leiser Stimme auf. »Vielleicht sind es die Gilletts, aber es könnten auch Fahnenflüchtige sein. Bleiben Sie im Bett und verhalten Sie sich ruhig. Ich geh' mal nachschauen.« Mit diesen Worten nahm sie Coles Pistole an sich, die auf dem Schreibtisch lag.

»Gib her«, erwiderte Cole und streckte die Hand nach der Waffe aus. »Wenn damit geschossen werden soll, dann ist das meine Angelegenheit.«

»Sie sollten besser im Bett bleiben«, protestierte Alaina.

»Großer Gott, ich habe mich durch die Sümpfe bis hierher durchgeschlagen, und jetzt soll ich hier im Bett herumliegen? Na los, gib schon her!« Mühsam erhob sich der Hauptmann. Auf einem Bein stehend schwankte er hin und her. Er zog seine Hose hoch und knöpfte sie zu.

Voller Sorge trat Alaina auf ihn zu und wollte ihn sanft auf das

Bett drücken, aber er nahm ihr nur rasch die Pistole aus der Hand und sagte: »Vielen Dank, Miss MacGaren.«
»Ich weiß, wie man damit umgeht. Glauben Sie bloß nicht, daß ich nur wild in der Gegend herumballere«, beklagte sich das Mädchen.
Cole achtete nicht auf ihren Einwand. Er prüfte, ob die Waffe geladen war, und fragte dann: »Also, wo sind denn unsere Besucher?«
Unschlüssig wies Alaina auf das Schlafzimmerfenster, von dem aus das waldige Gelände hinter dem Haus zu überblicken war.
»Komm her und hilf mir«, forderte Cole sie auf.
Da an seinem Entschluß augenscheinlich nicht zu rütteln war, gab Alaina widerstrebend nach. Sie trat neben ihn und legte einen Arm um seine Taille. Die andere Hand legte sie stützend auf seine breite Brust. Als sich sein Arm um ihre Schultern legte, überfiel sie heiß die Erinnerung an jene Nacht, in der er sie eng an seinen Körper gepreßt hielt und seine warmen Lippen die ihren fanden ...
Alaina blickte zu Boden und konzentrierte sich ganz darauf, ihn sicher zu stützen. Er gehörte Roberta, sagte sie sich wieder und wieder, daran konnten all ihre geheimen Wünsche und Nöte nichts ändern.
Erschöpft lehnte sich Cole neben dem Fenster an die Wand. Das Mädchen holte schnell einen Stuhl. Durch den Verband an Coles Bein sickerte frisches Blut und gemahnte daran, wie gefährlich jede unnötige Anstrengung war.
»Ist alles in Ordnung?« erkundigte sie sich angstvoll. Ihre Besorgnis wurde durch sein kurzes Nicken nicht zerstreut. Sie kauerte sich neben ihm hin und blickte angestrengt nach draußen.
Die Nacht brach schon herein. Nichts rührte sich unten im Hof und weiter hinten am Waldrand. Dann wurde der schwankende Schein einer Laterne zwischen den Bäumen sichtbar und kam immer näher, bis schließlich zwei Männer aus dem Wald hervortraten. Wild gestikulierend blieben sie stehen. Offenbar hatten sie einen heftigen Streit. Beide trugen lange Mäntel und große Hüte. Ihre Gesichter waren im spärlichen Licht der Laterne aus der großen Entfernung nicht zu erkennen. Eine der beiden Gestalten war von kleinem, fast zierlichem Wusch. Eine Frau?
»Jetzt kommen sie auf das Haus zu«, flüsterte Alaina erregt. Cole

beobachtete gespannt, wie die beiden näherkamen. »Sie scheinen etwas zu suchen. Jetzt betreten sie die Remise.«
»Meinen Sie etwa, das sind die beiden, die . . .« Alaina biß sich auf die Zunge, als sie sich gewahr wurde, was sie da fast gesagt hätte. Hatte Saul nicht gesagt, er habe zwei Männer und eine Frau gesehen? Und jetzt waren da zwei Männer – oder vielleicht ein Mann und eine Frau – und suchten nach dem Schatz.
In der tiefen Dämmerung versuchte Cole, in Alainas Gesicht zu lesen. »Was wolltest du gerade sagen?«
Nichtssagend hob das Mädchen die Schultern. »Ach, nichts von Bedeutung.«
Wenig später traten die beiden Unbekannten wieder aus dem Kutschhaus. Drohend schüttelten sie die Fäuste gegeneinander.
»Was immer sie auch suchen mögen – ich glaube, sie haben es nicht gefunden«, bemerkte Cole. Der brennende Schmerz in seinem Bein ließ ihn kurz aufstöhnen.
»Jedenfalls gehören sie nicht zu der Sippe der Gilletts«, sinnierte Alaina laut. Schade, daß sie die Gesichter nicht erkennen konnte.
»Jetzt gehen sie in den Stall.«
»In den Stall!« Aufgeregt sprang Alaina auf die Füße. Der Stall! Da hatten Saul und sie doch das Geld versteckt! »Jetzt finden sie es ganz bestimmt!« stöhnte sie gequält.
Coles Neugier war erwacht. »Finden? Was denn, Alaina? Was hältst du dort verborgen?«
»Ach, nichts, was der Rede wert ist«, antwortete sie ausweichend. In Gedanken raufte sie sich die Haare und machte sich Vorwürfe, daß sie für das viele Geld kein sichereres Versteck gewählt hatte. Aber warum mußten die Diebe auch so schnell zurückkommen? Warum nur?
Cole ließ nicht locker. »Los, rück schon mit der Sprache raus. Wovor hast du Angst? Was sollen die beiden nicht finden?«
In die Enge getrieben rang Alaina die Hände. »Saul hat sie beobachtet, als sie etwas im Wald vergruben. Wir haben es heimlich ausgegraben. Es war eine Art Truhe. In der Grube hatten sie auch einen ihrer Männer verscharrt.«
»Haben sie ihn ermordert?«
»Ich glaube schon.«
Cole verzog das Gesicht und massierte sein schmerzendes Bein. »Jetzt kommen sie aus dem Stall. Sie tragen etwas Schweres.«
Alaina wußte genau, was die beiden gefunden hatten. Sie trat

noch näher an das Fenster heran und beobachtete sie. Es überlief sie eiskalt, als die Halunken sich zum Haus wandten. »Sie kommen auf uns zu«, sagte sie atemlos.
Cole mühte sich, auf die Beine zu kommen, doch das Mädchen drückte ihn auf den Stuhl zurück.
»Ruhig bleiben«, zischte sie. »Sie sind so schwach und wehrlos wie ein Neugeborenes, jedenfalls haben Sie nicht die Kraft, um die beiden aufzuhalten. Sie würden nur erreichen, daß man Sie umbringt.«
Energisch wischte sie alle seine Einwände beiseite. »Wir warten hier zusammen ab. Zur Tür kommen Sie nur über meine Leiche. Also rühren Sie sich nicht vom Fleck!«
Schnell schloß Alaina die Tür gegen eventuelle Eindringlinge. »Wenn unten im Haus laut geredet wird, kann man manchmal alles durch den Schacht vom Speiseaufzug verstehen.« Äußerlich wirkte sie kühl und gefaßt, aber in Wirklichkeit ängstigte sie sich mehr, als sie zugeben wollte.
Sie verhielten sich beide mucksmäuschenstill, und als das Geräusch von splitterndem Holz ertönte, wußte Alaina, daß das Brett vor dem Hintereingang eingetreten worden war. Die Tür wurde quietschend aufgestoßen, und jemand schob einen schweren Gegenstand scharrend über den Fußboden in den Raum unter Alainas Schlafzimmer. Hohl klangen Männerstimmen durch das Haus, offensichtlich war ein hitziger Streit im Gange, doch leider waren die Worte unverständlich. Beruhigend ergriff Cole die schlanke Hand, die seine Schulter umklammerte. Die schmalen Finger entspannten sich in seinem Griff, als überließe das Mädchen ihm bereitwillig die Sorge um ihre gemeinsame Sicherheit.
Nach einer Weile kehrte in den unteren Räumen wieder Ruhe ein. Offenbar hatte einer der Männer das Haus durch die rückwärtige Tür verlassen. Eine große, dunkle Gestalt rannte hinter dem Haus auf den Wald zu. Sie verschwand zwischen den Bäumen, um gleich darauf mit zwei Pferden zurückzukehren. Im Laufschritt führte der Mann die Tiere zum Haus, und sobald er das Haus wieder betreten hatte, ging das laute Gezanke wieder los. Nur die Worte des Mannes, der nahe am Speiseaufzug stand, waren klar und deutlich zu hören. Ärgerlich verteidigte er sich gegen die Anschuldigungen seines Gegenübers: »Glaubst du, ich hätte dich hier wieder hergebracht, wenn ich dich reinlegen

wollte?« lachte er aufgebracht. »Dann hätte ich das ganze Geld doch weit weggeschafft. Mein Gott, ich war es doch, der das kleine Weibsstück hier weggegrault hat und dafür sorgte, daß ihr das ganze Land wie einer Verräterin auf den Fersen ist.«
Mit zusammengekniffenen Augen lauschte Alaina. Irgendwie kam ihr die Stimme bekannt vor, und zweifellos sprach man da über sie. Aber wer außer Emmett ...
»Wer hat denn die Sache mit dem Schiff eingefädelt und den Kopf hingehalten, als wir damals in der Nacht diesen Burschen in den Fluß warfen? Was meinst du wohl, was passiert wäre, wenn man mich in seiner Uniform erwischt hätte? Also hör auf mit deinen albernen Anschuldigungen. Wenn die Truppen von General Banks nicht zurückgetrieben worden wären, stünde dieses Haus noch zur Versteigerung, und du hättest es erwerben können wie besprochen. Aber jetzt, wo die Südstaatler hinter uns her sind, verlierst du die Nerven.« –
Wir? Ein Yankee? Mit geneigtem Kopf horchte Alaina gespannt.
»Natürlich war es gut, daß wir gekommen sind, die Kiste zu holen«, fuhr der unsichtbare Sprecher fort. »Aber mach mir keine Vorwürfe, wenn einige unserer Pläne in die Brüche gegangen sind. Immerhin haben wir das Geld in Sicherheit gebracht. Das Haus kannst du dir später noch aneignen. Laß uns gleich hier die Beute aufteilen!«
Scheinbar stimmten diese Worte den anderen Mann im Raum friedlich. Eine Zeitlang war nur undeutlich zu hören, wie sich die beiden an der Truhe zu schaffen machten und dabei erleichert auflachten. Doch die fröhliche Eintracht wurde jäh von einem Aufschrei unterbrochen, auf den der Lärm eines Handgemenges folgte. Dann herrschte Ruhe.
Alaina hielt den Atem an. Schließlich vernahmen Cole und sie die schweren und unbeholfenen Schritte einer einzelnen Person, die, wie es schien, eine gewichtige Last wegschleppte. Die Person kam noch einmal in das Haus zurück, und der Vorgang wiederholte sich. Wieder herrschte tiefes Schweigen im Haus, und wieder kehrte der Unbekannte zurück. Ein plätscherndes, gurgelndes Geräusch war vernehmbar, und gleich darauf drang der schwere, ekelerrengende Gestank von Petroleum in Alainas Schlafzimmer.
Alainas Fingernägel gruben sich in Coles nackte Haut, sie merkte kaum, wie er sich mühsam erhob. Im Handumdrehen war der

Raum mit erstickendem Rauch gefüllt, der aus dem Schacht des Speiseaufzugs quoll, und das Knistern von Flammen bestätigte ihre ärgsten Befürchtungen. Eiliges Hufgeklapper entfernte sich draußen vor dem Haus. »Zur Hölle mit ihnen!« tobte das Mädchen. »Gleich zu Anfang hätte ich sie erschießen sollen!« Bitterliches Weinen schüttelte sie, aber ihre Schluchzer wurden von dem Prasseln des sich rasch ausbreitenden Feuers übertönt. Cole packte sie bei den Schultern und schüttelte sie heftig.
»Hör zu, Alaina! Wir müssen hier raus, bevor wir in der Falle sitzen. Verstehst du mich?«
Sie nickte verwirrt. Hustend und würgend legte sie seinen Arm um ihre Schulter, um ihn zu stützen. Doch unvermittelt ließ sie ihn gegen die Wand sinken. »Sie können doch nicht halbnackt durch die Gegend geistern.« Schnell rannte sie zu ihrem Bett und brachte Cole seine Kleidung und Stiefel.
Inzwischen hatte Cole eine kleine Miniatur von der Wand genommen und sie eingesteckt, ohne daß Alaina etwas merkte. Dann humpelte er mit Alainas Hilfe durch den Raum und riß die Tür weit auf. Dichter, schwerer Rauch schlug ihnen aus dem Treppenhaus entgegen und trieb sie fast zurück.
»Nichts wie raus hier!« Cole packte das Mädchen beim Arm und humpelte schmerzgepeinigt in die Vorhalle hinaus.
»Schau! Sie haben auch vorne Feuer gelegt. Alles brennt lichterloh!« entfuhr es Alaina.
»Dann laß es uns hinten versuchen!«
Auf der untersten Stufe der Treppe hielt Cole kurz inne. Die andere Seite des Eßzimmers stand in Flammen, und auch an der Haustür wütete schon ein infernalisches Feuer, das ihnen jeden Ausweg versperrte.
Mit einem unterdrückten Aufschrei lenkte Alaina Coles Blick auf ein Paar Beine, die in den Flur ragten. Der Körper eines Mannes war in verrenkter Stellung über einer leeren Truhe zusammengesunken, die die Aufschrift ›U.S.A.‹ trug. Cole beugte sich kurz vor und prüfte die beiden Stichwunden im Rücken des Mannes. Rasch tastete er nach dem Puls. Der Mann war tot. Als er die Leiche auf den Rücken rollte, kamen goldene Biesen auf dem dunkelblauen Tuch der Uniformhose zum Vorschein.
»Ein Yankee!« rief Alaina entgeistert aus. »Das ist Leutnant Cox, der gleiche, der mich als Spionin denunziert hat!«
Mit der einen Hand hatte der Offizier vor seinem Tode noch die

Pistole halb gezogen, die andere umklammerte ein Stück hellen Seidenbrokates. Cole griff in die Truhe, aber er brachte nur ein Bündel Papiere zum Vorschein.
»Der Geldtransport, der in New Orleans geraubt wurde«, beeilte sich Alaina zu erklären. »Saul und ich haben ihn gefunden. Er war im Wald neben der Leiche vergraben, und wir haben ihn im Stall versteckt.«
»Nun, jetzt müssen die Gauner mit einem weniger teilen«, sagte Cole und ließ die Papiere in die Truhe zurückfallen.
»Saul sagte, daß ein auffällig gekleideter Mann und eine Frau zusammen mit Leutnant Cox den Schatz in jener Nacht vergraben haben«, informierte ihn Alaina.
Das Feuer brüllte plötzlich auf und versengte ihre Gesichter. Sie wichen einen Schritt zurück. So schnell es ging, stolperte das Paar durch die Halle. Hinter einer Tür befand sich ein Raum, der noch nicht von Rauch erfüllt war. Aber er hatte keinen Ausgang, außer den vernagelten Fenstern. Mit einem Tischbein zerschmetterte Cole die Fensterscheiben und zerrte heftig an den geschlossen Fensterläden, die zu allem Übel auch noch von außen mit Brettern vernagelt waren. Da rissen kräftige Hände die Planken von außen ab, und die Läden flogen weit auf. Sauls schwarzes Gesicht war kurz zu sehen. Ohne viel Umstände hob Cole Alaina hoch und schob sie durch die Fensteröffnung. Als er ihr hinterherklettern wollte, packten ihn Sauls starke Arme und trugen ihn aus dem Bereich des Feuers. Mit vor Schmerz zusammengebissenen Zähnen sank er erleichtert neben Alaina an der Wand des Stalles nieder. Als er Sauls ängstlichen Blick auf sich fühlte, machte er eine beruhigende Handbewegung: »Hast du vorhin den Mann gesehen, der weggeritten ist?« – »Nein, Sir. Ich war gerade draußen auf dem Feld und habe niemand gesehen.«
Zu einem armseligen Menschenbündel zusammengekauert starrte Alaina auf das brennende Haus. An der rückwärtigen Tür züngelten schon die Flammen zum zweiten Stockwerk empor, die Fassade war schon gänzlich von der Feuersbrunst eingehüllt. Tränen rannen dem Mädchen die Wangen hinab, ihre schmale Gestalt bebte vor unterdrückten Schluchzern, als sie sich ihrem Kummer überließ. Cole legte einen Arm um sie und zog sie tröstend an sich, doch mit einem wütenden Blick stieß Alaina ihn von sich.
»Rühren Sie mich nicht an, Yankee!« grollte sie, während die Trä-

nen in Strömen flossen. »Sie und Ihre verdammte Armee haben mir mehr genommen, als ich verschmerzen kann.«
Der Hauptmann überließ sie ihrem Schmerz. Mit grimmiger Miene mußte er untätig zuschauen, wie ihr Heim ein Raub der Flammen wurde. »Glaubst du nicht, wir sollten uns jetzt besser davonmachen, bevor das Feuer Neugierige anlockt?« drängte er nach einer Weile sanft.
Alainas Tränen versiegten schlagartig. Entsetzt sprang sie auf die Füße. »Die Gilletts! Wenn sie das Feuer sehen, kommen sie sofort her. Nichts wie weg von hier!«
»Ja, Miz«, stimmte Saul ihr eifrig zu. »Aber wo geht's lang? Das weiße Pack kommt von der einen Seite, und die Yankees patrouillieren auf der anderen. Außerdem kommen wir im Dunklen nicht weit.«
Alaina fühlte sich wie ein Wild von allen Seiten umzingelt. »Spann die Pferde vor den Leichenwagen, Saul! Wir fahren quer über die Felder und verbergen uns heute nacht in der Sumpfniederung unten am Fluß.«

Langsam entfernte sich der Leichenwagen mit dem seltsamen Trio querfeldein von dem lichterloh brennenden Haus. Saul hatte den schweren Sarg beiseite geschoben, damit Cole sein verletztes Bein ausstrecken konnte. Als Alaina sich noch einmal umwandte, brach gerade der Dachstuhl in sich zusammen, daß die Funken hoch in den Himmel stoben. Tränen schossen ihr in die Augen. Hell erleuchteten die Flammen ihren Weg auf dem offenen Feld, doch bald rollte das Gefährt in pechschwarzer Nacht dahin.
Mit sicherem Instinkt führte Saul sie zu einem schützenden Wäldchen in der Nähe des Stromes. Er versorgte die Pferde, während Alaina sich auf dem Kutschbock zusammenrollte. Sie schaute zu den tiefhängenden Wolken auf und hing ihren kummervollen Gedanken nach.
Kurz nach Mitternacht setzte ein leichter Nieselregen ein. Saul hüllte sich in eine alte Pferdedecke und kauerte am Fuße einer knorrigen Eiche nieder. Der Regen trieb Alaina in das Innere des Leichenwagens. Dort ließ sie sich so weit wie möglich von Cole entfernt nieder. So verbrachten sie die Nacht.
Als der Morgen kam, streckte Cole sein steifes, schmerzendes Bein und stellte fest, daß Saul über einem kleinen Feuer schon

das Frühstück bereitete. Von Alaina war keine Spur zu sehen. Auf des Hauptmanns beunruhigte Frage ließ ihn der Schwarze wissen, daß das Mädchen einen Spaziergang mache. Er nähme an, daß sie zu dem ausgebrannten Haus zurückgegangen sei. Sichtlich bedrückt und niedergeschlagen stellte sich Alaina nach einigen Stunden wieder bei ihren männlichen Begleitern ein. Nachdenklich beäugte Cole das als verwahrlosten Mulattenjungen verkleidete Mädchen und fragte sich, wo die weiche, verlangende Frau geblieben war, mit der er damals in New Orleans das Bett geteilt hatte und nach der es ihn seitdem verlangte. Gedankenvoll erwiderte Alaina seinen Blick. Doch dann wandte sie sich zu Saul: »Was um alles in der Welt sollen wir jetzt bloß mit dem da anfangen?«

Sauls Augen wanderten zu dem Sarg. Die stumme Frage in seinen Augen beantwortete Alaina mit einem zustimmenden Kopfnicken, sie lächelte dabei verschmitzt.

»Bloß das nicht!« stöhnte Cole, als er das stillschweigende Abkommen zwischen den beiden durchschaute, doch nach reiflichem Nachdenken wurde ihm klar, daß er in den sauren Apfel beißen mußte. »Gott schütze mich vor diesem Frauenzimmer«, brummte er mißmutig, als Saul und Alaina ihn im Sarg verstauten. Ein Stück Holz sorgte dafür, daß der Deckel einen Spaltbreit offen stand, und dann setzte sich das Fuhrwerk in Bewegung. Alaina saß neben Saul auf dem Kutschbock. Ihr langer Mantel schützte sie nur notdürftig vor dem feuchtkalten Nebeldunst, der aus dem Sumpf aufstieg. Sie ließ ihren Tränen freien Lauf an diesem unheilschwangeren Tag. Eine leichte Brise strich durch die Baumwipfel und trug den Geruch von Rauch und Asche zu ihr herüber. Das sollte für lange Zeit Alainas letzte Erinnerung an ihr einstiges Heim sein.

21

Am späten Nachmittag erreichten sie die Außenbezirke einer kleinen Stadt. In der Nähe von verlassenen Eisenbahngeleisen fanden sie einen kleinen Schuppen und lenkten ihr Fuhrwerk hinein. Sie schlossen die Tür hinter sich und wollten sich gerade zu einem einfachen Mahl aus Schinken und gekochten Eiern nie-

derlassen, als sich ihrem Unterschlupf eine größere Anzahl Berittener mit donnernden Hufen näherte. Es war eine Patrouille der Konföderierten.
»Haben Sie diesen Schuppen hier überprüft, Sergeant?« ertönte die Stimme eines Offiziers.
Drinnen wagten sich die Flüchtigen vor Schreck kaum zu rühren.
»Jawohl, Sir, wir haben alle Schuppen und Scheunen durchsucht. Unsere Leute sichern die Straßen in alle Richtungen ab. Da kommt so schnell niemand durch.«
Zu allem Unglück schlugen die Konföderierten ganz in der Nähe des Schuppens ihr Lager auf. Cole hatte seine Pistole immer in Reichweite, denn schon das kleinste Geräusch hätte sie alle drei verraten. Ihre Nerven waren zum Zerreißen gespannt. Einmal schlenderte ein Soldat bis an die Tür und legte von außen die Hand auf die Klinke. Die drei hielten den Atem an, alles schien verloren, doch im letzten Moment wurde der Soldat von einem Vorgesetzten angerufen und entfernte sich wieder. Stunden später ertönte ein scharfer Befehl. Die Soldaten der Patrouille saßen auf und galoppierten davon.
Alainas und Coles Augen trafen sich. Hoffnungsvoll lächelten sie sich zu.

Dunkelheit lag schon über der kleinen Stadt. Wolken schoben sich vor die Sichel des Mondes. Lautlos wie eine Geistererscheinung rollte der Leichenwagen aus dem Schuppen. Alaina verwischte alle Fahrspuren hinter ihnen, bis Saul das Gefährt auf die rostigen Eisenbahnschienen gelenkt hatte und ihrem Verlauf folgte. Fast ohne Lärm zu verursachen passierten sie einige beleuchtete Häuser am Rande des Städtchens. Nur ein paar Dorfhunde kläfften ihnen nach. Kurz hinter der Stadt endete der Schienenstrang, das Gerumpel der Kutsche auf den Schwellen hörte auf. Der Bahndamm, auf dem noch keine Schienen verlegt waren, führte direkt in das Sumpfgebiet.
Vor Tagesanbruch befanden sie sich schon östlich von Holmesville und fuhren dem Mississippi entgegen.
Immer wenn es morgens hell wurde, mußte der bedauernswerte Cole wie ein Vampir in den Sarg zurück. In seinem Gefängnis flossen die Stunden nur träge dahin. Sein Bein war jetzt bis zum Knie geschwollen, und sein Fuß paßte kaum noch in den Stiefel. Bei der kleinsten Erschütterung des Fahrzeugs durchzuckte ihn

ein glühender Schmerz. Mit zusammengebissenen Zähnen versuchte er, die Pein zu tragen. Um sich abzulenken, mühte er sich, Robertas Bild vor seinem inneren Auge heraufzubeschwören. Ihre üppige Schönheit und die reifen Rundungen ihres Körpers hätten die reinste Freude sein können, wenn sie in gleichem Maße von Leben und Geist beseelt gewesen wäre. Doch der Gedanke an ihre unheilverkündende, düstere Miene und ihre bissige Zunge ließen Coles Bemühen kläglich scheitern. Statt dessen schob sich langsam und unmerklich die Vision von großen, grauen Augen, die von dichten, schwarzen Wimpern überschattet waren, vor das Bild seiner Frau. Im Geiste erlebte er die ganze Ausdrucksskala dieser Augen: sie zwinkerten ihm scherzhaft zu, weiteten sich vor Staunen, lachten, neckten, waren voller Furcht, Drohung und Wut oder weinten.

Genug davon! – Mit einer großen Willensanstrengung verscheuchte Cole diese aufsässigen Gedanken, aber sein Herz klopfte heftig, und über seinen Augenbrauen glitzerten kleine Schweißperlen. Vergebens redete er sich ein, daß die Hitze im Inneren des Sarges daran schuld war.

Widerstrebend richtete er seine Gedanken auf die nächste Zukunft. Er wußte, daß sie auf alles vorbereitet sein mußten. Für alle Fälle hatte er Alaina eine Rolle Goldmünzen und Silberdollars gegeben, die er unten in seiner Patronentasche verborgen hatte, und die Emmett Gilletts Blick entgangen waren. Vorerst mußte er sich in Geduld fassen und hoffen, daß er bald der Enge des Sarges entkommen würde.

Am späten Vormittag erreichte der Leichenwagen eine Kreuzung im gleichen Augenblick, als dort auch eine Patrouille grauuniformierter Soldaten eintraf. Alaina drehte sich um und machte das vereinbarte dreimalige Klopfzeichen, um Cole zu warnen. Saul zügelte die Pferde und warnte die Soldaten gestikulierend davor, daß sie ein Opfer des Gelbfiebers transportierten. Der Offizier gab ihnen ein Zeichen weiterzufahren, doch als sie die Patrouille passierten, ritt der kleine Trupp in sicherer Entfernung hinter ihnen her. Für den Rest des Morgens gaben die Soldaten so den Flüchtigen ungebetenen Geleitschutz. Erst um die Mittagsstunde saß die Patrouille unter schattenspendenden Bäumen ab und ließ das seltsame Gefährt allein weiterziehen.

Die glühende Mittagssonne machte den Sarg zu einem wahrhaftigen Backofen. Auf Coles lautes Klagen hatte Saul ein Einsehen und öffnete den Sargdeckel weit, um dem Hauptmann ein wenig Kühlung zu verschaffen. Coles Körper war schweißnaß, sein Gesicht puterrot.

Schweigend ließ Alaina seinen wütenden Blick über sich ergehen. Als er sich die Uniformbluse vom Leibe riß, reichte sie ihm einen Eimer Wasser. Er übergoß seinen Oberkörper damit und fühlte sich danach etwas besser.

Die Sonne hatte schon lange den Zenit überschritten, als die drei Flüchtigen das Ende der Straße erreichten. Vor ihnen lag der Zusammenfluß zweier Seitenarme des Stromes. Am Ufer stand ein Holzhäuschen. Ein dünner, bärtiger Mann saß im Schatten des Vordaches in einem Schaukelstuhl.

»Wollt ihr übersetzen?« rief er ihnen schon von weitem zu. Alaina griff in die Tasche und reichte Saul einen Silberdollar, den er an den kleinen Mann weitergab, als der Leichenwagen vor der Holzhütte zum Stehen gekommen war. Gierig ergriff der Fährmann die Münze und biß darauf. Täuschte er sich oder hatte er nicht mehrere solcher Münzen in der Tasche des kleinen Mulatten klingeln gehört?

»Nun ja«, meinte er mit gedehnter Stimme, »das ist gutes Yankee-Geld, aber es reicht natürlich nicht für die Überfahrt.« Saul wechselte mit Alaina einen schnellen Blick. Als sie unmerklich nickte, erklärte er dem Männchen barsch, daß sie zwei Dollar bezahlen würden und keinen Cent mehr.

»Einverstanden«, erwiderte das Männchen händereibend und sprang auf die Füße. Dann eilte er einen ausgetretenen Pfad zum Flußufer hinunter und blieb so lange verschwunden, daß Alaina schon glaubte, er käme nie wieder. Doch da kam eine breite, hölzerne Schute auf sie zugetrieben, die in ein straff über den Fluß gespanntes Führungsseil eingeklinkt war. Das altertümliche Wasserfahrzeug bot dem Leichenwagen und seinen Insassen ausreichend Platz, neigte sich jedoch gefährlich nach einer Seite, als das Fuhrwerk an Bord rollte. Das wurde noch schlimmer, als die Fähre die Mitte des Stromes erreichte, wo die Strömung am stärksten war. Den Pferden schien das am wenigsten auszumachen. Saul hatte ihnen vorsorglich Scheuklappen angelegt. Alaina klammerte sich an den Kuschbock und fürchtete um ihrer aller Sicherheit, aber am schlimmsten erging es Cole, dem es in der drückendheißen Beengtheit des Sarges übel wurde von dem wilden Geschaukel. Fluchend und schwitzend stieß er den Sargdeckel auf. Als sein Oberkörper emportauchte, stieß der entgeisterte Fährmann mit irrem Blick einen markerschütternden Schrei aus und stürzte sich voll panischer Angst in die hochaufspritzenden Fluten. Wie von Sinnen schwamm er an das Ufer und verschwand wie der Blitz zwischen den Bäumen.

Saul war zu dem Hauptmann geeilt, der mit schmerzverzerrtem Gesicht dasaß, und half ihm vollends aus dem Sarg heraus, als ihn ein warnender Aufschrei des Mädchens zusammenfahren ließ. Aufgeregt deutete Alaina auf den riesigen Stamm einer entwurzelten Eiche, die in der reißenden Strömung geradewegs auf sie zutrieb. Es galt, keine Zeit zu verlieren, denn wenn der Baumstamm sie rammte, waren sie unrettbar verloren. Saul packte das Führungsseil der Fähre und zog es zu sich hinab. Die Muskeln seines starken Nackens traten hervor, als er mit einer übermenschlichen Anstrengung die eisernen Halterungen ausklinkte. Das Schiff drehte sich in der Strömung und schoß davon. Bald war das Fährhaus hinter einer Flußbiegung verschwunden. Die Fahrt mit der Strömung war leichter als gedacht, doch hatte Saul alle Hände voll damit zu tun, das Boot in der Flußmitte zu halten und den im Wasser treibenden Baumstämmen auszuweichen.

Eine Stunde nach Sonnenaufgang mündete der Seitenarm, auf dem sie dahintrieben, in die lehmiggelben Fluten des Hauptstromes ein. Der Red River war erreicht. Die Strömung wurde noch stärker. Schweißüberströmt mühte Saul sich ab, die auf den Wellen auf und ab tanzende Fähre am Kentern zu hindern. Manchmal tauchte der Burg so tief in ein Wellental, daß das Wasser die niedrige Bordwand überspülte. Alaina nahm den Eimer und begann zu schöpfen.

Die Nacht brach herein. Sie fuhren in der richtigen Richtung, aber das war nur ein schwacher Trost. Die Hauptsorge bestand darin, nicht zu kentern.

Plötzlich wurde die Stille der Nacht von der Dampfpfeife eines Raddampfers zerrissen, der soeben hinter der Fähre eine Flußbiegung umrundete. Beim Anblick der in Strommitte treibenden Fähre ließ der Kapitän die Fahrt verlangsamen und die Kanone an Deck bemannen.

Als der Dampfer näherkam, ergriff Cole seine blaue Uniformjacke und schwenkte sie über seinem Kopf. Da trat ein Mann auf die Brücke des Raddampfers und richtete ein langes Fernrohr auf

ihn. Eilig zog Cole die Jacke an und befahl Saul, die gelben Wimpel am Leichenwagen einzuziehen.
Wenig später lag die Fähre längsseits an dem Dampfer vertäut. Ihre Insassen und auch die Pferde wurden an Bord gezogen, dann wurde sie mitsamt dem Leichenwagen ihrem Schicksal überlassen. Der Dampfer hatte Verwundete an Bord und sollte am nächsten Morgen New Orleans anlaufen. Cole wurde in eine leere Kabine gebracht. Ein Sanitäter untersuchte und verband seine Wunde. Als Cole den Wunsch äußerte, daß seine beiden Begleiter die Kabine mit ihm teilen dürften, sah der Kapitän keinen Anlaß, ihm diese Bitte abzuschlagen. Immerhin hatten sie ihm ja das Leben gerettet.
Cole verbrachte eine unruhige Nacht. Von Schmerzen geplagt wälzte er sich auf seinem Lager. Saul lag auf dem Boden ausgestreckt und schnarchte. In einem Sessel neben dem Bett zusammengerollt war Alaina eingeschlummert. Als Cole in aller Herrgottsfrühe aus seinem Halbschlaf hochfuhr, stand sie schon vor einem Bullauge und schaute sinnend in den neuen Tag hinaus. Leise rief er ihren Namen. Sie trat an sein Bett, und als sie ihn müde und zärtlich anlächelte, konnte sich Cole plötzlich nicht mehr daran erinnern, was er ihr eigentlich hatte sagen wollen. Tausend törichte Worte des Dankes jagten durch seinen Kopf, doch als er endlich sprach, war es das Dümmste und Tölpelhafteste, das sich sein benommenes Hirn auszudenken vermochte: »Behalte das Geld, Alaina. Ich werde dafür sorgen, daß auch Saul belohnt wird.«
Das Lächeln verschwand von des Mädchens Gesicht und machte dem Ausdruck qualvoller Trauer Platz.
»Sie mögen etwas vom Körper verstehen, Doktor Latimer, aber über den ganzen Menschen müssen Sie noch viel lernen.« Ihre Stimme klang dünn und seltsam angestrengt. »Ihr Geld ist dort, wo es hingehört, nämlich in der Patronentasche. Saul und ich sind auch nicht für die hundertfache Summe käuflich.«
Ernst und voller Würde drehte sie sich um und verließ die Kabine. Lange noch starrte Cole auf die Tür, als sie sich hinter ihr geschlossen hatte. Da wurde die Stille von der Dampfpfeife des Schiffes unterbrochen. Ihr zweimaliges schrilles Tuten besagte, daß New Orleans in Sicht war.

22

Als der Transport mit den Verwundeten ankam, herrschte im Lazarett schon hektische Betriebsamkeit. Sergeant Grissom hatte sich selbst am Haupteingang postiert und wies die Bahrenträger ein. Alaina und Saul betraten das Gebäude unmittelbar nach Hauptmann Latimer. Als sie an Grissom vorbeikamen, blickte dieser kurz auf den vermeintlichen Mulattenjungen. In seinen Augen lag nicht die Spur von Wiedererkennen. Sein Blick verweilte sekundenlang auf dem riesigen Neger, dann wanderte er mit dem Ausruck größten Erstaunens zu Alaina zurück. »Was zum Teufel -«, entfuhr es ihm, als er genauer hinschaute. »Al? Bist du es wirklich?«

»Jawohl, Sir.« Schnell schlüpfte Alaina wieder in die Rolle eines halbwüchsigen Jungen. »Ich mußte mir das Gesicht ein bißchen anmalen, sonst hätten wir den Hauptmann nie hierher zurückgeschafft.«

»Bringt sofort den Hauptmann her, Männer«, befahl der Sergeant. »Die anderen Bahren können einstweilen im Flug abgestellt werden.«

Cole wurde auf Grissoms Veranlassung unverzüglich in den Operationssaal getragen. Gleich darauf erschien Major Magruder, der den Eingriff vornehmen sollte, da Dr. Brooks vollauf mit anderen Verletzten zu tun hatte.

»Da schau her!« sagte der Major mit gespielter Freundlichkeit, als er des Hauptmanns ansichtig wurde. »Der große Held höchstpersönlich. Der Heeresbericht ist des Lobes voll über Sie. Wie es scheint, haben Sie ganz allein ein Regiment Kavallerie und eine Batterie in Schach gehalten.«

»Eigentlich war es nur eine kleine Patrouille mit einer erbeuteten Kanone«, erwiderte Cole lakonisch.

»Hm«, machte der Major. »Es muß Sie doch mit Befriedigung erfüllen, daß von den über vierhundert Verwundeten des Gefechtes bei Pleasant Hill diejenigen aus Ihrem Feldlazarett als einzige durchgekommen sind.«

»Das ist mir neu, Major.«

»Wie dem auch sei«, sagte Major Magruder achselzuckend und trocknete sich die Hände. »Jedenfalls wird es die Untersuchungskommission interessieren, warum Sie schon hier in New Orleans sind, während der Rest der Division noch bei Alexandria liegt.«

»Das weiß ich selber nicht so genau. Jedenfalls hätte ich es ohne Al und seine Freunde nicht geschafft. Übrigens steckt in meinem Bein ein hübsches kleines Andenken an das Gefecht.«
Magruder tat erstaunt: »Ach ja, natürlich. Ihre Wunde! Na, dann wollen wir uns das mal anschauen.«
Schnell schnitt er mit einer Schere den Verband auf und bog die verkrusteten Ränder der Wunde roh auseinander. Ohne darauf zu achten, daß Cole vor Schmerz mit den Zähnen knirschte, stocherte er dann mit der Spitze der Schere in dem klaffenden Loch herum.
»Ein Granatsplitter aus Messing, vielleicht sogar Blei«, meinte Magruder nach einer Weile ungerührt. »In ein paar Wochen hätten Sie eine schwere Blutvergiftung. Das Bein muß leider ab, Herr Hauptmann.«
»Können Sie denn den Splitter nicht herausoperieren?« Coles Gesicht war vor Schmerz aschfahl. »Ich würde mein Bein gern so lange wie möglich behalten, falls Sie das verstehen können.«
Magruder schüttelte den Kopf. »Ich kenne mich da aus. Der Splitter sitzt ganz nahe am Knochen. Wenn ich daran herumschnipsele, riskiere ich nur, daß eine Arterie verletzt wird, und dann wäre Wundbrand nur noch eine Frage der Zeit.«
»Ich teile Ihre Meinung nicht, Herr Kollege«, entgegnete Cole verbissen. »Die Kanone war eine Wilkinson. Sie verschießt Stahlmantelgeschosse. Wenn Sie den Splitter nicht herausbekommen, schließen Sie die Wunde und lassen es dabei bewenden.«
Major Magruder war sichtlich in seinem Stolz verletzt. Arrogant blickte er auf Cole hinab. Nach kurzem Zögern gab er klein bei.
»Nun gut, Hauptmann, ganz wie Sie wünschen. Aber ich lehne ausdrücklich jede Verantwortung ab.« Dann machte er sich an die Arbeit. Tiefe Stille herrschte in dem Raum. Nach geraumer Zeit wurde die Tür geöffnet und Dr. Brooks trat an seine Seite. Nach einem ausgiebigen Blick auf die Wunde stand sein Urteil fest. »Den Splitter bekommen Sie da nie heraus, Major. Der ist einfach nicht zu packen.«
»Hm, ja«, stimmte Magruder ihm bei. »Es ist tatsächlich Stahl, kein Blei oder Messing. Man könnte den Splitter vorerst drinlassen und abwarten.«
»Das oder eine Amputation ist die einzige Möglichkeit«, sagte Dr. Brooks und rieb sich das Kinn.

Saul fühlte sich inmitten all der blauen Uniformen im Lazarett unbehaglich und quartierte sich bei den Craighughs ein. Alaina mußte die Geschichte von Coles Rettung immer wieder erzählen, um die neugierigen Fragen der Lazarettinsassen zu befriedigen. Unter einem Vorwand gelang es ihr, in das kleine Krankenzimmer eingelassen zu werden, in dem Cole lag. Nie hatte sie ihn so still und blaß gesehen. All ihre Ängste und Befürchtungen galten nur ihm. Was war, wenn sein Zustand sich zum Schlimmsten wendete – wie bei Bobby Johnson? Heftig schüttelte sie den Kopf und verscheuchte diese düsteren Gedanken. Er mußte gesund werden!

Die Tür wurde geöffnet und Dr. Brooks trat ein. Seit der Operation waren mehrere Stunden vergangen. Beruhigend tätschelte er Alainas Schulter, doch als gleich darauf Magruder und General Mitchell den Raum betraten, zog sich das Mädchen unauffällig in eine Zimmerecke zurück. Von dort aus lauschte sie geistesabwesend dem Gespräch der Ärzte. Sie konnte es kaum abwarten, daß Cole wieder zu sich kam. Sie hoffte inbrünstig, daß die Operation gut verlaufen war.

Langsam tauchte der Hauptmann aus der Narkose auf. Sein Hirn war benommen, und er konnte die Lippen nicht bewegen. Am anderen Ende des Raumes sah er Alainas schlanke Gestalt an der Wand lehnen. Die Worte Magruders drangen zu ihm und zerrten an seinen zum Zerreißen gespannten Nerven.

»Es ist erstaunlich, daß der Hauptmann diese Strapaze lebend überstanden hat«, bemerkte der Major eifrig dem General gegenüber. »Es war sein Glück, daß Al ihn gefunden und hierher zurückgebracht hat.«

»Hauptmann, sagen Sie?« schnarrte Mitchell. »Wenn es nach mir geht, ist er bald Major. Schließlich geschieht es nicht jeden Tag, daß unsere Ärzte ihre Patienten so erfolgreich im Kampf verteidigen.« Mit diesen Worten drehte er sich unwirsch zu Al: »Du hast einen unserer besten Männer gerettet, junger Mann. Wir werden sehen, was wir für dich tun können. Es ist gut möglich, daß du dafür eine Belohnung erhältst.«

Aller Augen richteten sich auf die Tür, als Roberta in voller Aufmachung ins Zimmer gerauscht kam. Mit einem dramatischen Seufzer flog sie an Coles Seite und warf sich an seine Brust. »Mein armer Liebling! Mein armer verwundeter Liebling!« schluchzte sie unter Tränen.

Hilfsbereit trat General Mitchel einen Schritt vor und unterbrach Robertas tränenreiche Darbietung: »Das Bein ihres Gatten ist ernsthaft verletzt, Mrs. Latimer. Ein Granatsplitter steckt immer noch darin, und der Hauptmann wird wohl lange Zeit das Bett hüten müssen, bis sein Bein ausgeheilt ist.«
Roberta begann erneut zu schluchzen: »Ach Liebling, Liebling! Wärst du doch bei mir geblieben –.«
In stoischem Schweigen ließ Cole ihre Umarmungen über sich ergehen. Peinlich berührt von dem gefühlvollen Spektakel entschuldigten sich die Ärzte und gingen. Kaum hatte sich die Tür hinter ihnen geschlossen, als sich Roberta aufrichtete und in weitaus kühlerem Tonfall bemerkte: »Da hast du dich ja ganz schön zurichten lassen.« Ihre Stimme hatte einen unverhüllt hämischen Unterton. »Und all das wegen der kleinen Landstreicherin, mit der du ins Bett gegangen bist.« Achtlos warf sie ihre Handschuhe auf den Nachttisch und stockte, als ihr Blick auf Alainas schlanke Gestalt im Hintergrund fiel. Ihr Gesichtsausdruck verhärtete sich, und mit giftiger Stimme höhnte sie: »Sieh da! Da hast du sie ja schon wieder unter deine Fittiche genommen!«
»Ich versichere dir, liebe Robbie«, ließ sich Alaina mit scharfer Stimme vernehmen, »daß wir unterwegs genug Anstandsdamen hatten und keinen Moment alleine waren. Ich nehme mir die Freiheit, dich darauf hinzuweisen, daß du eher dankbar sein solltest dafür, ihn lebend zurückbekommen zu haben.«
»Wenn er auf mich gehört hätte, könnten wir jetzt schon in Washington sein«, erwiderte Roberta bissig.
»Du schienst selbst nicht gut zu hören, Roberta, sonst hättest du General Mitchells Worten entnehmen können, daß es lange dauert, bis dein Gatte genesen wird. Soweit ich weiß, hat sich Magruder erboten, an seiner Stelle nach Washington zu gehen.«
»Was willst du damit sagen?« Roberta geriet nun erst richtig in Fahrt. »Natürlich gehen wir nach Washington. Ich möchte wetten, daß Cole unter meiner Anleitung noch vor Kriegsende zum General befördert wird.«
»Er ist auch ohne deine Hilfe schon Major geworden«, konnte Alaina sich nicht enthalten zu sticheln, »und dazu brauchte er nicht mal nach Washington gehen.«
Aus zusammengekniffenen Augen starrte Roberta ihre Kusine haßerfüllt an: »Mach daß du rauskommst! Wir brauchen deine

Dienste nicht mehr. Um meinen Mann kümmere ich mich ganz alleine.«
Ungerührt trat Alaina an Coles Bett. »Wenn ich Ihnen noch mal jemanden vom Leib halten soll, geben Sie mir Bescheid, Hauptmann.«
Als sie die Tür hinter sich schloß, holte Alaina tief Luft. Der Gedanke, daß der verletzte Cole jetzt mit dieser giftigen Hexe allein war, weckte ihre Beschützerinstinkte. Aber sie konnte ihn ja wohl kaum vor seiner eigenen Frau in Schutz nehmen.
Vor dem Lazarett erwartete sie Dr. Brooks in seinem Einspänner und lud sie ein, mit ihm zu fahren. Alaina zögerte. Was hatte er wohl diesmal für schlimme Nachrichten für sie?
»Geht es um den Hauptmann? Ich meine, er kommt doch durch, nicht wahr?«
Der Arzt schmunzelte. »Diesmal habe ich dir etwas zu sagen, was dir sicher gefallen wird. Mrs. Hawthorne und ich haben einen Entschluß gefaßt«, konstatierte er sachlich.
Alaina fiel ein Stein vom Herzen. Erschöpft ließ sie sich auf den Sitz neben dem Arzt sinken. »Ich wußte gar nicht, daß Sie mit Mrs. Hawthorne befreundet sind.«
»Sehr gut sogar. Aber sag mal, mein Kind, wie würdest du es eigentlich finden, wenn du dich von jetzt an wie eine junge Dame kleiden könntest?«
Alaina war vor Verblüffung starr. »Meinen Sie etwa richtige Frauenkleider?« fragte sie nach einer Weile.
»Ja, und alles was dazu gehört«, erwiderte der Arzt mit einem Seitenblick auf ihr begeistertes Gesicht. »Du scheinst an der Idee Gefallen zu finden. Es war Mrs. Hawthornes Einfall, daß du als ihre Nichte im Lazarett arbeitest.«
»Etwa hier im Yankee-Lazarett?«
Dr. Brooks nickte. »Wenn du willst, kannst du Montag früh anfangen. Aber vorher mußt du dich so lange schrubben, bis du wieder ganz rosig bist.«
Das ließ sich Alaina nicht zweimal sagen. Früh am Montagmorgen klapperten ihre Absätze beschwingt durch die Eingangstür des Lazaretts. Ihr kurzes Haar hatte sie zurückgekämmt. Im Nakken wurde es von einem Chignon zusammengehalten. Vor ihr einfaches, graues Kleid band sie eine gestärkte, weiße Schürze. Es ermutigte sie, daß Sergeant Grissom sie beim Rundgang durch die Krankenzimmer offensichtlich nicht wiedererkannte.

Aufmerksam lauschte sie seinen Instruktionen, obwohl sie sicherlich viel besser als er wußte, was zu tun war.
Erst zur Mittagsstunde wurde ihre bange Neugier hinsichtlich Coles Gesundheitszustand gestillt. Mit einem Tablett in der Hand betrat sie sein Zimmer. Der Hauptmann lehnte halb sitzend am Kopfende des Bettes und versuchte, sich zu rasieren. Ohne sich zu ihr umzudrehen, deutete er auf den Tisch neben seinem Lager. »Stellen Sie es dorthin«, grunzte er unfreundlich.
Alaina tat wie ihr geheißen und beobachtete, wie er sich ohne Spiegel unbeholfen zu rasieren versuchte.
»Kann ich Ihnen behilflich sein?« murmelte sie in ihrem weichen, ungekünstelten Südstaatenakzent. Ihre seidenweiche Stimme ließ Cole erschauern. Diese gleiche Stimme hatte er in jener bedeutsamen Nacht vor nicht langer Zeit vernommen. Sein Kopf fuhr herum, und er blickte in graue Augen, die ihn in voller Wärme anlächelten.
»Alaina!« Ungeachtet des brennenden Schmerzes richtete er sich halb auf. »Was machst du denn hier, ich meine mit dem Tablett und der Schürze und überhaupt . . .« Sein wacher Blick strich anerkennend über ihre weibliche Erscheinung.
»Alaina? Sie haben wohl Fieber, Hauptmann. Mein Name ist Camilla Hawthorne, wenn Sie sich bitte daran gewöhnen wollen.«
Cole räusperte sich und tat so, als sei er leicht verstimmt. »Sind Sie neu hier?«
»Ach wissen Sie, ich bin ja eigentlich vom Lande, aber ich hatte es satt, herumzusitzen und Däumchen zu drehen. Jetzt wohne ich hier in der Stadt bei meiner Tante, und als mir die Arbeit im Lazarett angeboten wurde, habe ich sie gleich genommen. Die Yankees zahlen ja wirklich ganz anständig –«, antwortete ihm Alaina mit neckischer Stimme.
»Und fühlen Sie sich wohl bei uns?« Cole ging bereitwillig auf das Spielchen ein. Gern hätte er das Mädchen ein wenig aufgezogen und ihr gesagt, welche Mühe es Dr. Brooks gekostet haben mußte, aus dem schäbigen Al eine so reizende junge Frau zu machen, aber mit Rücksicht auf eventuelle Lauscher versagte er sich solche Scherze.
Alaina nahm ihm das Rasiermesser aus der Hand und begann, seinen Stoppelbart mit großer Behutsamkeit abzurasieren. »Sie werden es kaum glauben, Hauptmann«, meinte sie bedächtig, »aber ich habe in meinem Leben schon junge Burschen erlebt,

deren Haar und Gesicht so schmutzig waren, daß man den Dreck buchstäblich abkratzen konnte. Sie ahnen ja nicht, wie froh ich bin, nicht so herumlaufen zu müssen.«
»Hm, ja«, gab Cole mit einem anzüglichen Blick auf das Mädchen zurück. »Ich habe da auch so einen gekannt. Al hieß der dreckige kleine Lausebengel. Er sah immer so aus, daß man ihn am liebsten in die Badewanne gesteckt hätte. Und ein loses Mundwerk hatte der!«
Alaina betätigte sich mit dem Rasiermesser genau unter seiner Nase. »Haben Sie jemals den Rest von ihm zu Gesicht bekommen, ich meine: so von oben bis unten?«
»O ja, und ob!« antwortete Cole mit Bestimmtheit. Fast hätte er sich beim Sprechen geschnitten.
»Und war der Bursche überall so schmutzig, wie Sie sagen?«
Bevor er noch antworten konnte, wurde ein dampfendes, kochend heißes Handtuch auf sein Gesicht geklatscht und von entschlossenen Händen auf seine Haut gedrückt, daß er vor Schmerz und Ärger laut aufstöhnte. Cole riß das Tuch weg und schnaubte mit gerötetem Gesicht: »Schon wieder! Verfluchtes Weibsstück! Am liebsten würdest du mich wohl bei lebendigem Leibe rösten!«
»Was soll die ganze Aufregung, Hauptmann! Mag sein, daß das Tuch ein wenig zu heiß war, aber wer wird denn gleich . . .« Mit einem anmutigen Schwung ihres Rockes wandte sich Alaina zur Tür. »Das Tablett hole ich später ab.« Damit ließ sie Cole allein.
An den darauffolgenden Tagen konnte Cole das energische Klappern von Alainas Absätzen kaum abwarten. Sie brachte ihm sein Essen so pünktlich, daß er danach die Uhr hätte stellen können. Jeden zweiten Tag rasierte sie ihn. Das war eine willkommene, wenn auch nicht ganz schmerzlose Abwechslung. Überall im Lazarett machte sich das Mädchen unentbehrlich: sie erledigte die Post der Kranken, sorgte für frische Bettwäsche, las den Soldaten vor, rasierte jene, die dazu selbst nicht in der Lage waren, und erfüllte freudig andere kleine Pflichten. Für die gröberen Arbeiten war eine neue Aushilfskraft gefunden worden.
In diese Zeit fiel auch Coles Beförderung zum Major. An sein Krankenlager gefesselt, konnte er sich über die Auszeichnung nicht so recht freuen. Außerdem war der chirurgischen Abteilung des Lazaretts ein junger Leutnant zugeteilt worden, der sich prompt bis über beide Ohren in Camilla Hawthornes Reize ver-

liebte. Der junge Mann machte daraus keinen Hehl, sondern machte dem Mädchen dezent, aber unmißverständlich den Hof. Dem frischgebackenen Major paßte das gar nicht. Innerlich verfluchte er die Tatsache, daß er durch seine Verwundung zur Untätigkeit verdammt war, während sein jüngerer Nebenbuhler Alaina ungehindert über die Flure und Gänge des Lazaretts nachstellen konnte. Coles Unmut wurde noch dadurch verstärkt, daß er nach Lage der Dinge den jungen Leutnant nicht einmal zurechtweisen konnte, ohne sich zu kompromittieren.

Der Grund für Coles erzwungene Zurückhaltung erschien eines Tages zu ungewohnt früher Stunde, nämlich um elf Uhr, an Coles Bett. Als Alaina das Tablett mit dem Mittagessen brachte, saß ihre Kusine Roberta in vollem Staat an des Majors Seite. Seit seiner Beförderung war dies ihr erster Besuch.

»Guten Tag, Herr Major«, begrüßte ihn Alaina fröhlich. Roberta nickte ihr nur zu.

Der junge Leutnant kam mit dem Rasierzeug. Alaina nahm es ihm ab und stellte ihn vor: »Ich glaube, Mrs. Latimer, Sie haben Leutnant Appelby noch nicht kennengelernt. Er ist der neue Chirurg.«

Graziös hielt ihm Roberta die Hand hin, und der junge Offizier beugte sich in bester Manier der alten Schule darüber, um sich jedoch gleich wieder Alaina zuzuwenden.

»Kann ich hier etwas für Sie tun, Miss Hawthorne?« erbot er sich diensteifrig.

»Ich komme schon zurecht, Leutnant. Vielen Dank!«

Der Leutnant sah sehr gut aus. Roberta fühlte sich dadurch provoziert, daß Alaina scheinbar so mühelos mit den Männern zurechtkam. Sie selbst stöhnte unter dem Joch der Ehe. Gern hätte sie ihre Reize gegenüber dem jungen Mann ausgespielt und mitangesehen, wie schnell er sich ihre jüngere Kusine aus dem Kopf geschlagen hätte.

Für den Leutnant gab es keinen Grund mehr zum längeren Verweilen. Er verließ den Raum, während Alaina mit dem Rasierzeug herumhantierte. Schnell trat Roberta neben ihre kleine Kusine und fuhr sie an: »Gib her! Ich mach das schon. Verschwinde!«

»Ganz wie Sie meinen, Mrs. Latimer«, erwiderte Alaina und ließ das Handtuch fallen. An der Tür wandte sie sich noch einmal um. »Die Türen im zweiten Stock lassen wir übrigens immer offen,

damit die Kranken notfalls um Hilfe rufen können, Mrs. Latimer.«
Cole hatte sich halb aufgesetzt und die Szene schweigend beobachtet. »Ich finde, du bist zu hart mit ihr, Roberta. Du weißt genauso gut wie ich, daß all die Anschuldigungen gegen sie unbegründet waren.«
»Und ich glaube, daß du viel zu umgänglich bist mit dem kleinen Miststück. Wie kannst du nur so blind sein, Cole? Siehst du nicht, wie sie den Leutnant an der Nase herumführt? Sie tut so, als wären alle Männer für sie da. Ist sie etwa eine Königin und stellt etwas Besonderes dar?«
Cole schwieg beharrlich. Wenn du wüßtest, wie recht du damit hast, sagte er sich im stillen.
»Als wir noch Kinder waren, spielte Alaina immer mit den Jungen«, schimpfte Roberta weiter. »Oft kleidete sie sich sogar wie ein Junge, während ich mit meinen Puppen spielte und auf meine Tugend achtete.«
Cole konnte sich nicht verkneifen zu fragen: »Wie kommt es dann, meine Liebe, daß sie ihre Tugend länger als du bewahrt hat?«
Robertas Augen verengten sich vor Haß. »Welcher junge Mann hätte sich schon an ihrem spindeldürren Gerippe vergriffen? Wenn sie etwas fraulicher gewesen wäre, hätte sie ihre Unschuld schnell genug verloren.«
Cole war leid, mit seiner Frau herumzuzanken. Er griff nach der Rasierschale und begann sich einzuseifen.
»Was soll denn das nun wieder?« fragte Roberta.
»Wie du siehst, bin ich dabei, mich zu rasieren.«
»Leg dich ein bißchen zurück, ich mache das schon.«
Cole war auf der Hut. »Das ist wirklich nicht nötig, Roberta, ich schaffe es schon alleine.«
»Ich sage dir doch, daß ich es mache!« Sie erhob sich und nahm ihrem Mann das Rasierzeug aus der Hand.

Am späten Nachmittag kam Alaina, um das schmutzige Geschirr abzuholen. Roberta war längst gegangen. Als das Mädchen das Gesicht des Majors erblickte, stockte ihr der Atem. Seine Haut war von unzähligen Schnitten verunstaltet, ein gutes Dutzend davon blutete noch.
»Mein Gott, Weib, warum hast du mich mit dieser Schlächterin

allein gelassen? Rufe schnell deinen kleinen Chirurgen, sonst verblute ich noch. Und vergiß den Alaunstift nicht. Ich schwöre bei meiner Seele, daß eine Woche in den Sümpfen mit einem offenen Bein mir weniger zugesetzt hat als dieser Nachmittag in Robertas Händen.«

Alainas Gelächter hallte durch den Flur, als sie nach dem Alaun lief. Als sie Coles Gesicht später damit behandelte, wurde sie noch immer von Kichern geschüttelt.

»Ich frage mich immer noch, womit du mir mehr Schaden zugefügt hast«, konstatierte der Major grimmig, »dadurch, daß du mich heute im Stich gelassen hast oder durch dein Verhalten an meinem Hochzeitsmorgen.«

Das Mädchen beugte sich ganz nah über ihn. »Wie dem auch sei, Sir, diesmal können Sie sich jedenfalls nicht auf eine Verwechslung berufen.«

Seit Roberta erfahren hatte, daß Alaina im Lazarett arbeitete, verbrachte sie unermüdlich jeden Tag an Coles Krankenlager und ging erst, wenn die letzten Besucher fort waren. Sie schien grimmig entschlossen, sich um das Wohlergehen ihres Gatten zu kümmern, aber ebenso unverrückbar war Coles Entschluß, sich nie wieder von ihr rasieren zu lassen. Eher würde er sich einen Vollbart wachsen lassen.

Die ganze Zeit mußte Cole über sich ergehen lassen, daß seine Frau von ihrer jüngeren Kusine ein Gemisch von Halbwahrheiten und frechen Lügen erzählte. Doch viel mehr bekümmerte es ihn, daß er untätig mit ansehen mußte, wie der junge Chirurg Alaina zäh umwarb. Cole wußte, daß er kein Recht hatte, dagegen einzuschreiten. Dennoch brannte dies ihn wie eine Wunde, für die es keine Heilung gab.

Am Montagmorgen hatte Cole seine Bettlägerigkeit und die Eintönigkeit des Krankenzimmers endgültig satt. Kurz nach Tagesanbruch beschied er einer Ordonnanz, ihm Krücken zu besorgen. Die Muskeln in seinem kantigen Gesicht traten hervor, als er sich aufrichtete. An der Stelle, wo der Granatsplitter steckte, empfand er einen stechenden Schmerz. Seine Muskeln waren geschwächt von der langen Untätigkeit, aber mit unbeugsamer Beharrlichkeit machte er Gehübungen. Immer wieder humpelte er vom Bett zur Wand und zurück, bis sich seine Schultern und Beine verkrampften.

Draußen in der Halle erklangen vertraute Schritte. Dem leichten,

behenden Trippeln folgten schwere Schritte, offensichtlich die eines Mannes.
»Sie sehen entzückend aus heute morgen, Miss Hawthorne.« Appelby machte dieses Kompliment mit Wärme. In seiner Fantasie stellte Cole sich vor, wie der Blick des Mannes lüstern über das Mädchen strich.
»Oh, Leutnant«, antwortete Alaina, ohne auf ihn einzugehen. »Major Magruder hat mich soeben gefragt, wo Sie stecken. Sie werden dringend im Operationssaal gebraucht.«
»Die Pflicht ruft«, seufzte der junge Offizier betrübt, »aber mein Herz bleibt bei Ihnen.« Damit eilte er davon.
In der Tür zu Coles Krankenzimmer blieb Alaina verblüfft stehen. »Dürfen Sie denn schon aufstehen?« fragte sie argwöhnisch. »Sie sehen noch gar nicht so gesund aus!«
»Hör auf, mich zu bemuttern. Ich brauche kein Kindermädchen!«
»Irgend jemand muß doch da sein, wenn Sie sich das Genick brechen, Sie dummer Kerl!«
»Dann kannst du ja deinen jungen Freund auf mich loslassen. Ich bin sicher, daß er ein bißchen Berufserfahrung braucht. Anscheinend geht er mit Mädchen besser um als mit einem Skalpell.«
Alaina zog sein Bett ab. »Warum sind Sie so bissig? Er ist einfach nur nett zu mir.«
»Und was tust du, um ihn dir vom Leib zu halten?« brummte Cole ungehalten.
»Auf jeden Fall ermutige ich ihn nicht, Major. Außerdem ist er im Vergleich zu Ihnen geradezu ein Heiliger.«
Alaina wandte sich ab und begann, Coles Bett zu beziehen. Es paßte dem Major nicht, daß sie immer das letzte Wort hatte. Er wollte nach ihr greifen, doch da rutschten die Krücken unter ihm weg, und er sank mit schmerzverzerrtem Gesicht zu Boden. Alaina eilte zu ihm. Ihr Zorn war verflogen. Sie legte seinen Arm um ihre Schulter und half ihm auf.
»Ist Ihnen etwas passiert?« erkundigte sie sich ängstlich.
Tief blickte Cole in ihre besorgten grauen Augen mit den dichten seidigen Wimpern. Und ihr Mund! Dieser liebliche, ausdrucksvolle Mund verlangte geradezu danach, geküßt zu werden.
Alaina fühlte, wie Cole den Griff seines Armes verstärkte. Ehe sie wußte, wie ihr geschah, beugte er sich mit geöffneten Lippen zu ihr hinunter. Sein heißer Kuß verriet all seine unterdrückte Be-

gierde. Er durchfuhr ihren Körper wie ein sengender Blitzstrahl und enthüllte, wonach es sie so leidenschaftlich gelüstete. Verzweifelt wehrte sie sich gegen den Rausch, der sie davonzutragen drohte. Sie entwand sich Cole und stolperte einen Schritt rückwärts. Der Ansturm ihrer Erregung hatte sie zutiefst erschüttert. Wut erfüllte sie darüber, daß der Mann es gewagt hatte, sich an ihr in aller Öffentlichkeit zu vergreifen. Alainas Hand schnellte vor und versetzte Cole eine schallende Ohrfeige. Ihm nächsten Augenblick floh das Mädchen zur Tür. Sie sehnte sich nach einem Platz, wo sie allein sein und ihren Tränen ungehindert freien Lauf lassen konnte.

Als Major Latimer zu den Craighughs zurückkehrte, war Angus alles andere als begeistert. Er hatte auf das Schlimmste gehofft und war enttäuscht. Das verstärkte die ohnehin großen Ressentiments, die er gegen seinen Schwiegersohn hegte.
Cole wurde im Gästezimmer einquartiert. Roberta erklärte ihm lang und breit, daß dies für sein lahmes Bein bequemer sei. Nicht, daß er etwas dagegen hatte. Aber es entging ihm nicht, wie zufrieden seine Ehefrau über diese Lösung war.
Nachdem Roberta so lange unter der Rolle der pflichtbewußten Hausfrau gestöhnt hatte, wollte sie nun alles daransetzen, die Karriere ihres Mannes voranzutreiben. Außerdem wollte sie gerne ihr unterbrochenes gesellschaftliches Leben wiederaufnehmen.
An einem Tag im Juli kam Dr. Brooks auf dem Weg zu Mrs. Hawthorne bei den Craighughs vorbei, um Major Latimer eine Botschaft zu überbringen.
»Sie können den Brief gleich mir geben«, sagte Roberta und streckte die Hand danach aus. Doch in diesem Augenblick erschien Cole und nahm das Schreiben persönlich entgegen. Minuten später ertönte ein gräßliches Kreischen aus den ehelichen Gemächern. Robertas aufgebrachte Stimme schallte durch das ganze Haus, so daß jeder sie hören konnte. »Auf der Stelle will ich diese Sache klarstellen!«
»Da gibt es nichts klarzustellen«, erwiderte Cole ruhig. »Ich werde aus gesundheitlichen Gründen ausgemustert, nichts weiter.«
»Du gemeiner, dreckiger Yankee! Kein Rückgrat hast du! Die ganze Zeit hast du mir eingeredet, wir gingen nach Washington,

dabei hast du nichts weiter im Sinn gehabt, als hinter meinem Rücken mit dieser Landstreicherin hierzubleiben, mit der du direkt vor unserer Nase ins Bett gegangen bist! Hättest du doch lieber gleich Alaina geheiratet! Statt dessen wirfst du mir vor, ich hätte dich mit List und Tücke dazu bewegt, mich zu heiraten. Eigentlich solltest du mir dankbar sein für alles, was ich für dich getan habe!«

»Washington war deine Idee, meine Liebe, nicht meine. Das Ganze hat sich erübrigt, also schlage dir Washington aus dem Kopf. Wir gehen nach Minnesota.«

»Minnesota!!! A-r-r-r!!!« Außer sich vor Wut entriß Roberta ihrem Mann eine Krücke und schmetterte sie an die Wand. »Du und dein verdammtes Bein! Hätten sie es dir doch bloß abgesägt!« Sie versetzte Cole einen heftigen Tritt gegen den rechten Schenkel. Er drehte sich halb um sich selbst und taumelte mit einem unterdrückten Schmerzensschrei gegen die Tür. »Weib!« knirschte er. »Wenn du das noch einmal machst, dann –.«

Während dieser Szene saßen Leala, Dr. Brooks und Alaina peinlich berührt und starr vor Entsetzen im Salon. Die ganze Zeit über hatten sie bedrückt geschwiegen, und keines der heftigen Worte war ihnen entgangen.

23

Schwer lastete die brütende Sonne auf den vom Krieg verwüsteten Feldern des Südens. Die Konföderierten hatten in diesem Sommer eine Niederlage nach der anderen erlitten. Atlanta wurde von den Unionstruppen belagert. Dazu forderte General Johnson alle verfügbaren Verstärkungen an, so daß während des glühend heißen Monats August der Anblick von blauen Uniformen in Louisiana fast schon eine Seltenheit war.

An einem späten Samstagnachmittag Anfang September waren Alaina und Mrs. Hawthorne im Blumengarten der alten Dame beschäftigt, als eiliges Hufgeklapper erklang, das sich rasch dem Hause näherte. Beim Anblick des Einspänners richtete sich Alaina auf. In einer tadellosen Uniform gekleidet, fuhr Major Latimer vor und tippte lässig an die Krempe seines Hutes.

»Guten Tag, meine Damen.«

»Hallo, Major Latimer, wie nett, daß Sie an uns denken. Wie wäre es mit einer Tasse Tee oder einem Gläschen Sherry?« begrüßte ihn Mrs. Hawthorne voller Zuneigung.
»Nein, danke, gnädige Frau, eigentlich wollte ich nur ein paar Angelegenheiten mit Alaina besprechen, bevor ich abreise.«
»Aber sicher, Major«, erwiderte die Frau mit verständnisvollem Lächeln. »Ich habe noch im Haus zu tun. Rufen Sie bitte, wenn Sie mich brauchen.«
Als sie allein waren, wandte sich Cole Alaina zu: »Kannst du deine Arbeit nicht eine Weile unterbrechen? Ich habe mit dir zu reden.«
Das Mädchen ließ sich nicht beirren. »Was wir zu besprechen haben, Major, kann während der Arbeit geschehen.«
»Ich möchte private Dinge mit dir besprechen, Alaina. Deshalb wäre ich dir dankbar, wenn du mich auf eine kleine Ausfahrt begleiten würdest.«
Lange blickte Alaina den Major zögernd an, dann ging sie auf den Einspänner zu.
»Steig ein«, forderte er sie auf und reichte ihr eine Hand.
Das Mädchen blickte zu Cole auf. Er war tief gebräunt. Die dunkle Gesichtshaut erhöhte noch das Strahlen seiner hellen, blauen Augen. Wenn Alaina sich eingeredet hatte, daß seine Gegenwart sie kalt lassen würde, so hatte sie sich grausam getäuscht. Warum war er nicht fortgegangen und hatte ihr Gelegenheit gegeben, sich mit allem abzufinden? Warum mußte er ihr Leiden unnötig verlängern?
Widerstrebend entledigte sich Alaina der Schürze und der Handschuhe und kletterte auf den Sitz neben Cole.
Sie fuhren eine Weile am Fluß entlang, bis sie ein schattiges Plätzchen am Rande einer Baumgruppe erreichten.
»Ich hoffe, Sie haben ehrenwerte Absichten, Major. Ich bin Ihnen hier schutzlos ausgeliefert. Sie scheinen es darauf angelegt zu haben, meinen guten Ruf vollends zu ruinieren.« Alaina bemühte sich, ihrer Stimme einen schnippischen Klang zu verleihen.
Wortlos band Cole die Zügel an einer kleinen Weide fest. Dann knöpfte er seine Uniformbluse auf, zog eine kleine Derringer heraus und reichte die Pistole Alaina, die ihn verwundert anstarrte.
»Um Ihre Befürchtungen zu zerstreuen, Madam«, grinste er selbstsicher.

Seine Begleiterin prüfte die doppelläufige Pistole und bemerkte dann sachkundig: »Sie ist ungeladen.«
»Natürlich«, lächelte Cole süffisant. »Hältst du mich für einen kompletten Narren?« Damit nahm er ihr die Waffe wieder aus der Hand. »Weißt du mit einem solchen Ding umzugehen?«
»Ich weiß nur, daß sie ungeladen ziemlich wirkungslos ist.«
Cole überging Alainas spitze Bemerkung und begann, die Pistole mit Messingpatronen zu laden. »Paß gut auf«, mahnte er. »Der kleine Hebel an der Seite ist die Sicherung und beugt Unfällen vor.«
»Und wie komme ich zu diesem Geschenk?«
Cole ließ den Lauf der Waffe zurückschnappen und zielte kurz auf eine Feldblume in ihrer Nähe, bevor er den fragenden Blick des Mädchens erwiderte. »Nach meiner Abreise kannst du die Waffe vielleicht ganz gut zur Abschreckung gebrauchen. Du scheinst solche Typen wie Jacques DuBonné anzuziehen. Wer weiß, was noch alles passiert. Mehr kann ich für deine Sicherheit nicht tun. Betrachte die Pistole als Teil eines Abschiedsgeschenkes.«
»Wollen Sie damit sagen, daß da noch mehr ist?«
Wegwerfend zuckte der Major mit den Achseln. »Wie wäre es, wenn du dich selbständig machtest?«
»Ein schöner Gedanke, aber leider reichen meine Mittel dazu nicht aus.«
»Dem kann ich abhelfen«, sagte er bedächtig. »Das kann alles vor meiner Abreise arrangiert werden. Wenn es in der Zukunft irgendwelche Probleme gibt, brauchst du dich nur an einen Anwalt zu wenden, in dessen Hände ich meine Angelegenheiten gelegt habe.«
»Vielen Dank, Herr Major, aber ich habe nicht vor, mich von Ihnen oder irgendeinem anderen Mann aushalten zu lassen. Ich stehe gern auf eigenen Füßen, und dabei soll es auch bleiben.«
»Verdammt noch mal, Alaina, ich bitte dich doch nicht, meine Geliebte zu werden. Ich fühle mich nur verpflichtet –.«
»Das brauchen Sie nicht«, unterbrach sie ihn kühl. »Sie schulden mir nichts, also nehme ich auch nichts von Ihnen an.«
»Ich habe Geld in der Tasche – mindestens zweitausend Dollar in Gold. Außerdem habe ich es so eingerichtet, daß ich meine Wohnung behalte, solange du in dieser Stadt bleibst. Ich möchte, daß du beides annimmst.«

»Nein!« Sie war genauso unbeugsam wie er. »Sie können mich dazu nicht zwingen!« Ihr Stolz verbot es ihr, ihm auch nur ihre Gründe darzulegen.
Cole seufzte resigniert. »Du bist ein starrköpfiges Weib, Alaina MacGaren.« Nach kurzem Zaudern griff er hinter den Sitz und übergab dem Mädchen ein großes, reichgeschnitztes Holzkästchen. »Das letzte meiner Geschenke«, verkündete er verdrossen. »Und ich glaube, es wird deinen guten Ruf nicht allzu sehr in Frage stellen.«
Argwöhnisch beäugte Alaina das Kästchen, bevor sie den Deckel öffnete. Vor Staunen holte sie tief Atem, als sie sah, was auf dem Grunde der kleinen, mit Samt ausgeschlagenen Truhe lag. Es war die Miniatur ihrer Eltern, die einst an der Wand über ihrem Bett gehangen hatte.
»Wie ist das möglich? Wie sind Sie dazu gekommen?«
»Bevor wir am Abend des Brandes dein Haus verließen, habe ich es schnell an mich genommen. Ich dachte, du würdest es sicher gern als Talisman behalten.«
»O ja!« Mit tränenglänzenden Augen blickte Alaina Cole an. »Es ist das schönste Geschenk von allen. Ich danke Ihnen.«
Impulsiv beugte sie sich vor und preßte ihre Lippen auf seine gebräunte Wange. Der Duft ihres Haares füllte Coles Hirn. Seine lange gezügelte Leidenschaft brach sich ungestüm Bahn. Als seien seine Arme der Kraft seines Willens entzogen, umschlang er das Mädchen und zog es sanft an sich. Er begehrte sie, wie nur ein Mann eine Frau begehren kann. Monate war es her, seit er zum letzten Mal den weichen, warmen Körper einer Frau in den Armen gehalten hatte.
»Alaina, Alaina, ich will nur dich«, flüsterte er mit rauher Stimme in ihr Ohr. Seine Worte gruben sich tief in ihre Seele und entfesselten all die verbotenen Leidenschaften, die sie so mühsam unterdrückt hatte. Sein Mund fand den ihren. Ihre Zungen spielten miteinander, und für kurze Augenblicke ließen sie ihrer Leidenschaft freien Lauf. Der jungen Frau verging fast der Atem, so eng hielt Cole sie an sich gepreßt. Jede Fiber ihre Körpers verlangte nach ihm, aber ihr Verstand wehrte sich dagegen. Er gehörte einer anderen Frau. In ein paar Tagen schon wäre er fort. Wenn sie jetzt seine Zärtlichkeiten duldete, dann wäre sein Weggehen nur noch schwerer zu ertragen.
»Nicht, Cole«, stieß sie hervor und wandte ihr Gesicht ab. »Das

können wir nicht tun.« Sie versuchte, sich aus seinen Armen zu lösen.
Durch Alainas allzu bereitwillige Hingabe war Coles körperliche Begehrlichkeit geweckt worden. In seiner Seele war lang verborgene Leidenschaft aufgeflammt. »Komm mit zu mir, Alaina«, bat er und küßte ihr voller Glut Wangen und Hals. »Verbring die Nacht mit mir. Ich sehne mich so danach, dich zu lieben. Es verbleiben uns nur noch wenige Tage.«
Alaina schüttelte den Kopf und hielt ihn mit zitternden Händen von sich. »Ich will keines von deinen kleinen Abenteuern sein«, wisperte sie schwach. »Und ich will nicht mit einem Kind in Schande zurückgelassen werden, während du dich mit einem Bastard brüstest. Das alles hätte zwischen uns nie geschehen dürfen.«
Cole ergriff fest ihre Hand und ließ sie nicht mehr los. »Wir haben Fehler gemacht, Alaina, die wir nicht ungeschehen machen können.« Eindringlich starrte er in die leuchtenden Tiefen ihrer Augen und sagte langsam voller Verzweiflung: »Ich brauche dich, Alaina!«
»Nein«, stöhnte sie und versuchte, ihm zu entkommen.
Cole packte sie an den Schultern und zwang sie, ihm gerade in die Augen zu blicken. Was er sah, war das genaue Gegenteil dessen, was ihre Lippen geäußert hatten. Alainas schlanker Körper bebte und strafte ihre abweisenden Worte Lügen. Coles Begierde siegte ... Verschließ ihr den Mund mit Küssen, sagte er sich, dann wird ihr Herz schon folgen. Hart riß er sie wieder an sich und bedeckte ihren Mund mit seinen Lippen. Aber er hatte sie unterschätzt. Er fühlte einen scharfen Schmerz, als ihre kleinen Zähne sich in seine Unterlippe gruben, und fuhr zurück. In seinem Mund war der Geschmack von Blut. Als das Mädchen die Hand hob, um ihn zu schlagen, hielt er schützend einen Arm vor das Gesicht.
»Sie können mich vergewaltigen, wenn das Ihr Wunsch ist, Major«, fuhr sie ihn mit eisiger Stimme an. »Aber danach würde ich Ihnen noch weniger gehören als jetzt.«
»Ich hätte dich in jener Nacht für immer an mich ketten sollen«, fluchte Cole. »Seitdem bin ich durch die Hölle gegangen.«
Alaina griff nach der Miniatur. Das Kästchen ließ sie achtlos auf den Boden der Kutsche rollen. Bevor Cole sie aufhalten konnte, war sie schon abgesprungen und ging mit steifen Schritten da-

von. Als sie sich noch einmal umblickte, glänzten Tränen in ihren Augen. »Ich will Ihnen nicht die Hölle bereiten, Major. Von mir aus können Sie mit Roberta nach Minnesota gehen. Ich will Sie nie wiedersehen!«

»Komm zurück, Alaina!« brüllte Cole ihr hinterher. »Komm sofort wieder in die Kutsche!«

»Fahren Sie los! Gehen Sie heim zu ihrer lieben Ehefrau! Und geben Sie das Geld und die Wohnung einer Geliebten!« rief sie wütend zurück.

Cole fluchte und wendete den Einspänner. »Komm in den Wagen!« befahl er, als er sie eingeholt hatte. »Ich bringe dich nach Hause.«

»Und was verlangen Sie für die Fahrt?« warf sie ihm über die Schulter mit bitterem Hohn zu. »Wie wäre es mit einer Liebesnacht?« Sie lachte verächtlich und ging unbeirrbar weiter den Waldweg entlang.

»Du bist unvernünftig, Alaina!«

»Unvernünftig? Weil ich nicht mit Ihnen ins Bett gehen und mit einem Kind sitzengelassen werden will? Sie sind unvernünftig, mein lieber Herr Major! In ein paar Tagen sind Sie fort, und dann kann es Ihnen ja gleich sein, was aus mir wird.«

»Glaubst du wirklich, daß ich so bin? Glaubst du, ich würde dich derart im Stich lassen?« fragte Cole.

Alaina blieb mit gekreuzten Armen stehen und schaute ihm unverwandt ins Gesicht. »Und was machen Sie mit Roberta? Wollen Sie sie etwa in Reserve halten und ihr unser uneheliches Kind unterschieben? Schlagen Sie sich das aus dem Kopf, Major. Sie können mir nicht geben, was ich brauche.« Aufgebracht schritt sie den Weg entlang. Die ganze Zeit fuhr Cole neben ihr her.

»Und was brauchst du, Alaina?«

»Das, was alle Frauen wollen«, stellte sie mit einem kurzen Blick auf ihn fest. »Auf jeden Fall will ich nicht die Geliebte eines Schürzenjägers werden, der obendrein noch ein Yankee ist.«

»Glaube von mir, was du willst«, setzte Cole zu sprechen an, »aber ich bin kein . . .«

»Allerdings glaube ich, was ich will. Da haben Sie recht!« Damit war für Alaina die Unterhaltung zu Ende. Schweigend ging sie weiter und achtete nicht auf Coles inständige Bitte, in den Einspänner zu steigen, obwohl er hartnäckig bis zu Mrs. Hawthornes Haus neben ihr herfuhr.

Dort rannte das Mädchen quer über den Rasen und schlug die Haustür hinter sich zu. Cole lauschte noch, wie ihre Schritte im Haus verhallten, dann wendete er die kleine Kutsche und fuhr in die Stadt zurück. Auf der Rückfahrt zermarterte er sich den Kopf darüber, wie er nur einen so idiotischen, hirnverbrannten Fehler hatte machen können. Bis spät in die Nacht lag Mrs. Hawthorne wach und lauschte dem bitteren, heftigen Schluchzen, das aus Alaines Zimmer drang. Tief in ihrem Herzen war sie voller Mitgefühl für das Mädchen – und für den Major. Die beiden waren anscheinend tief in eine Sache verstrickt, die nur schwer zu entwirren war, und es war zu bezweifeln, ob die räumliche Trennung das brennende Feuer ihrer Gefühle löschen würde.

Eine Erschütterung durchlief den Flußdampfer, als das letzte Tau gelöst wurde. Mit schwer arbeitenden Schaufelrädern legte das Schiff ab und glitt schwerfällig in die Mitte des Stromes. Heftig winkend und mit Tränen in den Augen sah Leala zu, wie der Dampfer ihre geliebte Tochter davontrug. Angus Craighugh stand starr und regungslos neben seiner Frau.
Roberta selbst war wütend. Auf dem Oberdeck stehend begriff sie mit einemmal, was es bedeutete, in die Wildnis hinausgezerrt zu werden. Erzählungen über blutrünstige Indianer, grobschlächtige Holzfäller und halbwilde Trapper kamen ihr in den Sinn. Ihre Träume von Washington und der ›haute société‹ hinterließen nur einen bitteren Nachgeschmack in ihrem Mund. Die Schuld an ihrem Verlust schob sie Cole zu. Er hatte sie verraten! Dieser hochgewachsene, gutaussehende Mann, der neben ihr an der Reling lehnte, war ihr zuwider.
Roberta hob den Kopf, und ihr Blick fiel auf eine einsame, schlanke Gestalt, die ein schlichtes Musselinkleid trug und still in sich gekehrt oben auf der Mole stand.
»Alaina!« Der Name durchfuhr Roberta wie ein Fluch. Sie weiß, was sie mir angetan hat! Bestimmt reibt sich das kleine Biest vor Genugtuung über mein Schicksal die Hände, dachte sie bei sich.
»Hast du etwas gesagt?« fuhr Cole aus seinen eigenen Grübeleien hoch.
Haßerfüllt und voller Wut blitzte Roberta ihren Mann an. Ihr Gesicht war zu einer häßlichen Fratze verzerrt. Abrupt drehte sie sich um und eilte in ihre Kabine. Gemächlich folgte ihr Cole. Er fand die Kabinentür verschlossen. Nach kurzem Überlegen hum-

pelte er schwer auf seinen Stock gestützt zum Büro des Quartiermeisters und ließ sich eine eigene Kabine anweisen.

Später am Nachmittag war Alaina mit kleinen Gartenarbeiten hinter Mrs. Hawthornes Haus beschäftigt, als die alte Dame sie zu sich vor das Haus rief. Da stand Saul mit dem Hut in der Hand. In letzter Zeit hatte das Mädchen ihn nur selten zu Gesicht bekommen, denn er hatte fast die ganze Zeit im Laden der Craighughs gearbeitet. Sein einfältiger Blick erweckte die Neugier des Mädchens. Sie schaute an ihm vorbei und gewahrte am Beginn der Auffahrt zum Haus Cole Latimers Einspänner samt Pferd.

»Das soll ich Ihnen bringen, Miz Alaina, hat der Major gesagt, ob Sie wollen oder nicht.« Nervös drehte der Schwarze seinen Hut zwischen den Händen.

»Wie stellt er sich das vor? Wie soll ich denn das Pferd unterhalten?« protestierte Alaina.

»Na ja, darüber brauchen Sie sich keine Sorgen zu machen, meint der Major. Er hat alles geregelt, daß ab und zu Futter geliefert wird. Sie brauchen nur zu unterschreiben.«

Alaina biß die Zähne zusammen und beäugte den Schwarzen argwöhnisch. »Das ist doch nicht alles, Saul, oder?«

»Nun ja –«, gab Saul verlegen zu und senkte den Blick.

»Spuck es aus!« befahl seine kleine Herrin.

Widerstrebend zog der Mann einen Schlüssel aus einer groben Baumwolljacke und reichte ihn ihr. Dann griff er in den Gürtel und zog einen Geldbeutel hervor. »Der Major sagt, das hier sind zweitausend in Gold, und das da ist der Schlüssel von seiner Wohnung. Wenn Sie es nicht annehmen, wird er stinkwütend, sagt der Major.«

»Saul Caleb!« schrie ihn Alaina wutentbrannt an. »Du willst doch wohl nicht sagen, daß du für mich Geld von dem Yankee angenommen hast?!«

»Aber Miz Alaina, ich habe es ihm doch versprechen müssen«, erwiderte Saul zerknirscht.

»Eine schöne Suppe hast du uns da eingebrockt«, zürnte das Mädchen. »Laß den Einspänner und das Pferd hier und nimm du das Geld.«

Heftig schüttelte Saul den Kopf. »Das geht nicht, ich habe es ihm versprochen. Ich habe von ihm ja auch schon Geld gekriegt.«

»Ich glaube, das Mittagessen ist fertig«, schaltete sich Mrs. Hawthorne mit liebenswürdiger Stimme ein. »Es riecht schon etwas angebrannt.«
»O Gott!« Alaina flog zur Tür und verschwand im Haus. Verdrießlich starrte Saul auf die Geldbörse in seinen Händen. »Wenn du möchtest, verwahre ich es für sie, Saul«, erbot sich Mrs. Hawthorne mit freundlichem Lächeln. »Vielleicht kann sie das Geld einmal dringend gebrauchen.«
Saul war froh, diese Last los zu sein. Er beeilte sich, das Pferd auszuspannen und die Kutsche unterzustellen. Noch einmal wollte er sich nicht von dem starrköpfigen Mädchen ausschelten lassen.
Mrs. Hawthorne ging gelassen ins Haus und verwahrte die Geldbörse in einem Schrank. Vielleicht kam der Tag, an dem das Mädchen anders über das Hab und Gut des Majors dachte. Bis dahin sollte das Geld unauffällig für sie bereitliegen und gegebenenfalls auch für sie verwendet werden.

24

Wenn der Sommer dem Süden nur Niederlagen brachte, so war der darauffolgende Winter eine militärische Katastrophe. General Lee wurde in Richmond belagert, Atlanta fiel, und die Truppen von General Sherman erreichten das Meer. Damit war das östliche Gebiet der Konföderierten in zwei Zonen gespalten. Im Frühling zerschlugen sich die letzten Hoffnungen der Südstaaten. Lee mußte aus Richmond fliehen, an seiner Stelle zog der Nordstaatengeneral Grant in die Stadt. Fünf Tage später schlug das Schicksal zu. Lincoln wurde ermordet! Die Nordstaaten straften den Süden mit erbarmungslosen Vergeltungsschlägen. Bald mußten sich die Generäle Lee, Johnson, Taylor und Smith ergeben. Die abtrünnigen Südstaaten wurden für ihren hochmütigen Ungehorsam gnadenlos gezüchtigt. Eine Horde von Plünderern und zweifelhaften Kriegsgewinnlern überzog das Land wie ein Heuschreckenschwarm. Das ganze Land war wie ein Knochengerippe, von dem die Geier auch noch das letzte Fetzchen Fleisch abpickten.
Dem Staat Louisiana wurde ein Gouverneur aufgezwungen, der

im Grunde zwar ehrlich, dafür aber um so extravagater war. Für den Gouverneurspalast wurde ein Kandelaber zum Preis von zehntausend Dollar angeschafft, in jedem Büro gab es goldene Spucknäpfe. Dafür erlebte mit der Rückkehr der ausländischen Schiffe der Hafen von New Orleans eine neue Blütezeit. Die Stadt selbst war in zwei Lager gespalten. Die billigen schwarzen Arbeitskräfte stießen mit den irischen, schottischen und deutschen Einwanderern zusammen. Die Truppen der Nordstaaten mußten zurückgerufen werden, um die zahlreichen Aufstände niederzuschlagen.

Das Lazarett wurde mehr und mehr zu einem ganz normalen Krankenhaus für die Bürger der Stadt. Obwohl es offiziell noch der Armee unterstellt war, lagen nur noch auf einer einzigen Station Soldaten. Dr. Brooks wurde zum Leiter des Krankenhauses ernannt und verstand es, sich in dieser Stellung rasch Respekt zu verschaffen.

Äußerlich fröhlich und heiter wie immer, versah Alaina weiterhin ihren Dienst, doch selbst das feundschaftliche Verhältnis zu Mrs. Hawthorne milderte nicht ihre abgrundtiefe Einsamkeit. Leutnant Appelbys Heiratsantrag schlug sie aus und entmutigte auch alle anderen Freier, denn es lag ihr nichts daran, umworben zu werden.

Eines Tages wurde sie in Dr. Brooks Büro gerufen. Den weißhaarigen Kopf auf die Hände gestützt, saß er hinter seinem Schreibtisch und starrte vor sich hin. Als sich das Mädchen ihm gegenüber setzte, hob er langsam den Blick und faltete die Hände feierlich vor sich auf dem Tisch.

»Ich war gerade bei den Craighughs«, sagte er, »und wieder habe ich schlechte Nachricht für dich.«

Alaina setzte sich kerzengerade auf. Ihre Gedanken überstürzten sich. Wer war es diesmal?« Leala? Onkel Angus? Dulcie oder Saul?

»Leala hat soeben ein Schreiben aus Minnesota erhalten.« Bei diesen Worten des Arztes krallten sich Alainas Hände vor Entsetzen um die Armlehne ihres Stuhles, doch selbst in ihrem Innersten wagte sie es nicht, sich ihre Befürchtungen einzugestehen.

Stockend fuhr der alte Mann fort: »Roberta ist an den Folgen einer Fehlgeburt gestorben. Das Kindbettfieber schwächte sie derart, daß sie nicht überlebte.«

Alaina war nicht danach zumute, laut loszujubeln. Sie fühlte sich nur vor Erleichterung ganz schwach. Vergeblich wartete sie auf ein Anzeichen von Trauer in ihrem Gemüt. Gefaßt verabschiedete sie sich von Dr. Brooks und nahm den Rest des Tages frei. Pflichtbewußt machte sie sich auf zu den Craighughs, um ihnen jeden nur erdenklichen Beistand anzubieten. Dulcie machte ihr auf. Ihr Gesicht war verweint und von tiefer Sorge gezeichnet.
»Komm lieber nicht rein, Kind. Leala schläft, der Arzt hat ihr ein starkes Mittel gegeben. Onkel Angus tobt, er wirft dir vor, daß du den Yankee in sein Haus geschleppt hast und deshalb an Robertas Tod schuld bist. Warte lieber eine Weile ab und komm später wieder.«
Alaina nickte wortlos und ging zu ihrer Kutsche zurück. Voll trauriger Gedanken machte sie sich auf den Weg zu Mrs. Hawthorne. Vielleicht wäre es für alle Beteiligten besser gewesen, hätte sie damals Briar Hill nie verlassen.

Erst nach mehreren Wochen sah Alaina die alten Craighughs wieder. Leala hatte sie im Krankenhaus besucht, und obwohl das Mädchen die Einsamkeit der alten Dame nachfühlen konnte, hatte sie sich gegen ihre inständige Bitte, doch wieder zu ihnen zu ziehen, anfänglich gesträubt. Seit Robertas Tod verbrachte Angus Craighugh seine Abende im Laden und kehrte gewöhnlich erst tief in der Nacht heim, meist strockbetrunken von einer Tour durch sämtliche Kneipen und Spelunken der Stadt. Bei dem regen Schiffsverkehr im Hafen entwickelten sich seine Geschäfte jedoch besser denn je. Um seiner Nichte nicht im Hause zu begegnen, überhäufte er sich in seinem Kontor mit Arbeit und raffte Dollar auf Dollar in seine Kasse.
Von Anfang an war klar, daß Leala von Alaina erwartete, ihr die verstorbene Tochter zu ersetzen. Das Mädchen wußte, daß sie diesen Traum ihrer Tante zerstören mußte, bevor daraus ein Alptraum wurde.
»Tante Leala«, sagte sie deshalb eines Tages, »ich lebe bei euch, weil es dir so gefällt, aber ich bin nicht Roberta, und ich kann sie auch nicht ersetzen.«
Nervös rang die alte Dame ihre fahrigen Hände. »Verzeih mir, mein Kind, ich wollte dich nicht in Beschlag nehmen, aber du hast mir so sehr geholfen zu vergessen . . .«
Nach diesem Gespräch mit ihrer Nichte ging es mit Leala von Tag

zu Tag zusehends bergauf. Die schonungslosen Worte des Mädchens hatten es ihr leichter gemacht, den Verlust der Tochter zu verschmerzen.

Alainas Rückkehr in das Craighughsche Haus beschwor eine neue Gefahr herauf, die eines Morgens im Juli offenbar wurde.

Alaina bog gerade in die Allee ein, in der ihre Verwandten wohnten, als sie vor sich einen großen Landauer erblickte, der die Straße blockierte. Vorsichtig wollte sie um die Kutsche herumsteuern, als ihr Jacques DuBonné mit einem hämischen Grinsen den Weg vertrat und sie zum Anhalten zwang. Er wirkte selbstbewußt und wohlhabend, und seine Kleidung war eher die eines reichen Gentlemans als eines zwielichtigen Schiebers und Geschäftemachers.

»Guten Morgen, schöne Dame«, grüßte er und zog mit übertriebener Höflichkeit den Hut. »Fast hatte ich schon die Hoffnung aufgegeben, Sie wiederzufinden. Meine Leute haben auf der Suche nach einer jungen Witwe die ganze Stadt durchkämmt. Darf ich davon ausgehen, daß Sie die Trauerkleidung für immer abgelegt haben?«

»Monsieur DuBonné, ich habe Ihnen wiederholt gesagt, daß ich Sie nicht ausstehen kann, und ich sehe keinen Grund, meine Haltung zu ändern. Wenn Sie mich jetzt bitte weiterfahren lassen wollen –.« Damit ergriff Alaina die Zügel, doch schnell legte der kleine Mann seine Hand auf die ihre. Angewidert starrte das Mädchen auf seine kurzen, dicklichen Finger, dann blickte sie geradewegs in die glänzend schwarzen Augen, die sie zudringlich musterten.

»Gibt es sonst noch etwas zu besprechen?« fragte sie DuBonné eisig.

»Ich habe davon Kenntnis genommen, daß ihr Wohltäter die Stadt verlassen hat.« Sein Blick ließ die junge Frau nicht los, und seine Finger fuhren sacht über ihr schmales Handgelenk.

»Haben Sie die Güte, mir zu sagen, wen Sie damit meinen, Sir«, forderte Alaina den Mann mit gerunzelten Brauen auf.

Jacques lächelte süffisant. »Ich spreche natürlich von Doktor Latimer.« Liebkosend wanderten seine Finger den Arm des Mädchens entlang. »Und nun, da Sie niemand mehr haben, der Sie in Schutz nimmt, bin ich gekommen, Ihnen meinen Beistand anzubieten.«

»Wie überaus nett von Ihnen, Sir, aber leider brauche ich keinen

Beschützer.« Beißender Hohn klang aus den Worten des Mädchens.
DuBonné warf den Kopf zurück und lachte amüsiert. »Sie scheinen mich nicht zu verstehen, Mademoiselle. Wenn Sie meinen Schutz zurückweisen, werde ich dafür sorgen, daß Sie Tag und Nacht keinen Frieden finden.«
»Ist das eine Drohung, Sir?«
Achselzuckend breitete der kleine Mann seine Hände aus. »Es liegt mir fern, Sie zu erschrecken, Mademoiselle. Ich möchte nur Ihre Furcht zerstreuen.«
»Und zu welchem Preis?« fragte Alaina mit ausdruckslosem Gesicht.
Besitzergreifend glitt seine Hand auf ihr Knie. »Ich möchte nur Ihr intimer Freund werden, das ist alles.«
Plötzlich sprühten Alainas Augen Feuer. »Nehmen Sie Ihre Hände von mir!«
Jacques DuBonné stöhnte genüßlich, während seine Hand an ihrem Schenkel aufwärts glitt, doch plötzlich blickte er in die Mündung einer kleinen Derringer, die Alaina blitzschnell aus ihrer Handtasche gezogen hatte. Es bedurfte keiner weiteren Aufforderung. Schnell nahm der kleine Mann seine Hand von Alainas Bein und trat einen Schritt zurück. Fast wären die Räder ihrer Kutsche über seine Stiefelspitze gerollt, als sie davonpreschte. Jacques DuBonné stand da und schaute der sich eilig entfernenden Kutsche nach.
DuBonnés großer, schwarzer Diener trat zu seinem Herrn und sagte:
»Das Mädchen aus dem Lazarett!«
»Was soll das heißen«, fragte DuBonné verständnislos.
Der Schwarze klopfte auf seine Brust:
»Der Junge mit dem Wassereimer! Ich habe ihn doch von hinten umgefaßt, unter der Jacke war er ganz weich. Es ist ein Mädchen, das gleiche, das uns bei Mrs. Hawthorne die Pistole unter die Nase gehalten hat.«
Jetzt war Jacques DuBonné schlagartig alles klar. Tief in Gedanken versunken stieg er in den Landauer und gab dem Kutscher das Zeichen loszufahren. Warum gab sich das Mädchen als Junge aus? Anscheinend hatte sie etwas zu verbergen. Aber was? Er würde das schon herausfinden.

Die Ladentür ging auf und ein reichgekleideter Mann, gefolgt von einem hünenhaften Neger, betrat das Geschäft. Schwerfällig erhob sich Angus Craighugh hinter seinem Schreibtisch.
»Womit kann ich dienen, Sir?« fragte er beflissen.
Mit gewinnendem Lächeln strich Jacques DuBonnés Hand über einen Ballen Seide, der auf dem Tisch lag. »Sehr geschmackvoll, Sir. Ich habe gehört, daß ein Schiff aus dem Fernen Osten im Golf gekapert wurde und man es mit Mann und Maus versenkt hat. Die Ladung ist seitdem verschwunden.«
»Was hat das mit der Seide zu tun, Sir?« verlangte Angus zu wissen.
»Nun, zufällig bestand die Ladung aus Seide, Elfenbein und den seltensten Teppichen – wie die hier im Laden.«
Angus' Gesicht rötete sich bei dieser versteckten Andeutung. »Ich versichere Ihnen, Sir, ich habe für diese Waren gutes Geld bezahlt. Wenn sie Piratenbeute sind, so ist das nicht meine Sache.«
»Ich will ja nur sagen, daß Sie aufpassen müssen, damit niemand seine Nase über Gebühr in Ihre Angelegenheiten steckt.«
»Wollen Sie mich etwa erpressen?« Angus war auf der Hut.
»Durchaus nicht, aber ich habe hier viele einflußreiche Freunde, seit ich selbst ein bedeutender Mann in dieser Stadt geworden bin«, entgegnete Jacques DuBonné mit einem hinterhältigen Lächeln. »Ein gutes Wort von mir zur richtigen Zeit und am richtigen Ort bewirkt, daß die Behörden sich um gewisse Dinge nicht allzusehr kümmern. Andererseits reicht ein Hinweis von mir, um Dinge, die ich als unrecht empfinde, abzustellen. Übrigens können Sie mir doch bestimmt Näheres über eine junge Dame sagen, die in Ihrem Hause lebt. Ist sie mit Ihnen verwandt?«
Angus war wütend und verwirrt zugleich. »Da Sie ohnehin alles zu wissen scheinen, wenden Sie sich lieber gleich an Ihre einflußreichen Freunde. Ich habe andere Dinge zu tun, als Ihre lästigen Fragen zu beantworten.«
»Ganz wie Sie meinen, Sir. Bonjour!«

In den nächsten Tagen war Angus außer sich. Zwei Nordstaatenoffiziere hatten in seinem Laden das Stofflager inspiziert. Seither ließen sie ihn nicht in Ruhe. Immer wieder erschienen sie und schnüffelten herum unter dem Vorwand, eine Kleinigkeit kaufen zu wollen.

Es wurde den Craighughs auch klar, daß ihr Haus überwacht wurde. Wenn Alaina da war, lungerte ein Mann in Sichtweite unter den Bäumen herum. Das Mädchen fuhr nie mehr ohne Saul aus.

DuBonné hatte die Frechheit, Alaina im Krankenhaus aufzusuchen. Er fand sie während einer ruhigen Stunde allein im Aufenthaltsraum der Offiziere.

»Sie können mir nicht entkommen, Mademoiselle Hawthorne«, sagte er mit selbstgefälligem Lächeln. »Ich weiß jetzt, wo Sie wohnen und arbeiten und einiges mehr.«

Alaina zog es vor, darauf nicht zu antworten. Es fiel ihr auf, daß er inzwischen mit einem fast waschechten Südstaatenakzent sprach, in den sich nur noch ein leichter Anflug von französischer Aussprache mischte. Verdrossen blickte sie DuBonné an, als er dicht vor ihr stehenblieb. Er ergriff sie beim Kinn und drehte ihr Gesicht zu sich hin. Als sie den Kopf abwenden wollte, verstärke er seinen Griff.

»Ich könnte Sie gleich hier mit Gewalt nehmen, wenn mir der Sinn danach stünde. Sie könnten mich nicht aufhalten. Aber ich biete Ihnen etwas Besseres; werden Sie meine Gefährtin, die sich um alles kümmert, wenn ich einen Empfang gebe, und die mich verwöhnt. Dafür würde ich Sie mit schönen Kleidern überhäufen, daß die Damen der Stadt vor Neid erblassen.«

»Ich Ihre Geliebte?« lachte Alaina lauthals. »Ich glaube, Sie träumen wohl!«

Grob packte der Mann das Mädchen am Arm. »Lach nur! Ich habe Mittel und Wege, dich gefügig zu machen.«

Alaina schauderte bei dieser unverblümten Drohung. Länger ertrug sie nicht den bohrenden Blick aus glänzend schwarzen Augen. Sie versuchte sich loszureißen, als die vertraute Gestalt von Dr. Brooks in der Tür erschien. Er räusperte sich laut und fragte: »Alles in Ordnung, Miss Hawthorne?«

»Sie hätten auch anklopfen können, Alter«, fauchte Jacques verärgert.

»Und Sie, mein Herr«, erwiderte Dr. Brooks ungerührt, »sollten sich nicht in meinem Krankenhaus herumtreiben und schutzlose Mädchen belästigen. Wenn ich Sie hier noch einmal erwische, rufe ich den Sheriff.«

Jacques DuBonné begriff, daß der alte Mann es ernst meinte. »Ich laß' mir von niemand sagen, was ich zu tun habe, und wenn ich jetzt gehe, dann bestimmt nicht Ihretwegen.« Schon im Gehen wandte er sich noch einmal Alaina zu: »Wir beide sind noch nicht fertig miteinander, Mademoiselle, das können Sie mir glauben!«

Mit Händen und Füßen mußte sich Angus Craighugh gegen den Verdacht wehren, er habe seine Finger in dem Raub der Soldgelder gehabt, der angeblich unter Führung der abtrünnigen Alaina MacGaren inszeniert worden war. Er hatte mehrere Banknoten eingezahlt, deren Seriennummer mit jener der gestohlenen Geldscheine übereinstimmte. Augenblicklich hatte ein Schwarm von Yankee-Offizieren sich über ihn hergemacht und ihn lang und breit nach der Herkunft des Geldes ausgefragt. Noch lange, nachdem sie gegangen waren, saß Angus an seinem Schreibtisch und starrte mit blicklosen Augen auf den Packen Briefe, den ihm Roberta vor ihrem Tode geschickt hatte. Er streckte die Hand aus und nahm den Briefumschlag, der zuoberst lag. Bedächtig entfaltete er den Brief und betrachtete prüfend die zwischen den Seiten liegenden Geldscheine. Sie waren ein Teil jenes Geldes, das er so ahnungslos in der Bank deponiert hatte. Die Scheine wirkten wie frisch gedruckt und waren noch nie benutzt worden. Allein dieser Brief enthielt mehr als zweitausend Dollar davon. Mit den anderen verhielt es sich genauso. Insgesamt ergab sich ein kleines Vermögen von über zwanzigtausend Dollar. Angus wußte nicht, wie seine Tochter an das viele Geld geraten war. Sie hatte ihn lediglich brieflich gebeten, es bis zu ihrer Heimkehr für sie aufzubewahren.

Als jemand an der Tür klopfte, verbarg Angus hastig das Geld. Dr. Brooks und Tally Hawthorne traten ein und nahmen nach kurzer Begrüßung ihm gegenüber Platz.

»Wir sind gekommen, um mit dir über Alaina zu reden«, eröffnete die ältere Dame das Gespräch ohne Umschweife.

»Was soll das heißen?« erwiderte Angus mißmutig. »Ihr wißt doch, daß ich mit dem Mädchen nichts mehr im Sinn habe.«

»Sie ist aber deine Nichte«, erinnerte ihn Tally ungerührt.

»Außerdem ist sie doch wirklich ein liebes, süßes Mädchen.«

»Nichts als Kummer und Ärger hat sie in mein Haus gebracht!« konstatierte der alte Craighugh voll Bitterkeit. »Am liebsten würde ich sie nicht mehr sehen, vielleicht kehrte dann endlich wieder Ruhe ein in meinem Leben.«

»Ist dir bekannt, daß ein gewisser Jacques DuBonné ihr nachstellt und sie bedroht?« fragte Dr. Brooks ungeduldig.
»Ich habe die Initiative ergriffen und Cole darüber informiert«, ergänzte Tally die Worte des Arztes.
»Cole? Dieser elende Yankee hat meine Tochter auf dem Gewissen!« bellte Angus.
»Das ist doch lächerlich, Angus. Es war nicht seine Schuld«, wies ihn Dr. Brooks zurecht. »Hör lieber zu, was Tally dir zu sagen hat.«
»In seinem Antwortschreiben hat Major Latimer um Alainas Hand angehalten.« Es war Tallys Art, gleich zur Sache zu kommen.
»Niemals!« schnaubte der alte Mann und schüttelte seine Faust gegen sie. »Zur Hölle mit ihm!«
»Ich bin nicht gekommen, um mit dir herumzustreiten, Angus. Als einzigen Verwandten von Alaina möchte ich dich bitten, deine Zustimmung zu der Heirat zu geben. DuBonné tut alles Erdenkliche, um sie zu seiner Geliebten zu machen. Wenn sie noch länger in der Stadt bleibt, kann es ihr übel ergehen. Das darfst du nicht zulassen, wenn du ein Herz in der Brust hast.«
»Ich will davon nichts mehr hören! Macht, daß ihr rauskommt!« donnerte Angus.
»Nun gut.« Tally seufzte und erhob sich. »Hoffentlich wirst du das nicht bereuen.«
»Weiß Alaina von Coles Heiratsantrag?« lenkte Angus ein.
»Wir wollten erst mit dir sprechen«, erläuterte Dr. Brooks.
»Ihr werdet ihr nichts davon sagen!« verlangte Angus.
»Wir geben dir etwas Bedenkzeit, aber danach – wer weiß?« drohte Tally.
Ohne weitere Worte verließen Dr. Brooks und Mrs. Hawthorne den Laden. Erregt ging Angus im Dämmerlicht seines Büros auf und ab. Er fühlte sich in die Enge getrieben. Einerseits war es ihm zuwider, Coles Wünschen entgegenzukommen, aber andererseits wartete dieser DuBonné nur darauf, daß er, Angus, ihm in die Falle ging. Und wenn der Kerl erfuhr, daß seine Nichte Alaina MacGaren war, dann war die Hölle los.
Er sinnierte über den Verdacht, den seine Frau ihm eingeflößt hatte, aber ärgerlich wies er ihn von der Hand. Niemals hätte seine Roberta ein so übles Spiel mit jemandem getrieben. Wenn er, Angus, schon Coles und Alains Heirat zustimmen mußte,

dann wollte er dafür sorgen, daß sie nicht so leicht miteinander glücklich wurden.
Angus blieb stehen und brütete vor sich hin. Bedächtig erwog er seine Möglichkeiten. Was konnte er tun?

An diesem heißen Augusttag war Angus früher als gewöhnlich heimgekommen. Seit mehr als zwei Wochen hatte DuBonné ihn in Ruhe gelassen, aber der alte Craighugh traute dem Frieden nicht. Es war wie die Ruhe vor dem Sturm.
Alaina saß in der Vorhalle auf einem Stuhl und ruhte sich von der Arbeit aus, als die Tür quietschend geöffnet wurde und Onkel Angus heraustrat. Er räusperte sich, und aus seiner Haltung wurde offenbar, daß er ihr etwas zu sagen hatte. Nach längerem Schweigen kam er endlich zur Sache: »Ich habe Cole geschrieben und ihn in dieser unseligen Angelegenheit mit DuBonné um Hilfe gebeten. Er hat sich erboten, dich eine Weile in seinem Haus aufzunehmen, bis die Sache im Sande verlaufen ist. Ich habe ihn natürlich daran erinnert, daß eine solche Regelung deinem guten Ruf schaden könnte, und ihm deshalb vorgeschlagen, dich pro forma zu heiraten. Er hat unter dem Vorbehalt akzeptiert, daß die Ehe zeitlich begrenzt ist und nur auf dem Papier besteht. Sobald deine Probleme beseitigt sind, soll sie annulliert werden.«
Stumm und starr hörte Alaina ihm zu. Was ihr Onkel da erzählte, war nicht eben schmeichelhaft.
»Wie lieb, daß du dir solche Sorgen um mich machst, Onkel Angus«, erwiderte das Mädchen mit ätzendem Hohn. »Aber ich ziehe es vor, Major Latimer keine Unannehmlichkeiten zu bereiten. Die Stadt kann ich auch so verlassen! Ich brauche seinen Schutz nicht.«
»Aber dann sind dir doch sofort DuBonnés Männer auf den Fersen! Er kennt alle deine Verkleidungen, und ich glaube nicht, daß er sehr ehrenwerte Absichten mit dir hat.«
»Ich will niemandem zur Last fallen, und auf Major Latimers Mildtätigkeit pfeife ich! Wenn du willst, verlasse ich sofort dein Haus.«
»Und wo willst du hin? Etwa zu Mrs. Hawthorne oder Dr. Brooks? Willst du sie auch in Gefahr bringen? Denk darüber nach. Das zumindest bist du uns schuldig!«
Alaina sprang auf und lief ins Haus.

Am Spätnachmittag des folgenden Tages wurde sie in Dr. Brooks Büro gerufen. Bang fragte sie sich, mit was für einer Katastrophe sie jetzt wohl konfrontiert würde. Als sie das kleine Büro betrat, erhob sich Dr. Brooks und schloß die Tür hinter ihr. Da erst fiel Alainas Blick auf Mrs. Hawthorne, die stolz aufgerichtet in der Ecke neben der Tür saß. Die alte Dame nickte dem Mädchen aufmunternd zu und lächelte.

»Habe ich irgend etwas falsch gemacht?« fragte Alaina eingeschüchtert.

»Das nicht gerade, sondern nur eine fürchterliche Dummheit«, gab Tally Hawthorne dem Mädchen zu verstehen.

Alaina war zutiefst verwirrt. Sie konnte den stummen Tadel ihrer älteren Freunde und Wohltäter fast körperlich spüren.

»Mit beträchtlicher Mühe haben wir einen Weg gefunden, daß du Louisiana verlassen kannst, bis sich die Aufregung ein wenig gelegt hat. Wir haben Angus ganz schön zusetzen müssen, bis er sich bereit erklärte mitzumachen. Und jetzt stellt sich heraus, daß du den ganzen Plan leichtfertig von der Hand gewiesen hast«, hielt die alte Dame Alaina vor.

»Das habe ich nicht!« protestierte Alaina heftig. »Ich habe Onkel Angus' Argumenten gut zugehört. Aber ich verstehe nicht, warum ich durch das halbe Land fliehen soll? Außerdem wußte ich ja nicht, daß Sie beide –.«

Dr. Brooks lehnte sich vor, seine Hände spielten mit einem Skalpell. »Ich frage mich, Alaina, ob du das volle Ausmaß deines Dilemmas überblickst. Jacques DuBonné ist jetzt so einflußreich in der Stadt, daß er dir gefährlich werden kann, und du weißt, er läßt nicht locker. Angus wird mit den gegen ihn erhobenen Anschuldigungen schon fertig, weil man ihm nichts vorwerfen kann. Aber wenn man herausfindet, wer du bist, wirst du in einer argen Klemme stecken, und Angus und Leala riskieren, daß man ihnen alles wegnimmt und sie ins Gefängnis wirft.«

Dr. Brooks schwieg. Vergebens mühte sich Alaina, ein Argument gegen seine logischen Ausführungen zu finden.

»Wir haben dich alle sehr gern, Alaina«, stand Mrs. Hawthorne dem Arzt bei. »Aber du bist hier für alle eine Belastung geworden. Major Latimer hat uns in seinem Schreiben versichert, daß er Verständnis für die Lage hat, in der du dich befindest.« Mrs. Hawthorne unterbrach sich und kramte in ihrer Handtasche. »Hier ist übrigens sein Brief. Hör zu: › . . . Sie neigt dazu, Dummheiten zu begehen und sich in schwierige Lagen zu bringen. Leider hört sie zu wenig auf ihren gesunden Menschenverstand. Mit größter Bereitwilligkeit mache ich ihr den Vorschlag und wünsche Ihnen viel Glück bei dem Versuch, sie zu überzeugen. Allerdings habe ich meine Zweifel, ob sie einwilligt. In Erwartung Ihrer baldigen Antwort . . .«

Damit steckte Mrs. Hawthorne den Brief wieder in die Tasche. Rot vor Scham saß Alaina da. In ihrem Kopf herrschte wildes Durcheinander. ›Hört nicht auf ihren gesunden Menschenverstand!‹ Dieser hirnverbrannte Idiot von einem Yankee! Mich bedauern und die Rolle des Retters spielen! Aber zur Frau will er mich nicht!

Innerlich gab sich Alaina einen Ruck. Nun, dann will ich ihn auch nicht zum Ehemann haben, sagte sie sich.

Doch die Argumente ihrer beiden Freude gingen dem Mädchen wieder und wieder durch den Sinn, bis sein Widerstand in sich zusammenbrach. Alaina richtete sich gerade auf und sagte mit leiser Stimme: »Also gut, ich gehe. Ich heirate ihn und bleibe bei ihm, bis die Gefahr vorüber ist, aber nur bis dann.«

Ihre älteren Freunde atmeten erleichtert auf. Der erste Schritt in ihrem Plan war getan. Doch bald wäre das Mädchen ihren Händen entzogen. Dann konnten sie sich nur noch auf eine höhere Fügung verlassen, die alles ins reine brachte.

25

Ein leichter Nebel senkte sich über die Stadt. Er ließ Häuser und Bäume verschwimmen. Alainas Haar war feucht, als sie beim Haus der Craighughs ankam. Als sie die Küche betrat, blickte Dulcie von ihrer Arbeit auf. »Im Salon wartet ein Mann auf dich, Alaina. Mistah Cole hat ihn aus Minnesota hergeschickt.«

Alaina holte tief Luft. »Mal sehen, was er von mir will.« Damit ging sie geradewegs in den Salon. Ein ziemlich kleiner, dürrer, mit Sorgfalt gekleideter Mann erhob sich bei ihrem Eintreten. Neben seinem Stuhl stand eine große lederne Aktentasche.

»Es freut mich, Sie kennenzulernen, Miss MacGaren. Mein Name ist James, ich bin Dr. Latimers Anwalt«, stellte er sich mit gewinnendem Lächeln vor. »Dr. Latimer hat mir lang und breit

Ihre Lage hier geschildert, aber er hat es unterlassen, mir von Ihrer Jugend und Schönheit zu berichten.«
Alaina überging sein Kompliment. »Ich nehme an, daß Sie gekommen sind, die Einzelheiten der Eheschließung zu regeln. Haben Sie alle Unterlagen dabei?«
Der Advokat war von Alainas frostiger Haltung peinlich berührt. Eifrig nickte er.
»Tatsächlich ist das der Hauptgrund meines Kommens. Ich habe alle erforderlichen Vollmachten.« Mit diesen Worten öffnete er seinen Aktenkoffer und legte die Dokumente Alaina vor. »Dr. Latimer hat mir auch Kleider für die Hochzeit und die Reise für Sie mitgegeben.«
»Das war nicht nötig. Ich bin bestens ausgerüstet und habe nicht die Absicht, Dr. Latimers Güte über Gebühr zu beanspruchen.«
Mr. James hüstelte verlegen. Cole hatte ihn ausgiebig vor der Starrköpfigkeit seiner künftigen Frau gewarnt.
»Wann trifft Dr. Latimer hier ein?« erkundigte sich Alaina trokken.
»Ich fürchte, Sie verstehen nicht ganz«, erwiderte der Anwalt taktvoll. »Dr. Latimer hat mich beauftragt, die Formalitäten in seiner Abwesenheit als sein Stellvertreter zu erledigen. Unaufschiebbare Gründe haben ihn am Kommen gehindert.«
»Wollen Sie damit sagen, daß dieser verdammte Yankee mit seiner hübschen blauen Uniform nicht einmal zu seiner eigenen Hochzeit kommen kann?« Mit jedem Wort schwoll Alainas Stimme an.
»Dr. Latimer ist seit einiger Zeit ein wenig unpäßlich . . .«
»Unpäßlich?« tobte das Mädchen mit glühenden Wangen.
Ihr heftiger Wutausbruch schockierte Mr. James zutiefst, stammelnd suchte er nach Erklärungen, aber mit einem unterdrückten Aufschrei war Alaina schon aus dem Raum geflohen. Nur fort von hier! Mit Tränen in den Augen lief sie in die Nacht hinaus. Sie hörte noch, wie ihre Tante nach Saul rief, und beschleunigte ihren Schritt, als wäre ihr der Teufel auf den Fersen.

Nach einiger Zeit beruhigte sie sich etwas, und es ging ihr auf, wie weit sie sich schon vom Haus entfernt hatte. Schwer atmend lehnte sie sich an einen Baum am Straßenrand. Schattenhafte Nebelgestalten schienen um sie herumzuhuschen, aber als sie genauer hinschaute, waren sie verschwunden. Dann erklang ein

neues Geräusch in der Nacht: das gleichmäßige Klappern von Pferdehufen und das Knurren von Kutschenrädern.
Die Hand auf ihre stechende Seite gepreßt, floh sie vor dem sich nähernden Gefährt. Wieder erblickte sie die geisterhaften Schatten um sich herum. Schließlich kam Alaina an eine Kreuzung, die von dem dämmerigen Licht einer Straßenlaterne kaum erhellt wurde. Erleichtert trat sie in den Lichtschein, als könne er ihr gegen die Finsternis Schutz bieten. Mit angestrengtem Blick suchte sie den milchigen Dunst zu durchdringen, als wie durch Zauberhand die Umrisse eines dunklen Schattens Form annahmen und näher kamen. Ein schnittiger Landauer, gezogen von zwei prächtigen Rappen, tauchte aus dem Nebel. Die Kutsche hielt. Alaina stockte der Atem vor Entsetzen, als der riesige schwarze Diener von Jacques DuBonné abstieg und auf sie zukam. Wenige Meter vor dem Mädchen verhielt der Hüne den Schritt und lauschte mit geneigtem Kopf in die Nacht hinaus.
»Miz Alaina! Miz Alaina!« Kaum durchdrang Sauls Stimme die dicken Nebelschwaden.
»Saul!« schrie das Mädchen aus Leibeskräften. »Hierher! Hilfe!« Sie drehte sich um und wollte fortlaufen, doch bevor sie noch einen Schritt getan hatte, war der schwarze Riese schon bei ihr und umklammerte sie mit seinen Armen. Alaina wollte noch einmal schreien, doch da schnellte seine Faust vor und traf sie an der Kinnspitze. Tiefe Finsternis umhüllte das Mädchen plötzlich, schlaff sank es bewußtlos in sich zusammen.
Gunn – so hieß der Fahrer und Leibwächter von Jacques DuBonné – hob die leblose Gestalt auf und sah, wie Saul aus der Dunkelheit auftauchte und auf ihn losstürmte. Doch urplötzlich war Alainas Beschützer von einem halben Dutzend Schlägern aus dem Hafenviertel umringt. Zähneknirschend mußte er mit ansehen, wie Alaina rasch zu der schwarzen Kutsche getragen und in ihrem Inneren verstaut wurde. Die Kutsche fuhr an und wurde gleich darauf von der Finsternis verschluckt. Mit einer verzweifelten Anstrengung schüttelte Saul seine Angreifer von sich ab, riß einem von ihnen einen schweren Knüppel aus der Hand und drosch damit auf seine Widersacher ein, bis sechs reglose Gestalten auf dem Pflaster lagen. Vor Erschöpfung keuchend ging Saul in die Hocke und verharrte eine Weile in dieser Stellung. Dann drehte er die Männer auf den Rücken und stellte fest, daß zwei von ihnen zum Gefolge des verhaßten Jacques Du-

Bonné gehörten. Kurz entschlossen steckte sich Saul den Knüppel in den Gürtel und rannte querfeldein zum Anwesen der Craighughs zurück. Dort lief er geradewegs in den Stall und sattelte in aller Eile eines von Coles besten Pferden. Mit dem Absatz seines nackten, schwarzen Fußes spornte er das Tier an, daß es pfeilschnell mit ihm in die dunkle Nacht hinausschoß.
Schnell erreichte er das Negerviertel unten am Hafen, wo die freigelassenen Schwarzen in armseligen Hütten hausten. Er band das Pferd an einen Pfosten und ging den restlichen Weg zu Fuß weiter. Er hatte ein paar verläßliche Freunde in diesem elenden Slum. Mit ihrer Hilfe fand er schnell heraus, wo die Schlupfwinkel der übelsten Schieber und Gauner unten am Fluß waren.

Alaina bewegte sich leicht und stöhnte laut. Dämmeriges Licht drang durch ihre geschlossenen Lider und gaukelte ihr gespenstische, auf und ab wabernde Erscheinungen vor. Ein schier unerträglicher Schmerz ließ ihren Schädel fast zerspringen. Benommen öffnete sie die Augen. Nicht weit von ihr erkannte sie die verschwommene Gestalt eines Mannes, der an einem Tisch saß. Vor ihm stand eine Lampe. Als sich die Nebelschleier vor ihren Augen etwas verzogen hatten, stellte Alaina fest, daß es sich bei dem Mann um Jacques DuBonné handelte, der sie mit einem lauernden Grinsen aufmerksam beobachtete. Mit zurückgeschlagenen Rockschößen saß er auf einem Stuhl, die spindeldürren Beinchen weit von sich gespreizt.
»Willkommen in der Oberwelt, liebe Miss Hawthorne«, ließ er mit kaum unterdrückter Schadenfreude vernehmen. »Ich hatte schon befürchtet, daß Gunn zu hart mit Ihnen umgesprungen ist.«
Alaina ging nicht auf seine Worte ein. Sie blickte sich um und stellte fest, daß sie auf einem Baumwollballen lag, über den achtlos eine Bahn allerfeinsten Seidenbrokates gebreitet worden war. Der Raum schien aus Fels gehauen, kein Geräusch drang von außen herein. Überall lagerten Stapel von Kisten und Fässern.
»Fühlen Sie sich schon in der Lage, ein paar Kleinigkeiten mit mir zu besprechen, ma chérie?« äffte DuBonné mit gespieltem Mitgefühl.
Alaina versuchte zu antworten, aber ein klägliches Krächzen war alles, was sie herausbrachte. Mühsam setzte sie sich auf, der Raum verschwamm vor ihren Augen.

»Nun denn, Sie werden Ihre Stimme schon wiedererlangen«, sagte Jacques geringschätzig. »Ich habe noch nie ein weibliches Wesen gekannt, das längere Zeit den Mund gehalten hat.«
Alaina konnte ihn nur in hilflosem Zorn anstarren. Wieder ließ sie ein Krächzen hören und deutete dabei auf einen Wassereimer nahe an der Tür.
»Verstehe«, sagte DuBonné leichthin. »Bitte bedienen Sie sich.«
Das Wasser war abgestanden und lauwarm, doch half es ihr, wieder zu sich zu kommen. Sie stellte den Eimer ab, nachdem sie ausgiebig getrunken hatte, und lehnte sich scheinbar ermattet an die Tür. Mit einer raschen Handbewegung schob sie den Riegel zurück und riß die Tür weit auf. Gunn hockte mit weit ausgebreiteten Armen davor und grinste von einem Ohr zum anderen. Das Mädchen schlug ihm die Tür vor der Nase zu und lehnte sich dagegen. Tief verzweifelt ließ es DuBonnés schrilles, gackerndes Lachen über sich ergehen. Da fand Alaina ihre Stimme wieder.
»Glauben Sie etwa, Sie können mich hier vergewaltigen und ungeschoren davonkommen? Jeder anständige Mann in Nord und Süd würde Sie jagen wie einen tollwütigen Hund!«
»Wegen Camilla Hawthorne vielleicht«, gab der Mann achselzukkend zu, »aber wie steht es mit Alaina MacGaren, der Mörderin, Diebin, Verräterin? Wohl kaum. Für sie bekomme ich bestenfalls sogar eine Belohnung oder einen Orden.«
»Glauben Sie nicht, daß sie mir angst machen können!« Allmählich dämmerte es Alaina, welch unverzeihliche Dummheit sie begangen hatte, als sie Hals über Kopf von zu Hause fortgelaufen war.
»Angst?« erwiderte DuBonné und musterte sie frech. »Ich brauche nur Gunn und ein paar meiner Leute zu rufen. Die würden sich an Ihrer Angst und Ihrem Geschrei geradezu weiden. Nein, Alaina, ich selbst will Sie nicht ängstigen, sondern Ihnen nur meinen dauerhaften Schutz anbieten.«
Jacques erhob sich und ging in dem Raum auf und ab.
»Ich kenne da unten am Fluß ein paar Plätze, wo sich im Schutz der Sümpfe ein Haufen Deserteure und anderes lichtscheues Gesindel angesammelt hat. Leider gibt es kaum Frauen dort. Was meinen Sie wohl, wie die sich freuen, wenn man ihnen ein hübsches junges Ding vorwirft! Mit denen ist wahrlich nicht zu spaßen. Was eine schöne, junge Frau dort alles lernen könnte! Zum Beispiel, wie man einem Mann auf vielfältige Weise gefällig ist.

Wenn sie dann zurückkehrt, würde sie die Vorzüge eines ruhigen Lebens hier in der Stadt wohl zu schätzen wissen, meinen Sie nicht auch, Miss MacGaren?«
Alaina betrachtete ihn lange schweigend. Ihr Entschluß war so unverrückbar, als habe sich im Geiste für immer eine Tür hinter ihr verschlossen. Von jetzt an ging es nur noch um Freiheit oder Tod. Irgendwie würde sie Mittel und Wege finden, ihn oder sich selbst zu töten.
»Ah, Jacques DuBonné!« erwiderte sie deshalb scheinbar unbeeindruckt von seinen unverhüllten Drohungen. »Immer der geborene Gentleman!« Schallend lachte sie ihn aus.
Die Augen des Mannes verengten sich gefährlich. Er reckte sich zu seiner vollen Größe auf. Seine Stimme hatte plötzlich wieder den gutturalen Akzent des Kolonialfranzosen: »Lachen Sie mich nicht aus! Ich habe Sie gewarnt!« Grob packte er das Mädchen am Arm. Sein Gesicht war von flammender Röte übergossen.
»Anscheinend haben Sie es noch nie mit einem richtigen Mann zu tun gehabt, Sie kratzbürstige, kleine Kröte, sondern nur mit Greisen und Waschlappen!« fauchte er Alaina an.
»Und ich habe Sie schon mehrmals im Staub kriechen sehen, wenn Sie einem Mann gegenüberstanden«, höhnte sie. »Sie sind ein mieser, zu kurz geratener Hampelmann!«
Bei diesen Worten konnte DuBonné nicht mehr an sich halten, mit voller Kraft schlug er zu, doch das Mädchen wich geschickt aus und brachte schnell den Tisch zwischen sich und seinen Angreifer.
»Ich werde es dir schon zeigen. Um Gnade winseln wirst du wie eine von diesen schwarzen Säuen«, keuchte der Mann.
»Beschimpfen Sie nicht Ihre eigene Art, Sie Schwein«, antwortete Alaina mit beißendem Spott. »Und stolpern Sie nicht über Ihre feinen Stiefel. Vielleicht fühlen Sie sich barfuß im Schlamm wohler?«
DuBonné war bis aufs Blut gereizt. Vor Wut brüllend machte er einen Riesensatz über den Tisch und schlug wild mit den Armen um sich. Doch da schnellte Alainas Faust vor. Alle Kraft legte sie in den Schlag und traf ihn schwer an der empfindlichsten Stelle des Unterleibes. Nach Luft ringend und mit glasigen Augen sank er gegen sie, seine Hände griffen ins Leere. Flink fuhren die Finger des Mädchens unter die Jacke des Mannes und zogen eine kleine Derringer-Pistole hervor. Hin- und hergerissen zwischen

Schmerz und Angst packte DuBonné Alainas Handgelenk, doch riß er den Arm mit einem Schmerzensschrei zurück, als sie ihm mit voller Kraft in den Daumen biß. Die Pistole knallte gegen seine linke Schläfe und ging donnernd los. Im Ohr des Mannes war ein säuberliches rundes Loch, das sich schnell mit Blut füllte. Winselnd taumelte er zurück. Als er merkte, daß er nur leicht verletzt war, ergriff er die brennende Petroleumlampe und hob sie hoch über den Kopf, als wollte er sie auf das Mädchen schleudern. Mit unbeholfenen Fingern lud Alaina schnell die kleine Waffe durch und zielte auf die Lampe und drückte mit geschlossenen Augen ab.

Als sie die Augen wieder aufriß, stand Jacques DuBonné da, sein erhobener Arm brannte wie eine Fackel. Petroleum troff an ihm hinunter, überall lagen Glasscherben verstreut. Im nächsten Augenblick stand die ganze rechte Körperhälfte des Mannes in Flammen. Mit einem schrillen Schrei stürzte er nieder und wälzte sich auf dem Boden. Bei dem Baumwollballen kam er wieder auf die Füße und wickelte das Brokattuch um sich, um die Flammen zu ersticken. Tödlicher Haß sprach aus seinem schmerzverzerrten Gesicht. Er achtete nicht mehr des Feuers, das schon den halben Raum einhüllte, sondern zog langsam ein langes, schmales Stilett hervor.

»Das sollst du mit deinem Leben bezahlen!« Die zwischen den Zähnen hervorgestoßenen Worte übertönten das Tosen des Feuers. Als er auf sie losging, hob Alaina die Waffe.

»Sie ist leer«, sagte er mit vor Schmerz verzerrter Stimme. »Zwei Schüsse – kein einziger mehr!«

Draußen ertönte ein Ruf, dann flog die dicke, altersschwache Tür splitternd auf. Starr vor Staunen sahen Alaina und Jacques, wie sich eine riesenhafte schwarze Gestalt vor ihnen aufrichtete. Es war Saul! Vor der Tür lag der reglose Körper von Gunn. Als Saul auf ihn losging, zog sich Jacques flink zurück und schleuderte dem Schwarzen mit einer blitzschnellen Armbewegung den Tisch entgegen. Das Stilett entfuhr zischend seiner Hand. Mit einem wütenden Schrei sprang DuBonné auf den Baumwollballen und zog sich durch eine schmale Falltür in der Balkendecke des Raumes. Rasch breitete sich das Feuer aus und erfüllte den Lagerraum mit beißendem Qualm. Saul ergriff Alainas Hand und führte sie zur Tür. Gunn bewegte sich und stöhnte, als sie über ihn hinwegschritten. Im Korridor lagen die leblosen Gestalten

mehrerer Wächter. Saul schenkte ihnen keinen Blick. Er zog das Mädchen hinter sich her und eilte eine Treppe hinauf, die in einen großen Lagerraum führte. Er war bis unter die Decke mit Baumwollballen angefüllt, auf denen die Aufschrift ›C.S.A.‹ durchkreuzt und durch die Buchstaben ›U.S.N.‹ ersetzt worden war. Das war zweifellos die Baumwolle, die von den Frachtschiffen der Nordstaaten entwendet worden war. Saul murmelte eine kurze Entschuldigung, als er Alaina packte und sie sich quer über die Schulter legte. Mit weitausgreifenden Schritten rannte er los. Als er durch die Tür ins Freie stürzte, hörte er hinter sich aufgeregte Stimmen. »Findet sie! Eintausend Dollar für den, der sie zurückbringt!« übertönte die schrillste Stimme alle anderen.
»Hoho!« grunzte Alaina, von Sauls ruckartigen Schritten durchgeschüttelt. »Die Yankees bieten viel mehr!«
Saul raste oben auf der Mole an einer langen Reihe von Lagerhäusern entlang. Dann sprang er mit der nach Luft schnappenden Alaina auf dem Rücken in großen Sätzen die steile Böschung hinab und bog in eine schmale, dunkle Straße ein. Behutsam ließ er das Mädchen zu Boden und ging mit verlangsamtem Schritt weiter. Sie waren im Negerviertel angelangt.

Zu den Craighughs konnte Alaina nicht zurück, und auch Mrs. Hawthornes Haus bot ihr keinen Schutz mehr. Im Laden ihres Onkels konnte sie sich nicht verbergen, und Dr. Brooks galt als ihr freundlich gesonnen.
Es gab nur einen Ort, an dem sie in Sicherheit war.

Der Craighugsche Haushalt stand Kopf, als Saul zurückkehrte und erklärte, daß Alaina sich in Sicherheit befand. Er erläuterte den Plan, den er gemeinsam mit dem Mädchen gefaßt hatte. Kurz nach Mitternacht verstaute er ein Bündel Kleider hinten in Alainas Einspänner und fuhr in gemächlichem Tempo davon. Die beiden Gestalten, die ihn aus sicherer Entfernung verfolgten, schien er nicht bemerkt zu haben.
Als Saul außer Sicht war, schleppten Angus und Jedediah einen großen Schrankkoffer aus dem Stalll und luden ihn auf ein klapperiges Fuhrwerk. Jedediah fuhr damit in der entgegengesetzten Richtung davon. Auch ihm folgte ein Mann.
Angus und Dulcie schlenderten unauffällig über das umliegende Gelände, bis sie sich davon überzeugt hatten, daß kein heimli-

cher Beobachter mehr da war. Dann öffnete Angus die Küchentür, und Dulcies älteste Tochter schlüpfte hinaus. Sie ergriff Ol' Tar bei den Zügeln und führte den Gaul über das Gelände des Nachbarn. Dann erst schwang sie sich in den Sattel und ritt in Richtung Krankenhaus. Sorgsam mied sie dabei die Hauptstraße der Stadt.

Bald hatte sie das Haus von Dr. Brooks erreicht und trommelte den schläfrigen Arzt aus dem Bett. Atemlos berichtete sie ihm, was man ihr aufgetragen hatte. Aus ihrer Tasche zog sie einen Briefumschlag und reichte ihn dem verdutzten alten Herrn. Es lag ein Schlüssel darin.

»In den Pontalba Apartments ist sie, sagst du?« fragte er das Mädchen voll ungläubigem Staunen. »Und Angus, der Rechtsanwalt und der Pfarrer kommen auch dahin?« Schnell faßte Dr. Brooks einen Entschluß. Mit einem Wort des Dankes entließ er das kleine Mädchen und kleidete sich rasch an.

Also wollte Alaina ihren Yankee doch heiraten, sagte er sich voller Genugtuung und machte sich still lächelnd auf den Weg.

Zweiter Teil

26

Leichter Nebel hatte sich über den Strom gesenkt und die prangenden Farben der herbstlichen Wälder verblassen lassen. Trübe floß das graubraune Wasser dahin.

Alaina stand am Oberdeck gegen die Bugreling gelehnt und ließ ihre Blicke über das Panorama dieses nördlichen Landes streifen, während der Flußdampfer sich zwischen unzähligen Inselchen hindurch seinen Weg bahnte.

Am östlichen Ufer nahm das Wasser allmählich eine dunklere Färbung an. Hinter einem steilen Felsvorsprung aus Kalksandstein ergoß der Sainte-Croix-Fluß seine klaren Fluten in den Mississippi.

In etwas mehr als einer Stunde würde der Dampfer sein Ziel erreicht haben, hieß es.

Wieder einmal trug ein Schiff Alaina einem neuen Lebensabschnitt entgegen.

Alles kam ihr fremd und sonderbar vor, dennoch war sie voll banger Erwartung, wie sie sich selbst eingestehen mußte. Die Vorstellung, daß sie nun Cole Latimers Frau war, ließ sie nicht los. Nur mit Mühe gelang es ihr, den Anschein äußerer Gelassenheit zu wahren. Je näher sie dem Ziel ihrer Reise kam, desto schwindelerregender drehten sich ihre Gedanken im Kreise. Während der gesamten Fahrt hatte sie nachts schlecht geschlafen, und auch an diesem Tage erhob sie sich in aller Frühe, nachdem sie sich stundenlang schlaflos auf ihrem Lager gewälzt hatte. Ihre spärlichen Habseligkeiten waren schnell in den großen Schiffskoffer gepackt. Wegen des andauernden Nieselre-

gens entschied sich die junge Frau gegen eines ihrer besseren Kleider und für ein schlichtes schwarzes Gewand mit Spitzenbesatz.
Alainas Eile erwies sich als übertrieben, der Morgen verstrich, und noch immer fuhr sie durch die stetig wechselnde Flußlandschaft. Voll banger Befürchtungen und Vorahnungen erwartete sie ungeduldig das Ende der Reise.
Eigentlich hatte sie sich vorgenommen, Cole Latimer in würdevoller Aufmachung entgegenzutreten, aber so, wie sie jetzt aussah, konnte man sie eher für eine arme Verwandte des Majors halten. Aber Alainas schottisches Blut ließ nicht zu, daß sie aus purem Stolz irgendein gutes Stück ihrer Garderobe der widerwärtigen Witterung aussetzte. Die schwarze Haube und der selbstgestrickte wollene Umhang im Grauton der Südstaaten boten ihr immerhin ausreichenden Schutz gegen den naßkalten Wind, auch wenn die Anmut ihrer Erscheinung nicht eben erhöht wurde.
Nahe am Flußufer tauchten zwischen dem zu tiefem Rostrot verfärbten Laubwerk der Eichen vereinzelte Häuser auf. Der Raddampfer umrundete eine Flußbiegung. Vorab teilte eine Insel wie der Bug eines großen Schiffes den Strom, und dahinter lag auf einem hohen Felsen ein mauerumwehrtes Fort, von dessen Turm die Fahne der Nordstaaten wehte. In den Schatten des Felsens geduckt stand entlang eines aus Stein gefügten Anlegeplatzes eine Reihe von Holzhäusern.
Der Kapitän trat auf die Brücke und überwachte das Anlegemanöver. Langsam trieb der Raddampfer auf das Ufer zu. Taue flogen hinüber und wurden an den Pollern festgemacht, dann standen nach einem schrillen Tuten der Dampfpfeife die Schaufelräder still.
Mehrere Fahrzeuge warteten am Ufer, darunter eine geschlossene zweisitzige Kutsche, die etwas abseits stand. Zwei Männer lehnten an ihrem Verschlag. Mit dem sicheren Instinkt einer Frau erkannte Alaina in dem größeren, hageren der beiden ihren Ehemann. Mit bleiernen Gliedern stand sie da, während die anderen Passagiere um sie herum an Land drängten. Gebannt starrte sie zu dem Mann hinüber, der sich auf einen dünnen, schwarzen Stock stützte.
Eine kräftige Bö wehte über das Deck und trieb Alaina den Regen ins Gesicht. Fröstelnd zog sie den Umhang fester um die Schul-

tern. Noch hatte sie kein Wort mit ihrem Gatten gewechselt, und doch erschauerte sie unter der Ahnung, daß sie einen schrecklichen Fehler begangen hatte, als sie in die Heirat einwilligte. Welch ungleiches Paar sie waren! Da stand er wie ein finsterer Heerführer aus vergangenen Zeiten. Gleich würde sie, Alaina, die Geborgenheit des Schiffes verlassen müssen und ihm entgegen in eine unbekannte, fremde Welt schreiten.

Mr. James, der Anwalt, hatte die junge Frau auf der Reise begleitet. Er trat aus seiner Kabine und winkte dem Major von der Reling aus zu, bis er dessen Aufmerksamkeit auf sich zog. Coles Blick streifte ihn kurz und verweilte dann auf der schlanken Gestalt seiner Frau. Alaina wurden die Knie schwach, als sie in seinem Gesicht nach einem Zeichen des Erkennens suchte. Im Süden hätten sich zwei Menschen in einer vergleichbaren Lage warm und überschwenglich begrüßt. In seinem Gesicht hingegen stand nicht der geringste Ausdruck von Wiedersehensfreude geschrieben. Er rührte sich nicht einmal von der Stelle, sondern blieb, wo er war.

Mr. James lüftete den Hut vor Alaina und sagte ehrerbietig: »Wenn Sie wünschen, gehen wir jetzt an Land.«

Die junge Frau nickte. Mit der ihr eigenen Entschlußkraft nahm sie allen Mut zusammen und folgte dem Rechtsanwalt die Treppe hinab. Auf dem Unterdeck schloß sich Saul ihnen an. Er hatte Alainas großen Schrankkoffer geschultert und folgte ihnen in einigem Abstand.

Cole sagte etwas zu seinem Kutscher und hinkte langsam auf den Dampfer zu. Trotz des knöchellangen Wettermantels war ihm die feuchte Kälte in die Knochen gefahren. Während des langen Wartens war sein verletztes Bein ganz steif und gefühllos geworden.

Als Cole den Dampfer erreichte, um seine Braut und ihren Begleiter zu empfangen, fiel sein Blick auf den riesenhaften Schwarzen, der den beiden auf dem Fuße folgte. Er fühlte sich erleichtert darüber, daß Saul die Wirren des Krieges offenbar unbeschadet überstanden hatte. Doch gleich wandte er seine volle Aufmerksamkeit wieder Alaina zu. Mit zusammengezogenen Brauen betrachtete er sie und suchte zu erraten, in welche Gemütsverfassung sie sich befand. Doch wenn er sie als unbeherrschten, schwer zu berechnenden Wildfang kennengelernt hatte, so mußte er sich jetzt überrascht eingestehen, daß eine

Aura von würdevollem Ernst sie nun umgab. Ihr Auftreten verriet nichts von der für Frauen ihres Alters so kennzeichnenden Leichtigkeit und Beschwingtheit. Alainas Bewegungen und Gesten waren von fließender Anmut, doch lag etwas federnd Direktes darin, das sie gleichzeitig noch anziehender und verwirrender machte. Es war, als habe sie im Geiste sorgsam das Für und Wider ihrer veränderten Lage erwogen. Doch nun war ihr Entschluß gefaßt, und nichts würde sie davon abbringen. Vielleicht hatten die Nöte und Wirren des Krieges ihr den Blick auf die lächelnde Seite des Lebens versperrt.

Als Cole und Alaina aufeinander zugingen, verstand der Mann auf einmal den Abscheu seiner jungen Frau vor einem Leben inmitten der verhaßten Yankees. Und nun war sie sogar mit einem von ihnen verheiratet!

In diesem Augenblick begriff Cole, daß er von einem Extrem ins andere gefallen war: zuerst Robertas wilde Wutausbrüche und nun die kühle Verachtung ihrer jüngeren Kusine. Die Aussichten waren alles andere als rosig.

Verstohlen betrachtete Alaina den Mann, der seit kurzem ihr Gatte war. Unter den Falten seines langen Regenmantels erschien er ihr magerer als früher. Doch das schwarze Kleidungsstück stand seinem hochgewachsenen, muskulösen Körper gut. Er trug darunter eine Weste aus Silberbrokat und ein Hemd aus weißer Seide. Cole hatte etwas von einem Glücksspieler an sich, wie sie auf den Flußdampfern anzutreffen waren, und wirkte höchst mondän. Zum ersten Mal erblickte ihn Alaina ohne die gewohnte Uniform, und sie fühlte sich, als stünde sie einem Fremdling gegenüber. Fast hatte sie den Glanz seiner blauen Augen vergessen, und es erschreckte sie, als Cole sie nun von Kopf bis Fuß betrachtete. Auf zauberische Art schienen diese Augen alle falschen Vorspiegelungen durchdringen zu können. Es blieb ihr nur eines: die Herausforderung annehmen.

Alaina spürte, daß Coles Veränderung nicht nur auf der Kleidung beruhte. Nach und nach ging ihr auf, daß sie es hier mit einem Mann zu tun hatte, wie sie noch nie einen gekannt hatte. Er war in ihrer aller Leben eingedrungen, und die verzweifelte Roberta hatte ihn an sich gerissen in der Hoffnung, daß er sie über die Nöte und Entbehrungen des Südens erheben würde. Jetzt umgab ihn ein Flair von kühner Entschlossenheit, und er schien dem Treiben der Welt entrückt. Doch allein seine Gegenwart genügte,

um seiner Umgebung den Stempel seiner Persönlichkeit aufzudrücken.
Cole tippte lässig an seinen Hut. Fast hätte Alaina erwartet, daß er vor ihr die Hacken zusammenschlug und sich tief verbeugte.
»Ich hoffe, Sie hatten eine angenehme Reise, Madam.« Seine beherrschte Stimme hatte den gleichen vollen Klang wie immer. Als er bemerkte, daß Alaina unter dem langen Umhang ein schwarzes Kleid trug, zog er die Augenbrauen hoch. »Trauerkleidung, Alaina? Ich dachte, eine Hochzeit sei eher ein Anlaß für Fröhlichkeit und Gelächter«, spottete er mit einem Anflug von Traurigkeit.
Alaina öffnete den Mund zu einer Erwiderung, doch ein heftiger Windstoß fegte eiskalt über sie hin und nahm ihr den Atem. Schützend trat Cole dicht vor sie, doch hütete er sich, sie zu berühren. Allzu gut erinnerte er sich daran, wie ungern sie sich anfassen ließ.
Saul hatte inzwischen Alainas Gepäck in der Kutsche verstaut. Cole winkte den Kutscher herbei. »Bring Mrs. Latimer schon zur Kutsche, Olie. Ich komme gleich nach.«
Alaina war leicht pikiert, daß ihr Mann sie nicht einmal zur Kutsche geleitete, doch ließ sie sich nichts anmerken.
Als Cole mit Mr. James allein war, wandte er sich mit fragendem Blick an den Anwalt. Während dieser ihm Bericht erstattete, beobachtete er über die Schulter des Mannes, wie Alaina mit anmutiger Haltung und schwingenden Röcken davonging. Überrascht mußte sich Cole eingestehen, daß die Erinnerung an jene gemeinsam mit ihr verbrachte Nacht seine Sinne noch immer erregte, obschon inzwischen viel Zeit vergangen war.
Bevor Alaina die Kutsche bestieg, blickte sie noch einmal auf die beiden Männer zurück, und sie war nicht wenig verwirrt, als sie Coles ernsten, durchdringenden Blick starr auf sich gerichtet sah. Es war, als zögen seine blauen Augen sie in aller Öffentlichkeit nackt aus. Schnell stieg sie in den Wagen. Sie konnte sich an fünf Fingern abzählen, was der Rechtsanwalt dort ihrem Mann berichtete.
Alaina lächelte wehmütig. Sollte der Yankee sie ruhig ignorieren und übergehen. Früher oder später würde er schon mit ihr, Alaina, zu tun bekommen!
Mr. James händigte Cole die Heiratsurkunden aus. »Sobald New Orleans hinter uns lag, verlief die Reise reibungslos.«

»Sie sagen, daß sie die Heirat in meiner Abwesenheit nicht akzeptieren wollte?« fragte Cole den Mann mit gefurchter Stirn. Kleines Biest! Vor lauter Stolz und Starrköpfigkeit stürzte sie sich immer wieder in die ausweglosesten Unannehmlichkeiten.
»DuBonnés Leute haben die ganze Stadt auf den Kopf gestellt, um Ihre Frau zu finden, Dr. Latimer«, schloß der Anwalt seinen Bericht ab. »Er selbst mußte untertauchen, als der Sheriff die Sache mit den geraubten Baumwollballen entdeckte.«
»Ich danke Ihnen für Ihre guten Dienste, Mr. James«, sagte Cole abrupt. »Mrs. Latimer und ich fahren in ein Hotel, und ich weiß nicht, wann wir unsere Heimfahrt fortsetzen werden. Die Kutsche da drüben kann Sie nach Hause bringen, wenn Sie es wünschen.«
»Sehr gern, Dr. Latimer.« Damit eilte der Anwalt davon.
Cole warf seinen Regenmantel und den Hut in den Fond der Kutsche und setzte sich neben Alaina. Er nahm eine Felldecke und hüllte sie darin ein. Mit Bedacht mied sie dabei seinen Blick. Ihr Stolz war verletzt, denn er hatte sie geheiratet, ohne sie als Frau zu begehren. Kühl und scheinbar teilnahmslos saß Alaina da, umgeben von einem eisigen Wall aus Schweigen. Bei jedem anderen Mann wären ihr Zweifel an seiner Männlichkeit gekommen, aber bei Cole gab sie sich in dieser Hinsicht keinen Täuschungen hin. Sicherlich war er alles andere als impotent, das hatte sie ja bei ihrem letzten Zusammentreffen gezeigt. Da hatte er sich eher wie ein heißblütiger Lüstling und Frauenheld benommen. Alaina fühlte es wie einen Stachel in ihrer Seele, daß er in ihr eine leichte Beute für seine Gelüste erblickt hatte. Da sie nun mit ihm verheiratet war, verlangte ihr Stolz nach Rache und Genugtuung.
Die Kutsche setzte sich in Bewegung. Cole wickelte einen Zipfel der Felldecke um sein schmerzendes Bein. Im übrigen schien ihm das garstige Wetter wenig auszumachen.
Unvermittelt legte er seinen Arm um Alainas Schultern und zog sie fest zu sich heran, mit der anderen Hand stützte er sich auf dem Fenstersims der Kutsche ab. Sein Unterarm ruhte schwer auf der Brust der jungen Frau und drückte ihren Körper in den Sitz zurück.
Alaina war zutiefst empört über diese Unverfrorenheit. Wie konnte er es wagen! Sie öffnete schon den Mund zu einer bissigen Zurechtweisung, als die Kutsche einen so heftigen Satz

machte, daß Alaina unweigerlich zu Boden gestürzt wäre, hätte der Mann neben ihr sie nicht festgehalten. Im Handumdrehen war ihr Zorn verraucht, bereitwillig klammerte sie sich fortan an seinen schützenden Arm.

Die Straße wurde nach einer Weile besser. Alaina lockerte den Griff um ihres Mannes Arm. Da stand Cole auf und setzte sich ihr gegenüber. Ohne auch nur den geringsten Hehl daraus zu machen, ließ er seinen Blick mit entnervender Bedächtigkeit von Kopf bis Fuß über ihren Körper wandern. Soll er sich doch die Augen aus den Kopf starren, dachte die junge Frau und drehte sich zum Fenster. Schließlich hat er ja dafür bezahlt!

Als die Kutsche durch einen dichten Ulmenwald fuhr, herrschte im Inneren der Kutsche dämmeriges Zwielicht. Nach einigen Meilen senkte sich die Straße leicht. Vor ihnen lag eine flache Ebene. Bald darauf fuhr die Kutsche rumpelnd über einen kleinen Fluß, dessen Bett mit Felsbrocken übersät war. Das Geräusch stürzenden Wassers drang an Alainas Gehör, doch konnte sie nirgends einen Wasserfall erblicken.

Ohne auf die vorbeiziehende Landschaft zu achten, starrte Alaina unverwandten Blickes aus dem Fenster. Sie verfluchte den Tag, an dem sie Jacques DuBonné begegnet war, denn ohne seine Einwirkung säße sie jetzt nicht diesem selbstgefälligen Yankee gegenüber, der sie unablässig beäugte, als sei sie ein Leckerbissen, den man ihm mundgerecht serviert hatte. Fast freute sie sich darüber, die Witwentracht angelegt zu haben. So kam sie wenigstens nicht in die Versuchung, an dem durchdringenden Blick aus blauen Augen Gefallen zu finden.

Plötzlich wurde sich Alaina gewahr, daß Cole etwas gesagt hatte. Sie drehte sich zu ihm hin und sah, daß er eine Zigarre zwischen den Fingern hielt.

»Stört es dich, wenn ich rauche?« fragte er höflich.

»Durchaus nicht.« Sollte er doch rauchen und glotzen, sagte sie sich und blickte wieder aus dem Fenster.

Die Kutsche fuhr gerade durch die Außenbezirke einer offenbar schnell wachsenden Stadt, als Cole wiederum das Wort an seine Frau richtete: »Würdest du bitte diese dumme Haube absetzen, Alaina? Ich möchte dich gerne genauer betrachten.«

Innerlich begehrte Alainas ungestümes Temperament auf gegen seine Bitte, doch fügte sie sich schließlich und nahm die Kopfbedeckung ab.

Cole paffte seine Zigarre und sah sie durch die Rauchschwaden mit gerunzelten Brauen an.
»Mit diesem Blick könnten sie kleine Kinder erschrecken, Herr Major!« Um seinen schwer auf ihr lastenden Blick abzulenken, fügte sie mit einer Geste zum Fenster hinzu: »Ich habe Geschichten von wilden Indianern, mannshohem Schnee und großen Wölfen in den Straßen der Ortschaften gehört. Nichts dergleichen ist zu sehen, statt dessen eine aufstrebende Stadt mitten in dieser waldreichen Gegend.«
»All die Schauermärchen kommen nicht von ungefähr«, erwiderte er mit einem Blick, der bis in ihr Innerstes drang und sie wohlig verwirrte. »Diese Decke auf deinen Knien ist aus den Fellen mehrerer Winterwölfe genäht worden.«
Alainas Hand strich sanft über das langhaarige, seidige Fell. »Ich habe immer geglaubt, Wolfsfelle seien kurz und borstig.«
Cole stöhnte vor unterdrücktem Schmerz, als die Kutsche unvermutet durch ein tiefes Schlagloch rumpelte. Sie waren im Zentrum der Stadt angelangt. Große Gebäude aus Stein und Ziegeln erhoben sich über die kleineren Häuser. Einige Bauten waren bis zu vier Stockwerken hoch. Erhöhte Gehsteige aus Holzplanken verbanden sie miteinander, denn die Straßen waren ungepflastert und bestanden aus knöcheltiefem, aufgeweichtem Lehm. Mit zusammengekniffenen Lippen zog Cole ein flaches Reisefläschchen hervor und nahm einen tiefen Schluck daraus. »Das Stück Metall in meinem Bein macht mir arg zu schaffen«, erläuterte er. »Es macht sich immer wieder auf sehr unangenehme Weise bemerkbar.« Er nahm noch einen Schluck und verwahrte dann das Fläschchen in der Tasche. »Aber ich ziehe es vor, durch den Schmerz daran erinnert zu werden, daß mein Bein noch da ist, als mich an einem Beinstumpf zu kratzen.« Während er sprach, hatte Cole einen Zipfel von Alainas grauem Umhang ergriffen. »Warum hast du nicht die Sachen angezogen, die ich dir geschickt habe?«
Alainas Blick schweifte in die Ferne. Sie dachte daran, welche Überwindung es sie gekostet hatte, dieser Farce von Heirat zuzustimmen. Am liebsten hätte sie Coles Anwalt damals mit ein paar heftigen Worten zum Teufel geschickt, und auch jetzt lagen ihr ähnlich bittere Worte auf der Zunge. Doch wußte sie aus Erfahrung, daß es mit Cole Streit gäbe, wenn sie ihn so direkt anging. Deshalb brachte sie so behutsam, wie es ihr möglich war, das

Thema zur Sprache, das ihrer Eigenliebe am meisten zusetzte. »Sie haben mir mit dieser Heirat einen großen Dienst erwiesen, Dr. Latimer, denn nur so war es mir möglich, einer unerträglichen Lage zu entrinnen. Ich bin tief in Ihrer Schuld. Wer weiß, ob ich mich in absehbarer Zukunft dafür erkenntlich zeigen kann. Anscheinend muß ich sie ständig daran erinnern, daß ich alles andere als wohlhabend bin –.«

»Du bist jetzt meine Frau.« Seine Stimme war sanft, aber in seinem Lächeln lag ein Anflug von Spott.

Mit einem Kopfschütteln wies Alaina diese Feststellung zurück. Sie war errötet, weil es ihr peinlich war, über ihre Lage sprechen zu müssen. »Ich wiederhole, daß ich nicht wohlhabend bin, aber ich wünsche, alle Schulden zu begleichen, sobald mir dies möglich ist. Vielleicht kann ich schon im Frühjahr in den Süden zurückkehren, um meinen Namen von den falschen Anschuldigungen reinzuwaschen. Jetzt muß es doch sogar auch Nordstaatlern gelingen, Jacques DuBonné einzufangen. Bis dahin bin ich leider gezwungen, Sie um Nachsicht zu bitten, so schwer mir dies auch fällt. Wenn ich jetzt die feinen Kleider annähme, die Sie mir zugedacht haben, dann würde meine Verpflichtung Ihnen gegenüber nur noch größer. Im übrigen bin ich durchaus in der Lage, für mich selbst zu sorgen.«

Cole lehnte sich weit vor. Seine strahlend blauen Augen bohrten sich in die ihren, sein Mund verzog sich zu einem spöttischen Lächeln. »Wenn Sie klug genug wären, allein durchzukommen, dann säßen Sie jetzt nicht hier, Mrs. Latimer!«

Alainas Gesicht brannte vor Beschämung. Der Wahrheit seiner Worte hatte sie nur wenig entgegenzusetzen. Sogar ihre Unabhängigkeit war nun dahin, und es schmerzte sie in der Seele, daß sie in Zukunft ausgerechnet von ihm, Cole Latimer, abhängig sein sollte. Sie war fest entschlossen, ihm so wenig wie möglich zur Last zu fallen. Nur so konnte sie den letzten Rest von Selbstachtung bewahren.

Cole hatte sich wieder zurückgelehnt und rauchte selbstvergessen seine Zigarre. »Die Kleider waren als Hochzeitsgeschenk gedacht, Alaina. Es behagt mir nicht, daß du wie ein heimatloses Geschöpf herumläufst.«

»Hochzeit?« lachte sie verächtlich. »Nennen Sie das eine Hochzeit?«

Sein Gesicht war ausdruckslos hinter all dem Zigarrenqualm.

»Ach ja, Mr. James hat mir von deinem Zögern berichtet.«
»Verzeihen Sie, Major, aber ich fühle mich nicht als verheiratete Frau. Wenn ich die Wahl gehabt hätte, wäre ich jetzt noch ledig. Leider hat mir Monsieur DuBonné keine andere Möglichkeit gelassen.«
»Wirklich reizend von Ihnen, Madam, mich als das kleinere von zwei Übeln zu betrachten«, erwiderte Cole und lächelte sarkastisch.
»Auch das geringere Übel ist übel, Major.« Alaina blickte vor sich hin und fuhr ruhig fort: »Ich dachte, es sei einstweilen besser so. Aber ich kann es mir noch anders überlegen.«
»Du hast dich also geopfert und mich geheiratet, obwohl ich nach wie vor auf der Seite des Feindes stehe«, bedauerte Cole seine junge Frau mit spotttriefender Stimme.
»Von Opfer ist nicht die Rede.« Alaina ließ sich nicht aus der Ruhe bringen, sie blieb ernst und beherrscht. »Die Ehe kann jederzeit annulliert werden, wenn Sie zu schwer an Ihrem Joch tragen. Außerdem betrachte ich Sie nicht mehr als Feind. Der Krieg ist aus.«
Cole schnippte die Asche von seiner Zigarre und betrachtete Alaina skeptisch. »Man könnte meinen, Madam, daß unser privater Krieg soeben begonnen hat.«

27

Die Räder der Kutsche hinterließen zwei tiefe Furchen im Schlamm der Straßen. Olie, der Kutscher, brachte das Gefährt aus Rücksicht auf die körperliche Behinderung seines Brotgebers dicht vor einem cremefarbenen Backsteinbau zum Halten. Auf einem Schild über dem Eingang stand ›Nicollet House‹.
Alaina war überrascht, daß Cole offensichtlich mit ihr in einem Hotel absteigen wollte.
Es regnete in Strömen. Cole stieg als erster aus. Dann griff er Alaina um ihre schlanke Taille und hob sie scheinbar mühelos aus der Kutsche, um sie gleich darauf unter dem schützenden Vordach des Hotels abzusetzen.
Als die junge Frau die luxuriös ausgestattete Halle betrat, wurde sie sich schmerzlich der Schäbigkeit ihrer Kleidung bewußt.

Doch nach einer Weile stellte sie fest, daß sie die anerkennenden Blicke der im Raum anwesenden Männer auf sich zog, und fragte sich, wann diese Herren wohl das letztemal eine leidlich hübsche Frau zu Gesicht bekommen hatten.
Als das Paar durch die Halle zum Speisesaal schritt, legte Cole besitzergreifend eine Hand auf Alainas Schulter. Einige Gäste blickten auf und nickten ihm einen Gruß zu, doch als sie den abweisenden Blick des Majors bemerkten, wandten sie sich wieder dem Essen zu.
Nach den Strapazen der letzten Tage war das geruhsame Abendessen geradezu eine Erholung. Es wurde nur dadurch getrübt, daß Cole die ganze Zeit mit mißmutig gerunzelten Brauen dasaß. Alaina verzehrte gerade ein leckeres Dessert, als der Hoteldiener an ihrem Tisch erschien und Cole einen Schlüssel überreichte.
Als die beiden die Treppe hinaufgingen, umklammerte Cole Alainas Ellenbogen mit so festem Griff, daß er ihr fast weh tat.
»Haben Sie Angst, daß ich Ihnen weglaufe, Herr Major?« fragte sie ihn schnippisch.
Cole schloß die Tür auf und zog sie hinter sich her in die Suite.
»Die mit Ihnen in der Vergangenheit gemachten Erfahrungen haben mich verständlicherweise vorsichtig gemacht, Madam. Sie haben eine Art, zur unpassendsten Zeit zu verschwinden und einen Mann in der Klemme zu lassen, die solche Vorsichtsmaßnahmen ratsam erscheinen läßt.«
Der Hieb hatte gesessen, doch Alaina war um eine schlagfertige Antwort nicht verlegen. »Wenn ich damals geblieben wäre, Sir, dann wären Sie in die Zwangslage geraten, statt Roberta mich zu heiraten. Hätte Ihnen das mehr zugesagt?«
»Es wäre das geringere von zwei Übeln gewesen«, spottete er. »Es ist, wie Sie sagen, Mrs. Latimer: besser ich als DuBonné, und lieber Sie als Roberta.«
»So wie Sie mit meiner Kusine herumgezankt haben, ist das für mich nicht eben ein Kompliment.«
»Wir hatten wenig füreinander übrig, das stimmt«, gab Cole zu. Er legte Mantel und Hut ab und fuhr mit säuerlichem Lächeln fort: »Alles in allem sind wir beide bisher besser miteinander ausgekommen.«
Nervös ging Alaina im Zimmer auf und ab. Sie fühlte sich Cole Latimer hier ebenso schutzlos ausgesetzt wie in jener schicksalhaften Nacht im Gästezimmer des Craighughschen Hauses. Sie

war sich nicht mehr so sicher, daß es richtig gewesen war, Cole zu heiraten. Alles deutete darauf hin, daß ihr Zusammenleben alles andere als friedfertig sein würde. Aber sie war des ständigen Kampfes um das nackte Leben müde und sehnte sich nach Ruhe und Frieden.

Alaina schlenderte in das Schlafzimmer und kam augenblicklich zurück. Allzu gut verstand Cole die beunruhigte Frage in ihren Augen, wußte er doch, daß die Suite nur ein Schlafzimmer hatte. Gemächlich entledigte er sich des Jacketts und der Krawatte und knöpfte Hemd und Weste auf.

»Ich hatte gedacht, wir führen noch vor Einbruch der Nacht weiter«, sagte Alaina scheu. »Wenn Sie hierbleiben wollen, kann ich vielleicht mit Mr. James oder Saul weiterfahren. Hier bin ich Ihnen nur im Wege.«

Ein herrischer Ausdruck trat in Coles Blick, um seine Mundwinkel zuckte es. Sie wollte also die Rolle der spröden Jungfrau bis zur bitteren Neige auskosten, dachte er bei sich, wo sie es doch beide besser wußten.

Er trat so nahe an Alaina heran, daß es sie große Überwindung kostete, nicht vor ihm zurückzuweichen. »Morgen werde ich Sie zu meinem Haus bringen, wie es sich geziemt, Madam. Inzwischen bitte ich Sie, die Annehmlichkeiten zu genießen, die ich Ihnen bieten kann«, sagte er streng, während ein erzürnter Blick sie nicht losließ. »Wenn Sie schon die Ehe nicht mit mir zu vollziehen wünschen, dann achten Sie doch wenigstens auf Ihre äußere Erscheinung und tragen in Gottes Namen die Kleider, die ich für Sie gekauft habe. Was ist übrigens so ekelerregend an der Vorstellung, mit mir in einem Bett zu schlafen?«

»Das Schlafen macht mir am wenigsten Sorge«, antwortete Alaina ihm hoch erhobenen Hauptes, »sondern was im Bett sonst noch geschehen könnte.« Damit ließ sie ihn stehen und ging in den Salon hinüber.

Cole fluchte leise vor sich hin. Wie hatte er glauben können, daß die Ereignisse der jüngsten Vergangenheit sie gefügiger gemacht hatten! Sie war wirklich ein Prachtexemplar von einer starrköpfigen, stolzen Südstaatlerin. Doch bei all ihrem feurigen Temperament hatte sie nichts von Robertas Boshaftigkeit, und Cole fühlte sich durch ihr Verhalten weder abgestoßen noch sonderlich entmutigt. Eher schon stellte diese ganze Angelegenheit eine Herausforderung für ihn dar.

Kurz entschlossen ging er Alaina nach und lehnte sich an die offene Salontür. »Ich frage mich, wie lange Sie es durchhalten, sich den aus unserer Eheschließung erwachsenden Verpflichtungen zu entziehen, Madam.«
Wieder spürte Alaina seinen durchdringenden Blick auf sich ruhen, als wolle er sie mit den Augen ausziehen. Ohne jede Scheu betrachtete er eingehend ihre hohen, vollen Brüste und ließ seine Augen über die schlanke Taille abwärts wandern.
»Ich hoffe, mein Anblick enttäuscht Sie nicht, Major.
»Ganz im Gegenteil, meine Liebe. Du bist zu vollster Schönheit erblüht und übertriffst meine kühnsten Erwartungen. Ich habe mir gerade vorgestellt, wie sich die Leute das Maul zerreißen werden, wenn ich dich als meine Frau vorstelle.«
»Weil ich aus dem Süden bin? Oder weil Sie so schnell nach Robertas Tod wieder geheiratet haben?«
Cole amüsierte sich köstlich. »Man darf nicht vergessen, daß wir hier am Rande der Wildnis leben. Es wird von niemand verlangt, daß er lange Witwer bleibt, zumal wenn der Winter vor der Tür steht.«
Alaina reagierte auf seine anzügliche Bemerkung mit einem so ärgerlichen Blick, daß Cole laut lachen mußte.
»Alle Leute werden sich fragen, wie ich zu einer so schönen Braut gekommen bin, ohne mich vom Fleck zu rühren. Ich sehe schon all die Klatschmäuler tuscheln und flüstern: Robertas Kusine? Vielleicht hatte sie schon eine Liebschaft mit Dr. Latimer, als seine Frau noch lebte?«
Cole schenkte sich ein Glas Brandy ein und setzte sich dann Alaina gegenüber auf das Sofa. »Weißt du, Alaina, genaugenommen hast du Roberta in jeder Hinsicht in den Schatten gestellt.«
Alaina wußte nicht, ob sie sich von seinen Worten geschmeichelt oder beleidigt fühlen sollte. »Verzeihen Sie die törichte Frage, aber was verstehen Sie genau unter ›in jeder Hinsicht‹?«
Cole konterte mit einer Gegenfrage: »Weißt du eigentlich, wie schön du bist?«
Die Frage machte Alaina ratlos und verwirrt. Schön in Witwentracht? Sie spürte in seinen Worten einen geheimen Affront und erkundigte sich vorsichtig: »Wollen Sie mich vielleicht zum Narren halten?«
Zweifelnd blickte Cole seine junge Frau an. »Immer noch die scheue Tugend, Alaina?«

Das Blut schoß ihr ins Gesicht. »Von allen Menschen sollten Sie es ja am besten wissen! Aber anscheinend muß ich Sie wohl immer wieder daran erinnern, daß Sie mich mit Roberta verwechselt haben!« brauste sie auf.
»Nicht ganz«, antwortete Cokle ruhig und nahm einen Schluck von dem bernsteinfarbenen Getränk in seinem Glas. »Unglücklicherweise ging mir erst nach der Hochzeit auf, daß Leidenschaftlichkeit nicht eben Robertas starke Seite war, ganz im Unterschied zu dem Mädchen, mit dem ich in Wirklichkeit geschlafen hatte.«
Alaina wandte sich ab. Sie konnte sein sardonisches Grinsen nicht länger ertragen.
»Wenn Sie nichts dagegen haben, ziehe ich mich jetzt zurück, um mich ein wenig frischzumachen.«
Aber so leicht war Cole nicht abzuschütteln. Er ging ihr ins Schlafzimmer nach und sagte: »Die Witwenkleidung steht dir nicht schlecht, Alaina, aber ich wünsche, daß du zu diesem besonderen Anlaß ein schönes Kleid anziehst.«
»Anlaß?« blitzte sie ihn aus grauen Augen an. »Was soll das heißen?«
»Ich habe aus dir eine ehrbare Ehefrau gemacht«, knurrte Cole ungerührt. »Ist das etwa nichts?«
Alaina konnte ihren Zorn nur mit Mühe im Zaum halten. »Lange genug haben Sie ja wahrlich gebraucht, die richtige Frau zu finden, Sie Esel!«
Cole konnte nicht an sich halten und lachte lauthals. Gelassen schlenderte er aus dem Schlafzimmer. Mit vor Zorn gerötetem Gesicht schloß Alaina heftig die Tür hinter ihm und drehte den Schlüssel im Schloß um. Wie konnte er es wagen, sie wegen ihrer verlorenen Unschuld zu hänseln, wo er es doch war, der sie ihr genommen hatte! Damit hatte er sie an der empfindlichsten Stelle verletzt. Dafür würde sie sich eines Tages rächen! Nur wußte sie leider nicht, wo sie eine schwache Stelle in seinem dikken Fell finden sollte.
Alaina wusch sich gründlich und bürstete ihr Haar so lange, bis es seidig schimmerte. Dann tupfte sie ein wenig Parfum hinter ihr Ohrläppchen und auf das Dekolleté. Aus dem Koffer zog sie ein langes graues Kleid, das vorher einer Freundin von Mrs. Hawthorne gehört hatte, und das sie von einem Teil ihres mühsam zusammengesparten Geldes erstanden hatte. Das Oberteil

erinnerte mit seinem Besatz aus plissierten, anthrazitgrauen Bändern und dem viereckigen Halsausschnitt entfernt an das Jäckchen eines Zuavenoffiziers. Die dazu passende Bluse war malvenfarben und reich bestickt, die Ärmel waren mit Bändchen der gleichen Farbe um die Handgelenke gerafft.
Zufrieden betrachtete Alaina ihr Spiegelbild. Mit diesem Kleid am Leibe konnte niemand von ihr sagen, sie sähe aus wie eine arme Verwandte von Dr. Latimer!
Cole hatte sich inzwischen bequem auf dem Sofa zurückgelehnt und wartete darauf, daß seine Gattin ihre Toilette beendete. Sinnend starrte er vor sich auf die Tischplatte, doch als Alaina endlich aus dem Schlafzimmer trat, sprang er auf die Füße. Verwirrung spiegelte sich auf seinem Gesicht. Ein größeres Kompliment hätte er der jungen Frau nicht machen können. Sie hatte genau vermerkt, daß er mit einem einzigen Blick jede Einzelheit ihrer Erscheinung in sich aufgenommen hatte.
»Ich erinnere mich nicht, dir dieses Kleid zusammen mit den anderen geschickt zu haben.«
»Ich habe es mir von meinem eigenen Geld gekauft«, murmelte Alaina und senkte die Augen unter seinen bewundernden Blikken. Es erfüllte sie mit seltsamer Erregung und Genugtuung, daß es ihr gelungen war, ihn ein klein wenig aus der Fassung zu bringen.
»Das Kleid steht dir ausgezeichnet«, stellte Cole fest und trat auf sie zu. Am liebsten wäre Alaina weggelaufen, aber sie hielt stand und blickte gebannt in seine Augen. Er blieb dicht vor ihr stehen und streckte die Hand nach ihr aus. Seine Finger brannten wie Feuer auf ihrer nackten Haut, als er in ihr Dekolleté griff und das Medaillon aus seinem warmem Versteck zog.
»Ich hatte geglaubt, du trügest es schon längst nicht mehr«, staunte Cole.
Alaina war wie benommen. Noch immer spürte sie ein leichtes Brennen, wo seine Finger sie berührt hatten. »Ich trage es als Erinnerung an die Torheiten der Vergangenheit, Sir«, stammelte sie.
»Torheiten? Meine oder deine?« fragte Cole stirnrunzelnd.
»Das zu entscheiden überlasse ich Ihnen«, erwiderte Alaina achselzuckend.
Coles Blick war fest auf ihre geröteten Wangen geheftet, als er das Medaillon wieder in die weiche Geborgenheit zwischen ihren

Brüsten gleiten ließ. Seine tastenden Finger berührten ihren Hals, als er mit umständlicher Sorgfalt das Kettchen zurechtrückte. Dabei blickte er Alaina erwartungsvoll an, doch reagierte sie nur mit einem kühlen Lächeln. Die Worte ihres Onkels kamen ihr in den Sinn, daß diese Ehe nur dann wieder gelöst werden könne, wenn sie sich ihrem Mann vorenthielt. Doch wie Cole so vor ihr stand in seinem üppigen Liebesnest, bereiteten ihr die Warnungen von Angus Craighugh weit weniger Sorgen als ihre eigene Selbstbeherrschung. Mit angehaltenem Atem ließ sie geschehen, daß seine Hand über ihre Brust abwärts glitt und besitzergreifend auf ihrer Hüfte verharrte. Mit unschuldig fragendem Blick schaute sie zu Cole auf, doch insgeheim wetzte sie schon die Krallen ihres stählernen Willens.

»Dr. Latimer«, murmelte Alaina mit zuckersüßer Stimme, »wenn ich mich nicht irre, waren wir übereingekommen, daß diese Ehe nur auf dem Papier bestehen soll. Haben Sie das vielleicht schon vergessen?«

»Und ich frage mich«, sinnierte Cole laut, »ob dieses Abkommen den Versuchungen des Fleisches standhalten wird.«

»Nichts erhöht die Lust so wie ein Keuschheitsgelübde, nicht wahr, Herr Major?« erwiderte Alaina mit glockenhellem Lachen und klopfte ihm dabei schelmisch auf die Finger.

Cole zog seine Hand zurück. »Willst du dich dafür rächen, daß ich dir deine Unschuld genommen habe?«

»Rächen, werter Herr? Wie sollte sich wohl ein armes, schwaches Weib aus dem Süden an ihrem Yankee-Gatten rächen?«

Coles Züge verrieten seine tiefe Verstimmung, als er zu ihr herumfuhr und sie anherrschte: »Das brauche ich Ihnen wohl nicht zu sagen, denn Sie wissen es anscheinend ganz genau, Madam!«

Alaina begriff, daß sie eine schwache Stelle in seiner Panzerung gefunden hatte, aber ihr war nicht ganz klar, wie sie das geschafft hatte.

Sekundenlang herrschte angespanntes Schweigen zwischen den beiden, dann wurde leise an die Tür geklopft. Als Cole durch den Raum humpelte, um zu öffnen, fand Alaina Zeit, noch schnell zu sagen: »Falls Sie jemand erwarten oder Geschäftliches zu besprechen haben, kann ich solange ins Schlafzimmer gehen.«

Cole war erbittert darüber, daß sie ihn immer so förmlich anredete. »Bitte bleiben Sie nur, ich teile Ihnen schon mit, wenn ich allein sein möchte.«

Alaina fühlte sich wie ein Kind nach einer Zurechtweisung und fragte sich, ob er überhaupt bemerkt hatte, daß sie eine erwachsene Frau war. Mit gefalteten Händen sah sie zu, wie ein rundlicher Mann in den Raum gewatschelt kam. Nachdem er umständlich abgelegt hatte, griff er nach seinem Köfferchen, daß währenddessen zwischen seinen Füßen gestanden hatte, und blickte sich erwartungsvoll um.

»Ich nehme an, diese Dame ist Ihre Gattin«, kicherte er und ging ohne Umstände auf sie zu. »Sie werden es kaum glauben, was Ihr Gatte für Sie bestellt hat, Madam. Wirklich vom Allerbesten, mein Wort darauf!«

»Wirklich?« fragte Alaina. Ihr liebliches Gesicht verriet ungläubiges Staunen, als sie zu Cole blickte, der mit ausdruckslosem Gesicht dabeistand.

»In der Tat, meine Dame«, plapperte der Dicke halb zu dem großen, hageren Mann gewandt. »Wenn Sie gestatten, Herr Doktor?»

Als Cole nur kurz nickte, öffnete der Dicke mit quälender Langsamkeit das Köfferchen und bot seinen Inhalt Alainas Blicken dar.

Starr vor Staunen betrachtete sie die auf dunklen Samt gebetteten Juwelen. Diese kleine Kollektion war einer Königin würdig! Um einen mit Diamanten und Rubinen besetzten großen Ring aus Gold waren mehrere Perlenketten, eine Smaragdbrosche mit den passenden Ohrringen, ein feinziseliertes Pendant, in das eine ganze Schar von Brillanten eingearbeitet war, und Ohranhänger aus tropfenförmigen Diamanten gruppiert.

Auf den Spazierstock gestützt, stellte sich Cole neben seine Frau und beugte sich vor, um die Kleinode zu inspizieren.

»Alles ist vollkommen«, strahlte der emsige Juwelier ihn an. »Ich habe alles selbst überprüft. Schauen Sie nur diese Diamanten an! Haben Sie je solche Prachtstücke gesehen?«

Cole hob eine Halskette aus dem Kästchen und legte sie Alaina um. Sie ließ es geschehen, denn in Anwesenheit des Juweliers konnte sie Cole unmöglich ihren Ärger spüren lassen. Als er seine Arme um ihren Nacken legte, um das Schloß der Kette zu schließen, fühlte sie auf überwältigende Art seine Nähe, wie er da mit halboffenem Hemd und behaarter Brust vor ihr stand.

»Wie schön!« sagte er anerkennend und schaute dabei eher sie als die Halskette an.

»In der Tat, Sir, in der Tat!« beeilte sich der korpulente Schmuckhändler ihm beizupflichten.
»Kannst du mir meine Jacke aus dem Schlafzimmer holen, Liebling?« bat Cole seine junge Frau.
Wider Willen war sie von seiner liebevollen Anrede angenehm berührt, obwohl sie sich sagte, daß er sich nur so verhielt, um den äußeren Anschein zu wahren. Er spielte sich und den anderen etwas vor und erwartete von ihr das gleiche.
Als Alaina ihm das Jackett reichte, zog Cole eine flache Brieftasche hervor, entnahm ihr mehrere große Geldscheine und reichte sie dem Juwelier.
»Es war mir ein Vergnügen, Ihnen zu Diensten zu sein. Wenn Sie mich wieder einmal benötigen, lassen Sie es mich wissen, nicht wahr, Dr. Latimer?« sagte der Mann mit einer Verbeugung, während Cole ihn zur Tür geleitete.
Jetzt ist die Scharade vorüber, jedenfalls solange wir allein sind, dachte Alaina bitter. Cole konnte nun wieder auf die Kosenamen verzichten, und sie selbst mußte ihm ihren Standpunkt klarmachen.
»Ich fürchte, ich kann die Juwelen nicht annehmen, denn ich könnte Ihnen niemals den Kaufpreis erstatten«, sagte sie.
»Sei nicht absurd, Alaina«, antwortete er und nahm den Ring aus dem Kästchen. »Natürlich nimmst du sie an. Ich erwarte sogar von dir, daß du sie trägst.« Mit diesen Worten ergriff er ihre linke Hand und streifte den Ring auf ihren Ringfinger. »Dieses schöne Stück soll immer an Ihrer Hand glänzen, Madam!«
»Ein Ehering?« wisperte Alaina in ungläubigem Staunen.
»Ist es so abwegig, daß ein Ehemann seiner Frau einen Ehering schenkt? Hast du etwas anderes von mir erwartet?«
Alaina rang nach Worten: »Wir sind verheiratet, aber eigentlich sind wir es auch wieder nicht. Ich meine –.«
Abwartend blickte Cole sie an. Da errötete sie und wandte sich verwirrt ab.
»Ich war einfach nicht darauf vorbereitet, das ist alles. Jedenfalls kann ich den Schmuck nicht annehmen.«
»Unsinn, Alaina!« antwortete Cole ungehalten. »Das Zeug wird doch nicht weniger wert, wenn du es trägst. Ich werde dich überall als meine Frau vorstellen, deshalb solltest du dich deiner Stellung entsprechend kleiden.«
»Immer falsche Tatsachen vorspiegeln!« Alaina hatte das Gefühl,

daß ihr Leben mehr und mehr aus Maskeraden und falschen Fassaden bestand. Irgendwie mußte sie es durchsetzen, wieder sie selbst zu sein.
»Mit dem Schmuck haben Sie recht, Sir, aber mit den Kleidern verhält es sich anders. Ich will nur Sachen tragen, die ich mir leisten kann.«
»Wie willst du dir jemals solche Kleider kaufen, wenn du nicht einmal Geld von mir annimmst?« fragte Cole.
»Ich habe das Krankenhaus gegen Bezahlung saubergemacht, und das gleiche könnte ich auch in Ihrem Hause machen.«
Cole winkte verächtlich ab. »Ich habe soviel Personal, wie ich brauche.«
»Dann kann ich vielleicht in Ihrer Praxis behilflich sein. Ich habe Dr. Brooks assistiert –.«
»Das ist gut und schön, aber unglücklicherweise habe ich keine Praxis mehr.«
»Heißt das, Sie haben sie aufgegeben?«
»So ungefähr«, erwiderte Cole steif und wehrte jede weitere Frage ab.
Alaina wollte nicht weiter in ihn dringen. Dennoch stellte sie mit fester Stimme ihr Ultimatum. »Wenn Sie keine Beschäftigung für mich haben, Major, muß ich die Kleider ablehnen.«
Auf Coles Stirn zeigten sich Zornfalten. Er kannte seine Frau zu gut, um zu hoffen, daß sie in ein paar Tagen ihre Meinung ändern würde.
»Hast du geglaubt, du müßtest als meine Frau arbeiten?«
Alaina spürte, welchen Verlauf er dem Gespräch geben wollte, und war auf der Hut. »Offiziell bin ich natürlich Ihre Frau, aber wie soll ich Ihrer Meinung nach zu Geld kommen?«
Cole tat so, als dächte er darüber nach. »Ich habe eine Hausdame, zwei Dienstmädchen, einen Koch, einen Laufburschen, einen Butler und einen Gärtner. Wenn wir also einmal von diesen Arbeiten absehen – was bleibt dann noch zu tun?«
Die erste Pflicht einer Ehefrau brachte der Major wohlweislich nicht zur Sprache, aber Alaina stand nicht der Sinn danach, auf seine kleinen Scherze einzugehen.
»Da wäre noch die Rolle der Hausherrin und Gastgeberin«, schlug sie vor.
Cole bedachte seine junge Frau mit einem nachsichtigen Blick. »Ohne entsprechende Erfahrung?«

»Ich lerne schnell«, stellte Alaina sachlich fest.
»Ich hatte eigentlich noch an etwas anderes gedacht«, deutete ihr Mann an.
Ruhig begegnete Alaina seinem Blick. Gerne hätte sie dafür gesorgt, daß das spöttische Lächeln aus seinem Gesicht verschwand. Kühl erkundigte sie sich: »Und welches ist Ihr Vorschlag, Sir?«
Schon hatte Cole den Mund geöffnet, um zu antworten, doch in letzter Sekunde besann er sich. »Nun gut, wie du willst!« brauste er auf. »Du wirst meine Repräsentantin und Generalbevollmächtigte. Deine Pflichten werden darin bestehen, mir ein gemütliches Heim zu bereiten!«
Mit diesen Worten ergriff er heftig seine Jacke und knöpfte das Hemd zu. »Als Gegenleistung werden Sie sich kleiden, wie es meiner Ehefrau ansteht, Madam!«
Er ließ Alaina keine Zeit zu antworten, sondern humpelte durch den Raum zur Tür. Dort warf er noch über die Schulter zurück: »Mache es dir bequem, meine Liebe. Es könnte eine Weile dauern, bis ich mich wieder daran erinnere, daß ich ein Gentleman bin.« Damit war er fort.
Alaina hörte, wie er den Schlüssel von außen im Schloß herumdrehte. Tief holte sie Luft. Sollte er sie ruhig einsperren. Jedenfalls war sie vorerst von seiner übermächtigen Gegenwart befreit.
Ohne auf den Luxus um sich herum zu achten, ging sie ermattet in das Schlafzimmer und legte ihr Kleid und die Halskette ab. Sie war dringend der Ruhe bedürftig, bevor ihr Mann zurückkam. Eine Nacht auf dem Sofa erschien ihr durchaus im Bereich des Möglichen, denn mit Cole in einem Bett zu schlafen, erschien ihr so brisant, daß sie Himmel und Hölle in Bewegung setzen würde, um dies zu vermeiden.
In Gedanken verloren, wollte Alaina ihr Korsett öffnen, doch die altersschwachen Bändchen hielten ihrem ungeduldigen Zupfen nicht stand und zerrissen. Zu allem Überfluß hörte sie in diesem Moment, wie ein Schlüssel in die Tür der Suite gesteckt wurde. Sie konnte sich nicht vorstellen, daß Cole so schnell zurückgekehrt war, und dachte besorgt an die Juwelen, die er ihrer Obhut überlassen hatte. Schnell bedeckte sie ihre Blöße mit einem wollenen Umhang und erwartete den Eindringling. Als Cole das Zimmer betrat, atmete sie erleichtert auf. Er warf sein Jackett auf

das Sofa, und Alaina sah, daß sein linkes Hosenbein von oben bis unten in der Naht aufgerissen war.
»Wie ist das geschehen?« fragte sie besorgt.
»Ich bin an so einem verdammten Nagel hängengeblieben«, brummte ihr Mann.
Nur mit Mühe unterdrückte Alaina ein Kichern. Zum Schlafzimmer gewandt sagte sie mit vor Lachen bebender Stimme: »Wenn du die Hosen ausziehst, nähe ich sie dir.«
»Verdammt noch mal, Frau, glaubst du, ich stehe hier die ganze Zeit in Unterhosen herum?«
Behutsam schloß Alaina die Schlafzimmertür, um ihn am Betreten des Raumes zu hindern, doch gleich darauf flog die Tür wieder auf.
»Ich finde, Ihr Hang zum Alleinsein ist reichlich übertrieben, Madam. Ich habe nicht vor, wie eine nackte Krähe im Salon herumzuhüpfen, während ich mich umziehe. Das mache ich lieber in meinem Schlafzimmer, wie es sich gehört.«
»Gut, Major, dann warte ich eben draußen.«
Als Alaina an ihm vorbeigehen wollte, faßte Cole plötzlich einen Entschluß und schlug ihr die Tür vor der Nase zu. Voller Argwohn blickte er seine Frau an: »Mit dem Schlüssel in der Hand und im Mantel bereit, mich einzuschließen und das Weite zu suchen?«
Er entriß seiner Frau den Schlüssel und warf ihn achtlos über die Schulter. Scheppernd fiel er in den Spucknapf.
Alaina ließ sich davon nicht aus der Ruhe bringen. Der Umhang glitt von ihren Schultern und enthüllte Coles entgeistertem Blick das abgetragene Korsett.
»Ach du liebe Güte, Madam! Die Frau eines Lumpenhändlers würde so etwas wohl schwerlich anziehen!«
»Sie scheinen sich sehr gut mit weiblicher Unterwäsche auszukennen, Sir«, erwiderte Alaina spitz.
Ihr Mann betrachtete eingehend ihre halblangen, baumwollenen Unterhosen mit Kniebund, die die wohlgerundeten Hüften eng umschlossen. Den Inhalt hätte er lieber ohne diese billige Hülle in Augenschein genommen.
»Ich habe eine Ehefrau, die sich wie eine Bäuerin kleidet, obwohl ich ihr so schöne Sachen geschenkt habe.« Ärgerlich riß Cole aus Alainas Weidenkiste das Lederköfferchen heraus, das er ihr geschickt hatte, und verstreute seinen Inhalt rings um sich her.

»Hier, zieh das an«, befahl er und warf seiner Frau ein feingewirktes, dünnes Nachthemd zu. »Und das auch!« Spitzenbesetzte Höschen, reinseidene Strümpfe, raschelnde Petticoats und ein reichbesticktes Satinkorsett flogen hinterher. Als letztes legte er ein grünsamtenes Reisekleid aufs Bett: »Und in diesem Kleid möchte ich dich heute sehen!«
Alaina achtete nicht auf seine Worte und drehte sich schmollend mit verschränkten Armen um.
Da ergriff Cole die Schere aus ihrem Nähkästchen und durchschnitt blitzschnell die Bändchen von Alainas Korsett und den Gummizug ihres Höschens.
Mit einem spitzen Aufschrei versuchte die junge Frau, ihre Kleidungsstücke am Herunterrutschen zu hindern. Empört ließ sie mit wogendem Busen Coles eindeutige Blicke über sich ergehen. Er saß auf dem Bett und zog eine neue Hose an. Der Anblick ihres schönen Rückens und der fraulichen Hüften erregten seine Begierde so sehr, daß er ein vertrautes Regen in seiner enganliegenden Unterkleidung spürte.
Cole stand auf und trat hinter seine Frau, ohne sie jedoch zu berühren. Seine Arme stützte er zu beiden Seiten ihres Kopfes gegen die Wand. Seine Augen verschlangen gierig die sanften Kurven ihrer Brüste. Er sehnte sich danach, diesen weichen Frauenkörper zu liebkosen.
»Du bist eine Frau, Alaina«, murmelte er heiser.
»Wirklich?« spottete sie boshaft.
»Genug, um einem Mann den Verstand zu rauben!«
»Das brauchen Sie nicht unter Beweis zu stellen. Schaum auf den Lippen würde Ihnen schlecht zu Gesicht stehen.«
Alaina versuchte, teilnahmslos und ungerührt zu erscheinen, aber Coles körperliche Nähe drohte ihre Selbstbeherrschung ins Wanken zu bringen. Sie fühlte sich in die Enge getrieben. »Du bist meine Frau, Alaina«, flüsterte der Mann ihr ins Ohr.
»Ich bin hier, weil ich keine andere Wahl hatte!« begehrte Alaina auf.
Coles Finger strichen über ihr schimmerndes Haar. Seine Liebkosung sandte köstliche Schauer über ihren Körper. Verzweifelt klammerte sich Alaina an ihren Vorsatz, die Ehe nicht zu vollziehen, und preßte sich eng an die Wand. »Reißen Sie sich zusammen, Sir. Davon steht nichts in unserem Vertrag.«
»Zur Hölle mit dem Papierkram!« stieß Cole mit belegter Stimme

hervor. »Was du brauchst, kann nur ein Mann dir geben, und dieser Mann werde ich sein!«
Er zog sie von der Wand fort und hob sie hoch. Zappelnd versuchte Alaina, mit der rutschenden Wäsche ihren nackten Körper zu bedecken.
»Aufhören!« keuchte sie atemlos. »Treiben Sie das Spiel nicht zu weit!«
»Spiele sind für Kinder, meine Liebe, aber das hier ist eine Sache zwischen Mann und Frau.«
Zielstrebig steuerte Cole auf das Bett zu. Er kniete darauf nieder und ließ Alaina auf die weichen Kissen gleiten. Bevor sie sich rühren konnte, umschlangen sie schon seine sehnigen Arme. Offensichtlich war er finster entschlossen, sie nicht eher freizugeben, bis das Ehegelübde in einem Rausch körperlicher Leidenschaft erfüllt war.
Ohne Hast löste Cole Alainas Finger, die sich in das Korsett verkrallt hatten. Alainas Herz hämmerte wild, als er dabei ihre Brüste berühte. Sanft legte er ihren Arm um seinen Nacken, dann senkte sich sein Mund auf ihre Lippen. Sein Kuß war leicht und spielerisch, mit der Zunge zeichnete er die Konturen ihrer zitternden Lippen nach. Mit letzter Willenskraft bäumte sich Alaina innerlich gegen ihn auf, doch als sein verlangender Mund fordernd über ihren bloßen Hals glitt, schloß sie die Augen und überließ sich willig seinen Zärtlichkeiten. Warm durchströmte sie die Erregung.
Als er ihre Brustspitzen küßte, durchrann es die junge Frau wie Feuer. Ihre Glieder zitterten, und ihr Instinkt befahl ihr, Coles fordernder Männlichkeit entgegenzukommen und ihr sehnliches Begehren zu stillen.
Coles Hand war an Alainas Hüfte herabgeglitten und hatte ihr die letzte Hülle, das Höschen, abgestreift. Da rief eine innere Stimme verzweifelt in ihr: ›Halte ihn auf, bevor es zu spät ist!‹
Mit dem letzten Fünkchen wachen Verstandes nahm sie sich zusammen und ließ Coles Zärtlichkeiten passiv und teilnahmslos über sich ergehen.
»Soll es wieder wie in der ersten Nacht sein?« wisperte sie. »Soll sich denn alles wiederholen?«
Cole ließ von ihr ab und schaute sie fragend an.
»Sie haben mir schon die Juwelen gegeben. Womit bezahlen Sie denn diesmal? Soll ich die Kleider dafür nehmen, daß ich still-

halte?« Ihre sanfte Stimme verbarg nicht die Bitterkeit ihrer Worte. Sie bewirkten, daß Coles leidenschaftliches Begehren jäh erlosch. Enttäuscht biß er sich auf die Lippen und setzte sich auf den Bettrand. Alaina lag mit über der Brust verschränkten Armen da.

Mit einem wilden Fluch auf den Lippen ergriff Cole seine Kleidung und Stiefel und verließ humpelnd das Schlafzimmer. Seine Frau hängte sich schnell einen langen Mantel um und ging ihm nach. Mit sorgenvollem Gesicht beobachtete sie, wie er sich mit schmerzverzerrtem Gesicht die Stiefel anzog.

»Behalten Sie Ihr Mitleid für sich, Madam«, grollte Cole mit einem schnellen Blick auf sie. »Ich bin kein verkrüppelter Bettler, der um Ihr Mitgefühl winselt.«

Erhobenen Hauptes entgegnete ihm Alaina: »Ist es für Sie ein Grund, verletzt zu sein, wenn man Sie an ein Versprechen erinnert?«

»Madam, Ihre scharfe Zunge kann einen Mann mehr verletzen als Robertas lästerliches Mundwerk. Genau wie sie haben Sie eine Art, einen Mann zu reizen, bis er rot sieht. Aber wenn Sie dann den nackten Tatsachen ins Gesicht sehen sollen, tun Sie so, als sei man nichts als ein Untier.«

»Fühlen Sie sich etwa durch meine Verweigerung in Ihrer Männlichkeit beeinträchtigt?«

Mit zornesbleichem Gesicht starrte Cole seine Frau an. »Dieses Mal gebe ich nach. Ich lasse die Kutsche anspannen und fahre Sie in Ihr neues Heim.«

Als er zur Tür humpelte, erinnerte ihn Alaina: »Sie haben Ihren Hut vergessen, Major.«

Fassungslos und sichtlich um Haltung ringend, blickte Cole sie an. Seit seiner Kindheit hatte niemand gewagt, ihn mit einer derartigen Unverfrorenheit herauszufordern. Nur mit Mühe schluckte er seine Wut herunter und knallte die Tür ins Schloß.

Allein gelassen gab sich Alaina keineswegs dem Gefühl eines Triumphes hin. Eher fürchtete sie, daß sie diesmal zu weit gegangen war.

28

Die Straße wand sich durch eine sanfte Hügellandschaft nordwestlich. Sie führte durch herbstlich gefärbte Laubwälder.
Als sie die Stadt verließen, hatte der Sturm den Regen gegen die Fenster der Kutsche gepeitscht. Nun hatte das Unwetter nachgelassen, aber alles war grau und trübe.
Alaina saß angespannt und schweigsam in eine Ecke gelehnt. Mit verschlossenem Gesicht hatte Cole sich neben sie gesetzt und sein schmerzendes Bein ausgestreckt.
Nach längerer Fahrt gewahrte Alaine durch das Rückfenster einen Reiter, die die Kutsche offensichtlich einholen wollte. Im Näherkommen zeigte sich, daß es sich um einen stämmigen, gutgekleideten Mann handelte. Unter einer Bibermütze hervor wehten rötliche Haarsträhnen im Wind.
Als er neben der Kutsche angelangt war, beugte er sich zum Seitenfenster hinunter und rief: »Verdammt, Cole, hast du vergessen, daß wir deine Nachbarn sind?«
Cole antwortete nicht, sondern entzündete seine Zigarre.
Sichtlich verwirrt von diesem unfreundlichen Empfang band der Mann seinen Hengst hinten an die Kutsche, warf mit scheinbarer Unbekümmertheit seinen Hut auf einen freien Sitz und stieg ein.
»Du hättest wenigstens kurz bei uns anhalten können, um deine Braut vorzustellen«, sagte er vorwurfsvoll. »Jetzt mußt du mir schon gestatten, daß ich bis zu euch mitfahre. Muß ich noch lange warten, Cole, oder stellst du mir deine Frau endlich vor?«
Widerstrebend erfüllte Cole die Formalitäten: »Alaina, darf ich dich mit unserem Nachbarn, Dr. Darvey, bekannt machen?«
Zaghaft streckte Alaina eine Hand aus. Darvey küßte sie galant.
»Ich versichere Ihnen, es ist mir ein großes Vergnügen, Mrs. Latimer. Wenn Ihr Gatte Ihnen schon nicht meinen vollen Namen sagen will, dann tue ich es hiermit selbst: Ich heiße Braegar, buchstabiert B-r-a-e-g-a-r, mit Vornamen.«
Cole schnaufte bei den Worten des Mannes nur spöttisch. Alaina spürte, daß er alles andere als glücklich über Darveys Anwesenheit war.
»Ich freue mich, einen guten Freund meines Mannes kennenzulernen. Ich hatte schon Angst, ein Indianer verfolgte uns.«
Braegar lachte herzhaft. »Sie müssen nicht alle Schauermärchen

über unser Land glauben. Doch es tut mir leid, wenn ich Sie erschreckt habe.«
Alaina schenkte ihm ein anmutiges Lächeln, doch bevor sie etwas sagen konnte, unterbrach Cole sie abrupt: »Hör nicht auf ihn, er ist ein Wirrkopf.«
Braegar war plötzlich ernst. Forschend blickte er Cole an. »Ihr Gatte ist nur eifersüchtig auf meine Natürlichkeit, Madam«, sagte er leichthin. »Seit er den Metallsplitter im Bein hat, ist er ein brummiger, humorloser Zeitgenosse geworden.«
Er bedachte Alaina mit einem breiten Grinsen und fuhr fort: »Wenn Sie dieses Monstrum jemals satt haben, ist mir eine so schöne Frau wie Sie immer willkommen. Ehrlich gesagt fühle ich mich versucht, Sie diesem herzlosen Schurken auszuspannen.«
»Hüte dich vor diesem Lüstling«, murmelte Cole trocken. »Seine Absichten sind geeignet, jede ehrbare Frau, die töricht genug ist, sich von seiner goldenen Zunge beschwatzen zu lassen, ins Unglück zu stürzen.«
Braegar seufzte tief. »Von meiner Familie höre ich nichts als Klagen. Meine Mutter will mich sogar enterben, und Sie können sich nicht vorstellen, Mrs. Latimer, wie die Frauen meine Gutherzigkeit ausnutzen.«
Alaina senkte kichernd den Kopf und setzte ihre schwarze Haube auf. Sie wußte, wie sehr sie ihren Mann damit ärgerte. Braegar tat so, als spüre er die Spannung zwischen den beiden Eheleuten nicht, und plauderte munter weiter: »Ich soll dir von meiner Mutter auftragen, Cole, daß ihr heute abend herzlich zum Essen eingeladen seid.«
»Unglücklicherweise kommt heute abend ein Anwalt von der Ostküste, mit dem ich Geschäftliches zu besprechen habe«, antwortete Cole mit finsterer Miene. »Aber warum kommst du nicht mit deiner Mutter und Carolyn zu uns? Alaina fühlt sich in eurer Gesellschaft sicher wohl.«
»Einverstanden«, stimmte Braegar zu. »Falls dich morgen abend deine Geschäfte aus dem Haus führen, werde ich mein möglichstes tun, um deine Gattin zu unterhalten.
Ausdruckslos musterte Cole sein Gegenüber. Hätte nicht soviel Kälte in seinem Blick gelegen, dann hätte man seine Worte für eine scherzhafte Bemerkung halten können: »In diesem Fall muß ich meine Geschäfte so einrichten, daß du nicht mit Alaina allein bleibst.«

»Aber Cole, du gibst doch hoffentlich nichts darauf, was böse Zungen von mir behaupten? Das ist nichts als Klatsch und Übertreibung«, erwiderte Braegar sichtlich verunsichert.

Für den Rest der Fahrt verharrte Cole in undurchdringlichem Schweigen. Die Abenddämmerung brach schon herein, und am nordwestlichen Himmel bildeten sich schwere, dunkle Wolken. So fuhr die Kutsche durch tiefe Wälder einem heftigen Unwetter entgegen, das schon die Wipfel der Bäume peitschte. Weit vorne am Horizont zuckten Blitze.

Als die Wälder schließlich hinter den Reisenden zurückblieben, erblickte Alaina ein großes, steinernes Herrenhaus auf einem Landvorsprung über dem Fluß. Bald hielt die Kutsche vor dem hochaufragenden Gebäude, und Cole stieß den Verschlag auf.

»Am besten bleibst du gleich zum Abendessen, Braegar«, sagte er kurz. »Du schaffst es sowieso nicht mehr bis nach Hause, bevor der Sturm losbricht.«

»Sehr gerne, aber erst einmal helfe ich Olie, das Gespann in den Stall zu bringen.«

Peter, der Sohn des Kutschers, kam aus dem Haus gelaufen und kümmerte sich um das Gepäck.

Cole half seiner Frau aus der Kutsche und sagte mit einem seltsamen Lächeln und einer formellen Verbeugung: »Latimer House heißt Sie willkommen, Madam.«

Vom Wind zerzauste Kiefern und Zedern standen dicht um das aus grauen Steinquadern aufgeführte Gebäude und verdeckten teilweise die Fenster des Untergeschosses. Die Fassade der oberen Stockwerke war aus Ziegeln erbaut und von hohen, schmalen, bleiverglasten Fenstern unterbrochen. Das Ganze war gekrönt von einem steilen Giebeldach, das zu beiden Seiten von zwei Türmen begrenzt wurde. Um den Dachfirst herum verlief ein schmiedeeisernes Geländer. Gegen die jagenden Wolken und den grau und purpur gefärbten Himmel wirkte dieser Herrensitz geradezu gespenstisch.

Für einen Moment hatte Alaina das Gefühl, als kauere das Haus auf dem steilen Kliff wie ein furchterregendes, vieläugiges Ungeheuer aus grauen Vorzeiten, das lauernd des erneuten Unheils harrte, welches sie, Alaina, mit sich brachte. Schnell verjagte die junge Frau diese bösen Vorahnungen. Allzuviel hatte sie in letzter Zeit gekämpft und gelitten. Es war Zeit, den Kummer der Ver-

gangenheit zu vergessen und dem Leben künftig seine besten Seiten abzugewinnen.
Ein plötzlicher Windstoß fegte Alaina die schwarze Haube vom Kopf. Sie wollte ihr nachstürzen, doch Cole befahl ihr mit einer Stimme, die keinen Widerspruch duldete: »Laß sie fahren!«
Nun brach der Sturm mit voller Wucht los. Der Butler hielt schon die massive Eichentür weit offen, und so eilten sie schnell ins Haus.
Während sie dem Butler Miles ihre Mäntel übergaben, stellte Cole den Mann kurz der neuen Hausherrin vor und teilte ihm mit, daß Dr. Darvey mit ihnen das Dinner einnehmen würde.
Miles nickte und musterte unauffällig seine neue Herrin. Beeindruckt von ihrer anmutigen Haltung und ihrer vornehmen, bescheidenen Art, sagte er sich dennoch, daß diesen wachsamen, grauen Augen wohl schwerlich etwas entgehen würde. Er nahm sich vor, diesmal vorsichtiger zu sein als bei der ersten Mrs. Latimer.
Alaina stieg die wenigen Stufen vom Vestibül zu der großen Halle hinunter und blickte sich um. Dem Eingang gegenüber schwang sich eine reichgeschnitzte Treppe aus Rosenholz zur ersten Etage empor. Ihr Weinblattmuster wiederholte sich auf allen Pfeilern und Säulen der Halle. Das Dekor wirkte auf Alaina ziemlich überladen und schwülstig. Alles glänzte und war tadellos sauber, wie es für den Besitzer des Hauses anscheinend bezeichnend war.
»Du wirst dich mit der Zeit daran gewöhnen«, sagte Cole mißmutig zu ihr.
Alaina fragte sich, ob das Mißfallen so deutlich auf ihrem Gesicht geschrieben stand, und sagte schnell: »Oh, ich bewundere nur die schönen Holzarbeiten.«
»Bitte verleugne nicht dein Niveau, nur um einem Yankee gefällig zu sein. Als du noch Al warst, hast du nie mit deiner wahren Meinung hinter dem Berg gehalten.«
Coles spöttische Bemerkung versetzte Alaina einen Stich. »Irgendwann wird eben jeder erwachsen«, erwiderte sie bissig. »Früher oder später ist jeder Mensch gezwungen, die Träume seiner Jugend gegen die nackte Wirklichkeit einzutauschen.«
»Gut gesprochen, Madam«, lächelte Cole gut gelaunt. Er schien nicht nachtragend zu sein. Aus seinen heiteren Augen sprach wieder Wärme. Alaina war verwirrt, sie wußte nicht, was sie von

seinem plötzlich Stimmungsumschwung halten sollte. Unvermittelt blickte er zum oberen Treppenabsatz hoch, der im Dämmerlicht der Halle kaum zu erkennen war.
»Mindy?« fragte er leise.
Alaina folgte seinem Blick. Hinter der Balustrade glaubte sie eine flüchtige, huschende Bewegung zu bemerken.
Flinke Schritte ertönten aus der entgegengesetzten Richtung, und mit raschelnden Taftröcken trat eine dunkelhaarige Frau in ihr Blickfeld. Ihre strenge Frisur war in der Mitte gescheitelt und hinten zu einem Knoten gerollt. Zu dem schwarzen Kleid trug sie eine lange, weiße Schürze aus gestärktem Leinen. Sie wirkte so, als habe ein Maler das Porträt einer Frau unvollendet gelassen, als er merkte, daß die Zeit sein Modell über die Grenzen weiblicher Schönheit hinaus gealtert hatte.
»Guten Abend, Sir. Madam –.« In ihrem Gesicht malte sich gelinde Überraschung, als sie die neue Mrs. Latimer in Witwenkleidung erblickte. »Peter hat das Gepäck schon nach oben gebracht. Welches Zimmer soll ich herrichten lassen?«
»Geleiten Sie Mrs. Latimer nach oben, Mrs. Garth, und überlassen Sie ihr die Wahl«, beschied Cole seine Haushälterin kurz. Die Frau nickte mit gemessener Würde und wandte sich zu ihrer neuen Herrin: »Wenn Sie mir bitte folgen wollen, Madam.«
Mit steifen Schritten stieg Alaina hinter Mrs. Garth die Treppe hinauf. Wenn sie die Wahl hatte, sinnierte sie, dann schied die Zimmerflucht des Hausherrn von vornherein aus. So konnte er sich nach Lust und Laune vergnügen, und das war es wohl, was er von ihr und ihrer Ehe erwartete.
»Zuerst zeige ich Ihnen das Schlafgemach der verflossenen Mrs. Latimer«, verkündete die Haushälterin. »Es liegt mit Blick auf den Fluß und ist höchst elegant. Mrs. Roberta zog es den kleineren Räumlichkeiten vor.« Sie stieß eine Tür auf, trat in den dunklen Raum und entzündete eine Lampe.
Als Alainas Augen sich an das Dämmerlicht gewöhnt hatten, erblickte sie überall roten Samt und Seide. Sogar die hohe Zimmerdecke war damit drapiert. Es war ihr, als befände sie sich in einem luxuriös ausgestatteten Zelt. Da gab es einen großen Kristallleuchter und kostbare Orientteppiche. Vor dem reichverzierten Kamin aus Marmor lagen große Kissen verstreut. Unweit davon stand eine weich gepolsterte Chaiselongue. Die Fenster waren hinter dicken Vorhängen mit goldenen Säumen und Kordeln ver-

borgen. Und mitten in all dieser Pracht thronte ein großes Himmelbett aus goldfarbenem Satin. Der ganze geschmacklose Prunk war ein Paradebeispiel für jemanden, der mit all seinem Reichtum nichts Besseres hatte anfangen können.
Mrs. Garth schien den Mangel an Begeisterung ihrer neuen Herrin nicht zu bemerken, sondern öffnete den großen, massiven Schrank. Er quoll fast über von all den Kleidern, die Roberta fieberhaft zusammengekauft und fast nie getragen hatte. Ihr Anblick reichte aus, um Alaina zur Besinnung zu bringen. Sie drehte sich auf dem Absatz um und verließ den Raum. Auf der anderen Seite des Korridors stand eine Tür halb offen. Alaina stieß sie vollends auf und betrat einen nüchternen, mit schlichten Möbeln ausgestatteten Raum. Der Backsteinkamin war ausgeräumt. Auf dem hölzernen Fußboden standen ein einfaches Bett, ein kleines Nachttischchen, ein schmuckloser Schrank und ein paar schlichte Polstersessel. Ein kühler Luftzug ließ Alaina frösteln, doch durch die biederen Leinenvorhänge des Fensters gewahrte sie den prächtigen Ausblick auf den Fluß.
»Ist dieses Zimmer nicht belegt?« fragte sie die Haushälterin, die abwartend in der Tür stand.
»Nein, Madam.«
»Dann sagen Sie bitte Peter, er soll mein Gepäck hierherschaffen.«
»Sehr wohl, Madam.« Die Haushälterin ging an Alaina vorbei und öffnete die Tür zu einer kleinen Badekammer.
Coles humpelnder Schritt erscholl im Korridor. Verdrießlich lächelnd betrat er den Raum und schickte Mrs. Garth mit einem Kopfnicken fort.
»Schau an! Das rote Zimmer hat dir also nicht behagt.« Amüsiert lachte er auf, als er Alainas zornigen Blick gewahrte.
»Bevor ich dort einziehe, wohne ich lieber im Zelt eines Sultans, selbst auf die Gefahr hin, vergewaltigt zu werden. Damit kenne ich mich ja schon aus.«
Cole achtete ihrer Anspielung nicht. »Was mißfällt dir denn an dem roten Schlafzimmer? Roberta mochte es sehr.«
»Verwechseln Sie mich nicht wieder mit Roberta«, wies Alaina ihn zurecht.
»Mußt du mich denn ständig daran erinnern?« fragte Cole vorwurfsvoll. Er hatte das Badekämmerchen betreten und nachgeschaut, ob nichts fehlte. Gedankenverloren legte er eine Hand

auf die Klinke der Tür in der gegenüberliegenden Wand, doch besann er sich anders und verließ Alainas Schlafraum durch die gleiche Tür wie Mrs. Garth.

»Anni trägt gleich das Abendessen auf«, verkündete er. »Ich erwarte dich unten im Salon.«

Alaina fühlte, wie sein Blick über sie glitt, und sie verstand seine unausgesprochene Forderung. Sie sollte sich zum Dinner umkleiden.

Mit ungestümer Wucht peitschte der Sturm den Regen gegen die Fenster. Blitze zuckten, und das Rollen des Donners kam immer näher.

Alaina gab sich äußerlich den Anschein von Ruhe und Gelassenheit. Sie hatte das schwarze Kleid gegen das grauseidene Gewand eingetauscht und bot darin eine würdige und angenehme Erscheinung.

Cole stand mit dem Rücken zum Kamin, doch wandte er sich zur Tür, als Braegar sich mitten im Satz unterbrach und aufsprang.

»Sie sehen hinreißend aus, Madam«, rief Dr. Darvey aus und beeilte sich, die junge Frau zu einem Sessel zu geleiten. »Vor Ihrer Schönheit würde selbst eine Magnolienblüte im Frühling erblassen.«

Alainas Lachen klang so hell wie die Glocken eines Schlittens an einem klaren Wintertag. »Sind Ihnen Magnolien so vertraut, Doktor?«

Cole enthielt sich jeglichen Kommentares, doch seine Augen konnten sich nicht satt sehen an ihrer schönen Gestalt.

»Vor dem Krieg war ich öfters in Louisiana«, plauderte Braegar munter weiter. »Hätte ich gewußt, daß Sie dort wohnten, dann wäre ich durch die tiefsten Sümpfe zu Ihnen geeilt, um Ihnen den Hof zu machen.«

»Alainas Schutzengel muß Überstunden gemacht haben«, konnte Cole sich nicht enthalten, mit einem verächtlichen Schnaufen zu bemerken.

Alaina lachte leise in sich hinein. »Mir will scheinen, daß Sie für Ihr Leben gerne flirten, Dr. Darvey. Dabei scheint es Sie nicht zu stören, daß ich eine verheiratete Frau bin.«

»Verheiratete Frauen sind leichter zu haben«, murmelte Cole in sein Glas. »Wer weiß, wievielen Ehemännern er schon Hörner aufgesetzt hat.«

Braegar breitete in gespielter Verzweiflung die Arme aus: »Aber ich bin doch ganz harmlos!«
»Da staune ich aber!« brummte Cole.
Alaina seufzte erleichtert, als Miles eintrat und verkündete, daß das Abendessen aufgetragen sei.
Der Speisesaal war wie alles im Hause übermäßig prächtig. Tisch und Stühle waren viel zu groß, und alle anderen Einrichtungsgegenstände waren mit Schnitzereien und Verzierungen überladen, so daß der Raum auf erdrückende Weise grandios wirkte.
Cole geleitete seine Frau zu einem Ende des Tisches und setzte sich weit entfernt von ihr an das andere. Braegar saß auf halbem Wege zwischen ihnen. Die Küchentür ging auf, und eine plumpe, grauhaarige Frau trat mit geschäftiger Miene ein. Sie setzte eine große Schüssel mit dampfenden Kartoffeln auf den Tisch. Mit in die Hüften gestemmten Händen begrüßte sie erst Braegar und unterzog dann Alaina ihren prüfenden Blicken.
»Eine hübsche junge Frau, fürwahr«, sagte sie schließlich eifrig nickend und stellte sich vor: »Ich heiße Annie, meine Liebe, Annie Murphy. Ich kümmere mich hier um die Küche.«
»Du schwatzt zuviel, Annie Murphy«, sagte Cole mit mildem Tadel.
»Vielen Dank für den Hinweis, Sir! Ich muß schon sagen, daß Mr. Braegar freundlicher zu mir ist.« Damit rauschte die Frau aus dem Speisezimmer.
Braegar konnte sich vor Lachen kaum halten. »Wie Sie sehen, nimmt die Gute kein Blatt vor den Mund, und da sie hier schon seit Jahrzehnten arbeitet, kann Cole sie auch nicht einfach hinauswerfen.«
»Ich finde sie einfach köstlich«, bemerkte Alaina mit Bestimmtheit und widmete sich wieder ihrer Suppe.
Während der ganzen Mahlzeit blieb Cole einsilbig, und Braegar mußte die Unterhaltung bei Tisch allein bestreiten.
Da es den Anschein hatte, daß es die ganze Nacht regnen würde, wurde für Braegar ein Zimmer hergerichtet. Kurz nach Mitternacht legte sich das Unwetter wider Erwarten und tiefe Stille trat ein. Noch lange lag Alaina wach und lauschte den Schritten, die ihr schon so vertraut waren. Wie sollten Cole und sie eine keusche Ehe führen, wenn sie doch schon alle Leidenschaften ausgekostet hatten? Liebe, Haß, Wut, Lust – waren das nicht verschiedene Worte für ein und dieselbe Sache?

Allmählich bemächtigte sich ihrer der Schlaf, und sie sank in die Dämmerwelt der Träume. In einem Schiff mit turmhohen Masten und weißen, geblähten Segeln glitt sie über die hellblaue See. Das rhythmische Ächzen der Masten hallte durch ihren Kopf, als wolle der Traum Wirklichkeit werden. Dann war sie plötzlich hellwach, und ohne weiteres Überlegen wußte sie, was ihren Schlaf gestört hatte. Jemand hatte neben ihrem Bett gestanden, eine große Gestalt, deren verschwommene Silhouette sich vor dem mondbeschienenen Fenster abhob.

»Cole?« flüsterte sie.

Mit einem Klicken fiel die Tür ins Schloß. Alaina starrte noch lange darauf. Sie wußte, daß sie wieder allein war, und brauchte lange, bis sie die schattenhafte Erscheinung aus ihren Gedanken verbannen konnte.

29

Alaina erwachte im Morgengrauen. Unter die warme Decke gekuschelt, zögerte sie noch für ein Weilchen den Augenblick hinaus, wo sie die Füße auf den kalten Boden ihres Schlafgemaches setzen mußte. Schließlich raffte sie sich auf und trat mit einem Schal um die Schultern vor das Fenster, um einen ersten Blick auf die Landschaft draußen zu werfen. Tief sog sie den atemraubenden Anblick des träge dahinfließenden Flusses und der vor Regennässe glänzenden Bäume in sich ein. Ein leichter Nebel schwebte über dem Wasser und verdeckte zum Teil das steil ansteigende Ufer auf der anderen Seite des Stromes.

Nur mit Mühe riß sie sich von der Schönheit der großartigen Aussicht los. Sie schürte das Kaminfeuer und legte Holz nach. Als sie sich ihrem Bade zuwenden wollte, bemerkte sie, daß die Wasserkanne leer war. Mißmutig zog Alaina ihren dünnen Morgenmantel an und ging in die Küche hinunter. Auf dem Herd brodelte schon das Wasser in einem großen Kupferkessel.

»Ich schicke Peter damit nach oben, sobald es heiß ist«, entschuldigte sich die Köchin.

Als Alaina durch die Halle schritt, fiel ihr auf, daß die Tür zu Coles Arbeitszimmer nur angelehnt war. Neugierig schaute sie durch den Türspalt in den Raum. Der Geruch von abgestande-

nem Tabakqualm und Schnaps drang ihr entgegen. Angewidert rümpfte sie die Nase. Doch in der Hoffnung, ein stilles Plätzchen gefunden zu haben, ging sie hinein. Die Wände waren mit Rosenholz getäfelt. Lange Regale aus dem gleichen Holz waren mit Büchern gefüllt. Vor dem Fenster stand ein großer Schreibtisch. Der Raum hatte etwas Männliches und paßte weit mehr zur Persönlichkeit von Dr. Latimer als alle anderen Räumlichkeiten des Hauses.
Im trüben Licht des Morgens gewahrte Alaina die Gestalt ihres Gatten, der in einem tiefen Sessel nahe am Fenster ausgestreckt lag. Eine dicke wollene Decke lag über seinen Knien, und er hatte den Kragen seiner samtenen Smokingjacke hochgeschlagen, als fröstele es ihn. Leise trat Alaina neben ihn. Ihr Blick fiel auf ein kleines Beistelltischchen, auf dem ein offenes Zigarrenkistchen lag. Daneben stand eine große Glaskaraffe, deren Boden kaum noch von Brandy bedeckt war.
Als Alaina Cole anblickte, sah sie, daß er mit halbgeschlossenen Augen dalag und sie offenbar die ganze Zeit beobachtet hatte. Unter seinem Blick raffte sie das dünne Morgengewand enger vor die Brust. Plötzlich war ihr kalt.
»Hast du hier die Nacht verbracht?« fragte sie mit leiser Stimme.
Cole fuhr sich mit der Hand über sein stoppeliges Kinn. »Mein Bein zwingt mich manchmal, im Sitzen zu schlafen und alle paar Stunden auf und ab zu gehen.« Alaina tippte an das Glas. »Anscheinend sprechen Sie eifrig harten Getränken zu, um Ihr körperliches Wohlergehen zu bessern.«
»Nichts anderes könnte meine Beschwerden lindern«, erwiderte er anzüglich.
Schritte erklangen, und Mrs. Garth trat nach kurzem Klopfen ein. Auf einem Tablett brachte sie eine Tasse dampfenden Kaffees und eine Kristallkaraffe mit Brandy.
»Ist das Ihr ganzes Frühstück?« wunderte sich Alaina.
»Du solltest einmal davon kosten, meine Liebe«, spottete Cole. »Es wärmt das kälteste Herz.«
»Bei Ihnen scheint es aber keine Wirkung zu zeitigen, Major«, gab Alaina spitz zurück. Ohne seine brummige Antwort abzuwarten, ließ sie Cole allein zurück.
In der Zwischenzeit waren ein halbes Dutzend Kannen voll heißen Wassers in ihre Badekammer gebracht worden. Mit Wonne gab sie sich den Badefreuden hin, die sie als ›Al‹ so schmerzlich

lange hatte entbehren müssen. Dann bürstete sie ihr Haar und kleidete sich an. Nur mit Mühe widerstand sie der Versuchung, die Sachen anzuziehen, die Cole ihr geschenkt hatte.
Alaina zog gerade die knielangen, schwarzen Baumwollstrümpfe an, als im Raum neben dem Badezimmer eine Tür zugeschlagen wurde. Starr vor Schreck vernahm sie im Nebenraum das Humpeln ihres Mannes. Von all den vielen Zimmern im Haus hatte sie gerade das gewählt, welches an die Räumlichkeiten ihres Gatten grenzte. Um das Maß vollzumachen, war keine Tür im Haus verschließbar, wie ihr schon am Vortage aufgefallen war. Zu ihrem Entsetzen öffnete sich die zweite Tür des Badezimmers. Wasser plätscherte in das Becken und das schabende Geräusch eines Rasiermessers war zu hören. In aller Eile kleidete Alaina sich vollends an. Die Bänder ihres Korsetts verhedderten sich, und als ohne vorherige Warnung die Tür zu ihrem Zimmer aufgestoßen wurde, fühlte Alaina Panik in sich aufsteigen.
Cole lehnte lässig am Türrahmen. Er hatte nur Hosen an und betrachtete interessiert, wie seine junge Frau sich mit dem Korsett abplagte.
»Haben die Türen in Ihrem Haus keine Schlösser, Major?« fuhr Alaina ihn wütend an.
»Nicht notwendig, alles im Haus gehört ohnehin mir«, antwortete Cole selbstsicher.
»Ich gehöre wohl auch dazu?« konterte Alaina mit einem kühlen Blick über die Schulter.
»Du an erster Stelle, meine Liebe«, lachte Cole und humpelte auf sie zu. Seine Finger machten sich an den Bändern von Alainas Korsett zu schaffen, und die Knoten lösten sich wie von Zauberhand.
Alaina versuchte, so empört auszusehen wie nur möglich, aber insgeheim freute sie sich. Die Nähe seines muskulösen Körpers ließ sie erbeben, und das hatte nichts mit Furcht zu tun.
»Gibt es einen besonderen Grund, warum Sie mich aufgesucht haben?« fragte sie.
Statt einer Erwiderung zog Cole einige große Geldscheine hervor und steckte sie seiner jungen Frau zusammengerollt ins Dekolleté.
»Gestern abend warst du eine vollendete Gastgeberin. Braegar war zutiefst beeindruckt.«
Alainas Gesicht glühte vor Zorn. Heftig riß sie die Geldscheine

von ihrem Busen und steckte sie Cole in den Hosenbund. »Stekken Sie sich Ihr Geld an den Hut, Major Latimer!«
Cole humpelte zum Schrank und holte ein Kleid aus rosa Taft hervor. »Wenn du schon kein Geld nehmen willst – wie wäre es damit? Es ist genausoviel wert!«
Alaina war fassungslos. Sein Vorschlag hatte sie zutiefst verletzt. »Wünschen Sie etwa, daß ich Robertas Kleider trage?« Nun war auch Cole zornig: »Glaubst du etwa, ich lasse meine Frau Kleider aus zweiter Hand tragen? Ich habe sie extra für dich gekauft.«
»Oh, Major«, stöhnte Alaina. Schmerzlich bereute sie ihren Irrtum.
»Major!« brüllte er mit Donnerstimme. »Verdammt, Frau, willst du mich damit zum Wahnsinn treiben? Soll ich etwa heute abend vor meinen Gästen wie ein elender Pfennigfuchser dastehen?«
»Keine Sorge, ich werde heute abend so gekleidet sein, daß Sie sich meiner nicht schämen müssen, Major Latimer.«
»Das will ich auch hoffen! Und wenn du schon keine liebevolleren Bezeichnungen für mich über die Lippen bringst, dann rede mich in Gegenwart anderer Leute zumindest mit meinem Vornamen an!«
Damit drehte sich Cole auf dem Absatz um und schlug krachend hinter sich die Badezimmertür zu.

Als Alaina wenig später durch die Halle zur Treppe schritt, bemerkte sie, daß die Tür zum Arbeitszimmer fest verschlossen war. Sogar Mrs. Garth, die sie durch das Haus führte, hütete sich, Coles selbstgewählte Abgeschiedenheit zu stören.
Bei dem Rundgang mit der Hausdame spürte Alaina, daß ein Geheimnis das Haus umgab. Die Räume waren entweder mit übermäßiger Pracht ausgestattet oder aber nüchtern und fast leer. Sie war froh, dieser düsteren Atmosphäre zu entkommen. Von der überdachten Eingangshalle aus ließ sie ihren Blick über die Schönheit der Hügel und Wälder streifen. Neben der kleinen Treppe, die zum Eingang des Hauses hinaufführte, hing eine große Glocke an einem Pfosten. In diesem Augenblick trat Miles heraus und läutete zweimal. Offenbar ein Signal, sagte sich Alaina verwundert.
Gemächlich schlenderte sie zur Westseite des Hauses zu dem unkrautüberwucherten Rosengarten. Neben einer einsamen Pflanze, die verzweifelt ums Überleben kämpfte, kniete sie nie-

der und zupfte das Unkraut heraus. Der Abendfrost hatte schon die Blätter des Rosenbusches beschädigt.
Plötzlich hielt Alaina inne. Sie war sicher, daß sie heimlich beobachtet wurde. Sie beschattete ihre Augen mit der Hand und schaute zu Coles Zimmer hinauf, das über dem Salon lag. Hinter den polierten, spiegelnden Scheiben war nichts zu erkennen, doch weiter oben hinter dem schmiedeeisernen Geländer des Daches glaubte Alaina eine flüchtige Bewegung wahrgenommen zu haben. War er dort oben? War Cole immer noch wütend und bereute, sie geheiratet zu haben? Warum sonst tat er alles, um sich von ihr fernzuhalten?
Ein Einspänner fuhr vor und Olie sprang vom Kutschbock. »Schöner Tag für eine Ausfahrt, Madam!« begrüßte er seine Herrin.
»O ja«, lachte die junge Frau. »Doch sagen Sie, Olie, warum hat Miles vorhin zweimal geläutet?«
»Zweimal für den Einspänner und viermal für die große Kutsche, Madam«, erläuterte der Kutscher.
»Und dieser Rosengarten – kümmert sich denn niemand um ihn?«
»Unser erster Gärtner ist nicht aus dem Krieg heimgekehrt, und der letzte ist seit einiger Zeit verschwunden«, antwortete Olie höflich.
In diesem Augenblick trat Cole aus dem Haus. Er trug enge schwarze Hosen, ein Seidenhemd und eine passende Lederweste. Er wechselte einige Worte mit Olie, wobei Alaina ihn verstohlen beobachtete. Sie kam nicht umhin, seinen hochgewachsenen, kraftvollen Körper und die gebräunten Züge seines anziehenden Gesichts zu bewundern.
»Kann ich Ihnen irgendeinen Wunsch erfüllen, Madam?« wandte er sich aus dem Einspänner an seine Frau.
»Ich habe Saul seit einer Weile nicht gesehen, und ich frage mich, wie es ihm ergangen ist. Er hat so wenig warme Sachen für das rauhe Klima hier.«
»Steig ein«, forderte Cole sie auf. »Ich bringe dich zu ihm.«
»Gleich«, antwortete Alaina bereitwillig. »Ich hole nur eben mein Cape.« Sie wandte sich zum Haus, doch der Butler stand schon in der Eingangstür und hielt ihr den langen Umhang mit der Kapuze auf, den Cole für sie mit den anderen Sachen gekauft hatte. Alaina durchzuckte der Gedanke, daß Cole alles arrangiert hatte,

doch ihr Mann saß in dem Zweispänner und blickte in die Weite, als ginge ihn das alles nichts an.
Als Alaina einstieg, ergriff er ihre Hand und behielt sie länger als erforderlich in der seinen.
Sein düsterer Blick wurde durch die Andeutung eines Lächelns gemildert.
In rasender Fahrt ging es durch die frische Morgenluft den Hügel hinab. Bald kam ein kleines Wäldchen in Sicht, und nachdem das leichte Fahrzeug mit schleudernden Rädern eine herbstlich bunte, weitausladende Ulme umrundet hatte, ging es einen schmalen, von Pappeln gesäumten Weg entlang. Alaina schwirrten die Sinne von der atemraubenden Fahrt und dem flimmernden Halbschatten, doch plötzlich lag ein weites, sonnenbeschienenes Feld vor ihren geblendeten Augen. Sie erblickte eine Gruppe kleinerer Gebäude, die sich wie Küken um eine große Scheune scharten.
Als sie näherkamen, brach ein großer, schwarzer Hund, nicht kleiner als ein Fohlen, aus dem Unterholz längs des Weges und rannte neben der Kutsche her.
Cole zügelte das Pferd und hielt an. Der Hund setzte sich auf die Hinterflanken und wartete, daß sein Herr ausstieg. Als dieser erst seiner Frau aus dem Wagen half, war er sichtlich enttäuscht und raste einmal rund um die Kutsche.
»Komm her, Soldier Boy, begrüß deine neue Herrin!« rief Cole.
Gehorsam kam die große Bulldogge angetrottet. Alainas Augen weiteten sich vor Angst. Sein Kopf reichte ihr bis über die Taille.
»Er ist schön«, murmelte sie zaghaft und trat furchtsam einen Schritt zurück. Aber der Hund setzte sich vor ihr nieder und hob eine Pfote. Dabei blickte er die unbekannte Fru von unten aus bernsteingelben Augen an, als wolle er ihr Wesen ergründen.
Tapfer ergriff Alaina die dargebotene Pfote. Die rosige Zunge des Tieres fuhr zwischen den mächtigen Kiefern hervor und leckte kurz über ihre Hand.
»Er ist doch nicht gefährlich, nicht wahr?« fragte Alaina Cole, als der Hund sich davongetrollt hatte, um an den Kutschenrädern zu schnüffeln.
»Durchaus nicht«, antwortete Cole. »Aber wenn du ihn lieber nicht im Haus haben willst, kann er hier unten in der Scheune bleiben.«
»Wenn er bessere Manieren hat als Sie, habe ich nichts gegen ihn

einzuwenden. Wer weiß, vielleicht ist er mir einmal als Wachhund vonnöten«, neckte die junge Frau.
»Lieber Gott«, stöhnte Cole. »Immer diese Freundlichkeiten!« Hingerissen betrachtete er seine Gattin. Das Sonnenlicht glitzerte auf ihrem kastanienfarbenen Haar, und ihr feingeschnittenes Profil war von betörender Weiblichkeit. Hatte sie sich wirklich so sehr verändert, seit er einen Burschen namens Al kennengelernt hatte, oder machte er sich etwas vor?
»Miz Alaina!«
Beim Klang ihres Namens drehte sich Alaina um und sah Saul mit Riesenschritten auf sie zulaufen. Ein breites Grinsen überzog sein schwarzes Gesicht von Ohr zu Ohr und ließ seine weißen Zähne in der Sonne blitzen. Saul trug ein Hemd aus rotgefärbter Wolle und eine neue Hose.
Während sich die beiden stürmisch begrüßten und Saul freudestrahlend berichtete, wie gut es ihm ging, und daß er jetzt ein Häuschen ganz für sich allein habe, machte sich Cole unter dem Vorwand davon, mit Olie etwas in den Stallungen besprechen zu müssen.
Als er nach längerer Zeit zurückkehrte, hatte sein Gesicht einen sorgenvollen Ausdruck.
»Ist etwas geschehen?« erkundigte sich Alaina, als er ihr in die Kutsche half.
»Jemand hat in der Nacht mehrere Sättel und Geschirre in den Wassertrog geworfen.«
Alaina konnte es sich vorstellen, welche Mühe es kosten würde, sie wieder geschmeidig und verwendbar zu machen, oder welche Kosten neue Sättel und Pferdegeschirre verursachen würden.
»Wer könnte das getan haben?« fragte sie ihren Mann.
»Keine Ahnung.«
»Ist dergleichen früher schon einmal vorgekommen?«
»Nein, niemals«, murmelte Cole.
Alaina war zutiefst beunruhigt. »Wenn du etwa vermutest, Saul und ich –, ich meine, wir sind hier die einzigen Südstaatler, und . . .«
»Unsinn, Alaina! Ich beschuldige keinen von euch beiden. Aber vielleicht will euch jemand die Sache in die Schuhe schieben oder mir eins auswischen, weil ich mich mit Leuten aus den Südstaaten abgebe. Weiß der Teufel! Es ist nur eine verdammte Verschwendung für nichts und wieder nicht, das ist alles.«

Auf der Rückfahrt lief Soldier Boy, die große Bulldogge, fröhlich neben dem Einspänner her. Unter hohen Bäumen hindurch ging es in wilder Jagd die schmale Straße entlang, bis das Gelände ebener wurde. Das dichte Gebüsch zu beiden Seiten des Weges wich zurück und eröffnete den Blick auf ein großes, von wildem Wein und Efeu beranktes Haus, das etwas abseits halb versteckt zwischen den Bäumen stand. Seine Fassade war mit Brettern verkleidet und das Dach mit verwitterten grauen Schindeln aus Zedernholz gedeckt.

Cole wollte daran vorbeifahren, ohne einen Blick auf das Haus zu werfen, aber Alainas Neugier war geweckt.

»Was ist das da drüben?« fragte sie ihn.

»Das alte Haus«, antwortete er, ohne den Kopf zu wenden. »Wir nennen es die Hütte. Es ist das erste Haus, das mein Vater bauen ließ, als er hierher kam.« Coles Gesicht verfinsterte sich. »Das große Haus ließ er später für meine Stiefmutter bauen.«

Danach schwieg Cole beharrlich, und Alaina hütete sich, weiter in ihn zu dringen.

Der Sturm hatte das bunte Herbstlaub von den meisten Bäumen gefegt. Nur die stämmigen Eichen prunkten noch mit der rostbraunen Pracht ihres Laubes. Für eine Weile ging die Fahrt am Fluß entlang. Ausgelassen planschte der Hund im Wasser herum und schnappte nach Fischen und Fröschen.

Als sie sich den Ausläufern des Städtchens St. Cloud näherten, hielt Cole kurz an und befahl Soldier Boy, hinten in die Kutsche zu springen und dort sitzen zu bleiben.

»Er wirkt so harmlos, daß sich die Leute oft in ihm täuschen. Außerdem kommt er nicht sonderlich mit fremden Pferden zurecht«, beantwortete Cole Alainas stumme Frage.

Inzwischen fuhren sie eine Straße entlang, die zu beiden Seiten von Geschäften gesäumt war. Vor ihnen tauchte ein großes, gelbgetünchtes Lagerhaus aus Backsteinen auf, vor dem eine Anzahl Männer herumlungerte. Über einer der großen Türen waren mit unbeholfener Hand die Worte gespinselt worden:

KANTINE
Bier: 5 Cents
Mahlzeiten: 50 Cents
Übernachtung: 25 Cents

Cole brachte die Kutsche dicht am Fluß zum Halten und griff unter seinen Sitz. Er zog nicht seinen normalen Spazierstock hervor, sondern einen dicken, knorrigen Knüppel, an dessen einem Ende ein Astknoten eine Art Griff bildete.
»Ich will mich hier nach geeigneten Arbeitskräften umsehen«, erläuterte Cole mit säuerlichem Lächeln, während er sein von der Fahrt steifes Bein dehnte und reckte. »Die Burschen da haben sich schon mit so manchem Arbeitgeber angelegt, deshalb der Knüppel. Wenn alles gutgeht, bin ich in ein paar Minuten wieder hier. Aber ich muß dich dringend bitten, die Kutsche nicht zu verlassen.«
Cole schnippte mit den Fingern, und Soldier Boy kam angelaufen. »Platz! Aufpassen!« befahl er dem Hund. Dann ging er auf das Lagerhaus zu und verschwand durch eine der Türen. Kaum war er außer Sicht, als die Männer auch schon näher herangeschlendert kamen. Nicht jeden Tag wurde ihnen ein so hübscher Anblick geboten, und die langen Wintermonate in den Holzfällercamps rückten immer näher.
Alaina tat so, als beachte sie die Männer nicht, doch einer von ihnen, ein riesiger Kerl, dessen blondes Haar bis auf die Schultern reichte und dessen bulliger Hals von einem Vollbart vollständig bedeckt war, wurde frech und trat neben den Einspänner. Ein tiefes Grollen drang aus Soldier Boys Brustkorb, als der Mann einen Fuß auf das Trittbrett der Kutsche setzte.
»An Ihrer Stelle würde ich vorsichtig sein!« warnte Alaina den Kerl unerschrocken.
»Ach was, vor dem Köter hab' ich doch keine Angst! Dem drehe ich den Hals um.« Der Mann wollte dem Hund seitwärts einen Fußtritt versetzen, doch die Dogge wich geschickt aus und kauerte sich mit gefletschten Zähnen und gesträubten Nackenhaaren außerhalb der Reichweite des Mannes hin.
»Dir werde ich's zeigen. Respekt werde ich dir einflößen, verdammter Kläffer!« Suchend blickte der Mann sich um, dann stieß er ein paar Kollegen grob mit der Schulter beiseite und kehrte gleich darauf mit einem Brett von ungefähr einem Meter Länge zurück. Weit holt der Holzfäller damit aus und schlug dem Hund mit voller Wucht quer vor den Brustkorb. Es klang, als sei etwas Schweres auf einen dicken Baumstamm getroffen. Die Bulldogge schnappte blitzschnell zu und entriß dem Mann mit einem heftigen Ruck ihres massiven Schädels das Brett. Die gelben Augen

der schwarzen Bestie sprühten tödlichen Haß, als sie mit einem dumpfen Grollen und entblößten Fängen auf den Mann losging.

»Soldier!« erklang da Coles scharfe Stimme, und der Hund erstarrte mitten im Angriff zu Stein. »Platz!« Gehorsam zog sich der Hund zurück und legte sich vor dem Verschlag der Kutsche nieder. Wachsam beobachtete er von dort aus die Szene. Als Cole näher kam, prahlte der blonde Hüne: »Glück gehabt! Wenn Sie nicht gekommen wären, hätte ich dem Köter mit bloßen Händen den Hals umgedreht!«

»*Sie* können von Glück reden! Diese Hunderasse bringt mühelos einen Wolf zur Strecke. Eigentlich sind sie zur Jagd auf Büffel und Bären bestimmt. Mit Ihnen hätte Soldier Boy kurzen Prozeß gemacht!«

Gundar – so hieß der Mann – ärgerte sich, daß ein Bär oder Büffel stärker sein sollte als er. So leicht ließ er sich nicht vor seinen Kumpanen blamieren.

»Haun Sie ab, Mann! Ich will mich noch ein bißchen mit der kleinen Lady da unterhalten!« schnauzte er Cole an. Seine Hand wollte eben ins Innere der Kutsche fahren und nach Alaina greifen, als er zurückgerissen wurde und am Rande der Uferbefestigung auf allen vieren landete.

»Die kleine Lady«, spottete Cole, »ist zufällig meine Fr . . .«

Weiter kam er nicht. Wie von einem Katapult abgeschossen hatte sein Gegner ihn angesprungen und seine Beine umklammert. Cole wurde hochgehoben, als sei er eine Feder. Der Hund bellte, als die beiden Männer über den kleinen Vorplatz taumeln sah. Donnernd knallte der Holzfäller seinen Gegner gegen eine große Holztür des Lagerhauses. Cole stemmte den Knüppel quer unter das Kinn des Mannes und drückte dessen Kopf aus aller Kraft zurück, bis der andere loslassen mußte und Cole wieder Boden unter den Füßen spürte.

Alaina ließ sich in den Sitz zurücksinken, aber alle Muskeln ihres Körpers waren gespannt, als sie dem Kampf zuschaute.

Coles Gesicht war zu einer Grimasse verzerrt, die wohl eher von seinem schmerzenden Bein als der Anstrengung des Kampfes herrührte. Er trat einen Schritt zurück und ließ den Knüppel wuchtig auf den breiten Rücken seines Gegners niedersausen, doch damit entlockte er dem anderen nur wütendes Gebrüll. Wieder schlug Cole zu. Diesmal traf das dicke Ende des Knüppels den Holzfäller dicht unterhalb des Brustbeines. Nach Atem ringend taumelte der Mann rückwärts. Cole setzte ihm unbarmherzig nach und ließ die Schläge in dichter Folge auf ihn herunterprasseln. Aber es war, als schlüge er auf ein Holzfaß: es machte viel Lärm und bewirkte nichts. Da packte Cole den knorrigen Stock am dünnen Ende und legte seine ganze Kraft in den letzten Schlag. Gundar knickte leicht in die Knie. Seine Augen waren glasig. Cole veränderte schnell seine Stellung und trieb den Kerl vor sich her, indem er ihm immer wieder die Spitze des Stockes schmerzhaft in den Bauch stieß. Schwankend wie ein gefällter Baum kurz vor dem Sturz stolperte der Mann rückwärts bis an den Rand der Uferbefestigung. Dort entschied Cole den Kampf mit einem leichten Stoß gegen den Brustkorb des anderen. Rücklings fiel Gundar in das schlammige Wasser, daß eine Schmutzfontäne hoch aufspritzte.

Auf den Stock gestützt blickte Cole sich herausfordernd um. Doch keiner der anderen Männer schien sonderlich erpicht, an Gundars Stelle zu treten. Da wandte Cole sich um und stieg in die Kutsche.

»Ist dein Bein verletzt?« erkundigte sich Alaina besorgt, während das Fahrzeug sie vom Schauplatz des Kampfes davontrug.

»Es scheint ein paar Schrammen abbekommen zu haben«, antwortete ihr Mann, ohne sie anzusehen.

»Wozu brauchst du eigentlich die neuen Arbeiter?« fragte Alaina weiter.

»Weiter im Norden habe ich große Waldungen. Es wird Zeit, daß dort mit dem Holzschlagen begonnen wird.«

30

Alaina stand sinnend vor dem Fenster ihres Zimmers und blickte in die Abenddämmerung hinaus. Eine leichte Brise aus Südwesten hatte sich erhoben und die Landschaft aus ihrer Regungslosigkeit aufgescheucht. Die Oberfläche des gewundenen Flußlaufes schimmerte golden im Abendlicht. Dann und wann strich ein Windhauch darüber hin und kräuselte die spiegelnde Glätte. Ähnlich erging es Alainas Gedanken. In den beschaulichen Frieden ihrer Seele mischten sich trübe Erinnerungen, die aus der

Tiefe aufsteigend sich in kleinen Wellen an den unter der Oberfläche verborgenen Felsen brachen.
Bisher hatte sie sich achselzuckend in das Geschehen gefügt, doch der Gedanke, daß Cole sie nur geheiratet hatte, weil er es damals für das einzige Richtige hielt, ragte wie ein bedrohlicher Felsen aus der Flut ihrer Gefühle. Sie warf Cole vor, daß er aus Nützlichkeitserwägungen ihre Empfindungen mißbraucht hatte. Dennoch brachte sie es nicht fertig, ihn ihren berechtigten Zorn spüren zu lassen, wie er es ihrer Meinung nach verdiente.
Mit einem betrübten Seufzer wandte sich Alaina wieder ihrer unterbrochenen Toilette zu. Als sie mit beiden Händen an den kleinen, glänzenden Knöpfen hinten auf ihrem gelben Taftkleid herumnestelte, wünschte sie, Cole sei da, um ihr behiflich zu sein. Doch der Anwalt aus Pennsylvanien war kurz nach ihrer Rückkehr aus St. Cloud eingetroffen, und Cole hatte sich sofort mit ihm in sein Arbeitszimmer zurückgezogen. Mißmutig entfernte Alaina den Stuhl, den sie unter die Klinke der gegenüberliegenden Badezimmertür geklemmt hatte. Es war verlorene Mühe gewesen, denn nicht das leiseste Geräusch war aus dem Nebenraum zu ihr gedrungen.
Eine Uhr schlug mit hellem Läuten die halbe Stunde. Überrascht blickte Alaina auf den Kaminsims. Irgendwann im Verlauf des Tages mußte jemand die reichverzierte Uhr ohne ihr Wissen dort hingestellt haben. Ein kaum wahrnehmbares Geräusch an der Tür ließ sie herumfahren. Die Haare sträubten sich ihr im Nacken, doch da war niemand. Schnell ergriff sie eine Lampe und eilte in den Flur hinaus, um nachzusehen. Auch hier war niemand zu sehen. Der lichtscheue Besucher war wie vom Erdboden verschluckt. Alaina konnte sich keinen Reim darauf machen. Wer war diese Mindy, die Cole am Tage ihrer Ankunft gerufen hatte? Was hatte sie mit diesem Haus zu tun – und mit Cole?
Grübelnd kehrte Alaina in ihr Schlafgemach zurück. In wenigen Minuten würden die Darveys eintreffen, und Cole hatte sich noch nicht einmal zum Dinner umgezogen.
Die junge Frau blieb vor dem hohen Spiegel stehen und prüfte noch einmal zufrieden ihr Äußeres. Trotz ihrer anfänglichen Weigerung, die Kleider zu tragen, die Cole ihr geschenkt hatte, war sie beim Ankleiden mit äußerster Sorgfalt vorgegangen. Nicht den kleinsten Makel konnte sie an ihrer Erscheinung entdecken. Ihr schimmerndes Haar wurde von einem feinen, durch-

sichtigen Netz aus Seide im Nacken zusammengehalten. An den Ohrläppchen baumelten die tropfenförmigen Diamanten. Bei all seinem unvorhersehbaren Verhalten konnte Cole wirklich mit ihr zufrieden sein, dachte Alaina bei sich.

Stimmengewirr drang aus der Halle herauf. Offensichtlich empfing Miles schon die Gäste.

Als Alaina mit raschelnden Taftröcken die Treppe hinunterschritt, ließ Braegar Darvey seine Damen stehen und eilte ihr entgegen. »Ihre Schönheit ist wie ein warmer Frühlingstag in diesem kalten Lande, Madam«, begrüßte er sie mit einer tiefen Verbeugung.

»Sie sind sehr galant, mein Herr«, erwiderte Alaina lächelnd. Als sie an Braegars Arm durch die Halle schritt, um seine Mutter und Schwester, Eleanore und Carolyn Darvey, zu begrüßen, fing sie den fragenden Blick des Butlers auf und sagte diskret zu ihm: »Bitte unterrichten Sie Dr. Latimer davon, Miles, daß unsere Gäste eingetroffen sind.«

»Wir konnten es kaum abwarten, Sie kennenzulernen, Mrs. Latimer«, sagte Braegars Mutter herzlich. Ihre Tochter nickte nur. So leicht wollte sie es der neuen Mrs. Latimer nicht machen. War sie nicht die Person, die Cole in seiner Torheit bestärkt und Roberta in die Arme getrieben hatte? Einst hatte Carolyn die Hoffnung gehegt, Coles Frau zu werden. Aber sie waren in guter Nachbarschaft zusammen aufgewachsen und hatten ein eher geschwisterliches Verhältnis zueinander. Nach Robertas Tod war Carolyns Hoffnung noch einmal geweckt worden, doch wieder hatte sich Cole eine Frau aus der Ferne geholt. Noch ein Weib aus den Südstaaten! Jetzt war Carolyn schon siebenundzwanzig Jahre alt und noch immer nicht unter der Haube.

Die Tür von Coles Arbeitszimmer ging auf und seine Stimme erscholl von innen: »Gut, Horace, ich setze in dieser Angelegenheit mein ganzes Vertrauen in Sie.«

Als die beiden Männer die Halle betraten, fiel Alaina sofort auf, daß sich Cole noch schwerer als sonst auf den Stock stützte. Er hatte sich seit ihrer Ausfahrt nicht umgezogen. Die Damen begrüßte er mit einem flüchtigen Lächeln, wobei sein Blick sekundenlang auf seiner Frau verharrte. Braegar nickte er nur kurz zu.

Alaina ging auf ihn zu und hängte sich bei ihm ein. »Willst du dich nicht vor dem Essen umziehen?« fragte sie ihn so, daß die anderen nichts hören konnten.

Cole blickte sie nur kühl und abweisend an und schüttelte wortlos den Kopf. Als er Alaina in den Salon geleitete, war die junge Frau erschüttert darüber, wie unsicher sein Gang war.

»Fehlt dir etwas?« fragte sie angstvoll.

»Nein, nichts. Das stundenlange Sitzen hat mein Bein ganz steif gemacht. Das geht schnell vorüber, sobald ich etwas Bewegung habe.«

Als Miles im Salon den Gästen die Getränke servierte, fing Cole den Blick des Butlers auf und wies mit einem unmerklichen Kopfnicken auf die Brandykaraffe. Mit undurchdringlicher Miene leistete Miles der stummen Aufforderung seines Herrn Folge. Cole kippte das erste Glas hinunter, ohne abzusetzen, und ließ sich schnell nachschenken. Alainas besorgten Blick schien er nicht zu bemerken.

»Trinkst du immer allein, Cole?« scherzte Braegar. »Ich schätze deine Angewohnheit, vor dem Dinner Brandy zu trinken. Das verrät eine gute Kinderstube!«

Eleanore Darvey rümpfte bei den Worten ihres Sohnes die Nase wie eine empörte Matrone. »Mir will scheinen, daß sich schon so mancher Mann ruiniert hat, weil er dem Alkohol zu eifrig zugesprochen hat«, meinte sie pikiert.

Glücklicherweise erschien der Butler in diesem Augenblick und verkündete, daß das Abendessen aufgetragen sei. Erleichtert erhob sich Alaina, hängte sich bei Cole ein und ging den Gästen voraus in den Speisesaal, ganz wie es sich für eine vollendete Gastgeberin geziemte. Mister Burr, der Rechtsanwalt, bot Mrs. Darvey seinen Arm, und Braegar mußte sich wohl oder übel mit seiner Schwester begnügen. Doch wurde er dadurch entschädigt, daß er bei Tisch neben der Hausherrin Platz nehmen durfte. Cole saß am anderen Ende der langen Tafel. Aus seinem Blick sprach kaum verhüllter Ärger, und Alaina fragte sich, warum und wodurch sie diesmal seinen Zorn auf sich gezogen hatte. Vielleicht, weil Braegar so dicht neben ihr saß und sie mit Artigkeiten überhäufte?

Während der Vorspeise kam das Tischgespräch nur schleppend in Gang. Es drehte sich um mehr oder weniger belanglose Dinge. Doch schließlich konnte Eleanore Darvey ihre Neugier nicht länger zügeln und brachte ein Thema zur Sprache, das sie schon seit längerer Zeit beschäftigte.

»Cole, du hast uns nie berichtet, wie es eigentlich zu eurer Heirat

gekommen ist. Ehrlich gesagt bin ich nie ganz klug geworden aus dieser Eheschließung in deiner Abwesenheit. Sie war doch legal, nicht wahr? Ich meine: Ihr seid doch richtig verheiratet, oder?«
»Natürlich, Tante Elly«, antwortete Cole sichtlich verstimmt. »Aber wenn du mir nicht glaubst, kann Mr. Burr es dir bestätigen. Immerhin ist er Rechtsanwalt.«
»In der Tat«, beeilte sich Horace Burr zu versichern. »Die Eheschließung ist getreu den Buchstaben des Gesetzes vollzogen worden.«
»Aber was haben Ihre Eltern dazu gesagt? Hätten sie nicht eine normale Hochzeit mit kirchlicher Trauung vorgezogen, Mrs. Latimer?« erkundigte sich die ältere Dame zu Alaina gewandt.
»Meine Eltern leben nicht mehr, Madam«, beantwortete Alaina die offenbar arglose Frage. »Sie sind ebenso wie meine beiden Brüder im Krieg umgekommen.«
Beklommenes Schweigen folgte auf ihre Worte.
Alaina faltete die Hände im Schoß und fragte würdevoll: »Gibt es noch weitere Fragen, die ich Ihnen beantworten kann, Mrs. Darvey?«
Braegar fühlte sich aufgerufen, die ungebührliche Neugier seiner Mutter zu entschuldigen: »Bitte verzeihen Sie uns, Alaina, daß wir Sie so unverschämt ausfragen.« Grinsend legte er dabei eine Hand auf ihren Arm.
Die junge Frau schenkte ihm ein dankbares Lächeln, doch als sie sah, wie Cole am anderen Ende des Tisches finster vor sich hin brütete, wurde sie tiefernst. Anscheinend nahm ihr Mann Braegar alles übel, gleich was er sagte oder tat. Sie konnte einfach nicht glauben, daß er eifersüchtig war, denn er war doch viel männlicher und sah auch viel besser aus als Braegar. Da mußte noch etwas anderes dahinterstecken.
»Es will mir nicht in den Kopf, daß Cole Sie nur aus Pflichtgefühl geheiratet haben soll, Alaina«, redete Braegar Darvey weiter. »Bisher hat er immer seinen Mann gestanden, und zwar nicht nur im Krieg, sondern auch in der Liebe. Dafür gibt es genügend Beweise.« Als die anderen beklommen schwiegen, ergriff er sein Glas und brachte einen Trinkspruch auf die Neuvermählten aus: »Ich trinke auf eure Ehe, aus welchen Motiven auch immer sie zustande gekommen ist!«
»Braegar!« Mrs. Darvey war entsetzt über die Taktlosigkeit ihres

Sohnes. »Willst du alle Welt glauben machen, daß wir eine Familie von Rüpeln sind?«
Braegar zuckte nur mit den Achseln. »Ich wollte Cole doch nur zu verstehen geben, daß er mit seiner zweiten Heirat die bessere Wahl getroffen hat. Wenn er nicht sieht, was für einen Schatz er da an Land gezogen hat, ist er ein verdammter Narr!«
»Du hast sie doch erst gestern kennengelernt«, erinnerte Carolyn ihren Bruder.
»Trotzdem wäre es ein elender Unfug, wenn Cole Alaina nur aus Nützlichkeitserwägungen geheiratet hätte«, insistierte Braegar.
Cole schob ärgerlich seinen Dessertteller beiseite und stand auf. »Allmächtiger Himmel!« fluchte er. »Wie mir das ganze Gerede zum Hals heraushängt! Ihr fallt über mich her wie die Geier über ein Stück Aas und laßt nur die Knochen übrig.«
»Geier? So, so!« wiederholte Eleanore Darvey pikiert.
Cole überging ihren Einwurf. »Könnt ihr nicht verstehen, daß ich zwei Frauen geheiratet habe, die zufällig Kusinen waren? Vielleicht war die Art, wie diese Heirat vollzogen wurde, nicht ganz nach eurem Geschmack. Aber was uns vor den Altar geführt hat«, fuhr er mit einem Blick auf Alaina fort, »war eben einfach Schicksal.«
Seine Worte versetzten Alaina einen Stich. Sie konnte der Versuchung nicht widerstehen, ihrem Mann eins auszuwischen: »Du begriffsstutziger Yankee«, sagte sie im breitesten Südstaatenakzent, »wenn du mich noch einmal mit Roberta in einen Topf wirfst, verpaß ich dir eins, daß du glaubst, die ganze Südstaatenarmee sei samt Pferdefuhrwagen und Maultieren über dich hinwegmarschiert!« Zu diesen scherzhaften Worten lächelte sie so strahlend, daß die Tischgesellschaft eine Weile brauchte, um die Tragweite des Gesagten zu erfassen. Schließlich räusperte sich Horace Burr, und Carolyn kicherte unterdrückt. Braegar erhob sich und applaudierte. Als der Lärm abgeklungen war, brummte Cole: »Ich bitte um Verzeihung, Al. So waren meine Worte nicht gemeint.«
»Al!« rief Carolyn aus und verschluckte sich fast. »Willst du damit sagen, daß sie –.«
Mrs. Darvey fürchtete sich fast, die Frage zu stellen, aber ihre Neugier war stärker: »Ist das der gleiche Al, der dich verbrüht hat, Cole?« Ihre Familie hatte tagelang über diese komische Geschichte gelacht, und nun saß die Urheberin vor ihnen.

Cole hatte wieder Platz genommen und ließ seinen Blick düster von einem zum anderen schweifen. »So ist es. Alaina hatte sich damals als Junge verkleidet und nannte sich ›Al‹. Ich kam erst dahinter, als ich schon Roberta geheiratet hatte.«
Alaina blickte den Anwesenden lächelnd ins Gesicht und fragte mit gespielter Naivität: »Hat Cole euch auch erzählt, was im Stall passiert ist? Und die Geschichte mit dem Wassertrog? Hat er erwähnt, daß er mich in der Küche verprügelt hätte, wenn Dulcie nicht dazwischengetreten wäre?« Als sie sah, wie Coles Blick sich mehr und mehr verfinsterte, wurde ihr Lächeln nur noch strahlender. Doch stand sie vorsichtshalber auf und schlug als vollendete Gastgeberin vor: »Vielleicht wollen die Damen jetzt lieber in den Salon hinübergehen und die Herren ihren Zigarren und dem Brandy überlassen.«
An der Tür drehte sie sich noch einmal um. Coles Augen ruhten noch immer auf ihr, doch in ihnen stand noch etwas anderes als Ärger zu lesen, etwas, das Alaina nicht genau definieren konnte.
Mr. Burr erhob sich als erster und verabschiedete sich. Er müsse morgen in der Frühe abreisen. »Sie hören so bald wie möglich von mir, Cole«, sagte er, während sein Gastgeber ihn zur Tür geleitete. »Seien Sie versichert, daß ich alles tun werde, um das besprochene Problem zu lösen.«
Als Cole zu der Abendgesellschaft zurückkehrte, war sein Gesicht eine schmerzverzerrte Grimasse. Er bemerkte, daß Braegar ihn eindringlich beobachtete, und nahm sich zusammen. Wortlos schritt er in Richtung auf sein Arbeitszimmer.
Im Salon folgte Alaina dem Geplauder von Mrs. Darvey nur mit halbem Ohr. All ihre Gedanken waren bei Cole. Der durchdringende Blick aus seinen Augen hatte sie zutiefst beunruhigt.
Plötzlich wurde die Unterhaltung der Damen von dem Geräusch splitternden Glases und Coles dröhnender Stimme unterbrochen.
»Verdammt, Mann, ich habe genug gehört!«
»Hör zu, Cole!« war Braegars Stimme zu vernehmen.
»Raus! Verlasse sofort mein Haus, bevor ich dich hinauswerfe!«
Peinlich berührt waren die drei Frauen verstummt. Verstört erhob sich Alaina und ging Mrs. Darvey und ihrer Tochter zur Garderobe nach.
Braegar kam mit zornrotem Gesicht aus Coles Arbeitszimmer gestürmt. »Ordinärer Kerl«, murmelte er vor sich hin. Als er den be-

sorgten Blick in Alainas Augen wahrnahm, entschuldigte er sich rasch. Dann drehte er sich auf dem Absatz um und verließ das Haus, gefolgt von Mutter und Schwester.

Cole hatte den überstürzten Aufbruch seiner Gäste am Türrahmen seines Arbeitszimmers lehnend beobachtet. Seine Frau versuchte, in seinem Gesicht eine Erklärung für den Wutausbruch zu finden, doch Cole schnaubte nur verächtlich und schlug krachend die Tür hinter sich zu. Hocherhobenen Hauptes stieg die beleidigte Alaina die Treppe hinauf. Wenn der Herr des Hauses einsam vor sich hin brüten konnte, dann hatte die Hausherrin das Recht, das gleiche zu tun.

In ihrem Zimmer stellte sie sich vor den großen Spiegel und betrachtete voller Sorge ihr Abbild. Sie wußte genau, was sie bedrückte. Jene Stunden in dem Hotel wollten ihr nicht aus dem Sinn. Jede Berührung, jeder Kuß brannten wie Feuer in ihrem Gedächtnis und erweckten in ihrem Körper all die unterdrückten Sehnsüchte.

Unregelmäßige Schritte erklangen in der Halle. Mit angespannten Sinnen und klopfendem Herzen lauschte Alaina. Käme er diesmal voll Zorn oder voll Zärtlichkeit zu ihr? Oder wollte er sich wieder über ihr Bett beugen und sie beim Schlafen betrachten?

Die Schritte verstummten vor ihrer Tür, dann wurde sie heftig aufgestoßen und Cole trat über die Schwelle. Seine Lippen waren fest zusammengekniffen und seine Augen rotgerändert. Noch immer trug er die schwarzen Hosen. Das Seidenhemd hatte er bis zum Gürtel aufgeknöpft. Der Verdacht durchfuhr Alaina, daß er betrunken war, aber er schien sich gut unter Kontrolle zu haben.

Lange standen sie sich so schweigend gegenüber. Die Lampe hinter Alaina schien durch ihr dünnes Nachtgewand und enthüllte Coles hingerissenen Blicken ihre weiblichen Reize.

»Wünschen Sie etwas mit mir zu besprechen, Major?« fragte sie mit zitternder Stimme.

Cole machte den halbherzigen Versuch, das Thema zu vermeiden, das so sehr an ihm nagte. »Du warst schön heute abend, Alaina.« Als seine Frau darauf nichts erwiderte, humpelte er zum Kleiderschrank und tippte mit der Spitze seines Stockes an einen Petticoat. Offensichtlich mißfiel ihm das abgetragene Kleidungsstück.

»Als du gestern an Land gingst, war ich darauf gefaßt, ›Al‹ in diesen ärmlichen Kleidern zu erblicken.«
Alaina tat so, als verstünde sie nicht. »Damit hatten Sie ja schon immer ein Problem.«
»Aber jetzt hat ›Al‹ anscheinend aufgehört zu existieren«, murmelte Cole geistesabwesend.
»Meinen Sie wirklich, Major?«
Diese Anrede verdarb Cole den letzten Rest an mühsam aufrechterhaltener guter Laune. »Verdammt, Alaina!« entfuhr es ihm mit solcher Heftigkeit, daß die junge Frau zusammenzuckte. Er riß die andere Tür des Schrankes weit auf und wies wütend auf den Inhalt. »Da hängen die feinsten Sachen, und du kleidest dich in Lumpen!«
»Ganz recht, Sir. Die Sachen mögen zwar armselig sein, aber immerhin gehören sie mir. Habe ich Sie etwa heute abend enttäuscht? Waren unsere Gäste etwa von mir peinlich berührt?«
»Nein, natürlich nicht!« winkte Cole ärgerlich ab. »Du hast meinem Haus alle Ehre gemacht.«
»Dennoch scheint mir, daß ich Ihr Mißfallen erregt habe«, erwiderte Alaina besänftigt. »Den ganzen Abend haben Sie ein so besorgtes Gesicht gemacht.«
»Das war doch nur wegen diesem verdammten Schönschwätzer, der die ganze Zeit um dich herumgeschwänzelt ist. Er hat vom ersten Tag an für dich Feuer gefangen, aber ich habe nicht die Absicht, dich mit ihm zu teilen.« Kaum waren ihm diese Worte entschlüpft, da wußte Cole schon, daß er wie ein Narr ins Fettnäpfchen getreten war. Alaina war aufgesprungen und starrte ihn zornentbrannt an.
»Machen Sie sich darüber nicht allzu große Sorgen, Doktor Latimer. Ich bin keine Frau, die jedem Mann zu Willen ist!«
Ärgerlich ging sie im Raum auf und ab und fragte mit beißendem Hohn: »Und was sind Sie für ein Mann? Was fällt Ihnen ein, Leute zum Dinner einzuladen, um sie hinterher einfach hinauszuwerfen? Ihre Begabung als Gastgeber läßt sehr zu wünschen übrig. Sie haben sich benommen wie ein Esel. –«
Cole unterbrach sie wütend: »Ich habe nur Braegar die Tür gewiesen!«
»Warum hassen Sie ihn so? Doch nicht etwa, weil er im Gegensatz zu Ihnen seinen Beruf als Arzt noch ausübt?«
»Doktor, pah! Dieser tolpatschige . . .«

»Genug!« rief Alaina mit scharfer Stimme, als sie merkte, daß Cole an Braegar kein gutes Haar lassen wollte.
Doch Cole war nicht zu bremsen. »Er würde mir das verdammte Bein auch am liebsten absäbeln lassen!«
»Aufhören, sage ich!« schrie Alaina am Rande ihrer Beherrschung. »Ich gebe keinen Pfifferling für Ihre gemeinen Hetztiraden. Sie stecken ja voller Haß und Bosheit!«
Cole lachte zynisch. »Roberta und du hatten doch mehr gemein, als du wahrhaben willst. Haß und Bosheit! Wie oft habe ich diese Worte von ihr gehört. Da haust du in die gleiche Kerbe wie deine Kusine.« Coles Stimme war heiser und überschlug sich fast. Ein grimmiger Kampf tobte in seiner Brust. Nur schwer konnte er sein körperliches Verlangen nach Alaina im Zaum halten. Gerne hätte er diesen unseligen Streit in einer leidenschaftlichen Umarmung erstickt. Dennoch fuhr er fort: »In einem allerdings bist du deiner Kusine voraus: Sie versprach, was sie nicht geben konnte, und du verweigerst mir, was du geben könntest.«
Das brachte das Faß zum Überlaufen. Außer sich vor Empörung trat Alaina einen Schritt auf Cole zu. »Ich habe Sie davor gewarnt, mich mit Roberta zu vergleichen, Yankee!«
»Aha, jetzt spielst du die Unschuldige, doch kaum ist sie weg, bist du da! Den Yankee austricksen! Den Blaurock in die Falle locken, ihn aufs Kreuz legen! Wieviel hat dir diese Hündin Roberta dafür gezahlt, daß du deine Jungfräulichkeit an mich vergeudet hast?«
Klatsch!!!
Alaina hatte Cole eine schallende Ohrfeige versetzt. Bevor sie noch ihren Arm zurückziehen konnte, packte er ihr Handgelenk. Im nächsten Augenblick senkten sich seine Lippen auf ihren Mund. Er preßte sie heftig an sich und erstickte all ihre Proteste durch einen brutalen Kuß. Die lang unterdrückte Begierde brach sich in Cole mit aller Macht Bahn. Er hob Alaina hoch, bis sie zwischen ihren Schenkeln das fordernde Drängen seiner Männlichkeit spürte. Alaina durchfuhr es wie Feuer bei seinem glutvollen Angriff. Sie war außer Atem und keines klaren Gedankens fähig. Ihr fehlte sowohl der Wille als auch der Wunsch, Cole von sich zu stoßen. Doch plötzlich ließ er sie los. Sie taumelte zurück und holte tief Luft. Aller Zorn war verflogen.
»Das soll Ihnen eine Warnung sein, Madam«, keuchte Cole heiser. »Ich habe diese verrückte Ehe bisher geduldig ertragen, aber

jetzt ist Schluß damit. Du gehörst mir, und ich werde dich nehmen, wann immer mir der Sinn danach steht.«
»Aber wir haben doch abgemacht –.«
»Gleich wann und gleich wo!« wiederholte Cole mit Nachdruck. Dann bückte er sich nach seinem Stock, humpelte aus dem Raum und schloß die Tür hinter sich.
Wie eine Schlafwandlerin ging Alaina benommen im Zimmer auf und ab. Sie drehte den Docht der Petroleumlampe niedriger, bis tiefe Schatten das Schlafgemach füllten. Mit allem, was sie anhatte, kroch sie unter die Bettdecke und rollte sich zu einem Bündel zusammen, doch konnte sie lange keinen Schlaf finden. Zu stark hatte sich die Erinnerung an Coles Erregung in ihre Seele gebrannt. Erst in den frühen Morgenstunden erbarmte sich der Schlummer der jungen Frau und erlöste sie von allen quälenden Gedanken.

31

Die Morgennebel wogten noch durch das Tal, als Alaina sich erhob und sorgfältig ankleidete. Sie war fest entschlossen, Cole zur Rede zu stellen. Entweder führten sie eine richtige Ehe oder nicht. Jedenfalls war sie nicht bereit, seine Launenhaftigkeit widerstandslos hinzunehmen.
Als sie jedoch die Treppe hinunterschritt und auf die geschlossene Tür von Coles Arbeitszimmer zusteuerte, eilte Miles, der Butler, aus dem rückwärtigen Teil des Hauses herbei und versperrte ihr den Weg.
»Ich bitte um Vergebung, Madam«, sagte er sichtlich nervös, »aber Doktor Latimer hat mir ausdrücklich Anweisung erteilt, keinen Menschen einzulassen, vor allem nicht Sie.«
Wortlos blickte Alaina den Bediensteten an. »Schon gut, Miles«, sagte sie schließlich und erlöste damit den Mann aus seiner unangenehmen Lage.

Das Frühstück nahm sie allein ein. Immer wieder mußte sie auf Coles leeren Stuhl blicken. Schließlich erhob sie sich und ging in die Halle. Von den schmackhaften Dingen auf ihrem Teller hatte sie kaum etwas angerührt. Als sie die Treppe zu ihrem Zimmer

hinaufging, sah sie Mrs. Garth, die Haushälterin, auf die Tür von Coles Arbeitszimmer zugehen. In einer Hand trug die Frau ein silbernes Tablett mit einer vollen Flasche Brandy.
Ungehalten verzog Alaina das Gesicht. Anscheinend wußten alle Hausangestellten, was sich da hinter verschlossenen Türen abspielte. Nur die Hausherrin selbst war von allem ausgeschlossen. Es sah so aus, als wolle Cole seinen Kummer in Brandy ertränken und dabei nicht gestört werden. Meinetwegen, sagte sich Alaina und warf trotzig den Kopf in den Nacken. Auch das geht vorüber. Irgendwann wird er schon wieder zum Vorschein kommen.
Am Nachmittag erscholl aus ihres Mannes Arbeitszimmer ein trunkener Singsang, doch durch die dicke Eichentür war kein Wort zu verstehen. Olie, der Kutscher, hatte Miles abgelöst und hielt auf einem Stuhl sitzend vor der Tür seines Herrn Wache. Er wurde später am Abend durch seinen Sohn Peter ersetzt, und dann war Miles wieder an der Reihe.
So ging das drei volle Tage lang. Alaina unternahm nicht den leisesten Versuch, mit Cole zu reden.
Als sie an diesem dritten Morgen etwas später als gewöhnlich das Frühstück zu sich nahm, fühlte sie sich bedrückt und niedergeschlagen. Noch immer war Cole nicht erschienen. All ihre Vorsätze, sich mit Cole auszusprechen, waren dahingeschmolzen. Jetzt wünschte sie nur noch, ihn zu sehen. Aber auch dafür schien es nicht allzu große Hoffnung zu geben.
Urplötzlich hatte Alaina das Gefühl, heimlich beobachtet zu werden. Als sie sich von ihrem Schrecken erholt hatte, drehte sie sich unvermittelt um. Mit leisem Quietschen fiel die Küchentür ins Schloß. Da war jemand!
Schnell setzte Alaina die Tasse ab und stürzte in die Küche. Nichts! Verärgert mußte sie sich eingestehen, daß sie vor lauter Grübeleien anscheinend anfing, Gespenster zu sehen. Wenn sie sich nicht schleunigst nach einer ablenkenden Beschäftigung umsah, lief sie Gefahr, es Cole gleichzutun und zur Brandyflasche zu greifen. Da war doch zum Beispiel der verwilderte Rosengarten!
Froh darüber, etwas gefunden zu haben, das sie von Cole ablenkte, lief sie wohlgemut die Treppe hinauf und zog in ihrem Zimmer das häßlichste Kleid, die Witwentracht, an.
Im Garten angekommen, blickte Alaina verstohlen zu Coles Fenstern. Mit Genugtuung stellte sie fest, daß die schweren Vor-

hänge zugezogen waren. Aus dem Geräteschuppen holte sie Schaufel und Harke und machte sich mit Umsicht ans Werk. Sie ließ sich auf die Knie nieder und befreite die Rosenbüsche behutsam von Unkraut und trockenem Laub. So arbeitete sie angestrengt eine Weile vor sich hin, bis sie sich schließlich erhob, um das Ergebnis ihrer Mühe zu begutachten. Mit einem Tuch fuhr sie sich über die erhitzte Stirn und blickte dabei wie von ungefähr auf die Fenster von Coles Arbeitszimmer. Was sie sah, verschlug ihr den Atem. Da stand er am weit geöffneten Fenster, tadellos gekleidet und mit einer brennenden Zigarre zwischen den Fingern. Gelassen schaute er auf seine Frau hinab, deren Witwenkleid mit Lehm besudelt war.

Alaina stöhnte gequält. Drei Morgen hatte sie darauf gewartet, daß ihr Herr und Meister erscheinen möge, und nun stand er da oben piekfein angezogen! Was hatte ihr all das eingebracht?

Mit einem leisen Klicken schloß Cole das Fenster und trat aus ihrem Blickfeld.

»Daß er mich ausgerechnet in diesem Aufzug erblickten muß!« sagte sich Alaina verzweifelt mit lauter Stimme.

»Ich bitte um Vergebung, Madam«, ertönte da Braegar Darveys Stimme. »Wenn Sie es so wünschen, kehre ich gleich wieder um, ohne einen Blick auf Sie zu werfen.«

Alaina war das Blut ins Gesicht geschossen. »Oh, Dr. Darvey! Ich habe Sie nicht kommen gehört, und offen gesagt war ich heute nicht auf Besuch vorbereitet.« Dabei wies sie mit einer entschuldigenden Geste auf ihren mit Gartenerde beschmutzten Rock.

Braegar stieg von seinem Pferd und band es an den Zaun. »Meine Augen wissen Schönheit zu würdigen, in welcher Form auch immer sie dargeboten wird«, erwiderte der Mann mit einer leichten Verbeugung.

Sekundenlang starrte Alaina ihn verwirrt an, dann begriff sie das Kompliment und ging lächelnd auf das Spielchen ein.

»Sie sind höchst galant, Sir«, antwortete sie mit einem Knicks, »und Ihre Worte erfreuen mein Herz mehr als dieser milde Augusttag. Wenn der Winter genauso wird, war meine Furcht vor dem hiesigen Klima unbegründet.«

»Der Winter! Liebe Alaina, da muß ich Sie aber enttäuschen. Es wäre naiv zu glauben, daß dies mehr als ein kurzer Altweibersommer ist. Wenn Sie Ihre Rosen so lassen, sind sie im nächsten Frühjahr mit Sicherheit alle erfroren.«

»Oh, meinen Sie wirklich?« Der Gedanke, daß all die Mühe vergeblich gewesen war, bereitete Alaina Kummer.
Freudig ergriff Braegar die Gelegenheit zu einer kleinen Belehrung: »Wenn Sie Gartenerde über die Pflanzen häufen und das ganze mit einer dicken Schicht Laub abdecken, überleben die Rosen vielleicht.«
Alaina lächelte. »Sie sind wirklich ein Gentleman von echtem Schrot und Korn. Da kommen Sie den ganzen weiten Weg geritten, um mir mit Rat und Tat bei meinen Gartenproblemen zu helfen.«
Mit schwungvoller Gebärde zog Braegar den Hut. »Madam, ich würde tausend Meilen reiten, um einen Blick auf Ihr schönes Antlitz zu erhaschen!«
»Und ich dachte schon, ich würde Sie nach dem Vorfall neulich abend nie wiedersehen.«
Braegars Gesicht war plötzlich tiefernst. »Cole und ich haben schon öfter schwere Differenzen gehabt«, gestand er zögernd mit einem tiefen Seufzer. »Der Anlaß meines Kommens heute war eigentlich, daß ich mich bei ihm irgendwie entschuldigen wollte.«
»Ich kann Ihnen da leider nicht behilflich sein«, beschied Alaina ihn. »Das müssen Sie mit Cole unter vier Augen ausmachen.«
»Gewiß, aber ich möchte nur wissen, was mit ihm los ist. Was immer ich zu ihm sage – stets ist es das Falsche. Seit er aus dem Krieg zurückgekehrt ist, ist er wie ausgewechselt. Wirft er mir vielleicht insgeheim vor, daß ich den Wahnsinn dieses Krieges verabscheute und mich nicht wie er als guter Patriot freiwillig gemeldet habe? Und was hat er davon gehabt? Ein versehrtes Bein! Mag sein, daß es ihn ärgert, mich unversehrt und bei bester Gesundheit zu sehen. Eines Tages komme ich bestimmt dahinter, und dann werde ich die Sache mit ihm bereinigen. Bis dahin bitte ich Sie, daß Sie ihn in meinem Namen um Verzeihung bitten.«
Mit dem Rücken zum Hause stehend blickte Alaina Braegar Darvey nach, als er sich in den Sattel schwang und davonritt. Als hinter ihr die Haustür geöffnet wurde, war sie sicher, daß es Cole war. Ohne sich umzudrehen, wartete sie, bis er neben sie getreten war.
»Er ist fort, du brauchst dir also keine Sorgen zu machen«, sagte sie schließlich, und als Cole nicht antwortete, fügte sie mit einem

Seufzer hinzu: »Er ist gekommen, um sich bei dir für alles, was er gesagt hat, zu entschuldigen.«
Da ihr Mann weiterhin beharrlich schwieg, blickte Alaina ihm fest in die Augen. Er trug ein tadelloses weißes Hemd aus Seide und eine graue Weste und Hosen mit Nadelstreifenmuster, aber sein Gesicht wirkte müde und abgespannt.
»Ich habe auf dich gewartet, um einige Dinge mit dir zu besprechen.«
»Tut mir leid, Alaina«, sagte Cole mit einem kurzen Blick auf sie, »aber in den letzten Tagen war ich dazu nicht in der Lage.«
»Das ist mir nicht entgangen«, erwiderte sie und biß sich gleich darauf auf die Lippen, aber die bittere Bemerkung war nicht mehr rückgängig zu machen.
Cole machte keine Anstalten, sich zu rechtfertigen, sondern blickte nur schweigend in die Ferne auf die sonnenbeschienenen Hügel.
Alaina gab nicht nach. »Wir hatten eine Abmachung getroffen, nämlich daß du dich immer an mich wendest, wenn du mich brauchst, und daß du mich immer deine Absichten wissen läßt.«
»Nun, meine Absichten sind natürlich ehrenhaft«, antwortete Cole mit einer leichten Verbeugung. »Wenn ich mich recht erinnere, war in dem Ehegelübde unter anderem davon die Rede, daß wir im Guten wie im Bösen zueinanderhalten sollen, bis daß der Tod uns scheidet.«
Alaina fühlte sich verletzt in der Art, wie er seine Handlungsweise so leichthin abtat. Um ihre eigenen Empfindungen schien er sich nicht sonderlich zu kümmern.
»Wir hatten da eine Abmachung«, insistierte sie, »aber du hast das gegebene Versprechen gebrochen.«
»Ich habe viele Versprechen gegeben und Schwüre geleistet: einen als Arzt, einen als Bürger dieses Landes und zwei als Ehemann. Mir will scheinen, daß ich mich dadurch jedesmal in eine schwierige Lage gebracht habe.«
»Du sprichst von Ehre, aber wie verhält es sich mit den beiden anderen Dingen des dreifachen Gelübdes, nämlich mit Liebe und gegenseitiger Achtung?«
Cole war diese Wendung des Gesprächs sichtlich unangenehm. »Ich habe dem, was man gemeinhin Liebe auf den ersten Blick nennt, immer mißtraut. Wie soll ich wissen, was wahre Liebe ist? Wenn Mann und Frau beginnen, sich gegenseitig zu verstehen,

dann beginnt die Liebe ganz sacht zwischen ihnen zu wachsen und wird im Laufe der Zeit immer größer.«

Alaina konnte nicht länger an sich halten. All ihre unterdrückten Gefühle und Enttäuschungen brachen in einem Schwall von Worten aus ihr hervor. »Mit allem schuldigen Respekt vor dir, aber ich finde, du redest wie ein blinder, unwissender Narr! Ein Samenkorn kann jahrelang in einer Felsspalte liegen, aber wenn der Wind es dann auf feuchten, warmen Boden weht, kann daraus eine mächtige Eiche werden, die Jahrhunderte überdauert. So ist es auch mit der Liebe. Sie muß an den anderen Menschen weggeschenkt werden, mit ihm geteilt werden, damit sie gedeiht und nicht elend zugrunde geht.«

Alainas Augen blitzten, auf ihrem Gesicht spiegelte sich die ganze Skala ihrer tiefen Empfindungen, als sie voller Leidenschaft weitersprach: »Du hingegen bist wie eine drohende Gewitterwolke an einem schwülen Sommertag. Du grollst und donnerst und machst viel Lärm. Du schleuderst Blitze, vor denen sich die arme, schutzlose Kreatur verkriecht. Aber solange diese Wolke sich nicht abregnet, bleibt das Land so dürr und karg wie eh und je. Was nützt also das ganze Getue und der Lärm, wenn damit nichts Gutes bewirkt wird?«

Bevor Cole noch eine herablassende Bemerkung machen konnte, ließ Alaina ihn einfach stehen und verschwand mit wippendem Rock im Haus. Er ging ihr in die Halle nach und sah gerade noch, wie sie oben auf der Treppe seinen Blicken entschwand. Gleich darauf war zu vernehmen, wie Alaina die Tür ihres Schlafzimmers mit Nachdruck hinter sich verschloß.

Peinlich berührt mied der Butler Miles den Blick seines Herrn, doch Cole konnte nur mit Mühe ein Lächeln unterdrücken.

»Miles, sagen Sie bitte Peter, er soll Mrs. Latimer heißes Wasser hinaufbringen. Zweifellos hat sie ein Bad vonnöten.«

»Sehr wohl, Sir. Wünschen Sie, daß Ihr Frühstück jetzt serviert wird, Sir?«

Cole nickte zustimmend, und über das Gesicht des Bediensteten huschte ein Ausdruck von Erleichterung.

»Annie wird sich darüber freuen, Sir«, erlaubte sich Miles zu bemerken.

Cole setzte sich an den Eßzimmertisch und ließ sich von Mrs. Garth eine Tasse heißen Kaffee mit einem Schuß Brandy bringen. Das Frühstück selbst rührte er nicht an. Er dachte über Alainas

Worte nach und wünschte, er wäre auf sie eingegangen. In allem, was sie gesagt hatte, lag eine natürliche Klugheit, die so gar nicht zu ihrer zarten Jugend passen wollte. Cole hatte sich schon bei früheren Gelegenheiten davon überzeugen können, daß Alaina in ihrem schönen Kopf ein unbestechliches Gehirn von sehr rascher Auffassungsgabe hatte.

Ein ärgerlicher Ausruf seiner Frau ließ Cole aus seinen Grübeleien hochfahren. Er wollte sich erheben, um nachzusehen, als sie schon auf ihn zugeeilt kam. Im nächsten Augenblick warf sie ihm mit einer empörten Geste ihr schwarz und gelb gemustertes Abendkleid in den Schoß. Dicht vor seinem Stuhl blieb sie stehen und ballte zornig eine kleine Faust vor seiner Nase. »Du gemeine Ratte von einem Yankee!« fauchte sie. »Eher laufe ich nackt herum, als einen von deinen Fetzen anzuziehen!«

Auf die kurze Entfernung konnte Cole sehen, wie Alainas graue Augen vor Zorn buchstäblich Funken versprühten.

»Ich hätte dagegen nichts einzuwenden, Madam«, sagte er gemächlich. »Aber erst einmal möchte ich erfahren, wie das da passiert ist.«

Mit einer so heftigen Bewegung, daß Cole sich auf Schlimmeres gefaßt machte, riß Alaina das Kleid von seinem Schoß und breitete es vor seinen Augen aus, bis er die großen Brandlöcher im Oberteil und im Rock sah.

»Glaubst du wirklich, ich würde so etwas tun?« fragte Cole wütend. »Ich war es nicht, verdammt noch mal!«

Alaina betrachtete das Kleid und konnte nur mit Mühe die Tränen zurückhalten. Wie sie gehofft hatte, ihm darin zu gefallen!

»Alaina.« Coles Zorn verebbte ebenso rasch, wie er in ihm aufgewallt war, als er die tränenumflorten Augen seiner Frau sah. »Ich kann mir nicht vorstellen, daß irgend jemand hier im Haus dergleichen tun würde. Ist das Kleid nicht doch vielleicht von einem Windstoß in den Kamin geweht worden?«

»Im Kamin war kein Feuer«, murmelte sie leise. »Jemand hat ein paar Kienspäne angezündet und das Kleid daraufgelegt.«

»Bitte glaube mir, daß ich nicht zu dergleichen imstande bin«, beharrte Cole. »Aber wer könnte es gewesen sein? Kannst du mir einen Namen nennen?«

»Was macht das noch für einen Unterschied.« Alaina sprach jetzt so leise, daß Cole sein Gehör anstrengen mußte, um ihre Worte zu verstehen. »Es war eines meiner besten Kleider. Mrs. Hawthorne hat mir dazu verholfen.« Ihre Stimme brach und sie wandte sich schluchzend ab. »Ich wollte, daß du stolz auf mich sein konntest. Aus eigener Kraft und ohne deine Hilfe wollte ich so vor dir erscheinen.«

Cole hatte sich mit Robertas Launenhaftigkeit abgefunden, bis sie zu einem festen Bestandteil seines Lebens mit ihr geworden war, doch angesichts der Tränen dieser zarten, kleinen Frau fühlte er sich unsicher und ratlos. Ach was, durchzuckte es sein Gehirn. Sag irgend etwas, das sie auf andere Gedanken bringt. Alles ist besser als diese Tränen.

»Was sehen meine Augen?« sagte er halb im Scherz mit besänftigender Stimme. »Ist dies die gleiche Person, die mich mitten im Krieg aus dem Fluß gezogen und vor dem Ertrinken bewahrt hat? Ist das der gleiche Al, der jetzt wegen eines verbrannten Kleides Tränen vergießt?«

Alaina blickte ihm voll ins Gesicht, und Cole begriff im gleichen Augenblick, welchen Fehler er gemacht hatte.

»Ich war ein junges Mädchen mit Haaren bis an die Taille. Ich wurde von einer guten Familie zu einer feinen Lady erzogen.« Alaina holte tief Luft, um des tiefen Schmerzes in ihrer Seele Herr zu werden. »Alle sind sie tot. Als letzte habe ich meine Mutter begraben. Dann mußte ich mein schönes Haar abschneiden und mir das Gesicht besudeln. In den stinkenden Kleidern eines Streuners mußte ich herumlaufen und auch wie einer reden und kämpfen. Und die ganze Zeit mußte ich dein Gerede mitanhören, daß ich dringend ein Bad brauchte. Dabei fühlte ich mich so schmutzig, daß ich am liebsten gestorben wäre.«

Alaina beugte sich nah zu Cole hin und blickte ihm suchend in die Augen. »Verstehst du denn nicht? Weißt du es immer noch nicht? Es hat nie einen Al gegeben! Das war immer ich selbst. Ich bin immer Alaina gewesen! Al – hat – es – nie ge-ge-ben!« Bei den letzten Worten war sie in lautes, trostloses Schluchzen ausgebrochen. Sie raffte das verbrannte Kleid an sich und floh aus dem Raum.

Cole blieb allein zurück. Schwer lastete das Schweigen auf ihm.

32

Das Kleid war nicht mehr zu reparieren, doch Alaina erholte sich schnell von dem Verlust. Als die Nacht hereinbrach, hatte sie sich schon so weit beruhigt, daß sie sich im Zimmer umblickte und erstmals gewahrte, daß in ihrer Abwesenheit wieder einmal einige Gegenstände zu der sonstigen Einrichtung des Raumes hinzugefügt worden waren, ohne daß sie einen entsprechenden Wunsch geäußert hatte. Zuerst war es der große Spiegel gewesen, dann die schöne Uhr auf dem Kaminsims, und nun ein weich gepolsterter, grüner Sessel und ein Perserteppich. Sie wurde daraus ebensowenig klug wie aus den Brandlöchern in dem Abendkleid.

In der Nacht ging ein heftiges Unwetter nieder, das die letzten herbstlichen Blätter von den Bäumen fegte. In Strömen rann der Regen an den Fensterscheiben hinab, der nächtliche Himmel wurde von zuckenden Blitzen zerrissen. Doch ebenso schnell, wie das Gewitter aufgezogen war, verzog es sich auch wieder. Tiefe Stille breitete sich aus.

Alaina vermeinte, Coles rastlose Schritte in seinem Arbeitszimmer zu vernehmen, doch nach einer Weile verstummte auch dieses Geräusch. Da blies sie die Lampe aus und fiel auch bald in Schlaf. Später in der Nacht fuhr sie hoch. Der Hund winselte leise im Flur vor ihrer Tür, und von ganz tief unten im Haus glaubte sie ein geisterhaftes Scharren und Schlurfen zu vernehmen.

Alaina nahm all ihren Mut zusammen, riß ein Streichholz an und schlüpfte in ein Hausgewand. Vorsichtig öffnete sie die Tür ihres Zimmers und spähte in den Flur hinaus. Soldier, die große Dogge, saß vor Robertas Tür und blickte sich nur kurz nach ihr um. Dann kratzte er mit der Pfote an der Tür und gab ein leises Winseln von sich, als wolle er unbedingt in den dahinterliegenden Raum.

»Nun komm schon, Soldier«, redete Alaina dem Hund leise zu. »Da ist niemand.« Soldier grollte leise, als sei er nicht einer Meinung mit seiner Herrin. Da überwand Alaina ihre Beklemmung und stieß die Tür zu Robertas ehemaligem Schlafzimmer auf. Der Hund flitzte an ihr vorbei und schnüffelte in dem Zimmer herum, doch dann verharrte er plötzlich regungslos mit geneigtem Kopf, als lausche er.

Alaina blickte sich um. Alles war an seinem Platz wie immer, nur das Fenster stand weit offen. Der Vorhang bauschte sich im Nachtwind und verursachte ein leises klatschendes Geräusch. Überzeugt, die Ursache der ganzen Aufregung gefunden zu haben, atmete Alaina vor Erleichterung tief durch.
Sie rief Soldier, weil sie Robertas Zimmer so schnell wie möglich wieder verlassen wollte, aber der Hund hörte nicht auf sie. Schnüffelnd und winselnd verharrte er dicht vor einem Teil der Wand, der mit quadratischen Platten aus Spiegelglas verkleidet war. Diese Spiegelwand war von Draperien aus rotem Samt umrahmt. Der Hund stand wie angenagelt davor und starrte auf sein Spiegelbild, als habe er einen anderen Artgenossen entdeckt.
»Hinaus mit dir, Soldier«, schimpfte Alaina. »Auf der Stelle hinaus!«
Der Hund klemmte den Schwanz zwischen die Beine und trottete widerstrebend aus dem Zimmer. Alaina ging wieder zu Bett, aber es dauerte lange, bis sie sich völlig beruhigt hatte und wieder einschlief.

Am nächsten Morgen erschien sie nicht zur gewohnten Stunde zum Frühstück, und obwohl der Herr des Hauses sich nach dem Grund für ihre Verspätung erkundigte, erhielt er von einem Zimmermädchen nur die ausweichende Antwort, die Dame des Hauses fühle sich heute nicht wohl.
Da entschloß sich Cole, selbst nach dem Rechten zu sehen. Leise klopfte er an die Tür. Als er von innen ein unverständliches Gemurmel vernahm, stieß er die Tür auf und trat ein. Alaina saß im Nachthemd mit hochgezogenen Beinen auf dem Sessel. Als sie ihres Gatten ansichtig wurde, zog sie ein Tuch über den Kopf, als wolle sie seine Anwesenheit nicht wahrhaben. Cole merkte sofort, wie kühl es in dem Raum war. Das Kaminfeuer war niedergebrannt, und offenbar hatte der starke Wind alle warme Luft durch den Schornstein nach draußen gezogen. »Du hättest jemand rufen sollen, um das Feuer zu schüren, Alaina«, schalt Cole sie sanft. »In diesem Raum kannst du dir den Tod holen.«
Alaina kauerte sich ohne zu antworten nur tiefer in den Sessel. Sie hörte, wie Cole zu dem Kamin ging und sich an der Klappe zu schaffen machte, die den Zug regulierte.
»Habe ich richtig verstanden, daß du heute unpäßlich bist?« erkundigte er sich.

»Es ist nichts Besonderes«, murmelte Alaina.
»Ich dachte, du trauerst noch um dein Kleid.«
»Ich habe mich schon damit abgefunden.«
»Wenn du dafür einen Ersatz haben möchtest, läßt sich das leicht bewerkstelligen. Ich kenne einen Damenschneider in St. Cloud, der bestimmt den gleichen Stoff auftreiben kann.«
»Danke, aber ich komme auch ohne das Kleid aus. Ich habe noch ein paar andere, auch wenn sie nicht so schön sind.«
Cole suchte nach einem Weg, um den Engpaß dieses höflichen, aber unergiebigen Gespräches zu überwinden.
»Ich wollte eigentlich ein wenig ausreiten. Hättest du nicht Lust, mich zu begleiten?«
Alaina lüftete einen Zipfel des Tuches auf ihrem Kopf und spähte zu Cole hinüber. »Es tut mir leid, aber ich bin heute nicht dazu in der Lage.«
Cole verlor fast die Geduld. Allzu gut erinnerte er sich daran, wie oft Roberta eine Unpäßlichkeit vorgeschützt hatte. »Wenn du Kopfschmerzen hast, kann ich nach Annie rufen und ein wenig Eis bringen lassen. Es hat eine mildernde Wirkung.«
»Meinem Kopf geht es gut«, antwortete Alaina mit der Betonung auf dem Wort Kopf.
Cole legte eine Hand auf ihre Stirn. Das Tuch rutschte von Alainas Kopf. Ärgerlich blitzte sie ihn an. »Fieber habe ich auch nicht!«
»Dann weiß ich auch nicht mehr weiter«, sagte Cole ratlos.
»Können sich denn manche Männer nicht vorstellen, was es heißt, eine Frau zu sein?« Alaina war leicht errötet. Es war ihr offenbar peinlich, zu Erklärungen gezwungen zu sein. »Kennst du dich wirklich so schlecht mit Frauen aus, daß du nicht erraten kannst, warum es mir heute nicht gutgeht?«
Endlich begriff Cole, und er tat sein möglichstes, um ein amüsiertes Lächeln zu verbergen. »Ich bitte um Verzeihung dafür, daß ich die Natur deiner Verstimmung nicht sofort erkannt habe«, sagte er taktvoll. »Als Ehemann wäre mir das normalerweise nicht entgangen, aber da wir beide nicht eben ein sehr intimes Eheleben führen, war ich ein wenig im Nachteil.«
»Laß mich allein«, stöhnte Alaina gequält. Warum kam er immer gerade dann zu ihr, wenn irgend etwas an ihr nicht stimmte? Würde er sie denn niemals als eine stolze Lady voller Würde und Haltung erleben?

»Ich werde dich allein lassen, nachdem ich für deine Bequemlichkeit gesorgt habe«, sagte Cole und ging in sein eigenes Schlafzimmer hinüber, um gleich darauf mit der Brandykaraffe zurückzukehren. Er schenkte einen kleinen Schluck davon in ein Glas und reichte es Alaina, die es mit vor Ekel gerümpfter Nase entgegennahm.

»Ich glaube, ich bleibe lieber nüchtern und erdulde alles einsam und allein.«

»Nun komm schon«, munterte Cole die junge Frau auf. »Als Arzt kann ich dir versichern, daß Brandy die beste Medizin für dein besonderes Wehwehchen ist.«

Alaina schnüffelte mißtrauisch an dem Glas. »Ich dachte, du hättest deinen Beruf endgültig an den Nagel gehängt.«

»Wie könnte ich der Versuchung bei einer so hübschen Kranken, die mir voll und ganz ausgeliefert ist, widerstehen?« antwortete er grinsend und legte eine warme Decke über ihren Schoß. »Läßt es dein Stolz zu, daß ich dir etwas aus der Stadt mitbringe? Wie wäre es zum Beispiel mit einer Schachtel Bonbons?«

Sein verlockender Vorschlag ließ Alaina allen Ärger vergessen. Seit Jahren schon hatte sie keine Bonbons mehr genossen!

Cole las ihr die Antwort von den Augen ab und lachte beglückt. »Ich kaufe dir so viele, mein Schatz, daß du dick und fett wirst, wenn du sie alle lutschst. Damit läßt du mir dann keine andere Wahl, als die Ehe zu annullieren.«

Alaina sah den Schalk in seinen Augen und lächelte warm zurück. »Dann bring mir doch bitte nur ein paar mit.«

»Gut, aber ich warne dich. Vielleicht komme ich erst spät zurück. Ich habe viel zu erledigen.«

Alaina lehnte sich zurück und verbarg ihre Enttäuschung hinter dem Tuch. Cole begriff, daß er damit entlassen war. Er schritt zur Tür und sagte im Gehen: »Ich werde heute wahrscheinlich in der Stadt zu Abend essen. Du brauchst also nicht auf mich zu warten.«

Alaina zog das Tuch vom Gesicht. »Und ich werde höchstwahrscheinlich in meinem Zimmer essen. Du brauchst dir also keine Sorgen wegen ungebetener Gäste zu machen.«

»Dann habe ich ja für eine Zeitlang Ruhe vor Braegar Darvey und seinen Aufmerksamkeiten«, gab Cole mit lakonischem Lächeln zurück.

»Sie scheinen mir da eine seltsame Doppelmoral zu haben, Major

Latimer. In New Orleans haben Sie mich einfach genommen, weil Sie glaubten, ich sei ein Freudenmädchen. Ich nehme an, Sie rechtfertigen sich damit, daß das einfach die Befriedigung eines körperlichen Bedürfnisses war. Auf der anderen Seite jedoch werten Sie die kleinste Tändelei als schändlichen Verrat und machen Ihrer Empörung auch gehörig Luft.«

»Es gibt viele Dinge, die du nicht verstehen kannst, Alaina.«

»Da haben Sie allerdings recht, Sir!« Alaina schenkte Cole ein halb fragendes, halb perplexes Lächeln. Insgeheim hoffte sie, er würde sich zu näheren Erläuterungen herbeilassen.

Cole hatte schon den Mund zu einer Erwiderung geöffnet, doch besann er sich im letzten Moment. Er nickte Alaina kurz zu und verließ das Zimmer.

In ungläubigem Staunen starrte sie auf die Tür, lange nachdem sie sich hinter ihm geschlossen hatte. Wie sollte sie ihn je verstehen, wenn er sich hinter einem undurchdringlichen Dickicht aus Schweigen verschanzte?

Es war schon fast Mitternacht, als Alaina hörte, wie Cole sein Zimmer betrat.

Eine Weile ging er in der kleinen Badekammer hin und her, einmal verhielt er sogar den Schritt vor Alainas Tür. Dann entfernte er sich wieder. Alaina lag noch lange wach und lauschte dem Takt der unregelmäßigen Schritte, die gedämpft aus ihres Gatten Zimmer herüberklangen.

Am nächsten Morgen blieb Alaina überrascht in der Tür des Speisezimmers stehen. Auf dem Tisch lag neben dem Frühstücksgedeck eine große, bunte Blechschachtel. Ein kleiner Strauß Gänseblümchen war daran mit einem Band befestigt. Um diese Jahreszeit war das ein erfrischender Anblick.

Leise lächelnd ließ sich Alaina auf den Stuhl sinken. Ein Kärtchen lehnte an der Schachtel, worauf nur das Wort »Alaina« geschrieben war. Gerührt von Coles Aufmerksamkeit schnupperte sie an den kleinen Blumen. Sie wußte, daß die Schachtel die am Vortage versprochenen Süßigkeiten enthielt. Nach der großen, bunt lakkierten Schachtel zu schließen, waren sie in einer Stadt im Osten der Vereinigten Staaten hergestellt worden. Wie hatte Cole es geschafft, sie so schnell herbeizuzaubern?

Die Antwort lag auf der Hand: Roberta hatte Bonbons geliebt und zu den unmöglichsten Zeiten danach verlangt. Jetzt war sie

tot, aber würde sie jemals ganz aus ihrem gemeinsamen Leben verschwinden?
Die Tür knarrte leise, als Cole eintrat. Er blieb stehen und betrachtete lange seine junge Frau, die ganz in graue Seide gekleidet war. Das Licht des frühen Morgens umfloß sie weich und ließ sie wie eine Erscheinung aus der Welt der Träume aussehen. Das geheimnisvolle Lächeln auf jenen weichen, schön geschwungenen Lippen nahm Cole fast den Atem.
»Haben dir die Süßigkeiten gefallen?« fragte er schließlich mit leiser Stimme.
»O ja, ich danke dir!« Lachend öffnete sie den Deckel der Schachtel. Beim Anblick der darunterliegenden Herrlichkeiten weiteten sich ihre Augen. Cole betrachtete wie verzaubert das Mienenspiel ihres schönen Gesichtes.
Mit spitzen Fingern entnahm Alaina der Schachtel einen kleinen Leckerbissen und knabberte vorsichtig daran. Dann schloß sie die Augen und seufzte. »Sündhaft gut schmeckt das!« kicherte sie. »Möchtest du auch einen?«
Cole nahm am Tisch Platz und lächelte betrübt. »Olie, der Kutscher, behauptet Stein und Bein, daß solche Pralinen der Männlichkeit schaden.«
Ein spöttisches Lächeln zuckte um Alainas Mundwinkel. »Schenken Sie etwa den Geschichten alter Männer Glauben, Doktor Latimer?«
»Nun, wenn jemand das gleiche von Wasser behaupten würde, dann könnte ich nicht das Gegenteil beweisen, jedenfalls schon seit geraumer Zeit nicht mehr«, gab Cole trocken zurück.
Alaina entnahm der Schachtel ein Stück Schokolade und betrachtete es nachdenklich. »Vielleicht solltest du mehrere davon essen. Auf diese Weise würden dich deine Gelüste weniger quälen.«
»Vielen Dank für die Anregung. Obwohl ich zu behaupten wage, daß die lustbetonte Seite meines Wesens in letzter Zeit wenig zur Geltung gekommen ist, werde ich mich bemühen, sie in Zukunft noch besser im Zaum zu halten.« Cole betrachtete den aus Silber getriebenen Knauf seines Stockes, der den Kopf eines Jagdhundes darstellte. »Ich hatte keine Ahnung, daß eine Ehe dem mönchischen Dasein so sehr ähneln kann.«
Ein Dutzend oder mehr Erwiderungen lagen Alaina auf der Zunge, aber sie wollte die scherzhafte Stimmung an diesem Mor-

gen nicht ganz verderben und schwieg deshalb um des lieben Friedens willen. Irgendwann würde in dieser seltsamen Beziehung zu Cole der Tag kommen, an dem sie ihn daran erinnern konnte, daß er genau das erhielt, was er verlangt hatte.

Am nächsten Morgen erschien Alaina zur gewohnten Zeit und erblickte als erstes Annie, die aufgeregt im Kamin des Eßzimmers herumstocherte. Im ganzen Raum roch es durchdringend nach verbrannter Schokolade. Ein Blick in den Kamin verriet Alaina die Ursache: auf der noch schwach glimmenden Glut lag die einst so bunte Pralinenschachtel. Sie war vom Feuer ausgeglüht und verbogen. Offensichtlich hatte die Schachtel fast die ganze Nacht im Feuer gelegen. Bei genauerem Hinschauen erwies sich zudem, daß jemand vorher mit voller Absicht den Inhalt auf die Glut geschüttet haben mußte. Das war kein Versehen oder ein spontaner, kleinlicher Racheakt, sondern eine mit Bedacht geplante, schändliche Tat, die davon zeugte, daß Alaina im Hause einen Feind haben mußte, der sie abgrundtief haßte.
»Was ist denn hier los«, erklang da Coles Stimme von der Tür her.
Die beiden Frauen fuhren herum. In Alainas Augen glänzten Tränen. Annie beeilte sich, Cole Bericht zu erstatten: »Die Schachtel lag gestern am späten Abend noch auf dem Tisch, Sir, als ich das Geschirr abräumte. Irgendwann muß eine hinterhältige Person sie ins Feuer geworfen haben, aber ich habe nicht die geringste Ahnung, wer das gewesen sein könnte.«
»Vielleicht haben die anderen Hausangestellten eine Erklärung dafür. Ich werde augenblicklich mit ihnen reden«, erwiderte Cole. »Solche Vorkommnisse müssen in Zukunft unterbleiben, und wenn ich das gesamte Personal entlassen muß!«
Alaina zitterte am ganzen Leibe. Unter einem gemurmelten Vorwand drehte sie sich um und eilte in Richtung auf ihr Zimmer davon. Besorgt ging Cole ihr bis in die Halle nach. Er sah sie gerade noch oben auf dem Treppenabsatz verschwinden. Doch schon nach wenigen Augenblicken hörte er ihre erschreckte Stimme: »Cole, könntest du bitte für einen Moment kommen?«
So schnell es seine Gehbehinderung erlaubte, eilte Cole die Treppe hinauf. Innerlich war er auf das Schlimmste gefaßt. Doch als er das Zimmer seiner Frau betrat, lachte er vor Erleichterung laut auf, als er die Ursache ihrer Beunruhigung erblickte. Auf

dem Bett lag eine ähnliche Bonbonschachtel wie jene, die im Kamin verbrannt war, nur war sie halb so groß.
»Sie gehört Mindy«, sagte Cole. »Ich glaube, du hast eine Freundin gewonnen, ohne es zu ahnen.«
»Mindy! Ist das etwa eine von deinen Geliebten, die du hier vor meiner Nase im Hause verborgen hältst?«
»Geliebte! Daß ich nicht lache!« antwortete Cole grinsend. »Ganz sicher ist sie liebebedürftig, aber nicht so, wie du meinst. Ich glaube, es wird Zeit, daß du Mindy kennenlernst. Komm!« Mit diesen Worten ergriff Cole Alainas Hand und zog sie ungeachtet ihres Widerstrebens hinter sich her die Treppe hinunter und geradewegs zum hinteren Küchenausgang, vorbei an den verdutzt gaffenden Hausangestellten. Cole stieß die Tür auf und trat ins Freie. Nur kurz blickte er sich suchend um, dann sagte er zu Alainas Verwunderung zu jemand, den sie nicht sehen konnte: »Da bist du ja! Komm heraus und hör auf, dich zu verstecken! Du sollst heute die neue Hausherrin kennenlernen. Sie heißt Alaina und ist eine sehr nette, junge Dame.« Als Cole gleich darauf wieder die Küche betrat, folgte ihm zu Alainas Verblüffung ein kleines Mädchen, das höchstens sechs oder sieben Jahre alt war. Schüchtern hielt die Kleine eine verschlissene Stoffpuppe an sich gepreßt und starrte beharrlich zu Boden. Alaina war erschüttert von dem verwahrlosten Zustand des Kindes. Das Gesichtchen war schmutzig und rußverschmiert und die Kleidung in einem bedauernswerten Zustand.
»Dies ist also Mindy«, informierte Cole seine Frau. »Es ist anscheinend unmöglich, sie zum Sprechen zu bewegen.«
»Mein Gott, Cole! Was habt ihr mit dem Kind angestellt! Sie ist so schmutzig!«
»Ich habe ihr Sachen gekauft«, rechtfertigte sich Cole achselzuckend, »aber sie will sie nicht anziehen. Oben im Haus hat sie ein Zimmer, aber sie will nicht darin schlafen. Anscheinend zieht sie die Küche vor. Auf eine stille Art ist sie sehr unabhängig, so wie jemand, den ich vor einiger Zeit zufällig in New Orleans kennenlernte.«
Alaina tat, als bemerkte sie seinen anzüglichen Blick nicht. »Hat die Kleine denn keine Verwandten?« erkundigte sie sich.
»Sie hatte einen Onkel, der eine Zeitlang hier als Gärtner gearbeitet hat. Er ist plötzlich verschwunden und hat nie wieder etwas von sich hören lassen. Ihre Eltern kamen vor drei Jahren bei dem

berüchtigten Massaker um«, fuhr Cole fast flüsternd fort und bedeutete Alaina, das heikle Thema nicht weiter zu verfolgen.
Alaina nahm Cole die Bonbonschachtel aus der Hand und hielt sie Mindy hin. »Lieb von dir, daß du sie mir gegeben hast, aber allein schaffe ich sie nicht, also mußt du mir beim Essen helfen«, sagte sie mit sanfter Stimme zu der Waisin.
In Mindys Augen trat plötzlich ein gehetzter Ausdruck wie bei einem kleinen, geängstigten Tier. Sie drehte sich um und wollte durch die Tür ins Freie laufen, doch Cole hielt sie am Arm fest.
»Hiergeblieben! Wo willst du denn hin? Hast du nicht gehört, was die Dame gesagt hat?«
In den weitaufgerissenen, dunkelgrauen Augen der Kleinen stand helle Panik geschrieben. Ängstlich umklammerte sie mit beiden Ärmchen Coles Bein. Alaina mußte an ihre eigene Mutter denken, die niemals streng gewesen war, sondern ihre Kinder mit sanftem Nachdruck erzogen hatte.
»Komm her zu mir und laß dich näher anschauen«, sagte sie mit behutsamer Stimme, die dennoch keinen Widerspruch duldete. Angstvoll schob sich das kleine Mädchen näher an sie heran. Alaina ging langsam um sie herum und inspizierte die ungewaschene Kleidung und das schmutzstarrende Körperchen. Schließlich richtete sie sich auf und blickte Cole gerade in die Augen.
»Du hast dieses kleine Menschenwesen so in deinem Hause dahinvegetieren lassen? Ausgerechnet du?«
»Was den Umgang mit Frauen anbelangt, liebe Alaina«, antwortete Cole beklommen, »so hast du mir große Erfahrung zugeschrieben. Aber dieser Fall ist ganz anders gelagert. Wenn du mich darüber aufklären könntest, wie man am besten mit Mindy umgeht, wäre ich dir sehr dankbar.«
»Jedes Kind braucht einen Menschen, der es mit fester Hand führt und ihm beispielsweise sagt, wann es sich waschen soll. Und das soll auch als erstes geschehen. Komm mit mir, Mindy«, sagte Alaina mit Bestimmtheit.
Erschrocken wich das kleine Mädchen zurück. Ihr Onkel hatte sie nie mit dem Waschen behelligt, und obwohl Doktor Latimer immer wieder darauf bestanden hatte, war es ihr stets irgendwie gelungen, sich rechtzeitig zu verstecken.
Alaina ließ sich nicht beirren. Sie ergriff die Kleine an der Hand

und sagte zu Cole gewandt: »Peter soll warmes Wasser hinaufbringen. Und du kommst am besten mit für den Fall, daß Mindy widerspenstig ist.«
Cole war beeindruckt von der Energie und Umsichtigkeit seiner jungen Frau: »Wenn du es schaffst, ihr in aller Ruhe ein Bad zu verabreichen, dann kannst du sie sicherlich auch dazu bewegen, in ihrem Zimmer zu schlafen.«
Bei seinen Worten schüttelte Mindy in verzweifelter Abwehr den Kopf. »Aber warum denn nicht?« fragte Alaina sie höchst verwundert. Annie mischte sich ein: »Sie hat bestimmt Angst, daß die verstorbene Mrs. Roberta zurückkommen könnte. Sie konnte Mindy nicht ausstehen und hat sie allzu streng behandelt.«
Nun, wir werden sehen, was zu machen ist«, meinte Alaina scheinbar unbeeindruckt.
In Alainas Schlafzimmer schürte Cole das Kaminfeuer, während Alaina sich daranmachte, die Kleine zu entkleiden. Mindy leistete dabei nicht den geringsten Widerstand, nur die Stoffpuppe wollte sie nicht hergeben. Alaina kräuselte angewidert die Nase, als sie sah, wie überaus verschmutzt das Kind am ganzen Körper war. Sie mußte dabei flüchtig an einen gewissen ›Al‹ denken, der äußerlich zwar auch nicht der sauberste, dafür jedoch unter der schäbigen Kleidung um so reinlicher gewesen war.
Derweil betrachtete Cole verstohlen die schlanke, zierliche Frau, die sich des kleinen Mädchens angenommen hatte. Es wollte ihm scheinen, daß er mit jedem Tag neue, überraschende Züge ihres Charakters entdeckte und daß es damit nie ein Ende haben würde. Cole war der entschlossene Blick voller menschlicher Wärme, mit dem Alaina die Kleine betrachtete, nicht entgangen. Gerührt sah er zu, wie Alaina die Ärmel hochkrempelte und sich eine Schürze umband. Das war eine Frau, wie man sie nicht alle Tage fand. Cole begehrte nichts sehnlicher, als ihr Herz zu zähmen.
Auf Alainas Bitte goß Cole warmes Wasser auf Mindys Kopf und spülte den Seifenschaum aus ihrem Haar.
Nach einer Weile kletterte die Kleine rosig und wohlriechend aus der Badewanne. Alaina wickelte sie in ein großes Badetuch und sah ergriffen zu, wie Cole das kleine Mädchen hochhob und auf seinen Schoß setzte.
Der Schrank in Mindys Zimmer war vollgestopft mit neuen Kleidungsstücken, genau wie Cole gesagt hatte. Doch als Alaina ei-

nige Sachen auseinanderfaltete, sah sie zu ihrer Verblüffung, daß jedes, sogar die kleinen Petticoats und Spitzenkragen, zerrissen oder durch einen Schnitt zerstört und dann offensichtlich sorgsam zusammengefaltet auf ihren Platz zurückgelegt worden war, als gelte es, den Schaden zu verbergen.
Alaina wählte einige Sachen aus, die leicht auszubessern waren, und kehrte in ihr eigenes Zimmer zurück. Während sie die nassen, verfilzten Haare des kleinen Mädchens kämmte, sagte sie mit gedämpfter Stimme zu Cole: »Alle ihre Sachen sind voller Absicht untauglich gemacht worden. Vielleicht hast du nichts davon bemerkt, aber auf jeden Fall ist das der Grund, warum Mindy die Kleidungsstücke nicht tragen wollte. In den Schuhen und Strümpfen waren Disteln und Butter. Ich habe die Schuhe ausgewischt, so gut es geht. Wer könnte das getan haben?«
»Roberta!« stieß Cole mit finsterem Gesicht hervor.
»Glaubst du wirklich?« fragte Alaina verwundert.
»Der Gärtner verschwand ein paar Monate vor Robertas Tod. Als ich das Kind ins Haus nahm, machte mir Roberta eine der üblichen Szenen. Ich wies sie zurecht und verbot ihr, die Kleine zu mißhandeln. Vielleicht hat sie sich auf diese Weise gerächt.«
Mindy war inzwischen in Coles Armen sanft eingeschlummert. Alaina warf ihrem Mann einen liebevollen Blick zu, wie er versunken das Gesichtchen des schlafenden Kindes betrachtete. Als er plötzlich aufblickte, fühlte sie sich ertappt und errötete leicht.
»Kanntest du eigentlich ihren Onkel näher?« fragte sie verlegen.
»Er war ein Tunichtgut. Roberta und er paßten gut zusammen. Einmal hätte ich ihn fast entlassen, als ich ihn dabei erwischte, wie er das Mädchen verprügelte. Ohne ihn ist Mindy bestimmt besser daran.«
»Mindy mag dich anscheinend sehr gern. Warum adoptierst du sie nicht?«
»Ich ziehe es vor, auf andere Weise Vater zu werden«, erwiderte Cole mit einem verächtlichen Schnauben. »Aber das kann ja noch kommen.«
»Und was ist mit Roberta? Erwartete sie nicht ein Kind?«
»Robert und ich haben nie eheliche Beziehungen gehabt. Ein anderer Mann muß sie geschwängert haben.«
Alaina blickte betrübt in ihren Schoß. »Verzeih mir, Cole. Das wußte ich nicht.«
»Keine Sorge, meine Liebe. Roberta und ich waren uns da aus-

nahmsweise einmal einig. Sie hatte keine Lust dazu und mir war auch nicht danach – jedenfalls nicht mit ihr.«
»Aber sie muß dich doch geliebt haben, Cole.«
Cole schüttelte den Kopf. »Ich glaube nicht, daß sie überhaupt der Liebe fähig war. Sie spielte nur gerne die Rolle der reichen, verwöhnten Ehefrau. In Wirklichkeit war sie nur wie ein seichter Fluß: glitzernd an der Oberfläche, aber voller Schlamm und Unrat auf dem Grunde.«
Alaina sah, wie Cole sein Bein rieb, das in der unbequemen Stellung heftig zu schmerzen begonnen hatte, und erhob sich. Sie wollte das schlafende Mädchen von seinem Schoß heben, aber Cole legte eine Hand auf ihren Arm.
»Du hast einen so starken mütterlichen Instinkt, Alaina. Vielleicht wären ein paar Kinder das richtige für dich.«
Ihre Gesichter waren sich ganz nahe. Alainas Blick war voller Wärme, als sie mit belegter Stimme leise fragte: »Ist das eine Aufforderung, Sir, oder wie soll ich das verstehen?«
Cole lehnte sich in den Sessel zurück und blickte sie durchdringend an. »Und wenn das nun eine Aufforderung wäre?« fragte er zurück.
Alaina nahm das Kind von seinem Schoß und lächelte rätselhaft. »In dem Fall müßte ich dich an unser eheliches Abkommen erinnern, mein Lieber.«

Während der folgenden Tage wurden Alaina und Mindy schnell unzertrennliche Freunde. Mit großem Geschick imitierte die Kleine ihre große Freundin. Alainas bestimmte, aber liebevolle Art tat ihr anscheinend gut.
Eines Tages entdeckte Alaina unter Mindys Bettlaken ein paar getrocknete Disteln. Sie verstand nun, warum das Mädchen so ungern in seinem Zimmer schlief. Als Alaina Cole in dieser Angelegenheit um Rat bat, schlug er vor, Mindy solle einfach in ein anderes Zimmer am anderen Ende des Flurs ziehen. Die Kleine war von der Idee so angetan, daß sie Alaina eifrig beim Umzug half.
»Wirst du hier lieber wohnen?« fragte Alaina ihre kleine Schutzbefohlene, während sie das Bett bezog und die Kissen aufschüttelte.
Mindy nickte ohne zu zögern, aber noch immer sagte sie nichts. Ein erfreutes Lächeln huschte über ihr kleines Gesicht, aber in ih-

ren Augen stand unverminderte Furcht geschrieben, so als fürchte sie, der böse Traum könne jeden Augenblick wiederkehren. Ihr Anblick versetzte Alaina einen Stich. Mitleidig streckte sie die Arme nach der Kleinen aus.
»O Mindy! Wir beide gehören zusammen. Aber ich hatte in all meinem Elend wenigstens die Wahl, während du nichts für dein Unglück kannst.« Innig preßte sie das Kind an sich.

An jenem Abend badete Mindy in Alainas Wanne und ließ sich danach willig von ihrer großen Freundin zu Bett bringen. Aufmerksam hörte sie zu, als Alaina neben ihrem Bett niederkniete und ein Nachtgebet sprach. Dann schloß sie die Augen. Alaina erhob sich und küßte das kleine Mädchen sanft auf die Stirn. Bewegt sah sie, wie ein glückliches Lächeln das Gesicht des Kindes verklärte.

33

Wenn Cole sich etwas in den Kopf gesetzt hatte, dann war er schwer von seinem Vorhaben abzubringen. Diese Tatsache war Alaina schon seit langem aufgefallen.
Seit Tagen schon machte er ihr auf unmißverständliche Weise den Hof, und es war Alaina völlig klar, daß er sie mit allen Mitteln dazu bewegen wollte, mit ihm zu schlafen. Tatsächlich machte Cole auch wirklich keinen Hehl daraus. Aber solange er ihr nicht die verbindliche Zusicherung gegeben hatte, daß er sie nicht aus einer Laune heraus, sondern ernsthaft begehrte, war Alaina nicht gewillt, seinem Drängen nachzugeben. Doch wie lange würde sie sich ihn noch vom Leibe halten können? Alaina mußte sich eingestehen, daß sie sich in diesem Punkte ihrer selbst nicht allzu sicher war.
Cole stellte sie überall als seine Ehefrau vor. Eines Tages hatte er geschäftlich in St. Anthony zu tun. Abends gingen sie ins Theater und verbrachten danach die Nacht im Hause von Freunden der Latimers, weil es für den Heimweg schon zu spät war. Es blieb Alaina nichts weiter übrig, als mit Cole im selben Zimmer und Bett zu schlafen.
Cole hatte sich entkleidet und war zum Bett gehumpelt. Eine Zi-

garre rauchend sah er schweigend zu, wie sich Alaina umständlich unter ihrem Hausmantel auszog, damit er ja nicht einen Blick auf ihre Nacktheit erhaschen konnte. Schließlich schlüpfte sie scheu unter die gemeinsame Bettdecke und starrte auf dem Rücken liegend zur Zimmerdecke hoch. Was mochte jetzt wohl in ihrem Kopf vor sich gehen, fragte sich Cole. Vor seinen Freunden hatte sie auf zauberhafte Weise die liebende Ehefrau gespielt. Alle waren sehr angetan von ihrer Anmut und Fröhlichkeit. Cole konnte es seinen Freunden nicht verdenken, daß sie Alaina im Vergleich zu Roberta geradzu als ein Geschenk des Himmels betrachteten. Sie war ja auch wirklich ein echter Lekkerbissen von einer Frau. Wenn Alaina gewußt hätte, wie sehr schon die allerkleinste Berührung Coles Verlangen nach ihr weckte!

Cole drehte den Kopf zu Alaina hin und flüsterte: »Ist es dir warm genug?«

Alaina nickte. »Ja, danke. Was macht dein Bein? Schmerzt es noch?«

»Hmm«, war seine nichtssagende Antwort. Danach lag Cole schweigend da und paffte den Rauch seiner Zigarre an die Decke. Alaina schlief nach dem abwechslungsreichen Tag schnell ein. Im Schlaf schmiegte sie sich instinktiv eng an den warmen Körper ihres Mannes, bis etwas sie am Ohr kitzelte und eine Stimme leise fragte: »Alaina, schläfst du?«

»Cole?« murmelte sie schlaftrunken und kuschelte sich noch näher an ihn. Behutsam legte Cole einen Arm um sie und vergrub sein Gesicht in dem warmen Duft ihres Nackenhaares.

»Alaina, wenn du nicht das Opfer der Umstände werden willst, deren Kontrolle mir zu entgleiten droht, dann empfehle ich dir, ein wenig von mir abzurücken«, murmelte er in ihr Ohr.

Alaina riß die Augen weit auf. Schlagartig wurde ihr klar, was er meinte. Sie lag ihm zugewendet auf der Seite und hatte im Schlaf vertrauensvoll ein Bein zwischen seine Schenkel geschoben. Die Glut seines steilaufgerichteten männlichen Gliedes versengte sie fast. Es bedurfte keines weiteren Beweises für die Richtigkeit seiner Worte.

»Entschuldige«, murmelte sie in äußerster Verwirrung und verzog sich schleunigst an das andere Ende des Bettes. So lagen sie beide lange wach und starrten blicklos in die Finsternis, die Nerven zum Zerreißen gespannt. Die Nacht schien nicht enden zu wollen, doch schließlich erlöste sie das Morgengrauen aus ihrer ehelichen Folterkammer.

Daheim fühlte Alaina wieder festen Boden unter den Füßen, doch mußte sie ständig damit rechnen, daß Cole zu den unmöglichsten Zeiten in ihrem Zimmer erschien. Manchmal wachte sie nachts auf und sah die schlanke Silhouette seines Körpers neben ihrem Bett, während der Mond in das Zimmer schien. Seine rastlosen nächtlichen Wanderungen durch das dunkle Haus trieben Cole immer wieder zu Alaina hin.

Längst hatte sie es aufgegeben, die Türen mit Stühlen zu verbarrikadieren. Sie hatte es einfach nicht ertragen können, wie er sich darüber lustig gemacht hatte. Statt dessen versuchte sie sich den Anschein zu geben, als habe sie keine Furcht vor ihm, aber irgendwie hatte sie das sichere Gefühl, ihm damit nur in die Hände zu spielen, denn jetzt ging er bei ihr aus und ein, wie es ihm beliebte.

»Heute abend würde ich dich gerne ausführen«, verkündete Cole an einem jener Nachmittage, als er wieder einmal unangemeldet bei ihr erschienen war. »Und diesmal solltest du etwas anziehen, was deine Weiblichkeit betont.« Anerkennend strichen seine Augen bei diesen Worten über die sanften Rundungen ihrer Brüste, die Alaina bei seinem unvermuteten Eintreten notdürftig bedeckt hatte. »Bitte verzeih mir, aber ich finde es allmählich etwas monoton, daß du dich ständig in Grau kleidest.«

Alaina schäumte vor Wut, als er gemächlich aus ihrem Badezimmer schlenderte. Am liebsten hätte sie irgendeinen Gegenstand hinter ihm hergeschleudert. Doch wußte sie genau, daß er sie nur auslachen würde. Bei Gott, schwor sie sich, ich werde dir schon zeigen, was für eine Frau ich bin!

Für den Rest des Tages machte sich Alaina an ihrer Abendgarderobe zu schaffen. Sie nahm eine Schere und schnitt ein Samtkleid so tief aus, daß das Dokolleté das übliche Maß weit überschritt. Wenn Cole so viel Gefallen an ihren Brüsten fand, dann würde sie heute abend dafür sorgen, daß ihm das Wasser im Munde zusammenlief. Als sie sich ankleidete, stellte sie vorsorglich einen Stuhl unter die Türklinke. Der Schock sollte für ihn völlig überraschend kommen. Nach diesem Abend sollte er nie wieder an ihrer Weiblichkeit zweifeln können.

Cole klopfte leiste an die Verbindungstür zwischen ihren Zimmern und trat ein, ohne Alainas Antwort abzuwarten. Als er seine Frau erblickte, blieb er überrascht stehen. Mit unverhüllter Bewunderung ging sein Blick über sie hin, bis sie das Gefühl hatte, seine Augen drängen durch das Kleid hindurch bis auf die nackte Haut.

Cole knöpfte geistesabwesend sein Hemd zu. Wie gut sie ihr Ziel erreicht hatte, ihn zu beeindrucken, merkte Alaina daran, daß er dort nach einem Knopfloch fingerte, wo gar keines war.

»Du bist ja noch nicht fertig«, murmelte sie.

Cole hinkte näher zu ihr heran und betrachtete sie in aller Ruhe. Sein Blick folgte der goldenen Kette, die in dem tiefen, einladenden Tal zwischen ihren Brüsten verschwand.

Obwohl Alaina sich fest vorgenommen hatte, sich nie wieder von ihm aus der Fassung bringen zu lassen, schlug ihr Herz doch schneller. Cole war kein unerfahrener Schuljunge, aber sie mußte aufpassen, daß sie seine Selbstbeherrschung nicht über Gebühr beanspruchte. »Ist dieses Kleid weiblich genug?« fragte sie und strich über die Falten des Samtes.

Cole legte eine Hand auf ihren nackten Hals und fühlte, wie rasch ihr Puls ging. Dann hob er ihr Kinn, so daß sie ihn voll anblicken mußte.

»Wenn dieses Kleid auch nur eine Spur weiblicher wäre, dann würdest du mir heute nacht nicht entkommen. So wie es ist, kann ich mich eben noch beherrschen.«

Seine Hand glitt abwärts über ihre Brust zur Taille. Mit sanftem Nachdruck zog er sie an sich. »Bist du sicher, daß wir nicht lieber doch zu Hause bleiben sollten?« flüsterte er mit heiserer Stimme.

Alaina lachte grirrend. »Denk an deine guten Manieren, Cole.« Sie stemmte die Ellbogen gegen seine Brust, damit er ihr nicht zu nahe kam. »Wir müssen uns beeilen, es ist schon spät. Olie hat die Kutsche schon längst vorgefahren.«

Cole ließ sie los und begann, seine Krawatte zu binden.

»Olie! Mindy! Annie! Miles! Immer kommt mir in diesem Hause jemand in die Quere!« brummte er verärgert. »Ich sollte die ganze Bande entlassen. Dann könnte ich dich in aller Ruhe vergewaltigen.«

Glockenhell klang Alainas Gelächter durch den Raum. »Der Hahn hat gekräht«, spottete sie. »Ziehen Sie sich lieber Rock und Weste an, Milord. Wir sind verspätet.«

Cole verzog das Gesicht zu einer Grimasse wie ein enttäuschter Lüstling und beeilte sich, Alainas Aufforderung nachzukommen.
Als er wenig später seiner Frau in die wartende Kutsche half, war er bester Laune. Er nahm neben ihr Platz und legte einen Arm um ihre Schultern. Das dürftige Licht der Kutschlaternen sorgte im Inneren des Fahrzeugs für genügend Helligkeit, daß Cole einen hingerissenen Blick auf Alainas sanft schimmernde Brüste in dem tiefen Ausschnitt des Kleides werfen konnte. »Wie sehr du mir so gefällst, meine Liebe«, flüsterte er. »Wenn du wüßtest, wie gut dir das steht!«
Seine Worte waren wie eine zärtliche Liebkosung und rührten an Alainas Herz. Aber sie mußte vorsichtig sein. Cole war wie ein reißender Wolf, auch wenn er manchmal noch so friedlich tat. Er neigte sich zu ihr hin, und seine Lippen strichen leicht über ihr Haar. »Du duftest genauso gut, wie du aussiehst. Heute bist du ganz Frau, zart und schön.«
Bestürzt mußte Alaina sich eingestehen, daß ihre Rolle als Verführerin im Handumdrehen in die eines eingekreisten Hasen verkehrt worden war. Mit honigsüßen Worten und liebevollen Gesten trieb er sie geschickt und unerbittlich in die Enge. Welche Frau konnte schon dem hartnäckigen Werben eines solchen Mannes lange widerstehen? Wer konnte ihr vorwerfen, daß sie den Dingen ihren Lauf ließ, selbst wenn es später großer Kraft bedurfte, seinem Drängen Einhalt zu gebieten?
Nach längerer Fahrt gelangten sie schließlich in die Stadt. Olie lenkte die Kutsche vor ein stattliches, dreigeschossiges Gebäude, dessen gelbliche Fassade mit Verzierungen im Zuckerbäckerstil überladen war.
»Was für ein Gebäude ist das?« fragte Alaina neugierig beim Aussteigen.
»Das beste Hotel der Stadt, obwohl es natürlich nicht im entferntesten mit den ersten Häusern von New Orleans zu vergleichen ist«, unterrichtete Cole sie bereitwillig.
»Ein Hotel?« fragte Alaina argwöhnisch.
»Nun ja, aber heute abend tritt hier eine Schauspielertruppe auf. Außerdem speist man hier sehr gut.«
»Verbringen wir heute die Nacht hier?« fragte Alaina geradeheraus mit leiser Stimme.
»Das bleibt abzuwarten«, lächelte Cole selbstzufrieden. »Jeden-

falls liegt es nicht außerhalb des Möglichen, wenn du einen dementsprechenden Wunsch äußern solltest.«
»Aber wir haben doch kein Gepäck«, stellte Alaina fest, als wolle sie diese Möglichkeit weit von der Hand weisen.
»Das enthebt dich der Notwendigkeit, ein Nachthemd zu tragen«, grinste er.
Alaina errötete tief. Sie fühlte sich an jene andere Nacht erinnert.
»Sie sind ein lüsterner Schurke, Sir«, schalt sie Cole entzürnt.
»Ich versichere Sie, Madam, daß ich Sie zu nichts drängen werde, das Ihrem ausdrücklichen Willen zuwiderläuft.«
Seine Augen blitzten humorvoll, als er ihr den Arm bot. Alaina hängte sich bei ihm ein, und er legte seine Hand auf die ihre.
»Bitte vergib mir, meine Liebe. Manchmal spielst du die liebende Ehefrau so gut, daß ich mich vergesse und in der Rolle eines richtigen Ehemannes wiederfinde.«
»Und ich«, erwiderte Alaina mit sanftem Ernst, »weiß manchmal überhaupt nicht, woran ich eigentlich bin mit dieser merkwürdigen Ehe.«
In der luxuriösen Halle des Hotels legten sie ihre Mäntel ab und folgten einem Bediensteten über weiche Teppiche und vorbei an großen Spiegeln in vergoldeten Rahmen zum Speisesaal. Dort wurde ihnen ein Tisch angewiesen, der halbversteckt in einer gemütlichen Nische stand.
Der Saal war von dort aus gut zu überblicken, ohne daß sie selbst den neugierigen Blicken der anderen Gäste allzusehr ausgesetzt waren.
Während Cole neben Alaina Platz nahm und das schmerzende Bein unter dem Tisch austreckte, nickte er flüchtig einigen Bekannten zu. Er spürte die Erregung in sich aufsteigen, als er die hinreißend schönen Gesichtszüge seiner Frau betrachtete. Zart ergriff er Alainas schmale Hand und drückte sie leicht.
»Deine Hand ist kalt«, wisperte er.
»Und deine ist warm«, antwortete sie fast unhörbar. Instinktiv lehnte sich Alaina näher an Cole. Fast konnte er in dem tiefen Ausschnitt die Knospen ihrer Brüste sehen, und es kostete ihn große Überwindung, sie nicht einfach zu berühren. Mit hungrigen Augen verschlang er den verführerischen Anblick.
»Die Klatschbasen der Gegend stecken wegen uns schon die Köpfe zusammen und tuscheln, Liebling«, sagte Cole mit gezwungenem Lächeln. »Vielleicht sollten wir ihnen zeigen, daß du

kein vielköpfiges Ungeheuer, sondern eine sehr schöne Frau bist.«
»Und wie sollen wir das deiner Meinung nach bewerkstelligen?«
»Ich denke, wir sollten zu Ehren der neuen Herrin von Latimer House ein kleines Fest veranstalten«, antwortete er mit einem langen Blick in ihre grauen Augen, in deren warmen Tiefen er sich zu verlieren drohte. »Das muß nichts Weltbewegendes sein. Ich dachte daran, einfach nur ein paar Freunde und Nachbarn zum Abendessen einzuladen. Danach könnte auch ein wenig getanzt werden.«
In diesem Augenblick erscholl am Eingang des Saales lautes Gelächter. Braegar und Carolyn Darvey betraten in Begleitung eines anderen Paares den Raum und blickten sich suchend nach einem freien Tisch um.
Cole stöhnte und begrub das Gesicht in den Händen. »Das fehlte gerade noch«, sagte er mit unterdrückter Stimme.
»Bitte sei nett zu ihnen«, bat Alaina. »Vergiß nicht, daß er sich bei dir entschuldigt hat.«
»Am liebsten würde ich dem Kerl an die Kehle springen, aber das kannst du wohl nicht verstehen«, seufzte er resigniert.
Braegar hatte sie schon erblickt und steuerte mit einem breiten Grinsen auf sie zu. »Welch schöne Überraschung! Habt ihr etwas dagegen, wenn wir uns euch anschließen?«
»Aber Braegar, du hast noch nicht einmal unsere Freunde vorgestellt«, ermahnte Carolyn ihren Bruder.
»O ja, natürlich, das ist wahr.« Er legte einen Arm um die Taille einer zierlichen, rothaarigen Frau und sagte zu Cole gewandt: »Ich glaube, du kennst Rebel Cummings und Mart Holvag, den Chef der hiesigen Polizei, nicht wahr?« Cole stellte seine Frau vor, und die beiden Paare nahmen an ihrem Tisch Platz.
»Sie sind also wirklich aus dem Süden?« fragte Rebel Cummings Alaina und beäugte sie mit freundlicher Neugier. »Cole scheint eine solche Vorliebe für südliche Schönheiten zu haben, daß ich mich einfach frage, was er denn Besonderes an ihnen findet.«
»Vielleicht ist es der südländische Zungenschlag?« fragte Alaina mit gespielter Unschuld zurück.
Braegar mußte über ihre Worte laut lachen. »O nein!« protestierte er, »das allein kann es nicht sein. Cole ist wegen seines Dienstes in der Armee eben einfach weiter herumgekommen, und das, obwohl er doch noch so jung ist!«

Cole beteiligte sich nicht an dem ausgelassenen Tischgespräch. Er saß mürrisch und einsilbig da und trank ein Glas Wein nach dem anderen. Während des Essens nickte er nur abweisend, wenn das Wort an ihn gerichtet wurde. Verstohlen beobachtete er seine Frau und war voller Bewunderung, mit welcher Leichtigkeit sie an dem angeregten Geplauder teilnahm und die scheinbar harmlosen Fragen von Rebel Cummings mit Bemerkungen voll sprühenden Witzes und großer Schlagfertigkeit konterte.
Für die Theatervorstellung war es längst zu spät, als die letzten Schüsseln und Teller abgeräumt wurden. Cole zog seine Uhr und fluchte unterdrückt, als er sah, wie spät es schon war. Die Unterhaltung bei Tisch versiegte auf einen Schlag. Alle wandten sich ihm zu und starrten ihn fragend an.
»Wir wollten eigentlich ins Theater«, erläuterte er übellaunig.
»Da habt ihr bestimmt nichts versäumt«, beschwichtigte Carolyn ihn. »Um diese Jahreszeit verirren sich nur zweitrangige Schauspieler in unsere Gegend.«
Cole versuchte, ein Gähnen zu unterdrücken. »Ich glaube, wir sollten jetzt aufbrechen und heimfahren.» Damit erhob er sich und verabschiedete sich. Alaina blieb nichts weiter übrig, als es ihm gleichzutun.
Während sie zur Tür schritten, schauten ihnen die anderen in beklommenem Schweigen nach.
Als sie ins Freie traten, erschauerte Alaina in der nächtlichen Kühle und raffte ihr weites Cape enger um sich.
»Komm, setz dich dicht neben mich«, sagte Cole mit sanftem Drängen, als sie in die Kutsche eingestiegen waren. »So wärmen wir uns gegenseitig, und außerdem tut das meinem Bein gut.«
Zögernd leistete Alaina seiner Aufforderung Folge und schmiegte sich eng an seinen warmen, starken Körper. Sie konnte nicht abstreiten, daß sie sich so viel behaglicher fühlte. Sie ließ widerstandslos geschehen, daß er einen Arm um sie legte und sie noch enger an sich preßte. Den Kopf an seine Schulter gelehnt, vergaß sie schnell all die merkwürdigen Vorstellungen von einem reißenden Wolf und einem in die Enge getriebenen Hasen. Im Gegenteil, jetzt fühlte sie sich auf einmal unzufrieden darüber, daß das seltsame Ehearrangement es ihr nicht gestattete, noch viel innigere Beziehungen zu ihm herzustellen und zu genießen.
»Ich hatte mir den heutigen Abend eigentlich ganz anders ausge-

malt«, sagte Cole leise. »Zumindest etwas privater. Vielleicht sollte ich dich mit nach St. Paul nehmen. Das ist weit weg von zu Hause, und man trifft bestimmt nicht so viele Bekannte.«
»Und was beabsichtigst du damit?« fragte Alaina ruhig.
Cole zupfte spielerisch an den Bändern ihres Capes, bis sich die Schleifen öffneten und das Kleidungsstück von ihren Schultern glitt. »Am liebsten würde ich dich dort eine Woche lang in einem Hotelzimmer einschließen und dich pausenlos lieben, so wie ich es mir seit langem ersehne.«
Alaina hob den Kopf von seiner Schulter und blickte stirnrunzelnd in sein umschattetes Gesicht. »Jetzt bin ich ganz durcheinander und weiß überhaupt nicht mehr, was ich von unserer sonderbaren Ehe halten soll.«
Cole versuchte, seiner Stimme einen gelassenen Klang zu verleihen, als er antwortete: »Vielleicht solltest du endlich begreifen, daß diese Ehe wie jede andere ist, und von ihr das erwarten, was Ehefrauen normalerweise von einer Ehe erwarten. Es kann dir nicht entgangen sein, wie sehr ich auf diesen Augenblick warte. Alles in mir verlangt danach, dich wieder zu besitzen, Alaina. Ich kann kaum an etwas anderes denken.«
Alaina hielt den Atem an, als seine Hand in ihren Ausschnitt fuhr und die nackte Fülle ihrer Brust umspannte. Es durchlief sie wie Feuer, als er sich zurücklehnte, sie halb auf sich zog und ihren Hals mit leidenschaftlichen Küssen bedeckte. Gleich würde er sich mit einer raschen Drehung seines Körpers auf sie legen, und dann war es um ihren mühsam aufrechterhaltenen Widerstand geschehen.
Atemlos stemmte Alaina eine Hand gegen seine Brust und schob ihn von sich. Mit zitternden Fingern brachte sie ihr Kleid in Ordnung und wehrte ihn ab, als er wieder nach ihr griff.
»Bitte laß das, Cole«, protestierte sie schwach, während sie versuchte, das pulsierende Verlangen, das tief in ihrem Leibe brannte und sie schmerzhaft an ihre eigenen leidenschaftlichen Wünsche erinnerte, zu unterdrücken.
»Diese Ehe ist nicht wie die anderen. Sie ist meine und deshalb ein Desaster, wie alles, was ich anfange«, sagte sie traurig.
»Sie wäre es nicht, wenn du den Dingen ihren natürlichen Lauf ließest«, antwortete Cole.
»Oh, ich genieße es, als Frau behandelt zu werden, und besonders von dir«, versicherte ihm Alaina feurig.

»Dann laß uns doch in Zukunft diese sinnlosen Quälereien vermeiden!« Cole ergriff Alainas Arm und drehte sie zu sich hin. »Ich bin ein Mann, und du bist eine Frau. Du hast kein Recht, mich abzuweisen.«
»Dann sag mir bitte, worauf ich mich noch gefaßt machen muß«, bat sie mit unsicherer Stimme. »Erst verleitest du mich zu einer angeblich keuschen Eheschließung, und kaum bin ich da, versuchst du mich auch schon zu nehmen, und sei es mit Gewalt. Danach drohnst du mir, und jetzt versuchst du, mich in einer Kutsche zu verführen. Kannst du denn nicht verstehen, daß ich nicht weiß, was ich von alledem halten soll?«
Cole lehnte sich weit vor. Als er sprach, klang das ganze Ausmaß seiner heftigen, tief empfundenen Gefühle in seiner Stimme mit: »Wenn du wüßtest, was ich durchlitten habe, seit du bei mir bist! Du gehst an meiner Seite, begrüßt Gäste und spielst überhaupt die Rolle meiner Frau vollendet. Doch wenn ich dich dann in den Arm nehmen will, schreckst du vor mir zurück. Ich sehe dich im Rosengarten knien und fühle mich, als habe ich glühende Kohlen in den Eingeweiden. Am liebsten hätte ich dich dort an Ort und Stelle genommen, wenn es möglich gewesen wäre. Dann sitzt du wieder neben mir, heiter, gelöst und dennoch auf der Hut, während ich dich so stark begehre, daß es mir fast wie mit glühenden Eisen das Innere versengt.«
Während diese Worte nur so hervorsprudelten, saß Alaina mit weit aufgerissenen Augen da. Seine Hand umspannte das zarte Fleisch ihres Armes mit solcher Kraft, daß es sie fast schmerzte. Flüsternd sprach er weiter: »Du bist schön, kühl und beherrscht und spielst mit meiner Not wie ein Musiker sein Instrument spielt. Und immer bist du gerade eben außerhalb meiner Reichweite, immer gelingt es dir, dich mir zu entziehen!« Cole packte Alainas Hände und ließ sie nicht los, als sie sie zurückziehen wollte.
»Ich weiß nicht, wie lange ich das noch aushalte, und ich kann nicht versprechen, daß ich dich eines Tages nicht doch noch mit Gewalt nehme. Ich möchte, daß du dich mir freiwillig hingibst, denn ich denke Tag und Nacht nur an dich. Ich träume davon, deine Lippen auf meinen, deine Brust auf meiner zu spüren. Ich sehe dich in tausend Bildern, und die erste Erinnerung an dich brennt in meinem Gedächtnis wie ein Feuer. Denk daran, wenn du mich damit neckst, daß du mir ein wenig von deinem Busen

zeigst. Sonst könnte es geschehen, daß unversehens alle Grenzen übersprungen werden, die wir uns selbst gesteckt hatten!«
Nie sollte Alaina erfahren, ob Cole sie an diesem Abend verschont hatte, oder ob sie ihm mit knapper Not entkommen war. Sie faltete die Hände im Schoß und starrte vor sich hin. Mit seltsam veränderter Stimme sagte sie schließlich: »Das eheliche Gelübde und all die Versprechen – wie zerbrechlich sie sind!« Sie schüttelte den Kopf. In ihren Augen glitzerten Tränen, als sie fortfuhr: »Soll ich denn dein Spielzeug sein und mich ständig fragen müssen, ob ich vielleicht die Grenzen überschritten habe? Soll ich denn immer in der Ungewißheit leben, ob du nachts zornig oder gutgelaunt zu mir kommst? Oder vielleicht überhaupt nicht kommst? Was beabsichtigen Sie mit dieser Ehe, Doktor Latimer? Ist es vielleicht so, daß du dich eines Tages von mir verabschiedest und wir uns dann nie wiedersehen? Ich warne dich: ich will viel mehr als das!«
Coles Stimme klang müde, als er erwiderte: »Die Ehe ist auf unbegrenzte Dauer geschlossen worden, und ich bin zufrieden damit.« Er lehnte sich in die Ecke der Kutsche. Dunkle Schatten verhüllten sein Gesicht.
»Ich habe mit Mr. James nur ein paar Worte gewechselt, und das war die ganze Heirat«, sagte Alaina hitzig.
»Ich habe Mr. James darüber befragt, und wenn ich ihn richtig verstanden habe, wurde unsere Ehe geschlossen, bis daß der Tod uns scheidet. Meine dem Anwalt erteilte Vollmacht war amtlich bestätigt und besiegelt. Glaubst du nicht, daß unser Ehevertrag alle anderen Vereinbarungen und Versprechen außer Kraft setzt?«
»Aber war nicht auch abgemacht, daß ich gehen konnte, wann immer ich es wünschte?«
»Und möchtest du gehen? Hast du dich mir deshalb verweigert? Gibt es da einen anderen Mann, den du mir vorziehst?«
Alaina konnte den trostlosen und verzweifelten Unterton in seiner Stimme nicht ertragen. »Es gibt keinen anderen, Cole. Ich möchte nicht fort von hier – ohne dich.«
Ein langes Schweigen folgte, bis sie beide merkten, daß die Kutsche stand. Tatsächlich hatte das Fahrzeug schon seit geraumer Zeit dort vor dem dunklen Haus auf dem Hügel gestanden. Olie war nicht zu sehen, also half Cole Alaina aus dem Wagen und ging mit ihr in grüblerischem Schweigen in das Haus. Olie plauderte mit dem gähnenden Miles in der Halle. Cole starrte den

Mann an, bis ihm das Blut ins Gesicht schoß und er betreten mit den Füßen scharrte. »Ich wollte Sie nicht stören, Sir, weil Sie so – beschäftigt waren«, rechtfertigte er sich verlegen. »Und draußen ist es heute ziemlich kalt.« Cole entließ die beiden Bediensteten mit einem kurzen Nicken, während Alaina die Treppe hinaufeilte, um mit ihrer schmerzlichen Demütigung in ihrem Zimmer allein zu sein.

34

Am nächsten Morgen war Cole fort. Auf ihre Frage informierte Miles Alaina, daß der Herr des Hauses nach St. Paul gereist sei, um Vorräte für die Holzfäller zu kaufen.

Alaina war überrascht, daß Cole sich nicht einmal dazu herbeigelassen hatte, ihr am Vorabend sein Reiseziel mitzuteilen.

Der Butler sah die Bestürzung seiner jungen Herrin und beeilte sich deshalb, ihr zu erklären: »Doktor Latimer hat sich entschlossen, dieses Jahr in seinen Waldungen größere Mengen Holz schlagen zu lassen. Den Kauf der Wintervorräte wollte er selbst erledigen, weil Murphy darin keine Erfahrung hat.«

Alaina gab sich damit nicht zufrieden. Es wollte ihr nicht in den Kopf, warum Cole so plötzlich abgereist war, als habe sie ihn vertrieben.

»Hat Doktor Latimer gesagt, wann mit seiner Rückkehr gerechnet werden kann?« fragte sie Miles.

»Ich denke, daß Mr. Latimer einige Tage abwesend sein wird«, antwortete der Butler. »Er hat Olie angewiesen, Sie überall mit der Kutsche hinzufahren, falls Sie es so wünschen.«

Während der folgenden Tage beschäftigte sich Alaina vorwiegend mit Mindy, doch war sie insgeheim unzufrieden. Ohne Cole schien ihr das Haus fremd. Während seiner Abwesenheit häuften sich die Zeichen kommenden Unheils. Aus Robertas ehemaligem Schlafzimmer drangen merkwürdige Geräusche, für die Alaina keine Erklärung fand. Einmal hörte sie, wie jemand hinter der verschlossenen Tür eine Melodie summte, und sie erinnerte sich, daß Roberta nicht einmal in der Lage gewesen war, das einfachste Liedchen zu singen.

Ein andermal trat sie gerade aus ihrem Zimmer, als sie unter dem

Türspalt von Robertas Zimmer Licht sah. Gleich darauf ertönte das Geräusch von zersplitterndem Glas. Soldier, der sich angewöhnt hatte, neben Alainas Bett zu schlafen, ließ ein grimmiges Knurren vernehmen. Da nahm Alaina all ihren Mut zusammen und wollte die Tür öffnen, doch fand sie sie zu ihrer Überraschung von innen verriegelt.
»Bleib hier und paß auf!« befahl Alaina dem Hund und lief rasch in ihr Zimmer, um ihren Hausmantel zu holen. Dann lief sie die Treppe hinunter und trommelte Miles aus dem Bett.
»Wenn jemand im Zimmer war, dann ist er auch jetzt noch darin, denn Soldier hat die ganze Zeit vor der Tür gewacht«, erklärte sie dem schlaftrunkenen Domestiken aufgeregt.
Miles drückte die Klinke zu Robertas Zimmer nieder. Die Tür schwang auf.
Völlig verwirrt folgte Alaina dem Mann in das dunkle Zimmer. Der kühle Lufthauch, der sie anwehte, schien aus Grabestiefen zu kommen und ließ sie frösteln.
Miles zündete eine Lampe an und durchsuchte das ganze Zimmer. Niemand war da.
»Ich schwöre Ihnen, daß ich unter der Tür Licht gesehen habe. Außerdem habe ich gehört, wie ein gläserner Gegenstand zerbrach«, rief Alaina bestürzt aus.
Es waren keine Scherben zu entdecken, aber Miles wagte es nicht, die Beteuerungen der Hausherrin in Frage zu stellen. Allerdings wollte es ihm nicht einleuchten, wie sich jemand einfach in Luft aufgelöst haben sollte.
»Es tut mir leid, Sie behelligt zu haben«, meinte Alaina schließlich niedergeschlagen und ratlos. Was sollte bloß das Hauspersonal von ihr denken?
»Keine Ursache, Madam«, erwiderte Miles freundlich. »Ich weiß nicht, was hier vorgeht, aber ich glaube Ihnen aufs Wort.«
Alaina schenkte ihm ein dankbares Lächeln. »Ich danke Ihnen, Miles.«
»Versuchen Sie, ein wenig Ruhe zu finden, Madam. Mit Soldier als Wächter haben Sie nichts zu befürchten.«
Es kehrte wieder Ruhe ein im Hause. Alaina beruhigte sich bald, doch bevor sie einschlief, dachte sie noch daran, wie beruhigend es sein würde, bald wieder Coles hinkenden Schritt unten in der Halle zu vernehmen.

In der zweiten Nacht nach diesem Vorfall wurde Alaina davon wach, daß auf dem Flur der Fußboden unüberhörbar knarrte. Soldiers Nackenhaare sträubten sich. Mit einem Satz war er an der Tür und blieb knurrend davor stehen. Draußen war das Geräusch sich eilig entfernender Schritte zu vernehmen. Als Alaina die Tür weit aufriß, war der Flur leer. Die Dogge verfolgte schnüffelnd eine unsichtbare Spur und führte Alaina wiederum zu der verschlossenen Tür von Robertas Zimmer, doch dort war alles unverändert wie immer.

Alaina war sehr froh darüber, daß der große Hund sich ihr angeschlossen hatte und sie so treu bewachte. Während der folgenden Tage durchstreifte sie mit Mindy und Soldier die Hügel in der Umgebung des Hauses, um sich von der düsteren Atmosphäre des unheimlichen Gebäudes ein wenig abzulenken.

Gegen Ende der Woche wurde Alaina wieder von leisen Geräuschen geweckt, doch diesmal drangen sie aus Coles Schlafzimmer. Soldier saß winselnd vor der Verbindungstür und kratzte mit der Pfote daran. Als Alaina die Klinke niederdrückte, schoß der Hund an ihr vorbei und sprang mit unbezähmbarer Freude an Cole hoch, der vor dem Schrank stand und gerade sein Hemd aufknöpfte. Als er seine Frau erblickte, hieß er sie mit einem liebevollen Lächeln willkommen.

»Cole!« rief Alaina glücklich aus und lachte vor Erleichterung.

»Ich bin gerade angekommen. Bitte verzeih mir, falls ich dich erschreckt habe«, sagte er.

»Wie froh ich bin, daß du es bist! Ich fange langsam an, in deinem Haus Gespenster zu sehen, wenn du nicht da bist.«

»Also habe ich dich doch erschreckt?«

»O nein, wirklich nicht. Aber dieses Haus ist ohne dich zu groß für mich. Außerdem ist es voller geheimnisvoller nächtlicher Geräusche. Ich fühle mich hier wie ein Fremdkörper, wenn du nicht da bist.«

Cole erwiderte nichts, sondern schaute sie nur lange fragend an. Da drehte sich Alaina um und eilte in ihr eigenes Zimmer zurück.

Am nächsten Morgen war Alaina gerade dabei, sich anzukleiden, als sie aus dem Badezimmer einen grimmigen Fluch hörte. Beunruhigt klopfte sie an die Tür und fragte: »Cole! Ist etwas geschehen?«

Sie hörte seine undeutliche Antwort, die eher wie ein Stöhnen

klang, und klopfte wieder an die Tür. »Wenn du mir nichts sagst, was es gibt, komme ich herein, Cole!«
Da wurde die Tür aufgerissen und Cole stand vor ihr. Er hatte ein Handtuch um die Hüften gewickelt und preßte ein Tuch gegen seine rechte Wange, was ihn allerdings nicht daran hinderte, seine dürftig bekleidete Frau mit den Blicken zu verschlingen.
»Ich dachte schon, du seist verletzt«, sagte Alaina und kreuzte die Arme vor der Brust.
»So ist es auch«, antwortete er und nahm das Tuch von seiner Wange, über die sich ein langer, tiefer Schnitt bis zum Mundwinkel hinzog. »Es schmerzt beim Sprechen.«
»Du hast dich beim Rasieren geschnitten? Ich muß schon sagen, daß ausgerechnet du als Chirurg reichlich ungeschickt mit dem Messer umgehst. Halte mal still!« Damit tauchte Alaina ein Handtuch ins Wasser und wusch das Blut von seinem Gesicht. Mit einem Alaunstift stillte sie die Blutung. »Man sieht, daß du als Chirurg aus der Übung bist«, stellte sie abschließend mit mildem Spott fest.
»Meinst du nicht auch, daß ich als Ehemann ebenfalls ein wenig Übung gebrauchen könnte?« konterte er.
»Mein armer Liebling«, gurrte Alaina, als bemitleide sie ihn zutiefst. »Wiegt das Joch des Verzichts so schwer?«
Cole blickte streng auf sie herab. »Du bist in meiner Abwesenheit ganz schön übermütig geworden, will mir scheinen.«
»Ich habe festgestellt, daß sich in diesem Hause jemand aufhält, der weit schlimmer als ein Lüstling ist«, entgegnete Alaina ihm mit heiterem Lächeln.
»Tatsächlich?« fragte Cole verwundert. »Und wer soll das sein, mein Schatz?«
»Ein abwesender Lüstling!« warf ihm Alaina schnippisch über die Schulter zu und ging mit raschelnden Petticoats in ihr Zimmer zurück.
Cole lehnte sich an den Rahmen der offenen Tür. Auf seinem Gesicht war ein erwartungsvolles, wenn auch ein wenig ungläubiges Lächeln.
»Soll das etwa heißen, daß du zur Vernunft gekommen bist, was unsere Ehe anbelangt?«
»Ich vernünftig? Das wäre ja noch schöner!«
»Nun gut, vergiß es«, sagte Cole resigniert und wandte sich zum Gehen. Doch dann drehte er sich noch einmal um und sah Alaina

mit durchdringendem Blick an. »Vor meiner Abreise habe ich das Personal davon unterrichtet, daß ich am kommenden Wochenende einen Empfang zu geben gedenke.« Mit ausdruckslosem Gesicht betrachtete er seine Fingernägel. »Ich glaube, es ist an der Zeit, daß unsere Nachbarn dich kennenlernen.«
Trotzig schob Alaina das Kinn vor. Sie war erbittert darüber, daß er sie tagelang allein gelassen hatte, aber ebenso zuwider war ihr der Gedanke, bei passender Gelegenheit wie ein kostbares Stück Porzellan hervorgeholt und herumgezeigt zu werden.
»Ich soll also als Teil deines Besitzes zur Schau gestellt werden?«
Coles Gesicht war gespannt und ernst. »Hast du mir nicht einmal gesagt, du wolltest als meine Ehefrau die Pflichten der Gastgeberin übernehmen?« fragte er seine Frau, während er zu ihrem Nachttisch humpelte und dort mit einer kleinen Nagelschere seine Fingernägel beschnitt. »Aber wenn dir das zuviel ist, kann ich ja Carolyn bitten, dir behilflich zu sein. Oder wie wäre es mit ihrem Bruder Braegar?«
»Es ist wohl ein wenig verspätet, jetzt an meine Tugendhaftigkeit zu denken oder gar sie in Frage zu stellen, meinst du nicht auch?« erwiderte Alaina mit einem bitteren Lachen. »Da hättest du eher ein wenig mehr aufpassen sollen an jenem Tage, als ich dich aus dem Fluß zog.«
Unwillig warf Cole die Schere auf den Tisch. »Damals glaubte ich, du seist das, was du vorgabst. Also trifft dich auch ein Teil meines Verfehlens. Du spieltest deinen Part sehr überzeugend.«
Seine Bemerkung schmerzte wie Pfeffer in einer offenen Wunde.
»In jener Nacht warst du wirklich nicht gut beieinander im Kopf. Schließlich hast du ja am Morgen sogar Robertas Lügengeschichte geglaubt!«
»Gewiß, aber deine Schwindelei hat den Stein ins Rollen gebracht«, stellte Cole mit großem Nachdruck fest.
Für einen Augenblick erstarrte Alaina unter seinem durchdringenden Blick, der ihre dürftigen Hüllen mühelos zu durchdringen schien. Doch gleich darauf löste sich ihre Erstarrung und verwandte sich in Entzücken.
Cole jedoch wandte sich um und schloß die Badezimmertür leise hinter sich. Mit geschlossenen Augen lehnte er sich an die Wand der kleinen Kammer und versuchte, seinen Verstand und seinen Körper von den eisernen Klammern seiner Selbstbeherrschung zu befreien. In seinem Innersten fühlte er sich zerrissen und ge-

peinigt. All seine Willenskraft hatte er aufbieten müssen, um gegen seine Frau nicht handgreiflich zu werden. Irgendwie mußte er es schaffen, seiner bedrohlichen Schwäche Herr zu werden, wenn er eine Katastrophe vermeiden wollte.

35

Am Nachmittag vor dem Fest in Latimer House ließ sich Alaina das Haar von Gilda zu einer kunstvollen Frisur auftürmen. Cole hatte das Mädchen ursprünglich als eine Art persönliche Kammerzofe für Roberta eingestellt. Jetzt kümmerte sie sich unter anderem um Mindy, die offensichtlich immer noch der Meinung war, Wasser sei schlecht für die Haut. Alaina half der Kleinen, die voll unruhiger Erwartung der abendlichen Festlichkeit entgegenfieberte, beim Ankleiden. In der weißen, spitzenbesetzten Bluse und dem königsblauen Rock aus Samt sah sie schließlich wie eine kleine Lady aus und stieg steif und würdevoll die Treppe zum Salon hinunter, wo die Sitzgruppe an die Wand gerückt worden war, um Platz für die Tänzer zu schaffen.

Auf halbem Wege zu ihrem Zimmer hatte Alaina plötzlich wieder das Gefühl, heimlich beobachtet zu werden. Sie verlangsamte ihren Schritt und blickte sich forschend um. Die Tür zu Robertas Zimmer war nur angelehnt. Kurz entschlossen stieß Alaina sie vollends auf, doch der Raum war dunkel. Nichts deutete auf die Gegenwart eines anderen Lebewesens hin.

Alaina holte eine Lampe aus dem Flur und trat vorsichtig ein. Als der Lichtschein auf Robertas Bett fiel, verschlug es ihr vor Überraschung fast den Atem. Auf der Tagesdecke aus goldfarbenem Satin lag ein blutrotes Abendkleid, wie es Roberta zu dem bevorstehenden Fest angezogen hätte, um unfehlbar die Aufmerksamkeit aller Männer auf sich zu lenken.

Alaina fröstelte. Fast erwartete sie, daß ihre tote Kusine aus einer dunklen Ecke des Zimmers hervorträte und die ahnungslose ›Lainie‹ auslachte, die auf ihre List hereingefallen war.

Alaina schüttelte sich und verjagte die bedrohlichen Gedanken. Offensichtlich machte sich jemand im Hause einen Spaß daraus, sie mit allen möglichen Possen zu erschrecken. Aber sie, Alaina, würde sich dadurch nicht aus der Fassung bringen lassen.

Die Lampe erleuchtete den ganzen Raum, als Alaina sie höher hob. Sie sah zu ihrem nicht geringen Erstaunen, daß auf Robertas Sekretär, der doch noch gestern verschlossen gewesen war, ein aufgeschlagenes Buch lag.
Sie trat näher und erkannte, daß es sich um ein Tagebuch handelte, dessen Seiten mit Robertas gezierter Schrift gefüllt waren. Mit zitternden Fingern stellte Alaina die Lampe auf die Schreibplatte und begann zu lesen.
»Ich sehe es in Coles Augen. Er steht am Fußende des Bettes und seine Augen verraten, daß er weiß, was ich getan habe. Er weiß auch, daß ich bald nicht mehr da sein werde, obwohl er so tut, als wolle er mir helfen. In Wirklicheit will er nur so schnell wie möglich wieder in das Bett meiner Kusine, dieser elenden kleinen Landstreicherin. Sobald ich tot bin, geht er wieder zu ihr. O Gott, warum habe ich mich so ausnutzen lassen?«
Alainas Herz schlug zum Zerspringen, als sie die Seiten des Buches zurückblätterte, bis ihr der Name ihres Mannes in die Augen fiel.
»Fast wünschte ich, Cole hätte mich heute sehen können, als ich für den stinkenden Kerl die Beine breit machte und so tat, als sei ich ganz von Sinnen vor Lust, als er mich nahm. Wie sehr ich beide hasse! Cole, weil er Lainie hinterhergiert und mich betrügt, und den Narren, den ich aus lauter Barmherzigkeit umgebracht habe –.«
Alaina blätterte ein paar Seiten weiter und starrte dann erschüttert auf die folgende Eintragung:
»Ich brauche keine dummen Ratschläge, um zu wissen, was getan werden muß. Cole würde sich vor Lachen den Bauch halten, wenn er Bescheid wüßte. Seit dem Tage, als er erfuhr, daß die Hure in seinem Bett damals in Wirklichkeit Alaina war, ist er nicht mehr zu mir gekommen. Aber über meinen jetzigen Zustand soll er nichts erfahren, diese Genugtuung gönne ich ihm nicht. In der Stadt soll es eine Frau geben, die mir behilflich sein kann, dieses Ding in meinem Bauch loszuwerden. Ich muß sofort handeln.«
Längst hatte Alaina alles um sie her vergessen. Gebannt überflog sie jede Seite des Tagebuches, bis sie las:
»Der verdammte Narr glaubte, er habe mich in der Falle, als er mich beim Vergraben des Schatzes belauschte. Aber jetzt ist mein Geheimnis wieder sicher vor den neugierigen Blicken eines sol-

chen Gesindels. Endlich gehört der Schatz mir! Ich werde dieses Haus als steinreiche Frau verlassen!«

Alaina wußte nicht, wie lange sie gelesen hatte, als sie sich plötzlich gewahr wurde, daß Cole sie rief. Unten aus der Halle drang Stimmengewirr und Gelächter zu ihr herauf. Alaina wurde es plötzlich klar, daß das Fest längst ohne sie seinen Anfang genommen hatte, und eilte erschrocken aus dem Zimmer. Sie fand Cole in ihrem Zimmer. Aufgeregt ging er auf und ab. Als er seine Frau erblickte, wirkte er sehr erleichtert.

»Schau dir das hier an, Cole«, begann Alaina und hielt ihm das Buch hin.

»Dazu ist jetzt keine Zeit, Alaina«, unterbrach er sie ungeduldig und warf das Tagebuch achtlos auf ihr Bett, ohne auch nur einen Blick darauf geworfen zu haben. »Die Hälfte der Gäste ist schon eingetroffen. Sie reißen mich in Stücke, wenn du nicht sofort erscheinst.«

»Aber das Buch ist wichtig«, insistierte sie. »Es ist Robertas Tagebuch!«

»Verzeih mir, aber es läßt mich völlig kalt, was sie irgendwann einmal geschrieben haben könnte. Komm jetzt! Einige Gäste haben schon gedroht, den Weinkeller zu plündern und die Möbel aus dem Fenster zu werfen, wenn du dich nicht sofort blicken läßt. Zieh das schönste Kleid an!« befahl Cole in fast militärischem Tonfall. »Heute abend sollst du aussehen, wie es sich für die Frau eines Latimer geziemt!«

»Ich werde mich so kleiden, wie es sich für eine MacGaren gehört!« schnappte Alaina.

»Eine MacGaren!« schimpfte Cole lauter als erforderlich. »Nach deinem Aussehen in diesem verfluchten schwarzen Fetzen zu schließen, muß deine Familie ständig am Hungertuch genagt haben!« Verächtlich betrachtete Cole das verhaßte Kleid. »Du bringst es fertig, dich so unseren Gästen zu zeigen, nur um mich öffentlich zu demütigen!«

Bevor Alaina zurückweichen konnte, hatte Cole schon mit beiden Händen den Stoff des Kleides am Ausschnitt ergriffen und riß ihn mit einem Ruck bis hinunter zur Taille auf. Alaina trug kein Korsett. Sie taumelte zurück und starrte fassungslos auf ihr gewaltsam vergrößertes Dekolleté. Ein böser Glanz trat in ihre Augen, und sie hob den Kopf nur so weit, daß sie auf Coles Oberkörper blicken konnte. Mit einer geschmeidigen Bewegung trat sie ganz nah an Cole heran und sagte leise und einschmeichelnd: »Cole?«, während sie scheinbar liebevoll eine Hand auf seine Brust legte.

Cole hatte gelernt, auf der Hut zu sein, wenn Alaina sanft und gefügig zu sein schien, und bereitete sich innerlich auf alle Eventualitäten vor. Er hatte keine Ahnung, was sie im Schilde führte und von welcher Seite das Ungewitter auf ihn herabprasseln würde.

Alaina hatte inzwischen begonnen, langsam seine Weste aufzuknöpfen.

»Ich frage mich«, sagte sie mit süßem Lächeln, »ob es dir nicht gefallen würde . . .« – ihre Stimme war jetzt wie das Schnurren eines Kätzchens –, »wenn ich dir das Hemd vom Leibe reiße!« Mit diesen Worten riß sie Coles Hemd von oben bis unten auf, daß die Knöpfe nur so durch das Zimmer flogen. Lächelnd tippte Alaina mit dem Finger auf Coles unordentlich herabbaumelnde Krawatte und schritt davon. Cole stand da wie ein begossener Pudel und starrte ungläubig auf den desolaten Zustand seiner Kleidung. Schließlich hielt er es für klüger, einer weiteren Auseinandersetzung mit seiner Frau aus dem Wege zu gehen, und wollte sich durch das gemeinsame Badezimmer in seine Gemächer zurückziehen. Doch seine Frau war ihm zuvorgekommen. »Bitte geh außen herum«, beschied sie ihn kühl. »Ich beende gerade meine Toilette.«

Mit einem unterdrückten Fluch auf den Lippen trat Cole in den Flur hinaus, doch zu seinem Pech erschien gerade in diesem Augenblick Carolyn Darvey mit dem Butler Miles auf dem oberen Treppenabsatz. Carolyn starrte Cole mit offenem Munde an, und auch das Gesicht des Butlers verriet sekundenlang seine widerstreitenden Empfindungen angesichts der unzweideutigen Aufmachung seines Brotgebers.

Cole nickte den beiden kurz grüßend zu und verschwand so gelassen wie möglich in seinem Zimmer. Eilig zog er ein frisches Hemd an und mischte sich wenig später unauffällig unter seine Gäste, die die Ankunft seiner jungen Frau ebenso ungeduldig erwarteten wie er selbst.

Cole hatte schon dreimal seine Uhr aufgezogen, als es plötzlich still wurde in dem großen Raum. Die Gäste traten zur Seite und bildeten so bis zur Salontür einen Korridor aus menschlichen Leibern.

In der weit geöffneten Tür stand Alaina. Mit ihren weiten, bauschigen Röcken füllte sie den ganzen Rahmen aus.
Atemloses Schweigen herrschte im Raum. Es war in der Gegend viel über Doktor Latimers neue Gattin getuschelt worden, und meist hatte es geheißen, sie sei eine kleine, ganz gewöhnlich aussehende Frau. Niemand war auf diesen Anblick vorbereitet gewesen.
Cole selbst war überwältigt von ihrer strahlenden Schönheit. Bei ihrem Anblick verflog der letzte Rest an Ärger über ihr verspätetes Erscheinen. Dankbar stellte er fest, daß sie eines der Kleider trug, die er für sie gekauft hatte, eine zauberhafte Kreation aus rosa Taft, die ihre wohlgestalteten Schultern frei ließ.
Alaina blickte mit einem so strahlenden Lächeln zu ihrem Mann hinüber, daß es wie ein Aufleuchten durch den Saal ging. Cole schritt auf sie zu und bot ihr wohlerzogen den Arm. Voller Wärme und Zuneigung blickte er sie an, während er sich zu seinen Gästen wandte und stolz die Worte sprach: »Ladies and Gentlemen! Ich habe die Ehre, Ihnen meine Frau Alaina vorzustellen!«
Augenblicklich füllte aufgeregtes Gemurmel den Raum, während die Gäste zu dem Paar hindrängten, um ihm die Hände zu drücken und eine glückliche gemeinsame Zukunft zu wünschen. Cole hatte den Arm um Alaina gelegt, als wolle er den kostbaren Besitz gegen den Ansturm all der Menschen verteidigen, und stellte seiner Frau jeden Gast namentlich vor.
Durch das Gewimmel hindurch erblickte Alaina Braegar Darvey und hätte am liebsten laut herausgelacht, als sie sah, wie er sie mit unverhüllter Gier anhimmelte.
Als sich der Aufruhr ein wenig gelegt hatte, spürte Alaina plötzlich Mindys Händchen in der ihren. Stolz darauf, daß keine andere Frau auch nur annähernd so schön war wie ihre große Freundin, blickte die Kleine zu Alaina aus dunklen Augen auf.
Cole gab den Musikern ein Zeichen und verbeugte sich leicht vor Alaina. »Ich glaube, der erste Tanz gehört mir, Madam.«
Als er das Staunen in ihren Augen gewahrte, fügte er leiser hinzu: »Keine Sorge, ich komme mit den langsamen Tänzen gut zurecht.« Cole legte den Arm um Alainas Taille und begann, sich mit ihr im Takt eines langsamen Walzers zu drehen.
»Vielleicht bin ich nicht der unterhaltsamste von all deinen Verehrern, Liebling, aber ich bin sicher der entschlossenste. So leicht

lasse ich mich von all den jungen Mannsbildern hier im Saal nicht aus dem Felde schlagen.«
»Ich finde, daß du besser als die meisten von ihnen tanzt«, stellte Alaina wahrheitsgemäß fest. In der Tat tanzte Cole den Walzer mit einer Sicherheit und Eleganz, als habe er mit seinem Bein keinerlei Beschwer. Alaina ließ sich ganz entspannt von ihm führen und blickte voller Zuneigung in seine blauen Augen, die sie nicht losließen.
»Ist es mir gelungen, den Standard einer Frau des Hauses Latimer zu erreichen, Milord?« fragte sie ihn lächelnd.
»Ich fürchte, nein, Madam.« Cole schwang sie herum, daß ihr fast schwindelte, bevor er ihr Lächeln erwiderte. »Du hast einen neuen Maßstab gesetzt, und zwar für alle Zeiten.«
»Und habe ich auch Ihren persönlichen Standard erreicht, Sir?«
Die Glut seiner Augen ließ an der Wahrhaftigkeit seiner Worte nichts zu deuten, als Cole sagte: »Wenn wir allein wären, würde ich das heiße Verlangen, das du in mir geweckt hast, schnell unter Beweis stellen, meine Liebe.«
Diese Worte rührten an Alainas Herz. Hoffnung keimte in ihr auf, daß schließlich doch alles gut zwischen ihnen werden würde und sie sich eines Tages einander ohne Einschränkung hingeben könnten. Doch noch immer zögerte sie.
»Darüber sollten wir vielleicht ausgiebiger sprechen«, murmelte sie.
»Gewiß«, antwortete Cole. »Allerdings würde ich dafür einen privateren Ort vorziehen.«
»Mein Schlafzimmer?«
»Warum nicht? Wir können uns aber auch bei mir treffen.«
»Wenn das Fest vorüber ist?«
»Am liebsten gleich, aber das geht wohl nicht.«
Alaina ließ ihre Hand auf seiner Schulter entlanggleiten und streichelte zärtlich seinen Nacken. Nur wenige Tänzer nahmen davon Notiz.
»Interessiert dich eigentlich das Buch nicht im geringsten, das ich heute gefunden habe?«
»Robertas Tagebuch?« fragte Cole stirnrunzelnd zurück. »Sollte ich mich dafür interessieren?«
»Sie hat darin ihre intimsten Gedanken niedergeschrieben.«
»Ich glaube, ich bin besser daran, wenn ich sie nicht zur Kenntnis nehme«, sagte Cole höhnisch. »Nachdem sie bei der alten Kur-

pfuscherin gewesen war, wußte ich, was sie getan hatte. Ich versuchte sie zu retten, aber das Fieber war stärker.«

»Onkel Angus gibt dir die Schuld an ihrem Tod.«

»Darüber bin ich mir im klaren.«

»Mir wirft er vor, daß ich dich in sein Haus gebracht habe.«

Cole grinste plötzlich. »Ich glaube, ich hätte dich gleich am ersten Tag zu mir nehmen sollen. Ein ausgiebiges Bad hätte das ganze Versteckspiel überflüssig gemacht.«

»Vielleicht hätte ich dir ein Bein oder einen noch wichtigeren Körperteil abgeschossen«, kicherte Alaina. »Damals konnte ich die Yankees nicht ausstehen.«

»Und jetzt?«

»Mittlerweile finde ich einige ganz passabel«, scherzte sie lächelnd. Ein sanftes Glühen trat in ihre Augen, als er verstohlen ihre Hand drückte.

Bevor Mindy zu Bett gebracht wurde, durfte sie einmal mit Cole tanzen. Sie war entzückt, sich mit dem Herrn des Hauses im Kreise zu drehen, und paßte unter seiner Führung geschickt ihre kleinen Schritte den seinen an.

»Ist dir eigentlich klar, daß du die Königin des Abends bist?« fragte Cole die Kleine, als der Tanz zu Ende war, und lächelte gerührt in das strahlende Gesichtchen herab.

Ernsthaft schüttelte Mindy das Köpfchen und deutete mit einem Nicken zu Alaina, die gerade wie ein strahlend schöner Schmetterling an ihnen vorbeigetanzt kam. In seinem Inneren mußte Cole dem kleinen Mädchen beipflichten. Alaina war wirklich aufregend in ihrer frischen Jugendlichkeit. Es war faszinierend, ihr zuzuschauen. Später war Braegar Darvey an der Reihe, mit Alaina zu tanzen. Alaina verrenkte sich fast den Hals, als sie versuchte, an seinen breiten Schultern vorbeizuspähen und nach Cole Ausschau zu halten. Sie konnte ihn nirgends entdecken. Unter einem Vorwand stahl sie sich nach dem Tanz davon, um nach ihm zu suchen. Behutsam öffnete sie die Tür zu Coles Arbeitszimmer und glitt hinein. Der Raum war leer. Im Kamin brannte ein Feuer. Mit einem Seufzer der Erschöpfung ließ sich Alaina in den großen Armsessel sinken. Es war anstrengend, eine gute Gastgeberin zu sein und immerfort zu lächeln.

Die Tür knarrte leise, als jemand in den Raum trat, Alaina glaubte schon, es sei Cole, doch zu ihrer Enttäuschung mußte sie feststellen, daß es Braegar war.

Er stellte sich vor den Kamin und starrte gedankenverloren in das Feuer, während er an seinem Brandy nippte. Offenbar hatte er Alainas Anwesenheit nicht bemerkt.
»Worüber grübeln Sie denn nach? Bereitet Ihnen etwas Kummer?« riß Alaina den Mann aus seinen Gedanken.
Braegar schaute sie überrascht an. »Das kann man wohl sagen! Aber da Sie Coles Frau und Robertas Kusine sind, ist es wohl besser, ich behalte meine Probleme für mich. Verstorbenen soll man nichts Übles nachreden.«
»Wenn Sie glauben, Sie könnten mir etwas über Roberta erzählen, das ich nicht schon wüßte, so täuschen Sie sich, Braegar.«
Braegar Darvey nahm einen großen Schluck aus seinem Glas und begann, vor dem Kamin auf und ab zu gehen.
»Wissen Sie, Alaina, gleich nach ihrer Ankunft gab Roberta meiner Schwester zu verstehen, daß sie sie nicht innerhalb von Rufweite zu sehen wünschte. Sie ging sogar so weit, daß sie meiner Mutter zu verstehen gab, ich solle mich nicht um Cole kümmern, weil sie seine Pflege selbst übernehmen wollte. Mit allen Mitteln vertrieb sie unsere Freundschaft. Später hatte sie sogar die Stirn, sich mir an den Hals zu werfen. Nicht, daß ihr viel daran gelegen hätte, mit mir zu schlafen. Sie wollte nur Cole weh tun und ihm auf die Nase binden, sein bester Freund habe ihn mit seiner Frau betrogen. Als ich nicht auf ihr abgefeimtes Spiel einging, erzählte sie Cole wiederholt, ich habe versucht, sie –.«
Braegar stockte. Es war seltsam, diesen großen, selbstbewußten Mann um Worte ringen zu sehen. Wäre das Thema weniger ernst gewesen, hätte sich Alaina versucht gefühlt zu lachen.
»Kurz vor Robertas Tod begegnete ich Cole in der Stadt. Er tat so, als sei ich Luft für ihn. In der Folgezeit hat er mich dann immer so behandelt, wie Sie es selbst einmal miterlebt haben, Alaina. Roberta muß ihm irgend etwas erzählt haben, das diese Änderung seines Verhaltens bewirkt hat. Ich muß es herausfinden!«
Alaina stand auf und trat zu ihm. »Roberta war ein merkwürdiger Mensch, Braegar«, sagte sie mit betrübtem Lächeln. »Immer verlangte sie es nach Liebe, aber in Wahrheit suchte sie nur blinden, bedingungslosen Gehorsam. Vielleicht war es ihr Fluch, daß sie seit ihrer frühesten Jugend die Rolle der Ehefrau anstrebte, die sie dann später, als sie endlich verheiratet war, nicht zu genießen verstand.«
Braegar setzte das Glas auf den Kaminsims und applaudierte.

»Sie haben fürwahr ein kluges Köpfchen auf den Schultern, schöne junge Dame«, sagte er anerkennend und beugte sich galant über ihre Hand. »Gesegnet sei Meister Latimer dafür, eine solche Frau zu seiner Lebensgefährtin erkoren zu haben.«

Sie fuhren herum, als Coles Stimme von der Tür her erklang: »Ich bin froh, daß du meinen guten Geschmack bei Frauen so sehr bewunderst!«

Alaina war sich bewußt, daß sie von seiner Warte aus betrachtet so aussahen, als habe er sie beide in flagranti ertappt. Er warf die Tür krachend hinter sich zu und starrte sie so finster und drohend an, daß es auch stärkeren Gemütern angst und bange hätte werden können.

»Ich teile gern meinen Brandy und meine Pferde mit Ihnen, Sir, aber meine Frau will ich für mich allein haben!«

»Cole Latimer!« Mit zorngeröteten Wangen und vor der Brust gekreuzten Armen stellte sich Alaina vor ihren Gatten hin. »Wie kannst du so gemein sein! Keiner von uns hat das verdient!«

Braegar trat neben sie. »Ich habe um unserer Freundschaft willen in letzter Zeit viel geschluckt, Cole, aber alles hat seine Grenzen. Wenn du mir etwas vorzuwerfen hast, dann heraus damit!«

»Freundschaft!« brüllte Cole. »Freundschaft! In meinem eigenen Haus werden mir Hörner aufgesetzt, und dann redet der Mensch von Freundschaft!«

Braegar war ebenso entsetzt wie Alaina. »Was soll das heißen? Schmerzt dein Bein so sehr, daß du keinen klaren Gedanken mehr fassen kannst? Oder bist du betrunken? Auf jeden Fall bist du ein blutiger Narr! Vor zehn Jahren noch hätte ich mich mit dir wegen einer solchen Unterstellung geprügelt.«

Braegar wollte sich abwenden, aber Cole packte ihn am Ärmel. »Vor zehn Jahren? Und was hindert dich jetzt daran? Hast du etwa Angst, dich mit einem Krüppel zu schlagen?«

»Cole!« ermahnte Alaina ihren Mann erschrocken.

Braegars Kopf fuhr so heftig herum, daß ihm die rötliche Haartolle in die Stirn fiel. Mit zornrotem Nacken ging er auf Cole los. »Zur Hölle mit Leuten wie dir, die groß daherreden und den Schwanz einklemmen, wenn ihnen ein Stärkerer gegenübersteht!«

Cole packte seinen Stock mit beiden Händen und hob ihn hoch über den Kopf. »Ich schlage dir deinen irischen Dickschädel ein!« drohte er mit blutunterlaufenen Augen.

Mit einer blitzschnellen Bewegung entriß ihm Braegar den Stock und schleuderte ihn quer durch den Raum. Im nächsten Augenblick packte er Cole an seiner Hemdbrust und rammte ihn wuchtig gegen ein Bücherregal.
Entschlossen warf sich Alaina zwischen die Streitenden. Mit dem Rücken zu Cole hämmerte sie auf Braegars Brust.
»Braegar Darvey! Lassen Sie ihn los! Lassen Sie ihn sofort los!« rief sie in höchster Erregung.
Darvey fand seine Beherrschung wieder und trat einen Schritt zurück. Alaina drehte sich um und schaute Cole an. Aller Mut verließ sie. Mit hochrotem Gesicht starrte er sie haßerfüllt an.
»Ich habe es nicht nötig, mich hinter Weiberröcken zu verkriechen, Madam.« Wutentbrannt blickte er sodann auf Braegar. »Hier ist kein Platz für uns beide!«
»Cole!«
Als er sie anblickte, sah Cole auf Alainas Gesicht den Ausdruck tiefster Verachtung. Er erinnerte sich daran, wie empört sie gewesen war, als er Braegar das erste Mal die Tür gewiesen hatte, und konnte es nicht über sich bringen, das gleiche noch einmal zu tun. Statt dessen machte er eine höhnische Verbeugung: »Also verlasse ich euch, bis sich das Unwetter verzogen hat!«
Er bückte sich nach seinem Stock, humpelte zu dem Getränkeschrank, dem er eine Flasche Brandy entnahm, und verließ wortlos den Raum.
Bald danach verließen die Darveys das Fest, das sich noch bis in die frühen Morgenstunden hinzog.
Endlich gingen auch die letzten Gäste. Müde ging Alaina die Treppe zu ihrem Zimmer hinauf. Aus Coles Zimmer drang nicht das leiseste Geräusch. Robertas Tagebuch lag nicht mehr auf ihrem Bett, aber Alaina verschwendete keinen Gedanken daran. Wahrscheinlich hatte das Zimmermädchen es beim Saubermachen weggeräumt.
Bei Sonnenaufgang war Alaina schon wieder auf den Beinen. Sie frühstückte alleine. Die Tür von Coles Arbeitszimmer stand immer noch weit offen, und dabei blieb es auch während des ganzen Tages. Von Cole selbst war keine Spur.
Als die Nacht hereinbrach, begann Alaina, sich um ihn Sorgen zu machen. Ratlos ging sie früh zu Bett. Die Lampe ließ sie brennen. Irgendwann in der Nacht fuhr sie aus unruhigem Schlaf hoch. Soldier saß vor ihrem Bett und knurrte.

Alaina zog einen warmen Hausmantel an und nahm die Derringer-Pistole aus ihrem Versteck im Kleiderschrank. Draußen im Flur war alles ruhig, und auch aus Coles Zimmer drang kein Laut. Die Tür zu Robertas Zimmer war fest verschlossen. Mindy schlummerte friedlich in ihrem Zimmer.
Der Hund legte sich in der Halle auf den Boden und wartete geduldig, während Alaina den Salon und das Speisezimmer überprüfte. Schließlich stieß sie die Küchentür auf und bekam einen gewaltigen Schreck. Hochaufgerichtet stand Cole vor dem Herd, dem noch immer Wärme entströmte. In der einen Hand hielt er ein randvolles Glas, in der anderen eine fast leere Brandykaraffe.
»Suchst du jemand?« fragte er sie. Alaina versuchte, ihrer Stimme einen normalen Klang zu verleihen, aber sie brachte nur ein Flüstern heraus: »Der Hund war unruhig, als habe er jemanden gehört. Ich wußte nicht, daß du hier unten bist.«
Cole machte eine wegwerfende Handbewegung. »Wie ich sehe, hast du keine Gäste mehr.«
»Ich habe nie Gäste gehabt. Es waren deine!«
Cole machte ein paar Schritte auf sie zu und blickte sie lange forschend an. »Alaina, ich möchte klarstellen, daß meine Wut nicht dir, sondern ausschließlich diesem verdammten irischen Narren galt. Ich habe nicht den geringsten Zweifel daran, daß du dich stets wie eine vollendete Dame verhalten hast.«
»Trotzdem hast du dich danebenbenommen«, murmelte sie. »Es heißt, daß viel Alkohol und Ärger aus einem Mann einen Narren machen.«
»Und beide zusammen machen aus ihm einen Vollidioten«, nahm Cole ihr das Wort aus dem Mund. Grübelnd nippte er an seinem Glas, dann senkte er niedergeschlagen den Kopf. »Ich bekenne mich schuldig, Alaina.«
Feinfühlig überging Alaina sein reuiges Eingeständnis.
»Möchtest du etwas essen? Annie hat frisches Brot gebacken, und Schinken ist auch da.«
Cole schüttelte den Kopf. »Ich habe bei Olie gegessen.«
Alaina blickte ihn mit zusammengekniffenen Augen an. »Und wo hast du die Nacht verbracht?«
Cole wich ihrem Blick aus und zögerte mit der Antwort. »Bei den Pferden im Stall«, sagte er schließlich seufzend.
»War die Luft dort reiner als im Haus?« fragte seine junge Frau und verkniff sich mit Mühe ein belustigtes Lächeln.

»Jedenfalls war die Unterhaltung dort angenehmer und friedlicher als so manches, was ich in letzter Zeit über mich habe ergehen lassen. Doch kann ich natürlich nicht beschwören, daß unter den Pferden nicht auch ein irisches Vollblut und eine schottische Mähre sind.«
Ungehalten über die kaum verhüllte Anspielung raffte Alaina den Hausmantel enger vor der Brust zusammen und sagte kühl: »Wenn du nichts dagegen hast, gehe ich jetzt wieder zu Bett. Mir ist kalt.« Sie warf Cole noch einen bedeutungsschweren Blick zu und verließ den Raum.

36

Wenige Tage später kam Cole abends aus der Stadt zurück. Er war schlecht gelaunt, weil die geschäftliche Erledigung, derentwegen er in die Stadt gefahren war, nicht so verlaufen war, wie er es sich gewünscht hätte. Zudem schmerzte sein Bein mehr denn je.
Zu allem Überfluß empfing ihn der Butler Miles an der Haustür mit der Mitteilung, Dr. Darvey sei zu Besuch und Mrs. Latimer habe nach längerem Warten auf ihn, Dr. Latimer, schließlich mit dem Dinner begonnen.
Als Cole das Eßzimmer betrat, vermerkte er irritiert, daß Braegar zu Alainas Rechten Platz genommen hatte, so daß ihm selbst nichts anderes übrigblieb, als sich an das andere Ende des langen Tisches zu setzen.
Coles Unmut richtete sich auf den erstbesten Gegenstand, der ihm in die Augen fiel. »Sag Annie, sie soll sofort die verdammte Schüssel mit den Kartoffeln abräumen!« schnauzte er wütend. Mürrisch leistete die Köchin, die gerade in diesem Augenblick das Eßzimmer betrat, dem Befehl ihres Herrn und Meisters Folge.
»Nehmen Sie es nicht krumm, Annie«, sagte Alaina tröstend zu ihr. »Sicherlich macht Dr. Latimer sein Bein wieder zu schaffen.«
»Wo ist Mindy?« erkundigte sich Cole.
»Du warst so verspätet, daß sie schon gegessen hat und schlafen gegangen ist.«
Während des Essens entging es Alaina nicht, daß sich Coles

Stimmung noch verschlechterte. Braegar betrachtete seinen Gastgeber nachdenklich und fragte sich im stillen, ob es ratsam sei, jetzt mit Cole über den Streit von neulich zu reden.

Nach einiger Zeit ertrug Cole die bedrückte Stimmung bei Tisch nicht länger. Er griff nach der Brandykaraffe und fragte Braegar bissig:

»Hat dir noch nie jemand gesagt, daß es unhöflich ist, einen Krüppel so anzustarren?«

Braegar zog es vor, nichts darauf zu erwidern. Gleich nach Beendigung des Abendessens erhob er sich und verabschiedete sich. Alaina zog sich nach einem zornigen Blick auf ihren Gatten auf ihr Zimmer zurück. Cole murmelte etwas davon, daß er es satt habe, sich den lieben langen Tag mit einem Haufen zänkischer Weiber herumzuschlagen. Hinkend stieg er die Treppe hinauf und warf die Tür zu seinem Zimmer krachend ins Schloß. Doch gleich darauf wurde die Tür zum Badezimmer aufgerissen, und er sah sich seiner jungen Frau gegenüber, die ungeduldig an den Knöpfen ihres Kleides zupfte und ihn wutentbrannt anblitzte.

»Was für einen Narren du heute abend wieder aus dir gemacht hast!« fauchte sie ihn an. »Du bist mit Abstand der unerzogenste Mann, dem zu begegnen ich das Unglück gehabt habe!« Damit drehte sie sich auf dem Absatz um und rauschte empört in ihr Zimmer zurück.

Das ließ sich Cole nicht bieten. Mit einem Gesichtsausdruck, der Unheil verkündete, humpelte er ihr nach.

»Du nennst mich unerzogen, und was tust du selbst? Du setzt mir diesen Kerl vor die Nase und servierst ihm von meinem Essen.« Cole riß sich die Krawatte vom Halse und knöpfte die Weste auf.

»Und all das in meiner Abwesenheit! Klug eingefädelt!«

»Er ist gekommen, um dich zu sehen!« erwiderte Alaina.

Cole wußte im Grunde seines Herzens, daß er im Unrecht war, aber seine Wut war stärker als alle Vernunft. »Du hast viele Verehrer, aber im Falle dieses Bastards solltest du eigentlich wissen, worauf er aus ist!«

Wütend schleuderte Alaina ihr Kleid und die Petticoats auf das Bett. »Ein halbes Dutzend Bediensteter können bezeugen, daß ich es nicht an Anstand habe fehlen lassen! Du brauchst sie nur zu fragen!«

Cole hatte sich inzwischen seines Hemdes entledigt und zerrte

heftig an einem Stiefel. »Soll ich dir für das, was du getan hast, etwa noch dankbar sein?« fragte er mit ätzender Stimme.
»Und soll ich dir dafür Dank sagen, daß du mich mit feinen Kleidern und kostbaren Juwelen zu kaufen versuchst?« konterte Alaina. »Vielleicht sind andere Frauen dafür zu haben, aber in meinem Fall hast du dich getäuscht!«
Cole lachte höhnisch. »Das ist immer eine Frage des Preises, Madam. Was, glaubst du wohl, ist das Medaillon wert, das du um den Hals trägst?«
Diese Bemerkung brachte das Faß zum Überlaufen. Sollte er doch das verdammte Ding wiederhaben! Heftig streifte Alaina die goldene Kette über den Kopf und schlug damit unbeabsichtigt ihrem Mann quer über das Gesicht. Ihre hocherhobenen Arme ließen Cole noch schlimmere Tätlichkeiten fürchten. Bevor sie ein weiteres Mal zuschlagen konnte, packte er Alaina deshalb schnell um die schlanke Taille und zog sie eng an sich. Augenblicklich spürte Alaina die Wärme seines Körpers. Der Atem stockte ihr. Cole selbst wurde es auf einen Schlag bewußt, daß er eine halbnackte Frau in den Armen hielt. Sekundenlang standen sie so eng aneinandergepreßt da und starrten sich an. Dann senkte sich Coles Mund langsam, fast zögernd auf Alainas Lippen herab.
Der Schock traf die junge Frau mit unerhörter Wucht. Bei der ersten Berührung ihrer Lippen durchraste es ihren Körper wie ein hell auflodherndes Feuer, in dessen Glut alle Vorsätze und Versprechen zu Asche verbrannten. Die bittersüße, so lange unterdrückte Leidenschaft ergriff sie mit fast schmerzhafter Gewalt. Cole spürte den biegsamen, warmen Körper seiner Frau so nahe an dem seinen wie in jener Nacht, die ihm fast schon wie ein schöner, unwirklicher Traum erschienen war. Seine Wut verwandelte sich in heiße Begierde, sein ungestillter Hunger nach dieser Frau brach sich unwiderstehlich Bahn. Würde sie ihn auch diesmal wieder zurückweisen und mit dem wühlenden Hunger allein lassen, der an ihm fraß?
Alaina stellte sich auf die Zehenspitzen, legte ihre samtweichen Arme um seinen Nacken und bot ihm ihre halbgeöffneten Lippen dar. Mit einer Bereitwilligkeit, die ihn in Erstaunen setzte, kam sie ihm entgegen. Dies war Cole, ihr Mann, und sie war seine Frau Alaina. So fanden sie einander wieder, als sei ein vor langer Zeit gesätes Samenkorn endlich aufgegangen und prachtvoll

erblüht. Ihre Lippen verschmolzen in einem ungeduldig drängenden Kuß, und in enger Umklammerung ließen sie sich von der hoch aufbrandenden Welle ihrer Leidenschaft davontragen.

Cole stammelte unverständliche Worte, während er Alainas elfenbeinernen Hals und die sanfte Rundung ihres Brustansatzes mit fieberheißen Küssen überschüttete. Seine Hände strichen über die Wölbung der Hüften und die festen Schenkel. Alles in ihm drängte danach, sie sein eigen zu machen. Mit tastenden Fingern streifte er ihr das Hemd von den Schultern, und die verlokkende Fülle ihrer Brüste bot sich seinen Augen und Händen dar. Alaina erschauerte vor Lust, als er ihre nackten Kurven streichelte. Dann beugte sich Cole leicht vor und hob sie mit beiden Armen hoch. Als sein Mund spielerisch die rosigen Knospen ihrer Brüste liebkoste, stöhnte sie leise vor unsäglicher Wonne. Ihre Lippen strichen sacht über seine Wange, dann beschrieb sie mit der Zunge einen Kreis um sein Ohr, so daß er sich ihr zuwendete und mit hungrigen Lippen ihren Mund suchte. Alaina spürte kaum, wie sie von seinen starken Armen zu dem großen Bett getragen wurde. Ihr war, als sei alles um sie her versunken. Es gab nur sie und ihn auf dieser Welt.

Vor dem Bett angekommen, zog Cole einen Arm zurück und ließ Alainas Beine sanft zu Boden gleiten, doch bevor sie noch festen Boden unter sich spürte, hatte er ihr schon geschickt das Höschen abgestreift. So sanken sie auf das weiche Lager. Coles Hände wanderten über Alainas Brust abwärts. Sei seufzte leise, als sie kühn in intimere Gefilde ihres Körpers eindrangen. Ihre Schenkel zitterten und verkrampften sich leicht, als sich seine Finger zu den geheimsten Winkeln ihrer Fraulichkeit vortasteten.

»Oh, Cole, was machst du mit mir?« stöhnte sie mit bebender Stimme. »Welche Tortur hast du dir da wieder ausgedacht?«

»Keine Tortur«, wisperte er rauh. »Lieben will ich dich, nichts weiter!«

Cole hielt den Atem an, als er ihre Hand zu seinem prallen, vor Begierde pochenden Glied führte. Er schmolz dahin, als ihre sanften, kühlen Finger seinen Männerkörper erforschten. Sie entflammten seine Sinne und brachten den letzten Rest an Zurückhaltung zum Einsturz.

Cole senkte seine Hüften auf Alaina hinab, die ihn mit gespreizten Schenkeln empfing, und drang tief in sie ein. So gingen sie ineinander auf, verschmolzen miteinander, Mann und Weib, Gatte und Gattin. Sanftheit wurde zu Drängen, Staunen zur Verzückung. Ihre Körper drängten zueinander in inniger Verschlingung. Zwei Menschen fanden zusammen in der reinsten Wonne der Vereinigung, gaben sich einander hin in lustvoller Hast, empfingen alles voneinander, was sie zu geben hatten.

Und es geschah wie das erstemal. Das, was ihre Paarung so einzigartig machte, diese Welle purer körperlicher Lust, schlugen über ihnen zusammen. Alaina spürte nur verschwommen, was Cole all die langen Monate des Verzichts hatte ertragen lassen: dies war keine alltägliche Liebe, deren Säfte da in ihnen drängten.

Laut aufstöhnend und am ganzen Leibe bebend ergoß sich Cole in sein Weib und nahm sie bis in die tiefsten Tiefen ihres Seins in Besitz. So verbanden sich ihre Körper in vollendeter Vereinigung.

Später lagen sie wohlig erschöpft da und ließen ihre Leidenschaft genußvoll abklingen. Cole vergrub sein Gesicht tief in das lokkige Haar, das Alainas Kopf umrahmte, und atmete seinen köstlichen Duft ein. Er gedachte der vielen ruhelosen Nächte, als es ihm nicht gelingen vollte, Alaina aus seinen Gedanken zu verbannen. Sie hatte seine Leidenschaft bis zum Sieden entfacht, er hatte vor Sehnsucht nach ihr gebrannt, und nur nach ihr. Jetzt, da sein Begehren gestillt war, empfand er dankbares Staunen über den Frieden, der in ihn eingekehrt war.

In der Nacht hatte der Frost das Land mit einem schimmernden Gewand aus Eiskristallen überzogen. Die Sonne war aufgegangen und weckte mit ihren ersten Strahlen die schlafende Frau. Genußvoll rekelte sich Alaina in der angenehmen Wärme unter der Daunendecke, bis ihr plötzlich aufging, daß sie in dem riesigen Bett allein war. Sie setzte sich auf und raffte die Decke vor die Brust. Ein fröhliches Feuer knisterte im Kamin und vertrieb die Kälte aus dem Raum, doch war es ein ärmlicher Ersatz für die Wärme, die Coles Körper verströmt hatte. Aber da vernahm Alaina durch die offene Tür des Badezimmers leise Geräusche, die ihr vertraut waren und verrieten, daß er nicht fern war. Geschwind schlang sie ein Laken um sich und huschte über das alte Eichenparkett ins Bad.

Cole saß entspannt in der mit dampfendem Wasser gefüllten Wanne.
Alaina fühlte sich bei seinem Anblick beschwingt und froh. Schelmisch beugte sie sich über ihn und drückte ihm einen Guten-Morgen-Kuß auf die Lippen, der in ihm die Erinnerung an den anfänglich so scheuen und dann so hemmungslosen Genuß ihrer Liebesnacht erweckte.
Cole war verliebter denn je in seine beherzte junge Frau, die mit solch unnachahmlichem Schwung in sein Leben getreten war. Sie war soviel fraulicher, als er jemals geglaubt hatte, und hatte nichts von der sorgsam kalkulierten Weiblichkeit einer Roberta. Ihre leichte, natürliche Art vermochte es immer wieder, seine Glut zu entfachen.
Cole gab sich ganz der Süße ihres Kusses hin und seufzte, als sich ihre Lippen von den seinen trennten. Ihre Augen glitzerten und sie lächelte schelmisch, als sie ihn ungeniert von oben bis unten betrachtete.
»Kann ich Ihnen irgendwie behilflich sein, Yankee?« schmeichelte sie.
»In der Tat«, erwiderte Cole schwer atmend und zog ihren Kopf zu sich hinunter. »Es dürstet mich nach der Nähe eines Weibes.«
Das Laken glitt zu Boden. Cole zog sie auf sich und bedeckte ihren Mund und ihre Brüste mit Küssen.
»Endlich wird meine Drohung wahr«, murmelte er heiser in ihr Ohr. »Aber ich hätte nie geglaubt, daß es soviel Spaß machen würde, dir ein Bad zu verabreichen.«

37

Einige Tage später machte Alaina einen langen Spaziergang, der sie weit von Latimer House wegführte. Ein eisiger Wind drang durch ihre Kleidung. Zitternd rieb sie ihre klammen Finger, als sie plötzlich durch das Geäst der hohen, alten Bäume hindurch das Haus erblickte, das Coles Vater zuerst hatte erbauen lassen, und das Cole die »Hütte« genannt hatte.
Neugierig trat sie näher und drückte die Klinke der massiven Holztür nieder. Zu ihrem Erstaunen fand sie das Haus unverschlossen und trat nach kurzem Zögern ein. Grabesstille

herrschte in dem langen Korridor, von dem rechts und links Türen in andere Räume führten und an dessen anderem Ende eine kräftige, schlichte Treppe aus Holz in das Obergeschoß führte. Alaina öffnete mehrere Türen, aber überall bot sich ihr der gleiche geisterhafte Anblick: mit weißen Laken bedeckte Möbel. Der letzte Raum, den Alaina betrat, bot einen etwas freundlicheren Anblick. Durch ein großes Fenster drang das dämmerige Licht des Wintertages hinein. Bei genauerem Hinsehen bemerkte Alaina erstaunt, daß eine zerstörerische Gewalt, die etwas Unmenschliches hatte, in dem Zimmer gewütet haben mußte. Stühle und Sessel waren umgestürzt, in Leder gebundene Bücher waren aus ihren Regalen gefegt worden, auf dem Fußboden lagen Papier, in wildem Durcheinander. Aus all diesem Chaos ragte ein großer, steinerner Kamin. Feuerholz und Späne zum Anzünden lagen daneben.
Alaina tastete auf dem Kaminsims nach Streichhölzern, als ihr Blick auf eine kleine goldgerahmte Miniatur fiel, die von Papieren halb verdeckt auf dem Schreibtisch vor dem Fenster lag. Neugierig trat sie näher. Das schützende Glas war in tausend kleinen Scherben zerbrochen, aber die Fotografie war fast unversehrt, abgesehen von einem Knick, der so aussah, als habe jemand versucht, die Miniatur mit Gewalt in zwei Teile zu biegen.
Im dämmerigen Licht des Raumes erkannte Alaina das Bild einer jungen Frau, die eine weiße, gestärkte Schürze vor ihr dunkles Kleid gebunden hatte und ihr selbst verblüffend ähnelte. Als Alaina das Bild dicht an die Lampe hielt, stockte ihr der Atem. Das war sie selbst!
Ihre Gedanken überschlugen sich. Es fiel ihr plötzlich ein, daß während der letzten Tage von Coles Genesung ein Fotograf im Lazarett erschienen war und ein Bild von einer kleinen Gruppe Soldaten gemacht hatte. Er hatte sie gebeten, sich zu den Männern zu stellen. Irgendwie hatte sich Cole einen Abzug des Fotos beschafft und ihn so zurechtgeschnitten, daß er genau in den kleinen Rahmen der Miniatur paßte.
»Du kleine Närrin!« ertönte da hinter ihr die scharfe Stimme eines Mannes. Zu Tode erschrocken wirbelte Alaina herum. Als sie die hochgewachsene Gestalt ihres Gatten erblickte, wurden ihr vor Erleichterung fast die Knie weich. Zitternd lehnte sie sich an den großen Schreibtisch und preßte die Hand auf ihr wild pochendes Herz.

»Guter Gott!« schalt sie ihn. »Mußt du mich denn immer so fürchterlich erschrecken? Hättest du dein Kommen nicht ein wenig rücksichtsvoller ankündigen können?«
»Was du nicht sagst!« erwiderte Cole ärgerlich. »Aber du selber gehst einfach fort und bleibst so lange aus, daß ein Mensch wie ich sich natürlich Sorgen um dich macht.«
»Ich habe dir doch gesagt, daß ich für mich selbst sorgen kann!«
Cole schleuderte seinen Pelzmantel auf einen Sessel. »Die Winter hier sind nicht so milde wie bei euch im Süden, meine Liebe. Ein paar erfrorene Finger und Zehen sind schon schlimm genug, doch so mancher, der sich in den klirrenden Frost hinausgewagt hat, ist von einem Schneesturm überrascht worden und hat dabei sein Leben gelassen.«
Alaina war nicht dazu aufgelegt, noch mehr Worte des Tadels von Cole hinzunehmen, und wechselte schnell das Thema: »Wie hast du mich eigentlich gefunden?«
»Ich habe überall in der Umgebung des Hauses nach dir gesucht, als ich plötzlich die Eingebung hatte, daß du hier sein könntest.«
Alaina bemerkte, daß Cole stärker als gewöhnlich humpelte, während er den Raum durchquerte und vor dem Schreibtisch stehenblieb. Sein Gesicht wurde sehr ernst, als er die arg zugerichtete Miniatur erblickte. »Das war mein Talisman, seit ich aus New Orleans zurück bin«, murmelte er. »Roberta behauptete, sie habe ihn in den Fluß geworfen. Doch offensichtlich hat sie da auch gelogen.« Er legte die Miniatur auf den Tisch zurück und drehte sich zu Alaina hin. »Dies war das Arbeitszimmer meines Vaters«, sagte er, »ich bin hier oft gewesen, wenn ich Sorgen hatte und allein sein wollte. Eine Woche vor ihrem Tod wollte Roberta mich hier aufsuchen, doch ich war gerade in der Stadt. Als ich zurückkam, hatte sie dies hier angerichtet.« Mit einer Handbewegung deutete Cole auf die Unordnung in dem Zimmer. »Noch Tage später war sie kaum zu bändigen. Miles nahm sich frei, Annie versteckte sich im Keller, und die Zimmermädchen verkrochen sich oben in einem Zimmer. Roberta hatte dieses Foto von dir gefunden. Deshalb benahm sie sich tagelang wie eine Furie. Mrs. Garth war die einzige, die von ihr nicht behelligt wurde und sich ungehindert im ganzen Haus bewegen konnte.« Coles Lippen verzogen sich zu einem bitteren Lächeln. »Roberta verlangte sogar von mir zu wissen, wo ich dich versteckt hielt.«
Alaina war verwirrt. »Aber warum hast du das Foto behalten?«

Cole hob langsam den Blick und blickte seine Frau ernst an. »Kannst du es nicht erraten, Alaina?« fragte er mit einem Seufzer zurück. »Ist das so schwer zu verstehen?«
Als er auf sie zukam und sie in die Arme nahm, fühlte sich die junge Frau von einer Welle der Zärtlichkeit für ihn ergriffen. Cole führte sie zu einem Sessel und zog sie auf seinen Schoß. Dann zog er ihr die nassen Schuhe aus und klemmte ihre kalten, bestrumpften Füße zwischen seine Beine, um sie zu wärmen.
»Schon lange bin ich in dich verliebt«, sagte er leise. »Als ich New Orleans verließ, versuchte ich dich zu vergessen, aber es wollte mir nicht gelingen. Da beschloß ich, der Wahrheit ins Auge zu sehen und zu handeln.«
»Aber du hast mich doch nicht aus Liebe geheiratet, sondern aus uns beiden bekannten Gründen. Onkel Angus jedenfalls behauptet das!« rief Alaina ungläubig aus.
»Angus hat gelogen. Er wollte uns nur gegeneinander ausspielen. Das hat er sich alles ausgedacht, nachdem ich an Dr. Brooks und Mrs. Hawthorne mit der Bitte geschrieben hatte, meinen Heiratsantrag zu übermitteln.«
»Du hast also zuerst geschrieben?« fragte Alaina und blickte prüfend in die leuchtenden Tiefen seiner blauen Augen.
»Mrs. Hawthorne hatte mir brieflich mitgeteilt, welchen Kummer du mit diesem Jacques DuBonné hattest. Wenn mir überhaupt etwas an dir läge, so war ihr Rat, dann sollte ich die Maske der Gleichgültigkeit fallenlassen und etwas unternehmen, um dir zu helfen. Ich befolgte ihren Ratschlag und beschloß, dich zu heiraten. Wenn sie nicht geschrieben hätte, dann hätte ich wohl noch einige Zeit mit meiner Unschlüssigkeit vertrödelt und auf irgendeine Gelegenheit gewartet, um dir einen Antrag zu machen.«
»Was hat dich denn so lange davon abgehalten?« fragte Alaina sanft.
»Du hast meine Annäherungsversuche in New Orleans immer so entschieden zurückgewiesen, daß ich nicht wissen konnte, ob du meinen Antrag annehmen würdest. Also wartete ich einfach auf bessere Zeiten.«
»Sei ehrlich, wolltest du mich wirklich heiraten?« fragte Alaina verwundert.
»Alaina, ich wollte nur dich zur Frau haben, ganz gleich mit welchen Mitteln. Das ist die reine Wahrheit.«

Tränen füllten Alainas Augen. Konnte sie nach all den Scherereien und Kämpfen glauben, daß er sie aufrichtig liebte? War es nicht das, was sie, Alaina, während all jener Monate, die Cole mit Roberta verbrachte, so inständig ersehnt hatte? Durfte sie nun endlich allen Argwohn vergessen und ihm die liebevolle zärtliche Frau sein, die zu sein es sie so heftig verlangte?

Scheu legte sie die Arme um seinen Nacken. Als Cole sie voller Inbrunst küßte, brach der letzte Widerstand in ihrem Inneren zusammen. Hingegeben erwiderte sie seine leidenschaftliche Liebkosung. Danach lehnte sie ihren Kopf an seine Wange und versuchte, ein wenig Ordnung in ihre verwirrten Gedanken zu bringen. All das kam ihr viel zu schnell. Alaina wußte, wie verletzlich sie war, und wollte sich keine voreilige Blöße geben, die sie später zu bereuen hatte. Doch ließ sie Cole nichts von diesem geheimen Vorsatz merken, sondern lenkte seine Aufmerksamkeit auf einen anderen Gegenstand.

»Dieses Haus – erzähl mir bitte darüber. Sag mir etwas über dein Elternhaus.«

Cole lehnte seinen Kopf an die Sessellehne und starrte auf das Gemälde über dem Kamin.

»Da ist nicht viel zu berichten. Mein Vater ließ dieses Haus für meine Mutter bauen, kurz nachdem sie aus Pennsylvania hierher gezogen waren. Als ich ein Jahr alt war, starb meine Mutter. Mein Vater heiratete wieder, weil er nicht wollte, daß ich ohne Mutter aufwuchs. Meine Stiefmutter, die es nach einem größeren Haus verlangte, entwarf das Gebäude, das wir beide jetzt bewohnen, und richtete es nach ihrem Geschmack ein. Doch wenige Monate nch Fertigstellung des Hauses lief sie ihrem Mann mit einem Berufsspieler davon und wurde nie wieder gesehen. Alle greifbaren Gelder und Wertsachen nahm sie mit. Mein Vater schwor, daß sie nie wieder auch nur einen Cent von ihm erhalten würde. Er enterbte sie und für alle Fälle auch ihre Nachkommenschaft.« Cole hielt in seinem Bericht kurz inne, als Alaina ihren Kopf in seine Halsgrube kuschelte. »Es will scheinen, daß die Männer des Hauses Latimer bislang kein allzu großes Glück mit ihren Frauen hatten.«

Nach einer kleinen Weile fügte er hinzu: »Jedenfalls bis jetzt nicht.«

Alaina mochte nicht an den trennenden Zwist der Vergangenheit denken, sondern sich ganz der zärtlichen Stimmung des Augenblicks hingeben. Alles, was sie jetzt brauchte, war die Nähe und Liebe dieses Mannes.

Als Cole sie viel später in seinen Pelzmantel hüllte und mit der Kutsche heimfuhr, schenkte sie dem heftigen Wind und dem eisigen Regen, der auf sie herabprasselte, in ihrer Beglückung keine Beachtung.

Daheim wurde sie von Mindy mit scheuer Herzlichkeit begrüßt. Die Kleine wich nicht mehr von ihrer Seite, bis Alaina sie schließlich später am Abend zu Bett brachte. Als sie ihr eigenes Zimmer betrat, blieb sie in der Tür stehen und überblickte den ganzen Raum. Ihr erster Gedanke war, daß jemand mit ihr sein Spielchen trieb. Der Schrank war nicht mehr da, und auch der Teppich sowie die Couch waren verschwunden. Sogar die Standuhr war vom Kaminsims entfernt worden. Der Raum war so, wie sie ihn am ersten Tag vorgefunden hatte, mit der einzigen Ausnahme, daß nun ein paar bequeme Sessel vor dem Kamin standen. In ihrem Ärger wollte sie sich schon zur Treppe wenden, um Cole von ihrer Entdeckung zu berichten, als sie ihn nebenan in seinem Zimmer auf und ab gehen hörte. Sie ging zu ihm hinüber. Mit einem Blick überschaute sie von der offenen Badezimmertür aus, daß all die Sachen aus ihrem Zimmer nun bei ihm standen: die Couch vor dem Fenster, der Spiegel in einer Ecke, ihr Schrank neben seinem, die Uhr auf dem Kamin, als sei das immer so gewesen. Der ehedem nackte Fußboden, dessen Kühle sie noch an diesem Morgen unter ihren Füßen gespürt hatte, war von einem weichen Teppich bedeckt, der vorher in ihrem Zimmer gelegen hatte.

Alaina trat neben Cole, der sich mit angezogenen Beinen in einen Sessel vor den Kamin gesetzt hatte und die Wärme des prasselnden Feuers zu genießen schien.

»Was soll das für ein Schachspiel sein?« fragte Alaina mit einem warmen Glanz in den Augen. »Meines Wissens ist es nicht eben üblich, die Figuren des Gegners auf die eigene Seite zu stellen.«

»Kannst du mir eine bessere Methode nennen, um dich in mein Schlafzimmer zu locken?« fragte Cole mit entwaffnendem Lächeln zurück.

»Wir sind also ab heute ein richtiges Ehepaar?«

Verwundert zog Cole die Brauen hoch. »Natürlich, Liebes. Hast du etwa jemals daran gezweifelt?«

»Bisweilen, Sir. Aber was als eine nüchterne Abmachung begonnen hat, scheint sich in etwas verwandelt zu haben, das fast zu schön ist, um wahr zu ein.«

»Werden Sie demnach künftig Tisch und Bett mit mir teilen, Mrs. Latimer?« verlangte Cole zu wissen.

»Wenn du noch ein wenig warten kannst«, antwortete sie leise.

»Nur, wenn du dich beeilst!«

Rasch wählte Alaina ein Nachtgewand in ihrem Schrank und ging in das Badezimmer. Sie war gerade mit ihrer Toilette fertig und bürstete ihr schönes Haar, als sie hinter sich Coles Schritte vernahm. Sie drehte sich um. Er stand in der offenen Tür, hochgewachsen und schlank, angetan mit einem langen Hausmantel aus Samt. Fast spürte Alaina die sengende Glut seines Blickes, der auf den zarten Spitzen ihrer Brüste ruhte. Voller Bewunderung nahmen seine hungrigen Augen ihre frauliche Schönheit in sich auf.

»Wie schön du bist«, murmelte er fast unhörbar.

Schüchtern lächelnd streckte Alaina eine Hand nach ihm aus und löste mit einem leichten Zupfen die Schleife seines Gürtels. Dann schlug sie das verhüllende Kleidungsstück auseinander und trat ganz nah an ihn heran, bis die Wärme ihrer Körper miteinander verschmolz. Dann lagen die Arme der jungen Frau um Coles Hals, und ihre Lippen kamen den seinen mit einer Willigkeit und Hingabe entgegen, die ihn immer aufs neue staunen machten. Seine Arme hoben sie hoch. Das eheliche Lager rief. Dort vereinigten sie sich als Mann und Frau. Für Alaina war es, als sei sie nach einer Ewigkeit endlich heimgekehrt. Und auch er war in sie heimgekehrt, der Mann, in dessen Armen sie sich sicher fühlte.

38

Stunden und Tage vergingen wie im Fluge. Allzu schnell eilte die Zeit ungetrübten Liebesglücks dahin, doch versprach die Zukunft noch größere Wonnen der Zweisamkeit.

Unschlüssig, ob sie die wohlige Wärme des Ehebettes schon verlassen sollte, rekelte sich Alaina an diesem Morgen auf dem weichen Lager und gedachte bewegt der Nächte des verflossenen Monats, die sie in Coles Armen verbracht hatte. Auf einem Fell

vor dem knisternden Kaminfeuer liegend hatten sie sich geküßt und geliebt, Dinge besprochen, die nur sie beide etwas angingen, oder sich an gemeinsam Erlebtes erinnert.
Alaina lächelte, als ihre Finger mit dem Medaillon spielten, das wieder an ihrem Hals hing. »EIGENTUM VON C. R. LATIMER« stand wie immer in großen Lettern darauf zu lesen. Seit sie mit ihm eine richtige Ehe führte, liebte sie ihn mehr denn je. Eine tiefe Zuneigung zu jenem Manne hatte in ihrem Herzen Wurzeln geschlagen und Haß und Abneigung vertrieben.
Flink schlüpfte Alaina in ihr Nachthemd, das neben dem Bett lag, und zog einen Morgenmantel über. Sie erinnerte sich plötzlich daran, daß Cole während der Nacht von starken Schmerzen geplagt worden war. Am Vorabend war er oben an der Treppe über die umgeschlagene Ecke des Teppichs gestrauchelt und wäre kopfüber hinuntergestürzt, wenn er sich nicht gerade eben noch am Geländer hätte festklammern können. Als er abends zu Bett ging, war Alaina die lange Schramme in der Nähe der Narbe an seinem rechten Oberschenkel nicht entgangen, aber sie hatte sie sofort wieder vergessen, als Cole zu ihr kam und ihr den Hausmantel vom Körper streifte, obwohl sie ihn gerade eben erst angezogen hatte. Die Erinnerung an das, was dann folgte, ließ sie noch jetzt vor Vergnügen erröten. Vor nicht allzu langer Zeit noch hätte sie jeden in Stücke gerissen, der zu behaupten gewagt hätte, ein Yankee würde eines Tages die Freude ihres Daseins.
Auf halber Höhe der Treppe blieb Alaina überrascht stehen. Miles stand wie ein Wachtposten vor der verschlossenen Tür von ihres Mannes Arbeitszimmer. Alaina wechselte ein paar Worte mit dem Butler, der beklommen ihrem Blick auswich, und ihr Verdacht wurde zur Gewißheit: Wie schon einmal war ihr auch jetzt wieder der Zutritt zum privaten Bereich ihres Gatten verwehrt.
Alaina verbrachte den Tag mehr schlecht als recht. Es wollte ihr nicht einleuchten, warum sich Cole hinter verschlossener Tür von seinen Domestiken bewachen ließ.
Vier Tage lang löste sich das männliche Hauspersonal unermüdlich im Abstand von einigen Stunden vor der Tür des Arbeitszimmers ab. Der fünfte Tag war schon halb verstrichen, als Alaina schließlich die Geduld verlor. Sie konnte das nächtliche Alleinsein in dem riesigen Ehebett nicht länger ertragen, und nach dem

trunkenen Singsang zu schließen, der gedämpft aus Coles Arbeitszimmer drang, hatte er einmal mehr dem Brandy über Gebühr zugesprochen.
Zu seinem Unglück war Peter, der Sohn des Kutschers, an diesem Nachmittag mit dem Wachdienst an der Reihe, als Alainas Unmut über Coles Verhalten den Gipfel erreichte.
Peter war noch zu jung, um einer vollen Breitseite weiblicher Launenhaftigkeit standhalten zu können.
Sein Herz klopfte, als die schöne Hausherrin, die nur wenig älter war als er selbst, entschlossen auf ihn zutrat. Unbeholfen sprang er auf die Füße, so daß das Buch, das auf seinen Knien gelegen hatte, zu Boden fiel.
»Bitte behalten Sie Platz, Peter«, forderte die junge Frau ihn mit scheinbarem Sanftmut auf. »Ich will nur eben einige Wore mit Dr. Latimer wechseln.«
Trotz seiner Verwirrung erinnerte sich Peter, warum er vor dieser Tür postiert worden war. Hastig stellte er sich davor auf und stammelte: »Tut mir leid, Madam, aber Dr. Latimer hat Anweisung erteilt, Sie nicht einzulassen.«
»Aber Peter!« entgegnete Alaina sanft und legte eine Hand auf den Aufschlag seiner Jacke. Mit Genugtuung vermerkte sie, daß das bei Peter offensichtlich Atemprobleme erzeugte. »Es ist gewiß nicht schlimm, wenn ein Mann ab und zu einen über den Durst trinkt, aber ich glaube, Dr. Latimer hat nun wirklich genug. Ich muß zu ihm und mit ihm reden. Das siehst du doch wohl ein, nicht wahr?«
Ehe Peter es sich versah, hatte Alaina schon die Klinke heruntergedrückt und die Tür geöffnet. Die Vorhänge waren zugezogen, und in dem dämmerigen Raum schlug ihr der Übelkeit erregende Geruch von abgestandenem Zigarrenrauch und Whisky entgegen. Alaina hüstelte, und Cole, der ruhelos vor dem Kamin auf und ab gegangen war, fuhr herum.
»Raus hier, Alaina, verdammt noch mal!« fuhr er seine Frau an.
Alaina schloß statt dessen die Tür hinter sich und ließ ihren Blick spöttisch über den Mann gleiten, der vor ihr stand. Er erinnerte nur noch entfernt an den noch vor wenigen Tagen so gepflegten und untadelig gekleideten Cole Latimer. Bartstoppeln, die schon fast eine Woche alt waren, bedeckten sein Kinn, und er trug einen schlotterigen, zerknautschten Hausmantel. Seine blutunterlaufenen Augen lagen tief in ihren Höhlen und sein Mund war

zu einer Grimasse verzerrt, wie er da auf seinen Stock gelehnt stand.
»Ist es ist nicht an der Zeit, zur Besinnung zu kommen, Doktor Latimer?« fragte Alaina.
»Laß mich in Ruhe, Weib!« befahl er mit scharfer Stimme. Er hob den Stock und fegte mit einer heftigen Bewegung alles, was auf dem Tisch stand, zu Boden. Gläser und Flaschen zerschellten klirrend in tausend Scherben. »Verlaß sofort dieses Zimmer, oder ich lasse dich hinauswerfen!«
»Das würde ich nicht probieren an deiner Stelle«, antwortete Alaina ungerührt. »Das Personal hat vor mir mehr Angst als vor dir!«
»Elende Bande von Schwächlingen!« wütete Cole. »Nicht einmal eine Frau können sie mir vom Leibe halten!« Als Cole mit vor Schmerz zusammengebissenen Zähnen auf sie zuhumpelte, war Alaina erschüttert von seinem unbeholfenen Gang.
»Cole!« setzte Alaina zu sprechen an und streckte die Hand nach ihm aus. Wütend wollte er ihren Arm beiseite schlagen, doch da rutschte der Stock auf dem glatten Boden weg und Cole taumelte schwer gegen sie. Alaina wollte ihn auffangen, bevor er zu Boden stürzte, doch das Gewicht seines Körpers war zuviel für sie. So fielen sie beide der Länge nach hin. Cole rollte sich sofort zur Seite und krümmte sich in schier unerträglicher Pein. Alaina kniete neben ihn und starrte schockiert auf seinen rechten Oberschenkel, der so angeschwollen war, daß Cole unter dem Hausmantel keine Hose hatte anziehen können. Die ungesunde Hautfarbe des Beines ließ die schlimmsten Befürchtungen in ihr aufsteigen. Mit zitternden Fingern berührte sie die schlimme Schwellung.
»Lieber Gott! Du bringst mich um, Alaina!« krächzte Cole, während er sich abmühte, seine Blöße zu bedecken.
»Hast du dich deswegen tagelang eingeschlossen?« fragte Alaina ungläubig. »Wegen deines Beines?«
»Alles was ich tun kann, ist unermüdlich hin und her gehen, damit das Blut zirkuliert – und beten, daß ich das Bein nicht verliere.«
Alaina wußte nicht, ob sie ärgerlich oder erleichtert sein sollte. »Glaubst du etwa, mir würde deswegen weniger an dir liegen?« fragte sie ihren Mann und deutete ungläubig auf das geschwollene Bein.

»Du wärst nicht die erste gewesen, die so reagiert hätte!«
»Wie oft soll ich dir noch sagen, daß ich nicht Roberta bin?« wies Alaina ihn zurecht und sprang auf die Füße. Sie riß die Tür auf und rief mit lauter Stimme: »Olie! Miles! Peter! Beeilt euch!«
»Alaina! Schließ sofort die Tür!« tobte Cole.
Alaina sah Mrs. Garth mit einer neuen Brandykaraffe kommen.
»Bringen Sie das in Mr. Latimers Zimmer!« befahl sie der Haushälterin. Sie trat beiseite, um die drei Bediensteten einzulassen.
»Rührt mich nicht an, sonst werfe ich euch alle auf die Straße!« brüllte Cole und fuchtelte mit seinem Stock.
Unschlüssig und peinlich berührt blickten die drei Männer auf die junge Herrin des Hauses.
»Dann stelle ich euch eben sofort wieder ein!« sagte sie unerschrocken. »Also Schluß jetzt mit dem Gezauder. Bringt Dr. Latimer nach oben. Nur Mut! Schließlich seid ihr drei gegen einen!«
Olie trat als erster einen Schritt vor. Ungeachtet Coles wütender Flüche und Verwünschungen ergriff er seine Arme, Peter nahm sich ein Herz und packte seinen Herrn bei den Beinen. Cole stöhnte vor Schmerz laut auf, als er in die Höhe gehoben und behutsam in sein Schlafzimmer getragen wurde. Dort legten ihn die Männer sacht auf das Bett.
Coles Zorn hatte sich ein wenig beruhigt, aber nun mußte er einer neuen Bedrohung ins Auge sehen: er war jetzt seiner Frau auf Gedeih und Verderb ausgeliefert. Schon gab sie Befehle und Anweisungen, als habe sie ihr Leben lang nichts anderes getan: »Mrs. Garth, Sie lüften das Arbeitszimmer und lassen es gründlich saubermachen. Peter, Sie holen heißes Wasser und setzen gleich einen neuen Kessel auf den Herd. Miles, Sie bringen mit Olie Dr. Latimers Sessel aus dem Arbeitszimmer herauf. Außerdem soll jemand einen Eimer voll Schnee aus dem Garten holen. Aber bitte schnell, bevor er schmilzt!«
Cole blieb keine Zeit, gegen die Befehle seiner Gattin Einspruch zu erheben. Die Bediensteten waren schon davongeeilt, um die Aufträge der Hausherrin schleunigst auszuführen.
»Wo du mich nun hier oben hast – was hast du jetzt mit mir vor?« fragte er Alaina mürrisch.
Alaina schlug die Bettdecke zurück und stopfte mehrere Kissen unter das Knie seines schmerzenden Beines.
»Eigentlich müßtest du das als Arzt am besten wissen, mein Lieber«, sagte Alaina mit leisem Tadel.

»Das ist keine Antwort auf meine Frage«, drängte Cole.
»Nun, ich gedenke dir heiße und kalte Kompressen auf die Schwellung zu legen, damit sie zurückgeht. Das ist altbewährte Hausmedizin. Danach werde ich dich baden und rasieren.«
»Das kann ich alleine auch. Ich bin doch kein Invalide.«
»Du sollst jetzt still liegen, Cole. Ich werde dich hier waschen.«
»Am ganzen Körper?«
Alaina blinzelte ihm schelmisch zu. »Eigentlich sollte man jemandem, der sich so benimmt wie du, nur gehörig den Kopf waschen. Doch scheint mir, daß gewisse andere Körperteile auch ein wenig Wasser vertragen könnten.«
Als Alaina wenig später den Schnee auf seinen Oberschenkel drückte, kamen Cole Zweifel, ob sie ihn wirklich nur aus reiner Nächstenliebe pflegte. Als nächstes nämlich klatschte sie ein siedendheißes nasses Handtuch auf seinen Oberschenkel und hätte dabei fast sein wertvollstes Teil verbrüht, wie sie es schon einmal damals in der Craighughschen Küche fertiggebracht hatte.
»Sei vorsichtig damit!« flehte Cole sie an. »Sonst ist es mit der Hoffnung auf Nachkommenschaft ein für allemal vorbei.«
Alaina spielte die Untröstliche. »Bitte verzeih mir, Lieber!« Dann fügte sie keck lächelnd hinzu: »Übrigens brauchst du dir da keine großen Sorgen zu machen.«
Cole bedeckte schnell seine Blöße, als Miles und Olie den Sessel aus seinem Arbeitszimmer hereinschleppten. Das war das Ende einer alten Angewohnheit, sinnierte er. Von nun an konnte er sich nicht mehr einfach einschließen, aber dafür eröffneten sich ihm neue, angenehmere Perspektiven. Mit einem solch hinreißenden Weib in einem Schlafzimmer eingeschlossen zu sein, war schließlich auch nicht gerade übel.
Obwohl Alaina eigentlich nicht sonderlich in der Heilkunde beschlagen war, fand sie ihre Bemühungen bald von Erfolg gekrönt. Gegen Abend war Coles Bein schon sichtlich abgeschwollen. Um nicht den Unwillen seiner Frau zu erregen, blieb Cole auch den ganzen folgenden Tag im Bett. Doch am Morgen darauf konnte ihn keine Macht der Welt länger an sein Lager fesseln.

39

Der Dezember kam und bedeckte das Land mit Schnee. Coles Bein schien überraschend schnell zu heilen. Als Weihnachten schon fast vor der Tür stand, humpelte er mit einer Krücke im ganzen Haus herum.
Mindy konnte das Herannahen des Festes kaum abwarten. Eifrig lauschte sie den Geschichten und Märchen, die Alaina ihr erzählte, während sie aus dem Stoff des gelb-schwarzen Abendkleides, das damals im Kamin verkohlt war, ein Kleidchen für die neue Porzellanpuppe nähte, die Cole als Weihnachtsgeschenk für die Kleine erstanden hatte.
Außer einer Smokingjacke, die Alaina ihrem Mann genäht hatte, gab es da noch ein viel süßeres Weihnachtsgeschenk für Cole. Um sich selbst auf diese so überaus wichtige Gabe gebührend vorzubereiten, sandte sie nach Braegers Darvey, als Cole eines Tages geschäftlich nach St. Cloud mußte.
Zu ihrem Kummer kam er früher als erwartet zurück. Der Anblick von Braegars Pferd war seiner guten Laune sehr abträglich. Als er die Salontür entgegen seinen Anweisungen verschlossen fand, erwachte die alte Eifersucht mit erneuter Heftigkeit in ihm. Bei seinem Eintreten erhob sich Alaina und strich ihr Kleid glatt. Mit leicht geröteten Wangen und niedergeschlagenen Augen ging sie ihrem Gatten entgegen. Cole konnte ihre offensichtliche Verwirrung nur als das geheime Eingeständnis einer Verfehlung deuten.
»Guter Gott!« polterte er los. »Jedesmal wenn ich nach Hause komme, finde ich dich hier am Rockzipfel meiner Frau hängen.« Wütend und anklagend starrte er Braegar Darvey an. »Man sollte meinen, du hättest seit geraumer Zeit keine Frau gehabt.«
Alainas stahlgraue Augen blitzten vor Empörung. »Wie kannst du so etwas sagen, Cole!«
»Weil ich den Schurken kenne!«
»Ich habe ihn selbst gebeten, zu kommen«, stieß Alaina verärgert zwischen den Zähnen hervor.
Cole betrachtete seine Frau eingehend. Die Eifersucht nagte an ihm und wühlte ihn bis in die Tiefen seiner Seele auf.
»Dann bist du mir eine Erklärung schuldig«, sagte er schroff. »Ist es vielleicht so, daß ich mich als Mann nicht genug um dich kümmere?«

»Du ungezogener Trottel!« brach es aus der jungen Frau heraus. Schluchzend stürzte sie aus dem Zimmer. In der Halle warf sie ihr Cape um die Schultern und schlug die Haustür krachend hinter sich zu.
Cole wollte ihr nachlaufen, doch Braegar holte ihn an der Tür ein und packte ihn an den Schultern.
»Deine Frau hat mich um ärztlichen Rat gebeten, Cole Latimer«, schnarrte er, »weil sie ihrer Sache sicher sein wollte, bevor sie dich einweihte. Magst du nun wollen oder nicht, Mann, aber nächsten Sommer bist zu Vater!«
Cole riß die Augen auf. Mit unvermuteter Kraft stieß er den bedeutend schwereren Braegar beiseite, öffnete mit einem Ruck die Tür und stürzte ins Freie.
Draußen sah er eben noch, wie der kleine Einspänner im Schneegestöber verschwand. Alaina saß auf dem Bock und knallte mit der Peitsche, um das Pferd zu einer noch schnelleren Gangart anzutreiben.
»Alaina! Warte!« schrie Cole ihr nach, aber sie hörte ihn nicht mehr.
Das einzige gesattelte Pferd weit und breit war Braegars. Für einen körperbehinderten Mann schwang sich Cole mit erstaunlicher Behendigkeit in den Sattel und galoppierte der Kutsche hinterher. Erbarmungslos stieß er dem Pferd die Absätze seiner Stiefel in die Weichen und war bald auf gleicher Höhe mit der dahinrasenden Kutsche.
Cole schrie Alaina zu, sie solle anhalten, aber sie ignorierte ihn. Das Rennen den schneeglatten Weg hinunter war halsbrecherisch. Cole spornte seinen Gaul und begann, das Kutschpferd in den tieferen Schnee neben dem Weg abzudrängen. Buschwerk und hohe Verwehungen brachten das kleine Gefährt schließlich zum Stehen.
Alaina war über und über von feinem Pulverschnee bestäubt. In der klirrenden Kälte rang sie nach Luft. »Du stockdummer Möchtegernarzt von einem Yankeeknochenflicker!« empfing sie Cole mit von Schluchzen zerrissener Stimme.
»Alaina, bitte beruhige dich, bevor du dir etwas antust!« bat Cole und trat zu dem aufgeregt tänzelnden Kutschpferd, um es zu zügeln. Doch die Füße rutschten unter ihm weg, und er taumelte mit seinem ganzen Gewicht gegen die Flanke des Tieres. Wiehernd bäumte sich das Pferd auf. Cole wurden die Zügel aus der

Hand gerissen, und er schlug der Länge nach hin. Starr vor Entsetzen mußte Alaina untätig mitansehen, wie der Körper ihres Mannes mehrere Male von den Hufen des wild keilenden Gaules getroffen wurde. Cole brüllte vor Schmerz, als ihn ein besonders heftiger Tritt am rechten Oberschenkel traf und der Knochen seines Beines mit einem hörbaren Knacken brach. Da war Alaina schon bei ihm. Ungeachtet der Gefahr packte sie ihren Mann unter den Armen und zog ihn von dem bockenden Gaul fort. Cole wälzte sich im Schnee. Um den unerhörten Schmerz auszuhalten, knirschte er laut mit den Zähnen und verdrehte die Augen, als sei er am Rande des Wahnsinns.

Alaina kniete neben ihm nieder und legte seinen Kopf in ihren Schoß. »Beruhige dich, mein Liebling«, redete sie auf ihn ein. Seine Hände packten den Kragen ihres Umhanges und zogen sie zu sich hinab. Er vergrub sein Gesicht an ihrer Brust und versuchte mit einer unmenschlichen Anstrengung, den rasenden Schmerz unter Kontrolle zu bringen.

»Verdammter Gaul!« stieß er zwischen den Zähnen hervor. »Mit Sicherheit hat er mein Bein auf dem Gewissen!«

»Nicht bewegen, Lieber! Ich gehe und hole Hilfe.« Alaina bettete ihn so gut es ging auf ihr Cape und wollte sich schon vor Kälte zitternd auf den Weg machen, als Cole sie zurückhielt. Sein Gesicht war zu einer schmerzlichen Grimasse verzogen.

»Es tut mir leid, was ich gesagt habe, Alaina«, flüsterte er, während eine erneute Welle des Schmerzes seinen Körper durchraste. »Einmal habe ich dich schon verloren. Ein zweites Mal könnte ich es nicht ertragen. Ich traue Braegar nicht über den Weg. Er hat Roberta verführt und ihr ein Kind gemacht. Dann hat er sie zu einer Pfuscherin geschickt, um es wegmachen zu lassen.«

Plötzlich verstand Alaina, daß Cole seinem einst besten Freund insgeheim seit langem die bittersten Vorwürfe machte und fest an seine Schuld glaubte. Doch sie, Alaina, konnte nicht glauben, daß Braegar Darvey zu solchen Schandtaten fähig war. Ihre Augen füllte sich mit Tränen. »Ich habe dir doch so oft gesagt, du dummer Yankee, daß ich nicht Roberta bin«, sagte sie traurig.

»Ich werde dich auch nie wieder mit ihr vergleichen«, versprach Cole und zwang sich zu einem Lächeln.

»Dann halte aus und warte auf mich«, wisperte sie und streichelte zärtlich seine kalte Wange. »Unser Sohn wird die größten blauen

Augen der Welt haben, damit du nie wieder an meiner Treue und Liebe zweifeln kannst.«

»Unsere Tochter«, korrigierte Cole sie und wartete eine Weile ab, bis der Schmerz wieder ein wenig nachließ. Dann fuhr er fort: »Ich wünsche mir eine Tochter, die die Nase und den Mund ihrer Mutter hat.«

Alaina lächelte gerührt in sich hinein. Nach einem raschen Kuß stand sie auf und stapfte durch den Schnee zu Braegars Hengst. Sobald sie in Sichtweite des Hauses war, winkte sie dem wartenden Braegar zu und schrie aus ganzer Kehle:

»Läute die Glocke dreimal! Cole ist verletzt!«

Dann wendete sie das Pferd und ritt zu Cole zurück. Wenig später kam der keuchende Braegar auf sie zugelaufen, gefolgt von einer ganzen Wagenladung Männer. Behutsam hoben sie Cole auf und betteten ihn auf das Fuhrwerk, doch als sich dieses schaukelnd in Bewegung setzte, fiel Cole vor Schmerz in Ohnmacht.

»Das ist besser so für ihn«, stellte Braegar sachlich fest. »Jetzt können wir schneller fahren, bevor er sich in dieser Kälte noch den Tod holt.«

Braegar schickte einen der Männer nach seinem Ärztekoffer und entließ die anderen mit einem Wort des Dankes. Nur Saul und Olie blieben bei ihnen.

Als das Fuhrwerk zu Hause ankam, trugen die drei Männer Cole vorsichtig nach oben in sein Schlafzimmer. Während Annie Wasser heiß machte, holte Mrs. Garth auf Dr. Darveys Bitte mehrere Flaschen Brandy.

Braegar bestand darauf, daß Alaina während der Operation das Zimmer verließ. Nur Saul sollte ihm als Gehilfe dienen. In ihrem einstigen Schlafzimmer ging die junge Frau unruhig auf und ab. Vor Angst rang sie die Hände, während die Zeit träge verstrich und ihr eine Stunde wie eine Ewigkeit vorkam. Es dämmerte schon, als endlich die Badezimmertür aufging und Braegar eintrat. Er hielt ein gefaltetes Tuch in den Händen.

»Es ist ein sauberer Bruch. Die Operation war nicht allzu schwierig«, stellte er fest.

»Aber warum hat es so lange gedauert?« fragte Alaina ängstlich.

Braegar drehte und wendete das Tuch in seinen Händen und grinste. »Der Bruch war sicherlich der beste, der diesem dickköpfigen Esel zustoßen konnte, seit er Sie geheiratet hat.«

Langsam faltete er das Tuch auseinander. Ein gezacktes, leicht gebogenes Metallstück von fast schwarzer Färbung lag darin. »Ich habe mir das Herz genommen und ein wenig in dem Bein herumgestochert. Der Granatsplitter hatte sich durch den Bruch des Knochens gelöst. Vielleicht wird Cole ihn vermissen, aber er ist ohne ihn bestimmt besser daran.«

»Aber wird sich alles zum Guten wenden?« drängte Alaina.

Braegar kräuselte die Lippen und nickte bedächtig. »Wenn keine Entzündung auftritt, wird Cole mit seinem Bein weniger Probleme als zuvor haben.« Er zog ein kleines braunes Fläschchen aus seiner Arzttasche. »Dies hier ist Laudanum. Geben Sie Cole ein paar Tropfen davon, wenn der Schmerz zu schlimm wird. Ich weiß, daß er das Zeug haßt, aber es wird ihm helfen, auszuruhen, und genau das braucht sein Bein.«

Alaina folgte ihm die Treppe hinab. »Kommen Sie morgen wieder her?«

Braegar nickte bestätigend. »Natürlich. Um nichts in der Welt lasse ich mir das entgehen. Schließlich habe ich den alten Dummkopf endlich da, wo ich ihn hinhaben wollte.«

Als er Alainas fragenden Blick bemerkte, lachte Braegar herzhaft. »Er kann mich nicht hinauswerfen, und selbst abhauen ist ihm auch unmöglich. Diesmal werde ich herausfinden, was an ihm nagt, und alles bereinigen.«

Später in der Nacht fuhr Alaina aus leichtem Schlaf empor. Sie glaubte, im Schlafzimmer ihres Gatten ein leises Geräusch vernommen zu haben. Schnell huschte sie durch das Badezimmer zu ihm hinüber. Im flackernden Licht das Kaminfeuers erkannte sie, daß er die Augen geöffnet hatte, doch lag er ganz still da. Alaina ging an seinem Bett vorbei, um das Feuer zu schüren. Dabei machte sie sich keinerlei Gedanken darüber, welch entzückenden Anblick sie bot. Das Feuer machte ihr leichtes Nachtgewand fast durchsichtig. Trotz stärkster Schmerzen fühlte Cole, wie die Erregung in ihm aufwallte. Fasziniert beobachtete er verstohlen, wie sie sich im Zimmer zu schaffen machte. Ihr dünnes Nachthemd verbarg kaum die hohen, festen Brüste, deren Spitzen wegen der im Raume herrschenden Kühle ganz straff und hart geworden waren.

Nach einer kleinen Weile blieb Alaina neben Coles Bett stehen und beugte sich über ihn. Zärtlichkeit und Zuneigung lagen in

ihrem Blick, doch plötzlich ließ sie ein kühler Luftzug erschauern.
Cole schlug die Bettdecke zurück und streckte einladend einen Arm nach ihr aus. Alaina verstand sofort und schüpfte zu ihm ins Bett. Eng an ihn geschmiegt betrachtete sie lange sein Gesicht. Ihre Hand lag auf seiner behaarten Brust, und sie spürte das aufgeregte Pochen seines Herzens.
»Ich liebe dich«, flüsterte sie mit einem kleinen Seufzer. »Es fällt mir immer noch schwer, es einzugestehen, aber ich habe dich schon geliebt, bevor du mich in jener Nacht zu einer Frau machtest.«
Cole erwiderte nichts, aber in seinen Augen lag eine stumme Frage.
»Als du von New Orleans fortgingst, fühlte ich mich, als ein in meinem Inneren etwas zerbrochen«, gestand sie scheu. »Ich fürchtete, dich nie wiederzusehen.«
»Dann haben wir beide die gleiche Einsamkeit durchlitten«, murmelte Cole bewegt.
»Von Braegar hast du nichts zu befürchten. Ich habe immer nur dich im Sinn gehabt.«
Seine Hand folgte der warmen, weichen Kurve ihres Rückens.
»Du meinst, ich soll mich bei ihm dafür bedanken, daß er mein Bein operiert hat?«
»Das täte niemandem weh«, sagte Alaina. Sie nahm den Metallsplitter vom Nachttisch und hielt ihn gegen das Licht, damit Cole ihn besser sehen konnte. »Bist du nicht froh darüber, daß er dieses Ding entfernt hat?«
»Ich will erst einmal abwarten, was dabei herauskommt.«
»Und dann bedankst du dich bei ihm, nicht wahr?«
»Vielleicht.«
»Wirst du ihm dann auch sagen, warum du ihm zürnst?«
»Das kann ich nicht beides in einem Atemzug erledigen, Liebes. Die eine Angelegenheit berührt meinen Stolz und die andere meinen Jähzorn.«
»Versuche es.« Alaina küßte ihn flüchtig auf die Lippen und preßte ihre Brüste fest an ihn. Es war Cole, als brannten ihre kleinen harten Brustwarzen Löcher in seine Haut. Er stöhnte leise ob dieser süßen Qual und küßte sie wild. Alles andere, selbst der brennende Schmerz in seinem Bein, war vergessen.
Im Morgengrauen erhob sich Alaina. Als sie sich ankleidete und

ihr Haar bürstete, das schon bis über ihre Schultern reichte, empfand Cole bei ihrem Anblick ein solches Vergnügen, daß er zufrieden die Augen schloß. Bevor sie hinunterging, drückte sie noch schnell einen kleinen Kuß auf seine Lippen. Cole grübelte darüber nach, wie sehr er sie vermißte, wenn sie nicht da war, als sie auch schon mit einem vollen Frühstückstablett zurück war. Mit gekreuzten Beinen setzte sie sich zu ihm aufs Bett und begann ihn zu füttern. Ihre flinken Augen und ihr glückliches Lächeln machten diesen Morgen für Cole zu einem unvergeßlichen Erlebnis.

Danach ließ Alaina Cole für eine Weile allein.

Er nutzte ihre Abwesenheit, indem er sich einem lange vernachlässigten Stapel medizinische Schriften und Veröffentlichungen widmete.

»Guter Morgen, Doktor Latimer!« erscholl da plötzlich Braegar Darveys kräftige Stimme von der Tür her. Cole sah, daß Alaina hinter ihm stand.

»Wie geht es meinem werten Patienten denn an diesem schönen Morgen?« erkundigte sich Braegar und trat näher. Er schien ungewöhnlich gut aufgelegt zu sein.

»Abgesehen von meiner sich rasch verschlechternden Stimmung ganz zufriedenstellend«, brummte Cole mürrisch und vermied dabei, seine Frau anzusehen.

Braegar zog einen Stuhl neben sein Bett. »Es macht mir schwer zu schaffen, daß ich aus mir unbekannten Gründen in letzter Zeit immer deinen Unwillen auf mich gezogen habe. Nun, da der liebe Herrgott mit gestattet hat, dieses Metallstück aus deinem Bein zu entfernen, würde ich auch gern mein Bestes tun, um die zwischen uns seit langem herrschende Mißstimmung zu beseitigen.« Braegar zog eine Pfeige hervor und begann, sie umständlich zu stopfen. Offenbar wollte er es Cole überlassen, mit der Aussprache zu beginnen.

Cole ergriff Alainas Hand. »Laß dich von uns nicht abhalten, wenn du Wichtiges zu erledigen hast. Dieses Gespräch wird bestimmt lang und nicht sonderlich interessant.«

»Ich habe es nicht eilig«, versicherte ihm seine Frau mit zauberhaft gespielter Unschuld. »Eigentlich möchte ich lieber bei euch bleiben und zuhören.«

»Dann ziehe ich es vor zu schweigen«, verkündete Cole starrköpfig und ließ seinen Kopf auf das Kissen zurücksinken.

»Und ich bleibe so lange hier, bis wir uns ausgesprochen haben«, beharrte Braegan.
»Verdammt noch mal, Mann!« fuhr Cole ihn unbeherrscht an. »Hast du etwa vor, deine schmutzige Wäsche vor meiner Frau zu waschen?«
»Wie du weißt, setzt sich mein schlechter Ruf aus viel Klatsch und Wunschdenken zusammen, Cole.« Ungerührt setzte Braegar seine Pfeife, die ausgegangen war, erneut in Brand.
»Hier geht es weniger um deinen Ruf als um reinen Anstand. Daß du mich als Freund verraten und mit Roberta eine Affäre gehabt hast, könnte ich dir unter Umständen verzeihen. Aber daß du sie zu einer Pfuscherin von Hebamme geschickt hast, als sie ein Kind erwartete, war für einen Menschen wie dich wirklich zu billig.«
Braegar verschluckte sich am Rauch und hustete, daß die Funken nur so aus seiner Pfeife stoben. Auf seinem Gesicht malte sich fassungsloses Staunen, als er schließlich herausbrachte: »Roberta – und ich?«
»So ist es«, stellte Cole fest. »Auf dem Totenbett schwor sie, du seist der Vater des Kindes.«
»Das ist eine verdammte Lüge!« fuhr Braegar hoch. »Sie hat mir zwar unzweideutige Avancen gemacht, wenn sie mich aufsuchte, aber ich schöre dir, Cole, daß ich mit ihr nichts im Sinne hatte und daraus auch keinen Hehl machte. Ich wußte doch, daß sie dir nur weh tun wollte. Zweimal habe ich sie sogar aus meinem Büro gewiesen. Das hat mir ihren ewigen Haß eingebracht.«
»Cole«, schaltete sich Alaina ein. »Ich glaube Braegars Worten. Du weißt selbst, daß Roberte verlogen war, selbst auf dem Sterbebett. Vielleicht wollte sie sich so an dir rächen, nachdem sie mein Bild in der Hütte gefunden hatte.«
Coles Zorn war verraucht. »Ihr habt recht, was Roberta anbelangt«, sagte er mit ruhiger Stimme. »Nie hat sie sich ohne einen Hintergedanken hingegeben. Ich mußte wirklich verblendet gewesen sein, denn wenn ich genau nachdenke, hat sie eigentlich an Braegar – und an mir – nie ein gutes Haar gelassen.«
»Aber wenn keiner von euch beiden der Vater ihres Kindes war – wer soll es dann gewesen sein?« dachte Alaina laut.
»Da hast du wirklich die Auswahl, Liebes«, antwortete Cole. »Ich habe nicht den blassesten Schimmer, wer der Kerl gewesen sein könnte, und werde es wohl auch nie erfahren.«

»Das ist auch gleich, jetzt, wo du weißt, daß es nicht Braegan war.« Alaina streichelte den Arm ihres Mannes und blickte ihn erwartungsvoll an: »War da nicht noch etwas, das du Braegan sagen wolltest, Geliebter?«
Cole blickte vor sich hin. Es ging ihm auf, mit welcher Mühelosigkeit diese junge Frau ihn in der gewünschten Richtung steuerte. Aber die Tatsache, daß ihm das nichts ausmachte, sondern daß er viel lieber an den Druck ihrer warmen Brüste auf seinem Körper dachte, bedeutete zweifellos, daß das Eis in ihm zu schmelzen begonnen hatte.
»Alaina ist der Meinung, daß ich dir für die Entfernung des Granatsplitters zu Dank verpflichtet bin«, sagte er schließlich mit vorgetäuschtem Unwillen zu Braegar.
Braegar zuckte mit den Achseln und winkte ab. »Ich wollte nur mal sehen, ob da wirklich nichts zu machen war.«
»Du hast geschickte Hände, Braegar Darvey«, bemerkte Cole, ehrlich von seinen Worten überzeugt. »Ich verspüre kaum noch Schmerzen. Mein Vater hätte das nicht besser gemacht.«
Darvey strahlte vor Freude. Er wußte, wie hoch Cole seinen Vater als Chirurg eingeschätzt hatte. Ein solches Kompliment machte er gewiß nicht jedem.
»Wir könnten hier in der Gegend dringend einen weiteren Arzt gebrauchen, Cole, falls du daran denkst, deine Praxis wieder zu eröffnen«, sagte Braegar eifrig und verwickelte Cole in eine angeregte Unterhaltung über die neuesten Heilverfahren, über Wunden, Infektionen, Anomalien und so fort. Binnen kurzem waren die beiden Männer so in die fachliche Diskussion vertieft, daß sie kaum aufblickten, als Alaina sich unauffällig erhob und wortlos das Zimmer verließ. Auf dem kühlen Flur lächelte sie still vor sich hin. Sie war voller Zuversicht, daß ihr Mann bald wieder seinen geliebten Beruf ausüben würde.

Am frühen Weihnachtsmorgen begann in Latimer House schon die Bescherung. Es dämmerte noch, als Cole sich liebevoll über seine schlafende Frau beugte und sie mit einem zarten Kuß weckte.
»Fröhliche Weihnacht«, hauchte er in ihr Ohr.
Alaina dehnte und streckte sich genüßlich. Fast hätte sie wie ein zufriedenes Kätzchen zu schnurren begonnen. »Ein glückliches Fest auch dir«, murmelte sie schläfrig.

»Ich habe eine Überraschung für dich, Liebes. Ob du sie wohl errätst?«
»Was kann ich mir noch wünschen, wo ich doch ein Kind von dir unter dem Herzen trage?« flüsterte Alaina und kuschelte ihre Nase in seine Halsgrube. »Was braucht eine Frau wie ich mehr?«
Cole faßte unter sein Kissen und zog ein Bündel Papiere hervor. Verwundert blickte Alaina ihren Mann an.
»Wie steht es mit einer notariellen Eigentumsurkunde von Briar Hill?«
Plötzlich war die junge Frau hellwach. Aufgeregt hockte sie sich auf die Knie und zerrte ungeduldig an den Bändern, die den Stapel Dokumente zusammenhielten. Endlich klappte sie den grauen Einband aus Karton auseinander und las atemlos die Worte, die Alaina Latimer als einzige Besitzerin des Gutes auswiesen.
»Oh, Cole«, schluchzte sie, während Tränen des Glücks ungehindert ihre Wangen durchströmten. Sie warf ihre Arme um seinen Hals und drückte ihn heftig an sich. »Ich dachte, daß Brian Hill auf immer verloren war! Wie dankbar ich dir bin, mein Geliebter!«

40

Die Märzwinde brachten eine Ahnung von frühlingshafter Wärme. Gegen Ende des Monats begann das Eis, das den Fluß bedeckte, zu schmelzen. Hie und da zeigte sich schon offenes Wasser. Im April gab es bereits ein paar wärmere Tage. Die schmelzende Schneedecke gab an manchen Stellen schon ein Stückchen Land frei, und das Eis auf dem Fluß war bald gänzlich verschwunden. Schwäne, Wildgänse und Enten kamen geflogen und landeten auf dem Wasser. Schnatternd suchten sie nach ihren alten Nistplätzen und Verstecken.
In tiefer Nacht ließ ein greller Blitz und das Krachen des Donners Alaina aus dem Schlaf hochfahren. Sie erhob sich und trat vor das Fenster, um das Naturschauspiel des Gewitters zu betrachten, welches sich am nächtlichen Himmel über dem Steilufer des Flusses mit Macht entlud und den Regen mit lautem Prasseln ge-

gen die Fenster des Hauses trieb. Alaina zuckte zusammen, als ein greller Blitz den Himmel zerriß. Doch da legte Cole seine Arme von hinten um sie und beugte sich vor, um ihre weiche glatte Schulter zu küssen. Seine Hand fuhr zart über ihren Bauch, der sich immer mehr rundete.

Alaina drehte sich um, ihre Lippen suchten und fanden den Mund ihres Mannes. Da hob Cole sie hoch und trug sie auf seinen Armen zum Bett.

Als das Toben des Unwetters schließlich nachließ, senkte sich süßer Friede über das große Haus an der Steilküste, in dessen Innerem zwei Liebende eng umschlungen ruhten.

Der Mai kam, und in der Luft lag das Versprechen künftiger Blütenpracht. Da kein anderer Gärtner zu finden war, wurde Peter damit beauftragt, den Rosengarten mit einem Spaten tief umzugraben. Cole hatte gerade einen der Patienten untersucht, die sich immer zahlreicher einstellten, seit er vor mehr als einem Monat seine Arbeit als Arzt wiederaufgenommen hatte. Alaina war mit Mindy im Salon, als sie sah, wie Peter ins Haus stürzte und in Coles Arbeitszimmer verschwand. Als sie neugierig in die Halle trat, wurde sie von den beiden Männern fast über den Haufen gerannt. Aufs höchste erstaunt trat sie auf die Veranda vor dem Haus und sah von weitem zu, wie Cole und Peter im Rosengarten eine Grube aushoben.

Alaina wollte schon ihre Röcke raffen und hinübergehen, als sich plötzlich zwei kleine Hände von hinten in den Stoff ihres Kleides krallten. Sie drehte sich um und erblickte Mindy, in deren Augen die panische Furcht eines verängstigten kleinen Tieres geschrieben stand. »Was ist denn los, Mindy?« fragte Alaina verblüfft, doch die Kleine schüttelte nur heftig den Kopf. Sie zitterte am ganzen Körper und verbarg das Gesichtchen in den Falten von Alainas Rock.

Cole ließ den Spaten fallen und wollte soeben neben Peter am Rand der Grube niederknien, als er Alaina und Mindy auf der Terrasse erblickte.

»Geh mit dem Kind ins Haus«, rief er seiner Frau zu. Alaina hätte zwar gern erfahren, was dort vorging, doch folgte sie dem Befehl ihres Mannes.

Wenig später trat Cole in den Salon. Mindy rutschte sofort vom Sofa und lief ihm entgegen. Sie warf ihre Ärmchen um Coles Beine und begann trostlos zu schluchzen. Cole hob die Kleine in

seine Arme und drückte sie fest an sich.
»Du weißt, was wir im Garten gefunden haben, Mindy, nicht wahr?« fragte er ruhig.
Das Mädchen bestätigte seine Vermutung mit einem Kopfnikken.
»Was ist es denn?« fragte Alaina völlig verwirrt. »Was habt ihr gefunden?«
»Wir haben ihren Onkel unter den Rosenbüschen begraben gefunden. Es sieht so aus, als habe er dort seit seinem Verschwinden gelegen.«
Alaina mußte sich schnell setzen, weil ihr die Beine den Dienst zu versagen drohten. Mit Schaudern dachte sie daran, daß sie selbst letzten Herbst in dem Rosengarten gegraben hatte.
»Ich habe Peter zum Sheriff geschickt«, berichtete Cole. »Bestimmt will er Mindy befragen. Vielleicht sollte die Kleine vorher ein wenig Ruhe haben.«
Die Arme des kleinen Mädchens legten sich fester um seinen Hals, doch Cole tätschelte beruhigend ihren Rücken.
»Keine Angst, niemand wird dir etwas zuleide tun. Von jetzt an kümmern wir uns um dich«, redete er beruhigend auf Mindy ein.
Als Cole wenig später mit Alaina allein war, erklärte er ihr ohne Umschweife, daß Mindys Onkel offensichtlich ermordet worden war. »Sein Schädel war zerschmettert, als habe ihn jemand von hinten erschlagen und in die Grube gestoßen.«
»Glaubst du, daß er die Grube selber gegraben hat?«
»Gut möglich, aber warum? Beim Pflanzen von Rosenbüschen braucht man kein so tiefes Loch in der Erde. Andererseits kann ich mir nicht vorstellen, daß ein Mann wissentlich sein eigenes Grab schaufelt.«
»Vielleicht wollte er etwas vergraben.«
Cole zuckte mit den Achseln. »Wenn Mindy nicht mit der Sprache herausrückt, tappen wir im dunkeln. Außer ihrem Onkel war nichts in der Grube, nicht einmal ein hübscher Goldschatz.«
Ein Schatz! Das Wort wollte Alaina nicht mehr loslassen. Irgendwie weckte es eine entfernte Erinnerung in ihr. Hatte Roberta in ihrem Tagebuch nicht einen Schatz erwähnt? Hatte sie nicht vorgehabt, Latimer House als reiche Frau zu verlassen? All das hatte sie, Alaina, doch selbst in dem Tagebuch ihrer Kusine schwarz auf weiß gesehen, doch wo war das Buch jetzt? Wer hatte es an sich gebracht? Vielleicht der Mörder des Gärtners?

Wenig später erschien Deputy Sheriff Martin Holvag und machte sich sofort an die Arbeit. In der Kleidung des toten Gärtners fand er einen Tabaksbeutel, ein paar Münzen und schließlich drei nagelneue Zehn Dollar-Banknoten, die er Cole aushändigte.

»Ich werde dafür sorgen, daß der Mann ein anständiges Begräbnis erhält. Immerhin war er Mindys Onkel«, sagte Cole zu dem Sheriff. »Mehr kann ich leider nicht tun. Der Mann verschwand einige Wochen vor Robertas Tod und ließ Mindy hier zurück.«

»Wie steht es mit den anderen Hausangestellten, Cole? Seit wann stehen sie in Ihren Diensten?« fragte Holvag.

»Mrs. Garth und die beiden Zimmermädchen wurden in meinem Auftrag von meinem Anwalt, Mr. James, eingestellt, bevor ich mit Roberta aus New Orleans kam. Alle anderen Bediensteten sind schon seit vielen Jahren hier. Nur den Gärtner habe ich selbst eingestellt, als sein Vorgänger im Krieg fiel.«

»Könnte Ihre erste Frau in diese Sache verwickelt gewesen sein?« bohrte der Sheriff weiter.

»Roberta empfand gegenüber dem Mann eine tiefe Abscheu und behandelte ihn wie den letzten Dreck, aber gegenüber den anderen Hausangestellten benahm sie sich übrigens nicht viel besser.«

»Kann ich jetzt mit Mindy sprechen? Vielleicht kann sie uns in dieser Sache weiterhelfen.«

Cole nickte. »Sie ist bei Alaina im Salon. Diese Angelegenheit hat sie sehr aufgeregt. Ich weiß nicht, ob sie viel zur Klärung des Falles beitragen wird. Ich hörte sie noch nie ein Wort sagen.«

»Soll das heißen, daß sie stumm ist?«

»Nein, das wohl nicht. Sie will einfach nicht sprechen, obwohl sie es sicherlich könnte.«

Es war, wie Cole angekündigt hatte: Mindy brachte kein Wort über die Lippen, obwohl sie sich krampfhaft abmühte, die Fragen des Sheriffs zu beantworten. Mitleidig zog Alaina das schrekkensbleiche Kind an sich und sah Cole bittend an.

»Ich glaube, ich bringe sie jetzt besser auf ihr Zimmer«, murmelte sie. Der Sheriff nickte zu ihrer Erleichterung. Als die beiden Männer allein waren, schnitt Holvag ein anderes Thema an, das ihn beschäftigte: »Ich wollte Sie noch fragen, Cole, ob Sie einen rot-weiß bemalten Flußdampfer, genauer gesagt einen Raddampfer mittlerer Größe mit dem Namen ›Thatcher‹, auf dem Fluß ha-

ben vorbeifahren gesehen.«
Cole schenkte dem Sheriff ein Glas Brandy ein und schüttelte den Kopf. »Seit ein bis zwei Wochen ist hier kein Schiff vorbeigefahren.«
Martin Holvag schien besorgt. »Die ›Thatcher‹ muß diese Stelle vor ungefähr drei Tagen passiert haben. Sie hatte keine Passagiere an Bord, nur landwirtschaftliches Gerät und ein paar Kisten mit Winchester-Gewehren von beträchtlichem Wert. Letzten Donnerstag wurde das Schiff rund zehn Meilen von hier zum letztenmal gesichtet, dann hat es sich in Luft aufgelöst.«
Cole nippte nachdenklich an seinem Glas. »Vielleicht ist sie auf einen Felsen gelaufen. Mit all dem schweren Zeug an Bord wäre sie wie ein Stein gesunken.«
Martin Holvag leerte sein Glas mit einem Zug und stand auf. »Nun gut«, meinte er nachdenklich. »Es war ja nur eine Frage. Ich gehe jetzt und lasse den Gärtner zum Bestatter bringen.«
Cole begleitete ihn bis zur Tür. »Wenn sich in dieser Angelegenheit etwas Neues ergibt, lassen Sie es mich bitte wissen, Sheriff.«
Als Holvag fort war, zog Cole nachdenklich die drei Geldscheine aus der Tasche, die bei dem ermordeten Gärtner gefunden worden waren. Er strich mit dem Finger darüber und bemerkte, daß sie noch nie gefaltet worden waren. Bei näherem Hinsehen stellte er zu seiner nicht geringen Verblüffung fest, daß die Scheine fortlaufend numeriert waren. Seltsam, dachte Cole bei sich. Wie konnte ein Mann, der sechs Dollar in der Woche verdiente, irgendwelche Geschäfte mit einer Bank oder dergleichen haben?

Die Kunde von dem toten Gärtner in Dr. Latimers Rosengarten verbreitete sich wie ein Lauffeuer in der Gegend. Von den Klatschmäulern der nahe gelegenen Stadt wurden die wildesten Mutmaßungen über den gewaltsamen Tod des Mannes in Umlauf gebracht.
Als Alaina einige Tage später mit Carolyn Darvey nach St. Cloud fuhr, um Babysachen einzukaufen, fühlte sie in den Geschäften, wie sie von den anderen Frauen mit verstohlener Neugier beobachtet wurde, und verlor rasch das Interesse an ihren Besorgungen.
»Laß uns gehen, Carolyn«, sagte sie schließlich matt. »Es ist ziemlich warm heute, und ich fühle mich nicht ganz wohl.«

Carolyn war enttäuscht. Sie hatte sich den Einkaufsbummel anders vorgestellt, aber instinktiv spürte sie, daß irgend etwas Alaina Sorgen bereitete.
Als Alaina aus dem Laden trat, wäre sie draußen auf dem Trottoir fast mit einem kleinen, wohlhabend gekleideten Mann zusammengestoßen. Sie blickte auf und wollte gerade eine Entschuldigung murmeln, als sie den Mann wiedererkannte. Blankes Entsetzen durchzuckte sie, sekundenlang war sie vor Schreck keines klaren Gedankens fähig.
Obwohl er das Haar auf der linken Seite länger trug, um das Ohr zu verbergen, gab es nicht den geringsten Zweifel: Vor Alaina stand Jacques DuBonné.
In der Hand hielt er einen Spazierstock mit Silberknauf. Als sich DuBonné von seiner eigenen Überraschung erholt hatte, lüftete er mit der behandschuhten Rechten seinen Hut, während ein flinker Blick aus seinen schwarzen Augen den fortgeschrittenen Zustand von Alainas Schwangerschaft verzeichnete. Unmerklich verhärtete sich der Ausdruck auf seinem Gesicht. Hämisch lächelnd öffnete er den Mund zum Sprechen, doch Alaina wirbelte bleich und zitternd herum und taumelte in den Laden zurück. Dort verkrallten sich ihre Finger in die Kante eines niedrigen Tisches, während es langsam dunkel um sie her wurde und ihre Knie nachgaben. Carolyn und die Verkäuferin konnten sie eben noch auffangen, bevor sie zu Boden sank.
»Ich hole schnell ihren Mann«, sagte Carolyn zu der Angestellten. »Bleiben Sie hier und passen Sie gut auf die Frau auf.«
Jacques DuBonné stand in der Türnische eines Geschäftes und blickte der hübschen blonden Frau nach, die die Straße hinuntereilte und hinter der Tür eines kleinen Büros verschwand, um gleich darauf wieder mit einem Mann herauszutreten, den DuBonné augenblicklich als den guten Doktor Latimer wiedererkannte. Jacques verzog das Gesicht zu einer verächtlichen Grimasse. Also hatte der Major die süße Frucht genossen!
Cole stürmte wie ein Stier in den Laden. Nach einem kurzen, sorgenvollen Blick auf seine Frau kniete er neben ihr nieder und hob sie mit beiden Armen auf.
»Im Hinterzimmer ist ein Bett«, sagte die hilfreiche Verkäuferin zu ihm. Cole nickte und folgte ihr mit Alaina auf den Armen nach hinten. Behutsam ließ er seine Frau auf das Lager gleiten. Er lokkerte die Bänder ihres Korsetts und legte kühle, feuchte Tücher

auf ihre Stirn.
Langsam tauchte Alaina aus ihrer Bewußtlosigkeit empor. Mit flatternden Lidern schlug sie endlich die Augen auf und blickte sich benommen um. Als Cole sich über sie beugte, schlang sie die Arme um seinen Hals und zog ihn zu sich hinab.
»Fühlst du dich schon ein wenig besser?« fragte er mit zärtlichem Lächeln.
»Es war Jacques!« flüsterte Alaina verstört. »Er ist hier in St. Cloud, Cole! Ich habe ihn mit eigenen Augen gesehen!«
Cole rückte ein wenig von ihr ab und blickte überrascht in ihre furchtsamen, grauen Augen, die sich mit Tränen füllten. Entschlossen wandte er sich dann an die Verkäuferin: »Kann meine Frau eine Weile hierbleiben? Ich habe mit dem Sheriff zu reden und bin gleich zurück.«
»Geh nicht fort, Cole! Denk daran, was er uns antun kann!« flehte Alaina und hielt ihn am Ärmel fest.
»Keine Sorge, Alaina«, besänftigte er sie. »Bitte habe Vertrauen in mich!«
Ihre Augen suchten die seinen, und obwohl sie noch immer zitterte, versuchte sie nicht, ihn zurückzuhalten.
Martin Holvag war in seinem Büro. Cole erklärte ihm ohne Umschweife, daß ein Mann in der Stadt sei, nach dem die Polizei fahndete, und forderte den Sheriff auf, ihn zu begleiten.
Zuerst überprüften die beiden Männer die Gästebücher der Hotels. Zu seiner Überraschung fand Cole im Stearns House eine an ihn gerichtete Botschaft vor. Sie war von Jacques, der ihn zu einer Unterredung in seinem Zimmer aufforderte.
Cole klopfte finster entschlossen an die Tür, die sich sofort öffnete. Er stand Jacques DuBonné gegenüber.
»Ah, guten Abend, Doktor Latimer«, begrüßte ihn der Franzose in fast akzentfreiem Englisch. »Wie ich sehe, hat Ihnen Ihre Gattin von unserem unvermuteten Zusammentreffen berichtet. Ich hoffe, ich habe sie nicht allzu sehr erschreckt. Übrigens hatte ich ohnehin vor, Ihnen einen Besuch abzustatten, um alle eventuellen Befürchtungen zu zerstreuen.«
»Tatsächlich?« fragte Cole mit ungläubigem Spott.
Jacques flackernder Blick fiel auf den hinter Cole stehenden Sheriff. »Sieh da, ein Mann des Gesetzes! Nun, um so besser. Bitte treten Sie ein, Gentlemen! Was ich Ihnen zu zeigen habe, nimmt nicht viel Zeit in Anspruch.«

Er schloß die Tür hinter den beiden Männern und zog eine lederne Brieftasche aus der Jacke. Unbeholfen entnahm er mit der linken, behandschuhten Hand einige amtlich wirkende Dokumente und reichte sie schwungvoll dem Sheriff. Dabei verrutschte das lange Haar, das sein linkes Ohr bedeckte. Cole sah, daß ein Loch darin war.
»Diese Papiere werden Sie davon überzeugen, daß ich nicht mehr vom Arm des Gesetzes gesucht werde, meine Herren«, verkündete DuBonné großspurig. »Es sind Begnadigungen und Straferlasse des Gouverneurs von Louisiana und der dortigen Bundesbehörden.« Jacques machte eine Pause, damit Cole und der Sheriff die Urkunden überfliegen konnten.
»Und dies hier«, fuhr er, auf ein anderes Schreiben deutend, fort, »weist mich als Vertreter einer Pariser Firma aus, für die ich den hiesigen Markt erkunde. Ich versichere Ihnen, daß ich mit allen Beteiligten auf gutem Fuße stehe und hier nur ehrbaren Beschäftigungen nachgehe. Haben Sie noch irgendwelche Fragen?«
Cole gab sich damit durchaus nicht zufrieden. Argwöhnisch betrachtete er den kleinen Mann, der nach einem kurzen Blick hastig hinzufügte: »In ein paar Tagen bin ich fort von hier, Dr. Latimer, und werde in absehbarer Zukunft nicht zurückkehren.«
Als Cole sprach, nahm er kein Blatt vor den Mund: »Es ist mir gleich, ob Sie einen Straferlaß vorweisen können, und wäre er vom lieben Herrgott persönlich unterschrieben! Wenn ich Sie auf dem Gelände meines Hauses oder in der Nähe meiner Frau erwische, sorge ich dafür, daß die letzte Gerichtsverhandlung Ihres Lebens auf höchster Ebene stattfindet!»
»Soll das eine Drohung sein, Monsieur?«
»Nein, nur eine nüchterne Feststellung über die Art unserer künftigen Beziehungen.«
Jacques DuBonné runzelte die Stirn. »Ich glaube zu verstehen. In Anbetracht dessen, was vorgefallen ist, kann ich Ihnen nicht einmal einen Vorwurf machen. Ich möchte nur ungestört meinen Geschäften nachgehen dürfen. Nur deshalb habe ich Ihre Zeit in Anspruch genommen.«
Cole lächelte, aber seine Augen blieben kühl und wachsam.
»Nun gut«, sagte er. »Ich wünsche Ihnen, daß Sie Ihre Geschäfte in diesem Bundesstaat zu einem raschen Ende bringen.«
»Ich werde an Ihre Worte denken, Monsieur le Docteur«, erwiderte Jacques DuBonné und öffnete die Tür. Cole übersah geflis-

sentlich seine ausgestreckte Hand.
Die Fahrt nach Hause verlief schweigsam. Erst als Cole Braegars Schwester abgesetzt hatte, konnte Alaina nicht länger an sich halten.
»Warum mußte dieser DuBonné ausgerechnet jetzt hier auftauchen?« klagte sie mit verzagter Stimme. »Was geschieht, wenn er überall herumerzählt, ich sei eine Diebin, Verräterin oder gar Mörderin? Er wird alles tun, um mich ins Gefängnis zu bringen.«
Cole zog umständlich ein Bündel Dokumente aus seiner Manteltasche. »Dies hier wird all deine Befürchtungen zerstreuen«, sagte er zuversichtlich und blätterte in den Papieren. »Es sind eidesstattliche Aussagen von Dr. Brooks, Mrs. Hawthorne, Saul, mir selbst und anderen Personen, die dich vollständig entlasten. Ich habe sie soeben von meinem Anwalt erhalten. Bitte lies dieses Schreiben, damit du meinen Worten glaubst.«
Neugierig nahm Alaina das Dokument entgegen und begann zu lesen:

> »Aus sorgfältigen Nachforschungen und aufgrund der eidesstattlichen Erklärungen obengenannter Personen hat sich ergeben, daß Alaina MacGaren aller gegen sie erhobenen Anschuldigungen enthoben werden muß, und daß sie keines der ihr zur Last gelegten Verbrechen schuldig ist. Die auf ihre Ergreifung ausgesetzten Belohnungen werden hiermit rückgängig gemacht.
>
> gez. General Richard Taylor, CSA
> Militärgouverneur von Louisiana«

Alaina brachte kein Wort heraus. Tränen der Dankbarkeit rollten über ihre Wangen, als sie zu ihrem Gatten aufschaute.
»Wie du siehst«, sagte Cole, »wird unser Kind nicht im Gefängnis zur Welt kommen. Abgesehen von unserer Ehe bist du jetzt eine freie Frau in des Wortes voller Bedeutung.«
Alaina lehnte sich zurück und lachte unter Freudentränen. »Was jenes Band anbelangt, mein Geliebter, so möchte ich auf immer an dich geschmiedet sein!« sagte sie beglückt. Sie sank an Coles Brust und ließ ihrer übergroßen Erleichterung schluchzend freien Lauf.
Cole hielt die junge Frau zärtlich in seinen Armen und genoß seine Rolle als Ehemann in vollen Zügen.

41

Nach Alainas eigenen Berechnungen war der Juni der achte Monat ihrer Schwangerschaft, und ihr sich stetig rundender Bauch schien ihr rechtzugeben. Seit langem schon hatte sie all die schönen Kleider nicht mehr tragen können, sondern sich in passendere Gewänder mit hohem Gürtelbund gekleidet.

Die Tage wurden wärmer, das Land war von zartem Grün überzogen. Der Duft von Flieder und Apfelbäumen füllte die Lüfte mit seiner Süße

Fast ein Jahr war vergangen, seit Alaina den Süden verlassen hatte und zu Cole in den Norden gezogen war.

Während dieser Zeit hatte sie nur spärliche Post von ihrer Tante Leala aus New Orleans erhalten und war deshalb um so erfreuter, als eines Tages ein kurzes Schreiben eintraf, in welchem die alte Dame bei ihrer Nichte anfragte, ob sie ihr als Gast willkommen sei.

Etwa zehn Tage, nachdem Alaina eine herzliche Einladung an ihre Tante abgeschickt hatte, fuhr eine Kutsche vor. Alaina befand sich im Salon. Sie hörte, wie der Butler gemessenen Schrittes zur Tür ging.

Gleich darauf vernahm sie eine Frauenstimme: »Ist dies das Haus von Dr. Latimer und Gattin?«

»Tant Leala!« rief Alaina freudig aus und eilte so schnell es ihr fortgeschrittener Zustand erlaubte zur Tür. Mit Tränen der Freude in den Augen umarmte sie ihre Tante, als sich eine andere Hand auf ihre Schulter legte. Sie blickte auf und erkannte Mrs. Hawthorne.

»Tally Hawthorne!« stieß sie atemlos hervor. »Dem Himmel sei Dank! Ich hätte nicht im Traum daran gedacht, daß Sie auch kommen würden!«

»Ich mußte einfach kommen«, antwortete Tally trocken und ließ ihren sachkundigen Blick über die junge Frau schweifen. »Ich hatte schon leise Zweifel, ob ich mich nicht doch getäuscht hatte, aber wie ich nun sehe, haben Cole und du keine Zeit vergeudet und eure Differenzen bereinigt.«

»Willkommen in Latimer House!« ertönte da Coles Stimme hinter ihnen. Mit einem herzlichen Händedruck begrüßte er die beiden älteren Damen. »Ist Angus nicht mitgekommen?«

»Nein«, antwortete Leala schnell und senkte den Blick. »Er hat zuviel im Geschäft zu tun.« Sie holte tief Luft und fügte hinzu: »Übrigens geht es uns besser als vor dem Krieg.«

Alaina lächelte glücklich, als Cole die Damen ins Haus führte. Cole betrachtete seine junge Frau von der Seite und schmunzelte. Ihre Fröhlichkeit war wirklich ansteckend.

Später mußte er die Frauen für eine Weile allein lassen. Miles meldete ihm, Sheriff Holvag sei soeben vorgefahren und wünsche den Hausherrn in einer dringenden Angelegenheit zu sprechen.

Nachdem sie einen herzhaften Händedruck ausgetauscht hatten, kam Holvag unmittelbar zur Sache.

»Es ist ein weiteres Schiff auf dem Fluß verlorengegangen«, berichtete er sorgenvoll. »Diesmal ist es die ›Carey Downs‹. Der Dampfer verschwand an der gleichen Stelle wie sein Vorgänger.«

»Seltsam«, sinnierte Cole. »Soviel Mühe, um die Schiffe über die Fälle zu bringen, und dann gehen sie an einer ziemlich ungefährlichen Stelle des Flusses einfach unter!«

»Letztes Jahr haben wir schon zwei verloren«, unterrichtete der Sheriff ihn. »Wir haben nie eine Spur von ihnen und ihrer Fracht gefunden.«

»Wenn sie gesunken sind, platzen irgendwann die Laderäume, und die leichteren Gegenstände treiben an die Oberfläche. Dann haben Sie alle Beweise, die Sie brauchen. Hoffentlich wird es mit Mindys Onkel ähnlich sein.«

»Wenn sich etwas Neues ergibt, hören Sie sofort von mir«, versicherte Martin Holvag, als er sich von Cole verabschiedete.

Nach dem Abendessen zogen sich die beiden älteren Damen ermüdet von der beschwerlichen Reise bald in die ihnen angewiesenen Gästezimmer zurück. Cole und Alaina folgten bald ihrem Beispiel.

Cole wollte gerade sein Hemd ausziehen, als er ein zaghaftes Klopfen an der Tür vernahm.

Er öffnete erstaunt und sah sich der sichtlich nervösen und verwirrten Leala Craighugh gegenüber.

»Verzeih mir, daß ich euch zu dieser Stunde behellige, aber ich würde gerne kurz mit euch beiden reden, wenn es möglich ist«, sagte Leala mit unsicherer Stimme.

»Natürlich«, antwortete Cole und geleitete die alte Dame zu einem bequemen Sessel vor dem Kamin, während Alaina schnell in einen Hausmantel schlüpfte und ihrer Tante ein Gläschen Sherry einschenkte.

»Oh, Alaina, was für eine schöne junge Frau du geworden bist! Wenn ich an deine zerlumpte Kleidung in New Orleans denke! Auch dein Haar ist schöner und länger denn je! Du bist siegreich aus jenem unseligen Krieg hervorgegangen, das kann man wohl sagen!«

»Du bist lieb zu mir, Tante Leala«, antwortete Alaina an die Brust ihres Mannes gelehnt, »aber das meiste habe ich Cole zu verdanken. Er hat mich von allen falschen Anschuldigungen reingewaschen und sogar Briar Hill zurückgekauft! Dort, wo das alte Haus stand, wollen wir irgendwann ein neues bauen lassen und die langen Wintermonate verbringen.«

Leala war sichtlich gerührt. »Wenn es euch nichts ausmacht, möchten Tally und ich hierbleiben, bis euer Kind geboren ist. Verzeiht mir armen, alten Frau, aber mir ist zumute, als warte ich auf mein erstes Enkelkind«, sagte sie mit feuchten Augen. Nach einer kleinen Weile fügte sie gefaßter hinzu: »Cole, es tut mir ja so leid, was unsere Familie dir angetan hat!«

»Alaina und ich haben zueinander gefunden, das ist alles, was für mich zählt«, antwortete Cole freundlich. »Alles andere ist vergangen und vergessen.«

»Dank dir, Cole«, sagte Leala betrübt lächelnd. »Wenn meine Tochter nicht so selbstsüchtig gewesen wäre, hätte sie gemerkt, was für einen feinen Mann sie hatte.« Ihre Hände zitterten, als sie weitersprach: »Es gibt da eine Sache, die mich seit einiger Zeit sehr bedrückt. Eigentlich bin ich gekommen, um mit euch darüber zu reden.« Leala nippte an ihrem Glas und fuhr fort: »Vor einigen Wochen beschloß ich, das Geschäft in Angus' Abwesenheit einmal gründlich aufzuräumen und zu säubern. Dabei entdeckte ich in einer alten Pappschachtel zwischen den Papieren meines Mannes dies hier.« Leala Craighugh nestelte an den Falten ihres Kleides. Sie zog ein kleines, in braunes Papier gewickeltes Päckchen hervor und reichte es Cole.

Er faltete das Papier auseinander und erblickte einen kleinen Stapel grünlicher Banknoten, die wie frisch aus der Druckpresse wirkten.

»Das müssen zwischen zehn- und fünfzehntausend Dollar sein«, bemerkte Cole verblüfft.

»Fast zwanzigtausend«, berichtigte ihn die alte Dame. »Ich fand bei dem Geld ein Bündel Briefe von Roberta, in denen sie ihren Vater bat, das Geld für sie bis zu ihrer Rückkehr nach New Orleans an einen sicheren Ort, aber nicht in einer Bank aufzuheben.« Leala seufzte gequält. »Ich stellte Angus zur Rede, und er machte mir eine fürchterliche Szene. Er schwor, daß er mit dem Geld den Tod seiner Tochter rächen wollte. Daraufhin nahm ich das Geld an mich und ging zu Tally. Ich konnte einfach nicht den Gedanken ertragen, daß meine Tochter ihren eigenen Gemahl bestahl. Roberta war nicht so, wie ich sie mir gewünscht hätte, aber sie war mein Kind, und ich fühlte mich als ihre Mutter für sie verantwortlich.«

Tröstend legte Alaina ihren Arm um die alte Frau, die trostlos zu schluchzen begonnen hatte.

»Ich danke dir, meine Kleine«, sagte Leala unter Tränen. »Ich fühle mich schon viel besser. Du kannst nicht ahnen, wie sehr mich das alles bedrückt hat. Aber jetzt lasse ich euch endlich allein. Ich glaube, daß ich heute seit langer Zeit zum erstenmal gut schlafen werde.«

Alaina geleitete ihre Tante zur Tür. »Gute Nacht, liebes Kind«, sagte Leala und küßte ihre Nichte auf die Wange. »Ich werde für dich beten und Gottes Segen für dich und die Deinen erflehen.«

Als Alaina zum Bett zurückkehrte, fand sie Cole mit gerunzelter Stirn auf das Geld starrend. Nachdenklich rieb er sich das Kinn. »Roberta konnte unmöglich soviel von meinem Geld nehmen, ohne daß ich etwas merkte«, grübelte er vor sich hin und ließ die nagelneuen Scheine durch seine Finger gleiten. Plötzlich durchzuckte ihn ein Einfall. Er sprang auf die Füße und verließ mit großen Schritten das Schlafzimmer. Verwundert hörte Alaina, daß er nur kurz sein Arbeitszimmer betrat. Gleich darauf war er zurück und legte drei neue Zehn-Dollar-Scheine auf das Kopfkissen neben das andere Geld.

»Die drei Banknoten stammen von dem ermordeten Gärtner«, erläuterte er, während er alle Geldscheine zu einer Reihenfolge ordnete, die Alaina vorerst unverständlich war.

»Schau her!« sagte er schließlich. »Alle Scheine haben fortlaufende Nummern derselben Serie.«

»Und was bedeutet das, Cole?«

»Daß Roberta und der Gärtner zusammen bei dem vielen Geld die Finger im Spiel hatten.«

»Aber woher hatten sie es?«

»Darüber, meine Liebe, können wir derzeit nur Vermutungen anstellen.« Als Cole die Geldscheine zusammenräumte, hielt er plötzlich inne und starrte sinnend an die Zimmerdecke.
»Vielleicht war der Gätner während des Krieges Mitglied einer jener Banden, die Züge und dergleichen ausraubten, und hat einen Teil der Beute hierher gebracht.«
»Aber wie hat es Roberta fertiggebracht, ihm das Geld abzunehmen? Glaubst du etwa, der Mann war ihr Geliebter?«
»Ich kann mir nicht vorstellen, daß Roberta sich dazu herabgelassen hätte«, sagte Cole entschieden. »Übrigens war er alt, schmutzig und heruntergekommen. Mit einem solchen Kerl hätte Roberta nicht einmal geflirtet.«
Alaina schmiegte sich eng an Cole und streichelte mit ihrer schmalen, feinknochigen Hand seine Brust und seinen Bauch. »Gedenken der Herr Yankee die ganze Nacht mit Roberta und dem Geld zu vertun?« fragte sie schmeichlerisch. »Oder will er mich im Arm halten und küssen, um mir zu zeigen, daß ich auch mit rundem Bauch das Licht und die Liebe seines Lebens bin?«
Cole lachte unterdrückt. Er blies die Lampe aus und kehrte in die Arme seiner Frau zurück. »Du bist mein ein und alles, Alaina MacGaren Latimer«, flüsterte er und küßte sie auf das kecke Näschen. »Um dir zu beweisen, daß ich dich mit einem Kind unter dem Herzen schön finde, werde ich dir dein Bäuchlein in den kommenden Jahren mit viel mehr Kindern füllen.« Alaina lehnte ihren Kopf ein wenig zurück und blinzelte ihm zu: »Jedes Jahr?«
Cole tat so, als brauche er eine kleine Gedenkpause. Schließlich lächelte er in ihr geliebtes Gesicht hinab.
»Nun, sagen wir: fast jedes Jahr.«

Früh am nächsten Morgen fuhr Cole zu Martin Holvag in die Stadt, um dem Sheriff das Geld auszuhändigen und ihm seine Mutmaßungen darzulegen. Damit schien die Sache für ihn erledigt und war auch bald fast vergessen.

Der Rest des Monats Juni verging für Alaina wie im Traum. Tante Leala und Tally Hawthorne waren ständig in ihrer Nähe. Der wohlwollenden Wachsamkeit ihrer Augen entging nichts, was Alaina unternahm.
Alaina erwartete die Zeit ihrer Niederkunft mit wachsender Ungeduld. Jeden Tag inspizierte sie das Kinderzimmer, ob alles be-

reit war. Sie fühlte sich unbeholfen, und das Gehen machte ihr Mühe.
Cole hatte die von ihm so genannte Hütte, seines Vaters erstes Haus, gründlich saubermachen und aufräumen lassen. Dort empfing und behandelte er seine Patienten. Eines Tages kam Braegar vorbei und tat empört darüber, daß Cole ihm einige Patienten abspenstig gemacht hätte. Nach diesem kurzen, freundschaftlichen Geplänkel lud Cole die Familie Darvey kurzerhand zum Dinner ein.
Nach der Mahlzeit gestanden sich alle Anwesenden insgeheim ein, daß Cole sich sehr verändert hatte. Er war wieder ganz der alte, gelöst und witzig, und doch war das noch nicht alles. Es entging niemandem, wie liebevoll er seine junge Frau umsorgte. Seit diese schöne Alaina in sein Leben getreten war, hatte Cole endlich sein altes Selbstvertrauen wiedergefunden. Er wirkte zuversichtlich und männlicher denn je und verstrahlte eine große innere Ruhe. Seine einstige Reizbarkeit war wie weggeblasen. Das Leben schien ihm auf einmal ungeheuer zu gefallen. Cole zweifelte nicht länger an Alaina, denn es gab nichts an ihr zu zweifeln. Er sah besser aus als in seinen besten Zeiten, und die Frau neben ihm war mit ihm und durch ihn zu einer Frau in des Wortes vollster und feinster Bedeutung geworden.

Die letzten Tage vor dem großen Augenblick vergingen wie im Fluge. Cole saß mit seiner Frau abends bei Tisch, als sie plötzlich die Gabel sinken ließ und mit schmerzverzerrtem Gesicht flüsterte: »Ich glaube, es ist soweit, Liebling.« Cole sprang sofort auf die Füße und lief, um Mrs. Hawthorne und Tante Leala zu alarmieren.
»Tally«, bat er Alainas mütterliche Freundin, »bitte trommeln Sie das Personal zusammen, und sagen Sie den Leuten, daß Alainas Zeit gekommen ist. Sie wissen, was zu tun ist.«
Mit seiner süßen Last auf den Armen ging Cole vorsichtig die Treppe hinauf und stieß mit der Schulter die Schlafzimmertür auf. Sanft bettete er Alaina auf das vorbereitete Lager. Leala war schon da. Mit fester Hand nahm sie alle Vorbereitungen auf sich.
»Wo finde ich frische Leintücher, Cole?« erkundigte sie sich.
»Dort im Schrank«, antwortete Cole. Gleich beugte er sich wieder über seine Frau, um ihr Schuhe und Strümpfe auszuziehen. Alaina biß sich auf die Lippen, als der Schmerz einer heftigen

Wehe sie durchzuckte. Tapfer wartete sie ab, bis der Schmerz nachgelassen hatte. Sie streckte die Hand aus, um das besorgte Gesicht ihres Mannes zu streicheln, und lächelte ihn zärtlich an. »Ich liebe dich«, wisperte sie.

Cole ergriff ihre Hand und preßte sie an die Lippen. »Ich bin ganz zittrig, Alaina. Dutzenden von Babys habe ich schon ans Licht der Welt verholfen, aber nie habe ich so empfunden wie jetzt.«

»Du wirst auch diesmal wieder ganze Arbeit leisten«, beruhigte Alaina ihn. Tiefempfundene Liebe sprach aus ihren Augen. »Wir haben dieses Kind zusammen gezeugt, und wir werden es auch gemeinsam auf die Welt bringen. Ich vertraue dir wie niemandem sonst auf dieser Erde.«

Dergestalt angespornt und ermutigt bot Cole all sein Wissen und Können als Arzt auf, um seiner Frau die Geburt ihres ersten Kindes zu erleichtern. Doch all sein Gefühl und sein ganzes Herz waren bei der schlanken, jungen Frau, die sich da mit zusammengebissenen Zähnen mühte und ihm nach jeder Wehe ermunternd zulächelte. Cole merkte nicht, wie die Stunden verflogen und wie sich der frühe Morgenhimmel schließlich am Horizont rötete.

Als endlich die Geburtswehen mit einer Heftigkeit einsetzten, daß Alaina am liebsten laut aufgeschrieen hätte, umklammerte sie mit beiden Händen die gedrechselten Pfosten am Kopfende des Bettes und spürte, wie der Kopf des Kindes aus ihr glitt. Schwer atmend wartete sie die letzte große Wehe ab, mit der sie das Kind ganz aus sich herauspressen würde.

Cole drückte sacht auf ihren Bauch und hielt mit der anderen Hand den Kopf des Kindes.

»Sehr gut, Alaina, du mußt jetzt gleich ganz stark drücken, dann haben wir es geschafft.«

Als der Schmerz der letzten Wehe verebbte, hörte die geschwächte Alaina innerlich triumphierend ein dünnes, weinerliches Stimmchen, die ersten Laute ihres Kindes.

»Ein Mädchen!« rief Tante Leala begeistert aus.

»Wie schön sie ist!« entfuhr es Mrs. Hawthorne entzückt.

Cole hob sein Töchterchen auf seinen flachen Händen hoch und legte es auf den Bauch der Mutter. Fragend schaute er sie an: »Glynis Lynn Latimer?«

Alaina hob die Hand und berührte vorsichtig ihr laut weinendes

Kind. In ihren Augen glänzten Tränen. »Du willst sie nach meiner Mutter nennen?«
Cole nickte. »Ich denke, das wäre gut so.«
»Glynis Lynn Latimer«, wiederholte Alaina leise. »Wie schön das klingt!«

42

Während des ersten Tages in Glynis Lynns Leben wollte der glückliche Vater nicht von ihrer Wiege weichen. Er konnte sich einfach nicht satt sehen an seinem Töchterchen. In all den Jahren seines Ärztedaseins hatte er nie ein so schönes Kind gesehen. Natürlich war er durch die Tatsache, daß es sich hier um sein eigenes Kind handelte, vielleicht ein wenig voreingenommen, doch hätte er das anderen Menschen gegenüber natürlich auf das entschiedenste bestritten.
Cole blickte auf, als sich Alaina im Bett neben der Wiege bewegte. Als sie langsam die grauen Augen aufschlug, lächelte er ihr zu.
»Sie hat deine Nase und deinen Mund«, stellte er stolz fest. Voller Zärtlichkeit erwiderte Alaina sein Lächeln. »Wie kannst du das wissen?«
Cole erhob sich und setzte sich auf den Rand des Bettes.
»Weil es mein dringlichster Wunsch ist.«
»Bekommst du immer alles, was du dir wünschst?«
»Ich habe dich«, erwiderte Cole mit fester Stimme, »und das ist alles, was ich mir wünschen kann.«

Eine Woche nach der Geburt des Kindes reisten Leala Craighugh und Mrs. Hawthorne ab. Durch ihren Besuch und die Geburt des Kindes hatte das große Haus für Alaina etwas von seiner Düsterkeit verloren. Außerdem verwandelte die Augusthitze und die trockenen, warmen Winde das Haus auf dem Steilhang hoch über dem Fluß in einen wahrhaften Backofen. Selbst Miles, dem nichts etwas auszumachen schien, brach der Schweiß aus. Alaina selbst wurde gut mit der Hitze fertig. Sie lockerte ihr Korsett, krempelte die Ärmel ihres Kleides hoch und ging ihren Pflichten als Ehefrau und Mutter nach wie immer.

Im Gegensatz zu dem großen Haus war die »Hütte« im Schutze der alten Ulmen kühl und schattig. Immer häufiger verbrachte Alaina dort mit Glynis Lynn und Mindy die heißen Stunden des Tages in der Nähe ihres Mannes. Das ganze Haus war unter ihrer Aufsicht geputzt und so wiederhergerichtet worden, daß die alten Möbel fast so glänzten wie zu Zeiten von Coles Vater. Die »Hütte« war solide gebaut. Die Fußböden waren aus dicken Eichenbohlen, nur in der Küche waren polierte Steinplatten verlegt worden. Während die Fenster des Herrenhauses oben am Steilhang schon beim kleinsten Luftzug klapperten, war hier alles kräftig und vertraueneinflößend. Von dem Wetter draußen merkte man in der »Hütte« kaum etwas, gleich ob ein Sturm tobte, drückende Schwüle oder klirrender Frost herrschte. Das Haus war für mehrere Generationen gebaut worden, und Alaina gewann die Ruhe, die es verströmte, bald sehr lieb. In seiner geschmackvollen Einrichtung von dezenter Eleganz fühlte sie sich mehr zu Hause als in dem überladenen Prunk des Herrenhauses.

Eines Abend unterbreitete Cole seiner Frau beim Essen den Vorschlag, ganz in die »Hütte« zu ziehen. Es war ihm nicht entgangen, welchen Gefallen Alaina an dem Haus gefunden hatte. Im Laufe der Zeit hatte sie immer mehr Babykleidung dorthingeschafft, ganz zu schweigen von ihren eigenen Kleidern im Schrank des großen Schlafzimmers oben im ersten Stockwerk. Coles überraschender Vorschlag warf in Alaina die Frage auf, ob er vielleicht ihre Gedanken lesen konnte. Sie suchte ihre freudige Erregung zu verbergen, als sie dankbar darauf einging.

»Ich glaube, das ist eine gute Idee, mein lieber Yankee«, sagte sie schlicht. »Aber hast du schon eine Vorstellung davon, was wir dann mit dem großen Haus anfangen?«

»Ich glaube, man könnte daraus ein ganz leidliches Krankenhaus machen. Auf jeden Fall wäre es tausendmal besser als einige der Pesthäuser, die ich in meinem Leben gesehen habe.«

Die Haushälterin Mrs. Garth, die Cole gerade wie gewohnt nach Tisch einen kleinen Brandy einschenken wollte, ließ bei Coles Worten die Karaffe fahren, so daß sich ihr Inhalt über das blütenweiße Tischtuch ergoß. Hastig murmelte die Frau eine Entschuldigung und tupfte die bräunliche Flüssigkeit mit einem Tuch auf. Dann verließ sie wortlos den Raum. Cole blickte ihr mit zusammengezogenen Brauen nach. Doch er vergaß den Vorfall schnell,

als Alaina sich auf seinen Schoß setzte und seine ungeteilte Aufmerksamkeit in Anspruch nahm.
»Oh, Cole, ich glaube, das ist eine ausgezeichnete Idee!« rief sie begeistert aus und schlang ihre Arme um seinen Hals. »Braegar könnte dir dabei helfen. Wenn du willst, veranlasse ich sofort, daß das Personal schon morgen damit beginnt, unsere Sachen in die Hütte zu schaffen. Gegen Ende der Woche könnten wir uns dort schon eingerichtet haben. Dann kannst du Handwerker kommen und hier die Zwischenwände herausreißen lassen, um größere Krankenzimmer zu schaffen. Bald schon könnten wir den ersten Patienten im Krankenhaus empfangen.«
Cole schien plötzlich alles Interesse an dem Thema verloren zu haben. Unter den Falten des leichten Musselinkleides, das Alaina wegen der Hitze angezogen hatte, spürte er das warme, feste Fleisch seiner jungen Frau. Seit der Geburt ihrer Tochter hatte er ungeduldig auf den Tag gewartet, an dem er sich wieder in inniger Liebe mit ihr vereinen konnte. Es ging auf September, fast sechs Wochen waren seit der Geburt von Glynis Lynn verstrichen, und es fiel Cole immer schwerer, seine erzwungene Zurückhaltung zu wahren. Der Druck von Alainas fraulichem Körper auf seinem Schoß brachte sein hitziges Blut in Wallung und erweckte seine Begierde.
»Ist dir eigentlich klar, wie lange wir uns nicht geliebt haben, mein Schatz?« fragte er unvermittelt.
Der plötzliche Themenwechsel ihres Manns kam für Alaina völlig überraschend. Gänzlich aus der Fassung gebracht starrte sie ihn mit offenem Mund an, doch fing sie sich schnell und lehnte sich an ihn. Ihre Hände streichelten seine muskulöse, behaarte Brust, als sie in sein Ohr flüsterte: »Könnten wir nicht alles weitere in der Stille unseres gemeinsamen Schlafzimmers besprechen, lieber Yankee?«

Am zweiten Donnerstag des Monats September war der Himmel bei Sonnenaufgang klar und ungetrübt, doch bevor es gänzlich Tag geworden war, bildeten sich in großer Höhe langgezogene Wolkenschleier. Cole war schon in die »Hütte« hinuntergegangen. Alaina ließ ihr Töchterchen noch ein wenig schlafen. Später, wenn sie gebadet und sich angekleidet hatte, würde sie ihr Kind stillen und zu ihrem Mann hinuntergehen. Am Wochenende sollte der Umzug stattfinden, und schon wenige Tage später sollten die Handwerker mit dem Umbau des großen Hauses beginnen. Alaina stand im Badezimmer vor dem Spiegel und bürstete ihr Haar, als sie die Gegenwart eines anderen Menschen spürte und sich umdrehte. Zu ihrer größten Verwunderung erblickte sie Mrs. Garth, die in der offenen Tür stand und die kleine Glynis Lynn auf den Armen hielt. Nie zuvor hatte sich die Haushälterin dazu herabgelassen, das Kind zu berühren, und Alaina fühlte sich unangenehm davon berührt, ihr Kind jetzt in den Händen der Frau zu sehen.

»Ich habe Ihnen etwas zu zeigen, Madam«, sagte die Haushälterin mit ausdrucksloser Stimme. »Würden Sie mir bitte folgen?« Damit drehte sie sich abrupt um und trat in den Flur hinaus.

Das unbestimmte Gefühl einer drohenden Gefahr lähmte Alaina und verlieh ihren Gliedern eine bleierne Schwere. Als sie nicht gleich reagierte, drehte sich Mrs. Garth nach ihr um und rief ungehalten: »Nun kommen Sie schon! Wir haben nicht den ganzen Tag Zeit!«

»Geben Sie mir Glynis«, verlangte Alaina von der Hausangestellten. »Ich muß nur eben ihre Windeln wechseln, dann komme ich.«

»Das kann warten. Kommen Sie jetzt!«

Es ging Alaina auf, daß sie keine andere Wahl hatte. Zu ihrem Erstaunen betrat Mrs. Garth Robertas ehemaliges Schlafzimmer und ging schnurstracks zu der Spiegelwand. Die Frau hob den Arm und drückte links oben auf eine Spiegelscheibe, und Alaina sah mit vor Verblüffung weit aufgerissenem Mund, wie die gesamte Spiegelwand aufschwang und einen dahinterliegenden dunklen Gang freigab. Mrs. Garth trat dort hinein und winkte Alaina, ihr zu folgen. Widerstrebend folgte die junge Frau der Aufforderung. Eine schier endlos lange Wendeltreppe aus roh behauenem Stein führte in die Tiefe und verlor sich irgendwo weit unten in der Finsternis. Alaina blickte hoch und gewahrte, daß die Treppe bis zum Dach des Hauses führte. Eine Luke, durch die ein wenig Licht fiel, gewährte offensichtlich Zutritt zu dem mit einem Geländer bewehrten Umlauf, der das Dach des Hauses auf allen vier Seiten umschloß.

Mrs. Garth war schon ein paar Stufen hinabgestiegen. Ihre Hand ruhte auf einer Art kurzen Balkens, der aus der Mauer ragte. »Kommen Sie jetzt, Mrs. Latimer!« drängte sie ungeduldig. Ihre Stimme klang hohl in dem turmartigen Treppenhaus.

»Sollten wir nicht Mr. Latimer oder einen der Männer rufen?« fragte Alaina zutiefst beunruhigt. Sie biß sich auf die zitternde Unterlippe, als sie auf ihr Töchterchen blickte, das friedlich in den Armen der fremden Frau schlief. Alaina war entschlossen, alles zu tun, um das Kind so schnell wie möglich wieder im Schutz ihrer eigenen Arme zu sehen.

»Da unten gibt es viel für Sie zu sehen, und wir haben keine Zeit zu verlieren. Also kommen Sie schon!«

Die letzten Worte waren ein unmißverständlicher Befehl. Auf der schmalen Treppe war ein Kampf um das Kind ein aussichtsloses Unterfangen. Niedergeschlagen folgte Alaina der Frau. Sobald sie das Treppenhaus betreten hatte, drehte Mrs. Garth an dem Balken, und mit lautem Kettengerassel schloß sich die Geheimtür. Es herrschte stockschwarze Finsternis, dann wurde ein Streichholz angerissen. Gleich darauf verbreitete eine Petroleumlampe ein wenig mehr Licht. Mrs. Garth hob die Laterne hoch über den Kopf und begann mit dem Kind im anderen Arm eilig den Abstieg. Alaina blieb nichts weiter übrig, als ihr zu folgen. Ein stetiger Luftzug trug leise, weit entfernte Geräusche zu den beiden Frauen herauf. Die Luft roch immer muffiger und feuchter, und die Geräusche wurden immer lauter, je mehr sie sich dem unteren Ende der Treppe näherten. Alaina blickte nach oben. Die kleine Dachluke war nur noch ein winziger Lichtfleck hoch über ihr. Vermutlich war sie jetzt schon tiefer unter der Erde als die Fundamente des Hauses reichten, und nicht allzu weit vom Grundwasserspiegel entfernt, dachte Alaina bei sich.

Weiter unten waren die Wände naß. Kleine quietschende Laute waren bisweilen zu vernehmen. Die Ahnung nahenden Unheils verstärkte sich in Alaina, als sie entdeckte, daß in den Mauernischen und Rissen der Felswand Fledermäuse hingen. Am Fuße der Treppe versperrte ihnen eine dicke hölzerne Tür den Weg. Mrs. Garth lehnte sich mit dem Gewicht ihres Körpers auf einen Hebel und schob ihn zur Seite. Quietschend und ächzend schwang die Tür langsam auf.

Als sie die Tür passiert hatten, betätigte Mrs. Garth einen gleichartigen Hebel wie auf der anderen Seite, doch die Tür wollte sich nicht vollends schließen lassen, sondern es blieb ein Spalt von der Breite einer Männerhand.

»Verdammtes Ding! Nie hat sie richtig funktioniert«, schimpfte die Haushälterin. Dabei beließ sie es. Sie nahm die Laterne vom

Boden und eilte weiter. Der Gang führte steil abwärts. bald tauchte vor ihnen ein Licht auf.
Alaina verlangsamte ihren Schritt, als sie sich umblickte. An den vom dämmerigen Schein vieler Laternen dürftig erhellten Höhlenwänden waren große Kisten, aller Arten von Waren und Gütern sowie hölzerne Fässer in mehreren Reihen hoch aufgetürmt. Hinter den vergitterten Türen von kleinen Seitenkammern lagerten kleine Pulverfässer und längliche Kisten, auf die mit einer Schablone ein Gewehr gemalt war.
»Waffen? Maschinen?« murmelte Alaina entsetzt und erinnerte sich augenblicklich daran, daß Cole ihr von einem verschollenen Flußdampfer erzählt hatte. solche Ladung hatte das Schiff an Bord gehabt. Konnte es sein, daß sich der Schlupfwinkel der Flußpiraten direkt unter Latimer House befand?
»Bitte hier lang, Mrs. Latimer«, sagte die Haushälterin mit geradezu verletzender Arroganz. »Es ist nicht mehr weit.«
Mrs. Garth führte sie in eine kleine Höhle, die offenbar aus dem weichen Sandstein gehauen worden war und wie ein kleines Zimmer wirkte. Sie legte das Baby auf eine schmale Pritsche, die an der Wand stand. Alaina lief sofort zu ihrem Töchterchen und nahm es auf den Arm. Ein lautes metallisches Geräusch ließ sie herumfahren, und sie sah eben noch, wie Mrs. Garth das große Vorhängeschloß einer eisernen Gittertür schloß, welche die kleine Höhle in eine Gefängniszelle verwandelte.
»Was fällt Ihnen ein?« rief Alaina empört. »Lassen Sie mich sofort hinaus!«
Mrs. Garth hatte für ihre Gefangene nur eine zynische Grimasse übrig. Wortlos nestelte sie im Nacken an den Knöpfen ihres schlichten schwarzen Gewandes, und plötzlich rundeten sich ihre Brüste, die vorher vom Stoff des Kleides eng an den Körper gepreßt worden waren. Dann zog die Frau ein paar Nadeln aus ihrem Haar. Der Knoten ihrer strengen Frisur löste sich, das lange Haar fiel bis auf die Schultern von der Frau, deren einst so nichtssagendes Gesicht zu neuem Leben erwacht schien. Doch die Gefühle, die nun daraus sprachen, waren voll bitterem, kaum verhülltem Haß.
»Ich habe genug gedienert und gehorcht«, fauchte sie. »Jetzt nehme ich mir das wieder, was mir von Anfang an gehört hat, Mrs. Latimer.«

Mindys Hand betastete ängstlich das spiegelnde Glas. Sie konnte sich selbst darin sehen, aber nicht die Menschen, die dahinter verschwunden waren. Das wollte ihr nicht in den Kopf. Sie war gerade dabei, sich in ihrem Zimmer anzuziehen, als sie Mrs. Garth hörte, die im Befehlston etwas zu Alaina sagte. Deren besorgte Antwort hatte Mindys Neugier erregt. Die Kleine war den Stimmen der beiden Frauen nachgegangen und hatte eben noch gesehen, wie sich die Spiegelwand hinter ihnen schloß.
Mindys Angst verwandelte sich in blankes Entsetzen, als sie die heißgeliebte Alaina in der merkwürdigen Öffnung in der Wand verschwinden sah. Aufgeregt drückte und kratzte das kleine Mädchen an der spiegelnden Fläche, doch wollte sich diese trotz all ihrer Mühe nicht wieder öffnen. Endlich gab Mindy den Versuch auf und zog einen Stuhl vor den Eingang ihres eigenen Zimmers. Von dort aus konnte sie durch die offene Tür Robertas Zimmer gut überblicken und sich schnell verbergen, falls sich dort etwas tun sollte.
Die Stunden verstrichen quälend langsam. Jedesmal, wenn unten in der Halle die große Standuhr schlug, zählte Mindy die einzelnen Schläge. Sie wurde immer ängstlicher. Nun war es schon zwölf Uhr mittags. Um diese Stunde kam sie gewöhnlich mit den Latimers aus der »Hütte«, um im großen Haus Mittag zu essen. Mindy wußte, daß Cole nun bald da sein mußte. Er würde dafür sorgen, daß Alaina und Glynis in Sicherheit waren.
Als sie Cole, dessen Gesicht sie so mochte, endlich auf das Haus zureiten sah, verließ Mindy ihren Platz am Fenster und trippelte eilig die Treppe hinunter.
Peter stand noch immer am Hauseingang herum und wartete auf seine Herrin, um sie wie gewöhnlich am Morgen in die »Hütte« hinunterzufahren, doch war sie an diesem Tage nicht erschienen. Auf Coles Frage konnte er nur antworten, daß er wie jeden Tag um neun Uhr auf die Hausherrin gewartet habe. Mehr wisse er nicht.
Bestürzt eilte Cole ins Haus und schenkte Mindy keine Beachtung, die verzweifelt an seinem Ärmel zupfte. Es sah Alaina nicht ähnlich, Peter so lange warten zu lassen. War sie etwa krank? Zwei Stufen auf einmal nehmend lief Cole die Treppe hinauf. Das eheliche Schlafzimmer und auch das Kinderzimmer waren leer. »Alaina?« rief Cole immer wieder, während er die anderen Räume durchsuchte. »Wo bist du?«

Zutiefst beunruhigt eilte er schließlich wieder die Treppe hinunter und stieß die Schwingtür zur Küche auf, um Annie nach dem Verbleib seiner Frau zu befragen.

»Seit dem Frühstück habe ich sie nicht gesehen, Sir«, meinte die Köchin kopfschüttelnd.

Wieder lief Cole nach oben. Mindy stand auf halber Höhe der Treppe. Vor Enttäuschung und Ärger ballte sie ihre Händchen zu kleinen Fäusten, als Cole, den sie heute gar nicht nett fand, an ihr vorbeilief, ohne sie zu beachten. Dennoch eilte sie ihm nach. Sie sah zu, wie er noch einmal alle Räume nach Alaina absuchte. Schließlich blieb er vor Mindy stehen und ließ sich in die Knie sinken, bis sein Kopf auf gleicher Höhe mit dem des kleinen Mädchens war.

»Hast du Alaina gesehen, Mindy?« fragte er.

Die Kleine lächelte und nickte heftig mit dem Kopf. Sie nahm den großen Mann bei der Hand und führte ihn durch Robertas Zimmer geradewegs zu der Spiegelwand. Mit einem Händchen drückte sie auf die Mitte der gläsernen Fläche und wandte sich erwartungsvoll zu Cole um.

Cole nickte zerstreut. »Ja, ja, Mindy, ich weiß, es ist ein schöner Spiegel, aber ich muß jetzt unbedingt Alaina und Glynis finden, verstehst du mich?«

Mindy deutete immer wieder aufgeregt auf ihr Spiegelbild in der Wand, doch Cole hatte sich schon verständnislos abgewandt und sie allein gelassen. Mindys Augen füllten sich mit Tränen zorniger Enttäuschung. Sie hatte nicht vergessen, was die liebe Alaina ihr über Helden und andere große Männer erzählt hatte. Die taten Dinge, an die sich sonst niemand herantraute. Nun, Mindy war leider kein weiser, großer Mann, auf den Cole gehört hätte. Aber er mußte ihr zuhören. Bitte, Cole! Zuhören!

Ärgerlich wischte Mindy sich die Tränen aus dem Gesicht und ging ihm nach. Sie fand ihn unten in der Halle.

»Peter!« brüllte Cole. Die schrecklichsten Vorahnungen und Vermutungen schossen durch seinen Kopf. Vielleicht war Alaina spazierengegangen und mit dem Kind vom Steilhang gestürzt? Oder vielleicht war sie im Wald gestürzt und wartete mit gebrochenem Fuß auf Hilfe? Ungeduldig drehte er sich um, als er spürte, wie Mindy hinten an seiner Jacke zupfte.

»Ich habe jetzt wirklich keine Zeit für dich, Mindy. Erst muß ich Alaina und Glynis finden.«

Als Peter angelaufen kam, befahl Cole ihm, sofort anspannen zu lassen und mit Olie die Umgebung des Hauses nach seiner Frau abzusuchen.
»Rufe alle Männer zusammen und schau auf dem Rückweg kurz in die Hütte für den Fall, daß Mrs. Latimer inzwischen dorthin gegangen ist.«
Als der Mann fort war, ging Cole eine Weile erregt auf und ab. Er zermartete sich den Kopf über Alainas Verbleib. Ein dumpfes Klopfen ließ ihn nervös herumfahren. Er sah Mindy, die immer wieder mit ihren kleinen Fäusten auf den Tisch schlug. Die Kleine hörte sofort damit auf, als sie merkte, daß Cole sie anschaute. Statt dessen machte sie eine Bewegung, als wiege sie etwas in den Armen. Gleich darauf zeigte sie mit dem Finger auf die Treppe und tat mit der anderen Hand so, als schiebe sie jemand vor sich her. Cole schüttelte den Kopf und versuchte, nicht die Geduld mit der Kleinen zu verlieren. »Bitte, Mindy! Ich habe jetzt keine Zeit zum Spielen, und den Spiegel will ich auch nicht sehen. Versteh doch, daß ich erst Alaina und Glynis wiederfinden muß!«
Das Mädchen nickte schnell, dann zeigte sie auf sich und wiederholte die gleichen Gesten und Bewegungen wie zuvor. Cole stellte sich vor das Fenster, um seinen Ärger zu verbergen.
Das Klopfen begann von neuem und hörte nicht auf, bis Cole es nicht länger aushielt. Er wollte die Kleine heftig zurechtweisen, doch als er in ihr tränenüberströmtes Gesichtchen blickte, war aller Ärger wie fortgeblasen.
Mindy hatte ihre ausgebreiteten Arme auf die Tischplatte gelegt. Sie erinnerte sich, wie man sie damals hinter einen Busch gezerrt und ihr das kleinste Sterbenswörtchen verboten hatte. Sie erinnerte sich, wie ein Gewehr krachte und ihr Vater langsam zusammenbrach. Und sie sah ihre Mutter vor sich, wie sie laut schreiend von den Männern mit den roten, bemalten Gesichtern aus dem brennenden Haus geschleppt wurde. Auch würde sie nie das dumpfe Geräusch vergessen, mit dem die Schaufel ihren Onkel am Kopf traf, so daß er zusammenbrach und in die Grube stürzte. Dann erschien das Bild von Alaina und der kleinen Glynis vor ihrem inneren Auge. Es war an der Zeit, das lange Schweigen zu brechen.
Mindys Mund öffnete sich. Die Lippen bewegten und verzerrten sich in dem ohnmächtigen Versuch, Worte zu bilden, aber alles,

was dabei herauskam, war ein atemloses Keuchen, das sich nach und nach in immer lauteres Schluchzen verwandelte, welches ihr Körperchen schüttelte.
Cole ging um den Tisch herum und nahm das Kind auf den Arm. An seinem Ohr vermeinte er plötzlich kaum verständliche, geflüsterte Worte zu vernehmen: »Papa! Mama! Mama!«
Mindys Hände krallten sich zu beiden Seiten seines Kopfes in Coles Haar. Ihre Lippen bewegten sich heftig, während sie unter großen Qualen die Worte herauspreßte:
»Na! Na! Ainya! Ainya!«
»Alaina?«
Das Köpfchen nickte eifrig: »Nis! Nis! Inis!«
»Glynis?«
»Co-Cole! Komm!« Mühsam entrangen sich die Worte dem Munde des kleinen Mädchens, während die Tränen in Strömen über ihre Wangen flossen. »Cole! Komm! Schnell!« Sie ließ sein Haar los und zerrte heftig an seiner Hand.
Langsam dämmerte es Cole. Mindy wußte, wo Alaina und das Kind waren, und hatte es ihm die ganze Zeit mitteilen wollen. Willig ließ er sich von der Kleinen in Robertas Raum und vor den Spiegel führen. Mindy legte ihre ausgebreiteten Arme darauf und stammelte: »Tür! Tür!«
»Der Spiegel ist eine Tür und Alaina ist dort hineingegangen?«
Mindy nickte eifrig. »Inis! Inis!« stieß sie hervor und klopfte an den Spiegel.
Cole betastete die Kanten der Spiegelscheiben.
»Ar-Ar--Arth!« hörte er da Mindy stottern und erinnerte sich schlagartig, daß er bei seiner aufgeregten Suche nach Alaina die Frau nirgends erblickt hatte. Mrs. Garth!
Cole machte sich daran, den Spiegel gründlich zu untersuchen. Nirgends war eine Spur von Angeln oder Scharnieren, doch als er die auf beiden Seiten um den Spiegel drapierten Samtvorhänge beiseite schob, entdeckte Cole oben in der Ecke einige verwischte Fingerabdrücke. Leicht drückte er mit den Fingern auf diese Stelle, und die Tür ging einen schmalen Spaltbreit auf. Cole drückte stärker. Die Tür schwang auf.
»Wenn Saul und Olie kommen, bring sie hierher, Mindy. Zeig ihnen diese Tür.«
Mindy nickte verständig. »Minny Ainya und Inis lieb«, sagte sie mit sichtlicher Mühe.

Cole lächelte sie zärtlich an. »Ich habe sie auch lieb, meine Kleine, und dich auch!«
Die Augen des Mädchens glänzten. Sie drehte sich um und lief flink aus dem Zimmer.
Cole nahm eine Lampe vom Nachttisch, zündete sie an und begann, die Wendeltreppe hinabzusteigen. Wenn da unten Gaunerpack auf ihn wartete, wären die Leute durch den Lichtschein gewarnt. Aber ohne Laterne riskierte er Kopf und Kragen. Ein falscher Schritt und er stürzte kopfüber in die Tiefe.
So schritt Cole Stufe um Stufe langsam und bedächtig hinab, in die – so wenigstens erschien es ihm – finstersten Abgründe der Hölle. Als er unten vor der dicken Holztür anlangte, schimmerte dämmeriges Licht durch den breiten Spalt. Cole drehte den Docht seiner Lampe niedriger und zwängte sich vorsichtig hindurch. Mit tastenden Füßen folgte er dem abschüssigen, glitschigen Gang. Er hielt kurz inne, um die Stapel von Kisten und Waren zu begutachten, und brauchte nicht lange, um seine Schlüsse daraus zu ziehen. Da fiel sein Blick auf eine kleine Nebenhöhle, die eher wie eine Zelle aussah. Eine menschliche Gestalt kauerte darin. Cole wußte, daß er den Menschen gefunden hatte, den er suchte.
»Alaina?« flüsterte er und trat aus dem finsteren Gang. Da sah er plötzlich den riesigen Schwarzen vor sich, den sein Herr nur Gunn rief.
Die Faust des Negers schoß vor. Es war Cole, als explodiere sein Kopf, dann wurde es dunkel um ihn her.

43

Alainas Schrei verhallte mit einem vielfachen Echo in den unterirdischen Höhlen und Gängen. Soeben hatte sie noch ratlos und niedergeschlagen auf der Pritsche gekauert, da hatte sie plötzlich Coles flüsternde Stimme gehört. Für einen kurzen Augenblick erfüllten Hoffnung und Erleichterung ihr Herz, doch nur, um gleich darauf grausam zerstört zu werden, als die Faust des Schwarzen das Kinn ihres Mannes mit voller Wucht traf. Alaina preßte sich dicht an die Gitter der Tür und sah mit an, wie Gunn ihren Mann hochhob. Es gab keinen Zweifel, daß der Hüne einen

Mann mit einem einzigen Faustschlag schwer verletzen oder gar töten konnte.
Mrs. Garth kam wild gestikulierend mit einigen Männern gelaufen und schickte sie zu der Tür, durch die Cole in die unterirdische Höhle eingedrungen war. Gleich darauf vernahm Alaina, wie die Männer die Wendeltreppe hinaufeilten.
Mrs. Garth trat vor die eiserne Tür und bedeutete Alaina mit einem Wink, sie solle zurücktreten. Alaina gehorchte. Sie konnte ihren Blick nicht von der leblosen Gestalt wenden, die Gunn auf dem Arm hielt, während Mrs. Garth die Tür aufschloß. »Es ist ihm nichts passiert, Mrs. Latimer«, sagte die Frau, als sie Alainas angstvollen Blick bemerkte. »Er hat nicht allzuviel abbekommen. Gunn kann sehr zartfühlend sein, wenn er will.«
Die Stimme der ungetreuen Haushälterin war voller Schadenfreude.
Gunn trat in die Zelle und ließ Cole achtlos auf den harten Steinboden fallen. Alaina war sofort bei ihrem Mann. Sie kniete neben ihm nieder und legte seinen Kopf in ihren Schoß. Der Bluterguß an seinem Kinn war schon fast schwarz, doch konnte Alaina nichts dagegen unternehmen, denn die Bewacher hatten ihr nicht einmal Wasser, geschweige denn Essen gegeben, seit sie hier war. Alaina war froh, daß wenigstens Glynis nicht zu leiden hatte. Die Kleine hatte ich an ihrer Brust satt getrunken, eine Weile auf dem Schoß der Mutter gestrampelt und war dann friedlich wieder eingeschlafen.
Mrs. Garth schaute mit einer hämischen Grimasse zu, wie Alaina Haar und Wangen ihres Gatten streichelte.
»So ist es recht«, höhnte sie. »Sei nur lieb zu ihm und hab deinen Spaß an ihm, solange noch Zeit dafür ist. Bald ist alles vorbei.«
Alaina nahm sich eisern in Zaum. Das Erscheinen von Gunn konnte nur bedeuten, daß Jacques DuBonné der Drahtzieher war, der alle Fäden in den Händen hielt. Die Andeutungen der Frau bestätigten das nur. Alaina mußte all ihren Mut zusammennehmen, um angesichts der fürchterlichen Drohung Haltung zu bewahren.
Mrs. Garth hantierte mit den Schlüsseln, um die Eisentür abzuschließen, als Gunn ihr auf die Schulter tippte.
»Warten«, sagte der Schwarze, und das Wort klang nicht wie eine Bitte, sondern wie ein Befehl. Er verschwand in der Dunkelheit, und als er außer Hörweite war, murmelte Mrs. Garth indigniert:

»Der dreckige Neger hat nie gelernt, wo sein Platz ist. Irgendwann dreht er durch und macht uns allen die Hölle heiß.«
Gunn kehrte mit einem Eimer voll frischen Wassers und einem Stapel feiner, nagelneuer Handtücher zurück, in die die Initiale L kunstvoll gestickt worden war. Er stieß die Zellentür mit dem Ellbogen auf und legte die Tücher, die offensichtlich Beutestücke waren, neben Alaina auf den Boden und stellte den Wassereimer dazu. In seinem Blick lag keine Drohung, sondern eher so etwas wie Neugier. Mit einer Hand umspannte er mühelos Alainas Oberarm, als wollte er fühlen, wie fest ihr Fleisch war. Tief aus seinem mächtigen Brustkorb drang ein glucksendes Lachen, das wie das leise Rollen entfernten Donners klang. »Kleines Jungenmädchen gute Frau! Stark! Zuerst kleines Mädchen haben! Gut! Viele Ziegen, wenn Mann kommt heiraten! Dann Junge! Groß! Stark! Wie Gunn!«
Unvermittelt drehte er sich um und verschwand im Dunkeln.
»Sie müssen den großen Ochsen ganz schön beeindruckt haben!« konstatierte Mrs. Garth mit ätzender Stimme, während sie die Tür verschloß.
Alaina tauchte ein Handtuch in das kühle Wasser und legte es auf Coles Kinn.
Dann erst ließ sie sich dazu herab, das Wort an die Frau zu richten. »Warum sagen Sie das?«
»Ich habe nie gehört, daß Gunn zu jemand mehr als drei Worte gesagt hat, Jacques ausgenommen.«
Alaina setzte sich auf und unternahm den Versuch, mit der Frau ins reine zu kommen, bevor DuBonné selbst aufkreuzte. »Wenn mein Mann den Weg hierher gefunden hat, dann ist es nur noch eine Frage der Zeit, bis die anderen hier sind. Das können Sie sich an fünf Fingern abzählen, Mrs. Garth.«
»Warum sind die anderen dann nicht gleich mit ihrem Mann gekommen?« erwiderte die Frau. »Aber keine Sorge: unsere Leute werden sich schon um jeden kümmern, der hier seine Nase hereinsteckt.«
»Glauben Sie ernsthaft, daß Sie uns hier unten lange festhalten können?« fragte Alaina ungläubig. »Seien Sie doch vernünftig, Mrs. Garth!«
»Mrs. Garth! Mrs. Garth!« äffte die Frau Alainas Stimme nach. »Wie ich diesen Namen hasse! Ich glaube, es ist an der Zeit, daß Sie *mich* Mrs. Latimer nennen!«

Alaina war überrascht. Zweifelnd schaute sie die Frau an. Dann war es an ihr, eine Kostprobe ihres Spottes zu geben: »Tatsächlich? Heißen Sie vielleicht sogar Roberta mit Vornamen?«
»Sie verstehen mich falsch, Alaina«, erwiderte die ältere Frau mit haßvoll zusammengekniffenen Augen. »Ich war nie mit Cole verheiratet, sondern ich bin seine Stiefmutter, die zweite Frau von Frederick Latimer!«
Eine dunkle Ahnung wurde in Alaina zur Gewißheit. Natürlich! Wer hätte die Geheimnisse des Hauses besser gekannt als die Person, die es hatte bauen lassen? Keiner der Männer hatte offenbar Kenntnis gehabt von der Geheimtür, und Robertas Zimmer hatte einst Tamara Latimer gehört.
Das Wissen um die wahre Identität der Frau fügte Alainas Ahnungen und Vermutungen nahtlos zusammen, und sie zögerte keinen Augenblick, ihrer Gewißheit Ausdruck zu verleihen.
»Sie waren das also, die im Haus herumhuschte und mich vor Angst ganz wahnsinnig zu machen suchte?« fragte Alaina und lachte voller Verachtung. »Leider haben Sie sich da in mir getäuscht! So leicht lasse ich mir von niemand einen Schrecken einjagen. Dachten Sie wirklich, ich würde wegen Ihrer einfältigen Machenschaften einfach davonlaufen? Oder glaubten Sie, Sie könnten zwischen Cole und mir ein Zerwürfnis provozieren, als Sie mein Kleid verbrannten oder das Pferdegeschirr in den Wassertrog warfen und auf diese Weise Mißtrauen zwischen uns zu säen suchten? Ich muß schon sagen, Mrs. Garth, das war wirklich dumm und tölpelhaft eingefädelt!« höhnte Alaina. »Niemanden haben Sie erschreckt, nicht einmal Mindy. Sie sind eine vertrottelte Witzblattfigur, genau wie Ihr Freund Jacques!«
»Die Närrin sind Sie!« erwiderte die Frau hitzig. »Hätten Sie doch das Weite gesucht, solange noch Zeit dazu war, oder wären Sie doch besser überhaupt nicht hierher gekommen! Mit seiner Trinkerei und Niedergeschlagenheit arbeitete Cole mir in die Hände, ohne es zu wissen. Irgendwann wäre er das Opfer eines ›Unfalls‹ geworden, und niemand hätte sich darüber gewundert. Dann wäre ich wieder Herrin dieses Hauses gewesen, so, wie es mein gutes Recht ist. Doch dann kamen Sie und durchkreuzten alle meine Pläne. Am Ende verfielen Sie sogar auf den Gedanken, aus meinem Haus ein Krankenhaus zu machen!«
»In Wahrheit fürchteten Sie doch nur, daß Ihr Diebesnest auffliegen könnte«, antwortete Alaina ruhig. Ihre Stimme hatte fast ei-

nen freundlichen Klang. »Dann hätten Sie fliehen müssen und wären sicherlich früher oder später gefaßt worden.« Mit dem Kopf wies sie auf die Stapel von Fässern und Kisten. »Ich weiß nicht, wie lange Sie dieses Spielchen von Ihrem Schlupfwinkel aus schon betreiben, aber sagen Sie mir: Wie haben Sie es geschafft, das alles einzufädeln? Die Schiffe müssen doch wohl direkt vor dem Höhleneingang anlegen und nachts entladen werden. Aber was geschieht danach mit ihnen? Werden sie verbrannt oder versenkt?«

Tamara lächelte voller Genugtuung. »Ein wenig von beidem, meine Liebe. Und es gibt keine Überlebenden!«

Keine Überlebenden! Das Wort traf Alaina wie ein Schlag. Im Geiste sah sie Messer blitzen und Menschen in gnadenlosem Gewehrfeuer zusammenbrechen. Sie erinnerte sich an einen ähnlichen Vorfall mit einem Raddampfer nahe New Orleans. Damals hatte es ebenfalls keine Überlebenden gegeben, und sie, Alaina MacGaren, war für das Massaker verantwortlich gemacht worden. Irgendwie hatte es Roberta fertiggebracht, an das Geld zu kommen, das damals geraubt wurde und das sie, Alaina, später in Briar Hill entdeckt hatte, bevor es mit dem Mörder von Leutnant Cox verschwand. Später war es dann hier aufgetaucht. Vielleicht war der Raubmörder ganz in der Nähe.

Alaina überlief es kalt, als sie Tamara näher betrachtete. Die Frau war schlank und nicht sehr groß. Im Dämmerlicht wirkte sie bedeutend jünger als sie war, und mit einer entsprechenden Perücke hätte sie sich durchaus mit Erfolg als die berüchtigte Räuberin und Mörderin Alaina MacGaren ausgeben können. Hatte sie Leutnant Cox erdolcht?

»Sie haben mich wirklich neugierig gemacht, Tamara«, sagte Alaina im Plauderton. Vielleicht konnte sie so der Frau jene Antworten entlocken, die ihren Verdacht bestätigten. »Wie ich sehe, haben wir beide immer sehr unterschiedliche Rollen gespielt, wenn es um unseren Vorteil oder gar um das schiere Überleben ging. In gewisser Hinsicht ähneln wir uns. Wir haben viel durchgemacht, und wir haben immer wieder den Kopf aus der Schlinge gezogen. Und immer haben wir erreicht, was wir wollten. Roberta war da anders. Sie hat uns hintergangen, sie war verschlagen und hinterhältig. Ich hatte Cole schon fest an der Leine, aber sie entriß ihn mir. Kürzlich fand ich heraus, daß Roberta sogar Geld gestohlen hatte. Nur war es nicht Coles Geld. Fast möchte

ich annehmen, daß es Ihnen gehörte. Gehe ich fehl in der Annahme oder stimmt es?«
»Die Hündin!« fauchte Tamara. »Sie entdeckte die Geheimtür und schnüffelte hier unten herum, als niemand von uns da war. Sie hat die Geldtruhe aufgebrochen, die hier in der Zelle stand, und alles mitgenommen, das ganze Geld, für das ich mich so abgemüht hatte! Als sie es verstecken wollte, wurde sie von dem Gärtner überrascht und brachte ihn um.«
Tamara achtete nicht darauf, daß Alaina vor Entsetzen tief Luft holte, sondern redete Gift und Galle spuckend weiter: »Der Kerl war auch solch ein elender Schnüffler, aber er hat mit seinem Leben dafür bezahlt. Als er ihr die Hälfte des Geldes abpressen wollte, machte Roberta ihm schöne Augen, ja sie ging sogar ins Bett mit ihm, um ihn zu übertölpeln. In meinem Bett hat sie mit dem schmierigen Kerl geschlafen!« Tamara war außer sich vor Wut. »Ich stand hinter dem Spiegel und habe alles gesehen und gehört. Später überredete Roberta den Gärtner, im Rosengarten eine Grube auszuheben als Versteck für den Schatz. Der Dummkopf ahnte nicht, daß er sein eigenes Grab schaufelte. Roberta schlich sich von hinten an ihn heran und schlug ihm mit einem Spaten den Schädel ein. Dann verscharrte sie die Leiche und schaffte mein Geld in die Hütte, wo sie es im Schlot des Kamins versteckte. Dort habe ich es mir ein paar Tage später abgeholt, aber Roberta hatte schon über zwanzigtausend Dollar abgezweigt. Ein paar Wochen danach merkte sie, daß sie schwanger war, und fragte mich, die verschwiegene Haushälterin, ob ich nicht jemand wüßte, der das Kind in aller Stille abtreiben könnte. Ich empfahl ihr eine schlampige Pfuscherin, die rein gar nichts von ihrem Metier versteht. Das war Robertas Untergang. Sehr gekonnt, wie ich sie losgeworden bin. Das kann man schon sagen!«
Alaina kühlte Coles Kinn mit dem feuchten Handtuch und fragte wie nebenbei: »Und was haben Sie mit uns vor?«
Tamara lächelte gehässig. »Sie, meine Liebe Alaina, werden nichts weiter als die Amme des Kindes sein, während ich nach und nach in die Rolle einer Großmutter zweiten Grades schlüpfe. Ich werde das Haus führen, wie es mir beliebt. Auf jeden Fall werden da keine Wände herausgerissen!«
»Meinen Sie nicht, daß Cole auch ein Wörtchen mitzureden hat? Schließlich gehört das Haus ihm!«

»Es gehört mir! Ich habe es entworfen und eingerichtet, bis in die kleinste Einzelheit!« Tamara kicherte böse. »Cole wird es bald nicht mehr geben. Er stirbt an den Folgen eines Unfalls, und ich werde dafür sorgen, daß er offiziell identifiziert wird, damit sein Kind ihn beerbt. Das muß so sein, damit man mir die Vormundschaft überträgt, wenn Sie verschwunden sind.«
Eisiges Entsetzen beschlich Alaina. Sie verharrte eine Weile stumm, bis sie ihre Stimme wieder in der Gewalt hatte.
»Und diese Höhle?« fragte sie endlich. »War sie von Anfang an Teil Ihrer Pläne?«
»Natürlich!« erwiderte die Frau. Sie war sichtlich stolz auf die eigene Klugheit. »Frederick war so mit seinen Patienten beschäftigt, daß er die Existenz der Höhle nicht einmal bemerkte. Ich hatte keine Lust, von blutrünstigen Indianern geschlachtet zu werden, also sorgte ich für einen Notausgang. Beim Bau des Hauses knauserte Frederick nicht mit Geld, doch als ich ihm davonlief, enterbte er mich. Ihrer Tochter steht als gesetzmäßiger Erbin das gesamte Vermögen der Latimers zu, aber sie ist ja nur ein Wickelkind. Ich werde dafür sorgen, daß sie auch später immer wie Wachs in meinen Händen ist. Halten Sie sich also nicht für unentbehrlich, Alaina Latimer! Sie sind leicht durch eine andere Person zu ersetzen.«
»Ich sehe, daß Sie an alles gedacht haben«, sagte Alaina äußerlich beherrscht, doch ihr Herz hämmerte wild, und ihre Stirn war in kalten Schweiß gebadet. Was man mit Cole vorhatte, erschreckte sie mehr als alles andere.
»Sagen Sie mir, Tamara, warum Sie nicht gleich hiergeblieben sind. Dann hätte Ihnen ohnehin alles gehört, und Sie bräuchten niemanden umbringen.«
Tamara stampfte unwillig mit dem Fuß auf. »Frederick sah in mir nur die Mutter seiner Kinder, aber ich wollte mehr. Ruhm und Reichtum! Gewiß war er sehr wohlhabend, aber er machte sich nichts daraus, seinen Reichtum zu zeigen und große Feste zu geben. Dann trat ein anderer Mann in mein Leben. Er sah gut aus und hatte Charme. Ein Berufsspieler! Ich verliebte mich bis über beide Ohren in ihn. Oh, Sie hätten uns zusammen sehen sollen, Alaina! Was haben wir für einen Wirbel gemacht, von Pig's Eye bis zum Flußdelta und zurück! Doch dann kam das Kind. Es war von Frederick, ich war schon schwanger, als ich ihn verließ, aber ich machte Harry glauben, es sei von ihm. Auch mein Kind weiß

bis auf den heutigen Tag nicht, daß Harry nicht sein Vater war. Wissen Sie, Harry und ich nahmen die Spieler auf den Raddampfern aus. Ich gab ihm ein geheimes Zeichen, wenn ein anderer Spieler ein besseres Blatt hatte. Eigentlich hatte er das nicht nötig, denn er zog jede gewünschte Karte aus dem Ärmel, aber er ging auf Nummer Sicher.«
Tamara lehnte sich an die Eisentür und starrte gedankenverloren auf die Spitzen ihrer schmalen schwarzen Schuhe. »Einige unserer Kunden wollten manchmal eine Frau, besonders, wenn sie viel verloren hatten. Ich – ging darauf ein und stillte ihr Verlangen. Die meisten verließen mich glücklich und zufrieden. Aber Harry war ein Hitzkopf. Er konnte es nicht ausstehen, daß man ihn einen Falschspieler nannte. Er war ein guter Schütze, aber eines Tages geriet er an den Falschen, einen Kreolen aus New Orleans. Anderntags wurde er mit einem kleinen Loch in der Stirn aus dem Fluß gefischt. Mein Kind war damals ein Jahr alt. Ich hatte Harry ein paar Tricks abgeschaut und spielte mit allen Männern, die eine Frau an den Spieltisch ließen. Als ich genug gewonnen hatte, zog ich mit meinem Jungen in eine ruhige, kleine Stadt, wo fast nur Nachkommen von Kolonialfranzosen lebten. Dem Jungen brachte ich von klein auf alles bei, was ich selbst von Harry gelernt hatte. Als er alt genug war, taten wir uns zusammen. Seitdem haben wir uns so manchen Coup einfallen lassen, das können Sie mir glauben.« Tamara hielt inne. Sie schien sich plötzlich darauf zu besinnen, wo sie war und mit wem sie redete.
»Aber was erzähle ich Ihnen das alles?« sagte sie schließlich. »Mein Sohn muß gleich da sein. Ich lasse Sie jetzt allein, aber gehen Sie nicht zu weit fort in meiner Abwesenheit.«
Über ihren eigenen Scherz lachend drehte sie sich um und verschwand in der gleichen Richtung, die auch Gunn eingeschlagen hatte.
Alaina beugte sich über ihren Mann. Der Gedanke, daß sie vielleicht bald einen leblosen Körper in den Armen halten würde, trieb ihr die Tränen in die Augen. Doch tapfer unterdrückte sie ihren Kummer und streichelte mit tränenblinden Augen sein geliebtes Gesicht, bis er sich endlich bewegte und stöhnend zu sich kam.
Als Cole die Augen aufschlug, blickte er in Alainas zärtlich lächelndes Gesicht.

»Willkommen zurück«, murmelte sie.
»Alaina!« Cole setzte sich auf und stützte sich mit beiden Armen, bis das Schwindelgefühl in seinem Kopf ein wenig nachließ. Dann betastete er vorsichtig sein Kinn und spähte zu der in der Höhle aufgestapelten Diebesbeute. »Wer hätte geglaubt, daß wir die ganze Zeit über einer Räuberhöhle gewohnt haben«, sagte er ungläubig.
»Nicht nur Räuber, Liebling. Ich habe herausgefunden, daß sie alle durch die Bank Mörder sind.«
Cole kam taumelnd auf die Füße. »Wir müssen hier raus«, sagte er entschlossen. »Aber wie sollen wir das anstellen?«
In diesem Augenblick begann die kleine Glynis leise zu wimmern. Alaina ging schnell zu ihr und nahm sie auf den Arm. Cole trat hinzu und legte die Arme um die beiden.
»Cole, du sollst ermordet werden«, flüsterte Alaina ihm zu. »Sie wollen Latimer House an sich bringen –.«
Cole legte ihr sanft einen Finger auf die Lippen zum Zeichen, daß sie schweigen sollte.
»Wir erhalten bestimmt bald Hilfe von Saul und Olie«, flüsterte er in ihr duftendes Haar. »Also gräme dich nicht zu sehr. Wir kommen hier heil und gesund raus.«
Alaina war nicht so leicht zu beruhigen. »Sie haben Wachen auf der Wendeltreppe aufgestellt, Cole.«
»Dann warten wir einfach ab und sehen, was geschieht. Vielleicht erwartet die Diebe mit Saul und Olie eine böse Überraschung.«
Cole packte seine Frau an den Schultern und schüttelte sie ermunternd. »So leicht lassen wir uns von den Kerlen nicht kleinkriegen.«
Er nahm ihr das Töchterchen aus dem Arm und legte es auf seinen Schoß. »Sie hat die Windeln voll«, stellte er mit leisem Vorwurf fest.
»Ist das alles, was dir Sorgen bereitet?« lachte Alaina unter Tränen. Coles Ruhe und Gefaßtheit ließen alles viel weniger schrecklich erscheinen. Alaina bückte sich und riß ein viereckiges Stück Stoff aus ihrem Unterrock, wie sie es schon einmal getan hatte, und wechselte dem Kind die Windeln. Danach verhielt sich das Baby ruhiger. Strampelnd lag es auf seines Vaters Schoß.
»Bald werden wir einen alten Bekannten wiedersehen«, infor-

mierte Alaina ihren Gatten. »Der Mann, der dich niedergeschlagen und hier eingepfercht hat, war Gunn.«
»Gunn!« wiederholte Cole und rieb das schmerzende Kinn. »Natürlich! Wie konnte ich nur DuBonnés Schläger vergessen?«
Glynis begann laut zu weinen. Alaina blickte sich scheu um und knöpfte das Kleid auf. Als die Kleine die vertraute Brust an ihrem Mündchen spürte, war sie sofort still. Genüßlich saugte sie daran, während ihre Händchen das weiße, feste Fleisch der mütterlichen Brust kneteten.
Cole legte einen Arm um seine Frau und betrachtete fasziniert das schöne Schauspiel.
»Seltsam, daß ich diese Höhle nicht vorher entdeckt habe«, grübelte er laut vor sich hin. »Aber ich hatte eine tiefe Abneigung gegen Robertas Zimmer und habe es auch zu ihren Lebzeiten fast nie betreten.«
»Cole, Roberta hat den Gärtner ermordet! Mrs. Garth hat das bezeugt. Das Kind war auch von ihm. Er hat sie mit dem gestohlenen Geld erwischt und wollte die Hälfte abhaben.«Cole nickte in gelindem Erstaunen. »Das klingt überzeugend. Wenn es um Geld ging, kannte ihre Gier keine Grenzen.«
»Laß uns das vor Tante Leala und Onkel Angus geheimhalten«, bat Alaina.
Cole nickte. »Gewiß. Sie würden den Schock nicht überleben.«
»Da gibt es noch etwas, das du über Mrs. Garth wissen solltest.«
»Eine interessante Frau«, bemerkte Cole kopfschüttelnd, als die Genannte unvermittelt aus dem finsteren Stollen auftauchte.
Alaina legte schnell eine Hand auf seinen Schenkel. »Es hat etwas mit dir zu tun, was ich dir über sie zu berichten habe«, flüsterte sie.
Höhnisches Gelächter hallte da plötzlich durch das unterirdische Verlies. Gebannt starrten Alaina und Cole auf den kleinen, sorgfältig gekleideten Mann, der aus dem Dunkeln auf sie zutrat. Breitbeinig blieb er vor der Tür ihres Kerkers stehen. Es war Jacques DuBonné!
Aus seiner Haltung sprach Arroganz. Die Tatsache, daß Cole hinter Gittern war, machte ihn frech.
»Sieh da, wen haben wir denn da?« fragte DuBonné spöttisch. »Dr. Latimer und Frau in Person! Wie nett von Ihnen, mich in meiner bescheidenen Behausung aufzusuchen. Das gilt natürlich auch für die kleine Glynis, die an Ihrer schönen Brust nuckelt,

Alaina. Was gäbe ich nicht darum, an des Kindes Stelle zu sein! Oh, wie würde ich das genießen!«

In Coles Blick lag die Kälte und Härte von Blaustahl. »Sie scheinen meine Warnung im Hotel nicht sonderlich ernst genommen zu haben!«

»Richtig, Ihre Warnung!« Jacques DuBonné tat so, als dächte er scharf nach. »Sagten Sie nicht etwas davon, daß Sie mich vor den höchsten Richter stellen wollten? Nun, wir werden sehen, wer wen verurteilt, Monsieur le Docteur!«

An die Tür gelehnt zog Jacques DuBonné mit absichtlicher Langsamkeit den Handschuh von einer Hand und hielt sie hoch, damit seine Gefangenen besser sehen konnten. Die Hand war über und über von Narben bedeckt und völlig verkrüppelt.

»Eine milde Gabe von Ihrer Frau, Monsieur, genauso wie dies hier.« Er nahm den Hut vom Kopf und hielt das lange Haar weg, damit sie das Loch im Ohr sehen konnten.

»Sie erinnern sich doch an unser letztes Treffen in New Orleans, Alaina? Damals sagten Sie, Sie würden sich eher töten als von mir berühren lassen. Nun, diesmal habe ich etwas Besseres, um Sie zur Räson zu bringen. Wenn Sie mir nicht gefügig sind, wird Ihr Mann eines langsamen, qualvollen Todes sterben!«

Alaina erzitterte angesichts der furchtbaren Drohung und drängte sich eng an Cole.

»Ist das alles, was Sie bei Frauen zustande bringen?« sagte der. »Machen Sie etwa alle Ihre Eroberungen, indem Sie den Frauen Furcht und Schrecken einjagen?«

Coles beißender Hohn ließ DuBonné fast die Beherrschung verlieren, doch dann sprach er weiter, als habe er nichts gehört: »Wir hatten ohnehin vor, den guten Doktor zu erledigen, aber wenn Sie mitmachen, Alaina, würde das sein Leiden erheblich verkürzen.«

»Trotz aller Straferlasse und Begnadigungen sind Sie ein elender, durchtriebener Schurke!« fuhr Cole den Mann an.

DuBonné grinste selbstzufrieden. »Die waren alle gefälscht. Ich fand einen Fachmann, der das Leben haßte. Deshalb habe ich ihn auch ins bessere Jenseits geschickt, sobald ich die Papiere hatte.« DuBonné breitete weit die Arme aus. »Sehen Sie, ich bin dabei, ein so mächtiges Imperium aufzubauen, daß niemand es wagen wird, mich anzurühren, und ich baue es auf dem Gerippe und dem Vermögen der Latimers. Vergessen Sie nicht, was Sie mir angetan haben. Ohr und Hand gehen zu Ihren Lasten, Alaina, und Sie, Monsieur le Docteur, haben mir die Frau weggeschnappt, die ich für mich begehrte. Dafür würde ich Sie liebend gern entmannen!«

Als er einsehen mußte, daß er Cole mit seinem Geschwätz nicht beeindrucken konnte, hielt Jacques DuBonné inne und ging vor dem Kerker ein paar Schritte auf und ab, das Kinn nachdenklich in die Hand gestützt.

»Sie scheinen voller Zuversicht, Monsieur Latimer.« DuBonné gab mit der Hand ein Zeichen nach hinten. »Hoffen Sie etwa auf Erretung durch – den da?«

Sein schallendes Gelächter übertönte Alainas entsetzten Aufschrei, als vier Männer Saul vor die Tür der kleinen Höhle schleppten und ihn dort achtlos auf den Boden fallen ließen. Ein halbes Dutzend finsterer Gesellen, alle mit Prellungen und blutenden Wunden im Gesicht, umstellten den an Händen und Füßen gefesselten Schwarzen. Auch Saul war verletzt. Aus einer klaffenden Kopfwunde sickerte Blut, ein Auge war fast zugeschwollen. Die Tür wurde geöffnet, und ein paar Männer rollten Saul in das Verlies. Cole erhob sich und begann sofort, die Wunden des getreuen Dieners zu untersuchen.

Von der anderen Seite der Eisentür beobachtete DuBonné geringschätzig die ärztlichen Bemühungen seines Todfeindes.

»Alles vergeblich, Monsieur. Morgen früh ist er tot, dafür werden meine Leute sorgen.«

»Das könnte Ihnen auch passieren«, erwiderte Cole. Er tupfte das Blut von Sauls Wunde und band ihm dann die Fesseln los.

»Sie sind also immer noch zuversichtlich, Monsieur?«

Cole ließ von Saul ab und hockte sich hin. Mit säuerlichem Lächeln blickte er seinen Widersacher an. »Wenn ein Mädchen Sie trotz Ihrer Schlägerbande so zurichten kann – was habe ich dann schon von Ihnen zu befürchten?«

Die Bemerkung traf ins Schwarze. Der kleine Mann richtete sich zu voller Größe auf und befahl seinen Mannen mit einem ärgerlichen Wink zu verschwinden. Kaum waren sie fort, als das Rascheln eines Taftkleides Tamaras Kommen ankündigte.

»Jetzt haben wir sie alle in der Falle, was?« prahlte Jacques zu ihr gewandt.

»Alles läuft wie vorgesehen«, antwortete die Frau. »Ich dachte schon, wir hätten verspielt, als der Doktor damals aus dem Fluß

gefischt wurde und anfing, uns nachzustellen. Aber jetzt haben wir ihn wieder da, wo wir ihn haben wollten, und diesmal rettet ihn nichts.«
Cole war aufgestanden und hatte den Worten der Frau mit geneigtem Kopf gelauscht. »Also waren Sie es, die mich damals in New Orleans in den Fluß werfen ließ?«
Tamara blickte kurz auf und zuckte kaum merklich mit den Achseln. »Ich wollte zwei Fliegen auf einen Streich töten. Als ich nach dem Tode Ihres Vaters erfuhr, daß Sie in New Orleans waren, ergriff ich die Gelegenheit, Sie loszuwerden. Wir brauchten Ihre Uniform, um in das Lazarett einzudringen und die verwundeten Soldaten der Südstaaten zu befreien. Damit war Alaina MacGarens Ruf ruiniert und wir hätten uns ihre Besitzung aneignen können, wenn die Yankees Schreveport zum richtigen Zeitpunkt eingenommen hätten.«
Das alles war zuviel auf einmal für Cole. Er war sichtlich verwirrt, als er fragte: »Sie wurden über den Tod meines Vaters unterrichtet? Wieso hätten Sie sich dafür interessieren sollen?«
»Cole –«, begann Alaina hinter ihm, aber Tamara schnitt ihr das Wort ab: »Lassen Sie nur, Mrs. Latimer. Ich erzähle es ihm selber.«
»Erzählen mir was?« erkundigte sich Cole voller Erwartung.
»Sie erinnern sich nicht an mich, Cole«, stellte Tamara fest. »Es ist lange her und Sie waren damals noch klein, aber wie Sie sehen, bin ich wenig gealtert in all den Jahren.«
Cole war perplex. »Sollte ich Sie kennen?«
»Nun, wie ich schon sagte, es ist lange her. Deshalb können Sie sich nicht an Ihre Stiefmutter erinnern.«
»Tamara?« entfuhr es dem verblüfften Cole.
»So ist es.«
»Und Sie lassen sich mit diesem Gesindel ein?« Coles Hand schoß vor und zeigte auf Jacques DuBonné. »Mit solch einem nichtsnutzigen Bastard?«
»Er ist mein Sohn«, erwiderte Tamara erhobenen Hauptes.
Alaina hielt den Atem an, als ihr Mann spöttisch fragte: »Er ist doch wohl hoffentlich nicht mit mir verwandt?«
»Das könnte Ihnen so passen!« zischte Jacques.
»Hör zu, Jack!« Tamara wollte ihrem Sohn die kommende Enthüllung möglichst schonend beibringen. »Du mußt wissen, daß . . .«

DuBonnés schwarze Augen sprühten Feuer. »Mein Name ist Jacques, Mutter, bitte vergiß das nicht!«
Tamara winkte ungeduldig ab. »Oh, Jack, du bist ja noch empfindlicher als Harry.«
»Henri!« Jacques geriet nun vollends in Rage. »Henri DuBonné, so hieß mein Vater!«
Nun war auch Tamara wütend. »Harry hat nie im Leben eine Göre gezeugt!«
Jacques war fassungslos. »Willst du damit sagen, daß der da und ich –.« Angewidert zeigte er auf Cole, der mit den Augen sein Kompliment erwiderte.
»– Halbbrüder seid«, ergänzte Tamara die Worte ihres Sohnes unverblümt. »Gleicher Vater, verschiedene Mütter.«
»Aaaaah!« Jacques warf anklagend die Arme hoch. »Warum hast du mich dann all die Jahre glauben gemacht, Henri DuBonné sei mein Vater?« fuhr er seine Mutter wutentbrannt an.
Seine Empörung ließ Tamara kalt. »Solange Frederick lebte, war es nutzlos, dir alles zu beichten. Er hätte mir nicht geglaubt und dich nicht als seinen Sohn anerkannt. Du siehst ihm ja auch nicht im entferntesten ähnlich, sondern bist ganz nach mir geschlagen. Du hättest also eine herbe Enttäuschung mit deinem leiblichen Vater erlebt, und das wollte ich dir nicht zumuten. Zu dem Vermögen der Latimers kommst du jetzt auch so durch das Kind.«
Jacques war noch nicht völlig besänftigt. »Ich hätte Verdacht schöpfen müssen, als du den Herrn Doktor in den Fluß werfen ließest«, brummte er.
»So glaub mir doch, es ist besser so«, beschwichtigte ihn seine Mutter. »Das Kind ist in unserer Gewalt, und du kannst mit seiner Mutter machen, was du willst.«
»Nicht, solange ich lebe!« brüllte Cole dazwischen.
Der Gedanke, Alaina nach Monaten begehrlichen Wartens endlich für sich zu haben, gefiel Jacques so sehr, daß er seiner Mutter nicht länger zürnte. »Da brauchen Sie nicht lange warten, Monsieur le Docteur. Sie wird mir gehören, und Sie werden tot sein.«
Als er Alainas weitaufgerissene graue Augen auf sich ruhen spürte, nickte er ihr kurz zu und gelobte: »Bevor dieser Tag um ist, sind Sie mein, das versichere ich Ihnen.« Dann wandte sich DuBonné wieder seiner Mutter zu: »Wenn wir den Dampfer an der Flußbiegung abfangen wollen, solltest du unsere Leute jetzt auf Trab bringen. Das Schiff führt wertvolle Ladung, die ich mir

ungern entgehen ließe. Wir haben so viele Bestellungen, daß wir kaum nachkommen. Je mehr wir kapern und verkaufen, desto reicher werden wir, ma mère.«
»Wir lassen ein paar Männer hier, falls der Schwarze Flausen macht«, schlug Tamara vor.
»Gut so«, pflichtete ihr Jacques bei. »Gunn kann auch hierbleiben, aber die anderen sollen sich sofort auf den Weg machen. Unsere Mittelsmänner an Bord warten auf ihren Angriff.«
Als Tamara gegangen war, richtete DuBonné seine Aufmerksamkeit wieder mit einem herablassenden Lächeln auf seine beiden Gefangenen, doch als Cole sich neben Alaina stellte und sie eng an sich zog, wurde sein Lächeln etwas gezwungener. Er fühlte sich durch die Einigkeit der beiden herausgefordert. Ärgerlich streifte er den Handschuh über und sagte mit einer hämischen Grimasse: »Leider ruft die Pflicht einen Mann oft zum unpassendsten Zeitpunkt. Ich lasse Sie jetzt ein wenig allein, aber seien Sie sicher: Wenn ich wiederkomme, habe ich schon ein Plätzchen vorbereitet, wo Sie, Alaina, und ich ungestört sind.« Im Fortgehen lachte er gellend, und Alaina klammerte sich verzweifelt an ihren Gatten, der ihr tröstende Worte zuflüsterte.
Saul schüttelte betrübt den Kopf und sagte entschuldigend: »Tut mir leid, Mistah Cole, daß die mich geschnappt haben, aber die haben mir von hinten aufgelauert.«
»Wo ist Olie?« fragte Cole flüsternd.
»Er war nicht weit hinter mir, aber er muß den Krach gehört haben und wollte deshalb vielleicht nicht mir nach. Oder er holt Hilfe.«
»Siehst du, Alaina?« hauchte Cole in ihr Ohr. »Es gibt noch Hoffnung.«
»Oh, Cole.« Alaina weinte an seiner Schulter leise in sich hinein. »Ich will nicht weiterleben, wenn dir etwas zustößt.«
»Scht! Sei tapfer! Ich werde alles tun, um das Vorhaben dieser Gauner zu vereiteln«, ermunterte Cole seine Frau.
Schwere Schritte hallten durch die große Höhle. Gunn erschien mit einer messingbeschlagenen Winchesterbüchse in der Hand. Lediglich eine um mehrere Nummern zu kleine Brokatweste bedeckte seinen nackten Torso. Das Kleidungsstück hatte an einer Stelle auf der Brust einen roten Flicken, als sei ein Stück Stoff herausgerissen worden. Cole erinnerte sich plötzlich, daß der Mörder von Leutnant Cox in jener Nacht, als Briar Hill ab-

brannte, eine solche Weste getragen hatte. Und jener Unbekannte hatte die Statur von Jacques DuBonné!
Gunn blieb vor der Gittertür stehen. Mit leicht auf die Seite geneigtem Kopf unterzog er Saul mit den Augen einer gründlichen Prüfung. Dann ging er in die Hocke, legte das Gewehr in sicherer Entfernung auf den Boden und tippte Saul durch die Gitterstäbe hindurch auf die Schulter.
»Du sein großer Mann, groß wie Gunn«, sagte er selbstbewußt und schlug sich mit der Faust auf die Brust. Danach spreizte Gunn die Finger beider Hände, nur einen Daumen ließ er abgeknickt. »Soviel Männer gegen dich!« stellte er mit sichtlichem Respekt vor Saul fest. Plötzlich schien er eine Eingebung zu haben. Mit beiden Händen packte er zwei der schweren Gitterstäbe der Eisentür und versuchte, sie auseinanderzubiegen. Die Sehnen seiner starken Arme traten hervor, doch das Eisen gab nicht nach. Zufrieden über das Ergebnis trat der riesige Schwarze zurück und bedeutete seinem Gegenüber mit einer Handbewegung: »Gunn nicht können, jetzt Saul versuchen!«
Saul ließ sich das nicht zweimal bitten, doch trotz größter Anspannung seiner Bärenkräfte vermochte auch er nichts gegen die Eisenstäbe. Gunn lachte aus vollem Halse. Aus dieser Zelle würden seine Gefangenen nicht entkommen.
Als DuBonné zurückkehrte, war draußen die Sonne schon untergegangen. Alainas Hoffnung, daß Olie und die anderen Männer sie und ihre Familie rechtzeitig aus den Händen der Ganoven befreien würden, schwand dahin. Gunn lungerte die ganze Zeit vor der Kerkertür herum. Selbst wenn ein Werkzeug zur Hand gewesen wäre, hätte Alaina nicht einmal versuchen können, das Schloß der Tür zu öffnen, was Roberta damals immerhin gelungen war.
Hinter Jacques DuBonné traten zwei Männer aus der Dunkelheit und richteten ihre entsicherten Winchestergewehre auf die Gefangenen. Alaina erstarrte vor Schreck, und auch Saul sprang eilig auf die Füße, als sei er auf Blutvergießen gefaßt. Doch Tamara öffnete nur unter dem hämischen Grinsen ihres Sohnes die Tür und befahl Alaina: »Bringen Sie das Kind her!«
Alaina drückte das Baby so fest an sich, daß es erwachte und leise zu wimmern begann. Der Ausdruck ihrer Augen ließ keinen Zweifel darüber, daß sie sich um nichts in der Welt von ihrem Kind zu trennen gedachte. Tamara trat einen Schritt zurück und

wies auf Cole: »Wenn Mrs. Latimer nicht sofort gehorcht, schieß auf ihn. Zuerst zielt auf die Beine, denn so schnell wollen wir ihn nicht verlieren.« Nach kurzem Nachdenken fügte sie hinzu: »Und wenn Dr. Latimer eine falsche Bewegung macht, schießt auf seine Frau. Das gleiche gilt für den Schwarzen!« Zu Alaina gewandt, aus deren Augen blanker Haß sprach, sagte sie kurz und bündig: »Wie Sie sehen, ist jeder von Ihnen ersetzbar. Ich will nur das Kind. Es ist das einzige Wesen weit und breit, um das Sie sich keine Sorgen zu machen brauchen. Also bringen Sie es sofort her!«

Widerstrebend und am ganzen Leibe zitternd gehorchte Alaina und legte ihr Töchterchen in die ausgestreckten Arme der Frau. Als die Tür wieder verschlossen war, trat Jacques DuBonné vor.

»Meine Mutter hat erhalten, was sie wollte«, sagte er lässig. »Jetzt bin ich an der Reihe.«

Sein lüsterner Blick ließ Alaina zurücktaumeln. Eng drückte sie sich an Cole.

»Die Regeln sind die gleichen wie vorher, ma chérie«, sagte DuBonné schadenfroh. »Wenn Sie mir nicht folgen, wird Ihr Gatte erschossen.«

»Fahren Sie zur Hölle!« brauste Cole auf. »Bevor ich Ihnen meine Frau ausliefere, erschießen Sie mich lieber!«

»Dann, meine liebe Alaina«, sagte DuBonné achselzuckend, »sorgen Sie besser dafür, daß der Schwarze Ihren Mann festhält, wenn Sie möchten, daß er diese Nacht überlebt. Kommen Sie mit, sonst wird Ihr Mann *und* der Neger erschossen.«

Auf Alainas Gesicht spiegelte sich die ganze Seelenqual, die sie durchlitt. Sie wußte, daß DuBonné nicht zögern würde, seine Drohung wahrzumachen. Die auf sie gerichteten Gewehrmündungen sprachen eine eigene, unmißverständliche Sprache. Wenn Sie Coles Leben um einen Tag verlängern konnte, dann wollte sie sich Jacques hingeben. Vielleicht galt es nur, einige Stunden zu gewinnen, damit er mit dem Leben davonkam.

Zitternd löste sie sich von Cole. Als er nach ihr griff, um sie festzuhalten, entwand sie sich ihm mit einer Drehung ihres Körpers und trat schnell hinter Saul.

»Halt ihn fest, Saul!« rief sie unter Tränen. »Halt ihn fest, wenn du nicht willst, daß er umgebracht wird!«

Cole fand sich augenblicklich von den Armen des Schwarzen umklammert, und trotz heftigster Gegenwehr wollte es ihm nicht gelingen, sich aus dem stählernen Griff zu befreien. Jacques DuBonné öffnete die Tür und winkte Alaina zu. »Kommen Sie, Mrs. Latimer.«

»Nein!« brüllte Cole. »Ich bringe Sie um, wenn Sie meine Frau anrühren, das schwöre ich Ihnen bei Gott!«

Doch die Tür hatte sich schon wieder hinter Alaina geschlossen. Durch einen Tränenschleier blickte sie auf ihren Mann, der sich wie von Sinnen abmühte, aus Sauls Umklammerung auszubrechen. Als sich der Schlüssel im Schloß gedreht hatte, ließ Saul seinen Herrn los. Cole stürzte zu der Gittertür und rüttelte wie ein Wahnsinniger daran.

»Alaina! Mein Gott, Alaina, tu es nicht«, brüllte Cole, daß es in der unterirdischen Höhle laut widerhallte.

Alaina wandte sich zu Tamara, die der Szene mit sichtlicher Schadenfreue zugeschaut hatte und das weinende Kind auf den Armen hielt. Ein Blick auf die schmerzerfüllte, zu allem entschlossene junge Mutter ließ ihr ratsam erscheinen, das Kind schleunigst in Sicherheit zu bringen. Mit gellendem Lachen entschwand sie im Halbdunkel eines unterirdischen Stollens.

Jacques DuBonné warf einen geringschätzigen Blick auf seinen Halbbruder, der noch immer wie ein Besessener an der Eisentür rüttelte und zerrte.

»Ihr könnt jetzt gehen«, beschied er die anderen Männer. »Ich lasse euch rufen, wenn ich euch brauche. Aber ich werde euch wohl nicht brauchen, nicht wahr, Mrs. Latimer?« sagte er zu Alaina und packte sie grob am Arm. Er zog die junge Frau an sich und packte ihr Haar im Nacken. Mit Gewalt bog er ihren Kopf zurück, so daß sie ihm gerade in die Augen schauen mußte.

»Ich hasse Sie, Jacques DuBonné!« stieß sie zwischen den Zähnen hervor. »Was immer Sie mir antun: Bedenken Sie, daß ich es nur wegen Cole erdulde. Meine Meinung über Sie habe ich nicht geändert. Sie sind immer noch eine stinkende Pestbeule von einem Mann!«

DuBonné zuckte zurück. Ein tückischer Glanz trat in seine Augen. Er holte aus und schlug die junge Frau mit solcher Kraft ins Gesicht, daß sie rückwärts getaumelt wäre, hätte er sie nicht mit der anderen Hand festgehalten.

»Elender Hundesohn!« schrie Cole wutentbrannt. Die Luft knisterte förmlich von seinem ohnmächtigen Zorn.

Benommen richtete sich Alaina auf. In ihrem Mund schmeckte

sie Blut. Jacques Finger krallten sich in ihren Arm, als er sie hinter sich herzerrte. In einer kleinen Seitenhöhle, die fast wie ein Zimmer wirkte, stieß er sie so heftig von sich, daß sie strauchelte und auf eine Pferdecke sank, die in der Mitte des Raumes ausgebreitet lag. Eine Laterne baumelte an der Wand und verbreitete dämmeriges Licht.
»Ziehen Sie sich aus und legen Sie sich hin, damit ich meinen Spaß mit Ihnen habe, Mrs. Latimer. Die Stunde der Rache ist da!«

Mit der besinnungslosen Kraft, die der Wahnsinn verleiht, zerrte Cole an den Gitterstäben. Die Muskeln seines Körpers waren zum Zerreißen gespannt. Aus dem wutverzerrten Gesicht sprach eine schier unmenschliche Entschlossenheit. Bei diesem Anblick begriff Saul, daß hier Kräfte am Werk waren, die Himmel und Hölle in Bewegung setzten, wenn man ihnen nur ein wenig nachhalf.
Saul hatte gesehen, daß die Stäbe ein ganz klein wenig nachgegeben hatten, als Gunn versuchte, sie aufzubiegen. Vielleicht gab es doch noch ein Fünkchen Hoffnung.
Als die beiden Männer mit vereinten Kräften die Eisenstangen auseinanderbogen, traten die Muskeln von Sauls Armen hervor wir Astknoten an einem knorrigen Baum. Als das Metall langsam nachgab, verdoppelten sie ihre Anstrengung. Die Adern auf ihrer Stirn schwollen an, und ihre Gesichter waren zu wilden Fratzen verzerrt, als die Stäbe mit einem trockenen Geräusch unvermittelt nachgaben, so daß beide Männer zu Boden stürzten, doch schon war Cole wieder an der Tür und zwängte seinen schlanken Körper durch die Bresche. Wenn Saul da nicht durchpaßte, dann wollte er sich später um ihn kümmern. Alaina ging vor.
Von der hölzernen Tür her ertönte ein kaum hörbares Zischen. Wachsam wie ein gehetztes Tier fuhr Cole herum. Die kleine Mindy trat aus dem Halbdunkel ins Licht. Sie hielt mit beiden Händen Coles Remington umklammert.
Mit ein paar großen Schritten war Cole bei ihr.
»Wo ist Olie?« flüsterte er der Kleinen ins Ohr.
»Fluß. Um Berg herum. Viele Männer aus Höhle. Olie, Peter, alle Männer von großem Haus kämpfen.«
Cole warf Saul die Pistole durch die Gitterstäbe zu und rannte in der Richtung davon, in die Jacques Alaina geschleppt hatte.

Wenn er Mindys Gestammel richtig verstanden hatte, dann versuchten Olie, Braegar und der Sheriff mit ihren Leuten, den Zugang zur Höhle von der Flußseite her zu erzwingen. Dabei waren sie auf DuBonnés Männer gestoßen. Der Ausgang des Kampfes war ungewiß.
Geschmeidig wie eine Katze im wilden Dschungel eilte Cole durch die finsteren Räume. Die Schreckensvision seiner sich in DuBonnés Armen windenden Frau spornte ihn an.
Ein schwacher Lichtschein tauchte vor ihm auf. Cole hörte, wie Stoff zerrissen wurde und Alaina unterdrückt aufschrie. Das Geräusch erfüllte ihn mit kalter, gnadenloser Wut. Im Laufschritt um eine Ecke biegend, erblickte er seine Frau, die sich aus ganzer Kraft der zudringlichen Küsse von Jacques DuBonné zu erwehren suchte. Alaina war halbnackt. Als sich der Mann auf sie warf, bäumte sie sich verzweifelt auf, doch da stürzte sich Cole auf den verhaßten Feind. Als DuBonné seinen Gegner erkannte, der ihn wie ein wildes Tier aus der Dunkelheit ansprang, schrie er vor Schreck auf und taumelte zurück, doch entging er dadurch nicht der Wucht des unerwarteten Angriffs.
Während die beiden Männer aufeinander einschlugen und sich in tödlichem Kampf auf dem Boden rollten, raffte Alaina zitternd ihre zerrissene Kleidung an sich und zog sich in eine Ecke der Höhle zurück.
Von dort aus schaute sie mit weit aufgerissenen Augen dem Kampf auf Tod und Leben zu.
DuBonnés Gesicht war zu einer haßerfüllten Fratze verzerrt. Klein und drahtig wie er war, fürchtete er seinen Gegner weniger als die Aussicht, wieder einmal der Düpierte zu sein. So wehrte er sich mit der Kraft der Verzweiflung. Sein fauliger, nach Whisky riechender Atem streifte Cole mehr als einmal während des kurzen Kampfes, der damit endete, daß Cole das Kinn des kleinen Mannes mit einem wuchtigen Faustschlag traf. Schlaff und kraftlos sank DuBonné in sich zusammen. Cole hatte schon zu einem weiteren Schlag ausgeholt, doch besann er sich und schleuderte den scheinbar leblosen Körper von sich.
In diesem Augenblick ertönte aus jenem Teil der Höhle, in dem Saul sich befand, der Knall eines Schusses.
Cole packte Alaina am Arm und zog sie mit sich. Während sie durch den finsteren Stollen liefen, knöpfte Alaina ihr Kleid notdürftig zu. Zwar wußte sie nicht, was sie am Ende des Tunnels

erwartete, doch wollte sie allen weiteren Gefahren gefaßt und würdig ins Auge sehen.
In der großen Höhle stand Saul Tamara, Gunn und zwei weißen Männern Auge in Auge gegenüber. In der Hand hielt er die noch rauchende Remington-Pistole.
»Du Narr!« kreischte Tamara. »Damit kommst du nicht durch!«
»Bevor es mich erwischt, Madam, verpasse ich Ihnen eins mit diesem Ding hier«, antwortete Saul. »Also bringen Sie besser sofort das Kind zu seiner Mama!«
Unschlüssig, was zu tun sei, warf Tamara einen Blick auf Alaina.
»Nun machen Sie schon«, drängte Saul und krümmte leicht den Finger am Abzug. »Geben Sie Miss Alaina das Kind, und zwar ein bißchen rasch!«
Tamara gab nach. »Das ist nicht mein letztes Wort! Vor Tagesanbruch habe ich das Kind zurück, das schwöre ich!«
»Nur über meine Leiche!« erwiderte Alaina mit felsenfester Überzeugung, als sie der Frau das Kind abnahm.
»Saul!!!« Bei dem markerschütternden Schrei fuhren alle herum und blickten gebannt auf den massigen Körper von Gunn, der sich mit herausfordernd ausgestreckten Armen ins Licht schob. Das Gewehr lehnte weiter hinten an einem Faß.
»Du mit Gunn kämpfen, Saul! Gunn dich brechen!« Die riesigen Hände des Schwarzen untermalten seine Worte mit einer entsprechenden Bewegung.
Saul warf Cole die Pistole zu. Er fing sie auf und hielt damit die beiden Weißen in Schach, die sich gerade auf ihn stürzen wollten. Alaina stellte sich mit dem Kind hinter den schützenden Rücken ihres Mannes.
Gunn riß sich die zu kleine Brokatweste vom Leibe, und auch Saul entledigte sich seines kurzärmeligen Hemdes. So gingen die beiden riesenhaften Neger mit gespreizten Händen aufeinander los. Es gab ein klatschendes Geräusch, als ihre nackten Oberkörper aufeinandertrafen. Ihre Hände verschränkten sich in einem reinen Spiel körperlicher Kraft, als sie fast regungslos dastanden, doch keiner der beiden vermochte die Oberhand über den anderen zu gewinnen. So ließen sie schließlich voneinander ab und gingen dazu über, sich gegenseitig mit Hieben und Schlägen einzudecken, die einem normal gebauten Mann sämtliche Knochen gebrochen hätten, bei ihnen selbst jedoch keinerlei Wirkung zeitigten.

Wie zwei schwarze Titanen prallten sie wiederum aufeinander und verknäuelten sich zu einer keuchenden, kämpfenden Muskelmasse. Mit blutunterlaufenen Augen und pfeifendem Atem standen sich die beiden Hünen Schulter an Schulter gegenüber, die weit gespreizten Beine auf den Boden gestemmt. Die Rücken krümmten sich vor Anstrengung, den anderen aus dem Gleichgewicht zu bringen. Da machte Saul eine blitzschnelle Körperdrehung. Sein rechter Arm fuhr unter den linken seines Gegners. Sekundenbruchteile später stand Saul hinter Gunn. Sein linker Arm war unter der linken Achsel von DuBonnés Beschützer durchgetaucht, seine Hand drückte den Nacken des anderen nach vorne, während sein rechter Arm den linken Arm von Gunn hinter dessen Rücken nach oben hebelte.
Gunn ging langsam in die Knie, doch gab er nicht auf. Immer weiter wurde sein Arm nach oben gedrückt, bis er vor Schmerz laut aufstöhnte. Plötzlich brach der Knochen des Armes mit einem Knirschen, das in der Stille deutlich vernehmbar war.
Gunn sank zu Boden. Neben seinem besiegten Gegner ließ sich Saul auf Händen und Füßen nieder und ließ den Kopf zwischen den Armen baumeln. Heftig rang er nach Luft. Nach einer Weile kroch Gunn auf allen vieren zu einem Stapel von Fässern an der andern Seite der Höhle und richtete sich mühsam auf. Der Arm baumelte seltsam verrenkt an der linken Seite seines Körpers herab, und aus Gunns Gesichtsausdruck sprach verständnisloses Staunen.
Ein Geräusch ließ Alaina herumfahren. Ein warnender Aufschrei entfuhr ihrer Kehle. Es verblieb Cole kaum Zeit, sich der neuerlichen Gefahr zuzuwenden, als der vor Wut schäumende DuBonné mit einer Pistole in der Hand aus der Finsternis hervorgeschossen kam und sich kopfüber auf Cole stürzte. Der Zusammenprall war so heftig, daß die Remington Cole aus der Hand gerissen wurde und über den Boden der Höhle rutschte. Saul nahm sie schnell auf. Als er sah, daß Jacques seine Pistole auf Alaina richtete, war er mit einem Satz bei ihr und riß sie zur Seite, während Cole dem Mann die Hand mit der Waffe hochschlug. Donnernd löste sich der Schuß. Als DuBonné erneut auf Alaina zielen wollte, packte Cole ihn am Handgelenk und riß ihn mit einem Ruck von den Füßen. Während die beiden Männer kämpfend am Boden rollten, drückte DuBonné mehrere Male aufs Geratewohl ab. Die Kugeln prallten von den Felswänden ab, und ein

Querschläger traf ein Ölfaß, ein anderer holte eine Laterne von der Decke herunter. Im Nu stand das auslaufende Öl in Flammen. Nicht weit davon befand sich ein Stapel Pulverfässer.
Ein metallisches Klicken verriet Cole, daß DuBonnés Waffe leer war. Er rollte sich auf den Rücken und zog seinen Gegner halb über sich. Seine Faust traf den anderen mit solcher Gewalt am Kinn, daß Jaques fast in die Höhe gehoben wurde, bevor er zusammenbrach. Wimmernd saß der Anführer der Flußpiraten da und hielt sich den gebrochenen Kieferknochen. Da wurde Jacques DuBonné plötzlich von hinten gepackt und rückwärts zum anderen Ende der Höhle gezerrt. Gunn hielt seinen Herrn mit dem intakten Arm fest am Hals umklammert und ließ ihn trotz allen Strampelns und Zappelns nicht frei.
»Gunn sagt, Saul frei! Gunn nur haben ein Wort! Sie alle gehen, wir bleiben!«
DuBonné wollte einen Befehl kreischen, doch die Antwort seines Dieners bestand darin, daß er kurz zudrückte. Jacques Kopf baumelte plötzlich leblos zur Seite, und als der Schwarze ihn losließ, sank sein Körper langsam zu Boden. Offenbar war das Genick gebrochen.
Cole blickte sich schnell um. Von seiner Stiefmutter war nichts zu sehen, statt dessen gab es da eine weitaus schlimmere Bedrohung. Das brennende Öl hatte schon fast die Pulverfässer erreicht!
Cole rannte los und schrie seiner Frau und Saul zu, sie sollten sich in Sicherheit bringen. Als er Alaina einholte, nahm er ihr das Kind vom Arm und zog sie hinter sich in den dunklen Tunnel. Mindy erwartete sie schon an der Holztür. Saul nahm die Kleine auf den Arm, obwohl er, zerschlagen und vom Kampf geschwächt, wie er war, Cole, der zu allergrößter Eile antrieb, kaum zu folgen vermochte.
Am Fuße der Wendeltreppe angelangt, warf Cole noch einen raschen Blick zurück, und was er sah, ließ ihn einen warnenden Schrei ausstoßen. Das Feuer züngelte schon an einem etwas abseits stehenden Pulverfäßchen empor.
Schützend stellte sich Cole vor seine Frau und ihr Kind. Saul deckte Mindy mit seinem breiten Rücken, als auch schon ein ohrenbetäubendes Krachen die Stille zerriß.
Cole achtete nicht der heißen Asche, die auf seinem Nacken brannte. Er riß die anderen auf die Füße und stieß sie vor sich die

Wendeltreppe hinauf. Wenn das Feuer sich rasch ausbreitete oder wenn gar die anderen Pulverfässer explodierten, dann würde sich die Wendeltreppe durch den glühend heißen Luftstrom von einem Moment zum anderen in einen Schlot verwandeln, in dem alles umkam. Im Handumdrehen würde auch das Haus wie trockener Zunder Feuer fangen. Aber das behielt Cole in dieser Lage lieber für sich.
So eilten sie die schmale Treppe hinauf, und sie hatten kaum die halbe Höhe erreicht, als es tief unten erneut krachte. Ein Schwarm von Funken stob zu den Fliehenden herauf, eine Wolke heißen Qualms benahm ihnen den Atem und ließ ihre Augen tränen. Das Kind in Coles Armen weinte laut, aber jetzt war keine Zeit, um es zu trösten.
»Die Tür ist aufgesprengt worden«, brüllte Cole. »Schnell raus hier, sonst werden wir lebendig geröstet!«
Alaina war völlig außer Atem. Dennoch zwang sie ihre zitternden Glieder weiter die Treppe hinauf. Cole bemerkte ihre Schwäche und schob sie mit einer Hand vor sich her.
Die Spiegeltür zu Robertas Zimmer war geschlossen. Alaina nahm ihrem Mann das Kind ab und deutete auf den Balken, der als Hebel diente. Cole drückte ihn nieder, doch nichts geschah. Bei genauerem Hinsehen erwies sich, daß die Seilzüge aus ihrer Führung gerutscht waren und schlaff hinunterhingen. Jemand hatte sie fein säuberlich durchschnitten.
»Tamara!« rief Cole. Es klang wie ein Fluch. Er hätte sich denken können, daß die Frau vor ihnen die Treppe als Fluchtweg benützen würde.
»Wir sitzen in der Falle!« stöhnte Alaina.
Saul setzte Mindy ab und warf sich mit dem ganzen Gewicht seines Körpers gegen die Tür, bis sie ächzend nachgab. Nach Luft ringend taumelten sie in Robertas Zimmer.
Olie, Braegar, Peter, der Sheriff und die Feldarbeiter fuhren gerade mit einer Wagenladung gefangener und gefesselter Flußpiraten vor, als Cole mit den Seinigen auf der Terrasse vor dem Haus erschien.
»Uns ist nichts passiert«, beruhigte er die verblüfften Männer, die sie sofort umringten. »Jetzt sind wir alle in Sicherheit, und wie ich sehe, ist es euch auch gelungen, die ganze Räuberbande dingfest zu machen.«
Zu weiteren Worten blieb keine Zeit. Große Flammen züngelten

an dem fast senkrechten Flußufer empor, an dessen Rand das Haus stand, und kündeten eine so mächtige Feuersbrunst an, daß sie noch meilenweit zu sehen sein würde. Ein schriller Pfeifton übertönte das Brüllen und Toben der Flammen und wurde noch lauter, als eine anfänglich kleine Flamme aus dem Dachstuhl des westlichen Turmes schlug. Als das Gebälk kurze Zeit später in einem Funkenhagel zusammenbrach, schossen die Flammen hoch in den Himmel.

Die Fenster des Hauses glühten erst rötlich, dann weiß, und die Scheiben zerbarsten. Hungrig züngelten die Flammen aus den leeren Höhlungen und leckten an den Ziegelmauern empor.

Braegar packte Coles Arm und wies nach oben. Eine seltsame Gestalt führte dort hinter dem Geländer, welches rund um das Haus lief, einen grotesken Tanz auf. Langes, schwarzes Haar umflatterte ein bleiches Gesicht. Die Frau trug ein blutrotes Kleid. Mehrere der bestürzten Zuschauer hatten Robertas Namen auf den Lippen, doch die drei, welche die Feuerprobe unten in der Höhle überstanden hatten, kannten dieses Gesicht. Es war nicht Roberta, sondern Tamara, die da kreischend die Arme in die Höhe warf, als erflehe sie den Beistand des nächtlichen Himmels. Ein Blick in die Tiefe ließ sie die vielen bleichen Gesichter erkennen, die ihr zugewendet waren. Anklagend fuhr ihr Arm vor, und ihr schrilles Geheul war inmitten des tosenden Flammenmeeres deutlich zu verstehen:

»Latimer House ist für immer mein! Niemand kann es mir nehmen! Niemand von euch wird es je besitzen!«

»Sie hat den Verstand verloren«, sagte jemand neben Cole. Er drehte sich um und erkannte Martin Holvag, den Sheriff.

In diesem Moment durchraste ein Feuersturm das Haus, weißer und heißer als alles zuvor. Das ganze Dach schien in die Höhe gehoben zu werden, als habe eine Riesenfaust es gepackt. Dann brach es in sich zusammen, und es war den Anwesenden, als vernähmen sie ein wildes, heidnisches Gelächter, das der nächtliche Wind auf seinen Schwingen davontrug.

Als die Latimers sich später in der Nacht in das große Schlafzimmer der »Hütte« zurückzogen, senkte sich endlich Stille und Ruhe über sie. Über die Wipfel der Bäume hinweg war das rötliche Glühen des ausgebrannten Hauses zu sehen, aber es bekümmerte sie nicht. Cole gab sich ganz dem Vergnügen hin, seine

Tochter zu beobachten, die wie alle Babys mit den eigenen Zehen spielte.

Nach einer kleinen Weile trat Alaina zu ihm und legte fast schüchtern ein Bündel Geldscheine neben ihm auf das Bett. Cole schaute überrascht auf. »Was ist denn das?«

Eine zarte Röte übergoß Alainas Wangen. »Erinnerst du dich an die zweitausend Dollar, die du mir in New Orleans geben wolltest?«

Cole nickte bedächtig.

»Nun, Mrs. Hawthorne hat mir den Rest während ihres Besuches ausgehändigt. Sie sagte, sie habe das Geld für mich aufbewahrt.«

»Wieso den Rest?«

»Es sind nicht mehr ganz zweitausend Dollar. Ich fürchte, sie hat einen gewissen Betrag ohne mein Wissen abgezweigt, um mir vor der Reise hierher neue Kleider zu kaufen. Sie waren also nicht gebraucht, sondern nagelneu und von deinem Geld gekauft«, erläuterte Alaina.

Cole lachte ungläubig. »Willst du damit sagen, daß du die von mir gekauften Kleider nicht tragen wolltest, gleichzeitig aber andere am Leibe hattest, die ebenfalls von meinem Geld bezahlt worden waren?«

Alaina nickte betreten. »Ich wußte nichts davon, Cole. Kannst du mir meinen blinden Stolz verzeihen?«

»Mein Liebling«, sagte Cole leise lachend und zog sie zu sich auf das Bett. »Du hast meinem Leben soviel Würze verliehen, wie es kein anderer Mensch außer dir vermocht hätte. Wie könnte ich dir zürnen? Ich kann mich nur glücklich schätzen, daß du mein Leben teilen willst, bis wir beide alt und grau sind.«

»Eben das habe ich vor, du lieber Yankee«, flüsterte Alaina. Ihre Lippen waren dicht an Coles Mund. »Ich kann mir nichts Schöneres vorstellen.«

Nachspiel

Ein Monat war vergangen. Cole befand sich spätabends allein im Salon der »Hütte«. Alaina war oben im Schlafzimmer mit dem Kind beschäftigt. Die Ruhe im Hause wurde nur ab und zu von ihrem fröhlichen Lachen unterbrochen.

Cole blieb vor dem Fenster stehen und blickte verwundert nach draußen. Auf dem Zufahrtsweg stand ein einsamer Mann. Er war abgemagert und heruntergekommen. Ein alter, abgegriffener Hut bedeckte seinen Kopf. Vorsichtig beäugte er das Haus, dann blickte er auf einen Zettel, den er in der Hand hielt. Aus unerfindlichen Gründen schien er zu zögern, sich der Haustür zu nähern und zu klingeln. Im Dämmerlicht des Abends war sein Gesicht kaum zu erkennen. Dennoch war sich Cole sicher, daß er den Fremdling nie zuvor gesehen hatte. So gab er schließlich seiner Neugier nach und trat vor die Tür, um den Unbekannten anzusprechen.

Dieser vergrub seine Hände tief in den Taschen seines schäbigen Mantels, als Cole nähertrat, und richtete sich auf.

»Was führt Sie zu uns, Sir? Möchten Sie vielleicht einen Arzt aufsuchen?« erkundigte sich Cole.

Der Mann war jung, vielleicht noch nicht einmal dreißig Jahre alt. In seinen grauen Augen lag eine stille Herausforderung, als er antwortete: »Vielleicht habe ich hier etwas Wichtiges zu erledigen, vielleicht auch nicht, Sir.« In seiner Stimme schwang eine Spur von Ärger mit. »Ich suche einen gewissen Doktor Latimer, er soll angeblich hier wohnen.«

»Sie stehen vor ihm«, teilte Cole dem Mann mit und betrachtete ihn eingehend. »Aus Ihrer Art zu reden schließe ich, daß Sie aus den Südstaaten sind. Offenbar haben Sie einen weiten Weg zurückgelegt, um mich zu sehen. Und das ohne Pferd und Kutsche! Ich weiß nicht, was ich davon halten soll, denn krank sehen Sie auch nicht aus.«

»Ich bin zu Fuß gekommen«, stellte der Mann einsilbig fest.

»Es ist mir ersichtlich, daß Sie Offizier bei den Konförderierten waren«, sagte Cole und wies auf den abgetragenen grauen Mantel mit den zerschlissenen goldenen Litzen. »Ich selbst habe auf der Seite der Union gekämpft. Suchen Sie vielleicht nach Verwandten?«

»Nein, verdammt noch mal!« Die Stimme des Mannes bebte vor Wut, seine Lippen waren blutleer. »Dank euch Yankees habe ich keine Verwandten mehr und auch kein Zuhause. Als ich heimkehrte, fand ich das Haus bis auf die Grundmauern niedergebrannt. Irgendein Yankee hatte es für einen Spottpreis erworben.«

»Es tut mir leid, daß Sie Ihre Familie und Ihr Heim verloren haben, aber noch mehr bedauere ich, daß Sie mich anscheinend dafür verantwortlich machen.« Cole hob die Schultern in einer Geste des Mitgefühls, doch als er in die haßerfüllten grauen Augen seines Gegenübers blickte, neigte er den Kopf ein wenig zur Seite und nahm den Mann von Kopf bis Fuß in Augenschein.

»Es will mir scheinen«, sagte er schließlich, »daß ich den Grund Ihres Kommens errate. Hieß das Haus, von dem Sie soeben sprachen, etwa Briar Hill?«

»Ja!« Das Wort kam wie aus der Pistole geschossen. Der Fremde konnte Coles forschenden Blick nicht länger ertragen und wandte sich ärgerlich ab.

Cole ließ nicht locker. »Dann ist Ihr Name wohl MacGaren?«

Der Mann nickte nur bestätigend.

»Sie sagen, Sie haben keine Angehörigen mehr?«

Der Blick des Mannes war erfüllt von tiefem Leid, als er leise antwortete: »Vater und Bruder wurden im Krieg getötet, Mutter starb an gebrochenem Herzen. Meine einzige Schwester ist verschollen. Ihr Blauröcke habt behauptet, sie sei eine Spionin, und sie wie ein Wild gejagt. Ich kann mir gut vorstellen, daß sie in einem von euren stinkenden Kerkern bei lebendigem Leibe verfault.«

»Ihr Haß scheint verständlich nach allem, was Sie erlitten haben. Sind Sie vielleicht Jason MacGaren?«
Wieder nickte der Mann nur.
»Nun, Sie haben recht«, fuhr Cole gelassen fort. »Ich habe die ausstehenden Steuern bezahlt und Briar Hill dafür erhalten. Seitdem ist alles in bester Ordnung. Ich versichere Ihnen, daß alles rechtens ist.«
»Rechtens!« rief Jason MacGaren aus. »Rechtens wohl, aber nicht gerecht! Ich bin gekommen, um den Besitz zurückzuverlangen!«
»Ich fürchte, das wird etwas schwierig sein, Hauptmann MacGaren«, sagte Cole achselzuckend. »Sehen Sie, ich habe die Plantage auf den Namen meiner Frau eintragen lassen.«
»Sie verspotten mich, Sir!« stieß Jason zwischen zusammengepreßten Zähnen hervor. »Aber ich mußte in letzter Zeit soviel Spott über mich ergehen lassen, daß ich notfalls auch betteln gehe.« In der kühlen Abendbrise zog er fröstelnd die Schultern ein und blickte in den Dunst der Ferne. Als er weitersprach, zerknüllte er langsam den Zettel zwischen den Fingern.
»Das Haus liegt in Schutt und Asche, die ausgeplünderten Wirtschaftsgebäude verrotten. Auf den ungepflügten Äckern wächst nur Unkraut. Wollen Sie nicht wenigstens darauf eingehen, daß ich alles wieder aufbaue, und mich dafür am Ernteertrag beteiligen?«
Cole sah die uneingestandene Hoffnung in den Augen des Mannes. Lange sagte er nichts, dann legte er eine Hand auf den Arm von Alainas Bruder. »Diese Angelegenheit müssen Sie mit meiner Frau besprechen, Hauptmann MacGaren«, sagte er endlich mit einer einladenden Handbewegung. »Kommen Sie herein und essen Sie mit uns.« Als er sah, wie der Mann zögerte, lachte Cole herzhaft. »Sie können doch zumindest ein Gläschen Brandy mit uns trinken. Bis zur Stadt zurück ist es ein weiter Weg. Außerdem bin ich sicher, daß meine Frau sich freuen wird, Sie kennenzulernen.«
Jason lächelte bei diesen Worten säuerlich, doch gab er schließlich nach und ließ sich von Cole in den Salon geleiten.
Cole schenkte zwei randvolle Gläser ein.
»Bitte entschuldigen Sie mich einen Augenblick«, sagte er dann. »Ich hole nur meine Frau. Sie ist oben im Schlafzimmer. Ich bin gleich zurück.«
Als Cole die Treppe hinaufstürmte, nahm er drei Stufen auf ein-

mal. Vor der Tür des Schlafzimmers verschnaufte er kurz und setzte ein breites Grinsen auf, bevor er eintrat.

»Alaina, unten ist ein unerwarteter Gast, der ein, zwei Dinge mit dir besprechen möchte.« Äußerlich ungerührt und lässig hob Cole sein Töchterchen vom Schoß seiner Frau und kam deren Frage scheinbar achtlos zuvor: Geh nur hinunter und rede mit ihm. Ich komme mit Glynis gleich nach.«

»Aber Cole!« protestierte Alaina. »Wer ist der Mann und was will er von mir?«

»Das sagt er dir am besten selbst. Nun beeil dich, bevor er fortgeht.«

Cole ging hinter seiner Frau die Treppe hinab. Ein Lächeln umspielte seine Lippen. Als Alaina den Salon betrat, lehnte er sich abwartend an die Tür und harrte der Dinge, die da kommen sollten.

Jason saß zusammengesunken auf einem Stuhl und starrte trübselig in sein Brandyglas. Als er das Rauschen von Frauenröcken vernahm, sprang er auf die Füße und riß den Hut vom Kopf. Ein Blick auf die Frau, die da auf ihn zutrat, und er erstarrte zu Stein.

»Jason!« In Alainas Aufschrei lag fassungslose Freude. »Oh, Jason!« rief sie wieder. Im nächsten Augenblick lagen sich Bruder und Schwester in den Armen. Der Mann schloß die Augen und lehnte sein Gesicht an den Kopf seiner Schwester. So fest drückte er sie an sich, daß ihr fast der Atem verging. Als er nach einer Weile den Kopf hob, um in Coles lächelndes Gesicht zu blicken, versuchte er nicht die Tränen zu verbergen, die ungehindert seine Wangen hinabströmten.

»Sie sind mir schon ein verdammter Yankee, Cole Latimer«, sagte er schließlich mit heiserer Stimme und verschluckte sich fast an den Worten. »Ich muß mir erst noch überlegen, ob ich Sie als Schwager überhaupt akzeptieren kann.«

Alaina lehnte sich an ihren Bruder und streichelte unter Freudentränen sein stoppeliges Kinn.

»Es wird dir nichts weiter übrigbleiben, Jason MacGaren«, sagte sie leise, und die Stimme versagte ihr fast vor Glück.